周先慎文集

第六卷　细说聊斋

周先慎　著

目　录

序

真正的文学经典是需要细读，也是经得起细读的。细读才能细说。只有在细读的基础上，才有可能抉幽发微，说出新意。但细说也还需要别的条件，比如生活阅历、历史知识、艺术修养、审美感悟等等。而最重要的是思考，独立思考。无论不同的读者在生活、思想和艺术的积累方面有何种差异，只要真正做到了独立思考，就必有所得，即使所得有深浅、精粗之别，也不会是人云亦云。

《聊斋志异》是脍炙人口的文学经典，是值得细读，也是经得起细读的。《聊斋志异》和《红楼梦》一样，是一部常读常新的作品。不管你已经读过多少遍，只要你不是只看故事，读的时候能深入思考，每读一次，就都会有新的感受，新的发现。

先师吴组缃先生曾多次诲示：对古代的短篇小说不能只作综合的研究，还应该一篇一篇地加以分析，才能充分地阐明每一篇作品不同的思想个性和艺术个性。他在为漓江出版社出版的《聊斋志异评赏大成》一书卷首的题词中写道："对于《聊斋志异》，我们应当一篇一篇加以分析评论。因为每一篇作品都是一个有机的艺术整体，各有自己的生命；我们必须逐篇研究，探求其内在的精神和艺术特色。"

收在这本《细说聊斋》中的文章，就是我尝试实践组缃师的教诲，对这部杰出的文言短篇小说集一篇一篇地细读，在细读的基础上一篇一篇地细说的初步成果。

所选各篇多为传诵众口的名篇，但也有一些不为人所重视的所谓"二线"作品，而在思想或艺术上又确有独特之处值得细说。细说或侧重于思想，或侧重于艺术，但都着眼于在思想与艺术的结合上进行审美分析。

细说细到极细之处，也不避逐句，甚至逐字详解。有时还吸收了传统小说评点的方法，对有关段、句、词的精妙之处，用一两个字或一两句话加以简要的提示或品评。这种提示或品评，有时加括号，有时不加。

所论有与陈说相异而提出商榷者，亦有挖掘作品内蕴而有新的发现者；即使与通行观点近似，分析的方法、路数、表达，也有所不同。总之，是力求写出新见、新意、新面貌。

对于此一目标，虽然自信是全力以赴，下笔不苟，但亦只是心向往之。结果如何，尚须敬俟读者的惠览与批评。

2013年8月27日

（上海三联书店2015年版《周先慎细说聊斋》序）

天籁之音寄孤愤
——重读《聊斋自志》

《聊斋自志》是蒲松龄在《聊斋志异》初步结集成书时写的一篇自序，当时他年仅四十，而《聊斋志异》的创作、加工、修改，却是一直延续到他的晚年，终其一生。但是《聊斋志异》全书的创作旨趣，或者说整个的指导思想，则都在这篇早年写成的《聊斋自志》中确定了下来。因此，读《聊斋志异》必先读《聊斋自志》，欣赏《聊斋志异》必先欣赏《聊斋自志》，细说《聊斋志异》必先细说《聊斋自志》。

这篇《聊斋自志》很短，内容却非常丰富，包含了有关《聊斋志异》创作的大量的非常重要的信息。这些信息是引导我们感受《聊斋志异》，读懂《聊斋志异》，进而真正走进《聊斋志异》艺术世界的津梁。

经过初步的梳理，我认为值得我们注意的，至少有下面六个方面：

第一，交代了他为什么要写这部充满奇异幻想而同时又具有强烈现实感的《聊斋志异》。

序言一开头就说："披萝带荔，三闾氏感而为《骚》；牛鬼蛇神，长爪郎吟而成癖。自鸣天籁，不择好音，有由然矣。"这段话里，"自鸣天籁"四个字最重要。"天籁"就是自然发出的声音，就是无法压抑不能不发的声音，就是自由灵魂的呼叫。这里道出的，是《聊斋志异》创作的根本原因，也是《聊斋志异》具有那样鲜明的思想艺术特色的根本原因。

这是一种创作状态，也是一种创作追求。不能不发的声音，来自一种勃发于内心的创作冲动，以至于由此而形成为一种创作观，在中国文学史上具有非常悠久的历史传统。屈原创作《离骚》，李贺吟诗成癖，都是由于天籁之音不能不发。显然，蒲松龄是自觉地继承了这个历史传统的。因为是天籁之音，是打内心深处自然而然迸发而出的，就既不同于心中无愁强说愁的无聊之作，也不同于受命于人充满谀辞的歌功颂德之作。因此，不愿也不能迎合权贵，不愿也不能与世俗同调，就是理所当然的事。蒲松龄是有爱写爱，有恨写恨，而这爱和恨又是由现实生活之感发而生，激荡于心，不能自已，最终便成就了一部具有独一无二思想艺术特色的《聊斋志异》。

第二，交代了他为什么要以谈狐说鬼的形式来表现他的爱和恨。

简单地说，就是他喜欢民间流传的神怪传说，而他所生活的山东淄博一带又有这类故事在群众中广泛流传。他说："才非干宝，雅爱搜神；情同黄州，喜人谈鬼。"晋朝的干宝，写了一部专记神鬼怪异的《搜神记》；苏轼贬官到黄州，很喜欢让人给他讲鬼故事。他很谦虚，说自己的才情不如他们，但是喜欢搜集民间流传的神鬼故事却是一样的。这是说他的兴趣爱好。兴趣爱好既能表现一个作家的艺术个性，也能反映出他的艺术素养。与此同时，也就交代了小说题材的来源和特色。

在中国文学史上，杰出的作家都很重视从民间文学中吸取养分，这也是一种历史传统，蒲松龄同样也是继承了这一传统的，只是他比别的作家表现得更加自觉，也更加执着。在此基础上，他还交代了小说的创作过程："闻则命笔，遂以成编。久之，四方同人，又以邮筒相寄，因而物以好聚，所积益夥。"当然他绝不只是单纯的搜集和记录，而是在搜集到的素材基础上，经过艺术的提炼、加工、再创造，融进了他的生活体验和思想感情，因而有着非常丰富深厚的生活内容和思想涵蕴。关于这一点，他在《聊斋自志》中有着同样充分的表达，下面我们就会谈到。

第三，交代他所运用的表现手法，而这又都是与作者的思想感情息息相关的。创作时的意兴飞扬、驰骋幻想，全是生发于现实生活之中，没有也不可能脱离现实，凭空虚构。因而总的表现手法的特点是：幻实相生，幻中见实，甚至是有意地以幻写实。

这当然跟他喜欢搜神谈鬼有关。鬼神传说原本都是子虚乌有，但出自民间的故事，传播的并不完全是因果迷信的思想，大都寄寓着普通百姓的爱憎感情和是非观念。蒲松龄正是在这一健康的方向上进行加工和再创造的。所以许多故事看起来荒诞离奇，但内里常常蕴藏着生活的血肉和日常的情理、事理，读来不仅让人感到真切，而且发人深思。他说：

甚者：人非化外，事或奇于断发之乡；睫在眼前，怪有过于飞头之国。遄飞逸兴，狂固难辞；永托旷怀，痴且不讳。展如之人，得无向我胡卢耶？然五父衢头，或涉滥听；而三生石上，颇悟前因。放纵之言，有未可概以人废者。

意思是说，许多人和事，明明发生在身边眼前，却离奇荒诞，奇幻无比；而飞扬的意兴，狂放的情怀，难以压抑，都是必须要有一种寄托的。这样一种表现方式，显得既狂且痴，讲求实际的人，也许会笑话我的吧？但是，这些来自民间的神怪传说，自有它的道理，是不可以一概否定的。

第四，讲他的出生和不幸的生活遭遇，这是交代他创作《聊斋志异》的生活基础。

“诗穷而后工”，是中国文学史上的普遍现象，是一条规律，同样也形成了一个传统。蒲松龄是一个生活于乡村的下层知识分子，一生科场失意，生活蹭蹬，这就决定了他接近并熟悉普通贫苦百姓的生活，了解他们的苦乐和爱憎，并同他们的思想感情息息相通。没有悲苦失意的生活经历和真切体验，是不可能写出表达人民群众爱憎感情和愿望要求的《聊斋志异》的。

他在《聊斋自志》中说：“松，落落秋萤之火，魑魅争光；逐逐野马之尘，罔两见笑。”这是说他孤寂失意的生活和心情。以秋萤之火自喻，透露出他处境的卑微和心境的凄凉，而精怪还来争这微光；为了生计而随俗浮沉，追名逐利，又被鬼物嘲笑。与此相呼应，为了说明他的命运不好，又特意写到他出生时的情景：“松悬弧时，先大人梦一病瘠瞿昙，偏袒入室，药膏如钱，圆粘乳际。寤而松生，果符墨志。”这里说他原是一个病瘠和尚转世，因而命运跟这个和尚一样悲苦：

少羸多病，长命不犹。门庭之凄寂，则冷淡如僧；笔墨之耕耘，则萧条似钵。每搔头自念：勿亦面壁人果是吾前身耶？盖有漏根因，未结人天之果；而随风荡堕，竟成藩溷之花。茫茫六道，何可谓无其理哉！独是子夜荧荧，灯昏欲蕊；萧斋瑟瑟，案冷疑冰。

门庭凄寂，是说他因生活的穷困而体会到人情冷暖，世态炎凉；笔墨耕耘，是说他为了谋生，或在有钱人家设馆教书，或为人捉刀代笔。这样也都不能维持生计，生活境况竟与那个病瘠和尚一样贫困悲苦。“子夜荧荧”以下四句，形象生动地描绘出他创作《聊斋志异》时的孤寂凄清情景：夜深时分，仍然守着孤灯，在昏暗的灯光下伏案写作；冷寂的书斋，书案寒冷有如凝冰。这是一个失意文人悲苦生活的真实写照，也是他从心底发出的深沉的悲叹。但是，作家当时也许并没有想到，这样悲苦的生活，却正是他能写出这部不朽巨著的必要条件和重要基础。

第五，明确地揭示出，他创作这部小说的主旨，在于抒发郁积内心的孤愤。

他所说的“自鸣天籁，不择好音”，所指的具体内容是什么？前面并没有明确道出。而在后文，他就作出了非常明确的回答：“集腋为裘，妄续《幽冥》之录；浮白载笔，仅成孤愤之书：寄托如此，亦足悲矣！”呕心沥血，积少成多，最终写成像刘义庆《幽冥录》那样的志怪小说，只不过是一本寄托孤愤的书而已，这真是让人感到极为悲哀的事！这样极其沉痛的深长而又强烈的感叹，是从灵魂深处呼喊出来的。难能可贵的是，他所说的“孤愤”，并不只是指由于他个人生活遭遇的不幸而产生的怨愤，而是包含了更为广泛丰富的内容，他的爱和恨都是与广大下层的人民群众相通的。现实的黑暗，世风的浇薄，道德的沦丧，官吏的贪腐和酷虐，下层人民的苦难等等，都是他产生“孤愤”的原因，也是他“孤愤”的内容。因此这里的“孤”字不宜理解为“个人”的意思，而应该理解为“孤寂”的意思，即寄托在鬼狐故事中的悲愤之情，其深沉和强烈，是不为人所理解的。而更为难能可贵的是，他虽然生活在大黑暗之中，心中充满孤愤，但他并不是一个悲观主义者，他还能看到生活中光明美好的一面，看到在普通人身上焕发出的真、善、美。他对生活中假、恶、丑的揭露和批判，是同对真、善、美的肯定和歌颂结合在一起的。这使《聊斋志异》在思想与艺术上达到了很高的境界，是蒲松龄非常了不起的地方。

第六，对读者的热切期待：正是由于内心充满孤愤，担心不被人理解，因此就强烈地期待着有人理解。

《聊斋自志》在前文感叹的基础上，以更为强烈和意味深长的感叹结束全文：“嗟乎！惊霜寒雀，抱树无温；吊月秋虫，偎阑自热。知我者，其在青林黑塞间乎！”以“寒雀”“秋虫”的“无温”“自热”来比喻自己的境况和心情，这是一种孤寂到了极点时的自我安慰和自我排解；而同时又以一种不确定的语气传达出，担心无人能理解自己的创作旨趣，就更加殷切地期待着有人能够理解。换成更直白的话来说，就是正因为无人“知我”，就更加强烈地期待着有人“知我”。但是令人感到悲哀的是，他把真正能理解自己的读者寄托于“青林黑塞”之间，也就是寄托于虚无缥渺的鬼魂世界。把希望寄托于一个本来无可寄托的世界，表现的是作家一种极度的失望；而在这极度的失望中，恰好透露出在他的内心深处正怀着一种非常热切的期待。这是一种真诚的期待，而同时又是一种没有确定把握能够实现的期待。这使我们联想到另一位伟大作家曹雪芹，他在《红楼梦》开卷中，也是发出了近似的悲叹："满纸荒唐言，一把辛酸泪。都云作者痴，谁解其中味？"他所表达的，同样也是在担心无人能解味中，期待着有人能够解味。这样的悲叹，同出一机杼，都是寻求理解、期待理解的一种特殊的表达方式。

除了以上所谈的六点，也还有不少对我们富于启发意义之处值得注意。比如《聊斋自志》采用的是骈文的形式，富于文采，有整齐的对偶，多用典故，这都表现了蒲松龄渊博的学识和深厚的艺术修养。小说中有的"异氏史曰"就是用骈文形式写成的。又如，他写的是一篇序言，却那样善于营造气氛，创造诗的意境，行文富于强烈的感情等等，都是在这种文体的一种创格，是非常少见的。而这些，在他的小说创作中都有更为突出的表现。序言中这些艺术特色的初步展示，对我们阅读《聊斋志异》作品时的艺术感受和理解，都会起到一种提示和引导的作用。

聊斋自志

蒲松龄

披萝带荔，三闾氏感而为《骚》①；牛鬼蛇神，长爪郎吟而成癖②。自鸣天籁，不择好音③，有由然矣④。松⑤，落落秋萤之火，魑魅争光⑥；逐逐野马之尘，罔两见笑⑦。

---

① 披萝带荔：出自《楚辞·九歌·山鬼》："若有人兮山之阿，被薜荔兮带女萝。"指山鬼披带着香草。三闾氏：指屈原，战国时楚国诗人，曾做过三闾大夫。《骚》：指屈原的代表作《离骚》。

② 长爪郎：指唐代诗人李贺。李商隐《李长吉小传》云："长吉细瘦，通眉，长指爪。"杜牧在评论李贺的诗歌时，以"牛鬼蛇神"来形容其风格的荒诞虚幻。

③ 天籁：自然界发出的声音，见《庄子·齐物论》。好音：指世俗社会特别是统治者所喜欢听的声音。

④ 有由然：由来已久，指是有历史传统的。

⑤ 松：蒲松龄自指。

⑥ 落落：孤寂的样子。魑魅：指精怪鬼物。这两句的意思是说，我就像秋天的萤火虫只能发出微光，可还有鬼物来和我争光。

⑦ 逐逐：追逐的样子。野马之尘：像野马奔腾那样飞扬的尘埃，比喻污浊的社会风气。罔两：同魍魉，原指山川的精怪，这里泛指精怪鬼物，与魑魅意同。

才非干宝，雅爱搜神[1]；情同黄州，喜人谈鬼[2]。闻则命笔[3]，遂以成编。久之，四方同人，又以邮筒相寄，因而物以好聚，所积益夥[4]。甚者：人非化外，事或奇于断发之乡[5]；睫在眼前，怪有过于飞头之国[6]。遄飞逸兴[7]，狂固难辞[8]；永托旷怀，痴且不讳[9]。展如之人[10]，得无向我胡卢耶[11]？然五父衢头[12]，或涉滥听；而三生石上，颇悟前因[13]。放纵之言[14]，有未可概以人废者。

松悬弧时[15]，先大人梦一病瘠瞿昙[16]，偏袒[17]入室，药膏如钱，圆粘乳际。寤而松生，果符墨志。且也：少羸多病[18]，长命不犹[19]。门庭之凄寂，则冷淡如僧；笔墨之

---

① 干宝：东晋时人，著有《搜神记》一书。

② 黄州：这里代指苏轼。他曾贬官黄州，据传居黄州时他很喜欢让客人给他讲鬼故事。

③ 命笔：用笔，这里是写作的意思。

④ 夥：多。

⑤ 化外：指教化所不及的边远之地。断发之乡：还未开化文明的偏僻之地。

⑥ 飞头之国：传说中人头可以飞动的国家。

⑦ 遄（chuán）飞逸兴：意兴飞扬，指创作时的一种精神亢奋的状态。

⑧ 狂：狂放，思想开放，行为不拘小节。

⑨ 旷怀：宽阔的胸怀。痴：痴迷，执着。

⑩ 展如之人：诚实守礼的人。

⑪ 胡卢：形容笑声或笑貌。

⑫ 五父衢头：衢，四叉路口。五父衢，古衢名，在山东。这里泛指街头巷尾。

⑬ 三生石：佛教观念，以前生、今生、来生为三生。传说，唐代的李源和圆观和尚友好，圆观死前告知李源他来生将转世为牧童，并与李相约二十年后在某地相见。届时李源如约而去，果见一牧童，歌云："三生石上旧精魂，赏月吟风不要论。惭愧情人无相访，此身虽异性常存。"后人常以三生石代指前缘。因，因缘。

⑭ 放纵之言：不受拘束、不守礼法之言。

⑮ 悬弧：古时生男，则悬弧（习武用的木弓）于门左。这里作者指自己的出生。

⑯ 瞿昙：这里泛指和尚。

⑰ 偏袒：和尚穿袈裟，因袒露右肩，故称为偏袒。

⑱ 羸（léi）：瘦弱。

⑲ 长命不犹：长大后命不如人。

耕耘，则萧条似钵[①]。每搔头自念：勿亦面壁人果是吾前身耶[②]？盖有漏根因，未结人天之果[③]；而随风荡堕，竟成藩溷之花[④]。茫茫六道[⑤]，何可谓无其理哉！独是子夜荧荧[⑥]，灯昏欲蕊；萧斋瑟瑟[⑦]，案冷疑冰。集腋为裘[⑧]，妄续《幽冥》之录[⑨]；浮白载笔[⑩]，仅成孤愤之书[⑪]：寄托如此，亦足悲矣！嗟乎！惊霜寒雀[⑫]，抱树无温；吊月秋虫，偎阑自热。知我者，其在青林黑塞间乎[⑬]！

康熙己未春日[⑭]

---

① 钵：和尚化缘时用的钵盂。这里代指像和尚那样过着清贫的生活。

② 面壁人：佛教传说，禅宗东土的始祖达摩，曾面壁修行九年，终于得道。后因泛称和尚为面壁人。

③ 有漏根因：佛教称烦恼为漏，有漏就是烦恼未除。根、因，也是佛教用语，指人的根性和行为，都是能引出相应果报的原因。按佛教的因果观念，善因得善果，恶因得恶果。人天，人间天上，指经修炼而成佛。

④ “随风”二句：是说人的命运好像树上所开的花，随风飞扬，有的飘落到富贵人家的茵席之上，有的则飘落到篱笆旁的粪坑里。这里喻指自己的命运不好。

⑤ 六道：佛教观念，六道指天道、人道、阿修罗道、饿鬼道、畜牲道、地狱道。人生生死死，都因其生前的善恶而在这六道中轮回。

⑥ 子夜：午夜，即子时，夜里十一时至凌晨一时。荧荧：灯光微弱。

⑦ 萧斋：萧条冷落的书斋。瑟瑟：风声，这里指寒冷。

⑧ 集腋为裘：积少成多。《慎子》：“狐白之裘，非一腋之皮也。”

⑨ 幽冥：《幽冥录》，是一部志怪小说集，南朝宋刘义庆著。《聊斋志异》内容也是谈狐说鬼，与此书性质相近；称“妄续”表示谦虚。

⑩ 浮白：饮酒。载笔：执笔写作。

⑪ 孤愤之书：寄托内心悲愤的作品。中国古代作家有发愤著书的传统。《韩非子》中有《孤愤》一篇，《史记》也是发愤之作。明代的李贽也称《水浒传》为“发愤之所作也”。蒲松龄继承了这一传统，而后又有曹雪芹发扬光大而写出《红楼梦》。

⑫ 惊霜：因霜降天寒而惊；吊月：面对冷月而感到伤感。

⑬ 青林黑塞间：鬼魂所在的地方。唐杜甫《梦李白》诗：“魂来枫林青，魂返关塞黑。”

⑭ 康熙己未：康熙十八年（1679）。

开宗明义论赏罚

——说《考城隍》

《考城隍》列于蒲松龄自编的《聊斋志异》手稿本中的第一卷第一篇，但明伦在评论中说："一部大文章，以此开宗明义。"由于《聊斋志异》并非严格按照编年结集，因此我们今天无法确定到底哪一篇作品才真正是全书的第一篇，但《考城隍》属于作者的早期创作，应该毫无疑义。虽然蒲松龄在创作初始时未必就预先计划好要写成一部卷帙浩繁的短篇小说集，更未必有一个通盘的谋划布局，有意要在首篇就自觉地揭出他的创作主旨和艺术追求，但我们确实可以从这篇作品中看出蒲松龄在创作这部短篇小说集时总的思想追求和艺术追求的某些端倪。

那么，我们从《考城隍》中能看到些什么呢？

从思想内容来看，这篇小说并不单一，表现了好几个方面的意义。首先，可以肯定地说，这是《聊斋志异》中最早的一篇有关科举考试题材的作品，表现了作者对科举考试的态度和对仕途的向往与热情。有文章说，《考城隍》表现了蒲松龄对个人遭遇的愤懑之情，其间寄寓了他对科举考试制度的批判，这是不确切的。且不说整部《聊斋志异》基本上没有从体制的层面批判过科举考试制度，就是由于对科举考试的失望和不满而对科举考试种种弊端进行的揭露和批判，也是到了他在考场上经过多次拼搏和失败之后才有的事。这篇作品中所表现的，只是蒲松龄对科举考试制度毫无保留的充分肯定。城隍是阴界的地方长官，在作者的笔下，其任职的确定不是由上级任命，而是通过科举考试来选拔。就篇中的两个人物宋公和张生的情况来看，无论就文才或思想品德，都是完全合格的。这就说明，在蒲松龄看来，科举考试制度是一个很好的制度，通过它可以选拔出优秀的人才来充任地方长官。

更为值得注意的，是主持考试的试官中有一个是变成为神的关公。关公的形象在《聊斋志异》中多次出现，无一例外都代表着公平和正义。代表公平和正义的关公，在《聊斋志异》中的首次登场，是被安排在阴界文宗的位置上，这一点颇含深意。这直接同蒲松龄的生活与思想有关。一方面是作者本人生活体验的反映。他十九岁时，接连以县、府、道三个第一考中秀才，主持考试的就是清初著名文学家施愚山，蒲松龄一直视他为能识才、爱才、选才的恩师。另一方面，也反映了在基于亲身体验而产生的蒲松龄的意识中，认为考试制度执行得好不好，关键是主持考试的人正派不正派，有没有应具的才学和眼光。他后来写的许多揭露科举考试弊端的作品中，那么尖锐地集中讽刺试官的平庸与贪婪，不是偶然的。细读这篇作品不难体会到，在作为试官的关公和应试者宋公及张生的形象中，是寄托了蒲松龄本人对科举考试和进入仕途的理想与追求的。若同他后来在经过多次挫折和痛苦之后写出的一系列有关科举考试的作品相比，其间思想发展的脉络与认识上的异同，都是有清晰的轨迹可寻的。这种融入到人物形象之中的作者对生活的热情，特别是对科举考试的理想和憧憬，正好是这篇作品属于蒲松龄早期创作的明证。说这篇小说是批判科举考试制度的，不仅与小说的实际内容不符，而且把作品创作的时间背景完全弄错了。我们从中可以得到的启示是，小说虽然采用幻笔，充满奇异的艺术想象，但其描写还是立足于作者本人的生活体验和对生活的认识的。《聊斋志异》全书所显示的这一艺术创造的路数，在第一篇作品里已开其端。

其次是作品中表现了蒲松龄的道德观念和与此相关联的赏罚原则。赏罚原则必定包含着提出这一原则的人的道德观。小说中这一原则和相关的道德观念，是通过宋公考试时答卷的内容表现出来的。以我们今天的眼光看，考试的题目出得有点奇怪：“一人二人，有心无心。”可宋公却就此写出一篇精妙的文章，小说未录全文，只摘出其中的四句：“有心为善，虽善不赏。无心为恶，虽恶不罚。”但明伦在这里加一段评语说：“有心无心，明慎用刑之道，不外乎是。”提醒我们要注意“有心”“无心”这四个字。另一位清代著名的《聊斋志异》评论家何守奇篇末评云：“一部书如许，托始于考城隍，赏善罚淫之旨见矣。”“赏善罚淫”，的确是这一篇，也是《聊斋志异》中许多篇作品的要旨之一，这是说得不错的。但何评虽然基本上说对了，认识却还没有到位。在字面之下，还有值得我们进一步探寻的深层含蕴。

“赏善罚淫”（有时也写作“赏善罚恶”），无论古今，都是一个为大众所熟知并为大众所接受的赏罚原则，虽然在不同时代和不同人的眼里，善和恶的内涵和标准会有很大的差别。如果宋公在他的试卷里只是提出这样一个人所共知的普遍原则，毫无新意，那小说写主考的“诸神”看了以后竟“传赞不已”，就很有些令人费解。其实，如果只从字面上看，这两句话的意思与“赏善罚淫”倒是恰恰相反的，就是：“行善不赏，为恶不罚。”这正是宋公的认识与众不同之处，也是他的超卓不凡之处。关键在于，行善而“不赏”是有条件的，这条件就是“有心”；作恶而“不罚”也是有条件的，这条件就是“无心”。因此，正确理解“有心”与“无心”，就成了正确理解这四句话，并进而正确理解这篇作品思想意义的关键。

行善而“不赏”，作恶而“不罚”，确实有些难于理解。特别是对前一句，似乎有悖于常情常理。因此，自清代以来，不少《聊斋志异》评论者都将“有心”解释为“有机心”（意为借行善而别有所图）、“作伪”，即不是真行善而是伪善，以此来求得与下文的“不赏”之意相契合。如清代的方舒岩评云：“有心为善则伪，无心为恶是过，其赏罚当有差等。”① 现代评论者也这样说：“那种邀买人心、哗众取宠的用心，是不应该赏的，而人的善恶，全在于有没有正心、修身的素养。”② “‘有心为善’，即行善时以功利主义为出发点，一味考虑行善的成本和利润，认为确实划得来才去做。所以‘有心为善’的动机明显是利己，利己就是私，私就是假，就不是真善，故‘虽善不赏’。”③ 这种解释显得比较牵强，也不符合蒲松龄的原意。

我认为，从文字的表达形式和作者一贯的道德观念看，这里的“有心”，解释为“有意”“自觉”，即“诚心诚意”比较合适。在语言形式上，这四句话构成三组对举：“善”与“恶”，“赏”与“罚”，“有心”与“无心”，表现的都是相关而又相反的意思。如果我们将作恶的“无心”理解为“不是有意”，即“不自觉”，那么对行善的“有心”，就应该理解为与之相反的“有意”和“自觉”。有心做善事而不给予奖赏，这在表面上看起来好像说不通，但这话其实是包含着更深一层的含义，就是：对自觉地、诚心诚意地做好事，也就是不图任何回报的人，奖赏是没有什么意义的，当然也就完全用不着给予奖赏。因此，这里的“不”字，正确的理解应该是“无须”“不必要”的意思。要是把隐含的意义“翻译”到字面上来，应该是：有心为善是为大善，大善不必奖赏；无心为恶是为小恶，小恶可以宽容。这样就顺理成

---

① 见任笃行辑校：全校会注集评本《聊斋志异》，齐鲁书社，2000 年 5 月，第 3 页。

② 见《蒲松龄研究》第 1 辑，1986 年 9 月，《从〈考城隍〉说起》。

③ 见《蒲松龄研究》2005 年第 3 期《论〈考城隍〉本文层次的典型特征》。持相同观点的还有《蒲松龄研究》1995 年第 2 期的《读〈聊斋〉杂记》，《蒲松龄研究》2006 年第 2 期的《一部大文章以此开宗明义》等文。

章，不难理解了。

这样的理解，符合蒲松龄一贯的道德观念。他曾经受他的朋友王八垓之托，写了一篇《为人要则》，针对浇薄的世风，提出了十二条做人的基本原则，鲜明地表现了他的道德观。在第一条“正心”中，他认为做人第一要紧的是要“正心”，因为“心”是决定一切的，这同我们今天常说的“思想决定行动”没有什么不同。所以他接着就说，人与禽兽的差别，就在于人的心中有一点“正气”。显而易见，在蒲松龄看来，真正行善的人，应该就是心中有正气的人；如果心中没有正气，行善的事是勉强不来的。在相关的第三条“劝善”中，蒲松龄认为，行善不是人人都能做得到的，因为“以安饱之身置之困苦，以血汗之财赠之他人”，对谁来说都不是一件容易的事。但虽说难，对有心做善事的人来说，还是可以做到的。所以他认为，要是有人在旁劝说，对不同的人效果会有所不同：“则原存是心（善心）者，其志益坚；原无是心者，其心必动矣。”[①] 意思很清楚，在蒲松龄看来，有心还是无心，自觉还是不自觉，是判断一个人是真善还是伪善的关键。重视心对人的行动的决定作用，在考察人的善行时强调心的纯正和坚定，这同在《考城隍》中所表现的思想，正相一致。

这样看来，“有心为善，虽善不赏”是在更高的思想层面上对善的提倡和褒奖：肯定行善者有很高的精神境界，除了行善本身别无所求，这种肯定实际上就是一种特殊形式的鼓励和奖赏。与此相对应，“无心为恶，虽恶不罚”，对不自觉的小恶实行宽容，同样可以指引人弃恶向善，而且很可能是一种更为有效的引导手段。正是这种富于卓见、更具深意的“赏善罚淫”原则，才使得主考的“诸神”对宋公的文章“传赞不已”。也许有人会说，既然蒲松龄主张真善不赏，那他为什么在《聊斋志异》中写了那么多好人得到好报的故事呢？这不难理解，因为这里的主张说的是一种理想，而好人好报故事中针对的却是现实。因为现实中“真善”不多，才需要对凡做了好事的人给予好报来提倡和鼓励。

读完《聊斋志异》全书，我们就能体会到，歌颂真、善、美，抨击假、恶、丑，是蒲松龄创作这部短篇小说集总的思想追求和艺术追求，而第一篇就突出地写到了“善”。虽然只是从考卷里写出，还停留在抽象的理念层面，但却是认真的、郑重其

---

① （清）蒲松龄：《蒲松龄集》上卷，上海古籍出版社，1986 年 4 月，第 289、290 页。

事地提出来加以表现的。

与写善不同，对仁孝思想的表现则主要是通过人物的行动和情节来完成的，有一定的生活血肉支撑，是作品中较富于小说意味的部分。诸神看了宋公的文章，才德都合乎条件，便立即决定任命他为河南城隍。宋公以“老母七旬，奉养无人，请得终其天年”为由请求延期赴任。当事者马上调来宋母的寿籍查看，确认实“有阳算九年”后，关公便决定由秀才张生暂为其代任九年，并对宋公说：“应即赴任，今推仁孝之心，给假九年。及期当复相召。”九年后母卒，宋公欣然赴任而成了神。宋公因母亲无人照料而辞任，不是借口而是实情；关公因体恤宋公之心而宽以九年之假，这些富于人情味的描写，都表现了作者对仁孝之心的肯定和赞扬。

以上说到的这些内容，都是蒲松龄同时代现实中的人所熟悉甚至是亲身经历过的生活（参加科举考试、答卷以及被录取放官等）和所具有的思想观念（善恶及相关的赏罚原则、仁孝之心等），但在小说中却是通过幻想的形式表现出来的，故事的主体基本上是在与阳世相对应的阴间演进。这在艺术上就有一个幻与实关系的处理问题，《聊斋志异》中凡是涉幻的作品都存在这个问题。幻实关系的处理，显示出《聊斋志异》在艺术表现上的一个突出特色，也显示出作者蒲松龄艺术手段的高明。这一点，《考城隍》也是首开其端。

以幻写实，幻实相生，在奇异的艺术想象中表现出真实的生活内容，并显示作品的思想倾向，这一手法为以后的《聊斋志异》中的大量作品所广泛采用。在这篇小说中，阴间的吏人持牒请宋公去参加科举考试，这是幻笔，但人物的行动和对话都与现实生活中的真实情景没有什么区别。而在叙述过程中，作者却又有意不断地点示出种种与现实生活的不同之处，令人读来疑窦丛生，产生一种扑朔迷离之感。这样，尽管这篇作品的情节还比较简单，叙述也比较平直，但同样产生了相当强烈的艺术吸引力。如宋公问：“文宗未临，何遽得考？”主持考试的试官还没有到，怎么就急着叫我去参加考试呢？这显然与现实中的惯例不合。跟着吏人去赴试的途中，一路景象本来十分熟悉，但宋公眼前所见却非常生疏。举行考试的地方，也跟现实中所知的完全不同：“城郭”的气派竟“如王者都”，府廨宫室十分壮丽。这不仅使亲临其境的宋公心生诧异，读者也会感到疑惑不解。直至主考官中出现了宋公唯一熟悉的关公，才暗示我们主人公已是到了神鬼世界，前面的种种诡异反常之处，这时才得到了解释。但考试时的情景和录用后的放官，除了任职是阴间的城隍以外，又与阳世大体相同。总之，用幻想的形式，写现实的内容；幻想的景象中时时透出现实的内容；幻想的景象与现实的景象，又处处交织在一起，呈现出一种亦幻亦真的既迷离又清晰的艺术场境。这是蒲松龄在继承志怪小说和唐人传奇艺术传统基础上的杰出创造。

与处理幻实关系相适应，在构思和细节上，作者非常注意前后的关合和照应。如开头写宋公“病卧”，就有作者的匠心。这两个字是绝对不可少的。因为在当时现实人的观念中，人是只有死了以后才能进入到阴间的，因此写他“病卧”，就是为后面写他到阴间赴试作铺垫，使虚幻情节的出现和发展，显得合乎常情常理。后面宋公获假九年，告别秀才张生回家时，小说这样写：“及抵里，豁若梦寤。时卒已三日，母闻棺中呻吟，扶出，半日始能语。”这些描写，与开首的“病卧”二字遥相呼应，是写他由阴间返回阳世，在结构上显得严整而无疏漏。又如，前面写宋公以奉养七旬老母为由请求宽限任命，后面写九年后“母果卒，营葬既毕，浣濯入室没”，也是两相呼应，既表现了宋公的仁孝之心，也表现了他的诚信守约，在构想和叙写上都是比较细密的。还有一段值得注意的是，写宋公赴任前到其岳家去告别：“其岳家居城中西门内，忽见公镂膺朱幩，舆马甚众。登其堂，一拜而行。”不写这几句，对情节的发展似乎并无影响，但这几句又不是可有可无的多余笔墨。写了这几句，对思想的表达就更加完足：一是对岳家的这种礼数和尊敬，与对母亲的仁孝之心相互映衬，进一步表现了宋公的美好品德；二是“镂膺朱幩”云云，对赴任城隍时荣华热闹气氛这样的渲染，其间就隐含着作者蒲松龄本人对科举仕途的追慕与热情。

另外，篇中还多处将虚构的奇幻情节加以坐实，以增加作品的真实性。如一开头就写主人公宋公是“予姊丈之祖”，结尾处又写“公有自记小传，惜乱后无存，此其略耳”。又如与宋公一起参加考试的秀才，代宋赴任河南城隍，临别时“自言长山张某”，宋公还阳后“问之长山，果有张生，于是日死矣”。这些都暗示给读者，文中所记并非凭空杜撰。蒲松龄是把假事当做真事来写，至少是要让我们当做真事来相信，这也是《聊斋志异》中惯常用的手法。

大家都说《考城隍》在《聊斋志异》中只是一篇二流作品。确是这样。但虽属草创，尚非精品，却于思想上能见出作者的道德、识见、情怀，艺术上能见出作者的构想、手法、文采，这都处处与《聊斋志异》全书血脉相通。在这个意义上，说《考城隍》具有“开宗明义”的意义，也还合乎实际。

考城隍

蒲松龄

予姊丈之祖宋公，讳焘①，邑廪生②。一日，病卧，见吏人持牒③，牵白颠马来④，云："请赴试。"公言："文宗未临⑤，何遽得考？"吏不言，但敦促之。公力病乘马从去，路甚生疏，至一城郭，如王者都。移时，入府廨⑥，宫室壮丽。上坐十余官，都不知何人，唯关壮缪可识⑦。檐下设几、墩各二。先有一秀才坐其末，公便与连肩⑧。几上各有笔札⑨。俄，题纸飞下，视之，八字，云："一人二人，有心无心。"二公文成，呈殿上。公文中有云："有心为善，虽善不赏。无心为恶，虽恶不罚。"诸神传赞不已。召公上，谕曰："河南缺一城隍⑩，君称其职。"公方悟，顿首泣曰："辱膺宠命⑪，何敢多辞？但老母七旬，奉养无人，请得终其天年，唯听录用。"上一帝王像者，即命稽母寿籍⑫。有长须吏捧册翻阅一过，白："有阳算九年。"共踌躇间，关帝曰："不妨令张生摄篆九年⑬，瓜代可也⑭。"乃谓公："应即赴任，今推仁孝之心，给假九年。及期当复相召。"又勉励秀才数语。二公稽首并下⑮。秀才握手，送诸郊野，自言长山张某。以诗赠别，都忘其词，中有"有花有酒春常在，无烛无灯夜自明"之句。

---

① 讳：古时对尊长不能直呼其名，称为避讳。这里的讳就是名的意思。

② 廪生：廪膳生员的简称，指由朝廷按月发给生活补贴的秀才。

③ 牒：公文。

④ 白颠马：额头上有毛的马。

⑤ 文宗：清代对各省主管科举考试的学官的誉称。

⑥ 府廨：官署。

⑦ 关壮缪（móu）：关羽。三国时蜀汉名将，死后追封壮缪侯。

⑧ 连肩：并肩而坐。

⑨ 笔札：笔和纸。

⑩ 城隍：阴司守护城池的神。

⑪ 辱膺宠命：辱，承蒙；膺，受。意思是很荣幸地得到您的任命。

⑫ 稽母寿籍：查一下宋焘母亲的寿限。

⑬ 摄篆：代掌职权。

⑭ 瓜代："及瓜而代"的缩写，意即接任。《左传·庄公八年》："齐侯使连称、管至父戍葵丘，瓜时而往，曰：'及瓜而代。'"后世遂将官员任满由他人接替称为"瓜代"。

⑮ 稽（qǐ）首：伏地叩头，古时一种隆重的礼节。

孝感隍
人生百行孝為先
明義開宗第一篇
注涕陳情予假日
歡承萱草喜延年

公既骑，乃别而去，及抵里，豁若梦寤。时卒已三日，母闻棺中呻吟，扶出，半日始能语。问之长山，果有张生，于是日死矣。后九年，母果卒，营葬既毕，浣濯入室而没。其岳家居城中西门内，忽见公镂膺朱幩[①]，舆马甚众。登其堂，一拜而行。相共惊疑，不知其为神。奔讯乡中，则已殁矣。公有自记小传，惜乱后无存，此其略耳。

① 镂膺朱幩:（fén）：骏马配着大红辔饰，金色饰带，装饰得非常漂亮。

蒲松龄的劝世婆心

——说《瞳人语》

蒲松龄的《聊斋志异》是一部忧世之作、愤世之作，也是一部劝世之作、救世之作。蒲松龄依据他的政治理想和道德观念，猛烈地抨击假、恶、丑，热情地歌颂真、善、美，希望社会能够变得好起来，人也能够变得美起来。所以，他除了写作许多深刻地揭露社会现实和歌颂美好事物的短篇小说之外，还创作了不少富于教育意义的训诫故事。这些训诫故事体现了作者的道德观和做人态度，同时也概括了丰富的人生经验，体现出他的救世热情和劝世婆心。《瞳人语》就是其中很有特色的一篇。

蒲松龄不仅热情地歌颂青年男女的纯真爱情，而且还肯定男女性爱，在他那个时代是很大胆的，具有反封建礼教的进步意义；但他同时又强烈地反对和憎恶贪淫好色的轻薄丧德行为。即使是同样被视为不合礼法，正常自然的性爱和淫乱行为是并不相同的。他曾经写过一篇体现他的道德观和做人准则的《为人要则》，其中有一条叫“正心”，既正“贪心”“忍心（残忍之心）”，也正“欲心”。他说：“欲心动，则欲行淫。”这篇《瞳人语》就体现了他正“欲心”的道德观念。

小说通过奇异的情节，对轻薄好色的人提出惩戒。一位叫方栋的书生，有才而无德，在路上看见漂亮姑娘总要尾随其后，观赏其美色，表现出对妇女很不尊重的侮慢态度。这一次，他又在路上看到了一位“红妆艳丽”的“二八女郎”，坐在华贵的车子里，由一群丫头簇拥着，他于是又神魂颠倒，尾随其后达数里之远。结果在受到一顿斥责之后，被一位丫头掬起一把尘土撒在眼睛里。回家后两眼各生出一个小翳，右眼更厚，“起旋螺”，且百药无效。他因失明而心生忏悔，于是虔心诵念佛经。坚持一年之后，突然出现了奇异的现象：先是听见眼睛里有两个小人对话，后来小人竟从鼻孔中钻出来，游玩一番之后又从鼻孔中进入了眼眶里。原来眼睛中生出了两个小瞳人。后因方生确有忏悔之意，左眼中的小瞳人便破眶而出，使障翳消失，左眼重见光明，但右眼的“旋螺”太厚，翳障不能破，两瞳人只好同居于一个眼眶内，方栋竟成了一个独眼双瞳人。故事的结局是：方生“由是益自检束，乡中称盛德焉”。小说使轻薄好色的人受到相当严厉的惩罚，而后又让他悔过自新，成为一个被人称颂的有道德的人。

这篇小说的命意不难把握。他在“异史氏曰”中，讲了另一个类似的故事之后说：“轻薄者往往自侮，良可笑也。”讽世之意是很清楚的。不过如果联系到《聊斋志异》全书来仔细体味，这篇小说在思想内容上也还有两点值得提出来说一说。

其一是，作者对品德不好的人的批判和惩罚是很有分寸的。不仅与对贪官污吏和土豪劣绅的切齿痛恨不同，即使同属于轻薄佻达，他所给予的惩罚和安排的最后结局，也因当事人的不同情况而有很大的差异。从《聊斋志异》的全书来看，在蒲松龄的心目中，似乎对贪淫和好色是有所区分的。贪淫是指见于行动的淫乱行为，而好色则仅仅是指喜欢观赏和贪恋女人的容色，两者虽然均属轻薄无行，但对女性的态度到底有侮慢和蹂躏之别，因而所给予的惩罚也就有所不同。这篇小说中方栋的轻薄行为仅仅止于无礼地观看女人的美色，而未及于淫乱，故虽然也施以“鬼神之惨报”，即仅使之“眯目失明”，并没有将他置于死地。但在另外一些篇中，对那些贪淫的人，惩罚就严厉得多了。例如《画皮》中的王生，轻佻贪淫，在路上看见一个“二八姝丽”，就勾引到家中同居，虽经妻子和道士的告诫，仍不悔悟，结果不仅他自己的心被厉鬼掏去，而且连妻子也被牵连受到食人之唾的侮辱。《婴宁》中写西邻之子妄图引诱奸污婴宁，结果被狡黠的婴宁捉弄，竟丢了一条性命。《董生》中写董生经不住引诱，与狐怪淫乱，最后“呕血斗余而死”。《黎氏》中写谢中条“佻达而无行”，路遇由狼变成的美妇，就与其野合，并娶为继室，结果被狼啖其子女三人而去。这些人受到的惩罚，都较方栋要严厉得多。

其二是，作者意在劝世，因此对于有过失的人，只要他知过能改，就给予改过自新的机会。所以作品特意描写方生在失明之后“颇思自忏悔”，写他读《光明经》也是诚心诚意，“持之一年，万缘俱净”。最后不仅让他一只眼睛恢复光明，而且赞扬他“虽一目眇，而较之双目者，殊更了了”。肯定他有了真正的觉悟。最后还写他成为乡里中受人尊敬的有“盛德”的人。所以作者在“异史氏曰”中明确地说：“鬼神虽恶，亦何尝不许人自新哉。”假托鬼神，其实正流露出作者所怀的一片救世婆心。类似的作意，在《翩翩》一篇中也有鲜明的表现。主人公罗子浮是个浮浪子弟，喜欢狎妓，在金尽时被妓所逐，衣食无着，受到应有的惩罚。但他只是一个浪子，愿意回头，也可以回头，所以就让他后来在山洞中遇到善良的仙女翩翩。翩翩不仅为他治病，而且为他置衣、备餐，帮助他过上健康幸福的生活。但当他眼见花城娘子长得漂亮便旧性复发、心浮意动时，身上所穿的由翩翩为他点化而成的柔细如绸缎的衣服便又马上复原为芭蕉叶。这是作者借翩翩的仙术对他所作的小小的惩戒，终于使他变成了一个弃旧从新的好人。

《瞳人语》虽然篇幅不长，但在艺术构思和艺术描写上却也颇具匠心。开头介绍主人公就很有讲究。说方栋“颇有才名，而佻脱不持仪节”，这样介绍人物，显然包含了两方面的意义和作用。一是，先说他“有才名”，而不是直接单说他“佻脱不持仪节”，这就有了一种弦外之音，即：即使有才，也不能无德，有才而无德的人是不值得肯定的。这既切合小说中人物的士人身份，又暗示了作者所要着意表现的重点是他的无德，揭示出全篇的基本内容。二是，“佻脱不持仪节”这六个字，是作者撮要提出的人物思想风貌的主要特点，不仅是小说将要着重描写和讽刺的内容，而且在艺术表现上也成为全篇敷演故事的依据。

这样简括地介绍人物之后，接下去小说就立即写方生的“佻脱”之行。写“佻脱之行”也有讲究，是从一般到具体，由简括而详细：“每”如何如何，“辄”如何如何，用两句话概括他平日的表现。虽简括却表明了他是一贯如此，并非偶尔一为，可见是一个品德问题、作风问题。在此基础上才详细地写出他这一次受到惩罚的具体遭遇。不过这段文字直接写方生的地方也并不多，只用了四句十六个字：“目炫神夺，瞻恋弗舍，或先或后，从驰数里。”可以说这只是前面写他见女人“辄轻薄尾缀之”的稍稍具体化，但也非常简略，作者将大部分文字留给了为他轻薄侮慢的对象。写他的对立面也很有讲究：为写那个“红妆艳丽”的“二八女郎”，却又先写那个“容光绝美”的小婢。方生是先见小婢而“稍稍近觇之”，而后看见了更加漂亮的女主人才紧随不放的。照顾到宾主两个方面，写得有层次，也就显得充分、丰富，说明方生确实是一个很不检点的轻薄士人。不过值得注意的是，这些对女婢和她的主人的描写，特别是她们如何美丽，又如何生气对方生进行斥责，都是由男主人公的眼中和切身感受来表现的。因此，这些描写实际上也都落到了方生的身上，起到了表现这个“佻脱”书生的作用。

这段描写就全文来说还只是一种铺垫，还不是小说描写的重点。重点在写方生受到惩罚之后的忏悔和转变，以及由此而带来的终于变成一个“盛德”之人的最后结局。因此，小说的真正精彩之处在于由实境转入幻境的描写。方生在眼睛被撒入尘土之后，渐渐生出小翳而失明，这虽已经有些奇异，但在现实生活中也还是有可能的，所以仍属于写实。真正奇异的幻笔，是方生的眼中长出两个小瞳人：不仅能听见他们在眼中对话，还能感觉到他们从鼻孔中钻出，到园亭中游耍一番之后又回到眼眶中来；之后竟又破翳而出，使方生重见光明。这些描写可以说是奇幻至极，但我们读来却能于幻中见真，并不觉得荒诞。

这一方面是由于，作者在艺术处理上，使由实入幻显得非常自然。细心的读者不难发现，为了引出幻境，作者在我们不经意中已在前面巧妙地伏了一笔，这就是通过人物对话点出那个“二八女郎”乃是“芙蓉城七郎子新妇”。芙蓉城是传说中的仙境，芙蓉城中人就是神仙中人，难怪他们能使出那般奇异独特的惩罚手段。到故事讲完，作者在“异史氏曰”中就明确点出：“芙蓉城主，不知何神，岂菩萨现身耶？”这时，我们才明白作者造出这种幻境的良苦用心。而随后接写的方生“懊闷欲绝，颇思自忏悔”九个字，则又从主人公自身真实心理的一面，直开后半篇文字。有实有虚，有主有从，巧为布置，表现出作者在构思上的精巧细密。

另一方面还由于，作者不论是写实境还是写幻境，都注意到融进现实生活的感受和体验，使之不仅形象、逼真，而且富于生活气息，其间生动传神的对话起了很重要的作用。前面写女郎斥责方生时对婢女说：“为我垂帘下。何处风狂儿郎，频来窥瞻！”婢女下帘后怒斥生曰：“此芙蓉城七郎子新妇归宁，非同田舍娘子，放教秀才胡觑！”从语气口吻中直传达出人物的神情意态，令读者不仅如闻其声，简直如见其人。后面写两个小瞳人的对话，虽出诸幻笔，因道出了生活实感，读来亦如同亲见亲闻。因为呆在狭窄的天地中很不舒服，便发出这样的感叹：“黑漆似，叵耐杀人！”“可同小遨游，出此闷气。”小瞳人是幻想出来的，但他们讲的都是现实中人的自然感受，日常需求，是人人都曾体验过，都可以理解的。再加上写两个小瞳人从鼻孔中钻出钻进时，那方生的感觉：“渐觉两鼻中蠕蠕作痒，似有物出，离孔而去。久之乃返，复自鼻入眶中。”令我们读来，真有如感同身受。《聊斋志异》中的奇幻描写，虽幻而不失其真，使读者不觉其荒诞，爱读，能接受，甚至感到亲切，大体都是由于其间渗透了现实的人的真实感受，富于生活气息。

从艺术构思的整体来看，还有一处很容易被我们忽略的细节描写，也很值得注意。这就是两个小人到园中游玩归来以后，曾发出这样的感叹：“许时不窥园亭，珍珠兰遽枯瘠死！”这一方面自然也是为了增强对两个小瞳人虚幻描写的生活实感，但同时更是为了引出下面两句对方生平日另一面思想性格的补充描写："生素喜香兰，园中多种植，日常自灌溉。"种兰爱兰，是一种风雅之事，经此一点染，我们便感觉到方生人虽佻达，却也还有不俗的一面。这也就在读者不经意处揭示出，此人在受到惩罚后能够深自忏悔而最终转变的内在原因。这样细心的点示，完全出于整体艺术构思的需要，正体现了篇末作者所说的"鬼神虽恶，亦何尝不许人自新哉"的劝世婆心。

瞳人语

蒲松龄

长安士方栋[①]，颇有才名，而佻脱不持仪节[②]。每陌上见游女，辄轻薄尾缀之。

清明前一日，偶步郊郭。见一小车，朱茀绣幰[③]，青衣数辈[④]，款段以从[⑤]。内一婢，乘小驷[⑥]，容光绝美。稍稍近觇之，见车幔洞开，内坐二八女郎，红妆艳丽，尤生平所未睹。目炫神夺，瞻恋弗舍，或先或后，从驰数里。忽闻女郎呼婢近车侧，曰："为我垂帘下。何处风狂儿郎，频来窥瞻！"

婢乃下帘，怒顾生曰："此芙蓉城七郎子新妇归宁[⑦]，非同田舍娘子[⑧]，放教秀才胡觑！"言已，掬辙土扬生。生眯目不可开。才一拭视，而车马已渺。惊疑而返，觉目终不快。倩人启睑拨视，则睛上生小翳[⑨]，经宿益剧，泪簌簌不得止；翳渐大，数日厚如钱；右睛起旋螺[⑩]，百药无效。懊闷欲绝，颇思自忏悔。闻《光明经》能解

---

① 长安：即今陕西西安市，为汉唐时国都，后来常用为国都的代称。

② 佻（tiǎo）脱：轻佻，行为不检点。

③ 朱茀（fú）绣幰（xiǎn）：红色车帘，绣花车帷。

④ 青衣：婢女。

⑤ 款段：原意是指款段马，即行动迟缓的马，这里指骑马慢行。

⑥ 小驷：这里指小马。

⑦ 芙蓉城：传说中的仙境。归宁：回娘家。

⑧ 田舍娘子：农村妇女。

⑨ 小翳（yì）：遮蔽瞳孔的膜。

⑩ 旋螺：膜结数层如螺旋。

瞳人語
目淫原自意淫來
眸子當時萬念
灰天視未遲從我
視轉移捷徑
在靈臺

厄[1]，持一卷浼人教诵[2]。初犹烦躁，久渐自安。旦晚无事，唯趺坐捻珠。持之一年，万缘俱净。

忽闻左目中小语如蝇，曰："黑漆似，叵耐杀人[3]！"右目中应云："可同小遨游，出此闷气。"渐觉两鼻中蠕蠕作痒，似有物出，离孔而去。久之乃返，复自鼻入眶中。又言曰："许时不窥园亭，珍珠兰遽枯瘠死！"生素喜香兰，园中多种植，日常自灌溉，自失明，久置不问。忽闻此言，遽问妻："兰花何使憔悴死？"妻诘其所自知。因告之故。妻趋验之，花果槁矣，大异之。静匿房中以俟之，见有小人自生鼻内出，大不及豆，营营然竟出门去[4]。渐远，遂迷所在；俄，连臂归，飞上面，如蜂蚁之投穴者。如此二三日。又闻左言曰："隧道迂，还往甚非所便，不如自启门。"右应云："我壁子厚，大不易。"左曰："我试辟，得与而俱[5]。"遂觉左眶内隐似抓裂。有顷，开视，豁见几物，喜告妻。妻审之，则脂膜破小窍，黑睛荧荧，如劈椒[6]。越一宿，幛尽消；细视，竟重瞳也。但右目旋螺如故。乃知两瞳人合居一眶矣。生虽一目眇，而较之双目者，殊更了了。由是益自检束，乡中称盛德焉。

异史氏曰[7]："乡有士人，偕二友于途，遥见少妇控驴出其前，戏而吟曰：'有美人兮[8]！'顾二友曰：'驱之！'相与笑骋，俄追及，乃其子妇，心赧气丧，默不复语。友伪为不知也者，评骘殊亵[9]。士人忸怩，吃吃而言曰：'此长男妇也。'各隐笑而罢。轻薄者往往自侮，良可笑也。至于眯目失明，又鬼神之惨报矣。芙蓉城主，不知何神，岂菩萨现身耶？然小郎君生辟门户，鬼神虽恶，亦何尝不许人自新哉！"

---

① 《光明经》：佛教经典，即《金光明经》。

② 浼（měi）人：请人。

③ 叵耐杀人：令人难以忍受。杀同煞。

④ 营营然：像小虫飞来飞去时发出的声音。

⑤ 得与而俱：如果我取得成功，就同你共同使用。而同尔，你。

⑥ 劈椒：像裂开的花椒内核，这里用来形容开启的眼睛瞳孔。

⑦ 异史氏曰：《聊斋志异》借鉴《左传》《史记》所采用的一种论赞体例，即在正文叙事之后，加上一段评论性文字，以表明作者对事件的认识和态度。蒲松龄自称"异史氏"，故标举为"异史氏曰"。

⑧ 有美人兮：这是《诗经·野有蔓草》里的诗句，原诗："有美一人，清扬婉兮。邂逅相遇，适我愿兮。"

⑨ 评骘殊亵：评论的话非常下流。

幻由人生和以幻写实

——说《画壁》

《画壁》是一篇描写生动、艺术构思精妙，而思想旨趣却有些难于把握，甚至显得有些扑朔迷离的作品。小说写一个书生朱孝廉和他的朋友孟龙潭一起到一座寺庙去参观游览。殿中墙壁上有许多绘画，“图绘精妙，人物如生”。最栩栩如生的，是东壁上的“散花天女”画。天女乃一垂髫少女，“拈花微笑，樱唇欲动，眼波将流”。朱孝廉被强烈吸引，注目不移，久之竟“不觉神摇意夺，恍然凝想”。于是，忽然身体就飘飘然如驾云雾，不由自主地就到了壁上。小说由此展开一系列的幻想情节，在现实人物朱孝廉和壁画人物散花天女之间，产生了一段充满浪漫色彩，不乏幸福甜蜜，同时又离奇曲折、紧张惊险的性爱故事。朱孝廉从壁上回到现实以后，以他在画壁中的经历和由此引起的壁画上的奇异变化（画上的天女在跟他有性爱关系以后，竟“螺髻翘然，不复垂髫矣”——就是从少女的发型变成了少妇的发型）求问于老僧，老僧笑答：“幻由人生，贫道何能解？”这是不解之解，充满了一种神秘意味，令人深思，同时又使人如坠五里雾中。

作者通过这个美妙的充满艺术魅力的故事，想要表达一种什么样的思想呢？这可以有完全不同的解释。清代的几位著名的《聊斋志异》评论家几乎异口同声地评定，蒲松龄是在宣扬一种宗教思想，即借由佛家之口，来劝诫、来喝破那些有“淫心”的人。而用蒲松龄自己在“异史氏曰”中的话来说，这是一篇“菩萨点化愚蒙”的戒淫之作。冯镇峦评曰：“幻由人生一语，该括一部《昙花记》。”何守奇评曰：“此篇多宗门语。至‘幻由人生’一语，提撕殆尽。志内诸幻境皆当作如是观。”但明伦也称“幻由人生”一语，是“真解”“妙解”，进而联系小说中的人物说：“以知悟道不在多言，惜朱（孝廉）之闻妙谛而不解也。”今人也有持相同观点的，如说：“老僧的用意在于通过朱孝廉这番虚幻经历，让朱孟二人明白‘幻由人生’（也就是

‘异史氏曰’所说的‘人有淫心，是生亵境；人有亵心，是生怖境’）的佛理，这一佛理也是这篇小说的整体情节框架所表现出来的基本主题。”①

认识和把握文学作品的主题，或者说作品的思想倾向，通常有两条路径。一条是，看作者在作品中的明确提示，即直接将他的用意，或曰主题思想，明明白白地表达出来。如此篇中的“异史氏曰”中蒲松龄所说的那番话。但是，并不是每一篇作品作者都会出来作直白提示的，绝大多数都没有；真正的艺术作品也不应该有，不必有。而更为重要的是，即使作者有直白提示，由于种种复杂的原因，也往往靠不住，不可以当真。另一条路径是，考察作品的艺术，亦即对作品中的人物、情节、细节等进行具体的分析。对一篇具有艺术性的小说来说，作者的真实思想，亦即他从生活中得来的真切的生活体验和认识，都是隐藏、渗透、寄寓在小说的艺术形象之中的。分析作品的艺术，就是要挖掘出作品内在的、而不是显露在外的思想内涵。这条路径最符合艺术规律，也最可靠；作者的告白只能作为参考。

不错，这篇小说确实有浓厚的宗教色彩。“兰若”“殿宇禅舍”“老僧挂褡”“随喜”“偏袒”“说法”“檀越”等等，故事产生的环境和情节的发展，处处都关涉到佛语、佛事、佛俗。更为重要的是，篇中老僧的点示，以及篇末“异史氏曰”中，作者与老僧相呼应而发的那番高论，都透出一种似乎要让人顿悟，却又相当费解的带有佛家玄虚色彩的训诫意味。

但是细读之后就不难发现，这些都不过是小说的外壳，作者的本意，也就是作品描写的着力之处，却并不在佛教本身。这篇小说的主体，也就是最具艺术魅力的部分，是朱孝廉进入画壁以后所发生的那个浪漫的性爱故事。如果我们掐头去尾，让读者看不到朱孝廉入画壁和由画壁再返回现实的奇幻构想，那么浪漫故事本身，实际上就是一个完完全全的充满世俗意味的现实故事。当然，去掉了入幻、出幻的精巧的艺术构思，作品就将失掉动人的艺术光彩。寓实于幻，正是作者的艺术妙思。

我们先看作者对散花天女这个人物的设置和处理。散花天女，原本是一个佛经中的人物。在《维摩诘经·观众生品》中记载，在维摩诘室中有一位天女，当诸菩萨聆听佛说法之时，她就呈现原身，将天花撒到众菩萨身上，以检验他们的道心是否坚定。世俗之心已尽，即道心坚定者，花不着身；世俗之心未尽，即道心未坚者，

---

① 马振方主编：《聊斋志异评赏大成》（上），漓江出版社，1992年，第24页。

花着身不落。身负如此神圣使命的一位神女，她本人的佛性和德行都应该是非常高的。可是在作者的笔下，这位神女却是一个不论容貌、仪态、服饰、感情，从里到外、彻头彻尾的世俗女子。看作者写她的微笑、眼神，都极富动感，难怪朱孝廉为其所撼动，目眩神摇而进入画壁。值得注意的是，他入画后并没有立即去追寻这位令他心动的女子，而只是杂立在听众之中听一位老僧说法。令他（还有读者）意想不到的是，这位神女竟突然主动上来“暗牵其裾”，并且对他妩媚地“辴然”一笑，进而引他“过曲栏，入一小舍”，最终成就“狎好”之事。其间小说还特意写了朱孝廉的疑虑、胆小：“次且（趑趄）不敢前”；这时，神女的表现是“回首，举手中花，遥遥作招状”，以手势招引他，也是鼓励他，为他壮胆。而在朱入小舍后见寂无一人，突然拥抱她的时候，她的表现是“亦不甚拒”，相当大方地就接受了。两人狎好之后，她又为再次的幽会作了细心的安排：“既而闭户去，嘱（朱）勿咳，夜乃复至，如此二日。”这一系列的描写，处处都表现出她对于异性间的爱悦，是那样的主动、大胆、热情。这显然是一个青春萌动、情窦初开的凡间女子，哪里是一个六根清净的宗教人物呢？

再从小说中的人物关系来看。她有一群亲密的女伴，这些女伴当亦是佛界中凡心脱尽的一群神女，但当她们发现散花天女与朱孝廉的性爱关系时，却是一没有嫉妒，二没有谴责，三更没有去向佛报告揭发，而是在欢声笑语中表现出一种在我们凡人看来十分可亲可敬的宽容、同情和赞美。甚至在分享两人的幸福的同时，还帮助两人的关系变得更加甜蜜、美好。一是当着朱孝廉的面与天女开玩笑说：“腹内小郎已许大，尚发蓬蓬学处子耶？”（意思是已经不是处女，就不应该再是少女的打扮了）于是七手八脚，拿来簪珥“促令上鬟”，为她妆点首饰，打扮成一个出嫁妇女的模样。这不是恶作剧，而是一种充满热情和爱怜的善意成全。对此，天女的表现是“含羞不语”。这种含情脉脉的默认和接受，正是我们在现实生活中常见的待嫁或初嫁时世俗女子的典型表情。读到这里，我们一定会被这位神女和她的女伴们的融洽美好的关系所感染。这时，一女伴说“妹妹姊姊，吾等勿久住，恐人不欢”，于是“群笑而去”。这又是一种热情而又善意的成全。在这种和谐、欢乐、温馨的气氛中，透露出的是现实少女世界特有的充满青春气息的幸福感。经过这一番戏谑和装点之后，接下去又是一段充满赞美之情的描写：“生视女，髻云高簇，鬟凤低垂，比垂髫时尤艳绝也。四顾无人，渐入猥亵（注意：这里的“猥亵”二字不是我们通常理解的“下流、淫秽”的意思，而是“亲近”的意思），兰麝熏心。”“兰麝熏心”

这四个字下得很有份量，直将两人的性爱关系，推到了一个如兰麝般沁人心脾的美的境界。

小说情节的设置和组织，也很值得我们注意。正在两人“乐方未艾”时，故事陡然发生变化，出现了一段曲折、紧张，甚至可以称得上是惊心动魄的情节，这就是金甲使者的上场。上场前，作者有意作了多层的铺垫和渲染，令小说中的当事人，也令读者产生一种恐怖感。先是“吉莫靴”发出的尖厉的“铿铿”声；继而是“缧锁（相当于今日逮捕犯人的手铐）锵然”；再后是“纷嚣腾辨之声”（说明来人很多）；最后从女与生两人的眼中写出使者让人恐怖的形象：“黑面如漆，绾锁挈槌。”显然，两人的私情暴露，就要大难临头了。作者并没有介绍这位金甲使者是一个什么样的人物，但从他的威严和气势，就知道他一定是佛界维护法规、权力极大的神人。他这次巡查的目的，一是清点神女的人数，二是清查是否“有藏匿下界人”，对象正是潜藏的散花天女和混入佛界的朱孝廉。在这种危急的情境之下，众神女出于与散花天女的深挚情谊，也出于对她和朱孝廉关系的认可和同情，竟然冒着很大的危险，对他们加意保护。使者厉声问“全未（人都到齐了没有）”，众女回答“已全”；问“如有藏匿下界人，即共出首，勿贻伊戚（不要自找麻烦）”，回答“无”。看看将要化险为夷，却又陡生波澜，写“使者反身鹗顾，似将搜匿”，竟将天女吓得“面如死灰”。后来经过几番曲折，朱在天女的指点下，怆惶藏匿，终得脱险。在这一系列的描写中，众女伴对二人同情与呵护的态度，显然也就是作者蒲松龄本人的态度。

这段情节虽然写得惊心动魄，却是有惊无险，现实人朱孝廉和壁画人天女都得到了保护，没有受到任何惩罚。这里就有一个问题，蒲松龄作为一个小说艺术的高手，这段情节的安排，绝不会只是故作惊人之笔，以此来吸引读者，增加作品的可读性。那么，他的用意是什么呢？从小说给予我们的具体的艺术感受来看，他显然是在前面情节的基础上，进一步表现对两人性爱关系的肯定与同情。如果他真是将两个人的关系看作是一种下流、淫秽，应该否定和批判的行为，那么顺理成章的写法，就应该是让金甲使者当场捉住他们，并给予严厉的惩罚。小说的目的要真是在于戒淫，那么这样的处理，才应该是对淫行最有力的棒喝与教训。

通过以上对小说艺术描写的分析，我们可以得出这样的结论：蒲松龄将这个人神之间的性爱故事，写得如此美好，如此充满温馨的气息，充满幸福感，即使是经历一番惊险、波折，最终也仍然是平安无事。小说中的那位老僧是一位有道之人，他对故事中幻实两界（画壁之上和之下，亦即神界和俗界）所发生的事，是了如指掌的。我们不能仅仅注意于他回答朱孝廉的“幻由人生”这四个字，还应该同样注意朱的朋友孟龙潭向他询问朱到哪里去了时的回答：“往听说法去矣。”明明是在听“说法”之时，或者说是乘“听说法”之机，因天女的挑逗和指引，去完成了一段“云雨”好事，却只说他是听说法去了。那么，是听谁在说法，又是说的哪一家的法呢？这里边，隐隐约约地透露出来的弦外之音，是意味深长，很值得品味的。

读这篇小说，我们不应该被古今的一些《聊斋志异》评论家，也不应该被作者蒲松龄本人那些抽象的说教牵着鼻子走。我们应该相信蒲松龄是一位小说艺术的高手，相信在他的艺术描写中别有意蕴；我们还应该相信我们自己的艺术感觉，从作者所创造的生动真实的艺术形象中感受到和捕捉到的东西，才是更为可靠的。在这样认识的基础上，我们不妨超脱宗教的眼光，对“幻由人生”这四个字作一番别解（说是曲解也可以）：幻，也就是艺术创作中的奇异想象，包括《聊斋志异》中许多匪夷所思的幻想，都是在现实人生的基础上生发和创造出来的。也就是说，蒲松龄是借奇幻以写实，不只是本篇如此，整部《聊斋志异》中的大部分篇章都是如此。那么，我们就会觉得，何守奇评论中所说的“志内诸幻境皆当作如是观”这句话，真是说得非常好，非常到位。

最后还要补充一句。我一直都说这篇作品所写的是一个“性爱”故事，而没有说是一个“爱情”故事，这是从小说艺术描写的实际出发的。两个人的关系，不能说没有一点情（指引、保护都含情），但主要的，确确实实只是性爱的关系。那蒲松龄肯定和美化这种关系，有没有积极意义呢？在蒲松龄的时代，即人的自然本性被压抑、人欲被窒息的时代，是有积极意义的。而且，他把这种关系写得很干净、很美，一点没有下流、低俗的成分，是难能可贵的。但在现代社会，特别在今天的中国，两性关系在一些人当中，已经很滥、很乱、很污浊了，我们还要再来肯定、美化、宣扬抽象的（即毫无社会内容的）赤裸裸的性爱，像美国电影里面常常表现的那样，就会产生很糟糕的后果。

《聊斋志异》中也有真正戒淫的作品，而且不止一篇，如《画皮》《董生》《黎氏》《杜翁》《人妖》等，但《画壁》不是。

画壁

蒲松龄

江西孟龙潭，与朱孝廉客都中①。偶涉一兰若②，殿宇禅舍，俱不甚弘敞③，唯一老僧挂搭其中④。见客入，肃衣出迓⑤，导与随喜⑥。殿中塑志公像⑦。两壁图绘精妙，人物如生。东壁画散花天女⑧，内一垂髫者⑨，拈花微笑，樱唇欲动，眼波将流。朱注目久，不觉神摇意夺，恍然凝想。身忽飘飘，如驾云雾，已到壁上。

见殿阁重重，非复人世。一老僧说法座上，偏袒绕视者甚众。朱亦杂立其中。少间，似有人暗牵其裾。回顾，则垂髫儿，辴然竟去⑩，履即从之⑪。过曲栏，入一小舍，朱次且不敢前⑫。女回首，举手中花，遥遥作招状，乃趋之。舍内寂无人，遽拥之，亦不甚拒，遂与狎好。

既而闭户去，嘱勿咳，夜乃复至，如此二日。女伴共觉之，共搜得生，戏谓女曰："腹内小郎已许大，尚发蓬蓬学处子耶？"共捧簪珥，促令上鬟⑬，女含羞不语。一女曰："妹妹姊姊，吾等勿久住，恐人不欢。"群笑而去。

生视女，髻云高簇，鬟凤低垂，比垂髫时尤艳绝也。四顾无人，渐入猥亵，兰

---

① 孝廉：本来是汉代选举官吏的一种科目，明清时代用来代称举人。

② 兰若：寺院。

③ 弘敞：宽敞。

④ 挂搭：指行脚僧（即游方和尚）到寺庙留宿。

⑤ 肃衣：整理衣服，以表示礼貌。迓：迎接。

⑥ 随喜：本指随自己所愿向僧人布施钱财，这里是游览寺庙的意思。

⑦ 志公：指南朝时僧人保志，传说他有许多神异的言行，被视为神僧。

⑧ 散花天女：佛经故事记载，维摩诘室里有一个天女，每当诸菩萨聆听佛法时，她就现身，并将花撒在他们身上，专心听讲的花不着身，心志不专的花就着身不掉。

⑨ 垂髫：指未成年的少女，古时十五岁以下女童不束发，故称垂髫。

⑩ 辴然：笑的样子。

⑪ 履：脚步，意即行走。

⑫ 次且（zī jū）：同趑趄，犹豫不决的样子。

⑬ 上鬟：俗指"上头"，在头上加戴首饰，女子出嫁时的打扮。

畫壁
微笑拈花壁上
姝髻雲鬟兩兩
糢糊從來幻境
由心造試問黃
粱梦有無

麝熏心[①]，乐方未艾。忽闻吉莫靴铿铿甚厉[②]，缧锁锵然[③]；旋有纷嚣腾辨之声。女惊起，与生窃窥，则见一金甲使者，黑面如漆，绾锁挈槌，众女环绕之。使者曰：“全未？”答言：“已全。”使者曰：“如有藏匿下界人，即共出首，勿贻伊戚[④]。”又同声言：“无。”使者反身鹗顾[⑤]，似将搜匿。女大惧，面如死灰，张皇谓朱曰：“可急匿榻下。”乃启壁上小扉，猝遁去。

朱伏，不敢少息。俄闻靴声至房内，复出。未几，烦喧渐远，心稍安；然户外辄有往来语论者。朱跼蹐既久[⑥]，觉耳际蝉鸣，目中火出，景状殆不可忍。唯静听以待女归，竟不复忆身之何自来也。

时孟龙潭在殿中，转瞬不见朱，疑以问僧。僧笑曰：“往听说法去矣。”问：“何处？”曰：“不远。”少时，以指弹壁而呼曰：“朱檀越何久游不归[⑦]？”旋见壁间画有朱像，倾耳伫立，若有听察。僧又呼曰：“游侣久待矣。”遂飘忽自壁而下，灰心木立，目瞪足耎。孟大骇，从容问之。盖方伏榻下，闻叩声如雷，故出房窥听也。共视拈花人，螺髻翘然[⑧]，不复垂髫矣。朱惊拜老僧，而问其故，僧笑曰：“幻由人生，贫道何能解？”朱气结而不扬，孟心骇叹而无主。即起，历阶而出。

异史氏曰：“幻由人生，此言类有道者[⑨]。人有淫心，是生亵境；人有亵心，是生怖境。菩萨点化愚蒙，千幻并作，皆人心所自动耳。老婆心切[⑩]，惜不闻其言下大悟，披发入山也。”

---

① 兰麝：古代妇女用来熏香的香草。

② 吉莫靴：一种特制的皮革做成的靴子。

③ 缧锁：拘系犯人的工具，犹今之手铐一类。

④ 勿贻伊戚：不要自找麻烦。贻：留下。

⑤ 鹗顾：用猛禽一样的凶光来扫视。

⑥ 跼蹐（jú jí）：屈曲躲藏的样子。

⑦ 檀越：施主，就是向寺院捐赠财物的俗家人，梵语“陀那钵底”的音译。

⑧ 螺髻：螺形发髻，是旧时已婚妇女的一种发型。

⑨ 有道者：指有思想，懂得哲理的人。

⑩ 老婆心：佛家称教人彻悟的慈悲之心。

用笔精练　摹绘如生

——说《捉狐》

《聊斋志异》中有不少专记神鬼精怪或奇人异事的志怪短书，短的数十字、百十来字，长的也不过三五百字。其中确有一些如赵起杲在青柯亭刻本的例言中所说，是属于“单章只句，意味平浅者”，但也有不少是形象生动、意味隽永的精彩之作。《捉狐》即是其中很有代表性的一篇。

全文只有二百多字，记述一个怪异故事，篇首又指实人物，粗看很像是未脱实录性质的志怪作品，细读则觉其精神与“发明神道之不诬”（见干宝《搜神记序》）的六朝志怪大异其趣。作者的目的显然并不在记录妖异，而在描写刻画人物，赞美现实人生中人们共同欣赏的一种具有积极意义的素质和品格——勇敢。

作品一开始就介绍孙翁“素有胆”。全文就在“有胆”二字上着笔，通过人与狐怪之间一场富于戏剧性的斗争，将人物的这一精神品格刻画得十分鲜明突出。情节生动曲折，跌宕起伏，读来意趣盎然，引人入胜。有细节描写，有心理刻画，真切细致，栩栩如生。“仿佛有物登床，遂觉身摇摇如驾云雾”，是从孙翁的感觉写狐怪；“物大如猫，黄毛而碧嘴，自足边来。蠕蠕伏行，如恐翁寤”，是从孙翁的眼中写狐怪。这些描写都不涉“怪”字，却从形体、毛色、动作、神态诸方面点画出一个令人骇异的狐怪形象，既奇幻，又真切，历历如在眼前。

写狐之怪，是为了写人之勇。刻画孙翁，从心理、神态、动作、言语多方面着笔，凡作六层写：“窃意无乃压狐耶？”写其朦胧中的思想活动；“微窥之……”写其警觉之神情；“骤起，按而捉之，握其项”，写其动作之果断敏捷；“笑曰：‘闻汝善化，今注目在此，看作如何化法’”，写其出奇制胜后的得意心理，于无畏中自然流露出过于自信轻敌（在艺术上又很自然地为后文的情节发展伏笔）；“命夫人急杀之”和“左顾示以处”，则是写其在意外情势下惊而不乱、沉稳应变的机智。以上六层描写，自然、紧凑，再加以“夫人张皇四顾，不知刀之所在”作映衬，孙翁之勇敢、沉着、敏捷、机智，便栩栩如生、跃然纸上了。用笔精简，却写得酣畅淋漓，同样显示了鲁迅所称的《聊斋志异》“用传奇法而以志怪”的艺术特色。不论从语言的精练、表现力和人物形象刻画的传神方面看，此篇都堪称是古代志怪短书体制中的精品。

捉狐

蒲松龄

孙翁者，余姻家清服之伯父也①，素有胆。一日昼卧，仿佛有物登床，遂觉身摇摇如驾云雾。窃意无乃压狐耶②？微窥之，物大如猫，黄毛而碧嘴，自足边来。蠕蠕伏行③，如恐翁寤。逡巡附体④，着足足痿，着股股耎⑤。甫及腹⑥，翁骤起，按而捉之，握其项。物鸣急莫能脱。翁亟呼夫人，以带絷其腰，乃执带之两端，笑曰：“闻汝善化，今注目在此，看作如何化法。”言次⑦，物忽缩其腹，细如管，几脱去。翁大愕，急力缚之，则又鼓其腹，粗于碗，坚不可下，力稍懈，又缩之。公恐其脱，命夫人急杀之。夫人张皇四顾，不知刀之所在，翁左顾示以处。比回首⑧，则带在手如环然，物已渺矣。

---

① 姻家：亲家。

② 无乃：莫不是。压狐：俗称“压狐子”，南方又叫“发梦癫”，即在梦中憋气受惊。青本作“魇狐”。

③ 蠕蠕：像虫子一样慢慢爬行。

④ 逡巡：小心翼翼、徘徊不前的样子。

⑤ 耎：同软。

⑥ 甫：才。

⑦ 言次：说话间。

⑧ 比：比及，等到。

捉狐

已擒復逝竟成空
指顧倉皇一瞬中
結帶如環環不解
无郎校尉太玲瓏

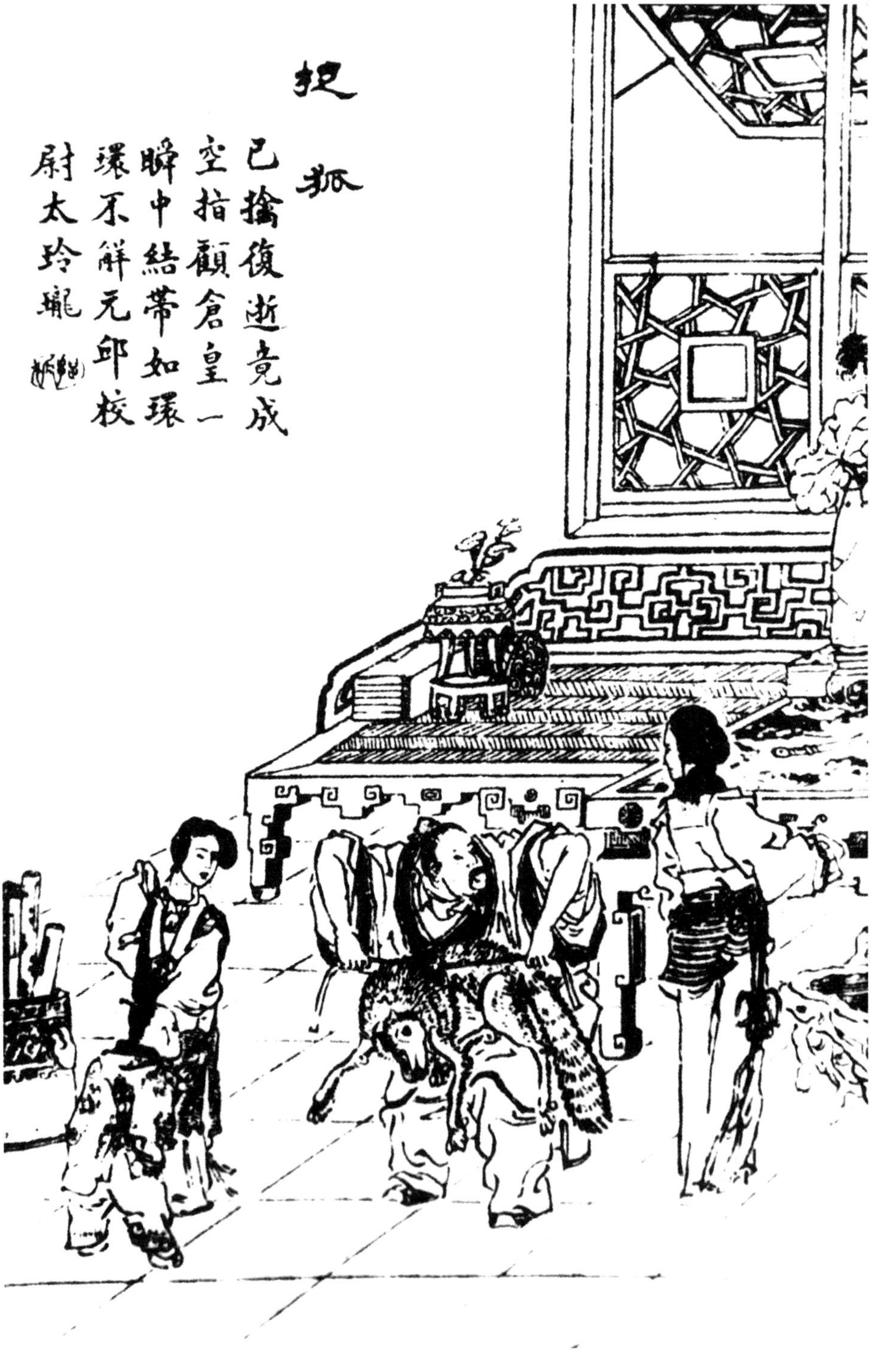

从知情重义升华到大仁大爱

——说《王六郎》

在《聊斋志异》中，《王六郎》是一篇不太起眼的作品，注意的人不多。翻开几家选本看看，没有一家入选。但现在有一家选了，这一家的影响力却是非同小可。这就是人民教育出版社的高中语文课本，作为选修课教材（也有地方是作为必修课教材的）把它同《聊斋志异》中相对比较有名的另一篇《香玉》一起，当作中国古典小说的代表作之一选入了。这显示了编选者的眼光。这眼光表现在：第一，《王六郎》虽非广泛传诵的名篇，却同样是一篇思想艺术俱佳的好作品；第二，除了语文教育，编选者肯定还十分重视这篇作品的思想教育意义，认为当下对中学生进行传统的思想道德教育，是一篇好教材。我还想作一点补充，这篇作品不但对中学生具有教育意义，而且对当今中国的广大国民，也都具有普遍的教育意义。

这话听起来好像说得有点过于夸张。一篇三百多年前创作的鬼故事，怎么会对现代读者具有普遍的教育意义呢？不过，只要我们深入分析这篇作品的思想和艺术，仔细揣摩蒲松龄的创作旨趣，再联系到中国社会生活的现状，就不难发现，并且也一定会承认，这话说得一点也不夸张，而是完全符合实际的。

要正确理解这篇作品的特点及其现实的教育意义，就必须首先对蒲松龄写作《聊斋志异》的创作思想和创作手法有一个大致的了解。清代的《聊斋志异》评论家冯镇峦说，蒲松龄创作《聊斋志异》是“有意作文，非徒纪事”（见其《读聊斋杂说》）。我体会这话的意思是，蒲松龄并不只是把他从民间搜集到的鬼狐故事原原本本地记录下来，而是在思想上加以提炼和改造，进行了充分的艺术加工，融进了他本人对生活的体验和认识。描狐画鬼中处处渗透着作者的爱憎感情和是非观念。他常常是针对那个时代的现实情况，有所感而发的。就这篇故事来说，表面看起来，它涉及到佛教思想中的轮回和果报观念，但作者绝非意在宣扬鬼神迷信思想，而只是借此作为作品的外壳，其着意表现的内核，却是精心提炼并寄寓其中的鲜活的现实内容。简单地说，他是借鬼狐以写人：写人的生活，人的思想感情，人与人之间的关系。因此虽然写的是鬼狐，但我们读起来，却能感受到浓浓的人情味，不但不感到害怕，不感到陌生，相反会觉得一切都是那样的熟悉和亲切，那样的容易理解和接受。

与此相应，在艺术手法上，作者常采用的是以幻写真，幻实结合，即把鬼狐的幻境与人间的实境（在本篇就是“鬼域”与“人世”）加以沟通和交融。沟通有不可分割的两个方面，一是情节上的沟通。鬼和人本来处于阴与阳不同的两界，但作者却创造出一个特殊的艺术境界，让他们在那个具体的环境里，发生这样那样的关系，而这些关系又都是我们所熟悉的人间的社会关系。二是思想感情上的沟通。阴阳两隔的人和鬼，在作家的笔下，可以有共同的喜怒哀乐，可以交流，也可以共鸣和共享。

这篇小说的思想倾向，是歌颂性的，还是揭露性的？这要看是从哪一面去看。从正面看是歌颂性的，从反面，或者说从背面看，则亦可说是揭露性的。从篇末的“异史氏曰”，可以清楚地看出作者写作这篇鬼故事的内在的思想。很显然，他是着眼于反面（就是小说的针对性），而他的思想，他的爱憎感情，却又主要是从正面来加以表现的（就是小说所创造的情节和生活画面）。应该说，这篇小说的思想意义比较明朗，不难把握。但也有不同的说法。我现在看到的有代表性的说法主要有两种。一种说法是，小说是在颂扬“受恩知报”的美好品德；另一种说法，则是借用西方一部电影的名字，叫做《人鬼情未了》。前一种说法有点似是而非，不太准确；后一种说法，如果只是借用名字，不拿电影的内容来作简单的比附，我倒觉得是比较生动和中肯的。下面就对这两种说法，分别做一点辨析和阐释。

“受恩知报”的“恩”，它的含义，分量是比较重的。一般来说应该具备两个要素：一是施助的人一定是自觉的，就是在主观上是主动有意地帮助别人；二是所施者一定不是无关紧要的小小的帮助，而往往是在对方处于困难甚至是危难情境下的一种救助，或至少给予对方的帮助会对他的生活乃至命运产生重要的影响。显然，小说所写的人鬼之间，即许姓与王六郎之间的关系，并不具备这种性质。许姓以渔为业，以酒为好，“每夜携酒河上，饮且渔。饮则酹地，祝云：‘河中溺鬼得饮。’”很明显，他只是自己喜欢饮酒，在打鱼饮酒时，顺便把酒洒在河边以祭奠水中的亡灵，并不具有自觉施助的明确意识。甚至，说不定他这样做还可能仅仅是一种缘于利己的祈祷行为，目的主要是为了自己能够得到神鬼的福佑，可以打到更多的鱼。尽管如此，值得我们注意的是，在这段情节里，施者无意而受者有心，不仅有心，而且有情。小说特意交代了王六郎是“沉醉溺死”而变成鬼的。这个交代不可忽略。这是告诉我们，王六郎生前是一个嗜酒如命的酒徒或酒鬼。这么看来，许姓“酹酒于地”，只不过是有意无意间，使王六郎满足了他生前死后一点没有改变的一种嗜好而已。这谈不上是施恩，当然也就不存在受恩知报的问题。但是，难得的是，王六郎不管对方是有意无意，也不管是何目的，既然接受了他给予自己的某种好处，就认定是对自己的帮助，就把这种行为看做是一种可贵的情分。他不仅记住这情分，而且还要回报这情分。他先是在暗里，而后又在明里热情地为许姓驱鱼，帮助他打到更多的鱼，以为回报。因此，他的行为虽然说不上是受恩知报，但在这琐细平凡之间，却能见出他的一种精神品格，就是知情重义，笃于友谊。而且，他并不是出于一时热情而偶然这样做的，而是显然有一种观念在支撑，才使他能将这种认识和感情，在行动上变成一种追求与坚守。

人鬼之间一种真诚的友情，就是这样在许姓的人不经意的行为之中产生的。故事的缘起在于许姓打鱼时的酹酒，但小说却把他放在描写的次要地位，而把接受帮助（准确地说只是得到一点点“好处”）的鬼王六郎置于主要地位，突出地写他回报行为的主动性和自觉性。这一艺术处理，蒲松龄显然经过了精心的构思，但他写来却显得非常自然，好像事情本来就该是这样。

也许有人会说，以酒相交，不过是“酒肉朋友”，值不得肯定和赞扬。但这个看法不符合蒲松龄的思想，也不符合小说的具体描写。所谓“酒肉朋友”，应该有两个明显的特征：一是有酒肉才是朋友，没有了酒肉就不是朋友；二是酒醉饭饱之后一起去干的，往往是无聊的事，或甚至是危害社会的事。许、王之间关系，显然与此根本不同。对王六郎来说，他对许姓的回报和帮助，是真诚的，发自内心的。这种无功利之心，而有情有义的纯洁真诚的友谊，不论是蒲松龄的时代，还是我们今天的时代，都是值得肯定和赞扬的。

小说以人鬼之间友情的产生、发展为线索，通过一系列的情节，描写和揭示了两个形象之间的关系，使之不断丰富、深化，以此来表现作家热情呼唤和赞颂的作为社会的人应有的美好品德。前面所分析的一大段情节，叙述有详有略，中间用了四个字“如是半载”，巧妙地一笔带过了所经历的相当漫长的时间。虽是一笔带过，艺术表现上却还是收到了特殊的效果，就是：留给读者这样的印象，两个人的友情不是一天两天建立起来的。但总体说来，这一大段，在结构上还只是写两人深厚情谊关系的开端。

接下来的一个重要情节，是写鬼对人的一次动情的告别谈话，并由此引出一个作者着意描写的感人至深的场景。一天，王六郎突然向许姓“语甚凄楚”地说“相别有日矣”，许姓“惊问之”，而王“欲言而止者再”。经过一番犹豫之后，终于向许姓吐露了真情：“情好如吾两人，言之或勿讶耶？今将别，无妨明告：我实鬼也……明日业满，当有代者，将往投生。相聚只今夕，故不能无感。”在迷信观念普遍的时代，鬼在人们心目中是一个狰狞可怖的形象，向对方直言自己是鬼，既需要勇气，更需要基于深厚情谊的充分信任。在王六郎一面，是相信“情好”，即朋友之间的深情厚谊，能够超越人鬼界限，战胜隔阂与恐怖。“或勿讶”者，语意看似不太确定，实际上是包含了一个很有把握的重要判断：我的好朋友知道了我是鬼，也是不会感到惊讶的。他的判断没有错。在许姓一面，果然是“初闻甚骇，然亲狎既久，不复恐怖”。既而一面欷歔悲恻，一面斟酒劝慰，并对他将投生为人表示祝贺。这是写朋友之间的一次推心置腹的交谈，只有充满信任、彼此关怀的真诚的朋友之间，才会有这样的交谈。

按小说情节的主要线索，这是写人鬼之间情谊的发展和深化，却极自然地带出了另一段重要情节，使王六郎的思想品格得到了一次耀眼的升华，使人物形象变得更加丰满和有血有肉。这里突出描写的是王六郎的恻隐之心，即仁爱之心。让王六郎能投生为人的替身原来是一个妇女，到河边时怀中抱着一个婴儿。当妇女堕河时，“儿抛岸上，扬手掷足而啼”，见此景象，六郎心中不忍，宁愿自己失掉一个由鬼变人的机会，让其濒死而复生。事后他向自己的朋友这样解释：“女子已相代矣，仆怜其抱中儿，代弟一人，遂残二命，故舍之。”在做鬼和变人的“生死关头”，他毫不犹豫地选择了牺牲自己，而救援别人，成全别人。他的精神品格，因此而从知情重义升华到了一种博大崇高的仁爱境界。他对许姓朋友这样说“更代不知何期”，可见失掉这次机会，心中也不无遗憾，但有遗憾还是这样做了，就更显得难能可贵；同时他又这样安慰自己，也安慰朋友：“或吾两人之缘未尽耶？”他把友情看做是一种弥补和慰藉。作者在不经意间，又为表现他们的友情添加了一笔。

这段情节在艺术处理上还有一个值得注意的特点，就是虽然这是全篇的重头戏，是作者着意描写的部分，却并没有游离于表现两人真诚友谊的中心线索。巧妙的安排表现在，他让整个场景和全部事件的发生发展过程，都从许姓的视角来加以表现，不仅写他之所见，而且写他之所感，写他的心理反应和变化。这样处理，一方面使情景的描绘更加真切生动，使读者读来也产生一种身临其境之感；另一方面又可以留下悬念，更加吸引读者和许姓一道去关注和探寻事件背后的真实原因。他通过许姓的眼睛这样写："妇沉浮者屡矣，忽淋淋攀岸以出，藉地少息，抱儿径去。"她不是要代王而死么，怎么又活着离开了呢？许姓不解，读者也不解。更重要的是作者还同时写了许姓的心理变化，思想斗争，写他同样具有恻隐之心，以之与王六郎的仁爱相呼应："当妇溺时，意良不忍，思欲奔救，转念是所以代六郎者，故止不救。"妇之将代王而死，是神的旨意，是命数，许姓就是想救、真救也是救不了的；但他决定不救，却是出于对王六郎的朋友之情。一个是舍己之生而施救于人，另一个是为了朋友之生欲救而终未救，表现形式不同，却有着共同的仁爱之心，共同的对朋友难舍难分的情谊。

这段情节在艺术表现上还有一个隐蔽的却又是不应该忽视的作用，就是它很自然地回映了开头王六郎承许姓饮酒之情而为其驱鱼作为回报的情节。读者前后联系起来回味，就不能不这样想：他既有这样的宽阔胸怀，这样的仁爱之心，这样的自我牺牲精神，那么在生活的细微之处，得到别人给予的哪怕是一点点小小的帮助，也一定会记情，一定要设法加以回报，就是最自然不过的了。虽然如我们前面所说，驱鱼的行为还说不上是"受恩知报"，但有这样崇高的品德做基础，我们也同样能看出其间泛出的思想光彩。有了这样的一层回映，就使得对人物思想与行动的表现，由浅入深，很自然地得到了有层次的更加完整的表现。

许姓在亲眼看见王六郎的崇高表现和充分理解了他的思想品德以后，这样感叹说："此仁人之心，可以通上帝矣。"一句话，在结构上承上启下，又自然地引出了下文的情节。许姓的感叹真的应验了，天帝为了褒奖六郎的仁爱之心，"授（之）为招远县邬镇土地"。他由鬼而成了神。犹如我们今天常听到的"好人一生平安"一样，蒲松龄在这里写"善有善报，恶有恶报"，并不是在宣扬迷信思想，而是在表达普通百姓的美好愿望。

王六郎赴任土地之前，来向许姓告别，诚恳地提出："倘不忘故交，当一往探，勿惮修阻。"这一段，主要是描写和表彰许姓的信义，但同时也兼顾从两面着笔。一方面写许姓不顾家人的劝告，不畏修阻，践行对朋友的承诺，远赴招远去探望六郎，表现了他言而有信的朋友之情。另一方面，又写成了土地神的王六郎，托梦给当地的百姓，要他们热情接待和资助好朋友许姓。而许姓对王六郎对自己热情周到的照顾也同样自觉地给予回报，除了向他敬酒，重温当年的“河上之饮”外，还烧纸钱以表酬谢。许姓离别时，王六郎化为羊角风，随行远送十余里，“盘旋久之，乃去”。表现了朋友之间难舍难分、缠绵不绝的深厚情谊。

对于六郎在神界为官的情况，小说没有做正面描写，但也略有点示。其一是写六郎对许姓的远道来访十分感动，但不能同他会面，谢曰：“远劳顾问，喜泪交并。但任微职，不便会面，咫尺河山，甚怆于怀。……”暗寓他忠于职守，不因朋友的私情而耽误公事。其二是写许姓最后与六郎拜别时，祝曰：“六郎珍重！勿劳远涉。君心仁爱，自能造福一方，无庸故人嘱也。”读者当如许姓一样，深信具有仁爱之心的王六郎，为官必定是清正廉明，为当地的老百姓做好事的。至此，人鬼之间的真情厚谊，以及他们在处理人与人关系时所表现出的美好品德，都具体生动而又充分地表现了出来。

小说的艺术表现，除了前面分析中已经涉及的情节安排极具匠心这一点以外，还有两点值得注意。一是小说的开头。《聊斋志异》各篇，多用纪传体，上承《史记》，下继唐传奇，一般都为主人公立传，并以主人公的名字为题。如果是以人作为小说的主人公，则大多以简要介绍人物的姓名、出身、里籍、性格等入题，著名的如《张鸿渐》《王桂庵》等都是如此。但以鬼狐作为主人公，则多从与他或她相关的现实人物写起。这样的不同处理，是很有讲究的。本篇题为《王六郎》，人物设置自然以王六郎为主，以许姓为宾。但开头却是这样写的：“许姓，家淄之北郭，业渔。”采用反宾为主入题的方法，收到了很好的艺术效果。如果在还未充分揭示鬼的美好品德之前，就告知读者主人公是一个鬼，必定会让人感到恐怖。同时渐进发展的相关情节，也因此会失掉悬念而变得了无意趣。试想，如果改成这样的开头：“王六郎，嗜酒，溺水而亡，鬼也。”读来必定会大煞风景。二是，写人鬼之间的友情，主要是通过具体生动的情节来表现，但也不断通过人物之口进行概括性的点示、渲染，如王六郎称两人的关系是“情逾骨肉”“情好”，称许姓为“故交”等，就都进一步加深了读者对具体描写的感受和印象。

在篇末的“异史氏曰”中，与正文故事相照应，蒲松龄对当时社会中普遍存在的贵贱之间无真情的现象进行了尖锐的批判和讽刺。紧扣正文，他集中谈的虽然仍是一个友情问题，但他笔下所创造的王六郎形象，其思想意义却大大地超出了歌颂友情的范围。王六郎是一个优美的鬼的形象，不是人却胜过人，在他身上集中体现了人间社会最需要，也最珍贵的真、善、美，尤其突出的是真和善。他不仅知情重义，得到别人一点帮助，就铭记于心，并尽力回报；他还有博大深厚的仁爱之心，宁肯牺牲自己，也毫不犹豫地去救助别人；他为官能造福一方，与当地百姓建立起广泛亲切的关系。反观今日之中国，在有些方面道德的沦丧已经超出了做人的底线。有人在危难时得到别人的救助，不但受恩而不知报，反而反诬施恩者为肇事者，揪住不放，索要赔偿。这样的事，媒体公开披露的已经不只一起两起。更严重的是，据说某地法院在施救者提不出证据的情况下，竟然简单地就认定施恩者就是肇事者，判处他给予受恩而反诬人的人以赔偿。影响所及，到处可以看到这样令人难过的情景：有人被撞或被抢，许多人在场，只是冷漠围观，没有一人肯伸出援手。大家的教训是："多一事不如少一事。"孟子云："无恻隐之心，非人也。"（见《公孙丑章句上》）那些受恩不知报而反诬人的人，冷漠围观而不肯伸出援手的人，还有审案而不调查、不讲法，实际上是背离了公理和良知的法官，他们都是连起码的恻隐之心都丧失了。说这些人连蒲松龄笔下的鬼都不如，一点也不过分。王六郎的形象体现了中华民族的传统美德，实在是值得我们好好学习的。

王六郎

蒲松龄

许姓，家淄之北郭①，业渔②，每夜携酒河上，饮且渔。饮则酹地③，祝云④："河中溺鬼得饮。"以为常。他人渔，迄无所获，而许独满筐。一夕，方独酌，有少年来，徘徊其侧，让之饮，慨与同酌⑤。既而终夜不获一鱼，意颇失。少年起曰："请于下游为君驱之。"遂飘然去。少间，复返，曰："鱼大至矣。"果闻唼呷有声⑥。举网而得数头，皆盈尺，喜极，申谢。欲归，赠以鱼，不受，曰："屡叨佳酝⑦，区区何足云报。如不弃，要当以为长耳。"许曰："方共一夕，何言屡也？如肯永顾，诚所甚愿。

---

① 淄：指蒲松龄的家乡淄川。北郭：县城的北郊。

② 业渔：以捕鱼为业。

③ 酹地：将酒洒在地上以表示祭奠。

④ 祝：对神鬼祷告。

⑤ 慨：大方，爽快。

⑥ 唼呷（zà xiā）：鱼吞食食物的声音。

⑦ 叨（tāo）：叨光，接受别人的款待。

王六郎
一念仁慈感帝天故人情重與周旋
諸漁從此生涯足不向江頭覓酒錢

但愧无以为情。”询其姓字，曰：“姓王，无字，相见可呼王六郎。”遂别。

明日，许货鱼，益沽酒[①]，晚至河干[②]，少年已先在，遂与欢饮。饮数杯，辄为许驱鱼。如是半载，忽告许曰：“拜识清扬[③]，情逾骨肉。然相别有日矣。”语甚凄楚。惊问之，欲言而止者再，乃曰：“情好如吾两人，言之或勿讶耶？今将别，无妨明告：我实鬼也，素嗜酒，沉醉溺死，数年于此矣。前君之获鱼，独胜于他人者，皆仆之暗驱，以报酹奠耳。明日业满[④]，当有代者，将往投生。相聚只今夕，故不能无感。”

许初闻甚骇，然亲狎既久，不复恐怖，因亦欷歔，酌而言曰：“六郎饮此，勿戚也。相见遽违，良足悲恻，然业满劫脱[⑤]，正宜相贺，悲乃不伦[⑥]。”遂与畅饮，因问：“代者何人？”曰：“兄于河畔视之，亭午有女子渡河而溺者[⑦]，是也。”听村鸡既唱，洒涕而别。

明日，敬伺河边，以觇其异。果有妇人抱婴儿来，及河而堕。儿抛岸上，扬手掷足而啼。妇沉浮者屡矣，忽淋淋攀岸以出，藉地少息，抱儿迳去。当妇溺时，意良不忍，思欲奔救，转念是所以代六郎者，故止不救。及妇自出，疑其言不验。抵暮，渔旧处，少年复至，曰：“今又聚首，且不言别矣。”问其故，曰：“女子已相代矣，仆怜其抱中儿，代弟一人，遂残二命，故舍之。更代不知何期，或吾两人之缘未尽耶？”许感叹曰：“此仁人之心，可以通上帝矣。”由此相聚如初。

数日，又来告别。许疑其复有代者。曰：“非也。前一念恻隐，果达帝天。今授为招远县邬镇土地[⑧]，来日赴任，倘不忘故交，当一往探，勿惮修阻[⑨]。”许贺曰：“君正直为神，甚慰人心。但人神路隔，即不惮修阻，将复如何？”少年曰：“但往，勿虑。”再三叮咛而去。

---

① 益沽酒：买更多的酒。

② 河干：河岸。

③ 清扬：犹言丰采，对人仪容的称颂。

④ 业满：佛家的观念，人的行为的善恶会得到相应的报应，称为业报。这里的“业”指恶业，要用善行来补偿的。业满即指已经偿完。

⑤ 劫脱：劫难得到解脱。

⑥ 不伦：不合情理。

⑦ 亭午：中午。

⑧ 土地：土地神，又称社神。

⑨ 修阻：路途遥远而难走。

许归，即欲治装东下。妻笑曰：“此去数百里，即有其地，恐土偶不可以共语[1]。”许不听。竟抵招远。问之居人，果有邬镇。寻至其处，息肩逆旅[2]，问祠所在，主人惊曰：“得无客姓为许？”许曰：“然。何见知？”又曰：“得勿客邑为淄？”曰：“然，何见知？”主人不答，遽出。俄而丈夫抱子，媳女窥门，杂沓而来，环如墙堵，许益惊。众乃告曰：“数夜前，梦神言：‘淄川许友当即来，可助以资斧[3]。’祗候已久[4]。”许亦异之。乃往祭于祠而祝曰：“别君后，寤寐不去心。远践曩约[5]，又蒙梦示居人，感篆中怀[6]，愧无腆物[7]，仅有卮酒，如不弃，当如河上之饮。”祝毕，焚钱纸。俄见风起座后，旋转移时始散。夜梦少年来，衣冠楚楚，大异平时，谢曰：“远劳顾问，喜泪交并。但任微职，不便会面，咫尺河山，甚怆于怀。居人薄有所赠，聊酬夙好[8]。归如有期，尚当走送。”

居数日，许欲归。众留殷勤，朝请暮邀，日更数主。许坚辞欲行。众乃折柬抱襆[9]，争来致赆[10]。不终朝，馈遗盈橐，苍头稚子毕集[11]，祖送出村[12]。欻有羊角风起[13]，随行十余里，许再拜曰：“六郎珍重！勿劳远涉。君心仁爱，自能造福一方，无庸故人嘱也。”风盘旋久之，乃去。村人亦嗟讶而返。许归，家稍裕，遂不复渔。后见招远人问之，其灵应如响云[14]，或言即章丘石坑庄，未知孰是。

---

① 土偶：泥塑的神像。

② 逆旅：旅店。

③ 资斧：路费。

④ 祗候：恭候。

⑤ 曩约：从前的约定。

⑥ 篆：铭刻，铭记。

⑦ 腆物：丰厚的礼物。

⑧ 夙好：往日友好的情谊。

⑨ 折柬抱襆：拿着礼单，抱着礼物。

⑩ 赆：用财物送行。

⑪ 苍头：老人。

⑫ 祖送：设宴送别。

⑬ 羊角风：旋风。传说鬼神驾旋风而行，这里暗指土地神即王六郎在为许姓送行。

⑭ 灵验如响：有求必应，十分灵验。

异史氏曰:“置身青云[1],无忘贫贱,此其所以神也。今日车中贵介[2],宁复识戴笠人哉?余乡有林下者[3],家綦贫[4]。有童稚交,任肥秩[5],计投之必相周顾。竭力办装,奔涉千里,殊失所望;泻囊货骑[6],始得归。其族弟甚谐,作月令嘲之云[7]:‘是月也,哥哥至,貂帽解,伞盖不张,马化为驴,靴始收声。’念此可为一笑。”

---

① 置身青云:身份地位很高。

② 贵介:高贵的大人物。

③ 林下者:指居住在乡野而没有做官的人。

④ 綦贫:非常贫穷。

⑤ 肥秩:指官位高,俸禄丰厚。

⑥ 泻囊货骑:把钱袋里的钱花光,连坐骑也卖掉了。

⑦ 月令:原为《礼记》的篇名,内容为记述农历十二个月的月令和相关事物,下面几句即仿月令的文式而作。

小说家的散文

——说《偷桃》

《聊斋志异》虽名为短篇小说集，却是文备众体，形式体裁多种多样。大体说来主要有三种体式，一是唐代文言小说中的传奇体，即比较接近于现代小说观念的小说体裁，以写人物为主，情节也较完整曲折；二是所谓志怪短书，篇幅较短，以记述神鬼怪异之事为主要内容；三是纪实性质的散文小品。《偷桃》是第三种体式中的代表作，写得极为精彩，丝毫也不输于《聊斋志异》中传诵众口的小说佳作。

蒲松龄不愧是一个杰出的小说家，他写作纪实性的散文作品，也娴熟地运用小说笔法，非常成功，写出了有别于其他作者记叙散文的艺术特色。人物、情节、细节，这是小说艺术最重要的三个要素，我们就从这三个方面来考察这篇散文的小说家笔法。

先说人物。人与事是相关的，有事必有人。但在写法上，因事出人，还是以人系事，却有很大的不同。这篇散文是以人系事，即以描写人物为中心，自然地带出事件。题为《偷桃》，重点理所当然应该是写这一奇诡技艺本身；但是这个重点是通过写人物才得以表现的。而作者写人物，又并不局限于写人物令众人喝彩的神奇技艺，而是着意于表现人物的行为、思想、感情。

从篇首直到篇末，对话成为表现人物的重要手段。这在小说中常见，而在一般的散文作品中却是非常少见的。同时，作者写人不忘叙事，通过人物对话，又巧妙地将事件的发展，层次分明地一步步推向高潮，写出那个不可思议、令人叫绝的天宫偷桃场面。

父子二人一上场，堂上的赤衣大官就让“青衣人”（大官之侍从小吏）“大声命作剧”。二人不是马上应命就开始表演，而是问：“作何剧？”这是以问作答，暗示他们可以表演各种各样的节目，不用说一定是技艺精熟、超群。这就在不经意间给予读者一种阅读期待：下面的表演一定非常精彩。当“吏下，宣问所长”时，答言“能颠倒生物”，即能颠倒季节得到生物。这个回答是出人意料的，在当时简直是匪夷所思。反季节食品在今天已是家常便饭，但在蒲松龄的时代，却是绝对不可能出现的事情。术人说这话时充满信心，也就进一步给读者以很高的预期。当官员商议后“复下，命取桃子”时，“术人声诺”，答应得同样十分爽快。然而同时，却又“故作怨状”说：“官长殊不了了！坚冰未解，安所得桃？不取，又恐为南面者所怒。奈何！”明明是自己提出要表演的节目，却又有违常理，表现出为难和无奈。其间自然是必有原因。“故作怨状”的一个“故”字，其中透露出的一点消息，很值得我们玩味。接着写“其子曰：‘父已诺之，又焉辞？’”在为难、矛盾、无奈中，还是答应了表演。这是第一层。

接着又写“术人惆怅良久，乃云：‘我筹之烂熟。春初雪积，人间何处可觅？唯王母园中，四时常不凋谢，或有之。必窃之天上，乃可。’”“子曰：‘嘻！天可阶而升乎？’”“曰：‘有术在。’”惆怅良久，也是很犯愁的样子；却同时又表现得很有主意，看起来是胸有成竹。这一段，将奇术从人间引到天上，难上加难，暗示非常危险。这里又引出了另一个悬念。这是第二层。

当术人将绳子抛向天上时，“乃呼儿曰：‘儿来！余老惫，体重拙，不能行，得汝一往。’”于是“以绳授子”，“子受绳，有难色，怨曰：‘阿翁亦大愦愦！如此一线之绳，欲我附之以登万仞之高天。倘中道断绝，骸骨何存矣！’”“父又强呜拍之曰：‘我已失口，悔无及。烦儿一行，儿勿苦。倘窃得来，必有百金赏，当为儿娶一美妇。’”父在对话中有埋怨、有鼓励，儿在无奈和恐惧中终于持索上天，开始表演。这是第三层。

“久之，坠一桃，如碗大。术人喜，持献公堂。”正当堂上众官难辨真假时，“忽而绳落地上，术人惊曰：‘殆矣！上有人断吾绳，儿将焉托！’”随即，一物从天上堕，乃其子之首也。父捧而泣曰：“是必偷桃，为监者所觉。吾儿休矣！”“又移时，一足落；无何，肢体纷堕，无复存者。术人大悲。”连续用“殆矣”“休矣”，写表演酿成惨剧而令父“大悲”。这是第四层。

既而写父亲将儿子的尸骨“一一拾置笥中而合之，曰：‘老夫止此儿，日从我南北游。今承严命，不意罹此奇惨！当负去瘗之。’”并升堂对着那些大官下跪说：“为桃故，杀吾子矣！如怜小人而助之葬，当结草以图报耳。”观戏诸官惊骇之余，“各有赐金”。这时，突然出现了戏剧性的变化：“术人受（金）而缠诸腰，乃扣笥而呼曰：‘八八儿，不出谢赏，将何待？’”“忽一蓬头童（呼应开头“披发童”），首抵笥盖而出，望北（呼应开头“南面者”）稽首，则其子也。”峰回路转，竟是一个出人意料的喜剧大结局。这是第五层。

人物对话贯串全篇，不仅层次分明地展现了事件演进的全过程，更重要的是写出了人物的种种内心活动，并从中表现出他们的思想性格。在对话过程中，作者不断地点染出人物思想和表情的变化，如表演前是“故作怨状”，“惆怅良久”，“有难色”；表演后桃从天上坠下时是“术人喜”，绳落时是“术人惊”，儿首从天上掉下时是“捧而泣”，“肢体纷堕”时则是“术人大悲”，一直写到坐官赐金后，从容地扣笥呼儿出谢。读完全篇我们才豁然领悟，开首“故作怨状”的那个“故”字是统领全篇的，父子二人喜怒哀乐的全部感情变化，都是他们的故弄玄虚。仔细寻味父子二人的对答，以及在对答中表现出的种种情态，就会参透其中隐含的玄机。他们显然是游走江湖的老手，谋划得非常周密，配合得非常默契，表演得天衣无缝，瞒过了在场的观众和读者。在人物对话带出的事件演进过程中，就生动自然地表现了人物的自信、沉稳和机智的性格。读者感受到的，不仅是父子二人幻术表演的奇诡怪异，也有他们情态表演的以假乱真。在蒲松龄的笔下，两者同样都很精彩。

次说情节。上文分析以人系事，已经涉及叙事和情节。通过人物的活动来展开叙事，在小说中常见；但通过人物的对话来组织安排情节，即便在小说中也不多见。这里再从情节艺术的角度，作一些补充分析。

全文叙事严谨，有章法，前后照应，一丝不乱，体现出作者精巧的艺术构思。其间，伏笔、铺垫的设置，不仅使情节的发展自然流畅，而且还营造出一个接一个的悬念，产生强烈的吸引人的艺术力量。如开头的“值春节”三个字，看似不经意间点出的故事发生的时间，但联系到后文的情节发展，就会发现这是作者有意设下的伏笔。首先跟下文提到的“演春”有关，不是春节就不会有演春活动；而没有“演春”的民俗，也就没有惊心动魄的偷桃表演。其次更重要的，是与下文术人回答的“能颠倒生物”有关：春节还是“春初雪积”“坚冰未解”的时候，不是产桃季节，要变出桃子来就不是一般的戏法了。可见这三个字，就已经为整个情节的发展伏脉，为下文的悬念设置了必要的条件。

情节的发展又是一步步自然引出的。时令不对，“人间何处可觅？”这一问，就把情节从人间引向了天上；而“必窃之天上”的一个“窃”字，又伏下文儿上天偷桃发生的一系列情节。子在缘绳升天时说的“倘中道断绝，骸骨何存矣”，更伏后文儿碎尸从天坠落的情节。父在回答子“天可阶而升乎？”时说的“有术在”的这个“术”字，也大有文章，隐含了丰富的内容。文中表演者被称为“术人”，全文所记，就在一个“术”字上：不唯天无阶而可升有术，入王母园偷桃亦有术，人被尸解而可以瞬间复活更可称为奇术；就是他们“故作怨状”等一系列掩人耳目的表演，也是一种术。最后的喜剧结局，坐官各有赐金，术人呼儿出谢，又与前面父喝令儿上天偷桃时的鼓励语“倘窃得来，必有百金赏”一脉相承。这样，前有伏笔，后有呼应，一层层铺垫而来，就将情节组织安排得悬念不断，波澜层叠，读来令人欲罢不能，感到惊心动魄。

三说细节。细节是小说的血肉，可以说，没有细节描写就没有小说艺术。但一般的叙事散文多采用粗略的叙事手法，很少生动的细节描写。本文采用第一人称的叙事视角，虽然不像第三人称全知视角那样较少限制，可以左右逢源，但由于叙事者本人就在场中，而不是在场外，是写自己的亲见亲闻，有作者鲜活的生活体验在内，因而显得格外生动真切。

如开头写“演春”现场的热闹气氛，即从一个孩童的眼中、耳中写出：“是日游人如堵。堂上四官皆赤衣，东西相向坐。时方稚，亦不解其何官。但闻人语哜嘈，鼓吹聒耳。忽有一人率披发童，荷担而上，似有所白；万声汹动，亦不闻为何语。但视堂上作笑声。”在这一段文字后面，冯镇峦有几句评语：“写琐事细。从髫年望中看出，闲甚。情景如绘。”这写出了他在阅读这段文字时真实的艺术感受，是评得非常中肯的。尤其“似有所白”的“似”字，和“但视堂上作笑声”的“视”字，是互相呼应的，写得都极为精妙传神。“笑声”本应该是听出来的，这里却说是看出来的，这就传达出在特殊情境之下的特殊感受。没有临场的真实体验，或虽有此体验而没有蒲松龄那样高超的表现手段，都是不可能写出来的。

最出色的是写抛绳上天一段：术人“乃启笥，出绳一团，约数十丈，理其端，望空中掷去；绳即悬立空际，若有物以挂之。未几，愈掷愈高，渺入云中；手中绳亦尽”。接下去写儿缘绳上天一段，同样精彩：“子乃持索，盘旋而上，手移足随，如蛛趁丝，渐入云霄，不可复见。”写得如此细致生动，逼真传神，读来如见，如闻，如身临其境。

已有多位学者指出，这种引绳上天和偷桃的幻术（即今人所称“魔术”），在中国的民间已有很长的历史。唐以后各种笔记小说中多有记载。其中著名的如唐皇甫氏之《嘉兴绳技》（见《太平广记》所录之《原化记》），明王同轨《耳谈》有《蟠桃宴》，冯梦龙《古今谭概》有《方朔偷桃法》，钱希言《狯园杂志》有《偷桃小儿》等。甚至在蒲松龄之前，还有外国旅行家的相关记载。有学者因此而指其中的某些记载为蒲松龄《偷桃》之本事，即他创作时的素材来源。这种看法是不太确切的，容易产生误导。如果把各家记载拿来和蒲松龄的《偷桃》对比起来阅读，就可看出他们大都只是简单的叙事，缺乏生动的艺术描写，尤其缺乏作者自身的真切体验。而蒲松龄所写，却是那样的具体生动，蕴涵了作者血肉丰满的独特感受。据此，我们可以断言，《偷桃》的素材不是来自书本和文献，而是来自生活本身，来自他亲见亲闻的真切体验。

陆游在总结他写诗的经验时说："纸上得来终觉浅，绝知此事要躬行。"看来，不仅仅是写诗如此，写散文、写小说亦复如此。

偷桃

蒲松龄

童时赴郡试[①]，值春节。旧例，先一日，各行商贾，彩楼鼓吹赴藩司[②]，名曰"演春"。余从友人戏瞩[③]。是日游人如堵。堂上四官皆赤衣[④]，东西相向坐。时方稚，亦不解其何官。但闻人语哜嘈，鼓吹聒耳。

忽有一人率披发童，荷担而上，似有所白；万声汹动，亦不闻为何语。但视堂上作笑声。即有青衣人大声命作剧。其人应命方兴，问："作何剧？"堂上相顾数语。吏下，宣问所长。答言："能颠倒生物[⑤]。"吏以白官。少顷复下，命取桃子。术人声诺，解衣覆笥上[⑥]，故作怨状，曰："官长殊不了了！坚冰未解，安所得桃？不取，又恐为南面者所怒[⑦]。奈何！"其子曰："父已诺之，又焉辞？"术人惆怅良久，乃

① 赴郡试：到郡城去参加府一级的童试。

② 藩司：这里指省一级的衙门。

③ 戏瞩：参观游艺活动。

④ 赤衣：红色衣服，为清代高官的服色。

⑤ 颠倒生物：让生物反季节生长、结果。

⑥ 笥：竹制的箱子。

⑦ 南面者：古时以面南而坐者为尊，这里指身份地位高的官员。

偷桃
此日官民作勝游演
春俗例舊傳流戲從
天上階升去擲地僊
桃覔倩偷

云："我筹之烂熟。春初雪积，人间何处可觅？唯王母园中[①]，四时常不凋谢，或有之。必窃之天上，乃可。"子曰："嘻！天可阶而升乎？"曰："有术在。"乃启笥，出绳一团，约数十丈，理其端，望空中掷去；绳即悬立空际，若有物以挂之。未几，愈掷愈高，渺入云中；手中绳亦尽。乃呼子曰："儿来！余老惫，体重拙，不能行，得汝一往。"遂以绳授子，曰："持此可登。"子受绳，有难色，怨曰："阿翁亦大愦愦[②]！如此一线之绳，欲我附之以登万仞之高天。倘中道断绝，骸骨何存矣！"父又强呜拍之曰[③]："我已失口，悔无及。烦儿一行，儿勿苦。倘窃得来，必有百金赏，当为儿娶一美妇。"

子乃持索，盘旋而上，手移足随，如蛛趁丝，渐入云霄，不可复见。久之，坠一桃，如碗大。术人喜，持献公堂。堂上传视良久，亦不知其真伪。忽而绳落地上，术人惊曰："殆矣！上有人断吾绳，儿将焉托！"移时，一物堕。视之，其子首也。捧而泣曰："是必偷桃，为监者所觉。吾儿休矣！"又移时，一足落；无何，肢体纷堕，无复存者。术人大悲，一一拾置笥中而合之，曰："老夫止此儿，日从我南北游。今承严命，不意罹此奇惨[④]！当负去瘗之[⑤]。"乃升堂而跪，曰："为桃故，杀吾子矣！如怜小人而助之葬，当结草以图报耳[⑥]。"坐官骇诧，各有赐金。术人受而缠诸腰，乃扣笥而呼曰："八八儿，不出谢赏，将何待？"忽一蓬头僮，首抵笥盖而出，望北稽首，则其子也。以其术奇，故至今犹记之。后闻白莲教能为此术[⑦]，意此其苗裔耶[⑧]？

---

① 王母园：西王母的蟠桃园。西王母是传说中的女神，据传她的桃园中种的桃，三千年一熟。

② 愦愦（kuì kuì）：糊涂。

③ 呜拍：哄拍劝说。

④ 罹（lí）：遭受。

⑤ 瘗（yì）：埋葬。

⑥ 结草以图报：原意是报答救命的大恩，这里是报答恩惠的意思。

⑦ 白莲教：一个带有宗教色彩的民间秘密组织，历史上常为农民起义所利用。

⑧ 苗裔：延续的子孙。

寓讽刺于叙事之中

——说《种梨》

这是《聊斋志异》中一则非常著名的训诫故事，其意在讽刺吝啬的人，主题思想非常明朗、明确，无须多说。值得一说的是作品的叙事艺术。事极奇幻，并非纪实，但作者写来却栩栩如生，似他的亲见亲闻；我们读来亦恍如身临其境，种种情景历历在目，十分真切。

文虽短小，构思却极精巧严谨，很有章法。开头："有乡人货梨于市，颇甘芳，价腾贵。""价腾贵"这三个字很值得玩味。梨的味道好，价钱贵一点也在情理之中，但"腾贵"就不是一般的贵，而是特别得贵，用今天的话来说，就是贵得有些离谱。这就暗示我们，此人必定重利而轻义。这三个字隐伏的这层意思，正是后文写他一系列不近情理表现的依据。在小说艺术里，这就是我们通常所说的伏笔。蒲松龄写小说，最擅长于读者不经意之处设下伏笔，等到你读完全文再回过头来思考，发现原来作者早有暗示，前后脉络贯通，便会产生一种豁然领悟、回味无穷之感。这里只是一个小小的例子。

写乡人之悭吝，凡分三层写。第一层是："有道士破巾絮衣，丐于车前。乡人咄之，亦不去；乡人怒，加以叱骂。"这里值得注意的有两点：第一是，写道士特意加上"破巾絮衣"四个字，见出他生活之贫寒窘迫，值得同情，应该帮助；第二层，是写乡人对他的态度，与读者的预料和愿望恰恰相反，不仅不同情帮助，反而是"咄之"不足以泄其愤，又继以"怒"而"叱骂"之。这种不近人情的粗暴态度，同道士的生活境况和乞求，形成了鲜明的反向映照。第二层，是写道士的反应和回答："一车数百颗，老衲止丐其一，于居士亦无大损，何怒为？"不仅所言合情合理，而且心平气和，细味其中还包含了一种善意开导的意思。乡人却仍愚蒙不醒，不为所动。第三层，是写"观者劝置劣者一枚令去，乡人执不肯"。"劣者"就是卖不出好价钱的坏果子，连这样的他也一个都不给，真可谓是一毛不拔。有这样三层铺垫，乡人悭吝无情之心和顽劣不化之态，便都跃然纸上。这样，下文写道士作法对他进行惩罚，围观的人和读者一起都为此拍手称快，就是理所当然的了。

故事的精彩之处还在写道士种梨的奇幻。有“肆中佣保”看不过去，“遂出钱市一枚，付道士”。在这里，作者于叙事中又顺便设下了伏笔。表面上看是顺理成章，很自然地由上文乡人的无情引出旁观者的同情和帮助；实际作者的主要目的，不是让乞讨的道士吃上梨，而是借此授与道士一枚作法所需的种籽。有这颗梨核，才引出下文一大段精彩情节。道士拜谢之后说：“出家人不解吝惜。我有佳梨，请出供客。”这一句，有两点值得注意：一是，“吝惜”二字明确点出了全文的要义所在；二是于不经意间为故事的发展设置了悬念。有看客问：“既有之，何不自食？”这是故事中人的疑问，同时也是我们读者的疑问。不用多想也会觉得事情确实有些蹊跷，背后显然隐藏着某种玄机；就是这种微露的玄机，吸引着我们要迫不及待地读下去。玄机是什么？答案就在生动的叙事之中。道士整个种梨的过程，完全违背自然规律，奇幻至极，匪夷所思。但读来却又让人感到十分真实，或者更准确地说，因为描写的逼真生动，再加上其中的寓意，即便疑其为假，亦宁愿信以为真。这就是蒲松龄艺术描写的高明之处。道士“把核于手，解肩上镵，坎地深数寸，纳之而覆以土”。道士怎么能顺手就从肩上解下一把掘土的工具呢？他是个什么人，是有备而来的吗？这种原本在生活中常见的平凡动举，在小说所写的特定情境之中，也会让人感到有些奇怪难解。下文写用沸汤浇灌刚种下的种籽，不但没有烫死，反而在“万目攒视”之下，竟然立刻就“见有勾萌（植物的幼芽，曲者为勾，直者为萌）出，渐大；俄成树，枝叶扶苏；倏而花，倏而实，硕大芳馥，累累满树”。这几句，极其精练，却完整地同时又极富于流动感地写出了果树从下种、发芽到开花、结果的全过程。因为写出了这流动感，就表现出生活中果树生长原本有的那种勃勃生机。“枝叶扶苏”“硕大芳馥，累累满树”，一种活生生的景象便呈现在我们的面前。作者用了“渐”“俄”“倏”几个字，将瞬间发生的奇异变化生动地表现了出来。在读者的感受里，有形，有色，甚至连香气都可以闻到。在虚构的奇幻描写中，让读者能产生真实感，这是小说家蒲松龄的非凡之处。

接下去写道士把梨分给大家品尝，然后离去：“道士乃即树头摘赐观者，顷刻向尽。已，乃以镵伐树，丁丁良久，方断；带叶荷肩头，从容徐步而去。”上文一个原本很漫长的梨树生长过程，作者将其紧缩成很短的时间，很短的篇幅，用快节奏来叙写；这里写道士离去前后的行动，却是从容不迫，与此相应行文也变得舒缓自如。砍树是“丁丁良久”，行走也是“徐步”，将本来比较短的时间有意拉长。前后对比起来读，会感到叙述方式与作品的内容契合，写得疾徐有致，隽永有味。

最后一段揭开谜底，同时也就十分自然地揭示了作品的思想意义。妙的是作者写在道士作精彩表演时，乡人竟同大家一起成为观赏者，竟然忘掉了他那一车待价而沽、期望能卖到大价钱的梨子。按生活常理来说，这是非常自然的事情，实际却同样是出于作者的精心安排。“引领注目，竟忘其业”，那专注痴迷的神态，是写实，是形容，也是一种讽刺。这八个字，写和不写效果完全不同。有这八个字，才引出后文乡人的惊愤和众人的惊喜。“道士既去，始顾车中，则梨已空矣。方悟适所俵散皆己物也。又细视车上一靶亡，是新凿断者。心大愤恨。急迹之，转过墙隅，则断靶弃垣下，始知所伐梨木，即是物也。道士不知所在。”从道士种梨开始，到他消失的整个过程，看起来都只是客观的叙事，但实际上每一句都包含着作者的用意，其中有讽刺，有谴责，有惩戒，甚至有无情的鞭挞。

更妙也更有力的，是作者最后又补上一句：“一市粲然。”这四个字是点睛之笔，把作者讲这个故事的寓意完全挑明了。“粲然”不是一般的笑，是放声大笑，纵情大笑。试想，在一毛不拔的乡人痛失一车梨子之后，一市的人都对着他大笑，这笑对他来说，一定感到非常冷（毫不同情），同时又非常热（幸灾乐祸）。如果说，前面比较冷静的叙事还只是暗讽，那么这四个字就变成火辣辣的明讽了。最心疼的一车梨，倏忽间就没有了，道士也无踪可寻，在热闹的市街上，他成了众人嘲笑的对象，成了孤家寡人。蒲松龄的笔力犀利而又深刻，在他的笔下，乡人失落的不止是梨子，也不止是车靶，更重要的是失落了众人的同情心。

在艺术表现上，值得注意的还有对比手法的运用。文中有两组对比，一组是后面道士供大家吃梨时的慷慨，与前面乡人怒叱道士、一枚不舍时的吝啬，形成鲜明对比。另一组是旁观者对道士的同情和帮助，与对乡人的冷漠和嘲笑，也形成了鲜明的对比。有这样的对比，就更加鲜明地表现了作者的爱憎感情。

文末的“异史氏曰”，有如一篇尖锐泼辣的社会短评，它扩大了作品的讽刺对象，也提高了作品的思想意义。作者将他批判的矛头，从“愦愦”的乡人，扩大到了“乡中称素封者”。所谓“素封者”，是指地方上没有官位而拥有财富的人，也就是我们常说的乡绅之类的人物。作者列举了他们的几种表现：一是“良朋乞米，则怫然，且计曰：‘是数日之资也。’”二是“或劝济一危难，饭一茕独，则又忿然，又计曰：‘此十人、五人之食也。’”三是“甚而父子兄弟，较尽锱铢”。斤斤计较，连亲人之间也无情义可言。他们对乞求帮助的弱者的“怫然”“忿然”，与正文中乡人对道士的“咄之”和“叱骂”，相互映照；而因为他们是富人，更有钱，其吝啬也就显得更加无情无义，更加可恨。在这一基础上，作者更将抨击面进一步扩大：“及至淫博迷心，则倾囊不吝；刀锯临颈，则赎命不遑。”揭露了这些人因奢侈荒淫和贪生怕死而挥霍无度的另一方面。然后说：“诸如此类，正不胜道，蠢尔乡人，又何足怪。”比起这些为富不仁的富豪来，那位悭吝的卖梨者，就算不得什么了。

蒲松龄写的这个故事以及他所发的这番议论，很有现实意义。在今天，作者所称的“诸如此类，正不胜道”的人物，仍然随处可见。那些贪腐的官员和投靠官员而获得不义之财的富豪们，他们的丑恶嘴脸和卑污的灵魂，不早已在蒲松龄的笔下显现得清清楚楚了吗？

种梨

蒲松龄

有乡人货梨于市，颇甘芳，价腾贵。有道士破巾絮衣，丐于车前[①]。乡人咄之，亦不去；乡人怒，加以叱骂。道士曰：“一车数百颗，老衲止丐其一[②]，于居士亦无大损[③]，何怒为？”观者劝置劣者一枚令去，乡人执不肯[④]。肆中佣保者[⑤]，见喋聒不堪，遂出钱市一枚[⑥]，付道士。道士拜谢，谓众曰：“出家人不解吝惜。我有佳梨，请出供客。”或曰：“既有之，何不自食？”曰：“我特需此核作种。”于是掬梨大啖[⑦]，且

---

① 丐：乞讨。

② 老衲（nà）：僧尼的衣服常用人们捐赠的布片缝缀而成，称为“百衲衣”。僧尼因此常以“老衲”自称。这里是道士借称。

③ 居士：佛教称在家修行的人为居士，僧人或道士有时也用来尊称并不信教的俗家人。

④ 执：执意，顽固坚持。

⑤ 肆中佣保者：商户雇用的店员。

⑥ 市：购买。

⑦ 啖（dàn）：吃。

種梨
任教慳吝徧人寰天道原來
是好還頃刻花開頃刻實
神仙游戲警貪頑

尽，把核于手，解肩上镵[①]，坎地深数寸，纳之而覆以土。向市人索汤沃灌。好事者于临路店索得沸沈[②]，道士接浸坎处。万目攒视[③]，见有勾萌出[④]，渐大；俄成树，枝叶扶苏[⑤]；倏而花[⑥]，倏而实，硕大芳馥，累累满树。道士乃即树头摘赐观者，顷刻向尽。已，乃以镵伐树，丁丁良久[⑦]，方断；带叶荷肩头，从容徐步而去。

初，道士作法时，乡人亦杂立众中，引领注目，竟忘其业[⑧]。道士既去，始顾车中，则梨已空矣。方悟适所俵散皆己物也[⑨]。又细视车上一靶亡[⑩]，是新凿断者。心大愤恨。急迹之[⑪]，转过墙隅，则断靶弃垣下，始知所伐梨本，即是物也。道士不知所在。一市粲然[⑫]。

异史氏曰："乡人愦愦[⑬]，憨状可掬，其见笑于市人，有以哉[⑭]。每见乡中称素封者[⑮]，良朋乞米，则怫然[⑯]，且计曰：'是数日之资也。'或劝济一危难，饭一茕独[⑰]，则又忿然，又计曰：'此十人、五人之食也。'甚而父子兄弟，较尽锱铢[⑱]。及至淫博迷心，则倾囊不吝；刀锯临颈，则赎命不遑[⑲]。诸如此类，正不胜道，蠢尔乡人，又何足怪。"

---

① 镵（chán）：掘土用的铲。

② 沈：汤汁。

③ 攒视：注视。

④ 勾萌：刚长出的幼芽。

⑤ 扶苏：即"扶疏"，形容树木枝叶茂盛。

⑥ 倏：忽然，很短的时间。

⑦ 丁丁（zhēng zhēng）：伐木的声音。

⑧ 其业：各自的工作、事情。

⑨ 俵（biào）散：散发。

⑩ 靶亡：车把丢失。靶同"把"。

⑪ 迹之：寻踪追赶。

⑫ 粲然：大笑的样子。

⑬ 愦愦：愚蠢。

⑭ 以：原因，道理。

⑮ 素封：没有做官而家财富有的人家。

⑯ 怫（fú）然：气恼的样子。

⑰ 茕（qióng）独：孤苦无靠的人。

⑱ 锱铢（zī zhū）：非常少的钱财。锱、铢都是古时很轻的计量单位。

⑲ 不遑：顾不上。

思想在艺术中得到升华

——说《劳山道士》

一篇优秀的文学作品，特别是公认为经典的作品，它的艺术是一定会表现思想的；但同时，它的艺术也一定会大于思想，会提升思想，将思想呈现在一种精妙的艺术境界之中。没有任何一部经典之作是单凭思想就赢得了读者的。在这方面，《劳山道士》提供了一个范例。

《劳山道士》是《聊斋志异》中脍炙人口的名篇，但它所表现的思想，其实并无高深奥妙之义，而是非常普通、非常朴素的，普通、朴素到几乎是人人皆知的浅近的日常事理。它告诉我们，一个人想要得到某种道术，或者扩大一点说，要做好某种学问，成就某种事业，如果不能吃苦，不肯吃苦，没有毅力和恒心，那就不仅一事无成，而且还会碰壁和摔跤。在寻常百姓中间，一般父亲教育儿子要好好学习，要成材，常常讲的也就是这一类道理。这样普通平凡的思想认识，在蒲松龄的笔下，经过他杰出的艺术创造，竟然写成了一篇光彩四射的艺术华章。

蒲松龄不愧是艺术大家，一位短篇小说的圣手，为了表现多数读者都很熟悉的一种思想，他从构思、叙事、描写，乃至小到用词，都精心营造，处处表现出他的艺术匠心。

试从小说的开头说起："邑有王生，行七，故家子。"这几句简单的介绍就很有讲究。"故家子"就是世代富贵的大家子弟；"行七"，排行第七。北方的富贵人家，一般的情形是"老儿子"最受宠爱，行七，想来不是最小，也是接近最小了。简短五个字，就包含了这样的言外之意：此人出身富贵人家，从小娇生惯养，必定好逸恶劳。后面写他上劳山学道的过程和表现，并进而演绎出一系列精彩的故事情节，在小说开篇的这五个字中，就已经埋下伏笔了。

接着写他去劳山的原因，同样很有讲究："少慕道，闻劳山多仙人，负笈往游。"

在“慕道”二字下面，手稿本上有一位不具名的评论者写下这样一句评语：“‘慕’字，书法。已见信道不笃。”这位评者是有眼光的，“慕道”与“求道”确有区别。对于“道”（或别的什么事业），如果是“追求”，就必定有坚韧的表现；而若只是“羡慕”，则肯定经受不起考验。人们常把最美好的日子称为“神仙过的日子”。看来，王生到劳山，不是真的为了学道，而是为了得到神仙之术，过上比现实的富贵生活更加安逸舒适的日子。这是从与他的出身相关联的上山目的，来为他后来的种种表现做铺垫。

“登一顶，有观宇，甚幽。”这个“幽”字也写得非常好，是从王生的眼中看出来的。他上劳山是来寻找神仙的，一个“幽”字，读者就会据此相信，他一上山就感受到有一股神仙之气向他扑面而来。进入庙宇之后，还是从他的所见所感来写：“一道士坐蒲团上，素发垂领，而神观爽迈。”虽然是白发披肩，却是神采奕奕，显然是一个道行很深的老道士。在慕道者王生的眼中，这样的形象和神采，简直就是一个活神仙了，于是请求拜道士为师。这里写了两个人物的简单对话：“道士曰：‘恐娇惰不能作苦。’答曰：‘能之。’”在蒲松龄的笔下，道士是无所不知的（后文还写他无所不能），这种超现实的人物，在《聊斋志异》中几乎篇篇都有。道士的怀疑（因为他用了一个“恐”字），其实就是一个超现实的人物对王生的准确判断——是道士的判断，也是作者蒲松龄的判断。“娇惰不能作苦”这六个字，是小说后半部分艺术描写的一个总纲。

道士第二天就给他考验，不是给他讲道，而是叫他上山打柴：“凌晨，道士呼王去，授以斧，使随众采樵。”不出道士所料，仅仅“过月余”，他便“手足重茧，不堪其苦，阴有归志”。

单调平直的构思和情节，不可能充分完美地表现思想。蒲松龄构思的精妙之处在于，写王生“阴有归志”，却并没有简单地接着就写他离山回家，而是写他暂时又留了下来。暂时留下是有原因的，这原因，仍然跟前面那个“慕”字相关。

蒲松龄接下来写的，是王生思想心理的一个大反复、大曲折，同时也是小说情节发展的一个大反复、大曲折。这一大段表现了人物心理与情节反复和曲折的故事，构成了整篇小说中最精彩的部分，也是小说艺术描写的主体，充满了令人目眩神摇的奇思异想。值得注意的是，作者所采取的视角，全部的奇幻描写，都是从王生的所见、所闻、所感来着笔的，都是着眼于表现由此引起的他的心理变化。由于种种奇异景象都是从王生的眼中心中写出，因而全部情节的发展，便都自然地落到了创造王生这个形象之上。视角体现构思，其巧妙之处在于，看起来并没有直接写王生，读完以后就会发现，实际上却是句句都在写王生。因而，情节发展所显示出来的人物关系，亦颇耐人寻味：这些奇异现象的出现，其创造者和主导者，当然是那位道行很高的老道士；王生只是一个旁观者，而旁观者的身份，却又实实在在地使我们感到，他就是这篇小说的中心人物。

一系列的奇幻描写，从王生的一个“见”字领起，而在其后事件发展的全部进程中，作者又不断地点示、穿插，如写“王自思”“唯恐”“心奇之”等等，以表现他心理活动的微妙变化，一直写到他作出新的决定并采取最后的行动。

由道士操作或创造的种种奇异景象，凡作四层写。一层比一层奇幻，一层比一层撼动人心，当然对王生来说，也就一层比一层更具诱惑力。第一层，写王生看见“二人（客）与师共酌，日已暮，尚无灯烛，师乃剪纸如镜，粘壁间，俄顷，月明辉室，光鉴毫芒”。第二层，写一客人建议：“良宵胜乐，不可不同。”希望众门徒与他们同乐，主人乃“于案上取壶酒，分赉诸徒，且嘱尽醉”。这时小说插入一句写王生的心理活动：“七八人（指身边道士的门徒），壶酒何能遍给？”众门徒“各觅盎盂，竞饮先釂”，唯恐酒不够喝，其中当然也就包括王生本人在内。而众人“往复挹注，竟不少减”。这时，小说又写了一句，王生“心奇之”。第三层，写一客人又因寂饮无趣，建议“呼嫦娥来”陪饮。于是：

> 乃以箸（筷子）掷月中，见一美人，自光中出，初不盈尺，至地遂与人等。纤腰秀项，翩翩作“霓裳舞”。已而歌曰：“仙仙乎，而还乎，而幽我于广寒乎！”其声清越，烈如箫管。歌毕，盘旋而起，跃登几上。惊顾之间，已复为箸。

如此景象，真是奇幻至极，神妙至极！但它在王生心中引起的震撼力和由此而产生的心理波动，这里小说却不置一词，不过我们却可以从前面他的表现想象出来。这种写法上的细微变化，也使得小说的叙事避免了单调和重复。第四层，写又一客人建议移席月宫，再饮告别。于是，“三人移席，渐入月中。众视三人，坐月中饮，须眉毕见，如影之在镜中”。这第四层，写道士同客人入月中饮酒饯别，是高潮，也是尾声。犹如一场大戏之谢幕，种种幻景之后，人物又都回到了现实中来：“移时，月渐暗，门人然（燃）烛来，则道士独坐而客杳矣。几上，肴核尚故；壁上月，纸圆如镜而已。”这几句，增加了前面描写的神秘感，也进一步渲染了道士的道行。

道士问大家："饮足乎？" 大家回答："足矣。" 于是，回到现实的道士，又一如既往地布置了任务："足宜早寝，勿误樵苏。" 小说的描写，由王生不耐劳苦始，引出一系列奇异景象，绕了一大圈以后，又回到劳苦的打柴生活上来。前后情节呼应，波澜起伏，能放能收，文意一气贯注。

这时，小说用两句十分简要的话，为上文的奇幻描写特意作一收束："王窃欣慕，归念遂息。" 这里有两点值得注意，一是写由种种幻境引起的王生心理的重大变化，即打消了回家的念头；二是同时写出了王生心理变化的依据，是出于内心的 "欣慕"。这里又出现了一个 "慕" 字，与小说开头说他 "少慕道" 的 "慕" 字，遥相呼应。前因 "慕" 而不能吃苦，萌生归意；此次心生 "欣慕"，同样不能吃苦，也就在读者的意料之中。这又为下文写他再生归志，并最终离山回家，伏下了重要一笔。

果然，"又一月，苦不可忍，而道士并不传教一术，心不能待，辞曰：'弟子数百里受业仙师，纵不能得长生术，或小有传习，亦可慰求教之心。今阅两三月，不过早樵而暮归，弟子在家，未谙此苦。'" 这几句透露出两条信息，一是他上山求仙的目的，主要是为了得到长生之术；二是离山归家的原因，仍是吃不得打柴之苦。道士笑曰："我固谓不能作苦，今果然。明早当遣汝行。" 如果到这里就写王生真的就离山归家了，在蒲松龄看来，预定的思想仍未得到充足的表现，于是下文又经历了一番曲折。王生欲求长生之术不可得，只好不得已而求其次，请求道士授以穿墙之术。

王生学习穿墙之术的过程也写得相当曲折。先是写道士授术："传以诀，令自咒毕，呼曰：'入之！' 王面墙不敢入。" 因胆小而一试失败。其次，是写道士 "又曰：'试入之。' 王果从容入，及墙而阻"。二试又失败。再次，写道士鼓励他："俯首骤入，勿逡巡！" 王鼓足勇气，"果去墙数步，奔而入，及墙，虚若无物，回视，果在墙外矣"。三试而验，于是 "大喜，入谢"。这时才写王生辞山归家。但在辞别时，又写道士赠给他两句话："归宜洁持，否则不验。" 这两句话也是作者经过精心构思而后写出的，既关系到小说的思想，也关系到小说的艺术。所谓 "洁持"，是指做人要诚实、清白，不能以此自炫，更不能用来骗人。这当然与全篇小说的主旨相关。而两句话之间又有因果关系，若不 "洁持"，则术 "不验"，因此又引出了下文的一段重要情节。

"抵家，自诩遇仙，坚壁所不能阻。" 一到家，就自吹自擂，背离了道士 "洁持" 的教导。最后，在一层层充分叙写的基础上，小说水到渠成地写出了全文的结局："妻不信。王效其作为，去墙数尺，奔而入，头触硬壁，蓦然而踣。妻扶视之，额上坟起，如巨卵焉。妻揶揄之。”碰壁，摔跤，受到妻子的嘲笑，这就是王生的结局，也是故事所暗寓的一切好逸恶劳、企图不劳而获者的结局。

一切真正的艺术家都远离抽象的说理。蒲松龄并没有面对读者说教，他只是讲故事，他将这个故事讲得如此曲折生动，如此绚丽多彩，如此富于艺术魅力。我们在得到艺术享受的同时，也就在不知不觉中自然地接受了他的思想，受到了教育。

最后，说一说小说的标题。这也有值得我们体味之处。《聊斋志异》中仿传记体的小说数量很多，一般的情况都是以简单介绍主人公开头，并以主人公的名字作为题名，如《王六郎》《香玉》《婴宁》等等都是。这篇小说的处理却稍有不同，主人公是王生，也是以介绍他开头，但却不题《王生》，而以《劳山道士》为题名。这是因为，王生的活动虽然处于故事的中心，却不是故事的主导者。如上文所分析，主导者是劳山道士，他不仅具有超人的法术，而且还能预见王生的表现，并且掌握着他的遭遇和结局，对他施以教育和惩戒。以主导者的名字命名，自然更能体现小说的训诫意义。劳山道士是教育者、训诫者和点化者，他只是一个虚构的人物，不过读者不用思索就会明白，他实际上就是小说作者蒲松龄本人。

在“异史氏曰”中，蒲松龄说：“闻此事未有不大笑者，而不知世之为王生者，正复不少。”揭示出他讲这个故事的普遍意义。《聊斋志异》评论家但明伦发挥其意云：“亦以见学问之途，非浮慕者所得与。虽有名师，亦且俟其精进有得，而后举其道以传之，苟或作或辍，遂欲剽窃一二以盗名欺世，其不触处自踣者几希！”观今日之学界，浮躁之风泛滥，剽窃者也时有所闻。读此故事，当会获得教益。

劳山道士

蒲松龄

邑有王生[①]，行七，故家子，少慕道[②]，闻劳山多仙人[③]，负笈往游[④]。登一顶，有

① 邑：县，这里是本县的意思。

② 道：神仙道术。

③ 劳山：也写作崂山，在今青岛市东北，临海，有上清宫、白云观等名胜古迹。

④ 负笈：背着书箱，常用为外出求学的代称。

嶗山道士
願學神仙一念癡
擔薪蘇艸苦難持
試求授得穿牆術
何此居心已可知

观宇①，甚幽。一道士坐蒲团上②，素发垂领，而神观爽迈③。叩而与语④，理甚玄妙，请师之。道士曰："恐娇惰不能作苦。"答言："能之。"其门人甚众，薄暮毕集，王俱与稽首，遂留观中。凌晨，道士呼王去，授以斧，使随众采樵⑤。王谨受教。过月余，手足重茧，不堪其苦，阴有归志。

一夕归，见二人与师共酌，日已暮，尚无灯烛，师乃剪纸如镜，粘壁间，俄顷，月明辉室，光鉴毫芒。诸门人环听奔走。一客曰："良宵胜乐⑥，不可不同。"乃于案上取壶酒，分赉诸徒⑦，且嘱尽醉。王自思：七八人，壶酒何能遍给？遂各觅盎盂，竞饮先釂⑧，唯恐樽尽。而往复挹注⑨，竟不少减，心奇之。

俄一客曰："蒙赐月明之照，乃尔寂饮⑩，何不呼嫦娥来⑪？"乃以箸掷月中，见一美人，自光中出，初不盈尺，至地遂与人等，纤腰秀项，翩翩作"霓裳舞"⑫，已而歌曰："仙仙乎⑬，而还乎⑭，而幽我于广寒乎⑮！"其声清越，烈如箫管。歌毕，盘旋而起，跃登几上。惊顾之间，已复为箸。三人大笑。又一客曰："今宵最乐，然不胜酒力矣，其饯我于月宫可乎？"三人移席，渐入月中。众视三人，坐月中饮，

---

① 观（guàn）宇：道教的庙宇。

② 蒲团：僧、道用来打坐或跪拜的圆形草垫。

③ 神观：仪容风采。

④ 叩：拜见。

⑤ 采樵：打柴。

⑥ 胜乐：非常高兴的事。

⑦ 赉（lài）：赏赐。

⑧ 釂（jiào）：干杯。

⑨ 挹（yì）注：倒酒。

⑩ 乃尔：却这样。

⑪ 嫦娥：月宫中的女神。

⑫ "霓裳舞"：全名为"霓裳羽衣舞"，唐代天宝年间盛行于宫廷的一种舞蹈。据传，《霓裳羽衣曲》系唐玄宗据西域《婆罗门曲》改制而成。另一说是，唐玄宗梦游月宫，见仙女数百舞于广庭，问其曲名《霓裳羽衣曲》，醒后据记忆谱成。

⑬ 仙仙：舞姿轻盈的样子。

⑭ 还：回归，指回到人间。

⑮ 幽：幽禁。广寒：月宫名。《洞冥记》载："冬至后，月养魄于广寒宫。"传说唐玄宗游月宫时，看到月宫上有"广寒清虚之府"的题字。

须眉毕见，如影之在镜中。移时，月渐暗，门人然烛来，则道士独坐而客杳矣。几上，肴核尚故；壁上月，纸圜如镜而已。道士问众："饮足乎？"曰："足矣。""足宜早寝，勿误樵苏[①]。"众诺而退。王窃欣慕，归念遂息。

又一月，苦不可忍，而道士并不传教一术，心不能待，辞曰："弟子数百里受业仙师，纵不能得长生术，或小有传习，亦可慰求教之心。今阅两三月[②]，不过早樵而暮归，弟子在家，未谙此苦[③]。"道士笑曰："我固谓不能作苦，今果然。明早当遣汝行。"王曰："弟子操作多日，师略授小技，此来为不负也。"道士问："何术之求？"王曰："每见师行处，墙壁所不能隔，但得此法足矣。"道士笑而允之，乃传以诀[④]，令自咒毕[⑤]，呼曰："入之！"王面墙不敢入。又曰："试入之。"王果从容入，及墙而阻。道士曰："俯首骤入，勿逡巡！"王果去墙数步[⑥]，奔而入，及墙，虚若无物，回视，果在墙外矣。大喜，入谢。道士曰："归宜洁持，否则不验。"遂助资斧[⑦]，遣之归。

抵家，自诩遇仙[⑧]，坚壁所不能阻。妻不信。王效其作为，去墙数尺，奔而入，头触硬壁，蓦然而踣[⑨]。妻扶视之，额上坟起，如巨卵焉。妻揶揄之。王惭忿，骂老道士之无良而已。

异史氏曰："闻此事未有不大笑者，而不知世之为王生者，正复不少。今有伧父喜疢毒而畏药石[⑩]，遂有舐痈吮痔者[⑪]，进宣威逞暴之术以迎其旨，绐之曰[⑫]：'执此术也以往，可以横行而无碍。'初试未尝不小效，遂谓天下之大，举可以如是行矣，势不至触硬壁而颠蹶不止也。"

---

① 苏：割草。

② 阅：经过。

③ 谙：本意为熟习，这里引申为经受的意思。

④ 诀：口诀。

⑤ 自咒：自己念诵法术的口诀。

⑥ 去：离开。

⑦ 资斧：路费。

⑧ 自诩：自我吹嘘。

⑨ 踣（bó）：跌倒。

⑩ 伧（cāng）父：卑鄙小人。喜疢（chèn）毒而畏药石：喜好疾毒而害怕药石，比喻喜欢奉承拍马而害怕直言忠告。疢，疾病。

⑪ 舐（shì）痈吮痔：同"吸痈舐痔"，吸痈脓，舔痔疮，比喻无耻的谄媚奉迎。

⑫ 绐（yí）：欺骗。

人间真、善、美的诗意呈现
——说《娇娜》

蒲松龄写作《聊斋志异》，其总的思想艺术追求是歌颂真、善、美，鞭挞假、恶、丑。而这一篇《娇娜》，则是集中地描写和歌颂人与人之间的美好关系，也是他对理想化的人性美的一种憧憬和呼唤。

无论是从思想来说，还是从艺术来说，或者从思想与艺术的完美结合来说，《娇娜》都是《聊斋志异》中最优秀的篇章之一，也是最富于诗意的篇章之一。

我们先从小说的艺术构思谈起。

艺术构思是作者为了艺术地表现他从生活体验中提炼出来的思想（真正优秀的作品，它的题材和思想绝不会是单从书本或传闻中得来），在下笔前预先精心地对作品作出的总的构想和布局（当然在写作过程中会不免常有更改），然后再一步步地展现、凸显在具体的艺术描写中。这篇小说的艺术构思，有两点值得我们注意。

第一是，作者着意营造的诗意美，从一开篇就鲜明地，同时又是相当含蓄地揭示出来。说它含蓄，是因为如果不细读，不品味，就很有可能看不出来。需要品味，而且耐品味，正是诗意美的特征之一。

小说的开头这样介绍男主人公孔生："孔生雪笠，圣裔也，为人蕴藉，工诗。"这几句简单的介绍，包含着好几层不容忽视的意思："圣裔"，说明他有久远的家学渊源和因此而获得的深厚的文化教养；"工诗"，则说明他还是一位风流倜傥的才子。这些都跟后文的情节和人物描写有关，也跟笼罩全篇的一种儒雅脱俗的文化氛围有关。但尤其值得我们注意的是"为人蕴藉"这四个字。这里面蕴含着贯穿全篇小说的思想的血脉。"蕴藉"一词，通常用来形容、概括语言文字运用中的丰蕴和含蓄。用来形容、概括一个人的修养和性情时，则主要是指为人的宽厚而有涵养，含蓄而不显露。联系到《娇娜》的故事情节来体会，蒲松龄用在这里，则具有更为丰富的涵义，大致包含人的诚挚、善良、多情、宽厚、含蓄等等方面的优美品格。

表面上看，介绍的只是孔生，但实际上“蕴藉”这一特点，不只是体现在孔生一人身上，同时也体现在与他相关联的诸多人物身上，体现在小说所描写的人与人的关系之中。清代的《聊斋志异》评论家但明伦，敏锐地看出了这两个字在作品整体构思中的意义，评论说：“蕴藉人而得蕴藉之妻，蕴藉之友，与蕴藉之女友。写以蕴藉之笔，人蕴藉，语蕴藉，事蕴藉，文亦蕴藉。”此评下得准确、精到，他从开头的“蕴藉”二字，就看出了蒲松龄写作这篇小说的着意之处。蕴藉一词，确实揭示了小说人物的优美品格和人与人之间的美好关系，以及相应于表现这种品格和关系的文字的诗意特征。蕴藉美就是一种诗美，整篇小说就是人间真、善、美的一种诗意呈现。

第二是，小说人物出场的安排独具匠心，富有深意。

按《聊斋志异》传记体小说的通例，凡以人物之名命篇，则此人必为小说的主人公，且大多以介绍其身世和思想性格作为小说的开头，为后文的情节发展预作伏笔。本篇题为《娇娜》，毫无疑义娇娜就是小说的主人公。但小说不但不以介绍这个人物开头，而且迟迟没有让她露面，直到情节发展到大约三分之一时她才正式出场。娇娜出场的时机和条件，作者预先作了充分的铺垫和布置，都有他的艺术匠心。这种安排，同样跟小说要表现的思想有密切的关系。小说通过一系列的情节，对蕴藉美做了多层次、多方面的诗意营造，是为了表现作者一种超尘拔俗的重要思想，即青年男女之间，不仅可以有纯真的爱情，而且可以有纯真的友情；这种友情还可能比爱情更珍贵、更美。这种观念，在蒲松龄的时代，不仅是独异特出的，十分开放的，而且是超前的，非常进步的。这篇小说既写了爱情，也写了友情，却是以写友情为主，写爱情为辅。爱情只是作为友情的映衬和烘托而存在。爱情的实现只是在孔生和松娘之间，而友情却不仅存在于孔生与皇甫公子之间，孔生和娇娜之间，而且还广泛地存在于孔生与皇甫公子一家及其亲戚诸人之间。在这种多重的人物关系中，孔生与娇娜的纯真友情，被置于情节的中心地位，是小说描写的重点。可以说，写孔生与皇甫公子一家其他人之间的友情、爱情，都是围绕并且是为突出孔生与娇娜之间的友情而设置、而展开的。

其次谈谈这篇小说的情节，谈谈情节的发展是如何体现出作者的艺术构思，如何营造出富于诗意的蕴藉美的。

从体制上看，这篇作品符合现代小说观念的基本特征，在《聊斋志异》中属于典型的短篇小说一类。从篇幅上看，这篇小说又是《聊斋志异》中为数不多的篇幅较长的作品之一，但也不过两千多字的规模，略相当于现代人写的小小说。可是，就人物之众多，人物关系之复杂，以及由此而产生的情节之曲折多变而言，这实在是一篇十分罕见的大容量的、艺术表现高度精练的作品。可以毫不夸张地说，《娇娜》虽云短篇，因内容之丰富和复杂，其情节结构实具有长篇小说的格局。这是蒲松龄非常了不起的地方。

小说写的是现实的人与狐狸精之间的故事，实际表现的却是人间真情和人的美好品格。小说的情节发展，可以划分为三个大的段落。

第一大段落，主要表现孔生与皇甫公子父子之间的真挚友情。

一开头写孔生应好友之召唤，赴好友做官的天台去相会。但不幸抵天台时适逢朋友去世，于是生活无着，只好寄居在当地的菩陀寺里，以代僧人抄录为生（这切合他“圣裔”的身份）。由此就有了与狐狸精皇甫公子一家相遇而产生一系列复杂关系的机缘。《聊斋志异》中写了许多狐仙故事，什么时候、什么情况下揭示人物狐狸精的身份，都是很有讲究的。在这篇小说中，皇甫公子一家的狐狸精身份，在小说情节发展中长时间隐而未显，直到将近结尾时才明确地揭示出来。但在前面的环境描写和情节发展中，作者却是多次地给予我们以种种暗示。作者这种出于精心构想，却又在不经意间表现出来的不断点示，在艺术上有一个好处，就是会引起读者的思索和猜想，并因此造成一种悬念，对读者产生强烈的吸引力。这样，到后面明确揭示出人物的异类身份时，才不会显得突兀而不可信，相反会使人获得一种原来如此、豁然开朗的审美快感。

在狐公子出现前，有一段有关环境的描写，就极富于暗示性。小说是这样写的：“寺西百余步，有单先生第。先生故公子，以大讼萧条，眷口寡，移而乡居，宅遂旷焉。一日，大雪崩腾，寂无行旅。”就在这种环境和这个时分，孔生“偶过其门，一少年出”。这少年就是小说里仅次于娇娜和孔生的重要人物皇甫公子。这里作者特意写出大宅之“旷”（破败荒废）和雪天之“寂”（罕见人迹），少年从“旷”中出，从“寂”中来，这就暗示我们：此人必有非同寻常的特殊背景和来历。

接下去对少年即皇甫公子的描写，从里到外，都是充满热情赞美的。从外表看，写他“丰采甚都”。什么叫“都”？美盛曰“都”，就是说他长得非常俊美。进而通过言谈举止（“趋与为礼，略致慰问”）和室内陈设（“壁上多古人书画。案头书一册，签云：《瑯嬛琐记》”等等），又极力渲染他的知礼和儒雅，写他内在的文化素养。

于是“生爱悦之，慨然从入”。“爱悦”二字，一笔同时写了两个人物。只有性情相投，志趣契合，心灵有了共鸣，才会产生爱悦之情。联系到开头对孔生的介绍，一虚一实前后映照，读者自然会从孔生和狐公子的结交，初步地感受到人物的“蕴藉”之美。

当少年得知孔生因访友不遇而落魄时，就劝他“设帐授徒”。刚见面就表现出对初结交朋友的生活如此深切的关心，其热情善良可见。孔生感慨无人推荐，皇甫公子立即表示“愿拜门墙”，做他的学生。“生喜，不敢当师，请为友。”这样，两人就结成了亦师亦友的特殊关系。这是一种自然的、诚挚的、美好的关系。

当孔生问及此宅为何“久锢”时，公子明确回答：这是已经败落的单家的府第，自己为皇甫氏，“祖居陕，以家宅焚于野火，暂借安顿”。问得直率、诚恳，回答得也直率、诚恳。“家宅焚于野火”，不仅解释了借居于此的合理性，同时又于不经意间透露出皇甫公子一家可能的狐狸精身份。但作者已然将他们的关系写得那样真挚、美好，读者即使有所猜疑，也绝不会因此而产生恐惧之感。作者接着这样写：“当晚，谈笑甚欢，即留共榻。”这是蒲松龄写狐仙故事的高超之处，他是借狐仙以写人，他将狐仙凡俗化、人情化，进而美化、诗化，通过种种艺术手段将其提升到一种优美的、崇高的境界。

接着，小说又极自然地引入了一个人物：太公，即皇甫公子的父亲。第二天早晨，当“生尚拥被坐”、未起床时，僮子进屋告知“太公来”。在“生惊起”之时，小说这样描写这位老人：“一叟入，鬓发皤然，向生殷谢曰：‘先生不弃顽儿，遂肯赐教。小子初学涂鸦，勿以友故，行辈视之也。’”对孔生表示尊敬、感谢，那样真诚，那样亲切，不仅赠以重礼，且设盛宴款待。其后小说有一段小穿插，也很值得注意：“公子呈课业，类皆古文词，并无时艺。问之，笑云：‘仆不求进取也。’”所谓时艺，就是当时专用于科举考试的八股文，对此没有兴趣，可见其生活理想在当时有超凡脱俗的一面。以上是写孔生与皇甫公子父子之间的友情，充满亲切、诚挚和温馨。

第二大段落，是从写友情扩展到写爱情，并引入主人公娇娜，将友情描写与爱情描写交织在一起，但描写的重点仍在写友情。

先是引入香奴。香奴虽为婢女，却是色艺双绝。“少顷，一婢入，红妆艳绝。公子命弹《湘妃》。婢以牙拨勾动，激扬哀烈，节拍不类夙闻。”这几句简单的描写，也充满了儒雅的文化气氛。此后师生二人在课业之余，五日一饮，每饮必招香奴。

在接触中，孔生很自然地对香奴产生了爱意，但却一直深藏心中。“一夕，酒酣气热，目注之。”他对香奴爱意表达的时机和方式，都极符合“为人蕴藉”的特点。虽然只是在酒后流露于目光之中，但对孔生关怀备至的公子却“已会其意”。此时读者以为公子一定会成全两人，下面必有一段动人的爱情故事。但出人意料，情节在此生出曲折：公子真诚地对孔生点明香奴是其父所养的婢女，示意结姻并不合适，同时又深情地对孔生说：“兄旷邈无家，我夙夜代筹久矣。行当为君谋一佳耦。”而且承诺其“惠好”之质一定会在香奴之上。这里，情节的发展又产生一个悬念：超出色艺双绝的香奴，会是一个什么样的女子呢？

这时，小说的主人公娇娜就快要出场了。但作者从容运笔，不急不忙，又作了许多的铺垫和布置。先是写孔生想外出遨游，但至门，却发现门从外面反锁着（与前文“久锢”之问呼应）。这也是在描写人物间的平凡亲切关系时，又不忘点示出奇异之处。不能出门，这才有“时盛暑溽热，移斋园亭”之事，孔生随即得病：“胸间肿起如桃，一夜如碗，痛楚吟呻。”于此，作者又再作铺垫，先写公子和太公对孔生的深情关怀：“公子朝夕省视，眠食都废。又数日，创剧，益绝食饮。太公亦至，相对太息。”父子二人对孔生的关心照顾，如至亲骨肉。到此时，才写公子早已想到“先生清恙，娇娜妹子能疗之”，已经“遣人于外祖母处呼令归”了。

娇娜出场的时机和条件的设置，极具艺术匠心。一是，前面一系列情节的发展，已将人狐之间的至交和友情写得非常充分，娇娜的出场，水到渠成，既是友情的表现，也是友情的延续、发展和提升；二是，因为孔生重疾才引出娇娜，这就表明：娇娜是为救助病人而来，为友情而来，而非为爱情而来。

此后，小说人物之间，产生了极为复杂且富于戏剧性的关系。娇娜来时，僮子入白，来的是三个人：“娜姑至，姨与松姑同来。”蒲松龄写人物，总是着眼于人物关系。写娇娜，多从孔生眼中所见和心中所感来写。不仅显得真切，而且总是一笔同时表现两个人物。娇娜为孔生看病时，小说是这样描写的：“少间，引妹来视生。年约十三四，娇波流慧，细柳生姿。”单是她的容颜气质，就引起了孔生震撼性的反应：“生望见颜色，嚬呻顿忘，精神为之一爽。”公子为妹子介绍，出语十分诚挚感人：“此兄良友，不啻胞也，妹子好医之。”让妹子娇娜也像自己一样，将孔生当作同胞手足来对待。于是就有了下文娇娜同样亲切诚挚的态度和表现：“女乃敛羞容（少女在生人面前本来是很害羞的），揄长袖，就榻诊视。”小说写孔生一面的感受是：“把握之间，觉芳气胜兰。”这时娇娜说：“宜有是疾，心脉动矣。”这实际上是含蓄地拒绝了他的爱悦之意。诊视的结果是病情危重，“非伐皮削肉不可”。娇娜不避男女接触之嫌，亲自为他施行手术。手术过程写得极为生动，但突出的不是孔生的痛苦，而是娇娜轻巧娴熟的技艺和她的优美风姿所引起的孔生的爱慕之情和无可言喻的愉悦：“而贪近娇姿，不唯不觉其苦，且恐速竣割事，偎傍不久。”接着又写娇娜口吐红丸，神奇地在创口上旋转三周，生即感到“遍体清凉，沁入骨髓”。随着娇娜的一声“愈矣”，“生跃起走谢，沉痼若失”。从见面到整个治病的过程，孔生已对娇娜产生了强烈的难以压抑的爱慕之情。此后一不见娇娜，就“悬想容辉，苦不自已。自是废卷痴坐，无复聊赖”。又是细心关怀孔生的公子“已窥”其意，及时对他给予热情的帮助。他告诉孔生已为他“物色”了一位“佳耦”，而且也是自己的“眷属”。是谁呢？情节的发展再次出人意料，此人并不是孔生和读者所期盼的娇娜，而是公子的表姊松娘。这时执着多情的孔生，其反应完全在读者的意料之中：“生凝思良久，但云：‘勿须。’”并“面壁吟曰：‘曾经沧海难为水，除却巫山不是云。’”除了娇娜，谁也不愿接受。公子解释：“家君仰慕鸿才，常欲附为婚姻，但止一少妹，齿太稚。”（照应前面所写孔生见她时“年约十三四”）而“姨女阿松，年十八矣，颇不粗陋”。（用笔精细：前写僮子入白“姨与松姑同来”，早为此预伏一笔。）

孔生初见松娘时，小说从他的眼中下了一句断语：“与娇娜相伯仲也。”于是“大悦”。“相伯仲”三字是写孔生的感受，却极自然地体现了作者巧妙的艺术构思和叙事手法，即前面写娇娜实际上起到了写松娘的作用，而后面写松娘也就同时间接地表现了娇娜。接着，小说以极为简练的文字写孔生与松娘美满的爱情婚姻。公子不仅为之“作伐”，且“除别院，为生成礼”。一切都替孔生考虑、安排得非常周到。孔生沉醉在美满幸福之中：“是夕，鼓吹阗咽，尘落漫飞，以望中仙人，忽同衾幄，遂疑广寒宫殿，未必在云霄矣。”在作者的笔下，幸福的爱情之花不是公子赐予的，而是人狐之间真挚的情谊浇灌出来的。

第三大段落，在欣喜之情达到高潮之时，情节突然陡转直下，转而写离别、劫难、救难，从中表现人狐之间生死相依、生死相救的关系，将人间真、善、美的至情提升到了一种更高的境界。

先是单家公子“解讼归”，要索回住宅，皇甫公子一家须离此西去。生不忍离别，“愿从之而去”。在公子的殷切劝说下，只好偕松娘返回故里。公子以奇幻手段送孔生松娘夫妇回家，再次点示公子非人的身份。离别时太公“以黄金百两赠生”。

孔生回到家，与母亲团聚，松娘贤淑，事姑极孝，又为孔生生一子。孔生举进士第，到外地做官，因公正无私而触怒上级被罢官。未归家前，不意在郊野狩猎时，突然与皇甫公子相见，两人“悲喜交至”。时娇娜已婚，妹夫吴郎亦来谒拜，谈笑间重叙旧情，显得亲切而又温馨。其间有两段描写很值得注意。一是娇娜开玩笑地“抱生子掇提而弄曰：‘姊姊乱吾种矣。’”又一次暗示了公子一家实为异类。二是孔生向娇娜拜谢从前的治病之恩，娇娜又以玩笑的口吻说：“姊夫贵矣。创口已合，未忘痛耶？”与前面的情节相呼应，让读者与孔生一起共同重温那段美好的回忆。

可是一场重大的劫难马上降临，使这段长期建立起来的真挚友情面临严重的生死考验。“一日，公子有忧色，谓生曰：‘天降凶殃，能相救否？’”“生不知何事，但锐自任。”就是说，他在不知道发生什么事情和是否有危险的情况下，就毫不犹豫地答应承担这一重任。这在现实生活中，是只有感情深挚、生死相依的朋友之间才能做到的。公子于是招全家人出来拜谢孔生。这时，只是在这时，作者才明确地揭示出皇甫公子一家的狐仙身份。公子真诚而坦率地对孔生说：“余非人类，狐也。今有雷霆之劫。君肯以身赴难，一门可望生全；不然，请抱子而行，无相累。”这请求非常恳切，却又十分通达。原来朋友不是人而是狐狸精，情况有了很大的变化；同时对方又主动留给自己选择的余地。这时，孔生并没有丝毫的惊异、恐惧、犹豫，而是坚定地作出了唯一的选择：勇敢担当，“矢共生死”。

劫难和救难，是小说情节发展的高潮，作者写得纸上生风，惊心动魄：天昏地暗，急雨狂风，惊雷震响，地动山摇。但为了真挚的友情，生虽“目眩耳聋”，却“屹不少动”。这时的孔生，完全没有一般文弱书生的怯懦，而是勇敢地仗剑而前，与“利喙长爪”的“鬼物”搏斗，终于将已被攫走的娇娜救了回来。但同时，“生仆，遂毙”，竟为此献出了自己的生命。

作者着意于更突出地表现人狐之间的友情，表现生死之交，因此他写的不是单救，而是互救。当娇娜苏醒过来后，“见生死于旁，大哭曰：‘孔郎为我而死，我何生矣！’”接着小说就写以娇娜为中心的一家人对孔生的全力抢救，终于使他起死回生。这个过程写得十分动人：“松娘亦出，共舁生归。娇娜使松娘捧其首，兄以金簪拨其齿，自乃撮其颐，以舌度红丸入（又是用红丸，与前文治病遥相呼应），又接吻（在“男女授受不亲”的礼法统治时代，“接吻”二字是何等份量！）而呵之。红丸随气入喉，格格作响。移时，醒然而苏。见眷口（此二字写孔生的感受，用得亲切）满前，恍如梦寤。”最后因吴郎家也同日遭劫，于是吴郎与娇娜夫妇无家可归，遂和公子一家随孔生同返他的故里。既归，“以闲园寓公子”，“生与公子兄妹，棋酒谈宴，若一家然”。这样的友情，这样的团聚，这样的其乐融融的幸福生活，当然带有理想化的色彩，但也是以蒲松龄对现实人生的提炼概括作为创作基础的。

小说除构思、情节外，值得评赏之处尚多。如细节描写、人物的心理描写，以及在幻想描写中处处表现出人间的平凡景象和生活事理，因而极奇幻，又极可信，绝无荒诞不经之感，等等。但文章至此已经写得够长了，只好点到为止，不再详说。

但篇末的“异史氏曰”，有画龙点睛之妙，不能不稍作点评。写完这个动人的故事后，蒲松龄说：“余于孔生，不羡其得艳妻，而羡其得腻友也。观其容可以忘饥，听其声可以解颐。得此良友，时一谈宴，则‘色授魂与’，尤胜于‘颠倒衣裳’矣。”这几句话说得很动情，寄寓其中的是作者得自生活的人生感慨。他感慨人性的美好，感慨精神相通的纯真的友情，可以超过人人都艳羡追求的爱情之美。

娇娜

蒲松龄

孔生雪笠，圣裔也①，为人蕴藉，工诗。有执友令天台②，寄函招之。生往，令适卒，落拓不得归③，寓菩陀寺，佣为寺僧抄录。寺西百余步，有单先生第④。先生故公子，以大讼萧条⑤，眷口寡，移而乡居，宅遂旷焉⑥。一日，大雪崩腾，寂无行旅，偶过其门，一少年出，丰采甚都⑦。见生，趋与为礼，略致慰问，即屈降临⑧。生爱悦之，慨然从入。屋宇都不甚广，处处悉悬锦幕，壁上多古人书画。案头书一

① 圣裔：孔子的后人。

② 执友：志同道合的朋友。令天台：在天台县任县令。天台，在今浙江省。

③ 落拓：落魄，生活穷困，无所依靠。

④ 第：住宅。

⑤ 大讼：一场大的官司。讼，诉讼。

⑥ 旷：废弃。

⑦ 都：优美。

⑧ 即屈降临：立即躬身欢迎客人的到来。

册，签云[①]：《琅嬛琐记》[②]。翻阅一过，皆目所未睹。生以居单第，意为第主，即亦不审官阀[③]。少年细诘行踪，意怜之，劝设帐授徒。生叹曰："羁旅之人[④]，谁作曹丘者[⑤]？"少年曰："倘不以驽骀见斥[⑥]，愿拜门墙[⑦]。"生喜，不敢当师，请为友。便问："宅何久锢？"答曰："此为单府，曩以公子乡居[⑧]，是以久旷。仆皇甫氏，祖居陕，以家宅焚于野火，暂借安顿。"生始知非单。当晚，谈笑甚欢，即留共榻。

昧爽[⑨]，即有僮子炽炭于室。少年先起入内，生尚拥被坐。僮入，白："太公来。"生惊起。一叟入，鬓发皤然[⑩]，向生殷谢曰："先生不弃顽儿，遂肯赐教。小子初学涂鸦[⑪]，勿以友故，行辈视之也[⑫]。"已而进锦衣一袭[⑬]，貂帽、袜、履各一事[⑭]，视生盥栉已[⑮]，乃呼酒荐馔[⑯]。几榻、裙衣，不知何名，光彩射目。酒数行，叟兴辞[⑰]，曳杖而去。餐讫，公子呈课业，类皆古文词，并无时艺[⑱]。问之，笑云："仆不求进取也[⑲]。"抵暮，更酌，曰："今夕尽欢，明日便不许矣。"呼僮曰："视太公寝未？已寝，

---

① 签：题签。

② 琅嬛琐记：一个虚拟的书名。或据元人伊世珍《琅嬛记》而拟。

③ 官阀：官位和门第。

④ 羁旅之人：旅居在外的人。

⑤ 曹丘：推荐人的代称。据《史记》载，汉初时曹丘生极为赞赏季布，热情向人宣扬季布之贤，使季布的名声日显。

⑥ 驽骀（tái）：原意都是指劣马，引申为平庸之才。这里是说自己愚笨的一种谦词。

⑦ 门墙：代指老师。孔子的弟子子贡把孔子的学问比作高大的宫墙，说自己和弟子们不得其门而入。见《论语·子张》。

⑧ 曩：从前。

⑨ 昧爽：天刚亮。

⑩ 皤（pó）然：白色的样子。

⑪ 涂鸦：比喻书法或作文幼稚，常用作谦词。

⑫ 行辈：同一辈人。

⑬ 一袭：一套。

⑭ 一事：一件。

⑮ 盥栉（guàn zhì）：洗脸梳头。

⑯ 荐馔：奉呈饭菜。

⑰ 兴辞：起身告辞。

⑱ 时艺：或称"时文"，明清时期科举考试所用的八股文。

⑲ 求进取：这里指通过科举考试求得功名富贵。

可暗唤香奴来。”僮去，先以绣囊将琵琶至。少顷，一婢入，红妆艳绝。公子命弹《湘妃》①。婢以牙拨勾动②，激扬哀烈，节拍不类夙闻③。又命以巨觞行酒，三更始罢。次日，早起共读，公子最惠，过目成咏，二三月后，命笔警绝④。相约五日一饮，每饮必招香奴。一夕，酒酣气热，目注之。公子已会其意，曰：“此婢为老父所豢养。兄旷邈无家⑤，我夙夜代筹久矣⑥。行当为君谋一佳耦⑦。”生曰：“如果惠好，必如香奴者。”公子笑曰：“君诚‘少所见而多所怪’者矣。以此为佳，君愿亦易足也。”

居半载，生欲翱翔郊郭⑧，至门，则双扉外扃⑨。问之，公子曰：“家君恐交游纷意念⑩，故谢客耳。”生亦安之。时盛暑溽热，移斋园亭⑪。生胸间肿起如桃，一夜如碗，痛楚吟呻。公子朝夕省视，眠食都废。又数日，创剧，益绝食饮。太公亦至，相对太息。公子曰：“儿前夜思先生清恙⑫，娇娜妹子能疗之。遣人于外祖母处呼令归，何久不至？”俄，僮入白：“娜姑至，姨与松姑同来。”父子疾趋入内。少间，引妹来视生。年约十三四，娇波流慧⑬，细柳生姿。生望见颜色，嚬呻顿忘，精神为之一爽。公子便言：“此兄良友，不啻胞也⑭，妹子好医之。”女乃敛羞容，揄长袖，就榻诊视。把握之间，觉芳气胜兰。女笑曰：“宜有是疾，心脉动矣。然症虽危，可治；但肤块已凝，非伐皮削肉不可⑮。”乃脱臂上金钏安患处，徐徐按下之，创突起寸许，高出

---

① 《湘妃》：指古曲《湘妃怨》。据传说，舜有二妃娥皇和女英，舜南巡时死于苍梧，二妃闻讯后投湘水而死，成为湘水女神。《湘妃怨》就是根据这个故事谱写的乐曲。

② 牙拨：用象牙制做用来弹拨丝弦乐器的拨子。

③ 夙闻：过去所听到过的。

④ 命笔：执笔，这里指作文。

⑤ 旷邈无家：指独居而尚未娶妻成家。

⑥ 夙夜：早晚，日夜。

⑦ 行：将。耦同“偶”。

⑧ 翱翔：遨游。

⑨ 外扃：从门外反锁。

⑩ 家君：对人称自己的父亲为家君，是一种有礼貌的代词。

⑪ 斋：书斋。

⑫ 清恙：对别人疾病的敬称。

⑬ 娇波流慧：柔美的眼波里闪耀着智慧之光。

⑭ 不啻：不止，超过。

⑮ 伐皮削肉：动手术的意思。

钏外，而根际余肿，尽束在内，不似前如碗阔矣。乃一手启罗衿，解佩刀，刃薄于纸，把钏握刃，轻轻附根而割。紫血流溢，沾染床席。而贪近娇姿，不唯不觉其苦，且恐速竣割事，偎傍不久。未几，割断腐肉，团团然如树上削下之瘿[①]。又呼水来，为洗割处。口吐红丸，如弹大，着肉上，按令旋转：才一周，觉热火蒸腾；再一周，习习作痒；三周已，遍体清凉，沁入骨髓。女收丸入咽，曰："愈矣！"趋步出。生跃起走谢，沉痼若失[②]，而悬想容辉，苦不自已。自是废卷痴坐，无复聊赖[③]。公子已窥之，曰："弟为兄物色，得一佳耦。"问："何人？"曰："亦弟眷属。"生凝思良久，但云："勿须。"面壁吟曰："曾经沧海难为水，除却巫山不是云[④]。"公子会其指[⑤]，曰："家君仰慕鸿才，常欲附为婚姻，但止一少妹，齿太稚。有姨女阿松，年十八矣，颇不粗陋，如不见信，松姊日涉园亭，伺前厢，可望见之。"生如其教。果见娇娜偕丽人来：画黛弯蛾，莲钩蹴凤[⑥]，与娇娜相伯仲也[⑦]。生大悦，请公子作伐[⑧]。公子翼日自内出[⑨]，贺曰："谐矣[⑩]。"乃除别院[⑪]，为生成礼。是夕，鼓吹阗咽，尘落漫飞，以望中仙人，忽同衾幄，遂疑广寒宫殿，未必在云霄矣。合卺之后[⑫]，甚惬心怀。

一夕，公子谓生曰："切磋之惠[⑬]，无日可以忘之。近单公子解讼归，索宅甚急，

---

① 瘿（yǐng）：树瘤。

② 沉痼：时间很长难于治愈的病。

③ 无复聊赖：觉得生活不再像从前那样有意思。

④ "曾经"二句：出自唐人元稹《离思五首》，原为悼念亡妻而作，后来多引用为表现爱情的坚贞。意思是：除了我最爱的沧海之水和巫山之云，其他地方的水和云，都算不得是水和云。

⑤ 指：通"旨"，意思。

⑥ 莲钩蹴凤：莲钩，比喻女子的小脚。蹴凤，穿着凤头鞋。

⑦ 相伯仲：不相上下。伯仲，原指兄弟之间的长幼顺序，长为伯，幼为仲，后常引申为某种事物程度高下的不同。

⑧ 作伐：作媒。

⑨ 翼日：同"翌日"，即第二天。

⑩ 谐：事情办成功。

⑪ 除：治，这里是安置的意思。

⑫ 合卺（jǐn）：举行婚礼。古时将瓠剖成两半叫卺，男女成婚时各执一半对饮，称为"合卺"，即今所说的饮交杯酒。

⑬ 切磋：原指互相研讨学问，这里的意思是助其学成。

意将弃此而西。势难复聚，因而离绪萦怀。”生愿从之而去，公子劝还乡闾。生难之。公子曰：“勿虑，可即送君行。”无何，太公引松娘至，以黄金百两赠生。公子以左右手与生夫妇相把握，嘱闭眸勿视。飘然履空，但觉耳际风鸣。久之曰：“至矣。”启目，果见故里。始知公子非人。喜叩家门。母出非望，又睹美妇，方共忻慰。及回顾，则公子逝矣。松娘事姑孝，艳色贤名，声闻遐迩①。

后生举进士，授延安司李，携家之任②。母以道远不行。松娘举一男，名小宦。生以忤直指罢官③，罣碍不得归④。偶猎郊野，逢一美少年，跨骊驹⑤，频频瞻顾。细视，则皇甫公子也。揽辔停骖⑥，悲喜交至。邀生去，至一村，树木浓昏，荫翳天日。入其家，则金沤浮钉⑦，宛然世族。问妹子，则嫁；岳母已亡，深相感悼。经宿别去，偕妻同返。娇娜亦至，抱生子掇提而弄曰：“姊姊乱吾种矣。”生拜谢曩德⑧。笑曰：“姊夫贵矣。创口已合，未忘痛耶？”妹夫吴郎亦来谒拜，信宿乃去⑨。

一日，公子有忧色，谓生曰：“天降凶殃，能相救否？”生不知何事，但锐自任⑩。公子趋出，招一家俱入，罗拜堂上⑪。生大骇，亟问⑫。公子曰：“余非人类，狐也。今有雷霆之劫。君肯以身赴难，一门可望生全；不然，请抱子而行，无相累。”生矢共生死⑬。乃使仗剑于门，嘱曰：“雷霆轰击，勿动也！”生如所教。果见阴云

---

① 遐迩：远近。

② 之任：赴任。

③ 忤直指：得罪了担任直指使的上官。直指，直指使的简称，原指汉代侍御史被派出巡视各地的官员，这里指巡按御史之类的官员。

④ 罣（guà）碍：官吏因犯罪被免职，在听候处理期间不能自由行动，叫“罣碍”，犹今之所谓“双规”。

⑤ 骊驹：黑颜色的马。

⑥ 揽辔停骖：收住马缰，让马停下来。骖，驾车的边马，这里泛指马。

⑦ 金沤（ōu）浮钉：古代在世家大族之家的大门上装饰的形似浮沤（水泡）的涂金圆钉，也称为“浮沤钉”。

⑧ 曩德：从前的恩德。

⑨ 信宿：住两个晚上。

⑩ 锐：态度很坚决，敢于担当。

⑪ 罗拜：排列行礼。

⑫ 亟：急速，这里带有着急的意思。

⑬ 矢：发誓，决心。

昼暝，昏黑如翳[①]。回视旧居，无复闬闳[②]，唯见高冢岿然，巨穴无底。方错愕间，霹雳一声，摆簸山岳，急雨狂风，老树为拔。生目眩耳聋，屹不少动。忽于繁烟黑絮之中，见一鬼物，利喙长爪，自穴攫一人出，随烟直上。瞥睹衣履，念似娇娜，乃急跃离地，以剑击之，随手堕落。忽而崩雷暴裂，生仆，遂毙。少间晴霁，娇娜已能自苏，见生死于旁，大哭曰："孔郎为我而死，我何生矣！"松娘亦出，共舁生归[③]。娇娜使松娘捧其首，兄以金簪拨其齿，自乃撮其颐[④]，以舌度红丸入，又接吻而呵之。红丸随气入喉，格格作响。移时，醒然而苏。见眷口满前，恍如梦寤。于是一门团圞[⑤]，惊定而喜。生以幽圹不可久居[⑥]，议同旋里[⑦]，满堂交赞，唯娇娜不乐。生请与吴郎俱，又虑翁媪不肯离幼子，终日议不果。忽吴家一小奴，汗流气促而至。惊致研诘，则吴郎家亦同日遭劫，一门俱没。娇娜顿足悲伤，涕不可止。共慰劝之，而同归之计遂决。生入城勾当数日[⑧]，遂连夜趣装[⑨]，既归，以闲园寓公子，恒反关之；生及松娘至，始发扃。生与公子兄妹，棋酒谈宴，若一家然。小宦长成，貌韶秀，有狐意，出游都市，共知为狐儿也。

异史氏曰："余于孔生，不羡其得艳妻，而羡其得腻友也[⑩]。观其容可以忘饥，听其声可以解颐[⑪]，得此良友，时一谈宴，则'色授魂与'[⑫]，尤胜于'颠倒衣裳'矣[⑬]。"

---

① 翳（yī）：黑石。

② 闬闳（hàn hóng）：原指里巷的大门，这里指皇甫公子原先的高大房舍。

③ 舁（yú）：抬。

④ 颐：面颊。

⑤ 团圞（luán）：团聚。

⑥ 幽圹（kuàng）：幽暗的墓穴。

⑦ 旋里：回到家乡。

⑧ 勾当：办事。

⑨ 趣装：赶紧准备行装。

⑩ 腻友：亲密的女友。

⑪ 解颐：喜笑颜开。

⑫ 色授魂与：指男女之间在精神上的交流与爱恋，语出司马相如《上林赋》："色授魂与，心愉于侧。"色，容貌；魂，精神。

⑬ 颠倒衣裳：喻指男女之间的性关系。《诗·齐风·东方未明》："东方未明，颠倒衣裳。"

写幻如真　笔意灵动

——说《妖术》

在这篇小说里，蒲松龄明确地否定了民间流行的占卜之术。他在“异史氏曰”中说：“尝谓买卜为一痴。”也就是说，只有傻子才会花钱去求信于这套骗术。但从小说的具体描写来看，他所称的妖术，其实并不是指占卜本身，而主要是指为了引诱和威胁别人相信他的预言，就用吓人的妖术来逼你上当。占卜者施行的这套吓人的妖术，奇异而又逼真，一般人是不易识破，也是没有勇气和能力去战胜的。小说的精彩之处在于，写出了一个栩栩如生的人物于公，他有眼光，有智慧，不仅能识破骗术，而且有勇有力去战胜和戳穿卜人施行的妖术。小说是从与妖术的斗争中塑造这个人物的，而这场斗争，写得有声有色，读来如闻如见，惊心动魄。在看到斗争取得胜利的惊喜之余，我们不能不对这位于公产生敬佩之情。

小说开头介绍于公这个人物，说他“少任侠，喜拳勇，力能持高壶作旋风舞”。后面的情节，全由这段介绍，特别是“少任侠，喜拳勇”这六个字敷演而出。没有“少任侠”的经历，不会那样见多识广，很快就识破卜人骗人的诡计；没有“喜拳勇”的爱好和习练，就不可能有那样高超的武艺来对付可怕的妖怪。而对他的对立面，也就是那个算卦的人，小说一开始也有意将他渲染得非常神奇可怕，以为后文写他施行吓人的妖术张本。水涨船高，将卜者的妖术渲染得越神奇、越高妙，就更能显出于公之智勇和武功之非同寻常。

明末时，于公在京中参加殿试，仆人患病不起。这时正好有一个会算卦的人，说是能够预测人的生死，他就代这个仆人去占卜。但到了那里，还没有开口，那个算卦的人就说：“你是来为生病的仆人占卜的吧？”他怎么会未卜先知呢？于公一听就感到非常吃惊。但更让他吃惊的是，占卜的人竟然说：“你要为他算命的那个病人倒没有什么关系，你自己可是非常危险的。”于是于公就为自己算了一卦。

那人一算，“愕然曰：‘君三日当死！’”“愕然”二字，写卜者故作惊人之状。于公听到这话后，小说先写他是“惊诧良久”。这是写得很真实很准确的，表现了他与一般人相同的一面。要是面对这样的卜人，听他说了这样吓人的话，竟然无动于衷，那就叫人不能相信了。然后写“卜者从容曰：‘鄙人有小术，报我十金，当代禳之。’”就是说，只要花钱，就可以为你解除灾难。这里特着“从容”二字，与前面的“愕然”相呼应，表现出这是他骗人的惯技，对他所设的圈套一定能引人上钩，显然是胸有成竹。而接下来于公的表现，他的勇气和智慧就非同寻常、高人一等了。在“惊诧良久”之后，表现出的是他的沉稳、镇定，是清醒的判断：“公自念生死已定，术岂能解。”他不相信花钱就能解除命中注定的灾难，于是“不应而起，欲出”。这时，“卜者曰：‘惜此小费，勿悔！勿悔！’”这就是放言威胁了。这两句话，在艺术表现上起到了两方面的作用：一是在这种威胁面前，于公不为所动，更能表现出他的勇敢和坚定；二是为卜者后面施行妖术而预先制造一种神秘和恐怖的气氛。在这种严重而又不知底里的威胁面前，众人和于公是截然不同的两种态度，小说以对比的方式写出：“爱公者皆为公惧，劝罄橐以哀之。公不听。”“不听”二字，在卜者“勿悔”的威胁面前，在众人替他担心而进行诚恳的劝说面前，显得是何等的坚定和有力。

下文写于公同卜者妖术的斗争，层次分明，一丝不乱。既言“三日当死”，到第三日的时候是一种什么情况呢？是“公端坐旅舍，静以觇之，终日无恙。至夜，合户挑灯，倚剑危坐。一漏向尽，更无死法”。一方面是表现于公严阵以待的沉稳和自信；另一方面又渲染气氛，以暂时平安无事之静，来预示和衬托即将来临之危险与异动。越是平静，就越是让人感到紧张。这一切，都是为写一场即将展开的惊心动魄的恶斗做铺垫。

这场恶斗，全出于幻笔，不可能是生活中发生的真实情景。但作者写幻如真，笔意灵动，绘声绘色，如在眼前。整个战斗分作三个回合来写。妖怪由不同的原形变化而来，第一个是由纸人所化，第二个是由土偶所化，第三个是由木偶所化。原形不同，妖怪的特点不同，战法不同，作者所采用的表现手法也各异。

第一个回合，与纸人所化的妖怪斗。当于公“意欲就枕”时，“忽闻窗隙窣窣有声。急视之，一小人荷戈入，及地则高如人”。是从窗户的缝隙里进来的，穿窗时发出的是“窣窣”之声，这正符合纸人的特点。突然之间由小而变高，则为妖异，但读来却景象逼真，活灵活现。于公捉剑急击，却是“飘忽未中”。“飘忽”正是纸人的特点，“击之未中”也正因为它的“飘忽”。奇幻至极，却也没有完全背离生活的逻辑。而在逃跑的时候，也是“遂遽小，复寻窗隙”，故在“公疾斫之，应手而倒”时，看见的就是一个“腰断”的纸人。

第二个回合，则又不同。这次是，“一物穿窗入，怪狞如鬼。才及地，急击之，断而为两，皆蠕动。恐其复起，又连击之，剑剑皆中，其声不耎”。与纸人所化的妖怪不同，一是穿窗而入，二是被击为两段后是“蠕动”而非“飘忽”，三是剑击中时发出的声音是“不耎”，不像是砍到软物上发出来的。“审视则土偶，片片已碎。”

第三个回合，又与前两次都不相同。战斗更激烈，取胜更艰苦，描写也更精彩。首先是听到窗外的声音“如牛喘”，既而感受到“有物推窗棂，房壁震摇，其势欲倾”。来势凶猛，令人惊惧。因而于公临场时的心理和应对方法，也与前两个回合有所不同：“公惧覆压，计不如出而斗之。”于是主动破窗而出，在一个开阔的空间展开战斗。他能根据斗争情势，迅速作出反应，既写了他的智，也写了他的勇。更有异于前两次的是，人妖之间，一来一往，势均力敌。

在开战之前，先从于公的眼中写妖怪形貌之可怖：“见一巨鬼，高与檐齐，昏月中，见其面黑如煤，眼闪烁有黄光；上无衣，下无履，手弓而腰矢。”由于是于公眼中所见，故显得十分真切。又由于是在室外，是昏月条件下之所见，“面黑”和“黄光”等等，都符合特定的环境条件。“手弓而腰矢”，写的是妖怪所带的武器，则决定了下文人妖相斗时的特殊情势。

整个战斗分为三个阶段来叙写。第一阶段鬼物用的是箭。具体的战斗过程也与前两次不同，这次是妖怪迅速主动出击：“公方骇，鬼则弯矣。”于公尚在惊骇之中，鬼物就已经拉弓准备射箭了；但于公反应十分敏捷，迅速“以剑拨矢，矢堕”。鬼物的反应也同样敏捷：“（公）欲击之，则又关（意同弯）矣。”只在于公闪念之间，妖怪又准备第二次射击了。但情势有了变化，这次是因为时间极短，于公不再能用剑拨矢，而是“急跃避”。人是躲开了，可“矢贯于壁，战战有声”。第二阶段，写妖怪用箭不能战胜于公，便继之以用刀。“鬼怒甚，拔佩刀，挥如风，望公力劈。”于公则是“猱进，刀中庭石，石立断”。“猱”字传神，引出下文一系列精彩描写，不仅写于公反应之敏捷，亦写其行动之轻灵。这就进入了第三阶段，写于公由被动防御转为主动进攻：“公出其股间，削鬼，中踝，铿然有声。”果然技高一筹，出手就获小胜。鬼反扑：“益怒，吼如雷，转身复剁。公又伏身入，刀落，断公裙。”鬼也是身手不凡。这时，“公已及胁下，猛斫之，亦铿然有声，鬼仆而僵。公乱击之，声硬如柝。烛之，则一木偶，高大如人”。整个战斗以于公的全胜结束。

这个妖物，除了高大狰狞且武艺高强与卜人所制作的原形特征相符之外，其发出的声音也是木偶所特有的，不仅两次被击中都是“铿然有声”，而且最后被击踣时也是“声硬如柝”。三个回合中，这最后的一个回合是最为激烈，也最为惊心动魄的。在战斗获得全胜后，小说以“公因秉烛待旦”作一收束，表现出他取胜后并未放松警惕，却又显得从容淡定。小说进而顺理成章地写他悟出“鬼物皆卜人遣之，欲致人于死，以神其术也”。在写其勇武之外，更突出了于公的机警和智慧；而作者也就借此非常自然地表现了小说揭露占卜之术虚伪骗人的主旨。作者对卜人“借人命以神其术”是极其痛恨的，故小说对他的最后处置毫不留情：“乃执付有司而杀之。”

妖术

蒲松龄

于公者，少任侠[①]，喜拳勇，力能持高壶作旋风舞。崇祯间[②]，殿试在都[③]，仆疫不起[④]，患之。会市上有善卜者[⑤]，能决人生死，将代问之。既至，未言，卜者曰：“君莫欲问仆病乎？”公骇应之。曰：“病者无害，君可危。”公乃自卜，卜者起卦，愕然曰：“君三日当死！”公惊诧良久。卜者从容曰：“鄙人有小术，报我十金，当代禳之[⑥]。”公自念生死已定，术岂能解，不应而起，欲出。卜者曰：“惜此小费，勿悔！勿悔！”爱公者皆为公惧，劝罄橐以哀之[⑦]。公不听。

倏忽至三日[⑧]，公端坐旅舍，静以觇之，终日无恙。至夜，合户挑灯，倚剑危坐。

---

① 任侠：有正义感而能热情救助别人。

② 崇祯：明思宗朱由检年号（1628−1644）。

③ 殿试：又称廷试。明清科举考试制度，举人在赴京参加会试通过后，还要参加由皇帝亲自主持的在宫廷中举行的考试，称为殿试。

④ 疫：这里是感染疾病的意思。

⑤ 卜者：为人占卜算命的人。

⑥ 禳（ráng）：用祭祀的方法来为人消灾。

⑦ 罄橐（qìng tuó）：把钱包里的钱全拿出来。

⑧ 倏忽：时间很快。

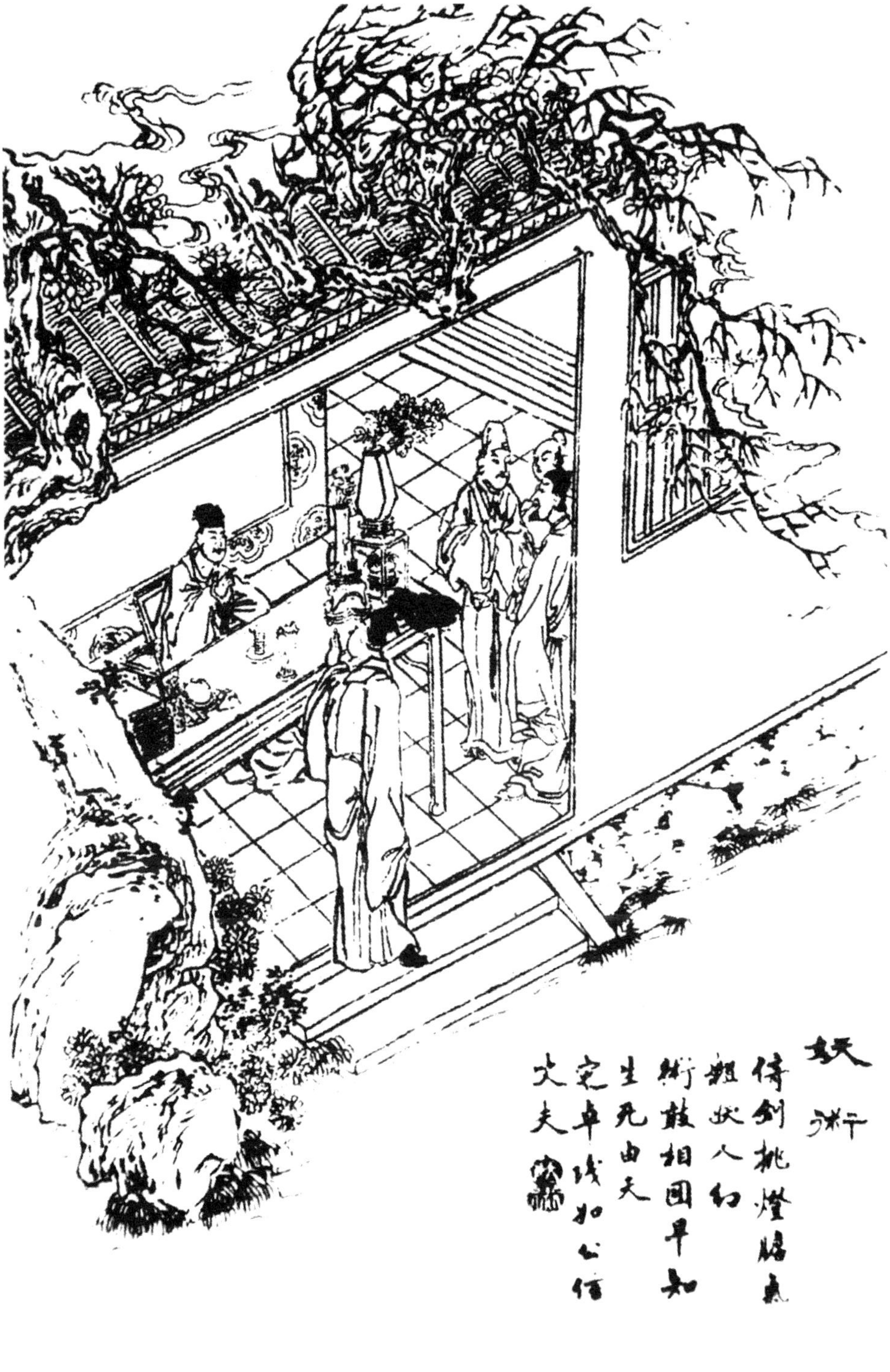
妖術
倚劍挑燈賭良
朝妖人幻
術鼓相圖早知
生死由天
定卓識如公信
丈夫

一漏向尽，更无死法[①]。意欲就枕，忽闻窗隙窣窣有声。急视之，一小人荷戈入，及地则高如人。公捉剑起，急击之，飘忽未中。遂遽小，复寻窗隙，意欲遁去。公疾斫之，应手而倒。烛之，则纸人已腰断矣。

公不敢卧，又坐待之。逾时，一物穿窗入，怪狞如鬼。才及地，急击之，断而为两，皆蠕动。恐其复起，又连击之，剑剑皆中，其声不耎[②]。审视则土偶，片片已碎。

于是移坐窗下，目注隙中。久之，闻窗外如牛喘，有物推窗棂，房壁震摇，其势欲倾。公惧覆压，计不如出而斗之，遂剨然脱扃[③]，奔而出。见一巨鬼，高与檐齐，昏月中，见其面黑如煤，眼闪烁有黄光；上无衣，下无履，手弓而腰矢。公方骇，鬼则弯矣[④]。公以剑拨矢，矢堕。欲击之，则又关矣[⑤]。公急跃避，矢贯于壁，战战有声。鬼怒甚，拔佩刀，挥如风，望公力劈。公猱进[⑥]，刀中庭石，石立断。公出其股间，削鬼，中踝，铿然有声。鬼益怒，吼如雷，转身复剁。公又伏身入，刀落，断公裙。公已及胁下，猛斫之，亦铿然有声，鬼仆而僵。公乱击之，声硬如柝[⑦]。烛之，则一木偶，高大如人。弓矢尚缠腰际，刻画狰狞；剑击处，皆有血出。公因秉烛待旦。方悟鬼物皆卜人遣之，欲致人于死，以神其术也。

次日，遍告交知[⑧]，与共诣卜所。卜人遥见公，瞥不可见。或曰："皆翳形术也[⑨]，犬血可破。"公如其言，戒备而往。卜人又匿如前。急以犬血沃立处[⑩]，但见卜人头面，皆为犬血模糊，目灼灼如鬼立。乃执付有司而杀之。

异史氏曰："尝谓买卜为一痴。世之讲此道而不爽于生死者几人？卜之而爽[⑪]，犹不卜也。且即明明告我以死期之至，将复如何？况有借人命以神其术者，其可畏尤甚耶！"

---

① 死法：死的征兆。

② 不耎：耎同软，不软即形容声音尖厉，不像是砍到软物上发出来的。

③ 剨（huò）然脱扃（jiōng）：形容急速用力把门推开发出的声音。

④ 弯：这里是拉弓的意思。

⑤ 关：同弯，也是拉弓的意思。

⑥ 猱进：像猿猴一样敏捷地跃进。

⑦ 柝（tuò）：像敲木梆发出的声音。

⑧ 交知：交往密切的好朋友。

⑨ 翳形术：隐身术。

⑩ 沃：浇。

⑪ 爽：不应验，不准确。

一篇辛辣隽永的讽刺小说
——说《三生》

现在的中国人大多都是无神论者，没有宗教信仰，视佛教关于地狱、轮回果报的观念为迷信，为思想糟粕。然而在蒲松龄的笔下，这种观念却成为一种可利用的积极的思想资源，成为抨击邪恶，解决某些社会问题的一种工具。

且读《三生》。《聊斋志异》中有同名的两篇《三生》，所论的这一篇在通行的十二卷本中的第一卷（另一篇在第十卷）。这是一个不折不扣的因果报应故事，但即使以今天通行的文学批评观点来看，也是一篇思想性很强的作品。写得有情有理，有爱有恨，有滋有味，读后不仅让人感到痛快淋漓，而且深受启发。

小说的故事非常简单。写一个姓刘的孝廉（清代常称举人为孝廉）所经历的三生之事。所谓三生，就是三世。按佛教的轮回观念，人死后是可以转世投生的。他一世为人，在他死后再转世复为人身的过程中，曾经三次变为动物，回到现实的人世。他为人时，身份为缙绅，是一个有钱有势的人物。因生前干了许多坏事，死后先被阴间的冥王罚作马；他因不堪做马之苦而自杀，但所罚时限未到，又被冥王罚作犬；犬因啮主人被杖杀，又被罚作蛇。蛇不再害人，也不再自杀，因当路被车轧为两段，最后被阴司冥王从宽处理，视为所罚时限已满，让他重新转世为人。

蒲松龄将这个简单的小故事，写得有声有色，隽永有味。在艺术表现上，有两个特点值得我们注意。一是，他把阳世的事，放到阴间去写。阴间是一个虚幻的世界，但所发生的事，其景象和理数，都是人间的、现实的，是我们可见、可触、可以理解的。因此对那些场景，我们读后不觉其虚，而感到真实可信。二是，他把动物当作人来写，动物的特性和所做的事，是非人的；但是这些动物的感情、心理，却又都是人间的，现实的。也即是说，在整体的艺术构思上，他是把阳世和阴间沟通，把人和动物沟通，通过阴间来写阳世，通过动物来写人。

小说开头说："刘孝廉，能记前身事。与先文贲（当为"贵"字之误）兄为同年，尝历历言之。"说这个故事是刘孝廉本人亲口一五一十地告诉他的族兄蒲兆昌的。一上来先交代故事的来源，以增加故事的真实感。把虚幻的故事坐实，讲清传闻来源，道出真名实姓，这是蒲松龄讲精魅故事的常用手法。

小说对刘孝廉人生"一世"的概括，是三个字："行多玷。"翻译成现代白话，就是干了不少坏事。后面写三生，变马、变犬、变蛇，都由此生发出来。死后到了阴间，种种情景都和我们在现实生活中所见没有两样："初见冥王，待以乡先生礼。"就是以对退休回乡有德行的士大夫的礼仪来接待他。可是，接下来一个细节（注意，很短的一个短篇小说，却有生动的细节，这是蒲松龄小说艺术的高明之处），就透露出他生前为人的一个小小的侧面：机巧和善于作伪。冥王"赐坐，饮以茶。觑冥王盏中，茶色清澈；已盏中浊如醪。暗疑迷魂汤得勿此耶？乘冥王他顾，以盏就案角泻之，伪为尽者"。冥王对此似乎没有察觉。但是礼归礼，阴间却是法不徇情的，"俄顷，稽前生恶录；怒命群鬼捽下，罚作马"。在阴间，你生前犯了罪，死后就得为自己埋单，这是不能通融的。这可以说是"果报"观念的精髓，所谓"善有善报，恶有恶报"是也。

最妙的是，下文变马和做马的过程，都是以孝廉的切身感受来表现的，因此写马其实也就是写人：先是"即有厉鬼絷去。行至一家，门限甚高，不可逾。方趑趄（行走困难）间，鬼力楚（鞭打）之，痛甚而蹶。自顾，则身已在枥下矣。"强行变马本身，就吃了不少苦头。"但闻人曰：'骊马生驹矣，牡也。'心甚明了，但不能言。"（亦人亦马：能听懂人言，是人；口不能言，又是马）过了四五年（岁月漫长），长成了一匹体形"修伟"的大马。它（也即是"他"）"甚畏挞楚，见鞭则惧而逸"。尤其对主人骑和仆人骑的不同感受，写得最符合现实生活中人和马两方面的生活逻辑："主人骑，必覆障泥（马腹两边用来遮挡泥土的障幅，同时也可以起到保护马腹的作用），缓辔徐徐，犹不甚苦；唯奴仆圉人（养马人），不加鞯装以行，两踝夹击，痛彻心腑。"写出的全部遭遇和感受，都是马的，也是人的。"于是愤甚，三日不食，遂死。"结束了变马的一生。

回到阴间后，受到了更加严厉的惩罚："冥王查其罚限未满，责其规避（服刑逃逸），剥其皮革，罚为犬。"变犬的过程和遭遇，更加难受和不堪："意懊丧，不欲行（完全是人的心理）。群鬼乱挞之，痛极而窜于野（这时尚未变成犬，已是活生生犬的形迹）。""自念不如死，愤投绝壁，颠莫能起。"生不如死，死又不能："自顾，则身伏窦中，牝犬舐而腓字（庇护和哺乳）之，乃知身已复生于人世矣。”复生人世，但不是人，却是一条狗。犬的生活遭遇和感受又是什么样的呢？“稍长，见便液，亦知秽（人的感觉），然嗅之而香（犬的本性），但立念不食耳（又是人的感情）。为犬经年，常忿欲死，又恐罪其规避。而主人又豢养，不肯戮。”想死而不敢死，不得死，其遭罪竟至于此。最后还是靠他生前那套为人的奸巧，才得以暂时解脱：“乃故啮主人，脱股肉。主人怒，杖杀之。”假主人之手，才结束了苦不堪言的犬的一生（对照前面在冥王他顾时暗泻浊茶的情节，此举正合其性格逻辑，颇堪回味）。

再次回到阴间，受到的仍然是严惩：“冥王鞫状（审问其罪状），怒其狂猘（猘为狂犬，狂猘的意思是指他不接受判罚而老老实实服刑），笞数百（想必致皮开肉绽），俾作蛇。”变蛇的过程和变成以后，其遭遇和感受，仍然以蛇与人相同又相异的双重角度描写：“囚于幽室，暗不见天（是蛇习见的生活环境，但对人来说则同于囚禁）。闷甚，缘壁而上，穴屋而出（蛇性如此，形态逼真）。自视则伏身茂草，居然蛇矣。”这时，小说写他经过生死磨难的惩罚后，稍有悔悟：“遂矢志不残生类，饥吞木实。积年余（时间也不算短），每思自尽不可，害人而死又不可（重点在不再害人），欲求一善死之策而未得也。”最后是：“一日卧草中，闻车过，遽出当路（有意为之），车驰压之，断为两。”虽然称不上是“善死”，但因不再害人，终算远离了罪恶，其行为已近于“善”。因而这次死后到阴间，竟得到了冥王的宽宥：“冥王讶其速至，因蒲伏（同匍匐）自剖（自我辩白）。冥王以无罪见杀（指被车压），原之，准其满限复为人，是为刘公。”经三变动物，历生死劫难后复而为人，是以他终知悔悟为前提的，足证在阴间，以冥王为代表的统治者，执法虽很严，却也很公正，很富于人道精神。

从故事的结局，可见蒲松龄写作这个轮回果报故事的用意，是在惩罚作恶而劝人为善，以整治世风和改良人性。因此，特意在小说的结尾，通过改恶从善的刘孝廉之口，以切肤之痛的体验劝人说：“乘马必厚其障泥；股夹之刑，胜于鞭楚也。”

篇末有一段百余字的“异史氏曰”，写得犀利而又深刻，可当作一篇意味隽永的超短型的杂文来品读。特引全文如下：“毛角之俦（长毛长角的禽兽之类），乃有王公大人在其中。所以然者，王公大人之内，原未必无毛角者在其中也。故贱者为善，如求花而种其树；贵者为善，如已花而培其本：种者可大，培者可久。不然，且将负盐车，受羁馽，与之为马。不然，且将啖便液，受烹割，与之为犬。又不然，且将披鳞介，葬鹤鹳，与之为蛇。”这段议论，与前面的故事对照起来读，真是相得益彰，余味不尽，发人深思。

文中所称的“王公大人”，乃即主人公刘孝廉的生前身份“缙绅”，对应于今天，老百姓通行的说法叫做“权贵”。这种人，总有一部分生前干尽坏事。蒲松龄的时代如此，今天也没有根本性的改变。看看媒体公开报道的落马贪官之多、之坏，就能体会到作者所说的：“王公大人之内，原未必无毛角者在其中也。”这话在今天看来，也仍然显得那么中肯、贴切、符合实际。

惩恶是为了劝善，这是蒲松龄借佛教轮回果报观念，写作这篇讽刺小说的良苦用心。

三生

蒲松龄

刘孝廉，能记前身事，与先文贲兄为同年①，尝历历言之。一世为缙绅②，行多玷③。六十二岁而殁，初见冥王，待以乡先生礼④，赐坐，饮以茶。觑冥王盏中，茶色清澈；己盏中浊如醪⑤。暗疑迷魂汤得勿此耶？乘冥王他顾，以盏就案角泻之，伪为尽者。俄顷，稽前生恶录；怒命群鬼捽下，罚作马。即有厉鬼絷去。行至一家，门限甚高，不可逾。方趑趄间⑥，鬼力楚之⑦，痛甚而蹶⑧。自顾，则身已在枥下矣⑨。但闻人曰：“骊马生驹矣，牡也⑩。”心甚明了，但不能言。觉大馁，不得已，就牝马求乳。逾四五年间，体修伟，甚畏挞楚，见鞭则惧而逸。主人骑，必覆障泥⑪，缓

---

① “与”字句：先，对已去世的先辈或亲人称“先”。文贲兄，指蒲松龄的族兄蒲兆昌，字文贵，贲字当作“贵”，形近而误。同年，指同一年出生的人；或指同一年科举及第的人。

② 缙绅：指做官的人。

③ 行多玷：行为多污点，意即干了不少坏事。

④ 乡先生：指卿大夫退休回乡而有德望的人。

⑤ 醪（láo）：浊酒。

⑥ 趑趄：犹豫不决。

⑦ 楚：用荆条鞭打。

⑧ 蹶：跌倒。

⑨ 枥下：养马棚。

⑩ 牡：公马。

⑪ 障泥：马鞍两边下垂防蔽泥土的障幅。

三生
六道輪迴
悲墮落三
生因果說
分明非關
袁馬成奇
癖記淂前
身伏櫪情

辔徐徐[①]，犹不甚苦；唯奴仆圉人[②]，不加韉装以行，两踝夹击，痛彻心腑。于是愤甚，三日不食，遂死。

至冥司，冥王查其罚限未满，责其规避[③]，剥其皮革，罚为犬。意懊丧，不欲行。群鬼乱挞之，痛极而窜于野。自念不如死，愤投绝壁，颠莫能起。自顾，则身伏窦中，牝犬舐而腓字之[④]，乃知身已复生于人世矣。稍长，见便液，亦知秽，然嗅之而香，但立念不食耳。为犬经年，常忿欲死，又恐罪其规避。而主人又豢养，不肯戮。乃故啮主人，脱股肉。主人怒，杖杀之。冥王鞫状[⑤]，怒其狂猘[⑥]，笞数百，俾作蛇。囚于幽室，暗不见天。闷甚，缘壁而上，穴屋而出。自视则伏身茂草，居然蛇矣。遂矢志不残生类，饥吞木实。积年余，每思自尽不可，害人而死又不可，欲求一善死之策而未得也。一日卧草中，闻车过，遽出当路，车驰压之，断为两。

冥王讶其速至，因蒲伏自剖[⑦]。冥王以无罪见杀，原之，准其满限复为人[⑧]，是为刘公。

公生而能言，文章书史，过辄成诵。辛酉举孝廉。每劝人：乘马必厚其障泥；股夹之刑，胜于鞭楚也。

异史氏曰："毛角之俦[⑨]，乃有王公大人在其中。所以然者，王公大人之内，原未必无毛角者在其中也。故贱者为善，如求花而种其树；贵者为善，如已花而培其本：种者可大，培者可久。不然，且将负盐车，受羁馽[⑩]，与之为马。不然，且将啖便液，受烹割，与之为犬。又不然，且将披鳞介，葬鹤鹳[⑪]，与之为蛇。"

---

① 缓辔：放松马缰绳，让马缓行。

② 圉人：马伕。

③ 规避：逃避惩罚。

④ 腓（féi）字：庇护喂养。

⑤ 鞫（jū）状：审问他的罪状。

⑥ 猘（zhì）：狂犬。

⑦ 蒲伏自剖：匍匐在地，自我表白。

⑧ 满限：刑期已满。

⑨ 毛角之俦：生毛长角的兽类。

⑩ 受羁馽（zhì）：受到束缚和控制。馽，同絷。

⑪ 葬鹤鹳：鹤鹳喜欢吃蛇，故云。

为文章吐气　为不遇痛哭
——说《叶生》

这篇小说写的是在科举考试制度下，一个下层知识分子的悲惨命运。小说的内容和人物的思想感情，都是植根于蒲松龄本人的生活遭遇和深切的生活体验之中的。小说字字句句都饱含着作者的悲苦和辛酸，是一篇写得十分痛切的血泪文字。冯镇峦在小说结尾处评论说："余谓此篇即聊斋自作小传，故言之痛心。"看看蒲松龄一生在科举考试上的苦苦追求和惨败，便知此评十分中肯。

蒲松龄才学超卓，一生热衷于科举考试，但道路坎坷，屡试屡败。科场上的挫折，被他视为人生的最失意处，也是最伤心处。他十九岁时，即以县、府、道三个第一考中了秀才，受到清代著名诗人施愚山先生的称赞和重视，但以后几十年多次参加考试，都是失败而归。直到五十多岁时，虽然受到贤淑、理性的刘氏夫人的劝止，却仍然不忘进取，然而终其一生，连一个举人都没有考中。72岁时援例被选拔为岁贡生，朋友祝贺他，他写了一首《蒙朋赐贺》的诗来回答。诗中对他一生的科场失意表现出极大的遗憾，出语极为凄苦："落拓名场五十秋，不成一事雪盈头。腐儒也得宾朋贺，归对妻孥梦亦羞。"这样刻骨铭心的失意、羞愧和伤心的痛切体验，都被他提炼、凝聚到这篇小说中来了。

这篇小说在艺术上的最大特色，是它的构思非常巧妙，把一个本来很简单的故事，写得很曲折，很丰满，很充实。小说以主人公叶生在科举考试上的遭遇和命运为线索，却是从两面来写。这两面，就是叶生的"遇"与"不遇"。作者是以其"遇"来写其"不遇"，或者说是着笔于"遇"，而着眼于"不遇"。两个"遇"字有不同的含义：前一个"遇"字，是知遇的意思，指他遇到了一位好朋友，不仅知音、知心，而且真诚而又热情地支持和帮助他；后一个"遇"字，是际遇的意思，指他的遭遇和命运。"不遇"，就是说他在科举考试的道路上，屡考不中，命运很不好，很倒霉。

这两面一好一坏，原本是相反的，但在作者的笔下，却又是互相联系，相反相成的。在情节的组织安排上，两方面有分有合，有明有暗，有主有从，相互依存，相互发明，在曲折多变中，将主人公的悲惨命运写得非常充分，将小说的悲剧气氛渲染到了极致。

小说的开头这样介绍叶生：“淮阳叶生者，失其名字，文章词赋，冠绝当时，而所如不偶，困于名场。”这既是写叶生当前的境遇，也是对他一生遭遇的概括；读者透过文字不难看到，其中所蕴藏的，其实是作者蒲松龄本人一生科场失意的惨痛经历。这一段简短的人物介绍，是整篇小说情节的发端，着眼点是主人公的“不遇”。而下文写的却是与此相反的另一面“遇”，但转换却一点也不显得牵强，而是十分自然，顺理成章。

小说接着就写一个叫丁乘鹤的人，到淮阳来任县令，读了叶生的文章，非常惊异和称赞，就召他来见面。晤谈之后，大为惊喜，觉得他是一个人才，就热情地邀请他到官署来读书，给予他灯火费用的资助，还不时赐给钱粮帮助他的家庭。乡试预考的时候，又特意向学官推荐，帮助叶生考了个第一名。这个人物的安排及其活动，是别具深意的。因为对一个士子来说，知音或者说伯乐，应该是在选拔人才的科场之内的，而现实的情况却并不是这样，赏识与同情是来自于科场之外的一个县令。这就包含了对科举考试弊端的一种不满和讽刺。

更鲜明的对比且令人深思的，是考试的结果。丁公基于对叶生才学的了解，对他参加乡试抱着很大的希望，考完以后，就马上索要他应试的文章来看，看后大为称叹。但结果却是：“不意时数限人，文章憎命，榜既放，依然铩羽。生嗒丧而归，愧负知己，形销骨立，痴若木偶。”“铩羽”是用鸟的羽翼遭到摧折来比喻考试的失败。“依然”二字，说明失败已经不止一次了。“时数限人，文章憎命”，这完全是作者蒲松龄对自己久考不中的感受和认识。他很自负，对自己的文才十分自信，因此对屡次考试的失败，除了怨恨考官瞎眼不能识才外，就是归结为“时数”，即命运不好。他在一首题为《试后示篪、笏、筠》的诗中这样写道：“……益之幕中人，心盲或目瞽；文字即擅场，半由听天数。”他甚至认为，正因为文章写得好，所以命运才这样不顺。所以他在小说中化用了杜甫《天末怀李白》诗中“文章憎命达”的句意，来描写叶生，同时也是表达他自己考试失败后的无奈和痛苦。而对叶生“形销骨立，痴若木偶”这种痛苦到了精神麻木的描写，也完全是蒲松龄本人的自我写照。他在 48 岁时参加乡试，因“越幅被黜”落第归来后，写了一首《大圣乐》词，其中有这样的句子：“觉千瓢冷汗沾衣，一缕魂飞出舍，痛痒全无。”“嗒然垂首归去，何以见江东父老乎？问前身何孽，人已彻骨，天尚含糊。”不仅彻骨之痛与小说人物叶生相同，就是用词也很相似。在这里，我们看到了蒲松龄是如何将他自己真切的生活体验，熔铸概括到小说的人物和情节中去的。以上是以其遇写其不遇的第一层。

接下去，写叶生辞归故里，“杜门不出”。这时小说有一段非常重要，但又极不容易为读者察觉而为后文情节的发展预设的伏笔。一是，“无何，寝疾，公遗问不绝；而服药百裹，殊罔所效”。生病，卧床不起，服药很多，全无效用。二是，丁公“以忤上官免，将解任去”，写信告诉叶生，很快要回归故里了，但迟迟未成行者，是因为要和叶生见最后一面。信写得感情真挚，出语十分感人：“足下朝至，则仆夕发矣。”叶生在病床上读了这封信，感动得流下了眼泪，回复来人：请告丁公，我病重，一时不能痊愈，请先动身吧。然而“公不忍去，徐待之”。这是写丁公对叶生从惜才、爱才，到同情，再发展到真诚、深挚的友情关爱。三是，“逾数日，门者忽通叶生至”。先是说病重不能来，现在却又突然来了，这个“忽”字，会让细心的读者感到有点蹊跷。但这正是小说的描写值得注意和玩味之处。不过接下去写叶生的一番话，却又合情合理，完全可以解释读者心中的疑惑。他对丁公说：“以犬马病，劳夫子久待，万虑不宁，今幸可从杖履。”“可从杖履”，是说病情稍有好转，勉强可以随侍左右了。因为自己生病而耽误了朋友的行程，心中不安而至于“万虑不宁”。他是为朋友的真情所感，才带病随从的，这当然就是情理之中的事了。

这一段，看似从叶生之不遇写其遇（因为命运不好，才更得到朋友的同情和真诚关爱；而诚挚的友情，也因此而显得更加珍贵），但后文的发展，这些笔墨却还是都落到了写其不遇上。

不遇中之遇，其中的重头戏，就是写叶生由于得丁公之知遇，终于获得了为文章吐气（也就是以事实证明自己真正富有才学）的机会。叶生跟随丁公回到他的故里，公命其子拜叶生为师，日夜跟随他学习。公子聪慧，又刻苦学习，经一年“便能落笔成文”。叶生为报知遇之恩，在教学上非常认真，且毫无保留，“以生平所拟举子业（为准备考举人而拟作的八股文）悉录授读”。结果，公子参加乡试，“闱中七题（按当时的规定，乡试首场考试共有分别出自“四书”和“五经”的七个题目），并无脱漏，中亚魁（第二名）”而归。这时，丁公不是首先为自己儿子的考中而高兴，而是为叶生这样优秀的人才被埋没而深深感叹，谓生曰：“君出余绪（意思是只是拿出你才情学问的一点点），遂使儒子成名。然黄钟长弃，奈何！”叶生回答的一段话，实是道出了蒲松龄本人的心声，令读者不能不为之欷歔不已：“是殆有命。借福泽为文章吐气，使天下人知半生沦落，非战之罪也，愿亦足矣！且士得一人知己可无憾，何必抛却白纻（唐宋时士子未考中前所穿的白色衣服，“抛却白纻”即指考中而换上了官服），乃谓之利市哉？”这段话所表达的感情十分复杂，一则是感叹自己的命运不好；二则，通过所教学生能考中也间接证明了自己的才学，为能“借福泽为文章吐气”而感到欣慰；三则，作为一个士人，能遇到一个知己，已比考中做官这件事更有意义，一生因此而可以无憾了。表面看来，学生的考中似乎让他对人生有了新的感悟，在欣慰中表现出一种豁达和淡定，对世俗的人生追求也有所超脱。然而细味就不难发现，在骨子里，透露出来的仍然是一种挥之不去的沉重的失落感和深沉的悲哀。这是以其遇写其不遇的第二层。不遇之悲苦和愤懑，写得更深，也更具有思想的力度了。冯镇峦在这段“为文章吐气”的文字后评论说：“此数语为古今不遇才人放声一哭。”这话说得并不夸张，确是血泪文字。

第三层，情节似乎继续在向光明和畅朗的一面发展。从写学生的高中（借此实现了为文章吐气），进而写到叶生自己也时来运转，竟顺利地考中了举人，可以衣锦还乡了。这其间，小说处处着意写丁公父子对叶生的帮助和照顾，写叶生持续不断地得到的知遇之情。先是公“以其久客，恐误岁试（户籍所在地的学官每年一次对当地秀才的考核，是获得参加乡试考举人资格的必要程序），劝令归省。”本来不忍离别，却为叶生的功名前途着想而劝他回乡。但生却因不愿离开而“惨然不乐”，这当然也十分合理，正像此前丁公免官解任，坚持要和叶生告别才肯启程，而叶生最后是带病“从杖履”一样，都是出于朋友间的真挚情谊。继而写在此情景之下，丁公转而让叶生随公子进京，并“嘱公子至都为之纳粟”。所谓“纳粟”，就是以合法的方式，花钱为叶生买来一个不通过岁试科试就可以直接参加乡试的监生资格。再后是写“公子又捷南宫（参加礼部主持的会试而考中了进士），授部中主政，携生赴监，与共晨夕”。“与共晨夕”四个字，就包含了丰富的内容，可以想见公子是处处都给予叶生以无微不至的关怀的。在这种情境之下，过了一年，“生入北闱（指在今北京当时称顺天府参加乡试），竟领乡荐”，顺利地考中了举人。至此，日夜梦想，终生为之奋斗的目标终于实现了。这是写“遇”促成“不遇”发生了根本性的变化，由“穷”而转“达”。读到这里，故事看来似乎会有一个喜剧性的结局。

然而，接着第四层就写叶生考中举人后，衣锦还乡。这是喜剧的大高潮，同时也是悲剧的大高潮。而手法仍然是以其遇写其不遇。就连还乡的因由和实现，也都是出于朋友的关怀和支持。叶生中举人后，实逢“公子差南河典务，因谓生曰：‘此去离贵乡不远，先生奋迹云霄，锦还为快’”，生欣然同意，于是“择吉就道，抵淮阳界，（公子）命仆马送生归”。

待生回家以后，情节却陡转直下，出现了由喜转悲的骇人场面。先写生“归见门户萧条，意甚悲恻”。这已经很有一点悲剧气氛了。但因为这是贫寒家境极自然的景象，也是中举还乡的叶生见景生情极自然的反应，因此还没有什么出人意料之处。可是，接下去的种种情景就十分奇异了：“（生）逡巡（二字传神）至庭中。妻携簸具以出，见生，掷具骇走。”见到多年离别的丈夫归来，不是高兴地上前迎接，而是“掷具骇走（四字传神）”。在这些非同寻常的情景背后，显然有着我们所不知道而又非常想知道的重大隐情。在当时特定的情景之下，还只是一方（妻子）知情，而另一方（叶生，还有随叶生回家的读者）全不知情。这就造成极大的悬念，吸引读者产生急切地要读下去的强烈欲望。小说接着写道：“生凄然曰：‘我今贵矣。三四年不觌，何遂顿不相识？’”“妻遥（“遥”字活现惊惧之状）谓曰：‘君死已久，何复言贵？’”至此，谜底揭出，但读者仍然不知底里。妻子继续叙述事件的全过程：“所以久淹君柩者，以家贫子幼耳。今阿大亦已成立，行将卜窀穸（选择墓地），勿作怪异吓生人。”读者不知道，甚至连叶生本人也不知道，他原来早就是以人的面貌出现和活动的一个鬼。这令人惊骇，令人震撼，同时也令人悲怆和沉思。

下文作者使用幻笔，却又是实中有幻，幻中有实：“生闻之，怃然惆怅（鬼而有人的感情），逡巡入室，见灵柩俨然，扑地而灭。妻惊视之，衣冠履舄如脱委焉。”写人物的感情，人物的行动，甚至写鬼身的幻灭，都栩栩如生，读来历历如在眼前。

实与幻的结合和交错，体现了作者的艺术匠心，也是作者在《聊斋志异》中惯常运用的手法。这篇小说的整个故事，基本上都是以现实生活的形态演进的，显得非常真实；而且由于人物感情的丰富而具有强烈的人情味和现实感，直到结局才让我们知道作者原来写的是 个鬼故事。其实，作者在行文中是曾有所暗示的，前面写“门者忽通叶生至”的那个“忽”字，与后面写叶生“扑地而灭”的这个“灭”字，艺术上起到了一种遥相呼应的作用。没有明白写出来，但在闪烁掩映之间，并不是毫无踪迹可寻。有暗示，却又不露痕迹。这样，在幻实显隐之间，就更有许多值得思考和回味之处。正是由于小说使用幻笔，却又基本上以现实生活本身的形态来呈现，完整地写出了叶生因科举考试失意而悲伤，而惭愧，而致病，而亡故，变成鬼也仍然奋斗不息，为朋友之子，也为自己赢得了功名，却又在最后一切都归于幻灭。经过这样精心的艺术经营，才把科举制度下一个小知识分子的命运，写得那样悲惨、沉重，那样激动人心和令人深思。

耐人寻味的是，小说的最后，经过从塾中回来的儿子，与惊魂未定的母亲，以及送叶生归家的从者，三方面情况的交流和沟通，这才“始得颠末”。所谓“始得颠末”，就是让我们了解到事情的开头结尾和前因后果。至此，读者在读完这个亦喜亦悲、大喜大悲的故事之后，在产生豁然明白、原来如此感受的同时，不能不感叹：在不合理的科举考试制度下，不知有多少人才被埋没，也不知制造了多少像叶生这样死后阴魂不散的冤鬼！

篇末的“异史氏曰”，篇幅较长（约相当于正文的四分之一左右），在《聊斋志异》中是比较少见的。文章用骈文的形式写成，使用了许多典故，显示了蒲松龄渊博的学识。但读来并不感到有堆砌的弊病，却具有强烈的抒情色彩，和正文相呼应、相映照，仍然在“遇”和“不遇”两方面做文章，感知己之可贵，叹伯乐之难求，悲命运之不偶，写得十分悲愤、沉痛。与正文并读互证，当对《叶生》所表现的蒲松龄的思想感情有更深切的体会。

叶生

蒲松龄

淮阳叶生者①，失其名字，文章词赋，冠绝当时，而所如不偶②，困于名场③。会关东丁乘鹤来令是邑，见其文，奇之，召与语，大悦。使即官署受灯火④，时赐钱

① 淮阳：县名，在今河南省。

② 所如不偶：不管走到哪里都很倒霉。如，往，即所到之处。偶，古人以偶数代表好运气，奇数代表坏运气。

③ 名场：科举考试的考场。

④ 即官署受灯火：住到官署接受灯火费用的资助。

葉生
恩深知己慰平生魂夢相隨
千里行莫道黃鐘終毀棄
決知孺子已成名

谷恤其家。值科试[①]，公游扬于学使[②]，遂领冠军。公期望綦切[③]，闱后索文读之，击节称叹。不意时数限人[④]，文章憎命[⑤]，榜既放，依然铩羽[⑥]。生嗒丧而归[⑦]，愧负知己，形销骨立，痴若木偶。公闻，召之来而慰之。生零涕不已。公怜之，相期考满入都[⑧]，携与俱北。生甚感佩，辞而归，杜门不出。

无何，寝疾[⑨]，公遗问不绝[⑩]；而服药百裹[⑪]，殊罔所效。公适以忤上官免，将解任去，函致生，其略云："仆东归有日，所以迟迟者，待足下耳[⑫]，足下朝至，则仆夕发矣。"传之卧榻，生持书啜泣，寄语来使："疾革难遽瘥[⑬]，请先发。"使人返白，公不忍去，徐待之。

逾数日，门者忽通叶生至。公喜，逆而问之[⑭]。生曰："以犬马病[⑮]，劳夫子久待，万虑不宁，今幸可从杖履[⑯]。"公乃束装戒旦[⑰]。抵里，命子师事生，夙夜与俱。公子名再昌，时年十六，尚不能文，然绝慧，凡文艺三两过[⑱]，辄无遗忘。居之期

---

① 科试：也称为科考，在乡试之前，由各省主持考试的学政对当地的生员进行的甄别考试。一、二等和三等中前十名的生员，获得参加乡试的资格。

② 游扬：赞扬和推荐。

③ 綦切：急切，殷切。綦，极。

④ 时数：命运。

⑤ 文章憎命：出自杜甫《天末怀李白》诗句"文章憎命达"，意思是文章与命运是相反的，正因为文章写得好，命运才那么糟糕。

⑥ 铩（shā）羽：鸟的羽翼被摧折，常用来比喻考试失败。

⑦ 嗒（tà）丧：垂头丧气。

⑧ 考满：明清时期对官员实行考绩制度，清代对外官的考绩以三年为期。考满就是考绩期满。

⑨ 寝疾：卧病。

⑩ 遗（wèi）问：赠送物品去慰问病人。

⑪ 裹：包，一包药即一服药。

⑫ 足下：旧时对上辈或平辈的敬称。

⑬ 疾革（jí）难遽瘥（chài）：病情沉重，很难短期痊愈。革，通"亟"。

⑭ 逆：迎。

⑮ 犬马病：对自己患病的谦称。

⑯ 从杖履：跟从左右伺候生活，是对能跟随出发的一种客气的说法。

⑰ 戒旦：警戒天亮，意即天一亮就出发。

⑱ 文艺：这里是指时艺，即八股文。

岁[1]，便能落笔成文，益之公力，遂入邑庠[2]。生以生平所拟举子业悉录授读[3]，闱中七题[4]，并无脱漏，中亚魁[5]。

公一日谓生曰：“君出余绪，遂使孺子成名。然黄钟长弃[6]，奈何？”生曰：“是殆有命[7]。借福泽为文章吐气，使天下人知半生沦落，非战之罪也[8]，愿亦足矣！且士得一人知己可无憾，何必抛却白纻[9]，乃谓之利市哉[10]？”

公以其久客，恐误岁试[11]，劝令归省[12]，惨然不乐。公不忍强，嘱公子至都为之纳粟[13]。公子又捷南宫[14]，授部中主政[15]，携生赴监，与共晨夕。逾岁，生入北闱[16]，竟领乡

---

① 期（jī）岁：满一年。

② 入邑庠：进入县学，成为生员（秀才）。

③ 举子业：这里指应用于科举考试的八股文。

④ 闱中七题：按科举考试制度，乡试考举人要考三场，首场最重要，共有七题，“四书义”三题，“五经义”四题，故谓七题。

⑤ 亚魁：乡试第二名。

⑥ 黄钟长弃：比喻杰出的人才长期被埋没。《楚辞·卜居》：“黄钟长弃，瓦釜雷鸣。”

⑦ 殆：大概，也许。

⑧ 非战之罪：据《史记·项羽本纪》记载，项羽在垓下被刘邦战败，感叹说：“此天之亡我，非战之罪也。”这里借此来说明，自己屡考不中，是命运不好，并非没有才学。

⑨ 抛却白纻：这里指取得功名。唐宋时期，士子穿白色衣服，取得功名后就换掉白衣而穿上官服。纻，细布。

⑩ 利市：指发迹、走运。

⑪ 岁试：也称岁考。清代各省的学使对所辖府、州所进行的课业考试，分六等评定成绩。岁试只能在户籍所在地进行。

⑫ 归省：回家省亲。这是劝叶生回乡参加岁试的一种委婉而又亲切的说法。

⑬ 纳粟：就是向政府交钱而获得参加乡试的资格。明清时期在京城设立国子监，其中的生员称为监生，可以不通过岁试而直接参加乡试。明中期以后，准许生员向朝廷纳粟而取得监生的资格，后来援例纳粟成为监生就称为例监。

⑭ 捷南宫：南宫，明清时期礼部的别称。捷南宫就是参加会试，考中进士。

⑮ 部中主政：在部里担任主事的职务。明清时期在中央设置六部，各部设主事若干名，主政即主事的别称。

⑯ 北闱：在顺天府（北京）设置的乡试考场，相对于应天府（南京）的考场称南闱而言。

荐[1]。会公子差南河典务[2]，因谓生曰："此去离贵乡不远，先生奋迹云霄，锦还为快[3]。"

生亦喜，择吉就道，抵淮阳界，命仆马送生归。归见门户萧条，意甚悲恻，逡巡至庭中[4]，妻携簸具以出，见生，掷具骇走。生凄然曰："我今贵矣。三四年不觌[5]，何遂顿不相识？"妻遥谓曰："君死已久，何复言贵？所以久淹君柩者[6]，以家贫子幼耳。今阿大亦已成立，将卜窀穸[7]，勿作怪异吓生人。"生闻之，怃然惆怅[8]，逡巡入室，见灵柩俨然[9]，扑地而灭。妻惊视之，衣冠履舄如脱委焉，大恸，抱衣悲哭。

子自塾中归，见结驷于门[10]，审所自来，骇奔告母。母挥涕告诉，又细询从者，始得颠末[11]。从者返，公子闻之，涕堕垂膺。即命驾哭诸其室，出橐营丧，葬以孝廉礼。又厚遗其子，为延师教读，言于学使，逾年游泮[12]。

异史氏曰："魂从知己，竟忘死耶？闻者疑之，余深信焉。同心倩女[13]，至离枕上之魂；千里良朋，犹识梦中之路。而况茧丝蝇迹[14]，呕学士之心肝[15]；流水高

---

① 领乡荐：指考中了举人。唐代制度，要经过地方官的考试和荐举才能参加进士考试，称为乡举或乡荐。后来因此称考中举人为领乡荐。

② 会：适逢。南河典务：被派到南河河道办理公务。

③ 锦还：取得功名，衣锦还乡的意思。

④ 逡巡：犹豫不决、欲进不进的样子。

⑤ 不觌（dí）：没有见面。

⑥ 淹：留，拖延。

⑦ 卜窀穸（zhūn xī）：选择墓穴。

⑧ 怃然：茫然若失的样子。

⑨ 俨然：非常真实的样子。

⑩ 结驷：拴马。

⑪ 颠末：原委，事情的前前后后。

⑫ 游泮：进学，这里是成为秀才的意思。泮，泮宫，指朝廷所办的官学。

⑬ 同心倩女：这里是引用倩女离魂的故事，说明相爱的人或知心的朋友，是可以离魂相见的。事见唐人陈玄祐《离魂记》。

⑭ 茧丝蝇迹：茧丝，比喻精心写作的文章；蝇迹，比喻缮写工整的文字。《文心雕龙·章句》："章句在篇，如茧之抽绪。"绪就是丝。陆游《读书诗》之二："灯前目力虽非昔，犹课蝇头二万言。"

⑮ "呕学士"句：形容作文之艰辛。暗用李贺作诗的典故。李商隐在《李长吉小传》中记载，李贺作诗十分艰苦，其母叹曰："是儿要当呕出心肝乃已耳。"

山[①]，通我曹之性命者哉[②]。嗟呼！遇合难期，遭逢不偶。行踪落落，对影长愁；傲骨嶙嶙，搔头自爱。叹面目之酸涩，来鬼物之揶揄[③]。频居康了之中[④]，则须发之条条可丑；一落孙山之外[⑤]，则文章之处处皆疵。古今痛哭之人，卞和唯尔[⑥]；颠倒逸群之物，伯乐伊谁[⑦]？抱刺于怀，三年灭字[⑧]；侧身以望，四海无家。人生世上，只须合眼放步，以听造物之低昂而已[⑨]。天下之昂藏沦落如叶生其人者[⑩]，亦复不少，顾安得令威复来，而生死从之也哉[⑪]？噫！”

---

① 流水高山：用伯牙和钟子期的故事。伯牙善鼓琴，钟子期为知音，琴声传出高山或流水之意，他都能深深领会。事见《吕氏春秋·本味》。

② 我曹：我辈。

③ “叹面目”二句：意思是说，自叹生活穷困，命运不好，竟遭到势利小人的嘲笑。《世说新语·任诞》刘孝标注引《晋阳秋》：晋代罗友为桓温掾吏，不得意。一日，桓温设宴送人赴郡守任，罗到席最晚。桓温问其故，答云：“民首旦出门，于中途逢一鬼，大见揶揄，云：‘吾但见汝送人作郡，何以不见人送汝作郡耶？’”

④ 康了：落榜。宋范正敏《遯斋闲览·谐噱》载：唐代柳冕应举，多忌讳，尤忌“落”字，至称安乐为安康（“乐”与“落”同音）。榜出，令仆探名，还报曰：‘秀才康（落榜）了也！’”

⑤ 孙山之外：也是指落榜。宋范公偁《过庭录》载：宋代孙山滑稽多才，偕乡人子同赴举，榜发，乡人子落榜，孙山名居榜末。乡人探其子得失，孙山说：“解名（榜文名单）尽处是孙山，贤郎更在孙山外。”后世因称落榜为“名落孙山”。

⑥ “古今”二句：古往今来痛哭最伤心的人中，只有卞和跟你的境遇相似。《韩非子·和氏》载，楚国人卞和，得璞于楚山中，先后献给厉王、武王，皆以为诳，刖其左右足。文王即位，卞和抱璞哭于楚山下，三日三夜，泪尽而继之以血。王使人理其璞，得美玉。

⑦ “颠倒”二句：意思是，人的贤愚被完全颠倒了，谁是真正识才的伯乐呢？逸群之物，指超群的骏马。伯乐，春秋秦国人，姓孙，名阳，以善于相马闻名。后世常用以喻称善于识才的人。

⑧ “抱刺”二句：刺，名片。意思是说，地位高的权贵是不懂得识才爱才的。史载，汉末的祢衡怀刺往许昌，欲投刺权贵而获用，但经过很长时间，连刺文都已经磨灭了，也没有人接受他。

⑨ 听造物之低昂：听凭上天决定自己命运的沉浮升降。

⑩ 昂藏：气宇不凡的样子。

⑪ “顾安得”二句：顾，但是。令威，指丁令威。据《搜神后记》载，令威本辽东人，学道于灵虚山，后来化鹤飞回故乡，徘徊于空中曰：“有鸟有鸟丁令威，去家千年今始归。城郭如故人民非，何不学仙冢累累。”小说中的人物丁乘鹤，当即由此传说人物化出。

天道酬勤更酬德

——说《王成》

《聊斋志异》中有很多传诵众口的名篇，但《王成》一篇不在其列，关注的人比较少。其实，这是一篇很有意思的故事，一篇读起来很有趣味，读完后又能给人以人生启示的故事。

蒲松龄是相信天命的，但同时也重视人事（包括人的思想品德和相关的做人行事）。他对世间许多事物的看法是这样，对自己经历的人生看法也是这样。如他一生在科举考试上屡遭惨败，他的认识是归结为："半由听天数"（《试后示篪、笏、筠》），就是只把不幸遭遇的一半归到天命上。另一半呢？他在勉励儿孙们要在举业上继续努力时，这样说："天命虽难违，人事贵自励。"（《喜立德采芹》）这反映了他的宇宙观，也反映了他的人生观。就是说，命数是有的，但上天并不能完全决定自己的命运，更重要的还要靠自身的努力。这一思想，非常生动地表现在《王成》这篇小说中。

中国有一句古话叫"天道酬勤"，意思是上天只是眷顾那些勤奋努力的人，会以成功来酬报他们。这跟蒲松龄的思想其实十分相似，不同的只是更强调人自身的作用，人事（这里特指人的勤奋努力）不仅是只占一半的问题，而且是能不能得到上天酬报的重要前提。

有意思的是，思想与这句古语所表现的意思相近的蒲松龄，在《王成》中所写的故事，看起来似乎正好与"天道酬勤"的意思相反：一个十分懒惰的人，却最后得到了上天的眷顾，过上了幸福美满的生活。当然问题并不那么简单，因为其中还另有原由：小说主人公在懒惰之外还有更重要的另一面，就是有"德"。在蒲松龄的眼里（在小说里化为上天的意志），德与勤并重，或者更准确地说，是德重于勤。这是蒲松龄写这篇小说的着意之处，也是读者读起来觉得很有趣味，读后又能得到人生启示的重要原因。当然，这一切也还与小说杰出的艺术表现分不开。

小说开头写：“王成，平原故家子，性最懒。生涯日落，唯剩破屋数间，与妻卧牛衣中，交谪不堪。”一开篇，就鲜明地揭示出主人公的性格特色：懒。而且不是一般的懒，是“最懒”。王成性懒，成为小说借以组织情节的主要线索。除此之外，这个开头还有三点值得注意：一是交代他是“故家子”，即一个已经破落的世家大族子弟，这是揭示出他性懒的重要原因；二是因为懒，生活已经沦落到极其贫困艰难的境地（以草编的牛衣御寒）；三是也因为懒，整天受到妻子没完没了的埋怨和指责，难以忍受。这几点在艺术表现上都不可忽视，都是与后文的情节发展相关联的。

《聊斋志异》编织故事，多有奇思妙想。但这不仅仅表现在那种天马行空似的幻想描写上，也常常表现在情节的设置和组织中。这篇小说，由写王成的懒惰开始，然后巧妙而又自然地引入写他有德的另一面来。情节的发展，曲折多变，跌宕起伏，大开大阖，出人意外，却又处处在人意中。

读完全篇就会知道，作者是热情地赞扬王成的。但小说却从相反的一面着笔，一开始就对他狠加批评。写他的懒惰，不是轻描淡写的点示，而是放开笔墨写，写得很充分，毫不留情。王成所居住的村子，有一家败落的周氏园，房屋围墙都没有了，只剩下一座亭子。时值夏天，非常炎热，村里许多人就到那个亭子里去纳凉寄宿，王成也去了。但天一亮，忙于生计的人都起身走了，只有王成直到红日三竿才起来慢慢地往家里走。只此一节，一个懒汉的形象就鲜明地显现在我们的面前。但是这一情节的设置，除了表现他的懒，作者还另有更深的用意。它由此引出一个看似偶然却在生活中又完全可能出现的契机，这个契机很自然地由写他的懒过渡到写他的德，进而促成了他命运的转变。这就是：回家路上，“见草际金钗一股，镌有细字云：‘仪宾府造。’”原来王成的祖父王柬之，是山东青州皇族衡王家的女婿，明代亲王和郡王的女婿称为“仪宾”，金钗上所刻的字表明了这是他家祖上的旧物。这和开头“平原故家子”的介绍是相呼应的。正在他“把钗踌躇”（“踌躇”二字写人物心理十分真实，并预提下文）时，“欻一妪来寻钗”。小说这样写：“王虽故贫，然性介，遽（此字十分重要，意为一点没有犹豫）出授之。妪喜，极赞盛德，曰：‘钗值几何！先夫之遗泽也。’”“先夫”二字不可忽视，与下文情节发展密切相关。“介”是耿介、廉直的意思。他人虽穷而志不短，不贪财，能够拾金不昧。叙述语言中的“性介”，小说人物的“极赞盛德”，在作品的思想指向上，就出现了由反入正的自然转变。这种转变，表现了蒲松龄很高的艺术功力。以下小说情节的发展，既没有放弃继续写他的懒，却又更着眼于表现他的德。而出人意外的事件，层出不穷，波澜起伏，却又一步步都写得入情入理，令人信服。

丢失金钗的老妪，其身份和性格，成为情节大转折的一个关键。在两人的交谈中，小说交代了原来老妪是王成祖父在世时的一个狐狸精妻子。《聊斋志异》中的狐仙故事，多在小说的结尾处才点出人物的狐仙身份，让前面的种种疑云豁然开朗，大都收到很好的艺术效果。但这一篇却在人物一出场就由人物自己说出："我乃狐仙。百年前，与君祖缱绻。君祖殁，老身遂隐。"这样的处理，在小说的艺术表现上，有很重要的意义。一是她当年与其祖的特殊关系，决定了她将王成视若自己的亲孙，同情他的贫困，并深情地给予帮助和教诲；二是因为她是狐仙，有超人的眼光和本领，这些都关涉到王成以后的行事和命运。

写老妪应邀到王成家去（若不是先夫之孙，不会有这种关系）时的所见、所闻、所做，也都很有意义：一是看见王成的妻子"负败絮"（穿着破棉袄。此三字，青柯亭本作"敝衣蓬首"，义似更胜），"败灶无烟"（无米开火做饭）。老妪感叹说："家计若此，何以聊生？"表示同情、关切，这就与下文她的一系列行为有关。二是王妻对妪"细述贫状，呜咽饮泣"。这与开头介绍王成时的"交谪不堪"四字相呼应，其间想必也有在老妪面前数落、埋怨王成的内容，因而更促成她帮助并教导王成的决心。没有写出来，读者却可以想象，是作者引导你去这样想象。这也是《聊斋志异》艺术的高明之处。三是由此而引出一系列的帮助和慷慨赠予的行动："妪以钗授妇，使姑质钱市米，三日外请复相见。"注意，就是那只拾金不昧归还给老妪的钗，去而复回，值得回味。"逾三日，果至。出数金，籴粟麦各石。"王妻知道老妪原来是狐仙的身份时，开始有些害怕，经王成介绍她的有情有义后，又经过自己的亲身感受，"察其意殊拳拳，遂不之疑"。

除了物质上的帮助，更重要的是对王成思想上的教导。妪"谓王曰：'孙勿惰，宜操小生业，坐食乌可长也？'"教育他要靠自己的劳动赚钱度日。"王告以无资（没有本钱）。"老妪又将她在王祖父在世时所得的花粉之金四十两全数给他，并告知"可将去，悉以市葛，刻日赴都，可得微息"。"王从之，购五十余端以归。妪命趣装（赶快起行），计六七日可达燕都。"她所教的谋生之道，是人间事理；而一个老妪而知市葛何时将获微利，则是只有狐仙才能有的预知世事的本领。亦人亦狐的精怪形象特质，在小说情节的发展中起到了不可忽视的作用。

接下去的情节发展，不仅曲折多变，而且充满戏剧性。赴都之前，老妪语重心长地教诲他："宜勤勿懒，宜急勿缓；迟之一日，悔之已晚！"这十六个字，清代的《聊斋志异》评论家都十分重视。冯镇峦评云："一字千金，故家子当书诸座右。"但明伦不仅认为"十六字可作传家格言"，而且认为学问经济都该如此，"不特操生业（经商）为然也"。足见这十六个字是蒲松龄认真写出，是概括了他自己的生活体验在内的，值得重视。妙的是小说仍然继续从王成懒惰的一面着笔。听了老妪的话，"王敬诺"。我们相信他的这一回应是真诚的，而之后的行为却仍然与此背道而驰。这当然不是写他的虚伪，而是写他长期养成的惰性，积习难改。这是写得非常真实，符合现实的生活逻辑的。先是他中途遇雨，因"生平未历风霜，委顿不堪"，于是不再继续前行，"因暂休旅舍"。亦懒亦缓，因懒而缓，竟忘记了狐仙祖母的十六字谆谆教导。没有想到大雨下个不停，道路泥泞，王"见往来行人，践淖没胫，心畏苦之"。（"畏"字确是懒汉心思）雨稍停，后又大作，于是"信宿乃行"。"信宿"就是连住了两个晚上，狐祖母"迟之一日，悔之已晚"的教导早已置诸脑后。处处都扣准"故家子"的身份、气性来描写，蒲松龄用笔之精细由此可见。快到京城时听说那里的葛价昂贵，心里还暗暗高兴。可是一入都，住店的店主人就"深惜其晚"，告知他已错过了良机。此前，因有贵族大量收购，葛价"较常可三倍"。而现在买方已经"购足"，"后来者，并皆失望"。于是"王郁郁不得志"。而"越日，葛至愈多，价益下。王以无利不肯售"。过了十余日，考虑到食宿消耗很大，因而"倍益忧闷"。在无可奈何的情况下，王成听从了店主人的劝告，贱卖"改而他图"，但四十两的本钱已经亏了十余两。

这时，王成的命运又突然出现了转机，也是因为一次偶然的事件表现出了他的有德。在他正准备回家的时候，突然发现囊中的剩金丢失了。于是"惊告主人。主人无所为计"。有人就劝他去告官，以"责主人偿"。可王成是这样回答的："此我数（命数）也，于主人何尤？"但明伦于此句下评曰："归之于数，不尤乎人，何等识见，何等器量！""主人闻而德之，赠金五两，慰之使归。"此情此景之下，不因私利而去诬枉连累一个好人，店主人的一个"德"字，真有千金之重。

但小说并没有马上写他时来运转，而是曲曲折折写来，让他经历了多次的挫折和艰辛，然后才写他终于改变了命运。小说这时写他的心理是："自念无以见祖母，蹀躞（踌躇徘徊）内外，进退维谷。"由心理而表现他的境遇之难，非常真实。他偶然看见有人因斗鹑而获利，就动了心。考虑到所剩的钱仅能贩鹑，以此和主人商量，立即得到主人的鼓励；且因感其德，“约假寓饮食，不取其直（同值）”。就是承诺可以无偿提供他的食宿。于是，到外地“购鹑盈担，复入都”。主人也为他高兴，劝他赶快出售。但不巧又遇到大雨，“衢水如河，淋零犹未休也。居以待晴。连绵数日，更无休止”。所购鹑，因无法及时出手，而“起视笼中，鹑渐死。王大惧，不知计之所出。越日，死愈多，仅余数头，并一笼饲之；经宿往窥，则一鹑仅存。因告主人，不觉涕堕。主人亦为扼腕。王自度金尽罔归，但欲觅死，主人劝慰之”。

《聊斋志异》不喜作平铺直叙之文，而善用大开大阖之笔。看他直写到王成走投无路，到了寻死觅活的绝境，这才写出在整体构思中早已预设好的峰回路转，柳暗花明。命运的转机，同样出于他的有德。主人为他的诚实善良所感，因而不仅同情他的不幸遭遇，还真心实意地施以援手：“共往视鹑，审谛之曰：‘此似英物，诸鹑之死，未必非此之斗杀之也。’”这可能是出于店主人的经验，也可能只是一种好意的推测和安慰，但在艺术上却是作者有意设置的伏笔。其实，前面“经宿往窥，则一鹑仅存”，就已经有了含蓄的暗示。

于是主人让他好好饲养，并教给他以赌鹑为生的方法。从开始赌酒食，“鹑健甚，辄赢”，到后来主人主动借钱给他，“复与子弟决赌，三战三胜”。竟然“半年许，积二十金”。于是“心益慰，视鹑如命”。

接下去写大亲王府邸斗鹑的场面，是小说中写得最为精彩的部分。大亲王是当地有钱有势的贵族，生活奢侈，以斗鹑为乐，特别是每年的上元节，让民间养鹑者入府相角。亲王因养有多只品质上乘的名鹑，因而从未失手，以鹑胜而得意、取乐。因王成这只鹑品质非同寻常，主人就鼓励王成入府斗鹑，谓王曰：“今大富宜可立致；所不可知者，在子之命矣。”前一句表明他对王成之鹑能取胜充满信心，而命不可知之说，实是作者有意制造的悬念。同样为王成之德所感，主人亲自陪同前往，并进行具体指导。行前嘱咐说：“脱败，则丧气出耳。倘有万分一，鹑斗胜，王必欲市之，君勿应；如固强之，唯予首是瞻，待首肯而后应之。”只有非常真诚和亲密的朋友，才会有这样的考虑和吩咐。王成一一答应。

斗鹑的场景，写得层次分明，而又悬念迭出。先渲染王府内斗鹑的热闹场面和气氛：“至邸，则鹑人肩摩于墀下。”由此可知必有一场非常精彩好看的恶战。写斗鹑的过程，采用了多样化的手法：先扬后抑的一面，略近于《三国演义》中写温酒斩华雄；先抑后扬的一面，又略近于《促织》中写斗促织。但又不完全相同。一是作者不是只写一扬一抑或一抑一扬一层波澜，而是写了抑扬变化的两层波澜。第一层是以亲王及其鹑为主体，先扬后抑；第二层是以王成及其鹑为主体，先抑后扬。因而内容更丰富，变化更奇诡。二是作者不只是着眼于参与相斗的鹑，还同时着眼于鹑的主人大亲王和王成。所谓抑扬，主要就是指他们随着双方鹑的不同表现而产生的不同的心理和情态的变化。

且看他如何写先扬后抑的第一层波澜。先写亲王之鹑如何了得，每出斗，节节取胜。其间先详后略，作了两层铺垫。第一层铺垫是，写“即有一人把鹑，趋而进。王命放鹑，客亦放。略一腾踔，客鹑已败”。这时小说重笔写出三个字：“王大笑。”这是得意的笑，也是傲慢的笑。第二层铺垫是：“俄顷，登而败者数人。”一笔带过。但由此已写出亲王及其鹑不可一世的气势。这时，仅仅在这时，店主人才对王成说：“可矣。”“相将俱登”，就是双方的鹑一起登场。作者描写的笔墨这时集中于王成之鹑，却采取了不同的视角。一开始就渲染王成之鹑气势不凡的一面，同样也是作了多层铺垫。先从亲王的眼中和口中写，初步显示出王成之鹑的英姿豪气：“王相之，曰：‘睛有怒脉，此健羽也，不可轻敌。’”于是特意选取自己善战的“铁喙者当之”，可是“一再腾跃，而王鹑铩羽”。继而写亲王“更选其良，再易再败”。以略写之笔，写王成之鹑的英勇无敌。至此，完成了对亲王及其鹑的由扬而转抑的过程。

接下去，视角转到以王成之鹑和王成的表现为主，开始写第二层波澜，先抑后扬。“王急命取宫中玉鹑。片时把出，素羽如鹭，神骏不凡。”从亲王的急切态度，及其鹑之形体神气，已渲染出此鹑绝非凡物，一定是王府中所养之最佳者。接下去却从王成的心理、态度来反逼，写亲王之鹑似乎占居了上风：“王成意馁，跪而求罢，曰：‘大王之鹑，神物也。恐伤吾禽，丧吾业矣。’”未上场前，先写王成之抑。这时小说写道：“王笑曰：‘纵之，脱斗而死，当厚尔偿。’”虽然用的是假设的口吻，但胜券在握的神气却仍展露无遗。这是第二次写到亲王的笑。这一次笑，比第一次已少了一些傲慢，反倒成了王成由抑而转扬的一种衬托。

终于到了关键时刻，作者以千斤之重的笔力，写出四个字：“成乃纵之。”王成虽心怀胆怯，却还是以破釜沉舟之心，将鹑撒了出去。于是，一场精彩的生死恶斗便展开了。描写的视角，看似以亲王及其鹑为主，实则突出的却是王成之鹑。此段描写，十分精彩，转述将大为减色，特引录如下：

玉鹑直奔之。而玉鹑方来，则伏如怒鸡以待之；玉鹑健啄，则起如翔鹤以击之。进退颉颃，相持约一伏时，玉鹑渐懈；而其怒益烈，其斗益急。未几，雪毛摧落，垂翅而逃。

王成及其鹑，由抑而扬，由被动转主动，达到了最高点，以全胜结束。全场“观者千人，罔不叹羡”。叹玉鹑之败，出人意外；羡王成之鹑，堪称英物。

事情的发展，恰如店主人所预见：“鹑斗胜，王必欲市之。”接下来就是一场卖与不卖、讨价还价的较量了。这场较量，同样充满悬念和戏剧性，其紧张和波澜起伏，不亚于斗鹑本身。整个过程几乎全是通过人物对话来表现。对话是小说塑造人物和表现人物关系的重要手段，但文言小说一是因为篇幅有限，二是因为所用语言距口语较远，难度很大。而《聊斋志异》中却常用对话，这在古代文言小说中极为少见。这篇小说尤为突出。对话中，人物的思想性格、神情心理，都栩栩如生，呼之欲出。先是，“王乃索取而亲把之，自喙至爪，审周一过，问成曰：‘鹑可货否？’”其口吻神气，显然是一位有钱而爱鹑，见良鹑就必设法买下的很有眼光和经验的行家里手。王成答：“小人无恒产，与相依为命，不愿售也。”一口回绝，但态度谦恭，说得有情有理。王又说：“赐尔重直（同值），中人之产可致，颇愿之乎？”自以为出“重直”便可得手，是喜欢炫财的富有者的玩家口吻。王成“俯思良久”（此四字揭示出复杂的思想活动）后答云：“本不乐置，顾大王既爱好之，苟使小人得衣食业，又何求？”已有了愿卖的明显意向，忘记了此前店主人的殷勤嘱咐。

以上写愿不愿卖，下面就是写讨价还价了。王成开口索要“千金”，“王笑曰：‘痴男子，此何珍宝而千金直也？’”读此，如见其容，如闻其声。王成曰：“大王不以为宝，臣以为连城之璧不过也。”语气平和，语意却很坚定。“王曰：‘如何？’”让他再加考虑。王成的回答，讲出一番不愿卖的道理，是朴实的贫贱人家语气：“小人把向市廛，日得数金，易升斗粟，一家十余食指无冻馁忧，是何宝如之？”然后是一来一往：王给价二百金，成摇头；王“又增百数”，“成目视主人，主人色不动”。成答以千金减去一百。王曰：“休矣！谁肯以九百易一鹑者！”“成囊鹑欲行”，态度坚决。此时大王急了，“呼曰：‘鹑人来！鹑人来！实给六百，肯则售，否则已耳！’”这时，“成又目主人，主人仍自若”。小说以两句写王成此时的心理：“成心愿盈溢（感到已超出了原来的期望），唯恐失时。”于是回答说：“以此数售，心实怏怏。但交而不成，则获戾滋大。无已，即如王命。”最后达成了交易。出来后主人埋怨他过于着急，否则八百金不在话下。这段对话，除了表现王成的心急之外，更重要的是表现出他质朴而不贪的一面。

回到店里后，两人对卖鹑所得金的态度，表现了因王成之有德而形成的人与人之间的美好关系：“成归，掷金案上，请主人自取之。”受恩而知感谢和回报，慷慨大方。而“主人不受”，“又固让之，乃盘计饭直而受之”。他真诚地同情并帮助王成，是不图回报的。一毫不多取，同样是一个有德之人。

最后的结局是，王成回家，“出金相庆”之后，在老妪的教育指导下，“治良田三百亩，起屋作器，居然世家”。此后不再懒惰，男耕女织，夫妻相安，三年而“家益富”，此时狐仙老妪功成身退，悄然离去。

小说写王成前因拾金不昧而得到狐祖母的关怀和教诲，后因不尤乎人而得到店主人的照顾和指点，皆因其有德；而脱贫致富，还因为历经磨难后终于改懒而变勤。写完故事，作者在“异史氏曰”中发出这样的感叹：“富皆得于勤，此独得于惰，亦创闻也。不知一贫彻骨，而至性不移，此天所以始弃之而终怜之也。懒中果有富贵乎哉！”明确地说，一切皆因“至性不移”（即有德），懒惰是不可能有富贵的。意即天道酬勤而更酬德。此一训示，值得我们每个人记取。

王成

蒲松龄

王成，平原故家子①，性最懒。生涯日落，唯剩破屋数间，与妻卧牛衣中②，交谪不堪③。时盛夏燠热④，村外故有周氏园，墙宇尽倾，唯存一亭；村人多寄宿其中，王亦在焉。既晓，睡者尽去；红日三竿，王始起，逡巡欲归。见草际金钗一股，拾视之，镌有细字云：“仪宾府造⑤。”王祖为衡府仪宾⑥，家中故物，多此款式，因把

---

① 平原：县名，在今山东省。

② 牛衣：覆盖在牛背上用以御寒的帘子，用草或麻编织而成。

③ 交谪：没完没了的絮叨和埋怨。典出《诗经·邶风·北门》：“我入自外，室人交遍谪我。”

④ 燠（yù）热：酷热。

⑤ 仪宾：明代亲王或郡王之婿称为仪宾。

⑥ 衡府：指青州衡王府。明宪宗第七子朱祐楎，于成化二十三年封为衡王。

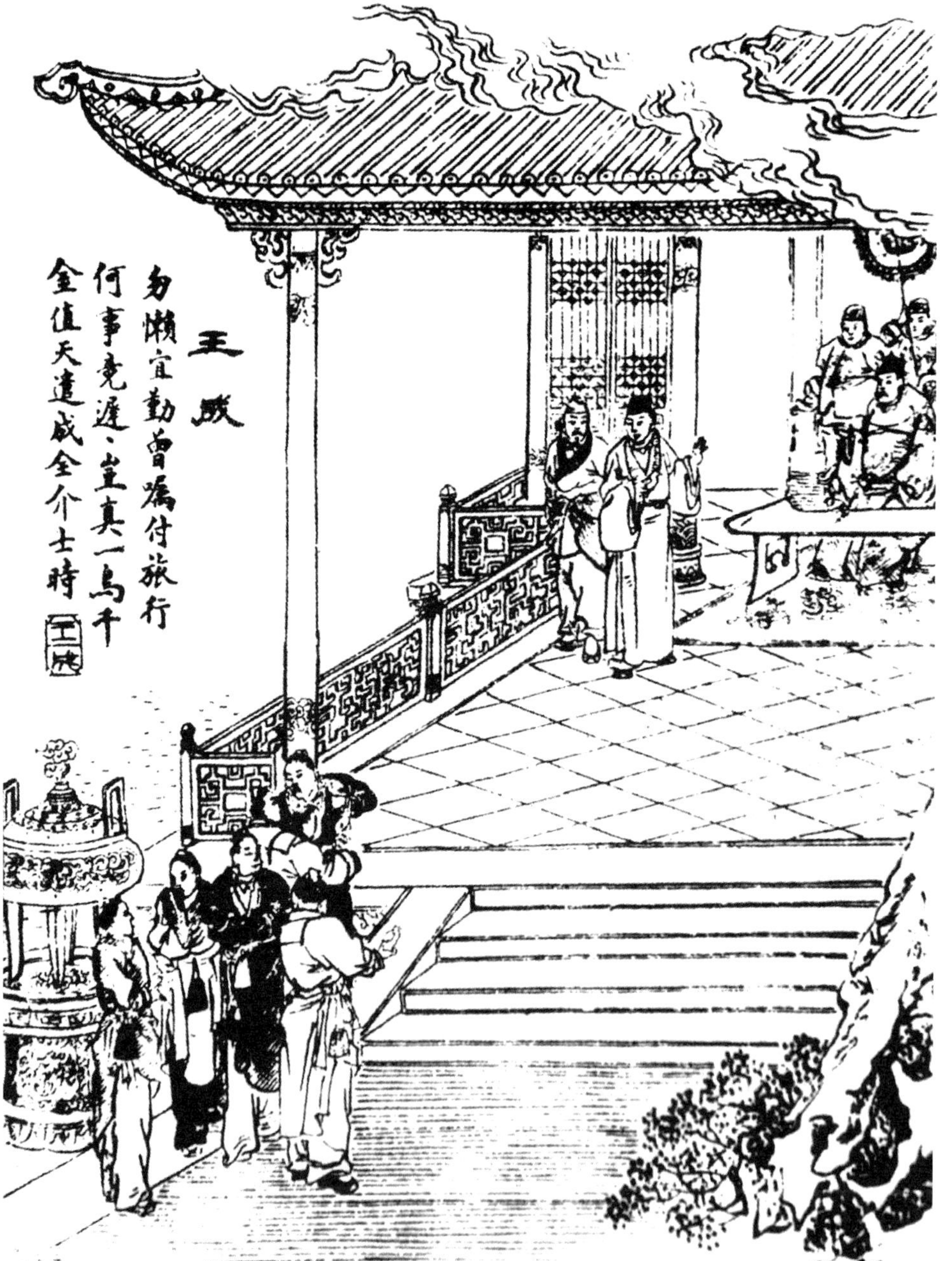
王成
勿懶宜勤曾囑付旅行
何事竟遲遲豈真一鳥千
金值天遣成全介士時
王成

钗踌蹰。欻一妪来寻钗[①]。王虽故贫，然性介[②]，遽出授之。妪喜，极赞盛德，曰：“钗值几何！先夫之遗泽也[③]。”问：“夫君伊谁？”答云：“故仪宾王柬之也。”王惊曰：“吾祖也。何以相遇？”妪亦惊曰：“汝即王柬之之孙耶？我乃狐仙。百年前，与君祖缱绻[④]。君祖殁，老身遂隐。过此遗钗，适入子手，非天数耶？”王亦曾闻祖有狐妻，信其言，便邀临顾。妪从之。王呼妻出见，负败絮，菜色黯焉[⑤]。妪叹曰：“嘻！王柬之孙子，乃一贫至此哉！”又顾败灶无烟，曰：“家计若此，何以聊生？”妻因细述贫状，呜咽饮泣。妪以钗授妇，使姑质钱市米[⑥]，三日外请复相见。王挽留之。妪曰：“汝一妻犹不能自存活；我在，仰屋而居[⑦]，复何裨益？”遂径去。王为妻言其故，妻大怖。王诵其义，使姑事之[⑧]。妻诺。

逾三日，果至。出数金，籴粟麦各石[⑨]。夜与妇共短榻。妇初惧之，然察其意殊拳拳[⑩]，遂不之疑。翌日，谓王曰：“孙勿惰，宜操小生业，坐食乌可长也？”王告以无资。曰：“汝祖在时，金帛凭所取；我以世外人，无需是物，故未尝多取。积花粉之金四十两[⑪]，至今犹存。久贮亦无所用，可将去，悉以市葛，刻日赴都，可得微息。”王从之，购五十余端以归[⑫]。妪命趣装[⑬]，计六七日可达燕都[⑭]。嘱曰：“宜勤勿懒，宜急勿缓；迟之一日，悔之已晚！”王敬诺，囊货就路。中途遇雨，衣履浸濡，王生平未历风霜，委顿不堪，因暂休旅舍，不意淙淙彻暮，檐雨如绳。过宿，泞益甚。

---

① 欻（xū）：同忽。

② 介：耿直，正派。

③ 遗泽：先人的遗物。这是一种表示尊敬的说法，含有遗物上留有先人体泽的意思。

④ 缱绻（qiǎn quǎn）：形容男女之间缠绵亲密的关系。

⑤ 菜色黯：营养不良缺乏光泽的脸色。

⑥ 质钱：典当换钱。

⑦ 仰屋而居：家境贫穷，无法度日，只有望着屋顶发愁。

⑧ 姑事之：像对待婆母那样侍奉她。

⑨ 籴（dí）：购买粮食。石（dàn）：旧时粮食容器的量词。

⑩ 拳拳：诚恳，亲切。

⑪ 花粉之金：旧时妇女的私房钱。

⑫ 端：犹匹。

⑬ 趣装：赶快收拾行装。

⑭ 燕都：北京。

见往来行人，践淖没胫[①]，心畏苦之。待至停午[②]，始渐燥，而阴云复合，雨又大作。信宿乃行[③]。将近京，传闻蓦价翔贵[④]，心窃喜。

入都，解装客店，主人深惜其晚。先是，南道初通，蓦至绝少。贝勒府购致甚急[⑤]，价顿昂，较常可三倍。前一日方购足，后来者，并皆失望。主人以故告王，王郁郁不得志。越日，蓦至愈多，价益下。王以无利不肯售。迟十余日，计食耗烦多，倍益忧闷。主人劝令贱鬻[⑥]，改而他图，从之。亏资十余两，悉脱去。早起，将作归计，启视囊中，则金亡矣[⑦]。惊告主人。主人无所为计。或劝鸣官，责主人偿。王叹曰："此我数也[⑧]，于主人何尤[⑨]？"主人闻而德之，赠金五两，慰之使归。自念无以见祖母，蹀踱[⑩]内外，进退维谷[⑪]。适见斗鹑者，一赌辄数千；每市一鹑，恒百钱不止，意忽动，计囊中资，仅足贩鹑；以商主人。主人亟怂恿之，且约假寓饮食，不取其直。王喜，遂行。购鹑盈担，复入都。主人喜，贺其速售。至夜，大雨彻曙。天明，衢水如河[⑫]，淋零犹未休也。居以待晴。连绵数日，更无休止。起视笼中，鹑渐死。王大惧，不知计之所出。越日，死愈多，仅余数头，并一笼饲之；经宿往窥，则一鹑仅存。因告主人，不觉涕堕。主人亦为扼腕[⑬]。王自度金尽罔归[⑭]，但欲觅死，主人劝慰之。共往视鹑，审谛之曰："此似英物[⑮]，诸鹑之死，未必非此之斗杀之也。

---

① 淖（nào）：泥沼，这里指泥泞的道路。

② 停午：应作"亭午"，中午。

③ 信宿：两个晚上。

④ 翔贵：价钱飞涨。

⑤ 贝勒：满语"多罗贝勒"的省称，是清代十三封爵之一，是授予皇族和蒙古外藩的爵位。

⑥ 鬻：卖。

⑦ 亡：丢失。

⑧ 数：命运。

⑨ 尤：过失。

⑩ 蹀踱（dié duó）：犹豫，走来走去。

⑪ 进退维谷：进退无路。语出《诗经·大雅·桑柔》。谷，穷，尽。

⑫ 衢水：路上的积水。

⑬ 扼腕：表示感叹或痛惜的动作，以手握腕。

⑭ 罔归：不能回家。

⑮ 英物：最优秀、最杰出的。

君暇亦无所事，请把之[1]；如其良也，赌亦可以谋生。”王如其教。既驯，主人令持向街头，赌酒食。鹑健甚，辄赢。主人喜，以金授王，使复与子弟决赌，三战三胜。半年许，积二十金。心益慰，视鹑如命。

先是，大亲王好鹑[2]，每值上元[3]，辄放民间把鹑者入邸相角。主人谓王曰：“今大富宜可立致；所不可知者，在子之命矣。”因告以故，导与俱往。嘱曰：“脱败[4]，则丧气出耳。倘有万分一，鹑斗胜，王必欲市之[5]，君勿应；如固强之，唯予首是瞻[6]，待首肯而后应之。”王曰：“诺。”

至邸，则鹑人肩摩于墀下[7]。顷之，王出御殿。左右宣言：“有愿斗者上！”即有一人把鹑，趋而进。王命放鹑，客亦放。略一腾踔[8]，客鹑已败。王大笑。俄顷，登而败者数人。主人曰：“可矣。”相将俱登。王相之曰：“睛有怒脉[9]，此健羽也，不可轻敌。”命取铁喙者当之。一再腾跃，而王鹑铩羽。更选其良，再易再败。王急命取宫中玉鹑。片时把出，素羽如鹭，神骏不凡。王成意馁，跪而求罢，曰：“大王之鹑，神物也。恐伤吾禽，丧吾业矣。”王笑曰：“纵之，脱斗而死，当厚尔偿。”成乃纵之。玉鹑直奔之。而玉鹑方来，则伏如怒鸡以待之；玉鹑健啄，则起如翔鹤以击之。进退颉颃[10]，相持约一伏时[11]，玉鹑渐懈；而其怒益烈，其斗益急。未几，雪毛摧落，垂翅而逃。观者千人，罔不叹羡。王乃索取而亲把之，自喙至爪，审周一过，问成曰：“鹑可货否[12]？”答云：“小人无恒产，与相依为命，不愿售也。”王曰：

---

① 把：把持。这里是驯养、训练的意思。

② 大亲王：皇族中封为王的人称亲王，其中位尊者称为大亲王。

③ 上元：阴历的正月十五日，元宵节。

④ 脱：假如。

⑤ 市：购买。

⑥ 唯予首是瞻：看我的态度来做决定。

⑦ 墀（chí）下：阶下，这里指广场。

⑧ 腾踔（chuō）：腾跃。

⑨ 怒脉：犹说凶光。

⑩ 颉颃（xié háng）：上下腾跃。

⑪ 一伏时：屏息一次的时间。

⑫ 货：出卖。

“赐尔重直①，中人之产可致，颇愿之乎？”成俯思良久曰：“本不乐置，顾大王既爱好之，苟使小人得衣食业，又何求？”王请直，答以千金。王笑曰：“痴男子，此何珍宝而千金直也？”成曰：“大王不以为宝，臣以为连城之璧不过也②。”王曰：“如何？”曰：“小人把向市廛③，日得数金，易升斗粟，一家十余食指无冻馁忧④，是何宝如之？”王言：“予不相亏，便与二百金。”成摇首。又增百数。成目视主人，主人色不动。乃曰：“承大王命，请减百价。”王曰：“休矣！谁肯以九百易一鹑者？”成囊鹑欲行。王呼曰：“鹑人来！鹑人来！实给六百，肯则售，否则已耳！”成又目主人，主人仍自若。成心愿盈溢⑤，唯恐失时，曰：“以此数售，心实怏怏。但交而不成，则获戾滋大⑥。无已，即如王命。”王喜，即秤付之。成囊金，拜赐而出。主人怼曰⑦：“我言如何？子乃急自鬻也。再少靳之⑧，八百金在掌中矣。”成归，掷金案上，请主人自取之，主人不受。又固让之，乃盘计饭直而受之。

王治装归，至家，历述所为，出金相庆。妪命治良田三百亩，起屋作器，居然世家⑨。妪早起，使成督耕，妇督织；稍惰，辄诃之。夫妇相安，不敢有怨词。过三年，家益富。妪辞欲去。夫妇共挽之，至泣下。妪亦遂止。旭旦候之⑩，已杳矣。

异史氏曰；“富皆得于勤，此独得于惰，亦创闻也。不知一贫彻骨，而至性不移⑪，此天所以始弃之而终怜之也。懒中岂果有富贵乎哉！”

---

① 直：同值，价钱。
② 连城之璧：价值连城的璧玉。
③ 市廛：市场。
④ 食指：吃饭的人口。
⑤ 心愿盈溢：已经超过了自己的期望。
⑥ 获戾滋大：获罪更大。戾，罪过。
⑦ 怼（duì）：埋怨。
⑧ 靳：吝惜，这里是坚持要价的意思。
⑨ 世家：有钱的人家。
⑩ 候：问候，请早安。
⑪ 至性：善良质朴的本性。

人狐相恋　一狂一娇

——说《青凤》

蒲松龄在《聊斋志异》中，善于以奇幻之笔写人间情事，粗看荒诞不经，细读则近情近理，处处透出现实生活的气息。作者是借花妖狐魅以写人，写人与人间的关系，以反映他对现实社会的认识，寄托他的生活理想。

《聊斋志异》中写了不少人狐相恋的故事，几乎每一篇都表现出不同的思想意趣，不同的艺术特色。这篇《青凤》是其中杰出的代表作之一，在人物的性格刻画和故事情节的组织上，很有些值得我们品鉴和学习之处。

耿生是一个有胆量而性格豪放的书生，他一见到聪明美丽的狐女青凤，便产生了爱慕之情，离别以后日日思念，不能忘怀。青凤对他亦有爱慕之心，但因家范甚严，她娇弱羞怯，不能大胆明朗地表达出来。后来因她跟耿生私会而受到叔父的严厉呵斥，耿生见后感到心如刀割，愿代她受责，表现出真挚深厚的感情。耿生虽然明明知道青凤一家并非人类，但感情没有因此而有丝毫动摇。两人彼此相爱，却由于坚持封建礼教的青凤叔父的阻挠而不得不分离。后来，耿生在一次清明扫墓回家的路上，救了一只被犬追逐的小狐狸，回家一看原来就是青凤。在证实了青凤确为狐仙以后，耿生仍然对她一往情深，两人终于如愿以偿地实现了美满的结合。不久，青凤的叔父因遭难求救于耿生，耿生虽然在口头上责怪他从前的无情，但实际行动上却不记前嫌，慨然相救，表现了他善良的性格。从此以后，作为人的耿生同狐狸精青凤一家建立起一种亲切融和的关系："如家人父子，无复猜忌。"小说热情地歌颂了青年男女间真挚的爱情，歌颂了一种美好的人与人间的关系。由于耿生和青凤的爱情因受到叔父的训斥而经受挫折，小说也表现了一定的反封建礼教的意义。可贵的不仅是耿生青凤大胆地突破礼教的束缚而相爱，而且青凤的叔父在经历了一番危难之后，也认识到耿生的善良本性，终于克服了礼教的羁绊而通情达理地认可了他们的结合。耿生已有妻室而又别求所爱，这是男女不平等、一夫多妻制的旧时代一种不合理的现象，作者由于历史条件的限制而加以肯定，在今天当然是不足为训的。但耿生对青凤的爱是真挚的、严肃的，没有丝毫戏侮、玩弄的成分，因而是美好的，值得肯定的。

小说的人物描写十分出色。性格鲜明，形象栩栩如生。耿生和青凤，一人一狐，彼此相爱，都很多情，但性格却迥然不同。他们的言行举止、神情意态、表达感情的方式等等，都因其思想性格的差别而表现出完全不同的风貌。而这一切，又是通过人物之间的关系，通过对话和动作，随着情节的发展而很有层次地逐步表现出来的，真实自然，逼真生动。

耿生是一个狂而多情的形象。他的性格特点主要表现在一个“狂”字上。人物一出场，就介绍他“狂放不羁”。这四个字，成了全篇小说刻画耿生性格的纲领。下面的情节发展，就一层层地从不同角度逐步揭示出这四个字所包含的具体的性格内容：勇敢、热情、爽朗、直率，但有时亦不免近于放浪轻薄。

为了写出耿生的勇敢，小说一开始就渲染出故事环境的神秘恐怖。一座已经败落的大家旧宅，楼舍连亘而旷废荒落，“堂门辄自开掩”，无人居住而“或闻笑语歌吹声”。淡淡几笔就点染出一种精怪出没的恐怖气氛。耿生就在这一气氛中出场。怪异丛生的荒落大院，别人避之犹恐不及，耿生却敢于只身前去看个究竟。他嘱咐留下看门的老翁，一有奇异的闻见便立即“奔告”。老翁在夜里见无人居住的楼上“灯光明灭”（吓人之景），耿生闻报后，“竟拨蒿蓬，曲折而入”。这已见出他胆量过人。当他潜入窥见四个陌生人在那里“酒胾满案，团坐笑语”时，面对这种令人毛骨悚然的景象，他不惊不乱，无所畏惧，沉着镇静地突然闯入，“笑呼曰：‘有不速之客一人来！’”进一步刻画了他勇敢狂放的性格。当老叟叱问他“谁何入人闺闼”时，他竟回答说：“此我家闺闼，君占之。旨酒自饮，不一邀主人，毋乃太吝？”并自我介绍：“我狂生耿去病，主人之从子耳。”在精怪面前，以戏言相对，并自称“狂生”，无惧色，亦无愧色，更见其狂。老叟以礼相待，他竟一见如故，毫无拘束却也十分亲切地对叟言：“吾辈通家，座客无庸见避，还祈招饮。”请求将因他突然闯入而惊惧奔匿的其他三人招出共饮。他“谈议风生”，为狐精说涂山氏之历史，“粉饰多词，妙绪泉涌”。侃侃而谈之神情，豪爽无拘之意态，如在眼前。

最突出的是他对青凤的态度，既狂放而又多情。在青凤出场前，已从他跟狐叟之子孝儿的关系中初步写出了他富有感情的一面。两人一豪爽，一倜傥，“倾吐间，雅相爱悦”。为写出他跟青凤的关系，先于读者不经意处点染一笔。在人狐间已初步建立了一种和谐的关系以后，这才在一种十分亲切的气氛中招出狐媪与青凤。人物关系的发展，写来入情入理，很有层次。青凤一出，他立即为其聪慧美丽所吸引，一面豪饮，一面“瞻顾女郎，停睇不转”，这已经有失礼仪了；继而“隐蹑莲钩”，来了个小动作；最后更乘着酒兴，“神志飞扬，不能自主，拍案曰：‘得妇如此，南面王不易也！’”狂放之态，跃然纸上。如果小说仅仅写出他无礼失态的这一面，那么这个人物就只能是一个招人讨嫌、缺乏教养、带有流氓习气的恶少。但小说对耿生性格的刻画是全面的。“狂”只是他性格的一个侧面，狂而多情才是他完整的思想性格。小说以同样生动的笔墨，很有层次地写出了他对青凤真挚的爱情。

在狐媪与青凤被他的狂态惊走以后，他失望而辞，离别后“心萦萦，不能忘情于青凤”。“至夜，复往，则兰麝犹芳，而凝待终宵，寂无声咳。”他甚至打算“携家而居之，冀得一遇”。在妻子不同意的情况下，他为了能再见到青凤，竟不避险恶，“自往，读于楼下”。果然在深夜里，一个面黑如漆的恶鬼披发而入，对他张目而视。他狂态不减，从容镇静地笑着以指染墨涂面，与厉鬼“灼灼然相与对视”，使鬼惭而退去。他不为厉鬼所动，坚持住在那里，终于再一次见到了青凤。青凤因与他幽会而受到狐叟的诃诟时，耿生“心意如割”，并大声表示：“罪在小生，于青凤何与？倘宥凤也，刀锯铁钺，小生愿身受之！”不仅主动地承担责任，而且愿以生命来保护青凤，见出他对青凤的爱确是真诚而深挚的。其后为了再有机会见到青凤，他得到叔父的同意，携家口住入此楼，但却从此寂无消息。离别逾年，他对青凤“日切怀想，系于魂梦”。因此，耿生的言行虽不无轻薄之处，但由于小说写出了他对青凤真挚深沉的爱，他的“狂”就主要表现为令人喜爱的狂放，而不是使人讨嫌的轻狂。作者对人物性格的刻画是准确而极有分寸的。

耿生这个人物之所以令人喜爱，除了他对青凤真挚的爱情外，还因为他富有同情心和乐于助人。他跟青凤的最终遇合是在失望之后不期而得的。他在清明上墓归家的路上，看见有两只小狐为犬追逼，其一投荒窜去，另一则“皇急道上”，十分危险。他出于同情心而用裳衿“提抱以归”。原来这只小狐便是青凤。就是这样他们终于如愿以偿地得到美满的结合。青凤因祸得福，从她的角度将这次意外的遇合称为“天数”：“不因颠覆，何得相从？”但从耿生一面说，他原本不知道这只狐狸就是青凤，虽然未尝须臾忘怀，却不敢向往还有再会的机缘。如果不是富于同情心，哪怕是对一只落难的动物也施以救助，他也会失掉这天赐的良缘。因此可以说，是他善良的性格使他得到了应该得到的幸福。

他的善良性格还表现在对青凤之叔狐叟的态度上。狐叟因坚守礼法，曾化为厉鬼恐吓他，又惊散他们美好的幽会，并带走青凤，使他们长期离别，经受相思之苦。他对狐叟即使心存怨恨，施以报复也是可以理解的。但当孝儿来告诉他，狐叟遭遇急难，请求他拯救时，他虽然“楼下之羞，耿耿在念”，也仅仅口头拒绝“以报前横”，行动上却慨然救助。正是这种不念旧愆、救人于急难的美好品德，使得本为异类并存在着尖锐矛盾的人狐之间，顿释前嫌，建立起一种互助互爱、和谐美好的关系。这样，在人物关系的发展变化中，一个性格豪爽狂放、善良多情的耿生便站立在读者的面前，给人留下深刻而又美好的印象。

青凤的形象同样令人喜爱，但却是另一种格调，另一种风貌。刚出场时，作者从耿生眼中用八个字描写她的姿容情态：“弱态生娇，秋波流慧。”“弱态生娇”这四个字，成了全篇小说刻画青凤性格的纲领。青凤性格的特点，主要表现在一个“娇”字上。小说同样通过情节的发展，一层层从不同角度逐步揭示出其主要内容：文静、娇羞、含蓄、深沉，但有时又不免近于胆小怯懦。

青凤本来跟叔父等全家四人团坐宴乐，是耿生这位不速之客将她惊走避入后帏的，这已暗示出她是一位家范甚严很有教养的女子。她之复被叔父招出，是因为耿生为讲狐仙的祖先涂山氏的故事，而青凤“颇惠，所闻见，辄记不忘，故唤令听之”。仅这一入一出，就已初步显示出青凤的聪明和娴静羞怯。当她发现耿生目不转睛地看她时，只是低头不语。又发觉耿生偷偷地踩她的脚，赶紧收回来，不言也不怒。在这默默无言的羞怯情态中，实际已非常含蓄地向对方传达了情意。青凤为什么会对这位初次见面的陌生男子近于轻狂的挑逗不产生反感，反而暗生爱意？小说没有明确的描写。但从耿生讲故事时“妙绪泉涌”和青凤再次出场时“秋波流慧”这八个字得到一些消息：一个富有才思，一个生性聪慧，当互相在初次的闻见中感受到这一点时，自然地会产生好感。小说写青凤因耿生的酒醉失态而再次离去时，是很精确的：“媪见生渐醉，益狂，与女俱起，遽搴帏去。”是狐媪的感受和反应，不是青凤的感受和反应，她是被带走而不是主动离去的。她有感情而不能大胆明确地表达，连出和入这样细小的行动都得由长辈的意志来决定。这就暗示了青凤性格所产生的环境，同时也决定了后文种种情节的发展和青凤的种种表现。

她的叔父为避开耿生而决定“卜居他所”，她分明是利用家人搬移什物到新居而独自留守的机会去向耿生告别的，但当骤然见到耿生时，却不是喜而相迎，而是

"骇而却退，遽阖双扉"。耿生"长跽而致词"，真诚地向她求爱，她只是站得远远地回答："惓惓深情，妾岂不知？但叔闺训严，不敢奉命。"不是不愿，而是不敢。言语之间，娇怯之态如见。当耿生坚持请求与她欢爱时，小说用"女似肯可"四个字来刻画她此时的情态，十分生动传神。一个"似"字，非常准确地表现了她内心已经"肯可"而不好意思，或不愿，或不敢痛痛快快地表示自己"肯可"，惟妙惟肖地写出了她既多情又娇羞怯懦的神情意态。正由于她的这种表情，耿生才敢于"捉之臂而曳之"，"相将入楼下，拥而加诸膝"；也正因为她心中实已"肯可"，故在耿生的这似狂暴而实爱抚的行动面前，非但不拒绝，不反抗，反而说："幸有夙分，过此一夕，即相思无用矣。"终于不再遮掩，明明白白地道出了她内心的喜悦和对耿生的爱恋之情。"相思无用"四字，既道出了此夕相会的难得，又道出了从此相别的遗憾。这"相思"，当然是既指耿生的，也指她自己的。深藏不露的感情，在这很可能是永别的时刻，终于情不自禁地吐露出来。

当他们被归来的狐叟突然撞见时，小说写她"羞惧无以自容，俯首倚床，拈带不语"——低着头，靠在床边，手里拈弄着衣带，一句话不说。一副羞愧、胆怯、可怜而又可爱的形象，活灵活现地呈现在我们的面前。青凤对耿生的爱始终表现得这样含蓄深沉，娇弱羞怯。因此，青凤的形象既妩媚可爱，又令人同情。

小说在表现青凤多情的同时，也同样表现了她善良的性格。对阻止她同耿生相爱、并对她"诃诟万端"的叔父，她是忘其怨而记其恩，热切地希望耿生能慷慨救助。她情辞恳切地说："妾少孤，依叔成立。昔虽获罪，乃家范应耳。"后又求耿生"以楼宅相假"，使她对叔父"得以申返哺之私"。这不是封建伦理的孝道，而是奉养和敬侍父母长辈的传统美德。这方面的描写虽不多，但也为青凤的美好性格增添了光彩。

值得注意的是，两个人物不仅有各不相同的性格特点，而且他们的思想性格，又都切合各自的出身环境和身份地位。耿生的狂，正显示了一个大家破落子弟的性格特色；而青凤之娇，则正合乎一个闺训甚严的小姐风范。从这里可以看出，《聊斋志异》虽然多描写非人类的花妖狐魅，却善于从现实的社会生活出发去把握和表现人物的思想性格，既生动而又真实可信。花妖狐魅而多具人情，幻想的艺术形象而富于现实内容，表现出浓厚的生活气息，都因为作者的创作是深深地扎根于现实的土壤之中，虚构和想象都没有脱离生活。

这篇小说的情节，基本上采用现实的形式，但又融入了幻想的成分。幻和实两方面很好地融合为一体。在组织安排上，变幻莫测，曲折有致，让读者猜不透，紧紧地被吸引着要读下去，而意想不到的发展读来又觉得合情合理。

小说开头写大宅的旷废荒落景象，又以门自开掩作点染，布置出一种精怪出没的可怕气氛。而“或闻笑语歌吹声”，写无人而有声，自是令人毛骨悚然；然恐怖之声却以欢乐语出之，却又透出另一种信息。“狂放不羁”的耿生独登此楼，他会遇到什么呢？这不能不令人害怕，又费人猜想。

及至他“竟拨蒿蓬，曲折而入”时，初闻“人语切切”，潜窥则见“巨烛双烧，其明如昼”，四人“团坐笑语”。所闻所见，不外日常所见普通人家的祥和融乐景象，但本无人居住而突然见此情景，其怪异处就不能不使人胆战心惊。接着写狂生“突入”，除叟外，“群惊奔匿”，不是人怕狐，而是狐怕人，紧张的气氛稍见舒缓。待叟叱问：“谁何入人闺闼？”所言皆人言、人礼、人情。彼此交谈，一问一答，相互间的关系由疏而近，在亲切融和的气氛中发展。随之，怪异可怕的气氛也逐渐消退，与人间交往毫无相异之处。整个过程，作者写得层次分明，令人信服：先是跟老叟交谈，叙出“通家”之谊；然后呼孝儿相见，“倾吐间，雅相爱悦”，写他们意趣相投；最后才写老媪和青凤复出。

耿生的狂放失态惊走了老媪与狐女，使原来的融和欢乐气氛破坏无遗。耿生辞别之后，不能忘情，复往凝待，却寂无消息。至此，情节的发展产生一个大的曲折，同时作者也布置下一个大的悬念：耿生再度独往，还会遇见聪明美丽的青凤么？如果再见，对他的多情而不免轻慢的行为将何以报之呢？可是接下去情节的发展却是波澜迭起，出人意外。青凤没有再来，却出现了面黑如漆的披发厉鬼；而耿生以笑相迎，染墨涂面，“灼灼然相与对视”，竟使“鬼惭而去”，化险为夷。这都是读者意想不到的幻笔。及至读到后面，才知道这鬼乃家教极严的青凤的叔父所化，而他之所以要化为厉鬼来吓唬耿生以及后来的决定迁居，又是种因于前面耿生在青凤面前的狂放失态。情节虽突兀奇幻、出人意料，但以现实生活的逻辑来看，却又是有根有据、合情合理的。次夜，当读到楼后传来砰然的发扃之声，复闻“履声细碎”时，我们以为是厉鬼复来，不免有毛发乍竖之感。可是出现的却不是厉鬼，而是青凤。这又是出人意料之笔。但当气氛融和舒缓，一对情人互吐衷情之际，笔墨一转，写狐叟突然而来，呵斥怒骂，迫使青凤低头啜泣而去。情节出现了大的起伏和曲折。“自此第内，绝不复声息矣”，陡起波澜之后归于风平浪静。如是过了一年。耿生是想望不移，青凤则杳无消息。读者十分关心，不能释念：这对有情人是否还能相见，是否能最终结合呢？可是怎么想也想不出情节会怎样发展。

接下去作者又用幻笔，写耿生在路上救一小狐，却原来正是日夜想念的青凤。一度中断的情节又继续得到发展。无意之中的相聚，出于作者有意的精心安排。这种偶然性的情节虽然奇诡，但跟青凤的狐仙身份联系在一起，尤其跟多情的耿生对青凤“日夜怀思，系于魂梦”的真挚爱情联系在一起，不仅是可以理解的，而且也是读者所希望的。与此相似，狐叟遇难、孝儿求救的情节也是作者精心构想的幻笔，目的不仅是要写出一个大团圆的结局，而且是为了进一步刻画耿生和青凤的性格，表现两人真挚的情爱，并进而表达一种作者关于人与人美好关系的理想。而人物的行动都是受他们的思想性格支配的，前后连贯，一脉相承。因此，情节的发展奇突而不荒诞，曲折而不枝蔓，合情合理，线索分明。作者的高明之处在于，他使情节的发展与人物的性格刻画紧密结合，人物的性格影响甚至决定情节的发展，而在情节的曲折变化与发展中，又很好地突出了人物的思想性格。

小说虽用文言，语言却极富表现力。一些细节描写，只用寥寥数语，便传神写照，使很难描绘的种种情状或意态，逼真如画地活现在我们的面前。如以“瞻顾女郎，停睇不转”，“神志飞扬，不能自主”写耿生的狂情；以“骇而却退，遽阖双扉”，“俯首倚床，拈带不语”写青凤的娇态，都是情态逼真且形神兼备的精彩之笔。它所传达出的浓厚的生活气息，即使在用口语写成的白话小说中，也是罕见的。

青凤

蒲松龄

太原耿氏[①]，故大家，第宅弘阔，后凌夷[②]，楼舍连亘，半旷废之。因生怪异，堂门辄自开掩，家人恒中夜骇哗。耿患之，移居别墅，留老翁门焉。由此荒落益甚。或闻笑语歌吹声。

耿有从子去病，狂放不羁，嘱翁有所闻见，奔告之。至夜，见楼上灯光明灭，走报生。生欲入觇其异。止之，不听。门户素所习识，竟拨蒿蓬，曲折而入。登楼，殊无少异。穿楼而过，闻人语切切。潜窥之，见巨烛双烧，其明如昼。一叟儒

① 太原：清代府名，即今山西太原市。

② 凌夷：败落，毁坏。凌，通“陵”。

青鳳

冠，南面坐，一媪相对，俱年四十余。东向一少年，可二十许[①]；右一女郎，才及笄耳[②]。酒胾满案[③]，团坐笑语。生突入，笑呼曰："有不速之客一人来[④]！"群惊奔匿，独叟出，叱问："谁何入人闺闼[⑤]？"生曰："此我家闺闼，君占之。旨酒自饮，不一邀主人，毋乃太吝？"叟审睇，曰："非主人也。"生曰："我狂生耿去病，主人之从子耳[⑥]。"叟致敬曰："久仰山斗[⑦]！"乃揖生入，便呼家人易馔。生止之。叟乃酌客。

生曰："吾辈通家[⑧]，座客无庸见避，还祈招饮。"叟呼："孝儿！"俄，少年自外入。叟曰："此豚儿也[⑨]。"揖而坐，略审门阀[⑩]。叟自言："义君姓胡[⑪]。"生素豪，谈议风生，孝儿亦倜傥；倾吐间，雅相爱悦。生二十一，长孝儿二岁，因弟之[⑫]。

叟曰："闻君祖纂《涂山外传》[⑬]，知之乎？"答："知之。"叟曰："我涂山氏之苗裔也[⑭]。唐以后，谱系犹能忆之；五代而上无传焉[⑮]。幸公子一垂教也。"生略述涂山

---

① 可：大约。

② 及笄（jī）：满十五岁。古代女子满十五岁时，将头发盘结起来，插上簪子，称为及笄，表示成年。

③ 胾（zì）：大块肉。

④ 不速之客：没有得到邀请而突然来到的客人。速，邀请。

⑤ 谁何：谁人，什么人。闺闼：内室。

⑥ 从子：侄儿。

⑦ 久仰山斗：犹如说久仰大名。山斗，泰山、北斗，言其崇高值得崇敬。

⑧ 通家：也说世家，即家族之间世代通好。

⑨ 豚儿：犹如说犬子，在人前对自己儿子的谦称。

⑩ 门阀：家世。

⑪ 义君：义祖。狐与"胡"通，因借胡为姓，故称义君。

⑫ 弟之：把他当作弟弟看待。弟在这里作动词用。

⑬ 涂山外传：这是一个虚构的书名，一般称采用民间传闻或杂录等资料而写成的传记为"外传"。涂山氏，传说中涂山的九尾白狐精，大禹娶之为妻，因而被看做是狐仙的祖先。

⑭ 苗裔：后代。

⑮ "唐以后"三句：唐指陶唐氏；五代指唐、虞、夏、商、周五个朝代。"五代而上"就是指唐尧以前。意思是说，家族的历史非常久远，在唐尧氏以后，由于有族谱保存下来，还有清晰的记忆，而之前的情况就不得而知了。

女佐禹之功[①]，粉饰多词，妙绪泉涌[②]。叟大喜，谓子曰："今幸得闻所未闻。公子亦非他人，可请阿母及青凤来共听之，亦令知我祖德也。"

孝儿入帏中[③]。少时，媪偕女郎出。审顾之[④]，弱态生娇，秋波流慧，人间无其丽也。叟指妇云："此为老荆[⑤]。"又指女郎："此青凤，鄙人之犹女也[⑥]。颇惠，所闻见，辄记不忘，故唤令听之。"

生谈竟而饮，瞻顾女郎，停睇不转。女觉之，辄俯其首。生隐蹑莲钩[⑦]，女急敛足，亦无愠怒。生神志飞扬，不能自主，拍案曰："得妇如此，南面王不易也！"媪见生渐醉，益狂，与女俱起，遽搴帏去[⑧]。生失望，乃辞叟出。而心萦萦，不能忘情于青凤也。至夜，复往，则兰麝犹芳，而凝待终宵，寂无声咳。归与妻谋，欲携家而居之，冀得一遇。妻不从，生乃自往，读于楼下。夜方凭几，一鬼披发入，面黑如漆，张目视生。生笑，染指研墨自涂，灼灼然相与对视，鬼惭而去。

次夜，更既深，灭烛欲寝，闻楼后发扃，辟之閛然。急起窥觇，则扉半启。俄闻履声细碎，有烛光自房中出。视之，则青凤也。骤见生，骇而却退，遽阖双扉。生长跽而致词曰[⑨]："小生不避险恶，实以卿故。幸无他人，得一握手为笑，死不憾耳。"女遥语曰："惓惓深情，妾岂不知？但叔闺训严[⑩]，不敢奉命。"生固哀之，云："亦不敢望肌肤之亲，但一见颜色足矣。"女似肯可，启关出，捉之臂而曳之。生狂喜，相将入楼下[⑪]，拥而加诸膝。女曰："幸有夙分[⑫]，过此一夕，即相思无用矣。"问："何故？"曰："阿叔畏君狂，故化厉鬼以相吓，而君不动也。今已卜居他所，一家

---

① "涂山女佐禹之功"句：传说夏禹娶涂山氏后就去治水；夏启生后，又独担养育之任；而在禹治水过程中，在生活上又多所照顾，故云有"佐禹之功"。

② 妙绪泉涌：形容思绪和话语像泉水一样滔滔不绝地涌出。

③ 帏中：闺房。

④ 审顾：仔细地看。

⑤ 老荆：在晚辈面前对自己老妻的谦称。荆，荆钗布裙的意思。

⑥ 犹女：侄女。

⑦ 莲钩：女子的脚。

⑧ 遽：急速。

⑨ 长跽（jì）：长跪，上身挺直的一种跪态，以表示诚挚的请求。

⑩ 闺训：原指封建时代对妇女行为的规范，这里指叔父按这种规范对自己的管教。

⑪ 相将（jiāng）：携手。

⑫ 夙分（fèn）：宿缘，命中注定的缘分。

皆移什物赴新居，而妾留守，明日即发矣。”言已，欲去，云：“恐叔归。”生强止之，欲与为欢。方持论间，叟掩入。女羞惧无以自容，俯首倚床，拈带不语。叟怒曰：“贱婢辱吾门户！不速去，鞭挞且从其后！”女低头急去，叟亦出。生尾而听之，诃诟万端。闻青凤嘤嘤啜泣。生心意如割，大声曰：“罪在小生，于青凤何与？倘宥凤也①，刀锯铁钺，小生愿身受之！”良久寂然，生乃归寝。自此第内②，绝不复声息矣。生叔闻而奇之，愿售以居，不较值。生喜，携家口而迁焉。居逾年，甚适，而未尝须臾忘凤也。

会清明上墓归③，见小狐二，为犬逼逐。其一投荒窜去，一则皇急道上。望见生，依依哀啼，葛耳辑首④，似乞其援。生怜之，启裳衿，提抱以归。闭门，置床上，则青凤也。大喜，慰问。女曰：“适与婢子戏，遘此大厄⑤。脱非郎君，必葬犬腹。望无以非类见憎⑥。”生曰：“日切怀思，系于魂梦。见卿如获异宝，何憎之云！”女曰：“此天数也，不因颠覆⑦，何得相从？然幸矣，婢子必以妾为已死，可与君坚永约耳。”生喜，另舍舍之。

积二年余，生方夜读，孝儿忽入。生辍读，讶诘所来。孝儿伏地，怆然曰：“家君有横难，非君莫拯。将自诣恳⑧，恐不见纳，故以某来。”问：“何事？”曰：“公子识莫三郎否？”曰：“此吾年家子也⑨。”孝儿曰：“明日将过，倘携有猎狐，望君之留之也。”生曰：“楼下之羞，耿耿在念，他事不敢预闻。必欲仆效绵薄⑩，非青凤来不可。”孝儿零涕曰：“凤妹已野死三年矣。”生拂衣曰：“既尔，则恨滋深耳⑪！”执卷高吟，殊不顾瞻。孝儿起，哭失声，掩面而去。生如青凤所，告以故。女失色曰：

---

① 宥：宽恕。

② 第内：房宅之内。

③ 会：适逢。

④ 葛耳辑首：畏惧驯服的样子。

⑤ 遘此大厄：遭到这样的大难。

⑥ 非类：不是人类。

⑦ 颠覆：这里指巨大的灾难。

⑧ 诣恳：到来恳求。

⑨ 年家子：同年科举及第者（或同年出生者）的晚辈子侄。

⑩ 效绵薄：尽一点微薄的力量，是帮助别人时的一种客气的说法。

⑪ 滋深：更深。

“果救之否？”曰：“救则救之；适不之诺者[①]，亦聊以报前横耳[②]。”女乃喜曰：“妾少孤，依叔成立。昔虽获罪，乃家范应尔。”生曰：“诚然，但使人不能无介介耳[③]。卿果死，定不相援。”女笑曰：“忍哉！”

次日，莫三郎果至，镂膺虎韔[④]，仆从甚赫。生门逆之[⑤]。见获禽甚多，中一黑狐，血殷毛革；抚之，皮肉犹温。便托裘敝[⑥]，乞得缀补。莫慨然解赠。生即付青凤，乃与客饮。客既去，女抱狐于怀，三日而苏，展转复化为叟[⑦]。举目见凤，疑非人间。女历言其情。叟乃下拜，惭谢前愆[⑧]，喜顾女曰：“我固谓汝不死，今果然矣。”女谓生曰：“君如念妾，还乞以楼宅相假，使妾得以申返哺之私[⑨]。”生诺之。叟赧然谢别而去[⑩]。入夜，果举家来。由此如家人父子，无复猜忌矣。生斋居，孝儿时共谈宴。生嫡出子渐长[⑪]，遂使傅之[⑫]；盖循循善教，有师范焉[⑬]。

---

① 适：刚才。不之诺：不答应他。古文中否定句将宾语提前为通例。

② 报前横：报复以前对我的粗暴态度。

③ 介介：犹言耿耿于怀。

④ 镂膺虎韔（chàng）：镂膺，指系在马腹上的金质的装饰带；虎韔，指用虎皮做成的弓袋。这是形容莫三郎的威武和华贵。

⑤ 逆：迎接。

⑥ 敝：破。

⑦ 展转：同“辗转”，这里是形容身体的曲伸转动。

⑧ 前愆（qiān）：从前犯下的过错。

⑨ 申返哺之私：尽到对养育自己的父母（这里是指叔父）的孝心。私，私心，心愿。

⑩ 赧（nǎn）然：惭愧的样子。

⑪ 嫡出子：正妻所生的儿子。

⑫ 傅：师傅，老师。这里作动词用。

⑬ 师范：老师的风范。

双重训诫　两面镜子

——说《画皮》

《画皮》是《聊斋志异》中的名篇，许多读者都耳熟能详。这是一个带有寓言性质的训诫故事。说它带有寓言性质，是因为在这个具体的故事中，寄寓了（或者说是读者能从中体会到）具有普遍意义的道理，就是：不要被坏人所披上的美丽外衣所迷惑，而要透过现象看到本质，认清其凶残和丑恶的本来面目。这样来认识这篇小说的思想意义，诚然是不错的，但又是不够的。因为从思想上说，这个故事实际上不只在一个层面上具有训诫意义。

故事不算复杂，但也不简单。人物也不少，除了过场人物王生之弟二郎外，在艺术表现上具有实际意义的人物就有五个：王生、幻化为美女的厉鬼、王生之妻陈氏、道士和具有法术的乞丐。主要人物当然是王生和厉鬼。一出场就是这两个主角的戏，演得有声有色。人物的言语行动，从故事一开始就已经暗寓了双重的训诫意义。一方面是写厉鬼的花招和骗术，另一方面是写王生的好色。后者是厉鬼能够得手的重要原因。两个方面作者是结合起来写的，而且是逐步地写出来的，这在情节的安排和主题的表现上，都非常高明。

且看小说的开头："太原王生，早行，遇一女郎，抱襆独奔，甚艰于步。急走趁之，乃二八姝丽，心相爱乐。"读到后面我们就会发现，这个"二八姝丽"的行为表现，完全是在有意设局；而王生，却是因为自身的贪淫好色，才毫无警觉一下子就中了招。这里作者使用的两个动词很值得玩味，一个是女郎"独奔"的"奔"字，一个是王生"急走"的"走"字。不用"行"而用"奔"和"走"（"走"字在古文中意思就是跑，与"奔"字义为急走相近），表现两个人物相似的行动，却从中透露出他们是各怀心思。而这又与下文一系列的情节发展密切相关。"心相爱悦"四字，则是鬼女行骗得逞和王生罹祸的重要原因，也是整个故事情节发生发展的起点。

小说对鬼女的鬼蜮伎俩，描写是非常含蓄的。何守奇的评语提示我们，在情节的起始阶段，鬼女对王生的引诱和挑逗，至少有三次。第一次，是王生追上去主动同她搭讪，问她为什么天不亮一个人在路上独行时，她回答说：“行道之人，不能解愁忧，何劳相问？”这是以退为进，口说对方不能为她解忧，心里却正盼着（而且还很有把握）对方能来替她解忧。第二次，是王生主动地表示“卿何愁忧？或可效力，不辞也”。她就装着很伤心的样子，自述悲惨遭遇，说她是一个被父母出卖到朱门的小妾，因遭到嫡妻的虐待，不能忍受而出逃。意思是：处境悲惨，无所归依。无所归依，当然就是盼着有所归依，这里就暗藏着针对王生特殊心理的一种引诱和挑逗。第三次，是王生问她想到什么地方去，她回答：“在亡之人，乌有定所。”居无定所，就是盼望着居有定所，这也是同一意愿的一种含蓄表露。对于见美色就“心相爱悦”的王生来说，对这一切不仅毫无觉察，完全丧失警惕，反而是句句都正中下怀，如鱼得水。于是：“女喜，从之。”就这样，小说一步步顺理成章地写王生把一个幻化成美女的厉鬼引到了自己的家里，与之“寝合”，并答应为她保密。

有恋色之癖，受骗上当难免；但如能及时回头，也可以避免杀身之祸。下文接着表现王生的执迷不悟，写他的“二不听”。一是不听妻子的劝解。“生微告妻。妻陈，疑为大家媵妾，劝遣之。生不听。”二是写他不听道士的警告。道士见他面有邪气，问他“何所遇”？回答“无之”。道士再三追问，他仍然坚持不吐露实情。道士离开他之前，意味深长地说：“惑哉！世固有死将临而不悟者。”这时小说写王生的心理活动，生动逼真：“生以其言异，颇疑女；转思明明丽人，何至为妖，意道士借魇禳以猎食者。”由疑女而转以为道士之妄，这种思想上的矛盾和变化，正符合一个贪淫好色者的性格和心理。

可是接下来，小说就从王生本人的眼里写出令人惊心骇目的一幕：他回到藏匿女子的屋子，门紧闭，逾墙而入，“蹑迹而窗窥之，见一狞鬼，面翠色，齿巉巉如锯。铺人皮于榻上，执彩笔而绘之；已而掷笔，举皮，如振衣状，披于身，遂化为女子”。“睹此状，大惧，兽伏而出。”于是赶紧去找道士，“长跪乞救”。道士“以蝇拂授生，令挂寝门”，以为可以阻止厉鬼的侵害。鬼女来，初不敢入，后切齿碎拂，破门而入。然后“径登生床，裂生腹，掬生心而去。妻号，婢入烛之，生已死，腔血狼藉”。王生竟被厉鬼掬心而死。结局如此惨烈，照理会唤起读者的同情；但因为他的种种表现，读者的实际感受却是咎由自取。训诫之意就巧妙地含蕴在精心构想的艺术描写之中。

下面接写道士与厉鬼斗法。这个过程写得曲折而奇异。这时，过场人物二郎出场了，他穿插于陈氏与道士之间。二郎奔告道士厉鬼碎拂和王生被害之事，道士激怒而与厉鬼相斗。厉鬼狡诈，已变作老妪逃遁。道士术高，不仅能识破女鬼的变化，且知其逃遁之所。斗杀的过程，写得绘声绘色，读来如见如闻：

（道士）仗木剑，立庭心，呼曰："孽魅！偿我拂子来！"妪在室，惶遽无色，出门欲遁。道士遂击之。妪仆，人皮划然而脱，化为厉鬼，卧嗥如猪。道士以木剑枭其首，身变作浓烟，匝地作堆。道士出一葫芦，拔其塞，置烟中，飗飗然如口吸气，瞬息烟尽，道士塞口入囊。共视人皮，眉目手足，无不备具。道士卷之，如卷画轴声，亦囊之，乃别欲去。

这段描写，除了栩栩如生地写出厉鬼原形毕露和最后结局，在情节发展上还有为后文乞丐的出场张本的作用。

如果故事到此结束，结构也算大体完整，也能在一定程度上表现揭露和训诫的思想意义。令读者意想不到而且感到惊奇的是，小说并没有到此为止。作者的艺术想象，他拓展小说表现空间的能力，大大超出了我们的意想之外。小说在厉鬼被灭杀之后，又写了一段王生起死回生的故事。这段故事不是可有可无的，它丰富了小说的内容，深化了小说的意蕴，写得十分奇诡，富有独特的思想意义。

王生最后能起死回生，全靠其妻陈氏的艰苦努力和忍辱负重。但是起根本作用的是道士介绍的那个流浪街头的乞丐。为了写出这个人物的不凡和神奇，小说作了多层次的烘托和铺垫，一系列出人意料的奇异情节引人入胜而又发人深思。首先是他出场之前，就以道士作为铺垫和烘托。斗杀厉鬼，已经充分展现了道士法术之高。但当陈氏向他哭求回生之法时，他却这样说："我术浅，诚不能起死。我指一人，或能之。往求必合有效。"比道士法术还要深的高人到底是一个什么样的人呢？这就在读者的心中引起很大的悬念。其次是通过道士之口，介绍这个人物种种怪异的表现：疯颠，污秽，"时卧粪土中"。而陈氏叔嫂二人亲自到街市上看见的情景，也证实了确是如此："见乞人颠歌道上，鼻涕三尺，秽不可近。"再次是道士预先作了这样的提醒："倘狂辱夫人，夫人勿怒也。"这是为后义将要展开的诡异情节预提一笔。他为什么要"狂辱"夫人？又是以怎样的方式来"狂辱"呢？而且，"狂辱"的意思就不是一般的羞辱，而是肆无忌惮的侮辱，陈氏果能忍受而不发怒么？这些问题，又在读者心中引起更大的悬念。因此，从表面上看，故事似乎已经有了结局，但对作者在艺术上的这一拓展，由于有这样一些伏笔和铺垫，读者就不由自主地被吸引着要迫不及待地继续读下去。

更为精彩的是，乞人救人的态度和方式，以及他的法术本身，都是匪夷所思，出乎我们的想象之外的。而这一切，又都是出于作者大胆的艺术想象和精巧的艺术构思，是特意为了更加充分地表现小说更深一层的旨意而安排的。陈氏为了求得丈夫能死而复生，见到乞人时是“膝行而前”。这是非常恭敬又非常虔诚的表现。乞人却笑嘻嘻地口出颠语：“佳人爱我乎？”当陈告知求他帮助的原因时，他又“大笑曰：‘人尽夫也，活之何为？’”意思是，你的丈夫为爱别的佳人而致死，你有什么必要让他死而复活呢？他可以去爱别的佳人，你也尽可以成为别人所爱的佳人。陈氏不顾这种羞辱，仍然“固哀之”。乞人的回应还是有悖于常情的冷漠：“异哉！人死而乞活于我，我阎摩耶？”并且意想不到地还“怒以杖击陈”。言语羞辱之外，再施以暴力，而对此陈氏仍“忍痛受之”。这时“市人渐集如堵”。就在这种众目睽睽之下，惊人的一幕出现了：“乞人咯痰唾盈把，举向陈吻曰：‘食之！’陈红涨于面，有难色；既思道士之嘱，遂强啖焉。”陈氏当时的感受是：“觉入喉中，硬如团絮，格格而下，停结胸间。”而乞人这时却“大笑曰：‘佳人爱我哉！’遂起行，已，不顾。尾之，入于庙中。迫而求之，不知所在”。陈氏只好“惭恨而归”。

出人意料之笔还在下面。陈氏回家，“既悼夫亡之惨，又悔食唾之羞，俯仰哀啼，但愿即死”。然而令读者，更令当事人没有想到的是，乞人的“狂辱”之举，却原来正是他的救人之举。在家中，令人惊异的又一幕出现了：“方欲展血敛尸，家人伫望，无敢近者。陈抱尸收肠，且理且哭，哭极声嘶，顿欲呕。觉鬲中结物，突奔而出，不及回首，已落腔中，惊而视之，乃人心也。”王生因此得救，死而复生。

关于小说的训诫意义，蒲松龄在“异史氏曰”中有非常明确的交代：“愚哉世人！明明妖也，而以为美。迷哉愚人！明明忠也，而以为妄。然爱人之色而渔之，妻亦将食人之唾而甘之矣。天道好还，但愚而迷者不悟耳。可哀也夫！”这是纯然从王生的一面总结的，一是贪淫好色，二是不听忠言，既愚且迷，理所当然应该受到惩罚。作者同时还特意指出，食人之唾虽为救死之必须，实际上也是对王生的一种惩罚手段。因此，若单从作者的创作意图来说，可以认为这是一篇戒淫的小说。但值得注意的是，前半部分描写厉鬼化为美女迷人的情节，不只是具有作为主体故事背景的作用，因其人物性格和人物关系描写的生动真实，而使它本身亦具有相对独立的思想意义，即许多读者从中体会到（或者说引申出）的要识破美丽的画皮而看出厉鬼真实面目的更具普遍意义的寓意。因此，如果说小说同时具有双重的训诫意义，是不无根据的。小说所提供的双重的训诫意义，要是用另一种形象化的方法来表述，就是：作者同时为我们提供了两面镜子：一面照出的是恶——厉鬼化为美女害人；另一面照出的是丑——贪淫好色而又执迷不悟。这两面镜子是互相联系，并且是互为条件、相辅相成的。

小说的艺术表现，除了上文分析到的，还有两点值得一提。一是细节描写多出现在奇幻描写之中，由于作者融入了具体的生活体验在内，是大家熟悉的生活景象，因而读者的感受是既奇幻，又真实。如前面写厉鬼作画皮披身时的情景："已而掷笔，举皮，如振衣状，披于身，遂化为女子。"虽为幻笔，一举一动，都是生活化的，读来如在眼前。又如后面写厉鬼原形毕露时，是"妪仆，人皮划然而脱"；写道士卷人皮，听到的是"如卷画轴声"；写陈氏呕吐物变为人心时，是"在腔中突突犹跃，热气蒸腾如烟然"，都因为充满生活的气息而使幻笔显得栩栩如生。二是对照描写。这主要体现在王生及其妻的不同表现上。前面写王生因迷恋美女而"二不听"，与后面写陈氏为救丈夫而牢记道士受辱不怒的叮嘱，忍辱负重强啖乞人痰唾，两人的表现形成鲜明的对比。因为有这样的前后对照，王生之愚和迷，陈氏之善良和对丈夫的深挚关爱，就都显得更加突出。

画皮

蒲松龄

太原王生，早行，遇一女郎，抱襆独奔[①]，甚艰于步。急走趁之[②]，乃二八姝丽，心相爱乐，问："何夙夜踽踽独行[③]？"女曰："行道之人，不能解愁忧，何劳相问？"王曰："卿何愁忧？或可效力，不辞也。"女黯然曰："父母贪赂[④]，鬻妾朱门[⑤]。嫡妒

① 抱襆（fú）：抱着包袱。襆，同"袱"。

② 趁：追赶。

③ 夙夜：天色未明时。踽踽（jǔ）：孤独的样子。

④ 贪赂：贪图嫁女的财礼。

⑤ 朱门：富贵人家。

畫文
莫看羅刹
變西施一
番娥眉樣
入時如此
妍皮非人骨
簡中包
相識來之

甚[1]，朝詈而夕楚辱之[2]，所弗堪也，将远遁耳。”问：“何之[3]？”曰：“在亡之人[4]，乌有定所。”生言：“敝庐不远[5]，即烦枉顾[6]。”女喜，从之。生代携襆物，导与同归。

女顾室无人，问：“君何无家口？”答云：“斋耳[7]。”女曰：“此所良佳。如怜妾而活之，须秘密勿泄。”生诺之，乃与寝合。使匿密室，过数日而人不知也。生微告妻，妻陈，疑为大家媵妾[8]，劝遣之，生不听。偶适市，遇一道士，顾生而愕，问：“何所遇？”答言：“无之。”道士曰：“君身邪气萦绕，何言无？”生又力白。道士乃去，曰：“惑哉！世固有死将临而不悟者。”生以其言异，颇疑女；转思明明丽人，何至为妖，意道士借魇禳以猎食者[9]。无何，至斋门，门内杜，不得入。心疑所作，乃窬垝垣[10]，则室门亦闭。蹑迹而窗窥之[11]，见一狞鬼，面翠色，齿巉巉如锯[12]。铺人皮于榻上，执彩笔而绘之；已而掷笔，举皮，如振衣状，披于身，遂化为女子。睹此状，大惧，兽伏而出[13]。急追道士，不知所往。遍迹之，遇于野，长跪乞救。道士曰：“请遣除之，此物亦良苦，甫能觅代者，予亦不忍伤其生。”乃以蝇拂授生[14]，令挂寝门。临别，约会于青帝庙[15]。

生归，不敢入斋，乃寝内室，悬拂焉。一更许，闻门外戢戢有声[16]，自不敢窥也，

---

① 嫡：正妻。

② 詈（lì）：骂。楚：打。

③ 何之：去哪儿？

④ 在亡：逃亡在外。

⑤ 敝庐：对自己住家的谦称。

⑥ 枉顾：请别人到自己家里去的一种客气的说法。

⑦ 斋：书斋。

⑧ 媵（yìng）妾：古时陪嫁的侍妾。

⑨ 魇禳（yǎn ráng）：道教镇压邪祟、驱除灾害的迷信法术。

⑩ 窬（yú）垝（guǐ）垣：窬，在墙上钻穴。垝垣，残缺的院墙。

⑪ 蹑迹：轻手轻脚。

⑫ 巉巉（chán chán）：用险峻的山势来比喻女鬼牙齿的尖利。

⑬ 兽伏而出：像兽类一样伏地爬出。

⑭ 蝇拂：用马尾之类的材料制成的用以驱蝇、拂尘的拂子，又叫拂尘。

⑮ 青帝庙：祭祀青帝的庙宇。青帝，传说中的天帝名。古代传说，五方（东南西北中）各有天帝，东方之帝即为青帝，又称为苍帝。

⑯ 戢戢（jí jí）：象声词。

使妻窥之。但见女子来，望拂子不敢进；立而切齿，良久乃去。少时复来，骂曰："道士吓我。终不然，宁入口而吐之耶！"取拂碎之，坏寝门而入。径登生床，裂生腹，掬生心而去。妻号，婢入烛之，生已死，腔血狼藉①。陈骇涕不敢声。明日，使弟二郎奔告道士。道士怒曰："我固怜之，鬼子乃敢尔！"即从生弟来。女子已失所在。既而仰首四望，曰："幸遁未远。"问："南院谁家？"二郎曰："小生所舍也。"道士曰："现在君所。"

二郎愕然，以为未有。道士问曰："曾否有不识者一人来？"答曰："仆早赴青帝庙，良不知②，当归问之。"去少顷而返，曰："果有之。晨间一妪来，欲佣为仆家操作，室人止之③，尚在也。"道士曰："即是物矣。"遂与俱往，仗木剑，立庭心，呼曰："孽魅！偿我拂子来！"妪在室，惶遽无色，出门欲遁。道士逐击之。妪仆，人皮划然而脱④，化为厉鬼，卧嗥如猪。道士以木剑枭其首⑤，身变作浓烟，匝地作堆⑥。道士出一葫芦，拔其塞，置烟中，飀飀然如口吸气，瞬息烟尽，道士塞口入囊。共视人皮，眉目手足，无不备具。道士卷之，如卷画轴声，亦囊之，乃别欲去。

陈氏拜迎于门，哭求回生之法，道士谢不能。陈益悲，伏地不起。道士沉思曰："我术浅，诚不能起死。我指一人，或能之。往求必合有效。"问："何人？"曰："市上有疯者，时卧粪土中。试叩而哀之。倘狂辱夫人，夫人勿怒也。"

二郎亦习知之⑦。乃别道士，与嫂俱往。见乞人颠歌道上，鼻涕三尺，秽不可近。陈膝行而前。乞人笑曰："佳人爱我乎？"陈告之故。又大笑曰："人尽夫也，活之何为？"陈固哀之。乃曰："异哉！人死而乞活于我，我阎摩耶⑧？"怒以杖击陈，陈忍痛受之，市人渐集如堵。乞人咯痰唾盈把，举向陈吻曰："食之！"陈红涨于面，有难色；既思道士之嘱，遂强啖焉。觉入喉中，硬如团絮，格格而下，停结胸间。乞人大笑曰："佳人爱我哉！"遂起，行已不顾。尾之，入于庙中。迫而求之，不

---

① 狼藉：东西杂乱的样子，这里是形容胸腔内血迹模糊。

② 良：确实。

③ 室人：家室，妻子。

④ 划然：形容脱皮发出的声音。

⑤ 枭其首：斩下他的头。古时将人的头斩下后挂在竿上示众，叫枭首。

⑥ 匝地：在地面上旋转。

⑦ 习知之：过去也听说过，知道这个人。

⑧ 阎摩：即阎罗王，地狱中的神，传可以定人的生死。

知所在；前后冥搜[①]，殊无端兆，惭恨而归。既悼夫亡之惨，又悔食唾之羞，俯仰哀啼，但愿即死。方欲展血敛尸[②]，家人伫望，无敢近者。陈抱尸收肠，且理且哭，哭极声嘶，顿欲呕。觉鬲中结物[③]，突奔而出，不及回首，已落腔中。惊而视之，乃人心也。在腔中突突犹跃，热气腾蒸如烟然，大异之。急以两手合腔，极力抱挤。少懈，则气氤氲自缝中出[④]，乃裂缯帛急束之。以手抚尸，渐温，覆以衾裯[⑤]，中夜启视，有鼻息矣。天明，竟活。为言："恍惚若梦，但觉腹隐痛耳。"视破处，痂结如钱，寻愈[⑥]。

异史氏曰："愚哉世人！明明妖也，而以为美。迷哉愚人！明明忠也，而以为妄。然爱人之色而渔之[⑦]，妻亦将食人之唾而甘之矣。天道好还[⑧]，但愚而迷者不悟耳。可哀也夫！"

---

① 冥搜：尽搜，到处都搜过了。

② 展血敛尸：把血擦掉，收殓尸体。

③ 鬲中：胸腹之间。鬲，通膈。

④ 氤氲（yīn yūn）：热气蒸腾的样子。

⑤ 衾裯（qīn chóu）：被子。

⑥ 寻：不久。

⑦ 渔：贪取，这里是贪色的意思。

⑧ 天道好（hào）还：天道，天理。还，还报。福善祸淫，善有善报恶有恶报的意思。

仙凡相通的一个美丽的精灵

——说《婴宁》

《婴宁》是《聊斋志异》中脍炙人口的名篇，也是篇幅最长的作品之一。读过《聊斋志异》的人不会忘记婴宁，就像读过《红楼梦》的人不会忘记贾宝玉和林黛玉一样。婴宁是一个狐仙，同时又是一个世俗的凡间女子，是一个仙凡相通的美丽的精灵。婴宁是蒲松龄具有超前意识的独特的艺术创造。

这篇小说一个最突出的特点，是作者从平凡的日常生活中提炼出两种带有诗性特征的意象，以此来渲染和烘托出一种诗的氛围，并刻画人物与此一氛围相适应、相融合的思想性格。我们读《婴宁》，印象最鲜明的当是主人公婴宁的爱花和爱笑。整篇小说，时断时续，但始终抓住这两点，刻意地、反复地加以描绘、渲染，以此营造出一种充溢全篇的艺术氛围，并增强形象的诗意特征和艺术感染力。

爱花，是象征和表现婴宁自身的美和她对美的追求；爱笑，则是表现她的乐观开朗、天真无邪和无拘无束。婴宁的第一次出场，就是伴随着鲜花和笑声而来的。小说一开头，写“早孤”“绝惠”，为母亲所最爱而又“求凰未就”的王子服，在“游女如云”的上元节与婴宁邂逅相遇时，是这样的一种情景：“有女郎携婢，拈梅花一枝，容华绝代，笑容可掬。”“容华绝代”，是形容她长得很美，但比较抽象；而与所拈的梅花一映照，她的形象就自然地闪现出亮丽的光彩。妙的还不在于她的现身，而在于她的迅速离去。因为王生被她的容华所吸引，“注目不移，竟忘顾忌”，而招致了婴宁对他的不满：“女过去数武，顾婢曰：‘个儿郎目灼灼似贼！’”她的这句骂语，在蒲松龄的笔下，亦文言亦白话，既古奥又通俗，若改用现代口语，略近于“这小子贼眉贼眼绝不是个好东西”！今天的读者读来，似乎并无时代的隔阂，仍然是如闻其声，如见其人。在男女不平等的封建时代，一个青年男子在路上目不转睛地盯着一个漂亮的陌生女子，这是极常见的事，人们会不以为异；而如果是一个青年女子像婴宁这样在人群中肆无忌惮地张口就斥骂一个陌生男子，那样出言不逊，锋芒毕露，就显得很不寻常，不能不令人大为惊异了。这就是婴宁给我们的第一印象：美，但是自由无拘，非常泼辣。对于她是一个什么样的女子，作者有意先不作交代，读者会因此产生各种不同的猜想。她能带着一个婢女游上元，不大可能是寒门出身；而她却又是徒步跻身于人群之中，加上出口率直，言语尖刻，又绝不像是大家淑女应有的风范。这个人物，一现身就显得意态非凡，让读者产生许多悬念。

意味深长的还在她“遗花地上，笑语自去”。她为什么要遗花地上？骂语那样尖刻，却又为什么不是含怒而是含笑而去？对王生的“注目不移”，是真怒，还是假怒而实喜？留下梅花，是有意还是无意？有意，又意何所在？这些问题，都显得含糊而近于诡秘。小说中的当事人和读者都不能解，却又很想有所解，这就对我们产生了很大的阅读诱惑力。婴宁聪慧而又狡黠的性格，在这里，已得到了初步的同时也是非常含蓄的揭示。从叙事艺术的角度来看，小说以这种闪烁掩映之笔，为后文情节的发展预留了巨大的空间，也给读者带来了无限的遐想。

此后不论婴宁是否出场，小说写花写笑，都直接或间接与婴宁相关。先是写王生回家后“藏花枕底”，思念时就“探视枕底，花虽枯，未便凋落。凝思把玩，如见其人”。在王生和读者的心中，这花就是婴宁的象征。但这毕竟是旧花、枯花，小说别开生面，又不断地写新花、鲜花。作者还有意扩大境界，用花作点染，描绘出婴宁居处其间的一个充满诗意的优美环境。王生为寻找婴宁到一个偏远的山村，所见是：

> 乱山合沓，空翠爽肌，寂无行人，止有鸟道。遥望谷底，丛花乱树中，隐隐有小里落。下山入村，见舍宇无多，皆茅屋，而意甚修雅。北向一家，门前皆丝柳，墙内桃杏尤繁，间以修竹，野鸟格磔其中。

“丛花乱树”是远观，泛写；“桃杏尤繁”是近看，特写。在鲜花的烘染中，这个小山村显得是那样的静谧、清幽、简朴、雅洁。整体的格调和氛围，加上花的意象，都隐约地指引我们，王生日思夜念的婴宁应该就在其间，呼之欲出。同时我们还确信，生活在这样幽美环境中的女子，绝不是一个凡俗之辈。

婴宁再次出现时，是未见其人，先闻其声：“俄闻墙内有女子，长呼‘小荣’，其声娇细。”“娇细”二字不可忽视，与前面厉声斥责王生时的泼辣相映照，显示了婴宁性格中还有一般女性温柔的另一面。这里伏一笔，以后就有更多的展示。接着又写她与花一同现身：“方伫听间，一女郎由东而西，执杏花一朵，俯首自簪。”花由梅而杏，暗示已经过去了相当长一段时间。但这次同样是刚一闪现复又离去：“举头见生，遂不复簪，含笑拈花而入。”如此忽隐忽现，让人捉摸不定。当王生受到老媪（后来知道是婴宁的养母）的热情接待并留宿时，“见门内白石砌路，夹道红花，片片堕阶上。曲折而西，又启一关，豆棚花架满庭中”。“入舍”后，则见“粉壁光明如镜；窗外海棠枝朵，探入室中”。优美、清雅的环境，处处都有花。婴宁无论隐和现，总是被花映照着、簇拥着、妆点着。写花就是写婴宁。一个活脱脱的爱花而美丽的婴宁，时时闪现在小说的字里行间。

王生刚坐下，“即有人自窗外隐约相窥”。此人是谁？没有明确交代。读者希望并相信她就是婴宁。“相窥”二字值得品味。透过天真幼稚的表象，我们不难体会到此人对王生的到来是怀着热情的，是很高兴的，甚至是一直都在期盼着的。回过头去一想，我们就得到了一个重要的信息：上元时遗花地上，多半是有意而为。老媪热情地接待王生，并向王生道明了他们是姨甥的亲近关系，随后又设宴款待王生。但婴宁并未出来陪席。饭后老媪才吩咐婢女：“唤宁姑来。”“婢应去。良久，闻户外隐有笑声。”又是未见其人，先闻笑声。当老媪又唤“婴宁，汝姨兄在此”时，即闻“户外嗤嗤笑不已。婢推之以入，犹掩其口，笑不可遏”。一路写来，都不离婴宁的笑态和笑声。老媪以婴宁这样放肆的笑有失体统，瞋目曰：“有客在，咤咤叱叱，是何景象！”这时，婴宁是“忍笑而立”。注意，不是不笑，而只是忍笑。可见笑是她很难改变的自然天性。这是通过家人的反应来强化婴宁爱笑的性格特点。王生问“妹子年几何矣”，婴宁竟然不顾母亲的批评，而“复笑不可仰视”。当老媪代为回答，说婴宁“年已十六，呆痴裁如婴儿”，并问及王生的年龄和婚姻状况，说“两人极相匹敌，惜有内亲之嫌”时，王生的表现是“无语，目注婴宁，不遑他瞬”。这里作者有意照应前文，写王生对婴宁与上元时相似的表现。这时婢女的反应是“向女小语云：‘目灼灼，贼腔未改！’”而婴宁却是从容开朗，顾左右而言他：“女又大笑，顾婢曰：‘视碧桃开未？’遽起，以袖掩口，细碎连步而出，至门外，笑声始纵。”与上元时的尖锐斥责，判若两人。对王生，婴宁有心耶？无心耶？痴耶？慧耶？作者行文闪烁，总在疑似之间，引人思索。

老媪留王生小住三五日。小说继续着眼于笑和花，通过两人的关系，进一步展开对婴宁的描写。老媪对王生介绍说："如嫌幽闷，舍后有小园，可供消遣；有书可读。"原来这里是一个隐藏于深山的书香人家。小说先从王生的眼里，写小园如桃源一般的幽境："至舍后，果有园半亩，细草铺毡，杨花糁径，有草舍三楹，花木四合其所。"这就是婴宁日常活动的地方，既美且雅，突出的还是一个花字。王生游于园中，"穿花小步，闻树头苏苏有声，仰视，则婴宁在上。见生来，狂笑欲堕"。这是出人意料之笔，细想则又在人意中：一个爱花而又无拘无束，在任何场合都可以纵情大笑的女子，能够爬上花树狂笑不止，是一点也不奇怪的。

王生趁扶婴宁下树之际"阴捘其腕"，可以说是放肆无礼至极，而婴宁的反应却似若无其事："女笑又作，倚树不能行，良久乃罢。"此后，随着情节的发展，写笑写花，延续不断。当王生的家人到山村来找到王生时，老媪同意王生偕婴宁同归，于是"呼婴宁，宁笑至"。媪曰："有何喜，笑辄不辍？若不笑，当为全人。"这里，由她最亲近的人作出评价，认为笑是她的唯一的缺点，否则就是"全人"。待她到了王生家，全家对她的出身和身份"彼此疑参"时，"但闻室中吃吃，皆婴宁笑声"。王母亦下一断语云："此女亦太憨生。"对婴宁的笑，小说总是多从憨痴的一面描写、评说，但却又处处从笑中透露出她聪慧、狡黠和美好的另一面。王生的表兄吴生请求同她见面，"母入室，女犹浓笑不顾。母促令出，始极力忍笑，又面壁移时方出。才一展拜，翻然遽入，放声大笑。满室妇女为之粲然"。婴宁的笑，带给大家的是一种欢乐。当吴生去山村寻找婴宁旧家，出人意料发现"庐舍全无"时，王生之母疑其为鬼，并"入告吴言，女略无骇意；又吊其无家，亦殊无悲意，孜孜憨笑而已"。被人疑为鬼而不惊，无家可归而不悲，看似憨痴，显示的却是沉稳、镇定，与常人迥异的一种独特的精神状态。在日常生活中，婴宁也是"但善笑，禁之亦不可止；然笑处嫣然，狂而不损其媚。人皆乐之"。不唯给家人带来欢乐，连"邻女少妇，争承迎之"，简直是受到了所有人的欢迎。

"狂而不损其媚"，"人皆乐之"，这可以视作全篇小说写婴宁爱笑的总评。在此基础上，小说还进一步写出，婴宁的笑还含蕴着更为丰富的思想情感内涵：侍亲孝敬、待人亲切、心地善良。当王母同意她与王生结婚，"使华妆行新妇礼"时，"女笑极不能俯仰，遂罢"。婚礼因笑而罢，但留给大家的仍然是欢乐。平日，"每值母忧怒，女至，一笑即解"。而遇"奴婢小过，恐遭鞭楚，辄求诣母共话。罪婢投见，恒得免"。作者在写笑的同时，仍不忘写花："爱花成癖，物色遍戚党；窃典金钗，购佳种，数月，阶砌藩溷，无非花者。"在因她而引起的一场诉讼，累及王生，因而受到王母“过喜而伏忧”的批评之后，“女正色，矢不复笑”。“由是竟不复笑，虽故逗亦终不笑，然竟日未尝有戚容。”虽然不再笑了，但笑所蕴含和表现的欢乐和开朗，却仍然藏于心里，现于容颜，更留在整个温馨的家庭生活之中。不过，从小说的艺术描写来看，写婴宁的笑在这里只是暂做一收束，并未终止，而是一直延续到小说的终篇，延续到他们的后代：“女逾年生一子。在怀抱中，不畏生人，见人辄笑，亦大有母风云。”写一个人物的笑，竟敷演出如此曲折生动的情节，表现出如此丰富的内容，在古今说部中都是极为少见的。

小说的艺术构思也颇具匠心，有三点值得一说。

其一是，全篇都从王生的角度来写婴宁，前半篇主要是虚写，后半篇主要是实写。按《聊斋志异》中仿传记体小说的通例，作品的题目多以小说的主人公命名，一般都是以介绍这个人物开始。介绍什么，不介绍什么，都与后文的情节乃至小说的主旨相关，大有讲究。清代的评点家将这一构思特点概括为四个字：“提笔作伏。”但也有一些篇章例外，不以介绍题名所示的主人公的情况开篇。而每一篇的例外，又都有各不相同的理由，各具匠心。本篇的主人公是婴宁，小说也以婴宁的名字命名，但却是以介绍王子服开始。当然，对王生的介绍也多与小说的情节内容相关，其中最重要的就是“求凰未就”四个字。因“未就”才引出追求婴宁的一大篇精彩故事。重要的意义还在于，王生先出场，之后写婴宁，其全部视角，几乎都是定位于王生，写他的所见、所闻、所做、所感。

小说的前半篇，除了在上元节与王生相遇的一次精彩的露面之外，在长时间中婴宁都隐而未现。但如我们在上文所分析的，婴宁虽然未现身，但她的容颜、风采，却是时时处处都在读者的想象之中。这是因为小说采用了虚写的手法，即不写之写。婴宁虽未出场，由于王生的一切情感、表现，都是因为婴宁而产生，因而婴宁的形象就无时无刻不存在于王生对她的怀想、思念和追求之中。后半篇的实写，则主要是通过与王生的真实关系（具体构成了一系列波谲云诡的矛盾冲突），来直接地因而也就更充分地揭示出婴宁丰富的思想性格。下面以一段有代表性的情节为例，略作分析。

王生在小园中将花树上的婴宁扶下后，“俟其笑歇，乃出袖中花示之”。下面是一大段在古代文言短篇小说中非常罕见的人物对话。“女接之曰：‘枯矣。何留之？’曰：‘此上元妹子所遗，故存之。’问：‘存之何意？’曰：‘以示相爱不忘也。自上元相遇，凝思成疾，自分化为异物，不图得见颜色，幸垂怜悯。’女曰：‘此大细事。

至戚何所靳惜！待郎行时，园中花，当唤老奴来，折一巨捆负送之。’生曰：‘妹子痴耶？’‘何便是痴？’曰：‘我非爱花，爱拈花之人耳。’女曰：‘葭莩之情（指亲戚之情），爱何待言。’生曰：‘我所谓爱，非瓜葛之爱，乃夫妻之爱。’女曰：‘有以异乎？’曰：‘夜共枕席耳。’女俯思良久，曰：‘我不惯与生人睡。’”这段对话写得非常生动，人物的语气、神态、心理，无不活现纸上。对王生一面来说，主要表现的是他对婴宁迫不及待的求爱之情，而对婴宁来说，则主要是表现她的憨痴，她的不懂人事。当然，这憨痴并不是真憨痴，是似憨而实慧，或者说是外憨而内慧。因此表面看起来是憨极，而我们读后的感受却是一片天真无邪，可爱至极。

在这段对话中，婴宁的憨与慧，分为四个层次来表现，一是将王生对她的“相爱不忘”和“得见颜色”，理解为只是对花而言；二是当王生明确向她示爱时，她又将亲戚之情与男女之爱混为一谈；三是当王生更明确点出他所求的是“夫妻之爱”时，又表示完全不懂“瓜葛之爱”与“夫妻之爱”有何区别；四是当王生更直白地解释“夫妻之爱”就是“夜共枕席”时，她居然回答“我不惯与生人睡”。读来真是让人忍俊不禁。王生的求爱之意是越说越明白，越说越入题；婴宁的反应却是越说越糊涂，越说越离题。这段描写的妙处在于，婴宁的糊涂既不是假装出来的糊涂，也不是真的憨痴，而是从近于不食人间烟火似的不解人事中显示出一种独特的精神和心理，显示出人性中一种未经粉饰、尘染和遮蔽的自然与本真。

接下去扩大人物关系，但仍以王生与婴宁为中心，继续写其憨痴，而从憨痴中又进一步有意地透露出她的慧黠。两人对话未完，“婢潜至，生惶恐遁去”。见母，母问“何往”，她无所顾忌和隐瞒，直接回答与表哥在“园中共话”。母责问“有何长言，周遮乃尔”，她竟然回答：“大哥欲我共寝。”但微妙的是，“言未已，生大窘，急目瞪之，女微笑而止”。笑中传达出的竟是一种会心与机警，是被一系列憨态所掩盖着的内慧。而当王生小声责备她不该这样说时，她却又这样回答：“适此语不应说耶？”生曰：“此背人语。”（意思是：这是我们两人的秘密，不能告诉别人）她回答：“背他人，岂得背老母。且寝处亦常事，何讳之？”所言似皆合于日常事理，却又实在是有悖于人之常情。读者觉其妙不可言，却令当事人哭笑不得：“生恨其痴，无术可以悟之。”可是，当二人新婚时，“生以其憨痴，恐漏泄房中隐事，而女殊密秘，不肯道一语”。婴宁的表现在憨慧之间，时憨时慧，亦憨亦慧，读者欲辨其真伪，却又无从确认其真伪，因而更觉意味深长。

其二是，设置吴生这个人物，穿插其间，对组织安排情节起到了很好的作用。

一开篇，就显示了这个人物在情节安排中的重要作用。吴生是王生的舅氏之子，因有他的邀约，才有上元之游；但半途舅家有仆人招吴回去，这又留给王生单独与婴宁相遇的机会。王生因思念婴宁而生病，又是吴生来为其解难；因亲自去探寻女子居里而不可得，才编造出婴宁实乃自己的姑氏女即为王生的姨表妹的谎言，并诡称居住在三十余里之外的西南山中。这才引出一大段王生病稍愈即亲赴山村寻找婴宁的曲折情节。其后王生失踪，又是由吴生提供线索使家人去偏远山村找到了王生，这才引出王生偕婴宁回家成婚的情节；而婴宁的身世，最后也有赖吴生对婴宁名字和出身的证实。没有这个人物，就不会有小说情节组织安排的巧妙、细密和流畅。

其三是，对婴宁身世、身份的交代，作者也有精心的构想。如果一开始就写明婴宁是一个狐仙，那么下面的全部情节，读起来就会毫无意趣。小说的处理，是由开始的云遮雾障，再隐而渐显，逐层写出，读者读来便在不断猜想、思索中，感到兴味无穷。先是由婴宁的养母（后来证实是鬼身）向来访的王生“具展宗阀”，初步交代王生的外祖姓吴，王生乃她的亲外甥，但同时又透露婴宁实为“庶产”，并非她所亲生，为后文的进一步交代预作伏笔。其次，是婴宁到了王家，王母问到她的身世时，回忆起自己曾有“一姊适秦氏，良确，然殂谢已久，那得复存”？让小说中人物与读者都怀疑婴宁可能为鬼身。再次，复由吴生证实“秦家姑去世后，姑丈鳏居，祟于狐，病瘠死。狐生女名婴宁”，透露出婴宁真实的狐仙身份。到最后，才由婴宁自己因有感于王生母子对她“过爱无有异心”而哽咽直告：“妾本狐产。母临去，以妾托鬼母，相依十余年，始有今日。”至此，才最后确认了婴宁原来是狐仙所生、鬼母所养的一个精灵。而这时，一个天真可爱而又性格善良的女性形象已然深深地印在了读者的心中，不会产生任何的陌生和恐惧之感。

最后，谈谈仙凡相通的问题。简单地说，“仙”是指形象的幻想性，而“凡”则是指形象的现实性。仙凡相通，是指人物形象幻想性与现实性的结合。《聊斋志异》中的幻想描写，多有天马行空般的奇思异想，但在这一篇中，除了吴生为了搪塞王生而编造的谎言竟然变为事实，以及吴生再到山村“觇其异”时，所见却是“庐舍全无，山花零落”，带有浓厚的神奇色彩外，故事基本上是以现实生活的形态演进的。婴宁这个形象的超凡之处，亦即她的幻想性，主要表现为她那超现实的理想化的性格特征。在蒲松龄的时代，像婴宁这样没有受到封建礼教的熏染和束缚，自由无拘，保留着人性中自然本真的人物，实际上是不可能存在的。因此，这一形象显然是出于作家的理想，也出于他对现实生活中某些不合理方面的否定，而对人物做了理想化的艺术提升的结果。但同时，小说中又保留着人物现实性的种种情感与美德。如王生偕婴宁离开养母时，“至山坳，回顾，犹依稀见媪倚门北望也”。依依惜别的深情，是鬼母的，也是狐仙婴宁的。到王家后，“昧爽即来省问（王母），操女红，精巧绝伦”。完全是一个敬爱长辈，很懂事而又心灵手巧的普通人家妇女的形象。以后，为报养母之恩，又言挚情深地恳求王生为她将媪之尸骨找到，与秦氏墓合葬，合葬时“抚哭哀痛”表现的都是世俗孝女的真实情感。婴宁不受世间礼教的影响和束缚，主要是由于她是一个狐仙；但同时，小说也借鬼母之口交代了她的身世：“渠母改醮遗我鞠养，颇亦不钝，但少教训，嬉不知愁。”揭示出她从小缺少教育的现实原因。这又是另一方面的仙凡相通。

婴宁

蒲松龄

王子服，莒之罗店人①，早孤，绝惠，十四入泮②。母最爱之，寻常不令游郊野。聘萧氏③，未嫁而夭，故求凰未就也④。会上元⑤，有舅氏子吴生，邀同眺瞩⑥。方至村外，舅家有仆来，招吴去。生见游女如云，乘兴独遨。有女郎携婢，拈梅花一枝，容华绝代，笑容可掬。生注目不移，竟忘顾忌，女过去数武⑦，顾婢曰：“个儿郎目灼灼似贼！”遗花地上，笑语自去。生拾花怅然，神魂丧失，怏怏遂返。

至家，藏花枕底，垂头而睡，不语亦不食。母忧之。醮禳益剧⑧，肌革锐减。医

① 莒（jǔ）：原为西周时分封的古国名，后置州县，明清时为莒州，在今山东省莒县一带。

② 入泮（pàn）：进学。泮，学宫，旧时考中秀才称为入泮，亦称进学。

③ 聘：订婚。

④ 求凰：求偶。汉司马相如作《琴歌》，有“凤兮凤兮归故乡，遨游四海求其凰”之句。相传相如为向卓文君求爱而作，因此后来称男子求偶为求凰。

⑤ 上元：上元节，旧历正月十五。

⑥ 眺瞩：本来是望远的意思，这里指观赏景物。

⑦ 数武：几步的距离。

⑧ 醮禳（jiào ráng）：用祭神祈祷的方法来治病。

婴宁
拈花微笑欲倾
城情到浓时转
不情一味天真
何烂漫只宜
呼作太憨生

师诊视，投剂发表[①]，忽忽若迷。母抚问所由，默然不答。适吴生来，嘱密诘之。吴至榻前，生见之泪下。吴就榻慰解，渐致研诘，生具吐其实，且求谋画。吴笑曰：“君意亦复痴。此愿有何难遂[②]？当代访之。徒步于野，必非世家。如其未字[③]，事固谐矣[④]；不然，拚以重赂[⑤]，计必允遂[⑥]。但得痊瘳[⑦]，成事在我。”生闻之，不觉解颐[⑧]。吴出告母，物色女子居里，而探访既穷，并无踪绪。母大忧，无所为计。然自吴去后，颜顿开，食亦略进。数日，吴复来。生问所谋，吴绐之曰[⑨]：“已得之矣。我以为谁何人，乃我姑氏女，即君姨妹行。今尚待聘，虽内戚有婚姻之嫌[⑩]，实告之，无不谐者。”生喜溢眉宇，问：“居何里？”吴诡曰：“西南山中，去此可三十余里[⑪]。”生又付嘱再四，吴锐身自任而去。

生由此饮食渐加，日就平复。探视枕底，花虽枯，未便凋落。凝思把玩，如见其人。怪吴不至，折柬招之[⑫]。吴支托不肯赴召。生恚怒[⑬]，悒悒不欢。母虑其复病，急为议姻；略与商榷，辄摇首不愿，唯日盼吴。吴迄无耗[⑭]，益怨恨之。转思三十里非遥，何必仰息他人？怀梅袖中，负气自往，而家人不知也。

伶仃独步，无可问程，但望南山行去。约三十余里，乱山合沓[⑮]，空翠爽肌，寂无人行，止有鸟道。遥望谷底，丛花乱树中，隐隐有小里落。下山入村，见舍宇无多，

---

① 发表：中医治病，用药把病从体内表散出来。

② 遂：实现愿望。

③ 字：女子订婚。

④ 固谐：一定成功。

⑤ 拚（pàn）：不惜。

⑥ 计：估计。

⑦ 痊瘳（chōu）：痊愈。

⑧ 解颐：露出笑容。

⑨ 绐（dài）：欺骗。

⑩ 内戚有婚姻之嫌：内戚，妻子一方的亲戚。因王子服与婴宁是姨表兄妹关系，故称内戚。嫌，避忌。意思是，因为姨表亲戚血缘相近，不宜通婚。

⑪ 可：大约。

⑫ 折柬：写信。柬，通“简”。

⑬ 恚（huì）：怨愤。

⑭ 迄：竟，一直。耗：消息。

⑮ 合沓：重重叠叠的样子。

皆茅屋，而意甚修雅[①]。北向一家，门前皆丝柳，墙内桃杏尤繁，间以修竹，野鸟格磔其中[②]，意其园亭，不敢遽入。回顾对户，有巨石滑洁，因据坐少憩。俄闻墙内有女子，长呼“小荣”，其声娇细。方伫听间，一女郎由东而西，执杏花一朵，俯首自簪；举头见生，遂不复簪，含笑拈花而入。审视之，即上元途中所遇也。心骤喜。但念无以阶进[③]，欲呼姨氏，顾从无还往[④]，惧有讹误。门内无人可问，坐卧徘徊，自朝至于日昃[⑤]，盈盈望断[⑥]，并忘饥渴。时见女子露半面来窥，似讶其不去者。

忽一老媪扶杖出，顾生曰：“何处郎君，闻自辰刻便来[⑦]，以至于今。意将何为？得勿饥耶？”生急起揖之，答云：“将以盼亲[⑧]。”媪聋聩，不闻；又大言之，乃问：“贵戚何姓？”生不能答。媪笑曰：“奇哉！姓名尚自不知，何亲可探？我视郎君亦书痴耳！不如从我来，啖以粗粝；家有短榻可卧，待明朝归，询知姓氏，再来探访不晚也。”生方腹馁思啖，又从此渐近丽人，大喜，从媪入。见门内白石砌路，夹道红花，片片堕阶上。曲折而西，又启一关，豆棚花架满庭中。肃客入舍[⑨]，粉壁光明如镜；窗外海棠枝朵，探入室中；裀藉几榻[⑩]，罔不洁泽。甫坐[⑪]，即有人自窗外隐约相窥。媪唤：“小荣，可速作黍。”外有婢子噭声而应[⑫]。

坐次[⑬]，具展宗阀[⑭]。媪曰：“郎君外祖，莫姓吴否？”曰：“然。”媪惊曰：“是吾

---

① 修雅：美好幽雅。

② 格磔（zhé）：鸟鸣声。

③ 无以阶进：找不到一个可以进去的因由。阶，台阶，进入的道路，这里引申为办法。

④ 顾：但是。

⑤ 日昃（zè）：太阳偏西。

⑥ 盈盈望断：犹如说望穿秋水。盈盈，原指水清浅的样子，这里指清澈的眼光。

⑦ 辰刻：早晨七点至九点的时段。

⑧ 盼亲：寻找亲戚。

⑨ 肃客：引导客人。

⑩ 裀（yīn）藉：褥垫，坐席。

⑪ 甫坐：刚一坐下。

⑫ 噭（jiào）声：高声。

⑬ 坐次：坐下的时候。次，指一种行为的持续状态。

⑭ 具展宗阀：彼此都讲述各自的宗族门第。

甥也！尊堂[1]，我妹子。年来以家窭贫[2]，又无三尺男，遂至音问梗塞。甥长成如许尚不相识。”生曰：“此来即为姨也，匆遽遂忘姓氏。”媪曰：“老身秦姓，并无诞育；弱息仅存[3]，亦为庶产[4]。渠母改醮遗我鞠养[5]，颇亦不钝，但少教训，嬉不知愁。少顷使来拜识。”

未几，婢子具饭，雏尾盈握[6]，媪劝餐，已，婢来敛具，媪曰：“唤宁姑来。”婢应去。良久，闻户外隐有笑声。媪又唤曰：“婴宁，汝姨兄在此。”门外嗤嗤笑不已。婢推之以入，犹掩其口，笑不可遏。媪嗔目曰：“有客在，咤咤叱叱，是何景象！”女忍笑而立，生揖之。媪曰：“此王郎，汝姨子。一家尚不相识，可笑人也！”生问：“妹子年几何矣？”媪未能解。生又言之，女复笑不可仰视。媪谓生曰：“我言少教诲，此可见矣。年已十六，呆痴裁如婴儿[7]。”生曰：“小于甥一岁。”曰：“阿甥已十七矣。得非庚午属马者耶？”生首应之[8]。又问：“甥妇阿谁？”答云：“无之。”曰：“如甥才貌，何十七岁犹未聘？婴宁亦无姑家[9]，极相匹敌，惜有内亲之嫌。”生无语，目注婴宁，不遑他瞬。婢向女小语云：“目灼灼，贼腔未改！”女又大笑，顾婢曰：“视碧桃开未？”遽起[10]，以袖掩口，细碎连步而出，至门外，笑声始纵。媪亦起，唤婢襆被，为生安置，曰：“阿甥来不易，宜留三五日，迟迟送汝归[11]。如嫌幽闷，舍后有小园，可供消遣；有书可读。”

次日，至舍后，果有园半亩，细草铺毡，杨花糁径[12]，有草舍三楹[13]，花木四合其所。穿花小步，闻树头苏苏有声，仰视，则婴宁在上。见生来，狂笑欲堕。生

---

① 尊堂：对对方母亲的尊称。
② 窭（jù）贫：贫穷。
③ 弱息：弱女，对自己女儿的谦称。
④ 庶产：为妾所生。
⑤ 改醮：改嫁。鞠养：养育。
⑥ 雏尾盈握：指小鸡的鸡尾长到了满一把的时候，就是肥嫩的雏鸡了。
⑦ 裁：同才。
⑧ 首应：点头回应。
⑨ 姑家：婆家。
⑩ 遽：迅速。
⑪ 迟迟：慢慢地，过些日子。
⑫ 糁（sǎn）径：形容零落的花瓣散落在小路上。糁，碎米屑。
⑬ 楹：房屋的量词，一间为一楹。

曰："勿尔，堕矣！"女且下且笑，不能自止；方将及地，失手而堕，笑乃止。生扶之，阴捘其腕[1]。女笑又作，倚树不能行，良久乃罢。生俟其笑歇，乃出袖中花示之。女接之曰："枯矣。何留之？"曰："此上元妹子所遗，故存之。"问："存之何意？"曰："以示相爱不忘也。自上元相遇，凝思成疾，自分化为异物[2]，不图得见颜色，幸垂怜悯。"女曰："此大细事。至戚何所靳惜[3]！待郎行时，园中花，当唤老奴来，折一巨捆负送之。"生曰："妹子痴耶？""何便是痴？"曰："我非爱花，爱拈花之人耳。"女曰："葭莩之情[4]，爱何待言。"生曰："我所谓爱，非瓜葛之爱[5]，乃夫妻之爱。"女曰："有以异乎？"曰："夜共枕席耳。"女俯思良久，曰："我不惯与生人睡。"

语未已，婢潜至，生惶恐遁去。少时，会母所。母问："何往？"女答以园中共话。媪曰："饭熟已久，有何长言，周遮乃尔[6]？"女曰："大哥欲我共寝。"言未已，生大窘，急目瞪之。女微笑而止。幸媪不闻，犹絮絮究诘，生急以他词掩之。因小语责女，女曰："适此语不应说耶？"生曰："此背人语。"女曰："背他人，岂得背老母。且寝处亦常事，何讳之？"生恨其痴，无术可以悟之。

食方竟，家中人捉双卫来寻生[7]。先是，母待生久不归，始疑，村中搜觅几遍，竟无踪兆。因往询吴，吴忆曩言，因教于西南山村行觅。凡历数村，始至于此。生出门，适相值[8]，便入告媪，且请偕女同归。媪喜曰："我有志，匪伊朝夕[9]。但残躯不能远涉，得甥携妹子去，识认阿姨，大好。"呼婴宁，宁笑至，媪曰："有何喜，笑辄不辍？若不笑，当为全人。"因怒之以目，乃曰："大哥欲同汝去，可便装束。"

---

① 阴捘：偷偷地用手捏。

② 自分（fèn）：自己思量。化为异物：指死亡。

③ 靳惜：吝惜。

④ 葭莩（jiā fú）之情：亲戚的情谊。葭莩，附着于芦苇内壁的薄膜，比喻疏远的亲戚，也泛指一般的亲戚。

⑤ 瓜葛：指亲戚。蔓生植物瓜和葛，生长时藤蔓互相牵连，因用以比喻亲戚之间的关系。

⑥ 周遮：说话啰嗦。

⑦ 卫：驴的别名。

⑧ 相值：相遇。

⑨ 匪伊朝夕：不止一天。匪，通"非"。伊，语词无义。

又饷家人酒食，始送之出。曰：“姨家田产丰裕，能养冗人[①]。到彼且勿归，小学诗礼，亦好事翁姑[②]。即烦阿姨，为汝择一良匹。”二人遂发，至山坳，回顾，犹依稀见媪倚门北望也。

抵家，母睹姝丽，惊问为谁，生以姨女对。母曰：“前吴郎与儿言者，诈也。我未有姊，何以得甥？”问女，女曰：“我非母出。父为秦氏，没时，儿在褓中，不能记忆。”母曰：“我有一姊适秦氏，良确，然殂谢已久[③]，那得复存？”因审诘面庞痣赘，一一符合。又疑曰：“是矣。然亡已多年，何得复存？”疑虑间，吴生至，女避入室。吴询得故，惘然久之，忽曰：“此女名婴宁耶？”生然之。吴亟称怪事。问所自知，吴曰：“秦家姑去世后，姑丈鳏居[④]，祟于狐，病瘠死。狐生女名婴宁，绷卧床上，家人皆见之。姑丈殁，狐犹时来，后求天师符粘壁上[⑤]，狐遂携女去，将勿此耶？”彼此疑参。但闻室中吃吃，皆婴宁笑声。母曰：“此女亦太憨生。”吴请面之，母入室，女犹浓笑不顾。母促令出，始极力忍笑，又面壁移时方出。才一展拜，翻然遽入，放声大笑。满室妇女为之粲然。

吴请往觇其异，就便执柯[⑥]。寻至村所，庐舍全无，山花零落而已。吴忆姑葬处，仿佛不远；然坟垅湮没，莫可辨识，诧叹而返。母疑其为鬼。入告吴言，女略无骇意；又吊其无家，亦殊无悲意，孜孜憨笑而已。众莫之测，母令与少女同寝止。昧爽即来省问[⑦]，操女红[⑧]，精巧绝伦。但善笑，禁之亦不可止；然笑处嫣然[⑨]，狂而不损其媚。人皆乐之。邻女少妇，争承迎之。母择吉将为合卺，而终恐为鬼物，窃于日中窥之[⑩]，形影殊无少异。至日，使华妆行新妇礼；女笑极不能俯仰，遂罢。生以其憨痴，恐漏泄房中隐事，而女殊密秘，不肯道一语。每值母忧怒，女至，一笑即

① 冗人：闲人，这里指在原有家人之外另外添加的人口。
② 翁姑：公婆。
③ 殂（cú）谢：死亡。
④ 鳏（guān）居：丧妻独居。
⑤ 天师符：道教张天师的神符。天师，指东汉时人张道陵，其后人亦称天师。
⑥ 执柯：作媒。
⑦ 昧爽：天刚亮。
⑧ 女红（gōng）：古时闺中妇女做绣活儿称为女红。
⑨ 嫣然：姣美的样子。
⑩ 窃于日中窥之：传说鬼在日光下无影，因而以此法检验婴宁是否为鬼。窃，偷偷地。

解。奴婢小过，恐遭鞭楚，辄求诣母共话。罪婢投见，恒得免。而爱花成癖，物色遍戚党；窃典金钗，购佳种，数月，阶砌藩溷[①]，无非花者。

庭后有木香一架，故邻西家。女每攀登其上，摘供簪玩。母时遇见，辄诃之。女卒不改。一日，西人子见之，凝注倾倒。女不避而笑。西人子谓女意己属[②]，心益荡。女指墙底，笑而下。西人子谓示约处，大悦。及昏而往，女果在焉。就而淫之，则阴如锥刺，痛彻于心，大号而踣。细视，非女，则一枯木卧墙边，所接乃水淋窍也[③]。邻父闻声，急奔研问，呻而不言。妻来，始以实告。爇火烛窍[④]，见中有巨蝎，如小蟹然。翁碎木捉杀之。负子至家，半夜寻卒。邻人讼生，讦发婴宁妖异[⑤]。邑宰素仰生才，稔知其笃行士[⑥]，谓邻翁讼诬，将杖责之。生为乞免，逐释而出。母谓女曰："憨狂尔尔，早知过喜而伏忧也。邑令神明，幸不牵累，设鹘突官宰[⑦]，必逮妇女质公堂，我儿何颜见戚里？"女正色，矢不复笑。母曰："人罔不笑，但须有时。"而女由是竟不复笑，虽故逗亦终不笑，然竟日未尝有戚容。

一夕，对生零涕。异之，女哽咽曰："曩以相从日浅，言之恐致骇怪。今日察姑及郎皆过爱，无有异心，直告或无妨乎？妾本狐产。母临去，以妾托鬼母。相依十余年，始有今日。妾又无兄弟，所恃者唯君。老母岑寂山阿，无人怜而合厝之[⑧]，九泉辄为悼恨。君倘不惜烦费，使地下人消此怨恫[⑨]，庶养女者不忍溺弃[⑩]。"生诺之，然虑坟冢迷于荒草，女但言无虑。刻日，夫妻舆榇而往[⑪]。女于荒烟错楚

① 藩溷（hùn）：篱笆和厕所。

② 女意己属：女子对自己有意。

③ 水淋窍：枯木因长期雨水浇淋而出现的窟窿。

④ 爇（ruò）火：点燃灯火。

⑤ 讦（jié）：揭发。发人隐私谓讦。

⑥ 笃行士：行为端正诚实的人士。

⑦ 鹘突：唐突，糊涂。

⑧ 合厝（cuò）：合葬。

⑨ 怨恫：怨恨和恐惧。

⑩ 养女者不忍溺弃：意思是养女儿也是有好处的，愿意生养女儿。

⑪ 舆榇：以车载棺。榇，棺材。

中[①]，指示墓处，果得媪尸，肤革犹存。女抚哭哀痛。舁归[②]，寻秦氏墓合葬焉。是夜，生梦媪来称谢，寤而述之，女曰："妾夜见之，嘱勿惊郎君耳。"生恨不邀留，女曰："彼鬼也，生人多，阳气胜，何能久居？"生问小荣，曰："是亦狐。最黠。狐母留以视妾，每摄饵相哺，故德之常不去心。昨问母，云已嫁之。"由是岁值寒食，夫妻登秦墓，拜扫无缺。女逾年生一子。在怀抱中，不畏生人，见人辄笑。亦大有母风云。

异史氏曰："观其孜孜憨笑，似全无心肝者，而墙下恶作剧，其黠孰甚焉。至凄恋鬼母，反笑为哭，我婴宁殆隐于笑者矣[③]。窃闻山中有草，名'笑矣乎'，嗅之，则笑不可止。房中植此一种，则合欢、忘忧[④]，并无颜色矣。若解语花[⑤]，正嫌其作态耳。"

附:《山花子》与婴宁形象

《聊斋词集》中有一首《山花子》，全词如下：

> 十五憨生未解愁，终朝顾影弄娇柔。尽日全无个事，笑不休。
> 贪扑蝶儿忙未了，滑苔褪去凤罗钩。背后谁家年少立？好生羞！

这是一首小词，全词只有几十个字，但却非常生动地刻画出一个少女的形象。

---

① 错楚：杂乱的树丛。

② 舁归：抬回家。

③ 殆：大概。隐于笑者：用笑来掩藏了自己的智慧和品德的人。

④ 合欢、忘忧：皆花名。合欢又名夜合花、马樱花。忘忧即忘忧草，又名萱草。

⑤ 解语花：《开元天宝遗事》载：唐明皇与杨贵妃在太液池赏花，左右极赞池花之美，而"帝指贵妃示于左右曰：'争如我解语花？'"后因以"解语花"比喻善于阿谀逢迎的女人。

她天真无邪，自由不拘，显然是一个未经封建礼教浸染的纯真的女性形象。在蒲松龄的笔下，我们对这个形象并不陌生，很自然地就会联想到《聊斋志异》中的名篇《婴宁》。我们先看词的内容，然后再与《婴宁》作一比较。

首句点出主人公是一位年仅十五岁的少女，这是对描写对象一个总的定位。

“憨生”，憨态可掬，其实说的是这个少女虽然不懂世事，却是非常可爱；“未解愁”三个字有比较丰富的含义：年幼，涉世未深，因而天真、幼稚、单纯，不曾受到世俗社会的影响和尘染，也就没有那么多的烦恼与忧愁。“终朝”一句，是写她的日常生活，写她的生活内容和生活情趣。不知她是个大家闺秀，还是个小家碧玉，但都好像并未受到封建家教的约束，过得自由自在、无拘无束。她所关注的，似乎只是在她自己个人身上，顾影自怜，娇媚自赏。她的自由天性的外在表现，就是“笑不休”。按照封建礼教的闺训，年轻妇女在人前应该是不苟言笑的，但她却总是充满欢乐，无所顾忌，整天笑个不停。

从艺术表现来看，以上都还只是比较概括的描述，但已略带一点叙事的性质。而下面则是非常生动具体的细节描写了。作者捕捉住了少女生活中一个典型的景象：扑蝶。“忙未了”三个字，可以启发我们的想象：在花丛中翻飞的蝴蝶是很难捕捉到的，因而蝴蝶东飞西飞，她也就东扑西扑。一个为扑蝶在花丛中来回奔跑的天真可爱的少女形象，恍如就在我们的眼前。更生动的描写还在后面一句“滑苔褪去凤罗钩”，她全神贯注只顾扑蝶，一不小心，因为苔滑而跌倒，连脚上的那双凤罗钩都被褪掉了。这是写她乐在其中而忘情，连鞋子跌掉了她也似乎感到很有趣，很快乐。这就以具体的形象，呼应了开头的“十五憨生未解愁”。但毕竟是闺中少女，这一切要是被人看见了，也会觉得有点儿尴尬的。可是没有想到，偏偏就真的被人看见了，而且看见的还不是一般的人，而是那个时代的少女应该回避的小伙子。“背后谁家年少立？好生羞！”一回头，看见不知是什么时候、也不知是谁家的一个少年，正站在那里看着她呢！于是，满脸通红，羞得简直是无地自容了。

蒲松龄不愧是一个小说家，写作一首几十个字的小词，竟然刻画出一个活生生的人物。其间采用了小说的手法，不仅有叙事，还有细节描写，人物情态栩栩如生。

但词毕竟是抒情文字，虽然刻画了鲜明生动的人物形象，但最终的创作目的，还是在于抒发作者自己内心的感情。篇中字字句句，都洋溢着对这位天性自由的少女的热爱和赞美之情。整体来看，这首词的抒情特色还是十分鲜明的。

如果把这首《山花子》与《聊斋志异》中的《婴宁》来作一比较，两者既有同，也有异，而且异的一面还是主要的。相同的一面，主要是都塑造出了一个鲜明的天真无邪，自由不拘，身上没有一丝腐朽的封建礼教气息的少女形象，而通过这个形象表现了作者对追求自由无拘的人性的热情赞美。

但小说与词终究属于两种文体，就刻画这两个性格相近（只能说是相近，实际并不完全相同）的少女来说，还是有着相当大的差别的。最大的不同，是小说《婴宁》有着精巧的艺术构思和完整的情节结构，因而作品的内容更加充实，人物的思想性格也更加丰富。单从最表面也是最突出的性格特点来看，词中的少女只是爱笑，而小说中的婴宁却于爱笑之外还爱花。爱笑只是表现了她的天真无邪、自由不拘、乐观开朗；而爱花（这一细节贯穿于小说的全部情节）则象征着她对美的追求，也象征着她自身的美。

另外，从性格的多层次来看，词所写的显然比较单调，主要突出的，除了爱笑之外，就是少女的害羞；而小说却在爱笑之外，突出的不是她的害羞，而是一般旧时代妇女很少见的泼辣和大方。刚出场不久，就通过她与青年王子服在路上相遇，王生对她“注目不移”时，她竟然在大庭广众之中，毫不客气地对其厉声斥责，以表现她刚性的一面。而临别时却又故意“遗花地上，笑语自去”，又表现了她的聪明和狡黠。

还有一点值得注意的是，小说由于有充裕的艺术空间，作者不惜文字，特意为婴宁所居住的山村，营造出一种静谧、清幽、雅洁，充满诗意的环境气氛，以衬托她本人优美的品格和高雅的精神风貌。

更重要的不同，还表现在小说通过曲折生动的情节，既表现了王子服的多情，也表现了婴宁的以情报情，写出了一个美丽动人的爱情故事。而这是词所未涉及，也是绝对没有可能涉及的。

词中的少女是一个现实中的人，而小说中的婴宁，却是一个狐仙。幻与实的结合，给小说塑造人物以更大的自由，这也是一首小词不可能做到的。而作为一个现实的人，小说还充分地揭示了她在日常生活中所表现出的世俗人生的美好品格：侍亲孝敬、待人亲切、心地善良。

尽管有这么多的不同，但作为带有理想化色彩的少女形象，两篇不同文体作品中的人物，其基本的精神品格，还是相通的。这一方面是基于作者蒲松龄的生活感受，这是他创作这两篇不同文体作品的现实基础；而另一方面，在这两个形象中，又都寄托了作者在思想上挣脱世俗思想的束缚，追求自由人性的理想和憧憬。

人之圣者与鬼之仙者的美满结合

——说《聂小倩》

聂小倩是一个女鬼。但别以为这是一篇令人恐怖的惊悚小说，恰恰相反，蒲松龄讲的其实是一个美丽动人的爱情故事，只不过这爱情发生在人鬼之间。男主人公宁采臣是一个人，但不是一个普通的人，而是一个品德高尚的人，是人中之圣者也；女主人公聂小倩是一个鬼，但并不是人们心目中那种面目狰狞的鬼，而是一个美丽善良的鬼，是鬼中之仙者也。这篇小说就是关于这个人之圣者与鬼之仙者之间产生的爱情故事。小说的情节曲折生动，亦时有惊险诡异之处。而经过漫长的发展过程，人鬼之间由对立而融洽，由陌生而了解，由疏远而亲近，逐渐产生了真挚的感情。最后竟克服了阴阳之间的阻隔，由朋友之情、兄妹之情发展为夫妻之情，在条件成熟时最终结成连理，组建了一个美满幸福的家庭。

蒲松龄虽然津津乐道于谈狐说鬼，但他写的故事却充满现实生活的气息，体现了他对现实人生的看法和人世间的伦理道德观念，体现了他对人性的重视和关怀。在他看来，贪财好色的人是品德不好的，应该受到惩罚；而不贪财不好色的人是品德端正的，应该得到好报，得到幸福。

这篇小说的突出特点，在于人物写得好，不只是有性格特色，而且不流于空泛和表面，而是有深入的开掘，揭示出人物的内心世界，写出了人物的内在美。而对人物的刻画，是通过精巧的构思和情节的生动、曲折的展现来完成的。

小说的写法是由人而及于鬼，渐次展开情节。男女主人公，人与鬼两个形象，是在他们具体关系的发展中逐渐地显现出各自的性格特色的。小说一开始这样介绍男主人公："宁采臣，浙人。性慷爽，廉隅自重，每对人言：'生平无二色。'"简单的几句话，简要地概括了这个人物最重要的三方面的性格特征：一是慷慨爽快；二是为人端方正派，最重道德操守；三是在女色方面很严谨，除妻子之外不恋情色。

后面的情节，就着眼于这三个方面，具体地展开描写，深入开掘。

宁采臣与聂小倩相遇、相识的环境，作者就在艺术上进行了精心的营造。故事发生在金华，这与开头交代他是浙人有关。他去到一个庙里，所见是这样的景象："寺中殿塔壮丽，然蓬蒿没人，似绝行踪。东西僧舍，双扉虚掩，唯南一小舍，扃键如新。又顾殿东隅，修竹拱把；阶下有巨池，野藕已花，意甚乐其幽杳。"这段描写有三点值得注意：其一是，这是一个建筑宏伟的古庙，但看起来荒芜已久，人迹罕到，这就暗示了这里可能是鬼魅精怪的出没之所。其二是，其中有一小舍似有人来新住，由此后面就顺理成章地引出一个人物燕生。这只是一个次要人物，或者可称为结构性的人物，本身没有多大的思想意义，但在后面的情节发展中起到一种过渡、穿插和映衬的作用。虽然如此，这个人物却是必不可少的。其三是，庙虽荒芜，却是风景优美，清幽安静，很投合宁采臣的心境和趣味。这其间，也就含蓄地透露出人物内在的一种近于儒雅的精神气质。这段描写，文字极为简练优美，既设置了人物活动的特定环境，又初步透露出相关人物的身份和性格。

宁采臣决定留居于此。于是与居住在这里准备参加科举考试的燕生相遇（呼应前面"南一小舍，扃键如新"二句）。由燕生口中得知这是一座没有僧人住持的荒庙，只要"能甘荒落"（"荒落"二字，与前文"蓬蒿没人"相映照，再一次烘托出一种可能有鬼魅出没的气氛），可以随意居住。在两个人交谈的时候，小说有八个字写景："明月高洁，清光似水。"这种诗画般的境界，又从另一面暗示我们，宁采臣和燕生一定是能与此种境界相匹配的人物。

下面就写到宁采臣与鬼女的相遇了。但所写没有一丝鬼气，宁之所闻、所见，全是现实生活情景：先是听见"舍北喁喁，如有家口"；既而伏于壁下"微窥之"，则见短墙外有一小院落，一个中年妇人和一个老媪在月下说话，其衣着、身态、妆饰以及说话的内容与口吻，都与常人无异。她们议论的不是别人，正是小说的女主人公聂小倩。从艺术表现的角度看，这是一种间接的介绍，一种铺垫。接着便从宁采臣的眼中写聂小倩的出场："言未已，有一十七八女子来，仿佛艳绝。""仿佛"二字写得准确、真切，确是朦胧月光下所见情景。但是接着就以老媪对小倩的玩笑话，为宁采臣落实了他在月色中未能见得十分清晰的这个小女子，确实长得非常漂亮："小娘子端好是画中人，遮莫老身是男子，也被摄魂去。"这种对小倩容貌的赞美，在艺术表现上也仍然只是一种铺垫，目的是为了下文要着意表现的宁采臣对美色的态度。因为下面的对话听不清楚，"宁意其邻人眷口，寝不复听"。他不为当前所见的美色所动，以平常景象视之，听不清了很自然地就要回去睡觉，没有留恋，甚至连好奇心都没有。这显然是个不贪女色的正人君子。这是蒲松龄最擅长的手法，看似平淡的描写，却在不经意间就表现了人物的思想性格。一直到这里，读者所见的都还只是现实生活中的日常情景，一点也没有感到鬼魅将要出现的气氛。

接下去写人和鬼的正面相遇，意想不到地却产生了激烈的冲突。让宁采臣本人和读者都没有想到的是，他所不恋、不想的那个女子，却就在这天夜里不盼而自来了。“方将睡去，觉有人至寝所，急起审顾，则北院女子也。”在两人一问一答之间，一步步显示出宁采臣的高尚品德。宁生“惊问之，女笑曰：‘月夜不寐，愿修燕好。’”“燕好”是指男女狎昵之意。对这样自己送上门来的情色，宁采臣的态度是坚决地严词拒绝。他“正容曰：‘卿防物议，我畏人言，略一失足，廉耻道丧。’”女子对这一套警示置若罔闻，又以“夜无知者”来解除宁生的顾虑。而回应却是：“宁又咄之。”这时，女子“逡巡若复有词”。这六个字写女子的心理和情态，逼真传神：想走又不愿走，似有话却又不能说或不敢说。而这时，“宁叱：‘速去！不然，当呼南舍生知’”。南舍生就是燕生，这个人物在这里派上用场了。于是，“女惧，乃退”。宁生的话似脱口而出（他对燕生并不了解，这时还只是他唯一能呼叫的邻居），但作者却由此暗示我们，女子是知道这里是住有燕生这个人的，并对他有所了解，且心怀畏惧。这又在不经意间为下文的情节伏了一笔。这是人鬼（其实这时我们还并不知道聂小倩就是鬼）之间冲突的第一个回合，以女子的“惧”和“退”而告结束。

但同样令人没有想到的是，女子并未就此罢休，色诱失败之后，又继之以财诱：“至户外复返，以黄金一铤置褥上。”对此，宁采臣的态度依旧十分坚定：“掇掷庭墀，曰：‘非义之物，污我囊橐！’”这次，人物关系产生了很大的变化：“女惭，出，拾金自言曰：‘此汉当是铁石。’”女子的感叹和评价有千斤之重。所谓“铁石”，就是指他一身正气，不为财色所动。这是由女子的反应来表现宁采臣的高尚品德，这里有她的切身体验作基础，自然令人信服。但是换一个角度看，女子的这一认识本身也同时反映了她本人的思想品格。她能在宁生的“铁石”心肠面前受到感动，并产生自愧之心，说明她并不是一个吃人的厉鬼，而是无异于一个具有社会的正常心理和道德观念的现实的人。或者更确切地说，聂小倩是亦鬼亦人：其形鬼也，而其心则人也。后面一系列情节写她善良美好的性格，都是建立在这样基础之上的。

当然，她虽然具有正常人的善良的心理和思想，但同时却又有不少诡异之处，让我们对她产生种种疑问：她是怎么知道宁采臣住在这里的？她是一个良家妇女吗？为什么有那样放浪而不知羞耻的表现？等等。要是你事先知道这是一篇鬼故事，不用说，这些你当然都会看作是鬼魅的特征。但令人思索并被深深吸引的还不止此，这时小说突然插入了一段兰溪生及其仆人住在庙中夜间离奇暴死的情节，诡异神秘，扑朔迷离。这在表面上好像与女子无涉，读到下文就知道，实际她正是卷入到这复杂的纠葛之中，与情节的发展密切相关的。《聊斋志异》故事，与一般观前必知后、一览无余的平庸小说不同，总是让你读来疑窦丛生，不知底里，因而不能不一边看一边猜想、思索，这就产生了一种强烈的艺术吸引力。

宁采臣从燕生那里得知庙中确有害人的妖魅，但方正者不畏邪祟，“宁素抗直，颇不在意”。这又从另一个侧面点染出他的刚正之气。但是，“宵分，女子复至，谓宁曰：‘妾阅人多矣，未有刚肠如君者。君诚圣贤，妾不敢欺。’”“圣贤”之誉，是鬼女给他的，而且是她从自己的亲身体验中得来，是发诸内心的真诚严肃的评价。因此，她这次来与上一次完全不同，不再是为害他而来，而是为回报他的有德而来。她有三件事诚实地告知宁采臣，因此而带来小说的情节，主要是人鬼关系的重大变化。第一，告诉宁生自己是一个“十八夭殂”的年轻的女鬼；第二，告诉宁生自己是“被妖物威胁，历役贱务，觍颜向人，实非所乐”。就是说，她出来害人是被迫的，实非心之所愿。第三，告知明晚有夜叉来，宁生会有生命危险，同时又授以“与燕生同室可免”之计。宁生问她两个问题，都十分重要：其一是，为什么妖魅不惑燕生？回答是：“彼奇人也，不敢近。”这留给我们一个悬念：燕生之奇，奇在何处？他对人鬼关系的发展会有什么样的影响？其二是，她被胁迫去迷人，用的是什么方法？回答是：狎昵摄血以供妖饮，投金（非真金，实为罗刹鬼骨）留之以取人心肝。然后说：“二者，凡以投时好耳。”这两句具有强烈的警世意义。所谓“时好”，就是指世人普遍迷恋因而很难闯过的“财”“色”二关。“财”“色”成为时好，不唯蒲松龄生活之清代如此，今世亦然。不见当今落马之贪官，哪一个不是栽倒在财、色上面？对比起来，宁采臣在财色面前之心如铁石，实在是品德灿然，难能可贵。

人鬼之间因此由相识而相知，成了互相信任、互相帮助的朋友。一方面是宁采臣在接受忠告后真诚地感谢聂小倩；另一方面是聂小倩恳请宁帮助她迁坟回到家乡。她对宁说：“妾堕玄海，求岸不得。郎君义气干云，必能拔生救苦。倘肯囊妾朽骨，归葬安宅，不啻再造。”宁毫不犹豫，“毅然诺之”。这段情节，生动地表现了小倩的善良和宁采臣乐于助人的侠义之气。这样的相互信任和帮助，是现实生活之中最需要也是最值得赞扬的人与人之间的美好关系。然而，小倩“言已出门，纷然而灭”。作者在作现实描写的同时，又不忘穿插点染小倩身上的灵鬼之气。

宁采臣与燕生联手跟妖魅的斗争，惊心动魄，是全篇小说中写得最具奇幻色彩的部分。燕生是小倩介绍给宁采臣的，所以写燕生对宁采臣的帮助，实际上也就是写小倩对宁采臣的帮助。在燕生与宁生的关系中，作者也处处着意于表现宁生的高尚品德。燕生本不愿与宁同宿，但在宁的强求下只好同意。但他对宁说：“仆知足下丈夫，倾风良切，要有微衷，难以遽白，幸勿翻窥箧襆，违之两俱不利。”他对宁生有充分的信任，但仍严肃地告诫他千万不要翻窥他的那个神秘的箱箧。“宁谨受教”，四个字表现了他的君子之风。宁生难以入睡，亲见、亲闻妖魅之来与被创的全过程。窗外人影，如电目光，“耀若匹练”的神剑等等，都使他十分惊奇，于是问于燕。燕曰：“既相知爱，何敢深隐。我，剑客也。若非石棂，妖当立毙；虽然，亦伤。”宁想看看箧中所缄之物，燕生也“慨出相示，荧荧然一小剑也”。宁与燕生的诚信相交，互相知爱，同时表现了两个人的美好品德，以及建立在这种品德基础之上的美好关系。

宁生受小倩之托，将迁坟之事时时记在心上。他按照小倩所示，出北寺，见荒坟累累，在上有鸟巢的白杨树下，终于找到了小倩的坟墓。在“趣装欲归”时，燕生情义深厚，设帐送行，并以装神剑的破革囊赠宁，嘱其持此可远魑魅。宁生本想跟从燕生学习除妖之术，燕生回答说：“如君信义刚直，可以为此。然君犹富贵中人，非此道中人也。”在赞扬宁生品德高尚的同时，又为下文的情节设下伏笔。

宁采臣将小倩的尸骨埋葬于自己的书斋之外，并祭而祝曰：“怜卿孤魂，葬近蜗居，歌哭相闻，庶不见陵于雄鬼。”对她的不幸遭遇和孤寂的处境，同情、体贴，细致入微。小倩十分感动，便现身人形，呼其“缓待同行”！并欢喜谢曰：“君信义，十死不足以报。请从归，拜识姑嫜，媵御无悔。”女鬼有情有义，受恩知报，表示愿意做宁的小妾，一生侍候他而无悔。这时，小说特意从宁生的眼中用十六个字来形容这个女鬼之美：“审谛之，肌映流霞，足翘细笋，白昼端相，娇艳尤绝。”这里特意用“白昼”与前面的“月下”相呼应，表明他这次不再是“仿佛”，而是清清楚楚地看到了小倩之美的。但除了信义之外，却一如既往，一点不为她的容色动心。他只是把小倩看做是需要帮助和应当帮助的一个弱者，一个朋友。通过这样的艺术描写，在宁采臣的心中，当然也同时在读者的心中，小倩的鬼面和鬼气都已经消失得无影无踪了。

宁生终于把小倩带回到自己的家中。然而，引一个女鬼进家，是有许多障碍必须克服的。首先是宁母。宁生先把小倩安置在书斋中，“嘱坐少待，先入白母，母愕然”，对于将要面对一个鬼物来说，“愕然”已经是相当温和的反应了，但其意也是非常明确的：不能接受。其次是宁生的妻子。“时宁妻久病，母戒勿言，恐所骇惊。”这是绝对不能告知妻子的。对于如何保护宁生的妻子，母亲的态度已经够通情达理了，但这个障碍也显然是难以逾越的。然而还不等宁生的回复，这时“女已翩然入，拜伏地下”。主动，出人意料，但很有礼貌。宁生只好向母亲介绍：“此小倩也。”“母惊顾不遑。”虽然是一个懂礼而又温顺的鬼，面对时仍然吃惊不小。一个个看似很难克服的障碍，最后都由小倩自己的行动和美德逐渐被克服了。因此，写小倩被宁采臣家人接受并融入其中的过程，也就是小说揭示小倩的内在美并加以颂扬的过程。女谓母曰：“儿飘然一身，远父母兄弟。蒙公子露覆，泽被发肤，愿执箕帚，以报高义。”这几句话讲得非常真诚，表达了两层意思：一是自己孤苦困难的处境；二是对宁采臣救助自己的真诚感恩。母亲也是一个善良的母亲，她的态度开始有了变化：“母见其绰约可爱，始敢与言。”内在的真情表述，加上外在的绰约之美，母亲终于看到了这个鬼女的“可爱”之处，但还有顾虑。她对小倩说：“小娘子惠顾吾儿，老身喜不可已。但生平止此儿，用承祧绪，不敢令有鬼偶。”担心的只是她不能生儿育女。母亲的一番诚实之言，说得通情达理。小倩回答：“儿实无二心。泉下人既不见信于老母，请以兄事，依高堂，奉晨昏，如何？”以同样发自肺腑的诚实之言回应老母，只要能与宁采臣一起侍奉母亲，不能做夫妻，降低要求做兄妹，也就非常满足了。母亲终于被她的真诚所感动而应允。小倩想拜见宁采臣的妻子，以疾婉拒，她也能理解和接受。之后，立即下厨房，做家务，完全代替了母亲往日的劳苦。但另一层障碍又出来了，因为小倩是鬼女，宁母害怕，“辞使归寝，不为设床褥”，也就是不让她住在家里。这一态度和举措，对小倩来说是既不尊重也不公平的，一般人都会感到屈辱而很难忍受。但“女窥知母意，即竟去”。她一点没有感到这是忍辱负重，而是很自然也很愉快地出于对宁母的孝敬和尊重，主动自觉地这样做的。鬼女之善良、贤慧、懂事有如此，是一般人所难于做到的。

但鬼女小倩是深于情者也。离开老母易，离开宁采臣难。小说对这一点写得十分细致，也十分动人。她离开宁母，经过宁生的书斋时，小说有意穿插了一个小小的波澜。女“过斋欲入，却退，徘徊户外，似有所惧”。所惧为何？原来是燕生送给宁生的那个可以避妖魅的革囊，使鬼女小倩感到“剑气畏人”。宁生“取悬他室”，

“女乃入”。入室以后小倩的表现，很值得我们细读玩味。她先是“就烛下坐。移时，殊不一语”。显然心中有事，正在思考着什么。随后说起她小时曾诵《楞严经》，向宁生求一卷，夜诵，以便“就兄正之”。宁生许诺。《楞严经》乃佛经中让人安心养性之作，小说借此一方面补充交代了小倩从小得到的教养；另一方面也由此看出她不想立即离去，有意找一个理由好与宁生有更多的时间相守。接下去就直接写她对宁生的依恋不舍之情：“又坐，默然，二更向尽，不言去。宁促之，愀然曰：‘异域孤魂，殊怯荒墓。’宁曰：‘斋中别无床寝，且兄妹亦宜远嫌。’女起，眉颦蹙而欲啼，足恇儴而懒步，从容出门，涉阶而没。”内心充满矛盾和痛苦，难舍难分，但是为了尊重宁生，孝敬宁母，终于还是含泪离去。“宁窃怜之，欲留宿别榻，又惧母嗔。”宁生是一个孝子，心痛有所不愿，但也只有屈从母命。这以后的生活是这样：“女朝旦朝母，捧匜沃盥，下堂操作，无不曲承母志。黄昏告退，辄过斋头，就烛诵经。觉宁将寝，始惨然去。”她对宁母和宁生的爱是何等的真挚深厚，她的胸怀是何等的坦荡宽广，她忍受痛苦的意志是何等的刚毅坚韧。

在这种常人极难做到的情况下，而且在经过相当长一段时间之后，宁母受到深深的感动，事情终于有了根本的转变。自宁妻生病，宁母十分辛苦，而小倩来后，就得到了很好的休息。于是宁母“心德之。日渐稔，亲爱如已出，竟忘其为鬼，不忍晚令去，留与同卧起”。且“母子皆溺爱之，讳言其鬼，人亦不之辨也”。不久，宁妻去世（这是“生平无二色”的宁生能与小倩结合的最重要的条件），宁母萌生了纳女之意，“然恐于子不利”。小倩看出了这个意思，就主动择机劝说宁母：“居年余，当知儿肝膈。为不欲祸行人，故从郎君来。区区无他意，止以公子光明磊落，为天人所钦瞩，实欲依赞三数年，借博封诰，以光泉壤。”真诚地道出了她一片拳拳之忱。但宁母仍有顾忌，就是担心鬼女的身份不能生育子女。小倩再加劝解，说宁生乃福泽之人，天意必有能光宗耀祖的子嗣，“不以鬼妻而遂夺也”。“母信之”，决定为二人举行婚礼，并“列筵告戚党”。婚礼之上，“女慨然华妆出，一堂尽眙，反不疑其鬼，疑为仙”。回顾前文，宁采臣的圣贤之誉，是鬼女给的；这里，聂小倩的仙女之誉，是众人给的。都不是随便给的，而是从他们各自的亲身体验中得出的认识。归根结底，人之圣者和鬼之仙者，这样美好崇高的称誉，都是由他们各自高尚的品德和行为赢得的。人之圣者与鬼之仙者结合，既般配，又美满。特别值得一提的，是作者写他们婚礼时，有意点染这样一笔：为了回答亲朋执贽之贺，“女善画兰梅，辄以尺幅酬答，得者藏什袭以为荣”。赋予小倩以风雅不俗的文化素养，以之能与宁生书生的身份相匹配。

小说是一个喜剧的结局。一是通过小倩不再惧怕革囊的奇异情节，说明她与人相处，“受生气已久”，已经变鬼身为人身。二是与革囊相关，顺笔交代欺压小倩并害人的夜叉被消灭，绝了后患，他们可以无忧无虑地过上幸福的生活，故两人“大喜曰：‘无恙矣！’”三是数年后宁采臣登进士第，小倩为其生一男，“纳妾后，又各生一男，皆仕进有声”。应了前面燕生所说的“君犹富贵中人”和小倩所称“郎君注福籍，有亢宗子（能够光宗耀祖的子嗣）三”的预言。这样的结局，在今天的读者读来，不免会闻到一点庸俗之气。但在蒲松龄的时代，以他本人的思想和人生态度，这已经是他能给予两人的最高褒奖了。

本篇没有“异史氏曰”。喜剧结局已经非常鲜明地表明了蒲松龄的评价，其意不用多说，已尽在不言之中了。

聂小倩

蒲松龄

宁采臣，浙人。性慷爽，廉隅自重①，每对人言：“生平无二色②。”适赴金华③，至北郭，解装兰若④。寺中殿塔壮丽，然蓬蒿没人，似绝行踪。东西僧舍，双扉虚掩，唯南一小舍，扃键如新。又顾殿东隅，修竹拱把；阶下有巨池，野藕已花，意甚乐其幽杳。会学使案临⑤，城舍价昂，思便留止，遂散步以待僧归。日暮，有士人来，启南扉，宁趋为礼，且告以意。士人曰：“此间无房主，仆亦侨居。能甘荒落，旦晚惠教⑥，幸甚。”宁喜，藉藁代床⑦，支板作几，为久客计。是夜，月明高洁，清光

① 廉隅：棱角，比喻一个人的品行端方。

② 无二色：指除了妻子以外不与其他的妇女有情色关系，即指不娶妾、无外遇。

③ 金华：府名，治所在今浙江省金华市。

④ 解装：放下行装，准备住下。兰若（rě）：寺庙，梵语音译“阿兰若”的省称。

⑤ 会：适逢。学使：即提督学政，封建时代朝廷派住各省督察学政的长官。案临：指各省学使在三年任期内，执行巡视所辖各府考试生员的任务。

⑥ 惠教：接受别人指教的客气说法。

⑦ 藉藁：铺上干草。

聶小倩
跡異光明磊落腸不逢劍俠亦何傷良宵自說奇緣者多半青燐注暮楊

似水，二人促膝殿廊，各展姓字。士人自言："燕姓，字赤霞。"宁疑为赴试诸生①，而听其音声，殊不类浙。诘之，自言："秦人②。"语甚朴诚。既而相对词竭，遂拱别归寝。

宁以新居，久不成寐。闻舍北喁喁③，如有家口。起，伏北壁石窗下，微窥之。见短墙外一小院落，有妇可四十余；又一媪衣黦绯④，插蓬沓⑤，鲐背龙钟⑥，偶语月下⑦。妇曰："小倩何久不来？"媪云："殆好至矣。"妇曰："将无向姥姥有怨言否？"曰："不闻，但意似蹙蹙⑧。"妇曰："婢子不宜好相识！"言未已，有一十七八女子来，仿佛艳绝。媪笑曰："背地不言人，我两个正谈道，小妖婢悄来无迹响。幸不訾着短处⑨。"又曰："小娘子端好是画中人，遮莫老身是男子⑩，也被摄魂去。"女曰："姥姥不相誉，更阿谁道好？"妇人女子又不知何言。宁意其邻人眷口，寝不复听。又许时，始寂无声。

方将睡去，觉有人至寝所，急起审顾，则北院女子也。惊问之，女笑曰："月夜不寐，愿修燕好。"宁正容曰："卿防物议⑪，我畏人言，略一失足，廉耻道丧。"女云："夜无知者。"宁又咄之⑫，女逡巡若复有词。宁叱："速去！不然，当呼南舍生知。"女惧，乃退，至户外复返，以黄金一铤置褥上，宁掇掷庭墀，曰："非义之物，污我囊橐！"女惭，出，拾金自言曰："此汉当是铁石。"

---

① 诸生：秀才的别称。

② 秦：古秦国之地，今陕西一带。

③ 喁喁（yú yú）：低声说话的声音。

④ 衣（yì）：作动词用，穿的意思。黦（yè）绯：变了色的红色，即旧的红色衣服。

⑤ 插蓬沓：头上插着大的银梳篦，是南方一些地方妇女头上常戴的首饰。

⑥ 鲐（tái）背：驼背。龙钟：行动不便的老态。

⑦ 偶语：相对谈话。

⑧ 蹙蹙（cù）：忧愁，心情不舒畅。

⑨ 訾（zǐ）：背后说别人的坏话。

⑩ 遮莫：假如。

⑪ 物议：遭人议论。

⑫ 咄（duō）：斥责声。

诘旦[①]，有兰溪生携一仆来候试[②]，寓于东厢，至夜暴亡。足心有小孔，如锥刺者，细细有血出，俱莫知故。经宿，仆一死[③]，症亦如之。向晚，燕生归，宁质之，燕以为魅，宁素抗直，颇不在意。宵分[④]，女子复至，谓宁曰："妾阅人多矣，未有刚肠如君者。君诚圣贤，妾不敢欺。小倩，姓聂氏，十八夭殂[⑤]，葬寺侧，辄被妖物威胁，历役贱务，觍颜向人[⑥]，实非所乐。今寺中无可杀者，恐当以夜叉来[⑦]。"宁骇，求计，女曰："与燕生同室可免。"问："何不惑燕生？"曰："彼奇人也，不敢近。"问："迷人若何？"曰："狎昵我者，隐以锥刺其足，彼即茫若迷，因摄血以供妖饮；又或以金，非金也，乃罗刹鬼骨[⑧]，留之能截取人心肝：二者，凡以投时好耳。"宁感谢，问戒备之期，答以明宵。临别泣曰："妾堕玄海[⑨]，求岸不得。郎君义气干云，必能拔生救苦。倘肯囊妾朽骨，归葬安宅，不啻再造。"宁毅然诺之，因问葬处，曰："但记取白杨之上，有乌巢者是也。"言已出门，纷然而灭。

明日，恐燕他出，早诣邀致，辰后具酒馔，留意察燕。既约同宿，辞以性癖耽寂，宁不听，强携卧具来。燕不得已，移榻从之，嘱曰："仆知足下丈夫，倾风良切[⑩]，要有微衷[⑪]，难以遽白，幸勿翻窥箧袱[⑫]，违之两俱不利。"宁谨受教。既而各寝，燕以箱箧置窗上，就枕移时，齁如雷吼[⑬]。宁不能寐，近一更许，窗外隐隐有人影，俄而近窗来窥，目光睒闪[⑭]。宁惧，方欲呼燕，忽有物裂箧而出，耀若匹练，触折窗上

---

① 诘旦：第二天早上。

② 兰溪生：从兰溪来的书生。兰溪，县名，明清时期属金华府，在今浙江省。

③ 仆一死："一"字疑应作"亦"。

④ 宵分（fèn）：晚间。

⑤ 夭殂：早逝。

⑥ 觍颜：厚着脸。

⑦ 夜叉：一种凶暴丑恶的鬼。

⑧ 罗刹：梵语音译，佛教故事中食人血肉的恶鬼。

⑨ 玄海：佛家语，苦海。

⑩ 倾风：倾慕。

⑪ 要有微衷：只是有一点隐微的心事。

⑫ 幸：希望。箧袱：箱子、包袱。

⑬ 齁（hōu）：打呼噜。

⑭ 睒（shǎn）闪：闪烁。

石棂，飙然[①]一射，即遽敛入，宛如电灭。燕觉而起，宁伪睡以觇之。燕捧箧检征，取一物，对月嗅视，白光晶莹，长可二寸，径韭叶许。已而数重包固，仍置破箧中，自语曰："何物老魅，直尔大胆，致坏箧子。"遂复卧。

宁大奇之，因起问之，且告以所见。燕曰："既相知爱，何敢深隐。我，剑客也。若非石棂，妖当立毙；虽然，亦伤。"问："所缄何物？"曰："剑也。适嗅之，有妖气。"宁欲观之，慨出相示，荧荧然一小剑也。于是益厚重燕。

明日，视窗外，有血迹，遂出寺北，见荒坟累累，果有白杨，乌巢其颠。迨营谋既就，趣装欲归。燕生设祖帐[②]，情义殷渥[③]，以破革囊赠宁，曰："此剑袋也。宝藏可远魑魅。"宁欲从授其术，曰："如君信义刚直，可以为此。然君犹富贵中人，非此道中人也。"

宁乃托有妹葬此，发掘女骨，敛以衣衾，赁舟而归。宁斋临野，因营坟葬诸斋外，祭而祝曰："怜卿孤魂，葬近蜗居，歌哭相闻，庶不见陵于雄鬼[④]。一瓯浆水饮，殊不清旨，幸不为嫌！"祝毕而返。后有人呼曰："缓待同行！"回顾，则小倩也，欢喜谢曰："君信义，十死不足以报。请从归，拜识姑嫜[⑤]，媵御无悔[⑥]。"审谛之，肌映流霞，足翘细笋，白昼端相，娇艳尤绝。遂与俱至斋中，嘱坐少待，先入白母，母愕然。时宁妻久病，母戒勿言，恐所骇惊。言次[⑦]，女已翩然入，拜伏地下。宁曰："此小倩也。"母惊顾不遑。女谓母曰："儿飘然一身，远父母兄弟。蒙公子露覆[⑧]，泽被发肤[⑨]，愿执箕帚，以报高义。"母见其绰约可爱[⑩]，始敢与言，曰："小娘子惠顾

① 飙然：忽然。

② 设祖帐：设宴送行。传说道路之神叫祖神，出门行路的人都要祭祀祖神，以求平安。由此称设宴送行为"祖饯"，祖帐意同此。

③ 殷渥：亲切深厚。

④ 雄鬼：凶恶的厉鬼。

⑤ 姑嫜（zhāng）：古时媳妇称丈夫之母为姑，父为嫜，犹今之称公婆。

⑥ 媵（yìng）御：侍妾。媵，婢妾。

⑦ 言次：说话间。

⑧ 露覆：保护，照顾。

⑨ 泽被发肤：恩泽覆盖到各个方面，包括身体发肤。

⑩ 绰约：形容秀美苗条。

吾儿，老身喜不可已。但生平止此儿，用承祧绪①，不敢令有鬼偶。”女曰：“儿实无二心。泉下人既不见信于老母，请以兄事，依高堂，奉晨昏②，如何？”母怜其诚，允之。即欲拜嫂，母辞以疾，乃止。

女即入厨下，代母尸饔③，入房穿榻，似熟居者。日暮，母畏惧之，辞使归寝，不为设床褥。女窥知母意，即竟去，过斋欲入，却退，徘徊户外，似有所惧。生呼之，女曰：“室有剑气畏人。向道途之不奉见者，良以此故。”宁悟为革囊，取悬他室。女乃入，就烛下坐，移时，殊不一语。久之，问：“夜读否？妾少诵《楞严经》④，今强半遗忘⑤。浼求一卷⑥，夜暇就兄正之。”宁诺。又坐，默然，二更向尽，不言去。宁促之，愀然曰：“异域孤魂，殊怯荒墓。”宁曰：“斋中别无床寝，且兄妹亦宜远嫌。”女起，眉颦蹙而欲啼⑦，足恇儴而懒步⑧，从容出门，涉阶而没。宁窃怜之，欲留宿别榻，又惧母嗔。女朝旦朝母，捧匜沃盥⑨，下堂操作，无不曲承母志。黄昏告退，辄过斋头，就烛诵经。觉宁将寝，始惨然去。

先是，宁妻病废，母劬不可堪⑩；自得女，逸甚，心德之。日渐稔，亲爱如己出，竟忘其为鬼，不忍晚令去，留与同卧起。女初来未尝食饮，半年渐啜稀䬪⑪。母子皆溺爱之，讳言其鬼，人亦不之辨也。无何，宁妻亡，母阴有纳女意，然恐于子不利。女微窥之，乘间告母，曰：“居年余，当知儿肝膈。为不欲祸行人，故从郎君来。区区无他意⑫，止以公子光明磊落，为天人所钦瞩⑬，实欲依赞三数年⑭，借博

① 承祧（tiāo）绪：传宗接代。祧，祖庙。祧绪，祖先的遗绪。
② 奉晨昏：早晚侍奉父母。
③ 尸饔（yōng）：料理饮食。尸，主持。饔，熟食。
④ 楞（léng）严经：佛经名。佛教认为，读此经可以安心养性。
⑤ 强半：多半。
⑥ 浼（měi）：请求。
⑦ 颦蹙：愁眉苦脸的样子。
⑧ 恇儴（kuāng ráng）：走路不稳的样子。
⑨ 捧匜（yí）沃盥（guàn）：侍奉梳洗。匜，古代用以盛水的容器。沃盥，浇洗。
⑩ 劬（qú）：劳苦。
⑪ 稀䬪：（yì），同“酏”，稀粥。
⑫ 区区：自称的谦词。
⑬ 钦瞩：钦佩和瞩目。
⑭ 依赞：依靠和帮助。

封诰[①]，以光泉壤。”母亦知无恶，但惧不能延宗嗣。女曰：“子女唯天所授。郎君注福籍[②]，有亢宗子三[③]，不以鬼妻而遂夺也。”母信之，与子议，宁喜，因列筵告戚党。或请觌新妇[④]，女慨然华妆出，一堂尽眙[⑤]，反不疑其鬼，疑为仙。由是五党诸内眷[⑥]，咸执贽以贺[⑦]，争拜识之。女善画兰梅，辄以尺幅酬答，得者藏什袭以为荣[⑧]。

一日，俯颈窗前，怊怅若失[⑨]。忽问：“革囊何在？”曰：“以卿畏之，故缄置他所。”曰：“妾受生气已久，当不复畏，宜取挂床头。”宁诘其意，曰：“三日来，心怔忡无停息[⑩]，意金华妖物，恨妾远遁，恐旦晚寻及也。”宁果携革囊来，女反复审视，曰：“此剑仙将盛人头者也。蔽败至此，不知杀人几何许！妾今日视之，肌犹粟粟[⑪]。”乃悬之。次日，又命移悬户上。夜对烛坐，约宁勿寝。

欻有一物如飞鸟堕，女惊匿夹幕间。宁视之，物如夜叉状，电目血舌，睒闪攫拿而前，至门却步。逡巡久之，渐近革囊，以爪摘取，似将抓裂。囊忽格然一响，大可合篑[⑫]；恍惚有鬼物，突出半身，揪夜叉入，声遂寂然，囊亦顿缩如故。宁骇诧，女亦出，大喜曰：“无恙矣！”共视囊中，清水数斗而已。后数年，宁果登进士，女举一男，纳妾后，又各生一男，皆仕进有声[⑬]。

---

① 封诰：受到皇帝的诰命。这里指妻子因为丈夫做官而得到封诰。

② 注福籍：命中注定能享受的福禄。

③ 亢宗子：指有出息的能光宗耀祖的儿子。

④ 觌（dí）：见面。

⑤ 眙（chì）：惊喜地看到。

⑥ 五党：不详，疑为“五宗”，指五服内的亲族。五服指高祖、曾祖、祖父、父亲和自己同辈亲戚的不同亲疏关系。

⑦ 执贽：带着礼物。

⑧ 什袭：重重包裹，表示珍藏。

⑨ 怊（chāo）怅：忧伤，若有所失。

⑩ 怔忡：心中恐惧不安。

⑪ 粟粟：肌肤发颤，起鸡皮疙瘩。

⑫ 合篑（kuì）：把两个竹合起来，比喻空间的大小。篑，竹筐。

⑬ 仕进有声：做官有好的政声。

明晰·精练·逼真

——说《地震》

与《聊斋志异》中多数篇章的奇诡怪异不同,《地震》不言精魅神鬼，亦少增饰，是一篇平实而又生动的记事散文。

文中所记的这次山东的大地震，历史上实有其事。《淄川县志》载："康熙七年六月十七日，地大震。裂城墙八丈，摇落垛口一千三百九十一，城内坏民房五百五十七，乡村坏房屋无算，压伤人畜，死者四人。……"蒲松龄的同邑人袁藩，在他所著的《敦好堂诗集》卷三中有一首《纪异》诗，也是写这次地震的。首二句点明时间："戊申季夏十七日，皎月东升一更后。""戊申"即康熙七年，也就是公元一六六八年；"季夏"就是旧历六月；"一更后"约为夜里八九点钟，正好是本篇中所说的"戌刻"。年、月、日、时，无一不与蒲文所记契合。据此，我们完全可以肯定《地震》是一篇纪实的散文。它虽然没有《聊斋志异》中其他短篇小说作品情节曲折、想象奇丽的特点，却表现了一种简约、平实、明畅的散文风格。从纪事的角度看，明晰、精练、逼真是其突出的特点，颇能见出蒲松龄散文笔法的功力。

先说明晰。记一场地震，虽比不得写社会大事件那样头绪纷繁，难于驾驭，却也有它的难写之处。猝然而来，瞬息速变，种种情景、声音纷至沓来，令人神昏目迷，写来很容易顾此失彼，眉目不清。作者却写得条理井然，严整有法。

"康熙七年六月十七日戌刻，地大震。"开头总写一句，说明什么时间发生了什么事情，让读者先有一个总的印象。交代时间，照顾到后文的具体描写，"戌刻"二字必不可少。下面关于男女裸聚、忘掉没有穿衣服的情景只能发生在夜里，如果开头不作交代，就会显得突兀而使人不可理解。《淄川县志》就没有交代"戌刻"，因为史志只须对发生的事实作简要的记录，而散文则要求对具体情景作生动的描述。开头交代时间为后文的描写做准备，后文的记述则照应到前面交代的时间。这种在构思和具体叙写上的严密而无缺失疏漏，正是中国古典散文在艺术表现上的一个共同特色。下文说“对烛饮”而不说“对饮”，“烛”字就是照应“戌刻”的，这就在读者不知不觉中再一次强调了事情是发生在夜里。这些地方都能见出作者用笔的严谨不苟。

对地震的描述，按事情发生、发展的自然进程，分作五层来写，从容不迫，一丝不乱。第一层，写震前的地声：“忽闻有声如雷，自东南来，向西北去。”声音宏大，滚动流走，读来如在耳际。第二层，写初震时的情状：“俄而几案摆簸，酒杯倾覆；屋梁椽柱，错折有声”。“几案”“酒杯”云云，是眼前景，承“对烛饮”三字而来，前后照应周到。第三层，写大震时的情状。这是全篇写地震最着力处，是全篇的重点，所用的笔墨也最多。本身又分作四层写。先写所见：“楼阁房舍，仆而复起”；次写所闻：“墙倾屋塌之声，与儿啼女号，喧如鼎沸”；再次写所感：“人晕眩不能立，坐地上，随地转侧。”最后，总写震动、惶乱气氛：“河水倾泼丈余，鸡鸣犬吠满城中。”第四层，是摄下震后的一个镜头，传神入妙地活画出一场大地震中人们惶急无谋时的情状：“视街上，则男女裸聚，竞相告语，并忘其未衣也。”第五层，写震后种种传闻：“某处井顷仄，不可汲；某家楼台南北易向；栖霞山裂；沂水陷穴，广数亩。”从面上点染出这次地震的概貌。最后是：“此真非常之奇变也。”一句感叹作结，收束全文。（按：地震正文到此为止，邑人妇的故事仅仅是起点染作用的附录）。犹如经过巧妙剪接的一组电影镜头，把一场地震发生的全过程和种种情状，非常具体生动地展现在我们的面前。

除了叙写的层次，作者还特别注意点明时间的推移和空间的转换，这也是使得文章明晰，叙写富于流动感的重要原因。“忽闻”是说事情发生得非常突然；“俄而”是显示出短时间内的迅速变化；“久之”则不仅说明时间间歇较长，还传达出人们在突然而来的事变面前发怔失神的精神状态；“逾一时许”，包含了由动趋静的相当一段时间距离，留下这段时间的空白，才使得“男女裸聚，竞相告语”的情景显得更加真切；“后闻”的“后”字，显示出时间的延续，也许是第二天、第三天，也许是更长一点的时间。有了这个不算短的延续，才有可能传来远远近近各处的消息。可见这些表示时间的词语，其作用不仅在绾合各层次之间递进发展的关系，还表现出更加丰富的内容，使描写的种种情景更加合乎情理和富于真实感。从空间位置说，“各疾趋出”以前是写室内，以后是写室外，内外所见所感，两样情景，各不相同。

再说精练。全文不到二百字，将一次大地震发生的过程、情状、气氛，描绘得十分真实生动，读后如目睹耳闻，亲历其境一样。文章用字省俭，一个词，一句话，各有功用，没有废词赘语。然而文章的精练，还不单是用词造句的功夫，更重要的是对生活有细致的观察，深切的体验，抓住特点，才能概括准确，要言不烦。作者主要从两方面着笔。一是写声音：雷一样的地声，屋梁椽柱的错折之声，儿啼女号之声，鸡鸣犬吠之声。单是这声音的纷杂交错，就已经生动地传达出地震时令人惊惧的情景和混乱的气氛。二是写震动。震动本身较难描写，作者将它化为视觉形象：先从几案摆簸、酒杯倾覆小处写，再从墙倒屋塌、地转河倾、山裂水陷大处写。这次地震的气势、力量、规模，便栩栩如生地传达出来了。抓住特点，突出特点，既简约，又具体。简约而不失于抽象，具体而不流于烦琐，文章表现出一种典型概括的精练美。

最后说逼真。作文亦如作画，写物之妙，不在求其形似，而在写出神髓。逼真就是神似，或者说只有写出神似，才能达到逼真。蒲松龄写地震，是真正写出了地震的“精神”。我们居住在北京，亲身经历过一九七六年夏天的唐山大地震，读此文，禁不住拍案叫绝：真能得其神貌。拿《淄川县志》所载跟这篇纪实散文作一个对比，会感到写貌而遗神的史志，跟神貌兼备的文学描写之间，真有如天壤之别。县志用史笔，简括，然而浮泛、板滞，缺乏描写对象那种有血有肉的鲜活的生命和气息。蒲松龄用文学家之笔，求逼真，出境界，见精神。所以能收到这样的效果，主要是两个原因：一是有“我”，一是求“活”。

文章的第二句交代情况，“余适客稷下……”，出一个“余”字，作者就在这场地震之中，而不是在这场地震之外。他不是以一个局外人的身份，作不动感情的客观介绍，而是以当事人的身份述说亲身的经历与感受。文章中处处有一个“我”在，种种景象，全从作者的眼中、耳中、心中写出，是他亲见、亲闻、亲历，字字句句都充满真情实感，读者读来就感到分外的自然和亲切。

作者不满足于对客观事实作刻板的记录，而是力求描绘出一种跳动着生命的动态的生活场景。他将大自然的变异跟人的活动和感受结合起来写。“骇异”“失色”“趋出”“眩晕”等等，都是写人，写人的感受、动作、反应，同时也就生动地渲染出了一场真实的大地震。通过人的活动、反应来写地震，比孤立地单纯记录自然变异，更生动，也更能突出这一特定场景中跃动的生气。生动的描写和刻板的记录，其景象之活与死，境界之大与小，判然有别。艺术的真，总是活跃着生命力的。

地震

蒲松龄

康熙七年六月十七日戌刻[①]，地大震。余适客稷下[②]，方与表兄李笃之对烛饮，忽闻有声如雷，自东南来，向西北去。众骇异，不解其故。俄而几案摆簸，酒杯倾覆；屋梁椽柱，错折有声。相顾失色。久之，方知地震，各疾趋出，见楼阁房舍，仆而复起；墙倾屋塌之声，与儿啼女号，喧如鼎沸。人眩晕不能立，坐地上，随地转侧。河水倾泼丈余，鸡鸣犬吠满城中。逾一时许，始稍定。视街上，则男女裸聚，竞相告语，并忘其未衣也。后闻某处井倾仄[③]，不可汲；某家楼台南北易向；栖霞山裂[④]；沂水陷穴[⑤]，广数亩。此真非常之奇变也。

有邑人妇[⑥]，夜起溲溺[⑦]，回则狼衔其子。妇急与狼争。狼一缓颊[⑧]，妇夺儿出，携抱中。狼蹲不去。妇大号。邻人奔集，狼乃去。妇惊定作喜，指天画地，述狼衔儿状，己夺儿状。良久，忽悟一身未着寸缕，乃奔。此当与地震时男妇两忘者，同一情状也。人之惶急无谋，一何可笑！

---

① 康熙七年：即公元一六六八年。戌刻：晚上七时至九时。

② 稷下：指古齐都临淄，在今山东省淄博市。

③ 倾仄：倾斜。

④ 栖霞：县名，在今山东省。

⑤ 沂水：县名，在今山东省。

⑥ 邑：指本县，即淄川。

⑦ 溲溺（sōu niào）：小便。

⑧ 缓颊：松口。

地震
史官書地震
編年紀月事尤詳

人鬼之间的恩怨情仇和人伦道德
——说《水莽草》

这又是一篇鬼故事。当然这故事照样发生在人和鬼之间。人死了就会变成鬼，鬼有了投生的机会又会变成人，这里边就有一个轮回。实现这个轮回的条件是要找到一个替死鬼。通常的情理和情况是：人不想死去变成鬼，而鬼却是千方百计想要找一个替死的让自己投胎变成人。在这种生生死死之间，人与鬼就结下了跟人间一样的恩怨情仇，而这恩怨情仇的结下和消解，就多方面地表现出跟人世间一样的人伦道德。

这篇小说的篇幅并不算长，但是人物（作为艺术形象的鬼也就是一个人）却不算少，而且构成的关系相当复杂。就在这种复杂的关系中，作者寄寓了他对现实人生某些社会现象的揭露和批判，肯定和赞扬，寄寓了他对人和对生活的评价，表现了他的人伦道德观念。

小说的开头很特别，跟《聊斋志异》中绝大多数以介绍人物开篇不同，写的是一种植物“水莽草”：“水莽，毒草也。蔓生似葛，花紫，类扁豆。”冯镇峦对这个别开生面的开头有一句评语：“以注疏训诂例起，似《尔雅》《本草》等书。”可见，就以开头来说，《聊斋志异》的写法也是多种多样的。这样的开头，作者是别具匠心的。几句话简单介绍一种毒草，目的实际上是为后面将要讲述的故事张本：“误食之，立死，即为水莽鬼。俗传此鬼不得轮回，必再有毒死者始代之。以故楚中桃花江一带，此鬼尤多云。”就这样淡淡几笔，便举重若轻地为整个故事设置了一个大的框架。

蒲松龄善于将本来很简单的故事写得复杂而又丰满，能吸收并容纳进多方面的现实生活内容，却又不枝不蔓，不脱离要表现的中心。小说接着一转笔，去介绍楚地的习俗和相关的俗语：“楚人以同岁生者为同年，投刺相谒，呼庚兄庚弟，子侄呼庚伯，习俗然也。”看起来与前面的水莽草毫不相涉，似乎落笔过远。可是读下去你就会知道，其实这跟小说的人物关系和故事演进是密切相关的：故事就是从“祝生造（访问）其同年某”开始的，他在途中因误食水莽草而丧命，由此引出一系列的矛盾冲突，写成一篇有声有色并且很有思想深度的故事。这个看似简单的过程，作者写得非常生动曲折，不只是讲了一个很吸引人的故事，重要的是从中刻画了人物。

祝生于途中因“燥渴思饮”，就顺便进了路旁一家“施饮”的茶棚。在这里小说展开了一段富于戏剧性的情节。茶棚的老媪非常热情，殷勤地给他奉茶。他闻了闻，觉得有异味，不像是茶，就没有饮用，准备离开。“媪急止客，便唤：‘三娘，可将好茶一杯来。’”这个“急”字，颇含深意。她为什么要急呢？有点不合情理。读完小说，你就会了解其中的奥妙。如果祝生就这样离开了，或者没有三娘的出场，这个故事也就没有了。这里媪呼“三娘”是重要的一笔。一方面，伏后文的重要人物寇三娘的许多精彩故事；另一方面，更重要的是引出了一段看似平常却暗藏危机的惊险情节。少女捧茶出来，从祝生的眼中这样写：“年约十四五，姿容艳绝，指环臂钏，晶莹鉴影。”在这个美丽少女面前，祝生情不自禁地作出了三种反应：一是“受盏神驰，嗅其茶，芳烈无伦，吸尽再索”。“神驰”是说他在美色面前神魂颠倒；茶味的“芳烈无伦”和“吸尽再索”，很可能就是因为“神驰”而产生的一种错觉，或者干脆就是为了留恋美色而故意装出的一种表现。二是生“觑媪出，戏捉纤腕，脱指环一枚”。不仅心荡神驰，还进而动手动脚，轻慢无礼，像个没有教养的浮浪子弟。可是奇怪的是，少女在祝生的非礼面前，不仅不生气，反而报以微笑：“女赪颊微笑，生益惑。”于是又有了第三种表现，向女“略诘门户”。这一问，就表现了他对这个美丽的女子是进一步意有所求，其内蕴也与后文的情节有关。更奇怪的是，女子竟然答非所问，说：“郎暮来，妾犹在此也。”这明明是有意诱惑，可是色迷心窍的祝生却是毫无觉察，反而“求茶叶一撮，并藏指环而去”。这两个动作又都为下文的情节伏笔。因为贪恋女色，行为有失检点，这才导致误食水莽草而中毒。这段描写含蓄地寄寓了作者对祝生的嘲讽批评之意。

祝生到了某家，小说展开了两个同年（就是上文所说的庚兄庚弟）之间真挚情谊的动人描写。祝生的这个同年，小说中始终以“某”字代称，连个姓名也没有，却写出了他的思想性格，特别是他急人之难、热心助人的义气和高贵品质。这段描写中有三点值得我们注意。第一是，祝生至某家后“心头作恶”，由某点明他是遇到了水莽鬼，且告知误食了水莽毒是无药可救的；第二是，某告诉祝生，他自己的父亲就是死于水莽毒的，这既证明了他说的话有根有据，同时又为下文的情节预作布置；第三是，某由指环和祝生所述的女子情状，“悬想”（实际上是证实了）那个女子就是数年前因误食水莽草而死的南村富室之女，“夙有艳名”的寇三娘。这又进一步为后文故事的演绎和对寇三娘这个人物的刻画作了铺垫。特别是提到“富室之女”和“夙有艳名”，都和情节的发展密切相关，而且在思想上都有一定的寓意。

祝生与某相见的情况，其实写得非常简单，只有几句对话。但某在得知祝生误食水莽草后的心痛和焦急情状，以及随即采取的积极行动，虽只用几个词来形容，却表现了他对同年祝生的热切关怀和真挚情谊，是写得非常感人的。初闻时是“某骇曰：‘殆矣！……’”“骇”字在感同身受的惊惧中，传达出的是深沉强烈的友爱；在告诉祝生误服水莽毒“不可救”时，悲叹曰：“且为奈何？”焦急绝望之情溢于言表。

与某之有情有义相对照的，是写富室寇家的自私和冷漠。有人告知，如果受魅误食水莽草中毒，只要知道鬼的门户姓氏，则上门“求其故裆，煮服可痊”。上文落实了三娘乃南村富室之女，确知其“门户”（有意思的是，前文写祝生问三娘而不答，却在后面补明，恰在其时，恰到好处），作者特意点明其出身“富室”，显然是有意要借此写出其家人的“为富不仁”。“某急诣寇所，实告以情，长跪哀恳。”请注意，这里是写“某”代祝生去，而非祝本人去；而且是刻不容缓的“急诣”，去后又是不顾颜面的“长跪哀恳”。于此可见他急朋友之难，全力以赴、不辞辛劳、不顾屈辱的那种急切的心理和诚挚的感情。而寇家的回应却是：“以其将代女死故，靳不与。”为了自己的女儿能投生为人，不愿给予帮助，一般来说也还算是人之常情。但蒲松龄为了与上文写某的“热”相映衬，突出寇家之“冷”，在这里特地用了一个含贬意的“靳”字，强调了他们的吝啬、自私、冷漠。这就显然具有责其见死不救之意，表现了作者鲜明强烈的爱憎感情。这样写的意义，更重要的还在于有意与下文描写和表彰祝生舍己救人的高尚品德相映照。比照起来细读就能体会出，在作者的爱憎倾向里，蕴含着的是对人（人鬼相通，当然同时也对鬼）的人伦道德和精神境界有着更高的追求。

就在这一求一拒，一生一死之间，人与鬼便结下了怨仇：“某忿而返，以告生。生亦切齿恨之，曰：‘我死，必不令彼女脱生！’”蒲松龄写小说总有出人意料之笔。下面顺理成章自然是接写祝生的复仇。但跟复杂的现实生活一样，恨与爱常常是相生相伴的，作者不愧是大手笔，竟然在大恨中写出了大爱，写出了人鬼之间的复杂关系以及与其相关的崇高的美德与善行。

某经过努力虽然未能挽救祝生的生命，但他还是坚持尽到了朋友之谊：将垂死的祝生亲自护送回家，但却未到家门而卒。祝生死后家中的情景十分凄凉："母号涕，葬之。遗一子，甫周岁。妻不能守柏舟节，半年改醮去。"祝生见女色而轻浮失态，不仅自己中毒身亡，且妻子亦不能守，造成了家中极大的困难。作者通过这样的描写，顺笔含蓄地对好色之徒表现了一种小小的惩戒。但是小眚不掩大德，在总体上，在为人处世的品格和精神境界上，作者对祝生死后的种种表现，却是怀着极大的热情，给予了充分的肯定和歌颂。祝生虽然变成了鬼，可他的思想言行却体现了中国社会传统的人伦道德，而且是达到了一种极高的境界。这主要表现在三个方面：第一方面是事母至孝；第二方面是对怨仇对象（包括三娘和三娘的父母）的宽容和谅解；第三方面，更重要也是更难能可贵的，是他舍己救人，不只是自己不找替身，安于做鬼，而且还为被害者驱鬼，拯救了无数的生命，打破了水莽鬼找人替死而自己投生的旧例。

在作者的笔下，阴阳能够相通，人鬼可以共处。祝生死后，其母生活十分困难和悲苦："母留孤自哺，劬瘁不堪，朝夕悲啼。"祝生在阴间得知，便回到母亲身边尽孝："一日，（母）方抱儿哭室中，生悄然忽入。母大骇，挥涕问之。答云：'儿地下闻母哭，甚怆于怀，故来奉晨昏耳。'"鬼竟然可以到人世来对活着的母亲尽孝。奇怪的是，并不只是他一个人回到母亲身边，还同时带回来一个妻子，而这个妻子不是别人，正是那个让他丧命因而令他心生怨恨的寇三娘。祝生向其母道出事情的原委：因恨寇家见死不救，心怀怨恨，死后就去寻找三娘；但不知三娘去处，后来是在"某庚伯"（照应小说开头介绍楚俗和前文某称"先君死于是"一语，《聊斋志异》行文总是前后呼应，极为细密，于此可见）的指示下，终于了解到三娘已投生到任侍郎家，变成了人。于是"儿驰去，强捉之来。今为儿妇，亦相得，颇无苦"。这几句话表现了人物的思想感情和与此相关联的人物关系的复杂变化，这就是祝生与寇三娘由仇人变成了亲人。这个变化，不是一个小的变化，而是一个根本性的巨大转变。从艺术表现的角度看，要自然而不生硬地实现这个转变，是非常不易的。但在蒲松龄的笔下，却显得驾轻就熟，很顺利地就完成了。

祝生与三娘的关系，由恨（"强捉之来"，让她重新由人变成鬼，就是报仇，就是恨的表现）而转为爱（所谓"相得"，意思就是成了一对和谐生活的夫妻），这一转折之所以显得自然顺畅，让读者能够相信、接受，是由于蒲松龄写得合乎人世间的情理，照顾到现实生活的逻辑。这主要表现在：第一，小说补充交代了当时三娘让祝生喝水莽汤中毒致死，并不是出于自己的求生，而是应那位姓倪的“荼媪”之求为帮助她而这样做的。这就说明，她本人不仅并无罪责，而且还是一个被人利用的相当单纯的少女。这是祝生可以由恨而转为爱，能原谅并接受她的前提和基础。第二，祝生怨恨的产生，是由于寇家在他生命垂危时拒绝向他伸出援手，因此他的怨恨主要是针对三娘父母，而不是针对三娘本人的。让三娘投生为人后又强迫她由人再变成鬼，也主要是为了报复寇氏家人。这一点，在下文的情节发展中，有多方面的细致却又相当明确的表现。比如，三娘在祝家留居后，思念父母，想请祝母告知他们自己的所在，但“生意勿告”，明确表示不同意告知（这显然是针对寇家人的）；而值得注意的是，“母承女意，卒告之”。这既表现了祝母的善良，更是表现了三娘不仅与祝生关系“相得”，而且侍候祝母也极尽心，因而婆媳关系也极“相得”。又比如，三娘的父母有时招三娘回娘家，但三娘“居数日，辄曰：‘家中无人，宜早送儿还。’或故稽之（故意强留下来），则飘然自归。”这反映了三娘对祝生母子的爱和依恋，超过了对她自己的亲生父母，这自然就暗示了在与祝生母子长期相处中互相尊重、关爱，逐渐培养起了深厚的感情。更为重要的是，小说还特意写到了三娘父母作为富室对待贫寒之家的祝氏母子，那种表面上是关心、资助，而实际上却是居高临下的一种怜悯的态度，引起了祝生的反感，乃至拒绝。小说中有这样的描写：“媪（三娘之母）视生家良贫，意甚忧悼。女曰：‘人已鬼，又何厌贫？祝郎母子，情意拳拳，儿固已安之矣。’”连三娘自己对待生活，也变得跟祝生庚兄庚弟一样，是重精神情义而轻物质享受。这显然也是受到了祝生母子思想感情的熏陶和影响，这又从一个侧面婉曲地反映了祝生本人的思想和生活态度。这种态度表现出的思想境界，与寇氏家人相比，高和低，美和丑，判然有别。还有一点值得注意的是，小说写到三娘因富家出身，不惯厨下操作，代祝母执炊，寇母“视之凄心”，回去后就派了两个婢女来代为执役，并送来“金百斤、布帛数十匹”等等，以资助祝家。寇父甚至“代生起夏屋，营备臻至。然生终未尝至翁家”。祝生对三娘父母，可以不计前嫌，宽容待之，但对这种居高临下的布施行为，不愿接受，亦不来往，表现了虽贫寒而能自尊自重的骨气。

令祝生的形象大放异彩的，是他无私地帮助误食水莽毒者，“为之驱其鬼而去之”，使其“死而复苏”。母问他：“汝何不取人以自代？”答曰：“儿深恨此等辈，方将尽驱除之，何屑此为？且儿事母最乐，不愿生也。”祝生以鬼身孝事人母而得其乐，我们当然同时也就会相信，他在驱鬼救人时也是同样感到快乐的。小说接着这样写道："由是中毒者，往往具丰筵，祷诸其庭，辄有效。积十余年，母死。"这几句话，说得很简括，表现的时间跨度却非常长，留下了一段相当大的空白。但这并不是真正的空白，而是略近于绘画中的留白，除了收到叙事上调节疏密详略的艺术效果，还留给读者一种想象的空间。而前面充分的艺术描写，就成为激发读者想象的依据。我们可以想象，这十多年中，祝生不知挽救了多少人的生命；我们又可以想象，富家出身原本不惯于操持家务的寇三娘，在长期侍奉祝母和养育祝生前妻之子的过程中，如何不辞辛劳，逐渐历练成为一个能干的家庭主妇；我们还可以想象，这个超越了阴间与阳世的界限，人鬼和睦相处的家庭，是多么的温馨和幸福。

赏善罚恶是《聊斋志异》总的思想倾向。不用说，小说的结局肯定是非常美满的；但同时，却又有些出乎我们的预期。首先，是与寇家人对祝生的态度不同，任侍郎虽然被复仇的祝生夺走了女儿的生命，但他却宽容而不忌恨，还因为祝生之异行（指他安于做鬼而救人之命），特"命驾其家，订翁婿焉"，承认了人鬼之间的翁婿关系。在祝母死后，又"以孙女妻其子，往来不绝"，成了至亲。其次，是作者对好人好鬼的褒奖和酬报，是超乎想象的，不是让他们重新变成人，而是让他们升天变成了神。祝生谓子曰："上帝以我有功人世，策为四渎牧龙君，今行矣。"小说就是在写两人（鬼）飞升成神，一片祥瑞喜庆的气氛中结束的："俄见庭下有四马，驾黄幨车，马四股皆鳞甲。夫妻盛装出，同登一舆。子及妇皆泣拜，瞬息而渺。"而最后还不忘交代一句，其子亦如其父，有孝行、义行："请诸寇翁，以三娘骸骨与生合葬焉。"

水莽草

蒲松龄

水莽，毒草也。蔓生似葛，花紫，类扁豆。误食之，立死，即为水莽鬼。俗传此鬼不得轮回①，必再有毒死者始代之。以故楚中桃花江一带②，此鬼尤多云。

---

① 轮回：佛教认为，众生因其"业"（指人的言语、行为、思想道德等）的善恶，在所谓"六道"（天、人、阿修罗、地狱、饿鬼、畜生）中生死轮换，如车轮滚动一样回转不停。这里指误食水莽草而死的人，不能转生。

② 楚：泛指湖南湖北一带，这里单指湖南。桃花江：在今湖南境内。

水荠艸
同是清茶奉玉觴出之少女
使甘芳一時雅解相如渴何
需逢人覓故稿

楚人以同岁生者为同年，投刺相谒①，呼庚兄庚弟②，子侄呼庚伯，习俗然也。有祝生造其同年某③，中途燥渴思饮。俄见道旁一媪，张棚施饮，趋之。媪承迎入棚，给奉甚殷。嗅之，有异味，不类茶茗，置不饮，起而出。媪急止客，便唤："三娘，可将好茶一杯来。"俄有少女，捧茶自棚后出。年约十四五，姿容艳绝，指环臂钏，晶莹鉴影。生受盏神驰，嗅其茶，芳烈无伦，吸尽再索。觑媪出，戏捉纤腕，脱指环一枚。女赪頩微笑④，生益惑。略诘门户⑤。女曰："郎暮来，妾犹在此也。"生求茶叶一撮，并藏指环而去。

至同年家，觉心头作恶，疑茶为患，以情告某。某骇曰："殆矣⑥！此水莽鬼也！先君死于是⑦。是不可救，且为奈何？"生大惧，出茶叶验之，真水莽草也。又出指环，兼述女子情状。某悬想曰："此必寇三娘也！"生以其名确符，问何故知。曰："南村富室寇氏女，夙有艳名⑧，数年前，误食草莽而死⑨，必此为魅。或言受魅者，若知鬼之姓氏，求其故裆⑩，煮服可痊。"

某急诣寇所，实告以情，长跪哀恳。寇以其将代女死故，靳不与⑪。某忿而返，以告生。生亦切齿恨之，曰："我死，必不令彼女脱生⑫！"某舁送之，将至家门而卒。母号涕，葬之。遗一子，甫周岁⑬。妻不能守柏舟节⑭，半年改醮去。母留孤自哺，劬瘁不堪⑮，朝夕悲啼。

---

① 刺：名片。

② 庚兄庚弟：同年出生的人互称庚兄弟。

③ 造：登门访问。

④ 赪（chēng）頩：脸红，不好意思。

⑤ 略诘门户：简单地询问她住在什么地方，表示出想与其幽会的意思。

⑥ 殆：危险。

⑦ 是：这。这里指水莽草。

⑧ 夙：素来。

⑨ 草莽：原作“水莽”，据铸雪斋钞本改。

⑩ 故裆：穿过的旧裤裆。

⑪ 靳：吝惜。

⑫ 脱生：投胎变成人。

⑬ 甫：刚。

⑭ 柏舟节：旧称妇女寡居守志不嫁为“柏舟之节”，典出《诗经·柏舟》。

⑮ 劬瘁：艰辛，劳苦。

一日，方抱儿哭室中，生悄然忽入。母大骇，挥涕问之。答云："儿地下闻母哭，甚怆于怀，故来奉晨昏耳[1]。儿虽死，已有家室，即同来分母劳，其勿悲。"母问："儿妇何人？"曰："寇氏坐听儿死，儿甚恨之。死后欲寻三娘，而不知其处，近遇庚伯，始相指示。儿往，则三娘已投生任侍郎家[2]，儿驰去，强捉之来。今为儿妇，亦相得[3]，颇无苦。"

移时，门外一女子入，华妆艳丽，伏地拜母。生曰："此寇三娘也。"虽非生人，母视之，情怀差慰。生便遣三娘操作，三娘雅不习惯，然承顺殊怜人。由此居故室，遂留不去。女请母告诸家。生意勿告，而母承女意，卒告之。

寇家翁媪，闻而大骇，命车疾至，视之，果三娘，相向哭失声。女劝止之。媪视生家良贫[4]，意甚忧悼。女曰："人已鬼，又何厌贫？祝郎母子，情意拳拳，儿固已安之矣。"因问："茶媪谁也？"曰："彼倪姓，自惭不能惑行人，故求儿助之耳。今已生于郡城卖浆者之家。"因顾生曰："既婿矣，而不拜岳，妾复何心？"生乃投拜。女便入厨下，代母执炊，供翁媪。媪视之凄心，既归，即遣两婢来，为之服役；金百斤、布帛数十匹，酒胾不时馈送[5]，小阜祝母矣[6]。寇亦时招归宁[7]。居数日，辄曰："家中无人，宜早送儿还。"或故稽之[8]，则飘然自归。翁乃代生起夏屋[9]，营备臻至。然生终未尝至翁家。

一日，村中有中水莽毒者，死而复苏，相传为异。生曰："是我活之也。彼为李九所害，我为之驱其鬼而去之。"母曰："汝何不取人以自代？"曰："儿深恨此等辈，方将尽驱除之，何屑此为？且儿事母最乐，不愿生也。"由是中毒者，往往具丰筵，祷诸其庭，辄有效。

---

① 奉晨昏：即昏定晨省。我国传统礼仪，子女对父母要早晚请安问候，生活上尽心侍奉。

② 侍郎：官名。隋唐以后，侍郎为中书、门下及尚书省所属各部长官的副职。

③ 相得：和谐相处。

④ 良：十分，非常。

⑤ 胾（zì）：切碎的肉，这里泛指肉。

⑥ 小阜：小康，稍有富裕。

⑦ 归宁：回娘家。

⑧ 稽：留。

⑨ 夏屋：大屋。

积十余年，母死。生夫妇亦哀毁，但不对客，唯命儿缞麻擗踊[①]，教以礼义而已。葬母后又二年余，为儿娶妇。妇，任侍郎之孙女也。先是，任公妾生女，数月而殇。后闻祝生之异，遂命驾其家，订翁婿焉。至是，遂以孙女妻其子，往来不绝矣。

一日，谓子曰："上帝以我有功人世，策为四渎牧龙君[②]，今行矣。"俄见庭下有四马，驾黄幨车[③]，马四股皆鳞甲。夫妻盛装出，同登一舆。子及妇皆泣拜，瞬息而渺。是日，寇家见女来，拜别翁媪，亦如生言。媪泣，挽留。女曰："祝郎先去矣。"出门遂不复见。其子名鹗，字离尘，请诸寇翁，以三娘骸骨与生合葬焉。

---

① 缞（cuī）麻：丧服。旧时父母或长辈去世，子女或晚辈要披麻戴孝，以表哀悼。擗踊：捶胸顿足，表示极度悲哀。

② 策：策命，即任命。古代命官授爵，帝王颁以策书为符信，故云策命。

③ 幨（chān）：帷。

神龙见首不见尾
——说《侠女》

王渔洋评此篇云："神龙见首不见尾，此侠女其犹龙乎！"这话说得非常精当。但他只是就小说的主人公侠女这个形象的特点而言，其实作者采用的与塑造这个形象相适应的艺术手法，也具有同样的特点。

小说写出了一个奇女子的形象。这个女子之奇表现在许多方面，中心是一个侠字。而侠的主要特征，一方面是能爱能恨，讲义气，受恩知报，也能主动帮助别人；另一方面是有高强的本领，能替人斩除妖魅，也能为自己复仇。小说写出了这些特点，还写出了与这些特点相联系的人物的鲜明个性。但是作者为此设置的人物并不多，小说的篇幅在《聊斋志异》中也不算最长，能收到这样的艺术效果，主要是由于作者选取了一个很好的表现角度，采用了一种非常精练的艺术表现手法。不论是艺术构思还是情节安排，作者都无意于追求对人物作全面的描写，写出一个完整清晰的艺术形象。他只是抓住一些要点，着眼于具有特色的生活细节，一步步从容不迫地加以呈现。在作者的笔下，侠女的言行奇异诡秘，不露真相，我们读起来总是疑窦丛生，颇费猜详。好像是在雾中观龙，闪现在眼前的，只是一鳞半爪。所有我们感到疑惑不解的地方、情节发展留下悬念的地方，也就是呈现出龙的一鳞半爪的地方。直到故事的结尾，她复仇和报恩两大愿望都全部实现，突然在我们的面前消失，我们终于可以在回顾和想象中将前面作者闪闪烁烁地呈现给我们的一鳞半爪连接起来时，仍然是有些疑惑可以得到解释，而有些不能。作者始终不让我们见到一条首尾毕现的清晰的全龙。

整个故事是在对门而居的两个特殊的家庭之间展开的。特殊之处在于，两家的家境都极清贫，又都是一个年迈的寡母和一个年轻人一起生活，不同的只是这两个年轻人，一家是个儿子，另一家是个女儿。其中的那个女儿，就是小说的主人公侠女。但是小说介绍这两个家庭，却不是从小说的主人公侠女一家开始，而是先介绍次要人物顾生的一家。这样的安排，有作者的用心。小说由此选取了一个独特的视角：从男方来写女方。或者更准确地说，是通过男方对女方的接触、认识、感受、追求，来表现两个家庭，尤其是两个年轻人的关系，从而完成对侠女形象的塑造的。

小说是这样介绍男方家庭的："顾生，金陵人，博于材艺，而家綦贫。又以母老，不忍离膝下，唯日为人书画，受贽以自给。行年二十有五，伉俪犹虚。"这段简单的介绍，有四个要点值得注意：一是顾生有艺术修养，工于书画，并以此维持母子二人的生活；二是他敬奉老母，不忍离家，有孝行；三是因为家贫，年已二十五岁，尚未成婚；四是金陵距浙江不远，到后面我们知道侠女原是浙人，这一地理位置与人物的行迹有关。这几点都不可忽视，都与下文的情节发展有密切的关系。紧接着就以顾家为视角，介绍侠女一家："对户旧有空第，一老妪及少女税居其中。以其家无男子，故未问其谁何。"谁问？当然是指顾生或顾生之母。下面就从顾生的眼中来写侠女："一日，偶自外入，见女郎从母房中出，年约十八九，秀曼都雅，世罕其匹；见生不甚避，而意凛如也。"从顾生的所见和感受中，我们可以概括出这个女子如下的特点：一是容貌秀美而气质清雅；二是落落大方却又凛然不可侵犯。"意凛如也"四个字为后文伏笔。这两个特点似乎有些矛盾，但正是这种矛盾才显露出这个女子的奇异之处。在这里，作者就已经开始显露出龙的一鳞半爪了。

随后顾生从母亲的口中又进一步了解到女子的一些情况：一是女郎到他家来，是为了借刀尺，这说明她在家是常做刺绣手工的；二是"其家亦止一母"，这说明两家的人口构成情况完全相同；三是据母亲的观察，"此女不似贫家产"，这印象与前文"秀曼都雅"的描写是相吻合的；四是更为重要的，知道了女子虽已十八九岁而尚未订婚（这在古代算是大龄未婚女了），问其故，女"以母老为辞"。"为辞"一语，含有用为托辞即借口之意，暗示其中必定另有原因。蒲松龄用词是十分准确而且含意丰富的，此即一例。这一情况，很自然地引动了顾母的一桩心事：想娶此女做自己儿媳妇，这与开头介绍顾生大龄未婚的情况又是相呼应的。而所有这些描写都无一虚设，引出了下文许多重要的情节。

顾母第二天就亲自到女家去拜望女子的母亲以探听口风，了解到了更多也更重要的信息：其母为一聋媪（意即需要有人侍奉照顾）；家庭贫寒比顾家更甚，"视其室，并无隔宿粮"；平日靠女子做针线活为生（与前文借刀尺的情节相呼应）；顾母以"同食之谋"（结亲一起过日子）试之，结果是出乎意外："媪意似纳，而转商其女，女默然，意殊不乐。”女子的态度，令当事人和读者都感到奇怪：这两个家庭，家境相似，人口相似，男女的年龄、修养也相似，加上居处的位置，可以说是千真万确的“门当户对”了。为什么女子会不乐意呢？其中想必也是另有原因。顾母道出了她心中的疑惑和推想：“女子得非嫌吾贫乎？为人不言亦不笑，艳如桃李，而冷如霜雪，奇人也！”这里第一次从顾母之口，道出对女子的总体印象：奇人。而其特点则是八个字：“艳如桃李，冷如霜雪。”这里留下的种种疑问和悬念，也都是龙的一鳞半爪。

接着小说插写了一个“姿容甚美，意颇儇佻”的少年来向顾生求画，由顾生的主动，两人之间发生了同性恋的行为。这个人物的设置和由此引出的一段情节，只是主线中的一个穿插，但对后面表现侠女的性格，特别是表现她超凡的眼光和神奇的技艺，直至大报仇的结局，都有很重要的作用。一次，少年恰在顾生家，“会女郎过，少年目送之，问为谁，对以‘邻女’。少年曰：‘艳丽如此，神情何可畏！’”后面我们就会知道，这个少年颇有来历，并非凡人，可是在他的眼中心中，竟然感到这女子“神情可畏”。这又在顾母印象的基础上，从另外一个人的感受中，对侠女那种不可侵犯的凛然正气，再加上一层渲染。

接下去一大段重要情节，主要是写两家人以互助、互爱为内容的交往，其间又多处表现出女子言行的离奇和诡秘。女子因为家无颗粒，几天不能举炊，便到顾家来“乞米”。顾母热情接待，对顾生曰：“此女至孝，贫极可悯，宜少周恤之。”顾生听后便“负斗米款门，达母意”。这表现了顾生母子的善良和深厚的同情心。“女受之，亦不申谢。”在最困难的时候，受人馈赠而不申谢，这是不合常情常理的。这种表现自然令读者感到奇异和不解。但她口不言谢，却有行动：“日尝至生家，见母作衣履，便代缝纫；出入堂中，操作如妇。”值得注意的是“操作如妇”四个字，意思是她到顾家来代顾母操持家务，已经熟悉得像是这家的媳妇了。这一情况，也与下文的情节有关。这两家人，同情、关爱和帮助，都是相互的。“生益德之。每获馈饵，必分给其母，女亦略不置齿颊。”同样是受赠而不称谢，只默默地见于行动。而她之所做，却是大大地超乎常人之所能：“母适疽生隐处，宵旦号咷。女时就榻省视，为之洗创敷药，日三四作。母意甚不自安，而女不厌其秽。”在现实生活中，这种情况有时甚至是自己亲生的儿女都是难于做到的。所以顾母大受感动地说：“唉！安得新妇如儿，而奉老身以死也！”出语诚挚，又一次委婉地表达了她希望女子做自己儿媳的愿望。但得到的是同样委婉的谢绝：“女慰之曰：‘郎子大孝，胜我寡母孤女什百矣。’”顾母的回答十分凄苦：“床头蹀躞之役（指像她这样床边近身伺候老母），岂孝子所能为者？且身已向暮，旦夕犯雾露（意指随时可能患病而死），深以祧续为忧耳。”“祧续”就是生育子嗣，传宗接代。顾母是在她最信任的人面前，说出了她心中最放不下的忧虑。从后文情节的发展来看，真正打动了女子，并且引出她一系列诡异行动的，正是这一句话。令人感动的还不只是她不辞辛劳、不避污秽的热心助人，照顾顾母，更在于她谢绝受助者对她的真诚感谢。顾母对生泣曰：“亏娘子良多！汝无忘报德。”生领母命伏地拜谢，而女子却说：“君敬我母，我未之谢也，君何谢焉？”意思是敬奉对方的母亲，彼此都不必言谢。这话说得既平淡又亲切，合情合理，而表现出的却是女子不同凡俗的眼光和豁达大度的襟怀。顾家母子“于是益敬爱之”。但作者此时又特意补写了这样两句：“然其举止生硬，毫不可干。”再一次强调她柔中见刚，凛然不可侵犯之气。

出人意料的是，在顾母请婚一再被拒之后，小说却写她在顾生不意之时，突然给他机会，与她实现了盼望已久的男女交欢。“一日，女出门，生目注之。女忽回首，嫣然而笑。生喜出意外，趋而从诸其家。挑之，亦不拒，欣然交欢。”可是在事毕之后，却又回到那种“冷如霜雪”的态度，极严肃地“戒生曰：‘事可一而不可再！’”这种热和冷的骤然变化和巨大反差，真令人百思不得其解。妙的是小说写“生不应而归”。也就是表示出对女子的这种态度，他是不理解，不认可，也是不能接受的。但女子说话算话，接下来顾生一系列的示爱，都遭到了她坚决而冷峻的拒绝：“明日，又约之。女厉色不顾而去。日频来（自然是为照顾顾母、操持家务而来），时相遇，并不假以词色。稍游戏之，则冷语冰人。”这里给读者留下的悬念，实际上又是作者在雾中显露给我们的龙的一鳞半爪。

下面宕开一笔，遥接前文，插入一大段女子斗杀偎傥少年的惊险情节，突出描写了女子鲜明的爱憎和她超人的武艺。先是女子告知顾生，那个少年曾多次对她无礼，只是因为他是顾生狎爱的娈童，所以才没有惩罚他，并让顾生转达对他的警告：“再复尔，是不欲生也已！”严厉而又坚决，出语不同凡响，掷地有金石之声。当晚，顾生以此语告少年，并警告说：“子必慎之，是不可犯！”却遭到了少年的反问和反击，还让顾生转告女子：“假惺惺，勿作态！不然，我将遍播扬（指将女子与顾生交欢之事公之于众）。”恰好有一天晚上，女子又突然主动来找顾生，笑曰：“我与君情缘未断，宁非天数！”“生狂喜而抱于怀”，两人正要交欢时，少年突然出现，并嘲笑说：“我来观贞洁之人耳！”还挑衅地“顾女曰：‘今日不怪人耶？’”

这时小说有一段传神之笔写女子的表现："女眉竖颊红，默不一语。"这是爆发前的沉默。然后"急翻上衣，露一革囊，应手而出，则尺许晶莹匕首也。少年见之，骇而却走。追出户外，四顾杳然。女以匕首望空抛掷，戛然有声，灿若长虹。俄一物堕地作响，生急烛之，则一白狐，身首异处矣"。这时，女子对惊恐之中的顾生说："此君之娈童也。我固恕之，奈渠定不欲生何！"写女子身手之敏捷和剑术之高妙，有声有色，出神入化；同时又从行动一面，充分地表现了她那种不可侵犯的凛然正气。这一场惊心动魄的斗杀，对后面写她为父复仇作了重要的铺垫。到那时，小说不再作正面实写，只作虚写，一笔带过，但却能引起读者的想象。前详后略，以实映虚，收到了很好的艺术效果。

因为交欢之事受到白狐精的惊扰，女子告生曰："适以妖物败兴（破坏了我们的兴致），请俟来宵。"第二天晚上，"女果至，遂共绸缪"。读者在这里又会产生疑问：前面既然说了"事可一而不可再"，为什么她又第二次主动来找顾生，而且受到惊扰而事未成，也一定要约定时间再来呢？又，顾生"诘其术（剑术），女曰：'此非君所知。宜须慎秘，泄恐不为君福。'"显得十分诡秘，这又是什么原因呢？更奇怪的是，当顾生提出希望同她完婚时，她却说出了一番不同凡俗的惊人之论："枕席焉，提汲焉，非妇伊何也？业夫妇矣，何必复言嫁娶乎？"意思是说，我和你已经同床共枕，还替你家做家务，实际上就是夫妇了，何必一定还要谈什么结婚呢？顾生不解，问她是否是嫌他家贫，她回答："君固贫，妾富耶？今宵之聚，正以怜君贫耳。"这个回答也让人有点摸不着头脑，但实际却是道出了她的真心，还同时透露出某种这时还为顾生和读者所不了解的隐情。临别时，又是甩下一段冷冰冰看似极不近情理的话："苟且之行，不可以屡。当来，我自来；不当来，相强无益。"什么叫"当来"，什么又叫"不当来"呢？真让人如坠五里雾中。一如既往，严守她的原则，说到做到："后相值，每欲引与私语，女辄走避，然衣绽炊薪，悉为纪理，不啻妇也。"也就是除床第之欢外，一切家务都如一家主妇那样全部担当起来。

数月之后，女子之母死，"生竭力营葬之"。接着，小说便从顾生的不懈追求中，写女子的种种诡秘行踪。"女由是独居。生意孤寝可乱，逾垣入，隔窗频呼，迄不应。视其门，则空室扃焉。窃疑女有他约。夜复往，亦如之。遂留佩玉于窗间而去之。"女子发觉后，告诉他"人各有心，不可以告人"，不对自己的行踪作出解释，却告知顾生一个意想不到的消息：她为顾生怀上了孩子，已经八个月，"恐旦晚临盆"，由于没有妻子的名分，所以"能为君生之，不能为君育之"。顾生将这一情况告知其母，“母笑曰：‘异哉此女！聘之不可，而顾私于我儿！’”一个多月以后，女子有好几天没有到顾家来了，顾母心中疑惑，“往探其门，萧萧闭寂。叩良久，女始蓬头垢面自内出。启而入之，则复阖之。入其室，则呱呱者在床上矣。”原来她独自一人在家，已经产子三天了。从顾母所见门户的萧寂和头面的蓬垢，不难想见她产前产后一人支撑，该是多么的艰难！顾母看到床上的男孩，“丰颐而广额”，非常高兴，关切地问：“儿已为老身育孙子，伶仃一身，将焉所托？”这当然是对女子的真诚关怀，但道出的还有她那桩始终未能放弃的心愿：让她正式做自己的儿媳。女子没有正面回应，只是说：“区区隐衷，不敢掬示老母。俟夜无人，可即抱儿去。”所谓“区区隐衷”，是指为报顾母的养育之恩，特意了却老人家那桩“祧续为忧”的心事。对她来说，这时是完成了一桩心愿，将要去完成另一桩准备已久的更大的心愿了。

“更数夕，夜将半，女忽款门入，手提革囊，笑曰：‘大事已了，请从此别。’”所谓“大事已了”，就是指她为父报仇的愿望已经实现。打开革囊，“检而视之，须发交而血模糊”，就是她用囊中之剑取来的仇人之头。前面描写女子的一些诡异行为，也就是情节发展中的种种悬念，在她临别时对顾生的坦诚告白中，被一一揭开，得到了合理的解释。她对顾生说：“妾浙人，父官司马，陷于仇，彼籍吾家。妾负老母出，隐姓名，埋头项，已三年矣。所以不即报者，徒以有母在；母去，又一块肉累腹中，因而迟之又久。”显然，她十八九岁未字的真实原因，就是为了要完成替父复仇的大事。她行踪诡秘，对顾生母子也不透一丝口风，都是为了顺利完成这件大事。她又说：“养母之德，刻刻不去诸怀。向云‘可一而不可再’者，以相报不在床笫也。为君贫不能婚，将为君延一线之续。本期一索而得，不意信水复来，遂至破戒而再。”原来她只是为了报恩，特别是为了了却顾母延续后代的心事，才与顾生两次进行交欢的。对顾生几次夜访不在所产生的怀疑和误会，她也作出了合理的解释：“曩夜出非他，（对仇家的）道路门户未稔，恐有讹误耳。”

但也并非所有的疑惑都在最后得到了合理的解释。她的言行，有可解者，也有不可解者。侠女的所作所为，涉及中国传统伦理道德中的三个重要方面：孝、义、节。孝是指她以卧薪尝胆的精神为父复仇，还有悉心侍奉老母，母亲在世时不采取行动。义主要表现在她受恩必报，对顾生母子热情尽心的帮助和照顾上，而最不寻常的表现，就是代顾生生子。古语云“不孝有三，无后为大”，因此“延一线之续”既是顾生的孝行，也是她对有养育之恩的顾母的孝行。对她来说行义即是尽孝，义和孝是相统一的；但是却违背了在封建时代对于一个未婚女子来说非常重要的节操。她对顾生说："苟且之行，不可以屡。"这说明就是在她自己的心目中，这也是一种见不得人的事情。情节安排中，作者也有意强调这一点，在写二人第二次交欢时，特意写了那个白狐精幻化成的偎佻少年突然出现，嘲笑他们说："我来观贞洁之人耳。"这些描写的效果，突出了侠女为了行义尽孝而不惜失节的自觉性，带有浓厚的自我牺牲的色彩，以此来颂扬她的侠行。但实际上，这样的"侠行"就是单从人的观念来看，也是不合常情的。她与顾生的两次"交欢"，没有爱情，没有婚姻的目标，甚至对她来说连性爱的享受也没有，仅仅是作为一种求得怀孕以报顾家之德的一种手段。这种行为，是看似无情实有情呢，还是看似有情实无情呢？这是一个引人思索而又难于得到确解的问题。若从读者的阅读感受来看，恐怕更大的可能会是疏离感大于亲近感。而更难理解的还在于，在复父仇之前，几次不同意顾母的婚请，是为了完成"大事"，这是合乎情理的；但在复仇实现之后，亦即她所说的"今君德既酬，妾志亦遂"，也就是在精神和生活上都没有了挂碍之时，而处境却如顾母所说是"伶仃一身，将焉所托"，按人之常情，这时最自然合理的依归，应该是实现顾母最早提出的两家人的"同食之谋"，在一起过安定幸福的日子。然而她却是对自己的骨血毫无留恋，对自己需要照顾的恩人毫不动情，果决离去，这就令人感到不可思议了。

从全篇来看，作者有时是从她最不近情理之处，来表现她的最近情理；而有时则又是反过来，即在她应该最近情理之处，却表现她的最不近情理。不过，我们所谓的近情理或不近情理，都只是从常人的逻辑来认识的，而作者却并不是完全按常人的逻辑来塑造这个人物的。细读起来，我们还会发现更多令人不解之处。例如，她对顾生说："妾负老母出，隐姓名，埋头项，已三年矣。"离家后一直与老母相依为生，那她那身神奇的武艺和高妙的剑术是在什么时候、又是从什么地方学来的呢？临别时嘱咐顾生说："所生儿，善视之。君福薄无寿，此儿可光门闾。"后来都一一应验："后三年，生果卒。子十八举进士，犹奉祖母以终老云。"联系到前面写她对白狐精幻化的少年，一切情况尽在掌握之中，她是从何而得知的呢？更神奇的是写她的最后离去："女一闪如电，瞥尔间遂不复见。"在作者的笔下，侠女其人耶？神耶？仙耶？我们都不得而知，似乎也不必知。一路读下来，虽然在烟笼雾罩中不时瞥见龙的一鳞半爪，但到最终，呈现在我们眼前的，仍然是一条"见首不见尾"的神龙。

最后还须一议的，是那段“异史氏曰”：“人必室有侠女，而后可以畜娈童也。不然，尔爱其艾豭，彼爱尔娄猪矣！”最后两句用了典故，直接翻译成白话，意思是：你爱他的公猪，那他就会爱你的母猪了。这段议论显然跟小说表彰侠女的主题并不相干。有关系的只是白狐精这个人物的设置和引出的相关情节。小说中写到顾生与娈童的关系，这不足为怪。明清时代的士大夫和文人中，狎玩娈童的现象相当普遍，这影响及于社会风气，一般人并不以为丑。在《红楼梦》中也曾见过。但在文末发这么一段议论，无论从当时或今天的眼光来看，都实在是趣味不高。在《聊斋志异》中，写得深刻而又精彩的“异史氏曰”比比皆是，但这一篇却是画蛇添足，而不是画龙点睛。

侠女

蒲松龄

顾生，金陵人①，博于材艺，而家綦贫②。又以母老，不忍离膝下，唯日为人书画，受贽以自给③。行年二十有五，伉俪犹虚④。对户旧有空第，一老妪及少女税居其中⑤。以其家无男子，故未问其谁何。一日，偶自外入，见女郎自母房中出，年约十八九，秀曼都雅，世罕其匹；见生不甚避，而意凛如也⑥。生入问母，母曰：“是对户女郎，就吾乞刀尺，适言其家亦止一母。此女不似贫家产，问其何为不字⑦，则以母老为辞⑧。明日当往拜其母，便风以意⑨，倘所望不奢，儿可代养其老。”

明日造其室，其母一聋媪耳。视其室，并无隔宿粮。问所业，则仰女十指⑩。徐

---

① 金陵：今江苏南京市，战国时楚置。

② 綦贫：非常穷。

③ 贽：这里是报酬的意思。

④ 伉俪：配偶，夫妇。这里指还没有结婚。

⑤ 税居：租住。

⑥ 凛如：严肃而不容侵犯的样子。

⑦ 字：女子订婚。

⑧ 辞：说辞，借口。

⑨ 风以意：以一种侧面的方式暗示某种意思。

⑩ 十指：喻指其做绣活来维持生活。

俠女
恩仇了了飄然去玉貌衣寰何處尋冬後尋常兒女態隱娘肝胆小娥心

以同食之谋试之，媪意似纳，而转商其女，女默然，意殊不乐。母乃归，详其状而疑曰："女子得非嫌吾贫乎？为人不言亦不笑，艳如桃李，而冷如霜雪，奇人也！"母子猜叹而罢。

一日，生坐斋头，有少年来求画。姿容甚美，意颇儇佻[①]。诘所自，以"邻村"对。嗣后三两日辄一至，稍稍稔熟，渐以嘲谑；生狎抱之，亦不甚拒，遂私焉[②]。由此往来昵甚。会女郎过，少年目送之，问为谁，对以"邻女"。少年曰："艳丽如此，神情何可畏！"少间，生入内。母曰："适女子来乞米，云不举火者经日矣。此女至孝，贫极可悯，宜少周恤之。"生从母言，负斗米款门，达母意。女受之，亦不申谢。日尝至生家，见母作衣履，便代缝纫；出入堂中，操作如妇。生益德之，每获馈饵，必分给其母，女亦略不置齿颊[③]。母适疽生隐处，宵旦号咷。女时就榻省视，为之洗创敷药，日三四作。母意甚不自安，而女不厌其秽。母曰："唉！安得新妇如儿，而奉老身以死也！"言讫悲哽。女慰之曰："郎子大孝，胜我寡母孤女什百矣[④]。"母曰："床头蹀躞之役[⑤]，岂孝子所能为者？且身已向暮，旦夕犯雾露[⑥]，深以祧续为忧耳[⑦]。"言间，生入。母泣曰："亏娘子良多！汝无忘报德。"生伏拜之，女曰："君敬我母，我未之谢也，君何谢焉？"于是益敬爱之。然其举止生硬，毫不可干。

一日，女出门，生目注之。女忽回首，嫣然而笑。生喜出意外，趋而从诸其家。挑之，亦不拒，欣然交欢。已，戒生曰："事可一而不可再！"生不应而归。明日，又约之。女厉色不顾而去。日频来，时相遇，并不假以词色[⑧]。稍游戏之，则冷语冰人。忽于空处问生："日来少年谁也？"生告之。女曰："彼举止态状，无礼于妾频矣。以君之狎昵，故置之。请便寄语：再复尔，是不欲生也已！"生至夕，以告少年，且曰："子必慎之，是不可犯！"少年曰："既不可犯，君何犯之？"生白其无。怒

---

① 儇（xuān）佻：轻薄、浮浪。

② 私：此指不正常的同性性关系。

③ 不置齿颊：不说感谢的话。

④ 什百：十倍百倍。

⑤ 蹀躞（dié xiè）：指侍奉病母的繁杂事务。蹀躞，小步走路的样子，这里喻指事情的琐碎。

⑥ 犯雾露：外感风寒，这里指因病而死。

⑦ 祧（tiāo）续：续香火，传宗接代。

⑧ 不假以词色：态度严肃，不给好脸色看，说话也很难听。

曰："如无，则猥亵之语，何以达君听哉？"生不能答。少年曰："亦烦寄告：假惺惺，勿作态！不然，我将遍播扬。"生甚怒之，情见于色，少年乃去。

一夕，方独坐，女忽至，笑曰："我与君情缘未断，宁非天数！"生狂喜而抱于怀。欻闻履声籍籍[①]，两人惊起，则少年推扉入矣。生惊问："子胡为者？"笑曰："我来观贞洁之人耳！"顾女曰："今日不怪人耶？"女眉竖颊红，默不一语，急翻上衣，露一革囊，应手而出，则尺许晶莹匕首也。少年见之，骇而却走。追出户外，四顾杳然。女以匕首望空抛掷，戛然有声，灿若长虹。俄一物堕地作响，生急烛之，则一白狐，身首异处矣。大骇。女曰："此君之娈童也[②]。我固恕之，奈渠定不欲生何[③]！"收刃入囊。生曳令入。曰："适以妖物败兴，请俟来宵。"出门迳去。次夕，女果至，遂共绸缪[④]。诘其术，女曰："此非君所知。宜须慎秘，泄恐不为君福。"又订以嫁娶，曰："枕席焉[⑤]，提汲焉[⑥]，非妇伊何也？业夫妇矣，何必复言嫁娶乎？"生曰："将勿憎吾贫耶？"曰："君固贫，妾富耶？今宵之聚，正以怜君贫耳。"临别嘱曰："苟且之行[⑦]，不可以屡。当来，我自来；不当来，相强无益。"后相值，每欲引与私语，女辄走避，然衣绽炊薪，悉为纪理，不啻妇也。

积数月，其母死，生竭力营葬之。女由是独居。生意孤寝可乱，逾垣入，隔窗频呼，迄不应。视其门，则空室扃焉。窃疑女有他约。夜复往，亦如之。遂留佩玉于窗间而去之。越日，相遇于母所。既出，而女尾其后曰："君疑妾耶？人各有心，不可以告人。今欲使君无疑，而乌可得？然一事烦急为谋。"问之，曰："妾体孕已八月矣，恐旦晚临盆。'妾身未分明'，能为君生之，不能为君育之。可密告老母，觅乳媪[⑧]，伪为君讨螟蛉者[⑨]，勿言妾也。"生诺，以告母。母笑曰："异哉此女！聘之不可，而顾私于我儿！"喜，从其谋以待之。又月余，女数日不至。母疑之，往探

---

① 籍籍：走路时发出的纷乱声音。

② 娈（luán）童：旧时被男人狎玩的男童。娈，美好。

③ 渠：他。

④ 绸缪：男女亲热。

⑤ 枕席：指男女之间的性关系。

⑥ 提汲：本意是从井里打水，这里是比喻操持家务。

⑦ 苟且之行：非正大光明的行为，这里指男女之间的私相结合。

⑧ 乳媪：奶妈。

⑨ 螟蛉：养子。

其门，萧萧闭寂。叩良久，女始蓬头垢面自内出。启而入之，则复阖之。入其室，则呱呱者在床上矣[①]。母惊问："诞几时矣？"答云："三日。"捉绷席而视之[②]，则男也，且丰颐而广额。喜曰："儿已为老身育孙子，伶仃一身，将焉所托？"女曰："区区隐衷，不敢掬示老母。俟夜无人，可即抱儿去。"母归与子言，窃共异之，夜往抱子归。

更数夕，夜将半，女忽款门入，手提革囊，笑曰："大事已了，请从此别。"急询其故，曰："养母之德，刻刻不去诸怀。向云'可一而不可再'者，以相报不在床笫也[③]。为君贫不能婚，将为君延一线之续。本期一索而得，不意信水复来[④]，遂至破戒而再。今君德既酬，妾志亦遂，无憾矣。"问："囊中何物？"曰："仇人头耳。"检而视之，须发交而血模糊也，骇绝。复致研诘，曰："向不与君言者，以机事不密，惧有宣泄。今事已成，不妨相告：妾浙人，父官司马，陷于仇，彼籍吾家[⑤]。妾负老母出，隐姓名，埋头项，已三年矣。所以不即报者，徒以有母在；母去，又一块肉累腹中，因而迟之又久。曩夜出非他，道路门户未稔[⑥]，恐有讹误耳。"言已，出门。又嘱曰："所生儿，善视之。君福薄无寿[⑦]，此子可光门闾[⑧]。夜深不得惊老母，我去矣！"方凄然欲询所之，女一闪如电，瞥尔间遂不复见。生叹惋木立，若丧魂魄。明以告母，相为嗟异而已。后三年，生果卒。子十八举进士，犹奉祖母以终老云。

异史氏曰："人必室有侠女，而后可以畜娈童也。不然，尔爱其艾豭，则彼爱尔娄猪矣[⑨]！"

---

① 呱呱者：婴儿。

② 绷席：包裹婴儿的小被。

③ 床笫（zǐ）：意指同床共枕。

④ 信水：妇女的月经。

⑤ 籍：抄家。

⑥ 稔：熟悉。

⑦ 无寿：寿不长，短命。

⑧ 光门闾：犹说光宗耀祖。

⑨ "尔爱"二句：《左传·定公十四年》："野人歌之曰：'既定尔娄猪，盍归吾艾豭。'"艾豭（jiā），老公猪。娄猪，母猪。

人鬼狐三角恋中的真情挚爱
——说《莲香》

人间社会中有三角恋，鬼狐世界中也有三角恋。《莲香》一篇，简单地说，写的就是一个人、鬼、狐三者之间的三角恋爱故事。在蒲松龄的笔下，鬼狐世界中的三角恋，与人间社会中的三角恋，有同有不同。同的一面是，在恋爱发展过程中，也有猜疑、嫉妒，甚至也有怨恨；不同的一面是，其结果并不像我们在现实生活中经常看见的那样，多因由爱而恨并最终酿成悲剧，而是在矛盾冲突的复杂关系中，逐渐地相互理解、信任、包容、体贴，最终产生了不离不弃、超越生死的真情挚爱。其中既有爱情也有友情。现实中的三角恋常常是人性中丑恶面的大暴露，而蒲松龄在鬼狐世界中展现的，却是人性中善和美的一面。这是作者对现实人生美好关系的提炼与概括，更是他针对现实而发的对理想人性的呼唤和憧憬。

在《聊斋志异》中，《莲香》是篇幅最长的作品之一，也是对人物的情感世界剖析得最深入的作品之一。蒲松龄小说笔法之娴熟与繁复，令人惊叹。不同的题材主题，他可以有完全不同的处理方法；而近似的题材主题，也可以写得毫不雷同。此篇文情之幽曲，如但明伦所评："五花八门，千山万水，真耐人寻绎也。"若和以前我们评说过的《水莽草》作比较，此篇的篇幅较前者多出三倍有余，而人物的数量却不及其半，除了"结构性人物"（指只是在情节的组织和安排中起作用，而没有独立的形象意义的人物），那个连姓名都没有的东邻生以外，主要就是三角恋爱中的三方：桑生（人）、莲香（狐）和李氏（鬼）。笔墨非常集中。但这三个形象关系之复杂，感情内涵及其变化之丰富，以及由此构成的情节之峭折多变，均出乎读者的意想之外。

小说的艺术构思非常独特。桑生当然是中心，围绕着这个中心，作者重点刻画的是同时与他相恋的狐仙莲香和鬼女李氏。叙写是先由人而引出狐，再由狐而引出鬼。之后，大致的安排是：一笔写莲香，一笔写李氏，看似平行发展，实则以桑生为纽带，两方面始终联系和纽结在一起。由此而逐步地写出了李氏和莲香的不同性格，写出了她们对桑生同样深挚的爱情，也写出了同爱一个男人的这两个女人之间难得的真诚友情。

开头对桑生的介绍非常简单。其中有两点值得注意：一是写他独居："少孤，馆于红花埠"；二是写他每天只有两次出门，是为"就食东邻"。独居是他能与鬼狐相遇的必要条件，而与东邻生的关系，则成为小说情节的发端和忽隐忽显的线索。

故事由东邻生的一句戏言开始。"东邻生偶至，戏曰：'君独居不畏鬼狐耶？'"桑生亦以戏言回应，"笑答曰：'丈夫何畏鬼狐？雄来吾有利剑，雌者尚当开门纳之。'"这当然只是自吹自擂。东邻生与友人合谋恶作剧，找了一个妓女晚上翻墙去桑生寓所"弹指叩扉"，生问其为谁，"妓自言为鬼"，"生大惧，齿震震有声"。一听是鬼就吓成这样，哪里有半点丈夫气概？后来知道了原来是友人的戏弄，称鬼者其实是个妓女，于是"安居如初"。但因有此经验，就引出后面当真狐、真鬼来时反而误信为人而引发出的一系列曲折情节。

半年后忽有"一女子夜来叩斋。生意友人之复戏也，启门延入，则倾国之姝。惊问所来，曰：'妾莲香，西家妓女。'"这次来的是假妓而真狐，他却毫不怀疑而"开门纳之"，并很快就"息烛登床，绸缪甚至。自此三五宿辄一至"。注意这里是写她隔几天才来一次，与后文写李氏每夜必来不同，其间有作者的用意。这是狐仙莲香与桑生最初的关系，令读者想到的可能是狐狸精为祟人而来，还远远谈不上真实的恋情。

很快就出现了第三者。这次是由狐而引出鬼。"一夕，独坐凝思，一女子翩然入。"注意，上文写莲香之美，直写其有"倾国之姝"，虽然抽象概括，却是将其写到了美的极致；而这里写李氏之美，却较为具体，且分为两个层次：先用"翩然"二字，表现出鬼女独有的轻盈飘忽之态，却同时暗示这个女子另具一种动人的风姿。"生意其莲，承逆与语"，一心只想着莲香，才有此误信。迎入后才发现并非莲香，这时作者从桑生的眼中进一步具体地描写这女子之美："年仅十五六，亸袖垂髫，风流秀曼，行步之间，若还若往。"面对这个美貌而又独具风情的女子，桑生的反应是"大愕，疑为狐"。这怀疑是有根据的，在当时的民间，有狐仙化为美女而祟人之说。写桑生的心理和行为，既复杂而又真实：妓来时他误信为鬼，反应是"大惧"；莲香本是狐他又轻易地相信其为妓，反应是大大方方地"启门延入"；李氏是鬼他又疑其为狐，反应是初为“大愕”，既而变为“喜”。在与李氏的最初接触中，其实也有让人生疑之处：“握其手，冷如冰，问：‘何凉也？’”鬼女以“幼质单寒，夜蒙霜露”来敷衍。桑生不仅轻信，而且由“愕”而“喜”，这有三个原因：一是这女子年幼、貌美，有“葳蕤之质”；二是“罗襦衿解，俨然处子”；三是为其真情所动，女自称是为“情缘”而来，并表示“愿常侍枕席”。作者就是在这种真假、疑信之间，写桑生与狐、鬼的关系及其发展变化。

写桑生与李氏的关系，从一开始就明明暗暗地牵进了莲香。小说的情节由此形成了一种双线发展又相互关联、相互影响的基本格局。李氏在表白爱心的同时，就提出疑问：“房中得毋有人否？”桑生回答：“无他，止一邻娼，顾亦不常。”他说的是实话，因为他这时真的相信莲香就是一个妓女。而李氏的回应很值得玩味：“当谨避之。妾不与院中人等，君秘勿泄。彼来我往，彼往我来可耳。”自视比妓女为高，但又没有轻贱对方之意；难得的是她有包容之心，不在意，更不嫉妒桑生与莲香的关系，只求彼此回避而已。男女间的三角关系，能像这样的相安无事，在世俗社会中是十分少见的。女子鸡鸣即去，联系到她的“翩然”而来，就暗示我们其为鬼身。临去时，“赠绣履一钩”，并嘱“弄之足寄思慕”。这只“绣履”非常重要，在后面的情节发展中起到了很重要的作用。桑生“心甚爱悦。越夕无人，便出审玩。女飘然忽至，遂相款昵”。有了这只“绣履”，李氏与桑生的关系就比“三五宿辄一至”的莲香拉近了许多。

小说接着又转笔写莲香。一夜莲香来，惊问：“郎何神气萧索？”在关切中又自然地牵入了李氏。按民间流行的观念，鬼与人交合，会吸人的精血，最后致人死亡。神气萧索，正是鬼症的表征。蒲松龄在写人与精魅的关系时，并不回避写鬼、狐祟人的一面（这是民间的普遍观念），但最终能让她们的真情和优美品格压倒和超越这一面，这是他的高明之处。莲告别，相约十日后再来。而这期间，“李来恒无虚夕”。

莲退而李来，但就人物的刻画来说，莲香并未真退。无论是哪个人物登场，小说实则是或通过李氏来写莲香，或通过莲香来写李氏，更多的是一笔既写了莲香又写了李氏。李来时，先是主动向桑生问到莲香：“君情人何久不至？”桑生诚实（注意，小说多次写到他的诚实）地“以相约告”。可李氏突然又问：“君视妾何如莲香美？”直称莲香为桑生的情人，似毫无妒意；但又让桑生来确认自己与那位情人谁更美，却又微露争宠之意。三角恋中人物的复杂微妙心理，得到了非常细腻的表现。

桑生的回答真是妙不可言："可称两绝，但莲卿肌肤温和。"从前面桑生的表现看，"两绝"之说并不是他在"耍滑头"，而只是老老实实地道出他的真实感受。李闻后却"变色曰：'君谓双美，对妾云尔。渠必月殿仙人，妾定不及。'因而不欢。"不相信"双美"是真话，同时又认定自己不如对方美，醋意的表达是既明确而又含蓄。虽有猜疑和不满，却与世俗社会中常见的吃醋就"发泼"全然不同。

为了验证"双美"之话是否属实，就有了征求桑生同意后（在三角恋的特殊关系中实在非同寻常）"窃窥"莲香的情节。"窃窥"前后的人物关系，表现了两方面的重要内容：一是由莲香向桑生暗示了李氏乃是女鬼。莲香来后，在"笑语甚洽"的同时，发现了只是十日不见，桑生的身体竟惫损益甚，就怀疑桑生有了"他遇"。并向桑生解释："妾以神气验之，脉拆拆如乱丝，鬼症也。"二是又通过李氏之口点出莲香实乃为狐。生问李："窥莲香何似？"回答说："美矣。妾固谓世间无此佳人，果狐也。"（同样出于绝美的女子乃狐精所化的观念）。她还亲身尾随其后，证实莲香是至"南山而穴居"。桑生的反应是："疑其妒，漫应之。""疑"字用得极其准确，暗示并非真写其妒，只是桑生的主观猜想而已。"漫应"即是敷衍，并未认真对待。

其后，小说写了莲香追问是谁指她为狐和她与桑生的"狐何异于人"之辩，都在率直中显示出她对桑生的真诚与关爱。在莲香的极力追问下，桑生"不得已，泄之"，又是诚实地把真实情况告诉了对方。这时莲香说："我固怪君惫也，然何遽至此？得勿非人乎？"在前面断定"鬼症"的基础上，直接怀疑李氏就是一个鬼。

与前文写李氏"窃窥"莲香相对应，小说又写了一段莲香"窃窥"李氏的情节。先后两次写不同人物的相同行为，都是不仅不对桑生保密，还都是主动取得他的同意。这里表现的，是在特殊的人物关系中，人间少见的理解、信任和包容。莲香是躲在门外，"是夜李至，才三数语，闻窗外嗽声，急亡去"。这时"莲入曰：'君殆矣！是真鬼物，昵其美而不速绝，冥路近矣！'"这几句话，无论从内容、感情、语气来看，都是出于对桑生的真爱而从心里发出的。而桑生对此的反应是："生意其妒，默不语。"这里的"意"字，与前文的"疑"字相映照，同样下得非常准确，暗含了这也只是桑生的主观猜测而非事实之意。前次是"漫应之"，这次是"默不语"，一以敷衍一以沉默来应付，表现的都是桑生对莲李二人同样的爱怜和保护。小说就是在这种三角关系的特殊矛盾冲突中推进情节，从而细致深入地揭示出人物的性格、感情、心理及其变化。

此后小说写桑生与狐、鬼的关系，逐渐发生了质的变化。莲香真诚地对桑生说：

"固知君不忘情，然不忍视君死。"就是说，她理解并包容桑生对李氏的感情，只是出于对他生命的真诚关爱，才有了下面一系列感人的言行。首先是携药饵为他精心治疗，并同榻照顾观察。其次是"夜夜同衾偎生，生欲与合，辄止之"。再次是，待桑生"肤革充盈"后便离去，临别时"殷殷嘱绝李"。显然，她这时让桑生绝李，不是出于对李的嫉妒，而是对桑生真爱的表现。但对莲香的殷切嘱咐，"生谬应之"。"谬"字也用得非常准确。这已不只是敷衍，而是假意应付了。当他"闭户挑灯，辄捉履倾想"时，"李忽至"。先是对莲香曾来"颇有怨色"，桑生解释，莲香来是为自己治病，"请勿为怼，情好在我"。他此时对李是否为鬼仍然心存疑惑，于是便在夜间试探李氏："枕上私语曰：'我爱卿甚，乃有谓卿鬼者。'"这与前面试探莲香时戏曰"余固不信，或谓卿狐者"遥相呼应，写法又同中有异。近似的情景，两人的性格表现也迥然不同。李听后的反应比莲香要激烈得多："结舌良久，骂曰：'必淫狐之惑君听也！若不绝之，妾不来矣！'遂呜呜饮泣。生百词慰解，乃罢。"

出人意料的是，因李之来而引起了桑生与莲香关系的尖锐化。当莲香得知桑生不听警告而仍与李氏保持关系时，"怒曰：'君必欲死耶？'""生笑曰：'卿何相妒之深？'"这次不是怀疑，而是肯定并指斥莲香的嫉妒了。但因莲香并非真妒，故下文的描写实际上是着笔于妒，而着眼于爱，是从妒中写爱，写莲香对桑生的真爱。莲香的回应就很说明问题："君种死根，妾为若除之，不妒者将复何如？"这就说明，她的妒不是真妒，而是出于对桑生的爱。桑生托词戏之曰："彼云前日之病，为狐祟耳。"对这一无理的诬陷，莲香的回应没有愤怒，只有感叹："诚如君言，君迷不悟，万一不虞，妾百口何以自解？请从此辞。百日后当视君于卧榻中。"细味这几句话，并无对李的嫉恨之意，而只是埋怨桑生的执迷不悟，并立足于自我剖白。"留之不可，怫然迳去。"她是为爱而来，又为爱而去。

除了"窃窥"，莲、李之间至此尚未直接面对，人物之间的疑、妒、恨、爱等复杂的感情，都是通过与桑生的关系来表现的。莲香去后，"李夙夜必偕"。两个多月后，身体就极为"困顿"，日渐瘦弱，直至"沉绵不可复起"。蒲松龄又再一次写到鬼与人交的祟人一面，比之上一次写得更加充分、严重。直至这时，李氏的形象都还具有双重性，即祟人的鬼性和对桑生怀有真爱的人性。命悬一线，桑生这才相信李氏真的是一个鬼女。他对李氏说："吾悔不听莲香之言，以至于此。"与莲香之离去不同，李氏并无自我剖白，她是在桑生昏迷不醒的情况下迳自离去的：生"移时复苏，张目四顾，则李已去，自是遂绝"。两人在相似情景中表现出的性格差异，非常鲜明。但读到后面我们就会知道，她同莲香一样，也是为爱而来，为爱而暂时离去的。

下文接写莲香，非常自然："生羸卧空斋，思莲香如望岁。""一日，方凝想间，忽有搴帘入者，则莲香也。"如果说，上次是为性爱而来，那么经过种种波折和矛盾冲突，这次则是专为爱情而来。初到时只是埋怨桑生和洗白自己，先嘲笑桑生说："田舍郎，我岂妄哉！"桑生认罪，并求救助。莲香继续嘲弄："病入膏肓，实无救法，姑来永诀，以明非妒。"桑生请求莲香将李氏留下的那只"绣履"碎掉。当莲香在灯下展玩时，"李女欻入"，于是鬼狐之间展开了第一次正面的冲突。这段情节写得看似突兀，却又顺理成章，起到一种大转折的作用，在整篇小说中占有非常重要的地位。不仅莲李之间由此而从相妒、相责趋于和好，更重要的是两人同桑生之间的关系，也由精魅之情开始向人间之情转化，不仅转化，最后还升华到了人间少见的美的境界。李"卒（同猝）见莲香，返身欲遁。莲以身蔽门，李窘急不知所出"。事实证明了是李氏害了桑生，故"生责数之，李不能答"。莲亦笑曰："妾今始得与阿姨面相质。昔谓郎君旧疾，未必非妾致，今竟何如？"这时小说写"李俯首谢过"。这五个字不能随便读过，这显然不是鬼的表现，而是现实中一个通情达理的人的表现。而莲香的回应更是出人意料的不同凡响："佳丽如此，乃以爱结仇耶？"不以爱结仇，是蒲松龄在这篇小说中要表现的非常重要的思想，是针对世俗社会中习见的以爱结仇的现象而发的。冯镇峦评云："以爱结仇四字，可当一部度人经。"说得非常中肯。自此，人物之间的关系发生了根本的变化："李即投地陨泣，乞垂怜救。莲遂扶起，细诘生平。"狐与鬼之间，竟然产生了互相理解、同情、帮助、关爱的真挚的情谊。

原来李氏乃李通判之女，早夭，埋于墙外。与桑生偕好，是她心之所愿，并无害人之意。之后，通过莲香与李氏相互之间的友好诘问，证明了李氏虽是鬼，且鬼之阴气必损人，但她却不是害人之鬼，而是痴情之鬼；同时也证明了莲香不是害人之狐，而是有情之狐。"生闻其语，始知鬼狐皆真。"至此，由真假、疑信引起的种种猜疑嫉妒和矛盾冲突，都以鬼狐之真而无害、有情，作一总的收束。

之后，小说将双线分写合而为一，写莲、李合力救治桑生。治疗桑生的过程，写得十分动人。一面是李氏真诚地表示，如有国手能医治好桑生，自己就是"埋首地下"也心甘情愿；另一面是莲香为营救桑生，早有准备，她"别后采药三山，凡三阅月，物料始备"。但因"症何由得，仍以何引"，还需要李氏"樱口中一点香唾"

作为药引。李听后“晕生颐颊，俯首转侧而视其履”，写其羞惭腼腆之状，如在眼前。在莲、李十分融洽的戏言中，莲香三次“以丸纳生吻”，李氏则在莲香的“促逼”之下，于羞涩中“不得已，唾之”，“凡三四唾”。在桑生“腹殷然如雷鸣”，产生了明显的疗效后，“复纳一丸，自（意即不再受莲香促逼的自觉行为）乃接唇而布以气”，最终使桑生“丹田火热，精神焕发”。携手配合为桑生治病的过程，处处都闪射出爱情和友情的光彩。在“李听鸡鸣，彷徨别去”后，莲香一人细心守护、照顾大病初愈的桑生；“李亦每夕必至，给奉殷勤，事莲犹姊，莲亦深怜爱之”。鬼狐之间的关系，已经是情同姊妹了。

李氏牢记莲香从前对她的批评：“痴哉！夜夜为之，人且不堪，而况于鬼！”为了桑生的身体而抑制自己的情欲，在桑生完全康复以后，原来每夕必至的她，却“数夕不至，偶至，一望即去。莲常留与共寝，必不肯”。生追回强留下来后，也只是“着衣偃卧，踡其体不盈二尺”。这是从其鬼身鬼形，写其对桑生的情爱之深。莲香亦有非常感人的表现：“莲亦怜之，阴使生狎抱之，而撼摇亦不得醒。”后李杳，十余日不再来。桑生亦是有情人，对李“怀思殊切，恒出履共弄”。一“共”字，写出了人物关系的巨大变化。生对履思容，怆恻泣下，莲香对此十分理解。

李氏对桑生的深挚爱情，表现在她由鬼变人的曲折过程中。富室张姓之女燕儿，因病而死，李氏魂附其体，由鬼而变成人。燕儿死后复苏，对家人自言：“我通判女魂，感桑郎眷注，遗舄犹存彼处。”又有传言桑生已离埠回家，于是东邻生“逾垣往窥”，“见生方与美人对语”，“骇诘，生笑曰：‘向固与君言，雌者则纳之耳。’”这是回应篇首的戏言，但彼时说此话缺少底气，而此时说此话却充满幸福感和得意之情。李氏变成人后又经历了许多波折：所附燕儿之身，与李氏大不同，一是绣履不能穿，“鞋小于足者盈寸”；二是形貌也由美而变丑：“女镜面大哭曰：‘当日形貌，颇堪自信，每见莲姊，犹增惭怍。今反若此，人也不如其鬼也！’”因而大哭不食，体肤尽肿，然七日不食而卒不死；后肿渐消，复食，数日，遍体瘙痒，脱皮后回复到原身：鞋与足恰吻合，且“眉目颐颊，宛肖生平”。近于脱胎换骨始由鬼而变成人，其间渗透着对桑生的一片深情。

李氏变成人后与桑生的结合，全由莲香玉成，表现了她的善良、大度和对桑生的挚爱。她主动劝桑生与燕儿（实是李氏之附身）通媒，舍己助人，毫无嫉妒之心；经过一番周折，张家终于同意招赘桑生后，她又主动退避。小说写她在得知这一喜讯后内心的复杂感情，非常真实：“莲怅然良久，便欲别去。生大骇，泣下。莲曰：

‘君行花烛于人家，妾从而往，亦何形颜？’”娶亲时，桑生因贫穷，“家中备具，颇甚草草”，等到迎归新娘时，“则自门达堂，悉以罽毯贴地，百千笼烛，灿列如锦”。全是莲香一手操办，不仅布置得富丽堂皇，而且还亲“扶新妇入青庐，搭面既揭，欢若生平”。就如自己结婚一样充满欢乐喜庆。

当燕儿细述她还魂的内心活动和过程时，“莲闻之，默默若有所思”。一句引出下文，由写李氏之死而复生，转写莲香之由生而死。两月后，莲香为桑生生一子。产后暴病，弥留之际以子相托，“捉燕臂曰：‘敢以孽种相累，我儿即若儿。’”见其“气如悬丝”，“生及燕儿皆哭”。莲香“忽张目曰：‘勿尔！子乐生，我乐死。如有缘，十年后可复得见。’言讫而卒”。“子乐生，我乐死”六个字，概括了两个人物的不同身份、不同经历，也同时道出了相同的发自内心、感人肺腑的真情挚爱。死后“尸化为狐”，生“厚葬之”。对狐儿，“燕抚如已出。每清明，必抱儿哭诸其墓”。这既包含了对桑生的爱情，也包含了对莲姊的友情，都真实而深挚。十四年后，忽“一妪，携女求售”，燕儿见后“大惊曰：‘莲姊复出耶！’”生“优价而留之”。原来真是莲香死后投生于一韦姓之家，时间恰好“十有四载”，践其“十年相见之约”。至此，“耻于为鬼之李妹”乐生而变为人；而不愿为狐之莲姊，乐死而复投生为人。二人与桑生、与狐儿，一家团聚，“共话前生，悲喜交至”。桑生接受燕儿的请求，将“两世情好，不忍相离”的狐鬼姊妹二人，移坟合葬，令“白骨同穴”，成全了她们经历两世、生死与共的深挚情谊。

小说所塑造的狐女莲香和鬼女李氏，是一对情痴，她们为了对桑生真挚的爱情，可以生，可以死，可以由生而死，又可以死而复生。更为难得的是，她们之间克服了嫉妒和疑忌，成为互助互爱的一对挚友。

无论古今，三角恋爱都不值得肯定和提倡，但事实上又都不可避免。这就有一个如何处理的问题。比较而言，蒲松龄在人类这一狭隘的、具有排他性的特殊的感情领域，彰显真诚、善良、同情、宽容，用“以爱生爱”替代“以爱结仇”，还是值得肯定的。这当然具有理想色彩。蒲松龄苦心编撰这样一个曲折离奇，有些地方甚至显得匪夷所思的故事，显然是针对现实而发。他在“异史氏曰”中感叹说：“嗟乎！死者而求其生，生者又求其死，天下所难得者，非人身哉？奈何具此身者，往往而置之，遂至觍然而生不如狐，泯然而死不如鬼。”这一感叹，今天读起来，也还有很强的现实感。

莲香

蒲松龄

桑生，名晓，字子明，沂州人[①]，少孤，馆于红花埠[②]。桑为人静穆自喜，日再出[③]，就食东邻，余时坚坐而已。东邻生偶至，戏曰："君独居不畏鬼狐耶？"笑答曰："丈夫何畏鬼狐？雄来吾有利剑，雌者尚当开门纳之。"邻生归，与友谋，梯妓于垣而过之。弹指叩扉，生窥问其谁，妓自言为鬼。生大惧，齿震震有声，妓逡巡自去。邻生早至生斋，生述所见，且告将归。邻生鼓掌曰："何不开门纳之？"生顿悟其假，遂安居如初。

积半年，一女子夜来叩斋。生意友人之复戏也，启门延入，则倾国之姝。惊问所来，曰："妾莲香，西家妓女。"埠上青楼故多[④]，信之。息烛登床，绸缪甚至。自此三五宿辄一至。一夕，独坐凝思，一女子翩然入。生意其莲，承逆与语[⑤]，觌面殊非，年仅十五六，亸袖垂髫[⑥]，风流秀曼[⑦]，行步之间，若还若往。大愕，疑为狐。女曰："妾良家女，姓李氏，慕君高雅，幸能垂盼。"生喜，握其手，冷如冰，问："何凉也？"曰："幼质单寒，夜蒙霜露，那得不尔。"既而罗襦衿解[⑧]，俨然处子。女曰："妾为情缘，葳蕤之质[⑨]，一朝失守。不嫌鄙陋，愿常侍枕席。房中得毋有人否？"生云："无他，止一邻娼，顾亦不常。"女曰："当谨避之。妾不与院中人等，君秘勿泄。彼来我往，彼往我来可耳。"鸡鸣欲去，赠绣履一钩，曰："此妾下体所着，弄

---

① 沂州：州名。治所在今山东省临沂市。

② 馆：寓所，这里是寓居的意思。埠：泊船的码头。

③ 日再出：每天出去两次。

④ 青楼：妓院。

⑤ 承逆：迎接。

⑥ 亸（duǒ）袖垂髫（tiáo）：双肩瘦削，头发下垂。亸，下垂。髫，少女发型，古时女子未成年时头发不束下垂，称为未笄。这里是说女子削肩垂发。

⑦ 秀曼：秀美。

⑧ 襦：短衣。

⑨ 葳蕤（wēi ruí）之质：娇柔嫩弱的身子。葳蕤，草名，又叫女草、娃草，后因以为美女的代称。

蓮香
七日沉疴遠
故我十年
舊約証前
生閒中細
讀桑生傳
狐鬼爭妍
最有情

之足寄思慕，然有人慎勿弄也。”受而视之，翘翘如解结锥[1]，心甚爱悦。越夕无人，便出审玩。女飘然忽至，遂相款昵。自此每出履，则女必应念而至。异而诘之，笑曰：“适当其时耳。”

一夜莲香来，惊曰：“郎何神气萧索？”生言：“不自觉。”莲便告别，相约十日。去后，李来恒无虚夕，问：“君情人何久不至？”因以相约告。李笑曰：“君视妾何如莲香美？”曰：“可称两绝，但莲卿肌肤温和。”李变色曰：“君谓双美，对妾云尔。渠必月殿仙人，妾定不及。”因而不欢。乃屈指计，十日之期已满，嘱勿漏，将窃窥之。

次夜，莲香果至，笑语甚洽[2]。及寝，大骇曰：“殆矣[3]！十日不见，何益惫损，保无有他遇否？”生询其故，曰：“妾以神气验之，脉拆拆如乱丝，鬼症也。”次夜李来，生问：“窥莲香何似？”曰：“美矣！妾固谓世间无此佳人，果狐也。去，吾尾之，南山而穴居。”生疑其妒，漫应之。

逾夕，戏莲香曰：“余固不信，或谓卿狐者。”莲亟问：“是谁所云？”笑曰：“我自戏卿。”莲曰：“狐何异于人？”曰：“惑之者病，甚则死，是以可惧。”莲香曰：“不然，如君之年，房后三日[4]，精气可复，纵狐何害？设旦旦而伐[5]之，人有甚于狐者矣！天下痨尸瘵鬼[6]，宁皆狐蛊死耶[7]？虽然，必有议我者。”生力白其无，莲诘益力，生不得已，泄之。莲曰：“我固怪君惫也，然何遽至此？得勿非人乎？君勿言，明宵当如渠之窥妾者。”

是夜李至，才三数语，闻窗外嗽声，急亡去[8]。莲入曰：“君殆矣！是真鬼物，昵其美而不速绝[9]，冥路近矣！”生意其妒，默不语。莲曰：“固知君不能忘情，然

---

① 解结锥：古时一种用以解开绳结的工具。

② 洽：融和。

③ 殆：危险。

④ 房：房事，夫妻性生活的隐性说法。

⑤ 伐：攻伐。这里指性生活对男人精气的损耗。

⑥ 痨尸瘵（zhài）鬼：指患肺病而死的人。痨瘵，肺结核，旧时被视为不治之症。

⑦ 蛊：毒害。

⑧ 亡去：逃跑。

⑨ 昵：这里是迷恋的意思。

不忍视君死，明日当携药饵，为君以除阴毒。幸病蒂犹浅[①]，十日恙当已。请同榻以视痊可。”次夜，果出刀圭药啖生[②]，顷刻洞下两三行[③]，觉脏腑清虚，精神顿爽。心虽德之，然终不信为鬼。莲香夜夜同衾偎生，生欲与合，辄止之。数日后，肤革充盈。欲别，殷殷嘱绝李。生谬应之。

及闭户挑灯，辄捉履倾想。李忽至，数日隔绝，颇有怨色。生曰：“彼连宵为我作巫医，请勿为怼[④]，情好在我。”李稍怿。生枕上私语曰：“我爱卿甚，乃有谓卿鬼者。”李结舌良久，骂曰：“必淫狐之惑君听也！若不绝之，妾不来矣！”遂呜呜饮泣。生百词慰解，乃罢。

隔宿，莲香至，知李复来，怒曰：“君必欲死耶？”生笑曰：“卿何相妒之深？”莲益怒曰：“君种死根，妾为若除之[⑤]，不妒者将复何如？”生托词以戏曰：“彼云前日之病，为狐祟耳。”莲乃叹曰：“诚如君言，君迷不悟，万一不虞，妾百口何以自解？请从此辞。百日后当视君于卧榻中。”留之不可，怫然迳去。由是与李夙夜必偕，约两月余，觉大困顿。初犹自宽解，日渐羸瘠[⑥]，唯饮饘粥一瓯[⑦]。欲归就奉养，尚恋恋不忍遽去，因循数日，沉绵不可复起。邻生见其病惫，日遣馆僮馈给食饮。生至是始疑李，因谓李曰：“吾悔不听莲香之言，以至于此。”言讫而瞑[⑧]。移时复苏，张目四顾，则李已去，自是遂绝。

生羸卧空斋，思莲香如望岁[⑨]。一日，方凝想间，忽有搴帘入者，则莲香也。临榻哂曰：“田舍郎[⑩]，我岂妄哉！”生哽咽良久，自言知罪，但求拯救。莲曰：“病入膏肓，实无救法，姑来永诀，以明非妒。”生大悲曰：“枕底一物，烦代碎之。”莲

---

① 病蒂：病根。

② 刀圭药：一小汤匙量的药。刀圭，古读如“条耕”，即今南方所称的“调羹”。见章炳麟《新方言·释器》。

③ 洞下两三行：再拉三次肚子。洞，中医术语，通“衕”，就是腹泻。行，次。

④ 怼（duì）：怨恨。

⑤ 若：你。

⑥ 羸瘠（léi jí）：瘦弱。

⑦ 饘（zhān）粥：稠粥。

⑧ 瞑：闭眼昏睡。

⑨ 望岁：农民盼望谷熟丰收。

⑩ 田舍郎：农家子弟，讥刺其没有见识。

搜得履，持就灯前，反复展玩。李女欻入，卒见莲香，返身欲遁。莲以身蔽门，李窘急不知所出。生责数之，李不能答。莲笑曰："妾今始得与阿姨面相质。昔谓郎君旧疾，未必非妾致，今竟何如？"李俯首谢过。莲曰："佳丽如此，乃以爱结仇耶？"李即投地陨泣，乞垂怜救。莲扶起，细诘生平。曰："妾，李通判女[①]，早夭，瘗于墙外[②]。已死春蚕，遗丝未尽[③]，与郎偕好，妾之愿也，致郎于死，良非素心[④]。"莲曰："闻鬼利人死，以死后可常聚，然否？"曰："不然。两鬼相逢，并无乐处，如乐也，泉下少年郎岂少哉！"莲曰："痴哉！夜夜为之，人且不堪，而况于鬼！"李问："狐能死人，何术独否？"莲曰："是采补者流[⑤]，妾非其类。故世有不害人之狐，断无不害人之鬼，以阴气盛也。"生闻其语，始知狐鬼皆真，幸习常见惯，颇不为骇，但念残息如丝[⑥]，不觉失声大痛。莲顾问："何以处郎君者？"李赧然逊谢[⑦]。莲笑曰："恐郎强健，醋娘子要食杨梅也。"李敛衽曰[⑧]："如有医国手[⑨]，使妾得无负郎君，便当埋首地下，敢复腼然于人世耶[⑩]！"莲解囊出药，曰："妾早知有今，别后采药三山，凡三阅月，物料始备，瘵蛊至死[⑪]，投之无不苏者。然症何由得，仍以何引[⑫]，不得不转求效力。"问："何需？"曰："樱口中一点香唾耳。我一丸进，烦接口而唾之。"李晕生颐颊，俯首转侧而视其履。莲戏曰："妹所得意唯履耳！"李益惭，俯仰若无所容。莲曰："此平时熟技，今何吝焉？"遂以丸纳生吻，转促逼之。李不得已，唾之。莲曰："再！"又唾之，凡三四唾，丸已下咽。少间，腹殷然如

---

① 通判：官名，明清时为州府长官的副职。

② 瘗（yì）：埋葬。

③ 遗丝：丝谐"思"，指情思。唐李商隐《无题》："春蚕到死丝方尽，蜡炬成灰泪始干。"

④ 素心：平日即有的用心，即成心。

⑤ 采补：指狐狸精从人的身上吸取精血。

⑥ 残息如丝：指呼吸微弱。

⑦ 赧（nǎn）然：羞惭面红的样子。

⑧ 敛衽（rèn）：整理衣襟，表示礼貌，专指古时女子对人恭敬行礼。

⑨ 医国手：全国知名医术高明的著名医生。

⑩ 腼（miǎn）然：厚颜。

⑪ 瘵蛊（zhài gǔ）：指由于淫事过度而引起的痨病，即所谓的"色痨"。蛊疾，犹痼疾，难于治好的病。

⑫ 引：药引。

雷鸣。复纳一丸，自乃接唇而布以气。生觉丹田火热[1]，精神焕发。莲曰："愈矣！"李听鸡鸣，彷徨别去。莲以新瘥[2]，尚须调摄，就食非计，因将外户反关，伪示生归，以绝交往，日夜守护之。李亦每夕必至，给奉殷勤，事莲犹姊，莲亦深怜爱之。

居三月，生健如初。李遂数夕不至，偶至，一望即去，相对时，亦悒悒不乐。莲常留与共寝，必不肯。生追出，提抱以归，身轻若刍灵[3]。女不得遁，遂着衣偃卧，踡其体不盈二尺。莲益怜之，阴使生狎抱之，而撼摇亦不得醒。生睡去，觉而索之，已杳。后十余日，更不复至，生怀思殊切，恒出履共弄，莲曰："窈娜如此[4]，妾见犹怜，何况男子。"生曰："昔日弄履则至，心固疑之，然终不料其鬼。今对履思容，实所怆恻。"因而泣下。

先是，富室张姓，有女字燕儿，年十五，不汗而死；终夜复苏，起顾欲奔。张扃户[5]，不得出。女自言："我通判女魂，感桑郎眷注，遗舄犹存彼处。我真鬼耳，锢我何益？"以其言有因，诘其至此之由。女低徊反顾，茫不自解。或有言桑生病归者，女执辨其诬，家人大疑。东邻生闻之，逾垣往窥，见生方与美人对语，掩入逼之，张皇间已失所在。邻生骇诘，生笑曰："向固与君言，雌者则纳之耳。"邻生述燕儿之言，生乃启关，将往侦探，苦无由。

张母闻生果未归，益奇之，故使佣媪索履，生遂出以授。燕儿得之喜，试着之，鞋小于足者盈寸，大骇。揽镜自照，忽恍然悟己之借躯以生也者，因陈所由，母始信之。女镜面大哭曰："当日形貌，颇堪自信，每见莲姊，犹增惭怍。今反若此，人也不如其鬼也！"把履号咷[6]，劝之不解，蒙衾僵卧。食之[7]，亦不食，体肤尽肿。凡七日不食，卒不死，而肿渐消；觉饥不可忍，乃复食。数日，遍体瘙痒，皮尽脱。晨起，睡舄遗堕，索着之，则硕大无朋矣[8]。因试前履，肥瘦吻合，乃喜。复自镜，则眉目颐颊，宛肖生平，益喜。盥栉见母[9]，见者尽眙。

---

① 丹田：人体穴位，在脐下三寸许。

② 瘥（chài）：病愈。

③ 刍灵：送葬用的用草或纸扎成的人。

④ 窈娜：窈窕、婀娜，美好的样子。

⑤ 扃（jiōng）户：把门栓上。

⑥ 把：拿着。

⑦ 食（sì）之：给她东西吃。食字在这里作动词用。

⑧ 无朋：无比。

⑨ 盥栉（guàn zhì）：梳洗，梳妆。

莲香闻其异，劝生媒通之，而以贫富悬邈[①]，不敢遽进。会媪初度[②]，因从其子婿行，往为寿。媪睹生名，故使燕儿窥帘志客[③]。生最后至，女骤出，捉袂，欲从与俱归。母诃谯之[④]，始惭而入。生审视宛然[⑤]，不觉零涕，因拜伏不起。媪扶之，不以为侮。生出，浼女舅执柯[⑥]。媪议择吉赘生。

生归告莲香，且商所处。莲怅然良久，便欲别去。生大骇，泣下。莲曰："君行花烛于人家，妾从而往，亦何形颜？"生谋先与旋里[⑦]，而后迎燕，莲乃从之。生以情白张。张闻其有室，怒加诮让[⑧]。燕儿力白之，乃如所请。至日，生往亲迎，家中备具，颇甚草草[⑨]，及归，则自门达堂，悉以罽毯贴地[⑩]，百千笼烛，灿列如锦。莲香扶新妇入青庐[⑪]，搭面既揭[⑫]，欢若生平。莲陪卺饮[⑬]，因细诘还魂之异。燕曰："尔日恒郁无聊，徒以身为异物，自觉形秽。别后愤不归墓，随风漾泊，每见生人则羡之。昼凭草木，夜则信足浮沉。偶至张家，见少女卧床上，近附之，未知遂能活也。"莲闻之，默默若有所思。逾两月，莲举一子。产后暴病，日就沉绵，捉燕臂曰："敢以孽种相累，我儿即若儿。"燕泣下，姑慰藉之。为召巫医，辄却之。沉痼弥留[⑭]，气如悬丝。生及燕儿皆哭。忽张目曰："勿尔！子乐生，我乐死。如有缘，十年后可复得见。"言讫而卒。启衾将敛，尸化为狐，生不忍异视，厚葬之。

---

① 悬邈：差距很大。

② 初度：生日。

③ 志客：辨认客人。志，通"识"，辨认。

④ 诃谯（hē qiáo）：同"呵诮"，呵斥。

⑤ 宛然：很像（李氏）的样子。

⑥ 浼（měi）：请求。执柯：做媒。

⑦ 旋里：回乡。

⑧ 诮让：谴责。

⑨ 草草：马虎，简单。

⑩ 罽（jì）毯：毛毯。罽，一种毛织品。

⑪ 青庐：新房。古时北方举行婚礼时以青布幔为屋，称为青庐。

⑫ 搭面：举行婚礼时新娘头上的盖头。

⑬ 卺（jǐn）饮：旧时婚礼，新婚夫妇食后各执一瓢，饮酒漱口，叫做卺饮，俗称饮交杯酒。

⑭ 沉痼弥留：重病将死。

子名狐儿，燕抚如己出。每清明，必抱儿哭诸其墓。后生举于乡[①]，家渐裕，而燕苦不育。狐儿颇慧，然单弱多疾，燕每欲生置媵[②]。一日，婢忽白："门外一妪，携女求售。"燕呼入，卒见，大惊曰："莲姊复出耶！"生视之，真似，亦骇。问："年几何？"答云："十四。""聘金几何？"曰："老身止此一块肉，但俾得所[③]，妾亦得啖饭处，后日老骨不至委沟壑，足矣。"生优价而留之。

燕握女手，入密室，撮其颔而笑曰："汝识我否？"答言："不识。"诘其姓氏，曰："妾韦姓，父徐城卖浆者，死三年矣。"燕屈指停思，莲死恰十有四载，又审视女，仪容态度，无一不神肖者，乃拍其顶而呼曰："莲姊，莲姊！十年相见之约，当不欺吾。"女忽如梦醒，豁然曰："咦！"熟视燕儿。生笑曰："此'似曾相识燕飞来'也。"女泫然曰[④]："是矣。闻母言，妾生时便能言，以为不祥，犬血饮之，遂昧宿因[⑤]。今日始如梦寤。娘子其耻于为鬼之李妹耶？"共话前生，悲喜交至。

一日寒食，燕曰："此每岁妾与郎君哭姊日也。"遂与亲登其墓，荒草离离[⑥]，木已拱矣[⑦]。女亦太息。燕谓生曰："妾与莲姊两世情好，不忍相离，宜令白骨同穴。"生从其言，启李冢得骸，舁归而合葬之。亲朋闻其异，吉服临穴，不期而会者数百人。

余庚戌南游至沂[⑧]，阻雨，休于旅舍。有刘生子敬，其中表亲，出同社王子章所撰《桑生传》，约万余言，得卒读，此其崖略耳[⑨]。

异史氏曰："嗟乎！死者而求其生，生者又求其死，天下所难得者，非人身哉？奈何具此身者，往往而置之，遂至觍然而生不如狐，泯然而死不如鬼。"

---

① 举于乡：乡试考中了举人。

② 置媵（yìng）：娶妾。

③ 俾：使。

④ 泫然：悲伤流涕的样子。

⑤ 遂昧宿因：忘掉了前生的因缘。

⑥ 离离：纷披繁盛的样子。唐白居易《赋得古原草送别》："离离原上草，一岁一枯荣。"

⑦ 木已拱：墓上的树已经长成两手合围那么粗了，意思是人死已经多年。拱，两手合抱。

⑧ 庚戌：康熙九年，即公元一六七〇年。

⑨ 崖略：大略，梗概。

精诚所至　金石为开

——说《阿宝》

爱情是人类一种最纯真、最美好的感情，它的产生和存在应该是没有任何附加条件，也是不应该受到任何束缚的。但在现实生活中，它是社会关系的一部分，因而总是受到来自不同方面的种种限制和束缚。所谓门当户对就是其中重要的一种。这篇小说中的男女主人公，无论从贫富、地位、容貌、性格来说，都谈不上门当户对。但经过种种坎坷和曲折，最后却实现了美满的爱情和婚姻。无他，就因为男主人公的专注、执着和生死以之的不懈追求，如古语所云：精诚所至，金石为开。

这是一个奇幻的离魂故事。离魂型的故事成为一种范式，在中国古代文言小说中有一系列的作品，最著名的是唐代陈玄祐的《离魂记》，还由此衍生出同样著名的戏曲作品《倩女离魂》。蒲松龄的这篇《阿宝》，可以说是集大成的带总结性质的一篇。与之前的作品相比，它的内容更加丰富，情节更加曲折，更主要的是因为它刻画出了人物的鲜明性格，从而表现出更加独特和深刻的思想意义。还有一点不同的是，前此的离魂故事，基本上都是女性离魂去追求男性，而《阿宝》却是男性为追求女性而离魂。这一差别反映了由于社会的发展，在爱情追求中的性别移位。

小说的男主人公叫孙子楚，女主人公就是阿宝。小说的开头说："粤西孙子楚，名士也，生有枝指，性迂讷，人诳之，辄信为真。"除了"枝指"是为后文的情节伏笔外，这里提出了男主人公的主要性格特征：迂和讷。迂指其迂阔、老实；讷指其不善言辞。小说主要就是从这两方面来刻画他的性格的。先以两个例子来概括地描述他的迂阔：一是，一看见有歌妓在座，他马上就"遥望却走"。二是，因此有人就故意开他的玩笑，将他骗来，让妓女以浮浪的态度来逼迫他，他竟然害羞和紧张到了"赪颜彻颈，汗珠珠下滴"。其迂阔老实，可谓世所罕见。因此被好事者传为笑话，并给他取了一个浑号叫"孙痴"。

这个“痴”字，即为全篇主旨之所在。蒲松龄着意描写的孙子楚，就是一个情痴。他的痴，其实是一种诚，一种真心实意的专注，专注到了痴迷程度的爱。这一点，小说是通过一系列的情节，逐步深入地写出来的。另外开头还点出他是一个“名士”，这也别有意味。名士一般是指那种文化修养很高而没有或不愿做官的人。在人们的印象中，像他那样迂阔到近于傻乎乎的样子，一般都与文化不高有关；但他既然是一个名士，可见跟文化的高低无关，而是他的气质和性格使然。另外，名士的身份在征服阿宝的家庭上，也起到了一定的作用，这在后面就会看到。蒲松龄写小说，构思非常细密，前后总是有呼应的。

接着介绍阿宝。也有两点与小说的情节和主旨有关：一是她是一个大家闺秀，其父是“邑大贾某翁，与王侯埒富，姻戚皆贵胄”。二是“绝色”，长得非常漂亮。也即是说，在婚恋问题上，无论出身和相貌，都是高不可攀的。果然，她的家里人为她择婿，当地的富家公子争着以丰厚的聘礼去应招，却“皆不当翁意”。“不当翁意”这四个字很重要，说明两层意思：一是阿宝的婚姻由家长主宰，这当然是旧时代的普遍现象；二是与此相关，满意不满意是有标准的，这标准就是贫富。这当然是父母的标准，不是阿宝的标准。这就为后文写阿宝对孙子楚痴情的回应，在爱情上的自作主张张本。在美满爱情婚姻的实现上，不单有孙子楚的执着追求，也还有阿宝对他的真诚回应，这回应表现出对父母之命的叛逆和在爱情选择上的独立自主的精神。

情节一直在孙子楚迂阔的性格中演进。在写他离魂之前，小说有两层铺垫：第一层是自断其指，第二层是自辨其不痴。在众多富家子弟被拒的情况下，“有戏之者，劝其通媒”。呼应于上文的“人诳之，辄信为真”的介绍，他真的“殊不自揣，果从其教”。结果是“翁素耳其名，而贫之”。“素耳其名”与“贫”相对举，其间又用了一个“而”字表示转折，显示了在阿宝父亲的心目中，他的名士身份还是被认可的，被拒绝只是嫌他太穷。媒媪向阿宝本人传达了孙的婚求（媒媪此举暗示她很了解阿宝在婚恋问题上有自己的要求），“女戏曰：‘渠去其枝指，余当归之。’”在婚姻大事上能开这样的大玩笑，可见阿宝虽然是一个大家闺秀，其思想性格却并不是严谨守礼，而是自由不拘的。生听说后，竟然回答说“不难”，并在媒媪去后即“以斧自断其指，大痛彻心，血益倾注，滨死”。这一行为让媒媪吃惊，让阿宝大奇，于是再开一个让孙子楚根本做不到的玩笑：“戏请再去其痴。”这就引出第二层自辨其不痴的情节。

孙子楚这次的反应却是出乎意外的激烈。他“闻而哗辨，自谓不痴，然无由见而自剖”。“哗辨”不是平心静气之辨，而是大声申辩，其情急之状，如在眼前。“自剖”二字开启下文，引出一系列波谲云诡的奇异情节。其实这一反应已经证明了他并不是真痴。且看小说这样写他的心理活动：“转念阿宝未必美如天人，何遂高自位置如此？由是曩念顿冷。”这是老实人的平常心理，不是真痴人的心理。但“冷”字却使情节的发展出现小小的顿挫。而清明节的妇女出游，又使他有与阿宝见面的机会。于是情节又由此而振起一笔。有人强邀他去观美，并嘲戏之曰：“莫欲一观可人否？”他明知是在嘲笑他，却因不服气阿宝对他的“揶揄”，也就“忻然随众物色之”。他的心理及其变化，非常微妙，但表现出的并不是他的痴，而是多情中的热情与冷静。小说在写这次孙子楚与阿宝相遇和随后的关系时，是用了一群“轻薄少年”和“恶少年”来作陪衬的。出游妇女的后面，是“轻薄少年，亦结队随行，恣其月旦（肆意评论）”。随后“遥见有女子憩树下，恶少年环如墙堵。众曰：‘此必阿宝也。’”这是间接写阿宝之美。在此基础上，才从孙子楚的眼中直接表现阿宝：孙“趋之，果宝。审谛之（不是随便看看，是非常仔细地看），娟丽无双”。他看到的是秀丽而非艳丽，这是写阿宝，也是写孙子楚，写他对一种美的感受。当女子不堪忍受而离去时，那些“轻薄少年”和“恶少年”，是“众情颠倒，品头题足，纷纷若狂”，而与此形成强烈对照的，是“生独默然”。“默然”二字是写他的“讷”，也是写他的冷静，写他的名士风度，更是写他离魂前的一种精神状态。

有了以上这一系列的铺垫，下面小说就放开笔墨写离魂的重头戏了。女子离去，别的人都走光了，可是“生犹痴立故所。呼之，不应，群曳之曰：‘魂随阿宝去耶？’亦不答。众以其素讷，故不为怪，或推之，或挽之，以归”。因为有此“默然”和“痴立”，才有下文魂依阿宝和化鸟的情节。现实情景与虚幻情景是相结合的，同时又是有过渡的，将虚幻的情景写得非常真实。

孙子楚回家以后就昏卧床上，“冥如醉，唤之不醒”。家人为之招魂也无效果。“强拍问之，则蒙胧应云：‘我在阿宝家。’”接着小说从孙子楚和阿宝两面着笔，一方面写孙子楚因为难舍阿宝，“觉身已从之行，渐傍其衿带间”，从女归后，“坐卧依之，夜辄与狎，甚相得”；另一方面写阿宝“每梦与人交，问其名，曰：‘我孙子楚也。’”有幻有实，笔致朦胧。孙的家人见“生卧三日，气休休若将澌灭”，十分恐惧，就托人去阿宝家婉求去他家招魂。初不同意，“固哀之，翁始允”。阿宝之父虽富埒王侯，为人却还厚道，表现得通情达理。巫去招魂时，女知其故，“骇极，不听他往，直导入室，任招呼而去”。巫招魂归来刚到家门，濒死的孙子楚已能呻吟，醒来后“女室之香奁什具，何色何名，历言不爽”。“女闻之，益骇，阴感其情之深。”孙子楚之“痴”终于感动了富家之女的阿宝。这是小说情节发展的大关节。而在孙子楚这一面，虽然苏醒过来，但仍“坐立凝思，忽忽若忘（恍惚朦胧，正是灵魂所历的真实情状）。每伺察阿宝，希幸一再遘之（殷切期盼，正是回到现实后人的正常心理）”。这是写离魂的第一大段，由阿宝之受感动而作一收束，同时又开启了下面第二大段的描写。

生“闻（阿宝）将降香水月寺（与上文“伺察”二字相呼应），遂早旦往候道左，目眩睛劳”。孙子楚对阿宝爱情追求之专注、热切，达到了不辞劳苦的坚韧程度。一片真诚终于换来了与阿宝情感的交流，阿宝由被感动而发展为主动示爱。孙一直等到中午，阿宝才来。先是“自车中窥见生，以掺（同“纤”）手搴帘，凝睇不转”。注目传情，含蓄，却真诚而深挚；生的回应是：“益动，尾从之。”这时，“女忽命青衣来诘姓字”。“生殷勤自展，魂益摇。车去，始归。”这已经发展到你来我往、顾盼有情、两心相通的程度了。这段写孙子楚的心理，简练，却很真实、传神。由期盼，到“益动”，再到“魂益摇”，愈来愈深挚，愈来愈强烈。这就又为第二次的离魂做了铺垫。

第二次离魂，与第一次又不相同，情节更加奇幻，更加跌宕起伏。孙子楚归家后“复病，冥然绝食，梦中辄呼宝名”。但他的灵魂这次不能像上次那样，离开身躯而去依附于心爱的人的身边，因此而“每自恨”。这时，恰逢家中养的一只鹦鹉突然死去，“生自念倘得身为鹦鹉，振翼可达女室”。而“心方注想，身已翩然鹦鹉，遽飞而去，直达宝所”。这一幻笔，使文思振荡，开拓一片新境。阿宝见鹦鹉，“喜而扑之，锁其肘，饲以麻子”。而鹦鹉却突然大呼曰：“姐姐勿锁，我孙子楚也！”“女大骇，解其缚，亦不去。”这时，女又祝曰：“深情已篆中心。今已人禽异类，姻好何可复圆？”这话说得十分动情，说明这时她对孙子楚是以情报情，不仅有情，而且已经是刻骨铭心了。小说所写的人禽之间的关系，即是奇幻境界中的阿宝与孙子楚的关系。一言一行，均含情脉脉，十分动人。“鸟云：‘得近芳泽，于愿已足。’”就是说，只要能守在阿宝的身边，就是永远都是一只鸟，也是心甘情愿的。而且“他人饲之不食，女自饲之则食。女坐，则集其膝；卧，则依其床。如是三日”。“女甚怜之”，就暗地里派人去探听，了解到鹦鹉确实为孙子楚的灵魂所化，他本人已经“僵卧气绝”三天了。这里的“怜”字已经不只是同情的意思，主要是爱怜的意思了。

故而“女又祝曰：‘君能复为人，当誓死相从’”。注意，这里写阿宝表达爱情的两段话，小说都用了一个“祝”字，这也包含着深情在内。“祝”就是祝愿，即殷切期盼的意思。

小说写阿宝对孙子楚爱情追求的回报，有一个发生、发展的过程。这个过程漫长而曲折，由戏言而至祝愿，再而至发出誓词：一曰去其枝指，二曰去其痴，三则祝愿“姻好复圆”，四则表示“誓死相从”。人物感情的变化，以及由此而构成的情节发展，曲折生动，线索却非常清晰，既奇幻而又十分真实。但鹦鹉对阿宝的誓言却并不相信，回答是“诳我”。看他变成鸟也很有心计，一点不痴。从鹦鹉衔履飞回家，堕地而死，孙子楚由鸟而复为人身后，小说的情节就由幻而转为写实了。但无论幻实，人物的感情心理，都是一脉相承的。

孙子楚视鹦鹉衔回家的绣履为阿宝的“信誓物”，视阿宝的誓言为“金诺”。但阿宝要兑现她的誓言却并不是一件轻而易举的事。最大的障碍是要征得父母的同意，这就不仅要有情，而且还要有智、有勇。她又派老妪去孙家了解情况，得知鹦鹉确为孙子楚所化的真情后，在感到奇异的同时，就“故使婢泄其情于母”。前文写曾经表态反对孙子楚求婚的，是她的父亲，而这里写她先要争取的却是母亲。阿宝是很聪明的，严父慈母，她深知应该先从哪一面突破。母亲的态度与其父基本相同，但回答却显得更加通情达理：“此子才名亦不恶，但有相如之贫。”这里呼应篇首对孙子楚“名士”身份的介绍，所以称他“才名不恶”，贫也是“相如之贫”。立场与父亲一样，情态和语气却显得缓和多了。当然还有一层理由，就是因此而带来的面子问题：“择数年，得婿若此，恐将为显者笑。”完全是一个大贾夫人的心理和语气，写得十分生动真实。但阿宝的态度非常坚决：“女以履故，矢不他。”阿宝是以情还情，以痴应痴，跟孙子楚一样，成为一个情痴了。因此，她也视绣履为“信誓物”，视誓言为“金诺”，与孙子楚两心相应，两情相通。最后的结果是如愿以偿，“翁媪从之”。

按说，至此故事已经是一个喜剧的结局了。但是小说还有锦上添花之笔，将阿宝的思想升华到更高的境界。对于孙子楚之贫，她有自己独到的认识和处置。其父的处置办法是“翁议赘诸家”，即想把孙生招为“倒插门”女婿。但阿宝不同意，并且说出了一番志坚、格高、情深的话：“婿不可久处岳家，况郎又贫，久益为人贱。儿既诺之，处蓬茅而甘藜藿，不怨也。”就是说，不论他有多穷，既然答应嫁给他，那就一辈子同他一起同甘共苦。她的思想、眼光、品格，实在是过人一等。蒲松龄通过阿宝这个形象的塑造，表现了一种很高尚也很进步的思想，即真正的爱情是可以超越贫富，突破门第悬殊障碍的。结果是按阿宝的意愿进行，“生乃亲迎成礼，相逢如隔世欢”。其欢竟有“隔世”之感，“隔世”二字用得很特殊，但分量很重，一是见其追求之艰苦，二是见其惊喜之强烈。隔世相逢，其快如何！读者自可想见。

其实，小说写到这里结束，结构上也算首尾完具。但蒲松龄创作小说的一个鲜明目的，就是福善祸淫、劝善惩恶。这一篇也不例外，所以下面又写了一大段阿宝和孙子楚过上了幸福生活的内容，以示好人应该得到好报。其间又出现了一些波折，形成了情节发展的曲折变化。这部分描写，无论从思想或艺术上看，都是有得有失的。得的一面是，小说仍然扣住“痴”字，延续了情节主线的发展，并强化了人物性格。其一，是写二人在得到想来是不菲的嫁妆后，过上了小康的生活，与以前的贫穷形成鲜明的对比。而这时的孙子楚，又变成了一个书痴，家里的事情什么都不管，全靠能干又贤慧的妻子阿宝料理。先前是痴于情，现在是痴于书，其情志之专一则一以贯之。其二是参加科举考试，在入闱之前，又遭到了一些无聊少年的玩弄，拟出“隐僻之题七”，神秘地告知他这是从特殊途径得到的，生竟然深信不疑，“昼夜揣摩，制成七艺”。其痴又遭到了众人的窃笑。而结果竟然是“七艺皆符”，因此而得了个第一名。这自然是表明“痴人（这里应该理解为诚朴之人）自有天福”。这在艺术表现上，为全文写痴作一小结：在痴中见其诚朴，见其执着。

失的一面是，小说写“生忽病消渴（即今所谓糖尿病），卒”。随后又演化出阿宝为此而“自经（自杀）”，被“急救而醒，终亦不食”。孙子楚因其生平“朴诚”而被冥王授官“部曹”，并使其死而复生；阿宝也因冥王感其“节义”而赐以“再生”。这一段描写，作者的目的，一是强调二人生死不渝之爱，二是表彰其品德之高。但仔细揣摩就会发现，突然得病而死，人为安排的痕迹非常明显，缺乏生活的逻辑。全篇的最后结局，是孙子楚“举进士，授词林。上闻异，召问之，生具启奏。上大嘉悦，后召见阿宝，赏赉有加焉”。总之，艺术上显得生硬繁冗，思想上“节义”之誉和皇帝“赏赉有加”之类，虽褒奖态度鲜明，也不免流露出一种腐俗之气。

但篇末的“异史氏曰”却写得十分精彩：“性痴则其志凝：故书痴者文必工，艺痴者技必良；世之落拓而无成者，皆自谓不痴者也。且如粉花荡产，卢雉倾家，顾痴人事哉？以是知慧黠而过，乃是真痴，彼孙子何痴乎！”论痴，辨痴，颂痴，从爱情扩展到更广大的社会领域，语语精辟，发人深思，有画龙点睛之妙。

阿宝

蒲松龄

粤西孙子楚[1]，名士也，生有枝指[2]，性迂讷[3]，人诳之[4]，辄信为真。或值座有歌妓，则必遥望却走；或知其然，诱之来，使妓狎逼之，则赪颜彻颈[5]，汗珠珠下滴。因共为笑，遂貌其呆状，相邮传做丑语，而名之"孙痴"。

邑大贾某翁[6]，与王侯埒富[7]，姻戚皆贵胄[8]。有女阿宝，绝色也。日择良匹，大家儿争委禽妆[9]，皆不当翁意。生时失俪[10]，有戏之者，劝其通媒。生殊不自揣，果从其教。翁素耳其名，而贫之。媒媪将出，适遇宝，问之，以告。女戏曰："渠去其枝指，余当归之[11]。"媪告生，生曰："不难。"媒去，生以斧自断其指，大痛彻心，血益倾注，滨死。过数日，始能起，往见媒而示之。媪惊，奔告女。女亦奇之，戏请再去其痴。生闻而哗辨，自谓不痴，然无由见而自剖。转念阿宝未必美如天人，何遂高自位置如此？由是曩念顿冷。

会值清明，俗于是日，妇女出游，轻薄少年，亦结队随行，恣其月旦[12]。有同社数人[13]，强邀生去。或嘲之曰："莫欲一观可人否[14]？"生亦知其戏己，然以受女揶揄故，亦思一见其人，忻然随众物色之。遥见有女子憩树下，恶少年环如墙堵。众曰：

---

① 粤：指古代的百粤之地，约相当于今天的广东、广西地区。

② 枝指：手指多长出一个指头。

③ 迂讷（nè）：迂阔、老实，不善言辞。

④ 诳（kuáng）：欺骗。

⑤ 赪（chēng）颜：脸红。

⑥ 大贾（gǔ）：富商。

⑦ 埒（liè）：等，相当于。

⑧ 贵胄：贵族子弟。

⑨ 委禽妆：送订婚聘礼。委，送。禽，雁。古时纳采用雁。

⑩ 失俪：丧偶。

⑪ 归：出嫁。

⑫ 恣其月旦：肆无忌惮地进行评论。

⑬ 社：指文社，文人组织。这与孙子楚的名士身份有关。

⑭ 可人：意中人。

阿寶
倩女曾離
枕上魂庭郎
情思更温存
阿儂休說人
禽異鸚鵡前
畫卿烓孫

“此必阿宝也。”趋之[①]，果宝也。审谛之，娟丽无双。少顷，人益稠，女起，遽去。众情颠倒，品头题足，纷纷若狂。生独默然。及众他适[②]，回视，生犹痴立故所。呼之，不应，群曳之曰：“魂随阿宝去耶？”亦不答。众以其素讷，故不为怪，或推之，或挽之，以归。至家，直上床卧，终日不起，冥如醉[③]，唤之不醒。家人疑其失魂，招于旷野，莫能效，强拍问之，则蒙眬应云：“我在阿宝家。”及细诘之，又默不语。家人惶惑莫解。

初，生见女去，意不忍舍，觉身已从之行，渐傍其衿带间，人无呵者，遂从女归。坐卧依之，夜辄与狎，甚相得。然觉腹中奇馁，思欲一返家门，而迷不知路。女每梦与人交[④]，问其名，曰：“我孙子楚也。”心异之，而不可以告人。

生卧三日，气休休若将澌灭[⑤]。家人大恐，托人婉告翁，欲一招魂其家。翁笑曰：“平昔不省往还[⑥]，何由遗魂吾家？”家人固哀之，翁始允。巫执故服、草荐以往。女诘得其故，骇极，不听他往，直导入室，任招呼而去。巫归至门，生榻上已呻。既醒，女室之香奁什具，何色何名，历言不爽[⑦]。女闻之，益骇，阴感其情之深。

生既离床寝，坐立凝思，忽忽若忘。每伺察阿宝，希幸一再遘之。浴佛节[⑧]，闻将降香水月寺，遂早旦往候道左，目眩睛劳。日涉午，女始至。自车中窥见生，以掺手搴帘[⑨]，凝睇不转。生益动，尾从之。女忽命青衣来诘姓字，生殷勤自展，魂益摇。车去，始归。归复病，冥然绝食，梦中辄呼宝名。每自恨魂不复灵。

家旧养一鹦鹉，忽毙，小儿持弄于床。生自念倘得身为鹦鹉，振翼可达女室。心方注想，身已翩然鹦鹉。遽飞而去，直达宝所。女喜而扑之，锁其肘，饲以麻子。大呼曰：“姐姐勿锁，我孙子楚也！”女大骇，解其缚，亦不去。女祝曰：“深

---

① 趋：走近。

② 适：去。

③ 冥：这里指一种昏睡、迷糊状态。

④ 交：交媾。与上文的“狎”字同义。

⑤ 澌灭：尽灭，断气。

⑥ 省（xǐng）：察，了解。

⑦ 历言不爽：一一讲出，没有差错。

⑧ 浴佛节：纪念释迦诞生的节日，又称佛诞节。一般以农历四月初八日为释迦诞辰日。这一天，佛寺会举行诵经法会，以香汤洗浴佛像。

⑨ 掺（xiān）手：纤手。掺，同纤。

情已篆中心[①]。今已人禽异类，姻好何可复圆？”鸟云：“得近芳泽，于愿已足。”他人饲之不食，女自饲之则食。女坐，则集其膝；卧，则依其床。如是三日。女甚怜之，阴使人瞷生[②]。生则僵卧气绝，已三日，但心头未冰耳。女又祝曰：“君能复为人，当誓死相从。”鸟云：“诳我。”女乃自矢[③]，鸟侧目若有所思。少间，女束双弯[④]，解履床上，鹦鹉骤下，衔履飞去。女急呼之，飞已远矣。女使妪往探，则生已寤。家人见鹦鹉衔绣履来，堕地死，方共异之。生既苏，即索履。众莫知故。适妪至，入视生，问履所在。生曰：“是阿宝信誓物。借口相覆：小生不忘金诺也[⑤]。”妪反命，女益奇之，故使婢泄其情于母。母审之确，乃曰：“此子才名亦不恶，但有相如之贫[⑥]。择数年，得婿若此，恐将为显者笑。”女以履故，矢不他。翁媪乃从之。驰报生，生喜，疾顿瘳[⑦]。翁议赘诸家，女曰：“婿不可久处岳家，况郎又贫，久益为人贱。儿既诺之，处蓬茅而甘藜藿[⑧]，不怨也。”生乃亲迎成礼[⑨]，相逢如隔世欢。

自是家得奁妆，小阜[⑩]，颇增物产。而生痴于书，不知理家人生业。女善居积，亦不以他事累生。居三年，家益富。生忽病消渴[⑪]，卒。女哭之痛，泪眼不晴，至绝眠食，劝之不纳，乘夜自经[⑫]。婢觉之，急救而醒，终亦不食。三日，集亲党，将以殓生。闻棺中呻以息，启之，已复活。自言：“见冥王，以生平朴诚，命作部曹[⑬]。忽有人白：‘孙部曹之妻将至。’王稽鬼录，言：‘此未应便死。’又白：‘不食三日矣。’王顾谓：‘感汝妻节义，姑赐再生。’因使驭卒控马送余还。”由此体渐平。

---

① 篆：铭刻。

② 瞷（jiàn）：察看，探视。

③ 矢：发誓。

④ 束双弯：裹缠两只小脚。

⑤ 金诺：对别人许诺的一种客气的说法。

⑥ 相如之贫：有司马相如那样的才华，但也像他那样的贫穷。汉代司马相如和卓文君的故事，见《史记·司马相如列传》。

⑦ 瘳（chōu）：痊愈。

⑧ “处蓬茅”句：蓬茅，茅屋；藜藿，野菜。

⑨ 亲迎：古婚礼，成亲时新郎须亲自到女家迎接新娘。

⑩ 小阜：小康。

⑪ 消渴：即今所谓糖尿病。

⑫ 自经：上吊自杀。

⑬ 部曹：官署（这里指冥府）某部门的属官。

值岁大比[①]，入闱之前[②]，诸少年玩弄之，共拟隐僻之题七[③]，引生僻处与语，言：“此某家关节[④]，敬秘相授。”生信之，昼夜揣摩，制成七艺。众隐笑之。时典试者虑熟题有蹈袭弊[⑤]，力反常经，题纸下，七首皆符。生以是抡魁[⑥]。明年，举进士，授词林[⑦]。上闻异[⑧]，召问之，生具启奏。上大嘉悦，后召见阿宝，赏赉有加焉。

异史氏曰：“性痴则其志凝：故书痴者文必工，艺痴者技必良；世之落拓而无成者，皆自谓不痴者也。且如粉花荡产[⑨]，卢雉倾家[⑩]，顾痴人事哉？以是知慧黠而过，乃是真痴，彼孙子何痴乎！”

---

① 大比：明清时代每三年举行一次乡试，称“大比”。

② 入闱：进入考场参加考试。

③ 七：即下文所说的“七艺”，指七篇应试文章。出自“四书”之义的三题，出自“五经”之义的四题。

④ 关节：指通过某种关系得到试题。

⑤ 典试者：主持考试的人。

⑥ 抡魁：考中了第一名。

⑦ 授词林：任命到翰林院做官。

⑧ 上：皇帝。

⑨ 粉花荡产：指因嫖妓而破家。花粉，喻指女色。

⑩ 卢雉倾家：指因赌博而荡产。卢雉，指赌博，卢和雉都是古代赌博中的胜彩，故赌博时呼卢唤雉。

至性至情　难兄难弟

——说《张诚》

初看起来这像是一篇社会问题小说，因为这个充满大恨大爱、大苦大难、大悲大喜的故事，全由后母的悍妒而发生，而后母虐待前妻之子在过去和现在都是一个相当普遍的社会问题。但换成另一个角度，看起来又像是一篇表现了民族思想的政治小说，因为追根溯源，这一切又都是由明清易代之际的社会动乱，尤其是因为“北兵”（即清兵）掳掠民间妇女而发生的。但是细读而究其实，又都不是。易代之际的社会动乱，后母的悍妒，都只不过是作者为故事的产生和发展设置的大和小两重背景。小说主要描写的，是同父异母的兄弟之间在一种特殊生活条件下的真情挚爱，由此热情地颂扬了人性之善、之美，用以与人性之恶、之丑作对比，从而表达作者鲜明强烈的爱憎感情。因为兄弟间的友爱符合旧时代人伦道德中“悌”的观念，所以把它看成是一篇人伦小说也未尝不可。但明伦在对这篇小说的评语中有“至性至情，难兄难弟”八个字，大致能概括这篇小说主要的思想内容，所以移用来作为这篇文章的题目。

小说对这种人间非常需要却又并不多见的兄弟至爱，表现得是那样的自然流畅、生动感人。这决定于作者高明的叙事艺术。经过缜密的艺术构思，小说的叙事显得既整饬而又错落有致，既合乎常情常理，又有出人意料之笔。一切都由后母的悍妒而发生，她以严厉之命让前妻之子上山打柴，这是她主要的虐待手段，也成为小说情节发展的主要线索。而小说描写的中心和重点，一直都是兄弟二人不顾一切艰难险阻的相互友爱。对于后母悍妒的种种表现，小说写得很有节制，只作简单的交代、点示，即或正面描写，也是几笔带过。背景就是背景，不能喧宾夺主，作者掌握得恰到好处。

开篇非常简洁：“豫人张氏者，其先齐人。”这里点出“张氏”，是故事发生的家庭姓氏，有必要一开始就交代清楚；又点出两个地名：豫（今河南）和齐（今山东），这与下文写这个家庭的迁移有关，更为全文的喜剧大结局伏笔。“明末齐大乱，妻为北兵掠去。张常客豫，遂家焉。娶于豫，生子讷。无何，妻卒，又娶继室，生子诚。”巨大的社会和家庭变异，相当长的时间跨度，几句话就交代了，写得极简单，极精练。张氏为什么会由齐到豫，以及这个家庭的主要成员，也就是这个感人故事的主要角色，他们之间的相互关系等等，都一一作了介绍。这是设置故事发生的大背景，同时也就写出了构成这个故事的必要条件。接着就写后母的悍妒，这是小背景，而同时也就进入了故事：“继室牛氏悍，每嫉讷，奴畜之，啖以恶草。”这后面两句，说她像对待奴隶一样对待张讷，把最粗劣难吃的东西给他吃。这是对后母嫉恨张讷的概括叙写，只起到一种提示的作用，而后文的情节则对此作了具体生动的生发和展示。

牛氏对两个儿子不同的态度和处置，用对比的方法写出。对张讷是：“且使樵，日责柴一肩，无则挞楚诟诅，不可堪。”对张诚则是：“隐畜甘脆饵诚，使从塾师读。”这里特别值得注意的是“使樵”二字，这是全篇小说情节的生发点，也是情节发展的线索，后面的全部事件都因张讷上山打柴而发生。

故事就在这种鲜明的对比中展开。富于戏剧性的是，张诚对异母哥哥的态度，与生母有着天壤之别：“诚渐长，性孝友，不忍兄劬，阴劝母。”“孝友”二字，是小说写张诚思想性格的纲领。“孝”是指他对父母孝敬，“阴劝母”就已经体现了这种孝敬；“友”是指他对兄长的友爱，是小说描写的重点，“孝”只不过是一种陪衬。但在具体的人物关系中，孝和友两方面其实是相互冲突的：张诚在私底下劝说母亲而母亲不听的情况下，就不顾母亲的态度而自己去帮助哥哥了。

小说写兄弟二人的友爱，写得很充分、很深入、很动情。其间有两个特点值得注意。第一是，叙写有发展、有层次，是一层引出一层，一层连着一层，又是一层比一层更深入。第二是，自始至终从两个方面着笔，既写弟弟对哥哥的关爱，也写哥哥对弟弟同样的甚至是更深一层的关爱。下面就按情节发展的层次，进行梳理和分析。

第一层，是写张诚关心哥哥的饥馁。这不是偶然出现的问题，也是因为打柴而引起的。“一日，讷入山樵，未终，值大风雨，避身岩下。雨止而日已暮，腹中大馁，遂负薪归。母验之少，怒不与食。饥火烧心，入室僵卧。诚自塾中来，见兄嗒然，问：‘病乎？’曰：‘饿耳。’问其故，以情告。”“自塾中来”的交代很重要，不仅顺笔再次点示兄弟二人在家中受到的不同待遇，而且与下文的情节发展密切相关。这里是预提一笔。诚听后没有再说什么，“愀然便去”。“愀然”二字有着深厚的情感内涵。凭此二字，我们就会猜想到他此去必有所为。果然，没有多久他就怀揣着面饼给哥哥送来了。哥哥问他从哪里弄来的，他的回答是：“余窃面倩邻妇为之，但食勿言也。”这是说的实话，偷面粉的事也不隐瞒，由此可见兄弟间的信任与深情。“但食勿言”，不仅是表现了“你只管吃就是了，别管那么多”的关切与疼爱，而且还暗含了“问多了会泄露秘密”的意思，而这就是下文所写张讷怕连累弟弟顾虑的依据。作者的行文非常细密，言语间就透露出人物之间的复杂关系。张讷吃了以后，并不是按通常情理说一声“谢谢”完事，而是同样深情地对关心他的弟弟说：“后勿复然，事泄累弟。且日一啖，饥当不死。”宁愿自己挨饿，也不愿让弟弟因此事而受累。这一层，由打柴引出，重点着笔在写张诚对哥哥劳累而又饥饿的关心和爱护上，同时兼顾到写兄弟间的相互关爱。

第二层，是写张诚帮助哥哥上山打柴。这是由关心饥馁而自然引出的，是情节的进一步发展。“兄故弱，乌能多樵！”这是送饼以后弟弟的真实感受和心思，在情节的发展中，起到了一种承上启下的作用。正是由于心中惦记着哥哥因吃不饱而不能完成母亲给他规定的打柴任务，这才从私塾里逃学出来，亲自上山去帮助哥哥打柴。

这一层又分为三个阶段来描写。第一阶段是写两个人在山上相见时的一段对话。一个是出于爱要帮，一个是同样出于爱而拒绝帮。这就产生了矛盾冲突。就是在这种特殊的矛盾冲突中，把兄弟二人之间的相互关爱，写得非常感人。张诚“次日食后，窃赴山，至兄樵处”，哥哥突然看见应该是在私塾里读书的弟弟，吃惊地问：“将何作（你跑来干什么）？”回答：“将助樵采（来帮你打柴）。”哥哥又问：“谁之遣（谁让你来的）？”回答说：“我自来耳（是我自己来的）。”哥哥听后很受感动。而他的回答则更为感人：“无论弟不能樵，纵或能之，且犹不可。”“且犹不可”，一则是表现他不愿弟弟像自己一样打柴受苦，同时又与前文呼应，暗含了因后母悍妒，担心弟弟的行为会为他而受累。

第二个阶段是写对话之后的行动。哥哥要弟弟赶快回家，弟弟不肯，就动手帮助哥哥打柴。因为他来时没有准备，只能“以手足断柴助兄”，并且说：“明日当以斧来。”这一句为下文情节的发展伏笔。弟弟“以手足断柴”的艰苦情景，从哥哥的眼中写出，由此自然地引出哥哥为劝阻弟弟而作出的决绝表态：“兄近止之，见其指已破，履已穿，悲曰：‘汝不速归，我即以斧自刭死！’”张诚这时才不得不同意回家，“兄送之半途，方复回樵”。

第三个阶段是写张讷担心弟弟上山帮自己打柴而伤害身体、耽误学业，就亲自到私塾里去找老师反映情况，“嘱其师曰：‘吾弟年幼，宜闭之，山中虎狼多。’”这最后一句，自然带出，却伏下文一大段情节。老师告诉张讷，因为张诚上午逃课，已经给他体罚了。张讷回家问弟，张诚笑着否认“无之”，完全不当一回事。于是“明日，怀斧又去”，照应前文“明日当以斧来”一句，行文细密。“兄骇曰：‘我固谓子勿来，何复尔？”着一“骇”字，见其惊异之情状。弟弟很坚决：“诚不应，刈薪且急，汗交颐不少休。约足一束，不辞而返。”一举一动都表现出对遭受不公平待遇的哥哥的深切关爱。回到私塾又受到老师的责备，而当了解到实情后，老师也受到了感动，再也不责备他了。借老师的态度，略作一点染。但“兄屡止之，终不听”。

第三层，是写弟弟因帮助哥哥打柴而被虎衔去，情节的发展出现了大的波澜和曲折。这一层重点在写哥哥对弟弟的关爱。当时有“数人”在山中打柴，虎来时，“众惧而伏”。弟弟被虎衔走，只有哥哥张讷一个人持斧追赶。与虎相斗，紧张而又惊险，写得十分真切：“虎负人行缓，为讷追及，讷力斧之，中胯。虎痛狂奔，莫可寻逐，痛哭而返。”众人劝慰，却哭得更加悲痛。然后说了一段发自肺腑也感人肺腑的话：“吾弟，非犹夫人之弟，况为我死，我何生焉！”他给出了两个理由：一是我的这个弟弟不同于一般人的弟弟（意即是一个极好、极善良的弟弟）；二是他是为我而死的。因此，他为自责而采取的极端行为“遂以斧自刎其项”，就不仅是真实可信的，而且也是令人感动的。在这里，小说恰当地插写了几句悍妒后母极不近情理的表现（不多，多了会成累赘，还干扰主题）：张讷“以斧自刎其项”，虽经众人抢救，但“入肉已寸许，血溢如涌，眩瞀殒绝”。当众人将其包扎送回家时，牛氏见其濒死却无动于衷，反而“哭骂曰：‘汝杀吾儿，欲劙颈以塞责耶！’”“讷呻云：‘母勿烦恼。弟死，我定不生！’”讷“创痛不能眠，唯昼夜依壁坐哭”。在这种情况下，“父恐其亦死，时就榻少哺之，牛辄诟责。讷遂不食，三日而毙”。张讷不食而死，是因愤而死，也是因爱而死。他是在爱恨感情的交织中，进入了另一个世界；而同时，小说也进入了一个更加开阔的可以自由地驰骋笔墨的艺术空间。

第四层是写张讷死后在阴界寻弟。小说由此从现实描写转换为幻想描写。但阴界虽是一个虚幻的世界，而情节基本上还是以现实生活的形态演进，所表现的感情也是社会的人的感情。

寻弟的过程，充满艰难曲折。先是遇到一个走无常的巫者，请他代为寻找。巫者是一个好人，自己不知道张诚在什么地方，就主动带领他到处去寻找。到一个都会，见到一个在阴司管公事的“皂衫人”，这也是一个好人，帮助检视他所管辖范围的名册，不见有姓张的。讷又“强巫入内城”，“城中新鬼故鬼，往来憧憧”，到处打听，也没有认识张诚的。这时小说插写了一段菩萨降临的场面，虽为幻笔，却写得栩栩如生。这段插写，有两重意义：第一是菩萨有象征向好人降福的意义。这层意义通过两种方式来显示，一是写他的伟形和毫光：“仰见云中有伟人，毫光彻上下，顿觉世界通明。”他是一个能让身处黑暗中的鬼魂重见光明的神。二是写他挥洒甘露，超度亡灵：“菩萨以杨柳枝遍洒甘露，其细如尘。”第二是作者安排菩萨在这个时候而不是在别的时候出现，还有他特殊的用意，就是神也为张讷的善良和他对弟弟的友爱所感动。巫者特别向张讷说明，菩萨是几十年才一入冥司，“大郎有福”，“今适值之”。这意思就是，菩萨是为好人而显现的。

张讷在阴界找不到弟弟，就还要回到阳世来。有什么理由或者机会让他回来呢？这在叙事上是一个难题。而作者的处理非常圆熟，他借菩萨的降临，让情节的转换显得非常自然、合理。因菩萨的挥洒，“讷觉颈上沾露，斧处不复作痛”，因此而由巫导回阳世（巫是可以来往于阴阳两界的角色，设置这个人物正为了起到这样的作用）。“讷死二日，豁然竟苏”。这样由阴转阳，就显得非常自然合理。

第五层，写张讷回到阳世以后继续寻找弟弟以及在途中的奇遇。这一层大开大阖，出人意料，是全篇中写得最为曲折，也最为动人心魄的部分。一开始又插入一段后母悍妒的表现：张讷告诉父母，在阴间遍寻弟弟不见，证明弟弟不死。“母以为撰造之诬，反诟骂之。”稍作一点染，以后母之悍妒映衬兄弟之挚爱。“讷负屈无以自伸”，就决心再外出四处寻找。拜别父亲时发誓说：“行将穿云入海往寻弟，如不可见，终此身勿望返也。愿父犹以儿为死。”但明伦在此处评曰：“言言心血，字字泪珠。”确是如此。“穿云入海”之誓，令我们联想到白居易《长恨歌》中的名句：“上穷碧落下黄泉，两处茫茫皆不见。”一为表现男女之情，一为表现兄弟之爱，同样铭心刻骨，感人至深。与写悍母相映照，也有两句写到慈父：“翁引空处与泣，无敢留之。”不是不愿，而是“无敢”。写父而映射到母，文字虽少，却是不可省之笔。

回到阳世后寻弟之难之苦，只有简单的描写，却表现得非常充分：一是“途中资斧断绝，丐而行”；二是“逾年，达金陵，悬鹑百结，伛偻道上”。总之，是沦落成了一个衣食无着、行乞于道而又身体虚弱的乞丐。然而接着就峰回路转，绝处逢生，出人意外地出现了人物命运的大转折，也是小说情节的大转折。张讷竟然在“穿云下海”皆不见的情况下，不经意间与弟弟相遇了。不唯张讷没有料到，读者也没有料到。他在路边“偶见十余骑过，走避道侧。内一人如官长，年约四十已来，健卒怒马，腾踔前后”。显然是官员出行，威风凛凛，令他唯恐躲避不及。但没有想到，张讷梦寐以求的情景突然出现了：“一少年乘小驷，屡视讷。讷以其贵公子，未敢仰视。少年停鞭少驻，忽下马，呼曰：‘非吾兄耶！’”这时，“讷举首审视，诚也，握手大痛失声。诚亦哭”。何守奇在这里评云：“寻弟得弟，却不肯以兄见弟，偏以弟认兄，文已变化矣。”指出小说在写法上不死板，富于变化。张诚知道了其兄寻找他的曲折艰苦后，就更加悲痛。“骑者并下问故，以白官长。官命脱骑载讷，连辔归诸其家，始详诘之。”“详诘之”三字开启下文，由此写出一个众人都没有想到、却又是众人都期盼已久的喜剧结局。

第六层，写终于苦尽甘来、悲极而喜的大团圆。这一部分是遥接前文，用一种回叙的方式写出，既离奇却又符合人情，既出人意料却又在人意料中。说它离奇，是因为事情的发展曲折而充满偶然性。首先是，“虎衔诚去，不知何时置路侧，卧途中经宿”。一偶然也。其次是，“适张别驾自都中来，过之，见其貌文，怜而抚之，渐苏”。“载与俱归。又药敷伤处，数日始痊。别驾无长君，子之。”二偶然也。再次是，张诚跟“养父”出外游览，恰恰就在途中遇到了哥哥张讷。三偶然也。但是这些偶然性的设置却让读者深信不疑，或者说宁可信其为真而不愿疑其为假，因为这些偶然性是服从于并且体现了必然性的，这必然性就是哥哥对弟弟的大爱和因此而产生的“穿云入海”寻找弟弟的决心。这样，一个离奇的机遇不期而来，就是合情合理的，也是符合读者的心理期待的。它让当事人和读者感受到的，无他，只是喜出望外的喜悦。在这里我们看到了，形式为内容服务和思想决定技巧的艺术规律。

兄弟父子相认，写得曲折而动人。别驾与张讷的对话，实际上是回溯前文并补叙前事。张姓如何由齐而流寓于豫，前母如何被清兵所掠，以致“父遭兵燹，荡无家室”等等，都与开头遥相呼应，揭出事情的前因后果。当别驾“惊问：‘君家尊何名？’”得到了张讷的回答后，小说写“别驾瞠而视，俯首若疑，疾趋入内”。其惊愕之状如在眼前。太夫人出，令这个悲欢离合的故事，真相大白，所有疑惑之处，一一得到合理的解释。原来太夫人当年被掳掠时，是怀着身孕的，三人实为同父异母的三兄弟。兄在养父死后“补秩旗下迁此官”，解任后因“刻刻念乡井，遂出籍，复故谱，屡遣人至齐，殊无所觅耗”。也就是说，相互寻找，偶然相遇，当然是大悲大喜。于是三人“以齿序，别驾四十有一，为长；诚十六，最少；讷二十二，则伯而仲矣”。之后想到的就是尽快与父亲团聚，于是“鬻宅办装，刻日西发”。在众人回家见父之前，小说对别后父亲的情况作了一个简单的介绍：“父自讷去，妻亦寻卒；块然一老鳏，形影自吊。”这里值得注意的是“妻亦寻卒”一句，让那个制造了那么多悲剧情节的悍妒的后母死去，当然是出于作者的有意安排。这个安排有其偶然性，不能说没有一点人工痕迹，但在艺术上却有其合理之处。因为这个人物本来就是一个结构性的人物，也就是只在小说的结构和情节安排上起作用的人物，并无独立的性格和典型意义，到全篇喜剧结局到来的时候，她的作用和意义就已经结束。如再让她活着，就有一个太夫人担心的“恐不见容”的问题，反而节外生枝，成为累赘。

最后的阖家大团聚，以老父为中心，写得传神入微，栩栩如生。四人分三次次第而入，分三笔写，写出了同中之异，写出了感情的复杂变化。翁“忽见讷入，暴喜，怳怳以惊；又睹诚，喜极，不复作言，潸潸以涕；又告以别驾母子至，翁辍泣愕然，不能喜，亦不能悲，蚩蚩以立。未几，别驾入，拜已；太夫人把翁相向哭。”都是写喜，写喜极而泣，但对不同的人有不同的写法，毫不雷同。尤其写翁在即将与别驾母子见面之前的表现，不是悲喜交集，而是“不能喜，亦不能悲，蚩蚩以立”，写出了特定情景之下的特殊的感情和表现，惟妙惟肖，十分传神。另外一点必须提及的是，写张诚在听到母亲已死时的表现：“诚不见母，问之，方知已死，号嘶气绝，食顷始苏。”这是与篇首“性孝友”呼应，全篇虽然以写“友”为主，但也不使“孝”字落空。对不同人物的处理，有主次浓淡之别，但都有交代，可谓一笔不漏。蒲松龄用笔之细密，于此可见。至于“马腾于槽，人喧于室，居然大家”的结局，则是蒲松龄用富贵来奖赏好人的惯常手法，是他本人思想的反映，未能免俗。

只有作者自己受到感动，写出的作品才能令读者感动。这又是一条艺术规律。蒲松龄是怀着深厚的感情写作这篇表现人间“至性至情”小说的。他在“异史氏曰”中说他听到这个故事时是“涕凡数堕”，可以相信这并非虚言。我们从小说的字里行间，确实时时都能看到作者闪亮的泪光。

张诚

蒲松龄

豫人张氏者[①]，其先齐人[②]。明末齐大乱，妻为北兵掠去。张常客豫，遂家焉。娶于豫，生子讷。无何，妻卒，又娶继室，生子诚。继室牛氏悍，每嫉讷，奴畜之，啖以恶草。且使樵，日责柴一肩，无则挞楚诟诅，不可堪。隐畜甘脆饵诚[③]，使从塾师读。

诚渐长，性孝友，不忍兄劬[④]，阴劝母，母弗听。一日，讷入山樵，未终，值大风雨，避身岩下。雨止而日已暮，腹中大馁，遂负薪归。母验之少，怒不与食。饥火烧心，入室僵卧。诚自塾中来，见兄嗒然[⑤]，问："病乎？"曰："饿耳。"问其故，以情告，诚愀然便去。移时，怀饼来饵兄。兄问其所自来，曰："余窃面倩邻妇为之[⑥]，但食勿言也。"讷食之，嘱弟曰："后勿复然，事泄累弟。且日一啖[⑦]，饥当不死。"诚曰："兄故弱，乌能多樵！"次日食后，窃赴山，至兄樵处。兄见之，惊问："将何作？"答："将助樵采。"问："谁之遣？"曰："我自来耳。"兄曰："无论弟不能樵[⑧]，纵或能之，且犹不可。"于是速之归[⑨]。诚不听，以手足断柴助兄，且云："明日当以斧来。"兄近止之，见其指已破，履已穿，悲曰："汝不速归，我即以斧自刭死！"诚乃归。兄送之半途，方复回樵。既归，诣塾嘱其师曰："吾弟年幼，宜闲之，山中虎狼多。"师曰："午前不知何往，业夏楚之[⑩]。"归谓诚曰："不听吾言，遭笞责矣！"诚笑曰："无之。"明日，怀斧又去。兄骇曰："我固谓子勿来，何复尔？"诚

---

① 豫：河南的别称。

② 齐：古齐地，在今山东泰山以北及胶东半岛地区。

③ 甘脆：美食。

④ 劬（qú）：劳苦。

⑤ 嗒然：精神委靡的样子。

⑥ 倩：请。

⑦ 日一啖：一天只吃一顿饭。

⑧ 无论：不要说。

⑨ 速：这里作动词用，催促的意思。

⑩ 业夏（jiǎ）楚之：业，已经。夏楚，同"榎楚"。榎木和荆条（楚）都是古代学校体罚学生的工具。

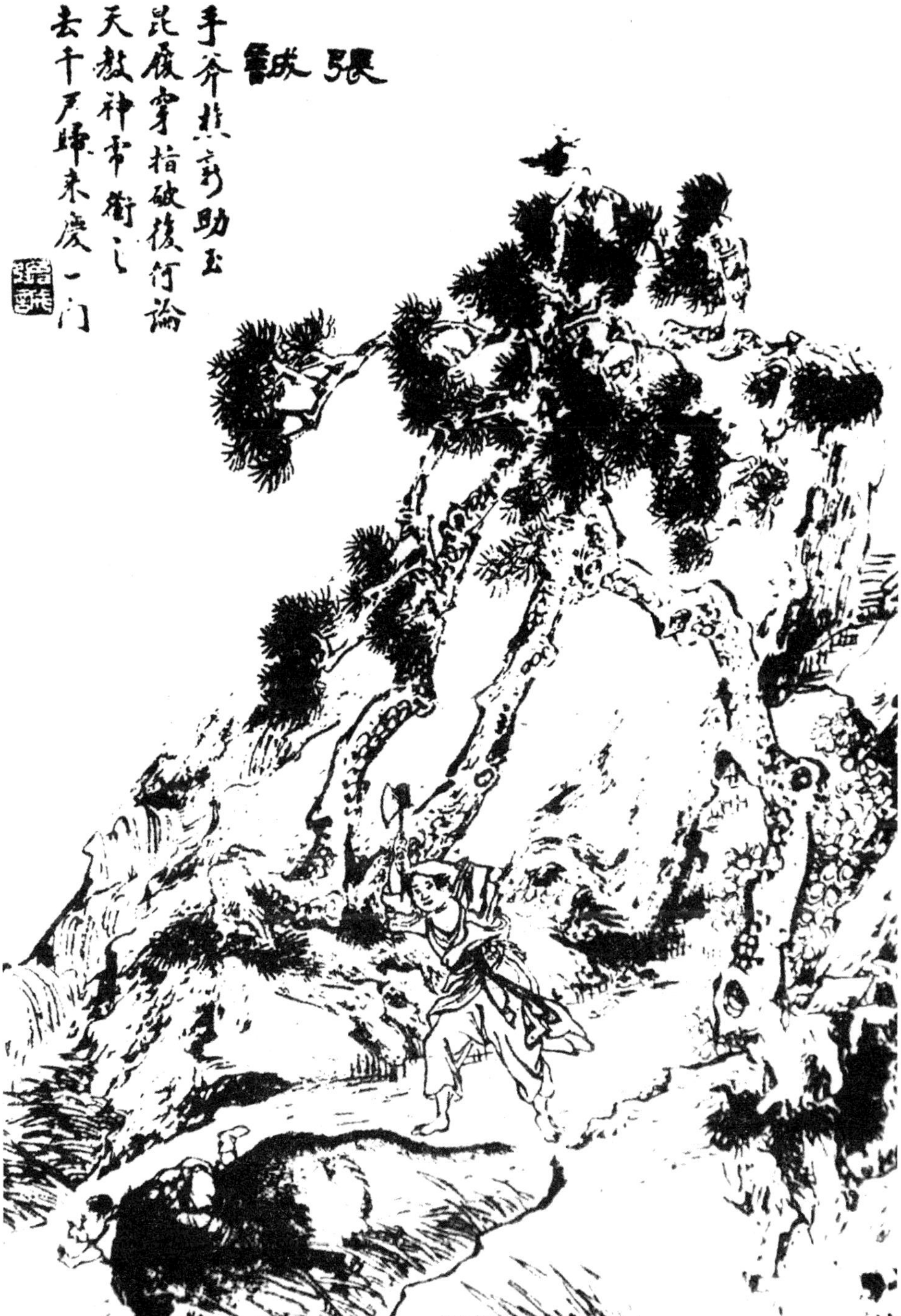
張誠
手斧樵〻薪助玉
昆履穿指破後何論
天教神虎衛〻
去千尺歸來慶一門

不应，刈薪且急，汗交颐不少休。约足一束，不辞而返。师又责之，乃实告之。师叹其贤，遂不之禁。兄屡止之，终不听。

一日与数人樵山中，欻有虎至，众惧而伏，虎竟衔诚去。虎负人行缓，为讷追及，讷力斧之，中胯。虎痛狂奔，莫可寻逐，痛哭而返。众慰解之，哭益悲，曰："吾弟，非犹夫人之弟①，况为我死，我何生焉！"遂以斧自刎其项。众急救之，入肉者已寸许，血溢如涌，眩瞀殒绝②。众骇，裂之衣而约之③，群扶以归。母哭骂曰："汝杀吾儿，欲劙颈以塞责耶④！"讷呻云："母勿烦恼，弟死，我定不生。"置榻上，创痛不能眠，唯昼夜依壁坐哭。父恐其亦死，时就榻少哺之，牛辄诟责。讷遂不食，三日而毙。

村中有巫走无常者⑤，讷途遇之，缅诉曩苦⑥。因询弟所，巫言不闻，遂反身导讷去。至一都会，见一皂衫人，自城中出，巫要遮代问之⑦。皂衫人于佩囊中检牒审顾⑧，男妇百余，并无犯而张者。巫疑在他牒，皂衫人曰："此路属我⑨，何得差逮！"讷不信，强巫入内城。城中新鬼故鬼，往来憧憧⑩。亦有故识，就问，迄无知者。忽共哗言："菩萨至！"仰见云中有伟人，毫光彻上下，顿觉世界通明。巫贺曰："大郎有福哉！菩萨几十年一入冥司，拔诸苦恼，今适值之。"便捽讷跪。众鬼囚纷纷籍籍，合掌齐诵"慈悲救苦"之声，哄腾震地。菩萨以杨柳枝遍洒甘露，其细如尘。俄而雾收光敛，遂失所在。讷觉颈上沾露，斧处不复作痛。巫乃导与俱归，望见里门，始别而去。

---

① 非犹夫人之弟：非，不同。犹，若。夫，助词无义。全句意思是，不同于别人家的弟弟。

② 眩瞀（mào）殒绝：眩瞀，眼花。殒，死亡。意思是昏死过去。

③ 约：束缚，捆住，是一种止血的方法。

④ 劙（lí）：割。

⑤ 走无常者：迷信传说中指能入阴间担任冥役的活人。

⑥ 缅诉：追诉。

⑦ 要（yāo）遮：拦住。

⑧ 牒：册籍，文书。

⑨ 路：区域。

⑩ 憧憧（chōng chōng）：人影晃动，这里是渲染人多。

讷死二日，豁然竟苏，悉述所遇，谓诚不死。母以为撰造之诬[①]，反诟骂之。讷负屈无以自伸，而摸创痕良瘥，自力起，拜父曰："行将穿云入海往寻弟，如不可见，终此身勿望返也。愿父犹以儿为死。"翁引空处与泣，无敢留之。讷乃去，每于冲衢访弟耗[②]，途中资斧断绝，丐而行。

逾年，达金陵，悬鹑百结[③]，伛偻道上[④]，偶见十余骑过，走避道侧。内一人如官长，年约四十已来，健卒怒马，腾踔前后。一少年乘小驷，屡视讷。讷以其贵公子，未敢仰视。少年停鞭少驻，忽下马，呼曰："非吾兄耶！"讷举首审视，诚也，握手大痛失声。诚亦哭，曰："兄何漂落以至于此？"讷言其情，诚益悲。骑者并下问故，以白官长，官命脱骑载讷[⑤]，连辔归诸其家[⑥]，始详诘之。

初，虎衔诚去，不知何时置路侧，卧途中经宿。适张别驾自都中来[⑦]，过之，见其貌文，怜而抚之，渐苏。言其里居，则相去已远，因载与俱归。又药敷伤处，数日始痊。别驾无长君[⑧]，子之。盖适从游瞩也[⑨]。诚具为兄告。

言次，别驾入，讷拜谢不已。诚入内，捧帛衣出，进兄，乃置酒燕叙。别驾问："贵族在豫，几何丁壮？"讷曰："无有。父少齐人，流寓于豫。"别驾曰："仆亦齐人，贵里何属？"答曰："曾闻父言，属东昌辖[⑩]。"惊曰："我同乡也。何故迁豫？"讷曰："明季清兵入境，掠前母去。父遭兵燹[⑪]，荡无家室，先贾于西道，往来颇稔，故止焉。"又惊问："君家尊何名？"讷告之。别驾瞠而视[⑫]，俯首若疑，疾趋入内。

---

① 撰造之诬：编造谎言。

② 冲衢：交通要道。

③ 悬鹑百结：形容衣服破烂，补丁很多。

④ 伛偻（yǔ lǚ）：弯腰曲背。

⑤ 脱骑：牵出一匹马。

⑥ 连辔（pèi）：骑着马并行。

⑦ 别驾：官名，对州长官副职的尊称。

⑧ 长君：成年的儿子。

⑨ 游瞩：游览。

⑩ 东昌：府名，府治在今山东省聊城县。

⑪ 兵燹（xiǎn）：兵火的灾难。

⑫ 瞠（chēng）而视：瞪着眼睛看，吃惊的样子。

无何[①]，太夫人出，共罗拜[②]，已，问讷曰："汝是张炳之之孙耶？"曰："然。"太夫人大哭，谓别驾曰："此汝弟也。"讷兄弟莫能解。太夫人曰："我适汝父三年，流离北去，身属黑固山[③]。半年，生汝兄。又半年，固山死。汝兄补秩旗下迁此官[④]，今解任矣。每刻刻念乡井，遂出籍[⑤]，复故谱。屡遣人至齐，殊无所觅耗，何知汝父西徙哉！"乃谓别驾曰："汝以弟为子，折福死矣！"别驾曰："曩问诚，诚未尝言齐人，想幼稚不忆耳。"乃以齿序[⑥]：别驾四十有一，为长；诚十六，最少；讷二十二，则伯而仲矣。别驾得两弟甚欢，与同卧处，尽悉离散端由，将作归计。太夫人恐不见容，别驾曰："能容，则共之，否则析之。天下岂有无父之国？"于是鬻宅办装[⑦]，刻日西发。既抵里，讷及诚先驰报父。

父自讷去，妻亦寻卒，块然一老鳏[⑧]，形影自吊[⑨]。忽见讷入，暴喜，恍恍以惊；又睹诚，喜极，不复作言，潸潸以涕；又告以别驾母子至，翁辍涕愕然，不能喜，亦不能悲，蚩蚩以立[⑩]。未几，别驾入，拜已；太夫人把翁相向哭。既见婢媪厮卒，内外盈塞，坐立不知所为。诚不见母，问之，方知已死，号嘶气绝，食顷始苏。别驾出资建楼阁，延师教两弟。马腾于槽，人喧于室，居然大家矣。

异史氏曰："余听此事至终，涕凡数堕：十余岁童子，斧薪助兄，慨然曰：'王览固再见乎[⑪]！'于是一堕。至虎衔诚去，不禁狂呼曰：'天道愦愦如

---

① 无何：不久。

② 罗拜：一起拜见。

③ 黑固山：黑，姓。固山，满语音译，是加在爵位或官职前面的美称。

④ 补秩：补缺。秩，官职。旗，清代满族以旗色为标志划分为八旗，初期兼有军事、行政、生产三方面的职能，后来成为兵籍编制。

⑤ 出籍：去掉了旗籍。

⑥ 以齿序：按年岁来排列。

⑦ 鬻（yù）宅：把住房卖掉。

⑧ 块然：孤苦伶仃的样子。

⑨ 形影自吊：形容孤独无伴。吊，哀伤。

⑩ 蚩蚩：发呆的样子。

⑪ 王览固再见乎：晋时，王祥对继母至孝，却被继母虐待。继母所生同父异母弟王览却百般爱护王祥，每见王祥被打，就痛哭劝阻其母，还帮助王祥完成继母故意刁难他的苦役。事见《晋书·王祥传》。这句的意思是，王览这样的人真的又出现了吗？见，同"现"。

此[1]！’于是一堕。及兄弟猝遇，则喜而亦堕。转增一兄，又益一悲，则为别驾堕。一门团圆，惊出不意，喜出不意，无从之涕，则为翁堕也。不知后世亦有善涕如某者乎[2]？”

① 愦愦：昏聩，不明是非。

② 某者：作者自指。

声与情的逼真描摹

——说《口技》

这是一篇写实性的记事散文。村里来了一个年轻女子，原来是一个江湖医生。她并不能真正治病，但为了自神其术，推销她的医药，就假说她的药方是神授的，并让求医的人亲耳听见神为她开药方的整个过程。这个过程其实是由这个女子一个人凭着她的一张嘴在室中完成的。最后证明，神开的药方，“亦不甚效”。所以这个故事如果从思想上来看，完全是揭露江湖医生的骗术的。但蒲松龄写这个故事，其目的并不在揭露，而在于颂扬，颂扬民间神妙的口技艺术。蒲松龄的确是将它当作一种艺术来写的，而且从他写出的效果来看，口技也的确够得上称为一种艺术。这种艺术之奇异高妙，达到了出神入化的地步。我们的这个判断，当然是从文章的实际描写作出的，但单从题目也可以看出来。题目不作《骗术》而作《口技》，描写的重点和颂扬之意就非常清楚了。

一个人能发出各种声音，不仅有不同人的声音，还有不同动作的声音，不同物体的声音，而且还能同时并作，这是很难的。而要用文字把这一切逼真地描摹出来，读来让你感到如亲耳所闻，身临其境，则同样很难，同样也是高妙的语言艺术。

在写这个女子高妙的口技之前，作者在叙写上预作了一些布置和铺垫。一是写时间和环境：“女不能自为方，俟暮夜问诸神。晚洁斗室，闭置其中。”一定要等到晚间，还要把请神的那间小屋子打扫得干干净净，然后才把自己关在里面。这就已经显得有些神秘了。二是写求医者也即口技的听众的心理，以及临场的环境和气氛：“众绕门窗，倾耳寂听。但窃窃语，莫敢咳，内外动息俱冥。”听者做好了准备要认真地听（因为对他们来说这是求医，不是娱乐）；因此大家都屏住气息，一片寂静。这寂静，似乎在神秘之外又增加了一点肃穆。

文章写口技之妙，有三个特色：一是写得很有层次；二是对话很多，因为人是主要的描写对象；三是不仅写出声，而且写出情，写出了一个充满温馨祥和、活泼而很有生气的亲和气氛。

人物（就是女子所请的“神”）之来都是从进门开始的，因此“帘声”就成为显示层次的标志。“至夜更许，忽闻帘声。”这是第一次写到“帘声”，来的是“九姑”，然后就是人物对话：“女在内曰：‘九姑来耶？’一女子答曰：‘来矣。’”回答者就是九姑。“又曰：‘腊梅从九姑耶？’似（“似”字该是听者的模糊判断，这个字下得准确）一婢答曰：‘来矣。’”然后写“三人絮语间杂，刺刺不休”。前面是写两人对话，所以听得很清楚；现在是三个人彼此闲聊，故称“刺刺不休”，听不清说些什么。这就写得十分真切。这是第一层。

“俄闻帘钩复动”（同样写帘声，却又有变化），开始了第二层。“女曰：‘六姑至矣。’”前面九姑来时，是问话语气，因为不知道是谁先到；这次是判断语气，有把握肯定来的是六姑。这也写得细致，符合生活逻辑。下面是：“乱言曰：‘春梅亦抱小郎子来耶？’”三人同问，故曰“乱言”，这也与第一层次不同，写得准确。这次来的是三个人：六姑、婢女春梅、小郎子。“一女曰：‘拗哥子！呜呜不睡，定要从娘子来。身如百钧重，负累煞人！’”说话的人显然是抱小郎子来的婢女春梅。几乎全用口语，有声有情，埋怨中又透出对孩子的爱意。读来如闻其声，如见其人。与第一层次写三人谈话是“絮语间杂，刺刺不休”，以简括取胜不同，写六人谈话，连用五个“声”字，具体地显示了不同人物的不同特点：“旋闻女子殷勤声（是主人感情语气），九姑问讯声（先来者理当如此），六姑寒暄声（后到又初来，必以寒暄始），二婢慰劳声（与上文埋怨语相呼应），小儿喜笑声（天性如此，自不待言），猫子声，一齐嘈杂。”众声相杂，声声不同，各有情态。随后又写：“即闻女子笑曰：‘小郎君亦大好耍，远迢迢抱猫儿来。’”又平添一只小动物，更见生气勃勃矣！这是第二层，气氛更活跃，内容更丰富，声音更嘈杂。

第三层“既而声渐疏，帘又响，满室俱哗”，同是“帘声”，又有不同写法。“俱哗”的内容，是问“四姑来何迟也”？“有一小女子细声答曰：‘路有千里且溢，与阿姑走尔许时始至。阿姑行且缓。’”四姑年纪最大，路程又远，所以由陪同而来的小丫头代为回答，写得合情合理。接着又连用三个“声”字：“各各道温凉声，并移坐声，唤添坐声”，生动地显示出众人相聚时那种“参差并作，喧繁满室”的热闹情景。然后以“食顷始定”四字收束，给人以从容之感，文字疏密有致。

连主人共八人均已到齐，便自然转入问病正文。犹今之“会诊”，三位来客各述主张："九姑以为宜得参，六姑以为宜得芪，四姑以为宜得术。参酌移时，即闻九姑唤笔砚。"经过长时间的认真讨论，这才决定开出处方。以下由写人声而转为写物声，连用四个"然"字，加以形容，启发读者的想象："无何，折纸戢戢然，拔笔掷帽丁丁然，磨墨隆隆然。既而投笔触几，震笔作响，便闻撮药包裹苏苏然。"与"然"字配合，用了四组象声词，都是读者所熟悉的，摹声逼真，读来如在耳际。"顷之，女子推帘，呼病者授药并方。"前面三次写帘声是入，此次"推帘"是出。以帘起，又以帘结，收束问病正文。

最后写客人（即女子所请之众神）道别散去，也极有特色："（女子）反身入室，即闻三姑作别，三婢作别，小儿哑哑，猫儿唔唔，又一时并起。"着眼于人，从声音加以概括，写出各不相同的特点："九姑之声清以越，六姑之声缓以苍，四姑之声娇以婉，以及三婢之声，各有态响，听之了了可辨。"闻其声而可以想见其人。冯镇峦在此处评云："耳际分明，眼中如见。"蒲松龄对声与情的描摹，确是达到了如他笔下的口技一样的精妙境界。

最后虽然以"此即所谓口技，特借之以售其术尔"戳穿了这不过是一种江湖医生的骗术，但随即一转折，发出感叹："然亦奇矣！"同时又引乡人王心逸所讲的一个少年可以"曼声度曲"却"并无乐器"之事，加以印证，称"亦口技之苗裔也"，表示了他对这种民间技艺的赞赏态度。

口技

蒲松龄

村中来一女子，年二十有四五①，携一药囊，售其医②。有问病者，女不能自为方，俟暮夜问诸神③。晚洁斗室，闭置其中，众绕门窗，倾耳寂听。但窃窃语，莫敢咳，内外动息俱冥。至夜更许，忽闻帘声，女在内曰："九姑来耶？"一女子答云："来矣。"又曰："腊梅从九姑耶？"似一婢答云："来矣。"三人絮语间杂，刺刺不休④。

---

① 有：同又。

② 售：犹行。

③ 俟：等待。诸，义同"之于"，读如二字的合音。

④ 刺刺：形容言多。

口技
紗窗月上夜迢迢
嘈雜珠喉勝鶯簫
是幻是真且莫辨
但聞嬌語亦魂銷

俄闻帘钩复动，女曰："六姑至矣。"乱言曰："春梅亦抱小郎子来耶？"一女曰："拗哥子[①]！呜呜不睡[②]，定要从娘子来。身如百钧重，负累煞人！"旋闻女子殷勤声[③]，九姑问讯声，六姑寒暄声，二婢慰劳声，小儿喜笑声，猫子声，一齐嘈杂。即闻女子笑曰："小郎君亦大好耍，远迢迢抱猫儿来。"既而声渐疏，帘又响，满室俱哗，曰："四姑来何迟也？"有一小女子细声答曰："路有千里且溢[④]，与阿姑走尔许时始至[⑤]。阿姑行且缓。"遂各各道温凉声[⑥]，并移坐声，唤添坐声，参差并作，喧繁满室，食顷始定[⑦]。即闻女子问病，九姑以为宜得参[⑧]，六姑以为宜得芪，四姑以为宜得术。参酌移时，即闻九姑唤笔砚。无何，折纸戢戢然，拔笔掷帽丁丁然，磨墨隆隆然。既而投笔触几，震笔作响，便闻撮药包裹苏苏然。顷之，女子推帘，呼病者授药并方。反身入室，即闻三姑作别，三婢作别，小儿哑哑，猫儿唔唔，又一时并起。九姑之声清以越[⑨]，六姑之声缓以苍，四姑之声娇以婉，以及三婢之声，各有态响，听之了了可辨[⑩]。群讶以为真神，而试其方，亦不甚效。此即所谓口技，特借之以售其术尔。然亦奇矣！

昔王心逸尝言[⑪]："在都偶过市廛[⑫]，闻弦歌声，观者如堵。近窥之，则一少年曼声度曲，并无乐器，唯以一指捺颊际[⑬]，且捺且讴。听之铿铿，与弦索无异。亦口技之苗裔也[⑭]。"

---

① 拗（niù）：执拗，脾气犟。

② 呜：指抚拍小儿让其睡觉。

③ 旋：随即，既而。

④ 溢：水满。这里是超出的意思。

⑤ 尔许时：那么长的时间。

⑥ 道温凉：问寒问暖。

⑦ 食顷：吃一顿饭的功夫。

⑧ 参：中药名，指人参或党参。下文的芪指黄芪（qí），术指白术（zhú）。

⑨ 以：而。越：响亮。

⑩ 了了：清清楚楚。

⑪ 王心逸：顺治间进士，名德昌，字历长。长山（今山东邹平一带）人，与蒲松龄同时。

⑫ 市廛（chán）：集市。

⑬ 捺：按。

⑭ 苗裔：余绪，世代久远的子孙。

讽刺辛辣　意味隽永
——说《潍水狐》

这是一篇短小精悍的志怪小说，讲的是一个狐狸精的故事。篇中塑造了一个幻化为老人的狐狸精，他诚信、宽厚、慈祥，对人热情友好，因此人缘很好，虽然他公开自己是一个狐狸精，大家却并不害怕，都愿意同他结交，而且远近闻名。故事的主体就是写这个善良可敬的狐狸精。但小说的主旨却并不在此，而是在讽刺贪官。对贪官的揭露没有流于一般化、表面化，而是写得很尖锐、很深刻，读后感到讽刺辛辣，意味隽永。小说用一种巧妙的手法为贪官画像。人的灵魂本来是画不出来的，但蒲松龄画了贪官的灵魂，同时也画了他的外形：那种可恶、可憎而又可笑的外形。这个贪官的形象，真可谓形神兼备，具有普遍性、典型性，概括了古今贪官的共同特色。

绝妙的讽刺效果，来自绝妙的艺术构思。作为讽刺对象的贪官，蒲松龄连上场的机会都没有给他，小说的主要篇幅都是写那个狐狸精老人，他把那个老人写得越是可亲可敬、越有人缘，由他来对贪官作出的评价和处置，就越是显得发人深思，意味无穷。

小说的开头起得很平淡。说是潍邑李氏有一所多余的住房要出租，忽然有一个老头来租住。下文所叙就是租房过程中主客之间发生的一些日常琐事，好像讲的就是一个人们日常所见的平常故事。但是平中见奇，这奇就为他后来自称为狐伏笔，也为他讽刺抨击贪官提供了背景和鲜明的陪衬。

一奇是，来了不讲价钱，就主动报出年租“五十金”。小说没有交代主人的这所房子有多大，但年金五十两银子，就算房子很大也是一个不低的数字。二奇是，“既去无耗，李嘱家人别租”。租了又不来居住，而且一点消息也没有，主人只好又租给了别人。三奇是，刚租出去，第二天他就又来了，而且言行显得十分诡异。先是质问主人："租宅已有关说，何欲更僦他人？"主人解释了心中的疑惑后，他马上变得和颜悦色，心平气和地说："我将久居是，所以迟迟者，以涓吉在十日之后耳。"并且慷慨地预付了一年的租金。但临去时却扔下这么一句："终岁空之，勿问也。"就是说，我就是一年到头都不来居住，你也不要打听是什么原因。四奇是，主人送行时问他什么时候再来，他回答了一个日期。可是"过期数日，亦竟渺然"。过期还是不来，照样没有一点消息。而下面的情景就更加奇异了："及往觇之，则双扉内闭，炊烟起而人声杂矣。"不仅早已住在里面，而且人口众多，热闹非凡。这不能不让主人十分惊讶。所有这些描写，都告诉我们，此人来历不凡。以上主要写老人之奇，下面就通过人物关系刻画他的思想性格了。

主人出于好奇，"投刺往谒"，就是主动登门拜访。"翁趋出，逆而入，笑语可亲。"笑语相迎，礼数周到，十分平易亲切。主人为答谢，就派人送礼过去，老人给送礼的人以极丰厚的犒劳，不仅慷慨大方，而且表现出极重情谊。下文接写二人你来我往，互相宴请。"又数日，李设筵邀翁，款洽甚欢。"写交往中情谊日厚。其间又了解到一些老翁的情况，无不带有奇异色彩。问他老家在哪里，"以秦中对"，说是在老远的陕西中部，而且预言："秦中不可居，大难将作。"那时天下承平，一点不安静的风声都没有。过几天，老人"折柬报居停（租房）之礼，供帐饮食，备极侈丽"。这使主人感到更加惊讶，怀疑他是一个贵官。两人友谊日渐深厚，推心置腹，翁"因自言为狐"。连这样天大的秘密都可以宣示出来，一则说明他把主人看作是真诚的朋友，非常信任；二则说明他胸无芥蒂，有"坦荡荡"的君子之风。"李骇绝，逢人辄道。"因而在当地十分闻名。

因其人之异，更因其人之善良和平易亲切，愿与他结交的人很多。当地的缙绅"日结驷于门，愿纳交翁，翁无不伛偻接见。渐而郡官亦时还往"。这些人地位财富都居高位，狐翁都毫不例外热情接纳，而"独邑令求通，辄辞以故"。仅此一句，就把邑令的独特地位突出出来了。

小说写邑令的表现，写狐翁对邑令的处置和评价，分几个层次写出。第一层，令仍不死心，"又托主人先容，翁辞"。仍然拒绝。第二层，是整篇小说中最为精彩的部分，从正面揭示狐翁拒绝结纳他的原因："李诘其故。翁离席近客而私语（显得神秘）曰：'君自不知，彼前身为驴，今虽俨然民上，乃饮糙而亦醉者也。仆固异类，羞与为伍。'"说他前身为驴，就已经够难堪的了，"饮糙而亦醉"之喻，则是剔肤见骨、入木三分的讽刺。这里用了一个典故：据唐崔令钦《教坊记》记载，有名苏五奴者，其妻张四娘有姿色，善歌舞。有请其妻者，五奴辄随往。人欲通其妻，劝其多饮酒而醉。五奴曰："但多与我钱，虽饮䭔亦醉，不须酒也。"只要给钱，我就是吃粉饼也跟酒醉一样，什么都看不见。这几句话赤裸裸地暴露出一个贪财的无耻之徒的丑恶灵魂。把这个典故移用到贪官的身上，真是再贴切不过，收到了化腐朽为神奇之效。"羞与为伍"，就是不齿于狐，这也是极有份量的评价。第三层，是"李乃托词告令，谓狐畏其神明，故不敢见。令信之而止"。丑恶如此，竟还自视"神明"，真是可笑可鄙到了极点。

"异史氏曰"是对这个故事在思想上的总结和提高："驴之为物庞然也。一怒则踶趹嗥嘶，眼大于盎，气粗于牛，不唯声难闻，状亦难见。倘执束刍而诱之，则帖耳辑首，喜受羁勒矣。以此居民上，宜其饮䭔而亦醉也。愿临民者以驴为戒，而求齿于狐，则德日进矣。"以驴为喻，从身、气、声、状写其形，以得束刍而竟帖耳辑首写其心，从外到内，形象具体，深刻地揭露了贪官行为和灵魂之丑恶，淋漓尽致，大快人心。末尾还劝为官者以驴为戒，求齿于狐，表现了作者著此文的良苦用心。

笔者曾著文倡议编选一本《蒲松龄的反贪小说》作为当今反腐倡廉的教材，若果可行，则此篇可以入选。

潍水狐

蒲松龄

潍邑李氏有别第①，忽一翁来税居②，岁出直金五十③，诺之。既去无耗④，李嘱家人别租。翌日，翁至，曰："租宅已有关说⑤，何欲更僦他人⑥？"李白所疑。翁曰："我将久居是，所以迟迟者，以涓吉在十日之后耳⑦。"因先纳一岁之直，曰："终岁空之，勿问也。"

---

① 潍邑：潍县，今山东省潍坊市。别第，又称别业，就是在本宅之外可供出租的住房。
② 税居：租房。
③ 直：同值，租金。
④ 无耗：没有消息。
⑤ 关说：口头协议。
⑥ 僦（jiù）：租赁。
⑦ 涓吉：选择吉日。

濰水狐
浮朋重笠盡簪文燕
子離鄉構別業邑令
龐然徒自大竟難折
節訂狐交

李送出，问期，翁告之。过期数日，亦竟渺然。及往觇之，则双扉内闭，炊烟起而人声杂矣。讶之，投刺往谒[①]。翁趋出[②]，逆而入，笑语可亲。既归，遣人馈遗其家[③]；翁犒赐丰隆。又数日，李设筵邀翁，款洽甚欢[④]。问其居里，以秦中对[⑤]。李讶其远，翁曰："贵乡福地也。秦中不可居，大难将作。"时方承平，置未深问。

越日，翁折柬报居停之礼[⑥]，供帐饮食，备极侈丽。李益惊，疑为贵官。翁以交好，因自言为狐。李骇绝，逢人辄道。邑搢绅闻其异[⑦]，日结驷于门[⑧]，愿纳交翁，翁无不伛偻接见[⑨]。渐而郡官亦时还往。独邑令求通，辄辞以故。令又托主人先容[⑩]，翁辞。李诘其故。翁离席近客而私语曰："君自不知，彼前身为驴，今虽俨然民上，乃饮糙而亦醉者也[⑪]。仆固异类，羞与为伍。"李乃托词告令，谓狐畏其神明，故不敢见。令信之而止。此康熙十一年事[⑫]。未几秦罹兵燹，狐能前知，信矣。

异史氏曰："驴之为物庞然也。一怒则踶趹嗥嘶[⑬]，眼大于盎[⑭]，气粗于牛，不唯声难闻，状亦难见。倘执束刍而诱之[⑮]，则帖耳辑首[⑯]，喜受羁勒矣。以此居民上，宜其饮糙而亦醉也。愿临民者以驴为戒，而求齿于狐，则德日进矣。"

---

① 投刺往谒：递上名片去拜见。

② 趋出：疾走而出。

③ 馈遗（wèi）：赠送礼物。

④ 款洽：亲切融洽。

⑤ 秦中：指今陕西中部。

⑥ 折柬：投柬。居停之礼：居停，租房住，这里指房主人。

⑦ 搢绅：士大夫。

⑧ 结驷于门：犹如说车马盈门。四马驾一车叫驷，这里泛指车马。

⑨ 伛偻接见：鞠躬迎见。

⑩ 先容：事先介绍。

⑪ 糙（duī）：一种粉饼。

⑫ 康熙十一年：公元一六七二年。

⑬ 踶趹（dì jué）：用腿踢。

⑭ 盎：一种腹大口小的陶盆。

⑮ 束刍：一把草。

⑯ 辑首：低头，顺从听话的样子。

侠肝义肠　仙姿玉质

——说《红玉》

《红玉》的思想倾向，很能反映蒲松龄的思想和艺术追求。这是一个善与恶、美与丑构成强烈对比，而最终是善战胜了恶、美战胜了丑的动人故事。故事杂用幻笔，有理想色彩，但却非常真实，不仅富于生活气息，而且带着惨淡人生的血痕，也充满苦尽甘来的欢乐与幸福。

有的论者将这篇小说归入表现爱情婚姻的主题一类，这不免失之片面，把复杂的思想内容简单化了。这篇小说涉及的生活内容是多方面的，作者的态度也是既有歌颂也有暴露，爱憎感情表现得十分鲜明强烈。小说中写到了冯相如和红玉以及卫氏女的爱情婚姻问题，但不是主要内容，主题思想并不是表现爱情婚姻的。若是单纯从爱情婚姻的角度来认识和评价这篇作品，那么应该说这并不是一篇值得赞美的成功之作。因为小说一开头写红玉和冯相如的爱情，他们私相爱悦、幽会，十分美好、幸福。但很快就被冯的父亲发现，他站在封建卫道者的立场上，责骂冯相如："畜产所为何事！如此落寞，尚不刻苦，乃学浮荡耶？人知之，丧汝德；人不知，促汝寿！"同时毫不客气地训叱红玉："女子不守闺戒，既自玷，而又以玷人。倘事一发，当不仅贻寒舍羞！"他为了维护封建礼教的一套道德规范，阻止和破坏了两人的爱情结合。这样的描写当然是十分真实的，如果经过恰当的艺术处理，也完全可以表现出深刻的思想意义。但作者并未循着父子间礼教与爱情的冲突这一线索来发展矛盾，组织故事情节。他显然无意于通过这个故事来表现在《聊斋志异》中已经写得很多的反封建礼教的爱情主题。且看当事的冯相如和红玉对冯翁的训斥采取什么态度。一是"生跪自投，泣言知悔"，并对红玉说："父在不得自专，卿如有情，尚当含垢为好。"虽对红玉留恋不舍，却俨然是严守父命的孝子所表现出的无可奈何的感情语气。另一是"女流涕曰：'亲庭罪责，良足愧辱！我二人缘分尽矣！'"

而且说："妾与君无媒妁之言，父母之命，逾墙钻隙，何能白首？"虽然洒泪流涕，不无痛苦，却屈服于封建礼教和宗法制度的压力，羞愧、自责、退缩。要说是争取爱情，那她（也包括冯相如）在第一个回合就吃了败仗。显而易见，写红玉和冯相如的爱情只不过是全篇故事的一个引子，不是主要内容，更不是主要目的。作者是为了由此引出后面冯相如同卫氏女结婚，建立起一个美满幸福的家庭，并招来宋御史迫害欺凌等一系列情节，并为末尾写红玉再度上场救援冯相如前后呼应的笔墨预伏一笔。事实上，红玉在小说中不是作为一个争取爱情婚姻自由的女性形象，而是作为一个乐于助人、有侠义心肠的"狐侠"形象出现的。因此我们认为，《红玉》的主题思想是歌颂"人侠"（虬髯豪客）和"狐侠"（红玉）热情帮助被压迫者摆脱苦难、获得幸福的侠义行为和优美品德；同时深刻地揭露和尖锐地抨击了土豪劣绅的罪行和官府的黑暗腐败。这两方面的思想内容是互相联系，不可分割的。对于善良贫苦的冯相如，恶霸地主和黑暗官府对他进行了野蛮的掠夺和残酷的迫害，而虬髯豪客和红玉却给予了热情无私的帮助。在这里，善与恶、美与丑形成了鲜明强烈的对比。作者通过生动的故事情节和艺术形象的创造，愤怒地鞭挞了前者，热情地赞颂了后者，并使诚实善良的冯相如最后获得了幸福。

小说的结构安排是很明晰的，共分为三个部分：第一部分，写狐女红玉与冯相如发生爱情，受阻后红玉主动为冯相如介绍卫氏女，并慷慨出资帮助他成亲，建立起美满幸福的家庭。第二部分，写土豪恶霸宋御史看到冯相如的妻子长得漂亮，就巧取豪夺，最后居然在光天化日之下到冯家殴打冯氏父子，抢走了卫氏女；而官绅互相勾结，进一步残酷地迫害冯相如。伸张正义的虬髯豪客，以惊人的绝技杀死宋御史，并警告县令。冯相如含冤入狱，家破人亡。第三部分，写冯相如出狱后孤苦无依，穷困难活。正当他痛不欲生时，红玉带着冯相如的儿子再度出现，与他结成美满的夫妇。红玉勤苦耐劳，操持家务，帮助冯相如创立家业，抚养儿子，取得功名，过上了富裕幸福的生活。

小说对社会政治黑暗的揭露是很深刻的。邑绅宋氏，是一个因"坐行赇"而免职的御史。御史担当纠察弹劾官吏的重要职务，由这样的人担任这样的职务，已见出政治腐败之一斑。免职"居林下"而仍然"大煽威虐"，在职时气焰又当如何是不难想见的。同时他之所以敢于肆无忌惮地迫害无辜，横行乡里，无恶不作，是因为有官府的庇护。作者真实地描写并愤怒地谴责了土豪恶霸与官府勾结残害人民的罪行。描写宋御史霸占冯相如妻的过程，揭露是很深刻的。他先是诱以重赂，以为冯为贫士，必可动摇；未遂，则遣人入家，“汹若沸鼎”，“群篡舁之，哄然便去”。“风示之”的“风示”二字，即显露出宋氏在乡里咄咄逼人的威势：以为只要透出口风，给予暗示，别人就会胆怯而顺从，没有想到冯氏父子竟不为重金所动。引诱不成便施以暴力。从他采用的这种手段、步骤，就可以看出这是他施行非止一次的惯常伎俩。小说虽然只写了宋御史的一时一事，但读者由现在可以推知从前，由此事可以想见他事，已充分地揭露出一个土豪恶霸对百姓“大煽威虐”的情景。如果政治清明，冯相如无端被宋御史害得家破人亡，官府就应该为他主持正义，伸冤报仇。可是冯相如“抱子兴词，上至督抚，讼几遍，卒不得直”，可见上上下下的官僚机构都是为维护土豪恶霸的利益服务的。而跟这种情况形成鲜明对照的是，宋氏一家五口被虬髯豪客杀死以后，官府则是闻讯“大骇”，并立即“遣役捕生”，并施以酷刑。封建官府这种黑白颠倒、残害无辜的罪行，令人发指。作者压抑不住内心的愤怒和憎恨，除了在正文中通过具体生动的情节予以深刻的揭露外，还在篇末的“异史氏曰”中这样表达他强烈的痛恨之情：“然官宰悠悠，竖人毛发，刀震震入木，何惜不略移床上半尺许哉？使苏子美读之，必浮白曰：‘惜乎击之不中！’”为县令没有被虬髯侠客击中而深感遗憾。

与此同时，作者怀着饱满的激情歌颂了伸张正义、锄暴扶危的虬髯豪客，赞美了勤劳善良、热情助人的红玉。篇末“异史氏曰”中所说的“非特人侠，狐亦侠也”，“人侠”指的是虬髯豪客，“狐侠”指的就是红玉。两个侠义形象的描写，一方面体现了作者对被压迫者的同情，对压迫者的憎恨，借助于这种带有奇幻色彩的人间和非人间的力量，使好人得到好报，恶人受到惩罚，公理得到伸张。另一方面，又体现了作者将普通人身上勤劳、善良、勇敢、富于正义感、乐于助人等优美的品格加以集中概括，通过具体的艺术形象来肯定和赞美的思想倾向。蒲松龄生活于黑暗的时代，但在他的心目中生活并非漆黑一团，他看到的是黑暗与光明、美好与丑恶并存的生活的整体，而且在创作中常常对光明与美好的东西倾注极大的热情，充分地给予肯定和颂扬，表现了他对生活、对普通人充满了希望和信心。对一个旧时代的作家来说，这是非常难能可贵的。

自然，小说也表现出某些思想局限。作者在表现红玉热情助人的美好品格时，把她屈从于封建礼教的思想性格中的缺陷也当作正面的东西一起肯定了。她是为了不玷辱冯相如的家门，同时又为了使冯相如能通过为封建礼教认可的“媒妁之言，父母之命”娶得一个白首偕老的妻子，才主动退去，并同时为他介绍了一个同样勤劳美丽的卫氏女的。但这样写，毕竟有损红玉的形象，因为她的温顺不仅表现于对她所爱的人，而且也表现于对破坏这爱的封建礼教。对于红玉举以代己的卫氏女，作者在描写她姿容的光艳姣好与持家勤俭的同时，也强调她“有顺德”。这里明显地流露出作者本人还存在着相当浓厚的封建礼教和伦理道德观念的影响。这一点在冯相如形象的描写上也有所表现。除了篇首写他屈从于父训的孝道，后面写他从狱中出来，形单影孤面对四壁时，首先想到的不是卫氏女，也不是红玉，而是儿子：“及思半生贫彻骨，宗支不续，则于无人处大哭失声，不能复自禁。”多少透露出一种“不孝有三，无后为大”的封建气息。小说的结尾写善良无辜的冯相如得到美满的结局：不仅和红玉结为美满的夫妻，而且“人烟腾茂，类素封家”，“是科遂领乡荐（考中了举人）。时年三十六，腴田连阡，夏屋渠渠”。在作者的幸福观中明显地掺杂进艳羡功名富贵的庸俗成分。像这样在精华中混杂某些糟粕的情况，在《聊斋志异》的不少作品中都是存在的，但这无损于《红玉》是一篇思想艺术俱佳的优秀之作。

这篇小说在艺术构思上非常巧妙。小说的主人公是红玉，作者对她着墨并不多，只是在一头一尾两部分出现，但形象却很鲜明，充分地表现了她优美的思想性格和精神风貌。这是因为：第一，小说用简练的笔墨交代了她两次出现的条件，都是在冯相如处于困难最需要帮助的时候。一开头，就写冯相如父子都是生活贫困的穷书生，两人又相继死了妻子，“井臼自操之”。在封建时代，男权至上，离开女人却很难独立生活，像这样的家庭就非常需要一个勤劳的妇女来帮助操持家务。这时红玉便逾墙而来。虽然爱情还来不及发展为婚姻，由于封建礼教的阻碍，红玉不能做冯相如贤惠的妻子。但从她退去时为冯相如介绍的“勤俭”而“有顺德”的卫氏女来看，如果他们的爱情顺利地发展为婚姻，她所充当的也必然是同样的角色。她要帮助这个善良至诚的穷书生得到幸福，建立一个美满的家庭，即使自己不得不退却，也要由与自己相等的人（包括容貌和品性）去完成这个任务。因此虽然红玉隐去了，但卫氏女是由她介绍并资助成亲的，在读者的心目中，卫氏女简直成了红玉的化身。在红玉对冯相如的真挚爱情中就包含了热情助人的成分；而这一点，到冯相如被迫害而陷入绝境时，便大大地发展而焕发出耀眼的光彩。第三部分的开头，写冯相如从监狱里回家，特意交代了“瓮无升斗，孤影对四壁”的悲惨情景，更是最需要帮助的时候。果然，在冯相如“悲怛欲死，辗转空床，竟无生路”之时，红玉便又带着儿子和欢乐出现在他的面前。红玉在冯相如需要帮助的时候两次出现，而两次出现都使得冯相如的生活和命运发生根本性的转折。作者特意交代红玉两次出现的背景，是出于表现小说主题思想的需要，体现了作者的创作意图：红玉主要并不是为追求爱情幸福而来，而是为帮助穷书生冯相如而来；她帮助了冯相如，自己同时也就得到了爱情婚姻的幸福。这就很好地突出了她的侠肝义肠和善良性格。

第二，小说的构思还体现了艺术表现上的虚实显隐之妙。红玉在中间一大段里都没有出现，但她却是小说的主人公，并且还以她的名字命篇，作者着意刻画她而不露痕迹，以虚带实，以无写有，不黏滞，不死板，给读者留下充分的想象补充的空间。中间一大段没有直接写红玉，但读者不仅没有忘记红玉，而且是处处很自然地联想到红玉，甚至是不得不念想红玉。因为第一，有卫氏女在，卫氏女是美和幸福的化身，也是红玉的化身，由卫氏女不能不使人想到红玉。第二，冯相如遭迫害是由于卫氏女的美貌，红玉既因冯相如有困难而来，自己隐去也要招来一个卫氏女来代替自己去帮助他，现在因卫氏女而得祸，她能无动于衷，坐视不救？因此读者在整个一大段中就不能不时时念及红玉。第三，小说通过虬髯豪客和宋御史的形象，从正反两个方面跟红玉的形象形成映照，引起读者的对比、联想，而使她的形象得到表现。通过这样巧妙的构思布局，断而未断，峰断云连，在文字的背后，在读者的心中，红玉的形象始终存在着，活动着，而且越来越突出，越来越鲜明。

这篇小说在《聊斋志异》中，不以情节的曲折多变取胜，而以人物性格的刻画见长。前已论及，女主人公着墨并不多，但她的聪明、美丽、勤劳、善良，富于正义感和同情心等特点表现得非常鲜明。还有一点应该提及的是，她的身份是狐仙，虽然言谈举止种种表现都符合社会的人的特点，但她的行动总不免有神异之处，整个形象带有一种飘逸的特点。她的两次出现都是在人意想不到时飘然而至，而且形象极美："一夜，相如坐月下，忽见东邻女自墙上来窥。视之，美。近之，微笑。招以手，不来，亦不去。固请之，乃梯而过。"真切，却又有点诡异，读来令人疑为神仙下凡。第二次则由声音着笔，从冯相如的耳中写出："忽有款门者，凝神寂听，闻一人在门外，哝哝与小儿语。生急起窥觇，似一女子。"也带有一种似真似幻的朦胧色彩。加上她身为少女而替冯相如介绍"佳耦"，并慨然以四十两白银相赠，具体地为冯相如谋划等等，都有非比寻常而令人生疑之处。因此读到后面红玉对冯相如说："实告君：昔言邻女者，妄也。妾实狐。"明确地点出狐仙的身份时，读者虽惊喜而并不感到意外。扣住这一身份，作者在篇末特意点染她同常人相异之处："女袅娜，如随风欲飘去，而操作过农家妇，虽严冬自苦，而手腻如脂。自言二十八岁，人视之，常若二十许人。”仙姿玉质，姣好动人，使形象升华到一种更高的美的境界。

冯相如父子在小说中算次要人物，但也写出了他们各自不同的鲜明的性格特点。两个人物在性格上具有对比意义。冯相如诚实正派，聪明而有心计，富于反抗精神。他本没有杀人，而且能提出合情合理的证据，但当县令斥问他“不杀人，何逃乎”时，他竟“辞穷，不能置辩”，表现了他的忠厚老实。同时一系列的情节又表现了他还有聪明机智的一面。他告诉父亲到吴村向卫氏女求亲，却巧妙地瞒过了红玉送给他四十两白银的事。与卫翁相见时，他从对方“词意吞吐”中立即意会到是怀疑自己舍不得花钱，便“倾囊陈几上”，不失时机地订下婚约。在他刚听到宋御史企图以重赂夺走他的妻子时，初时感到无比愤怒，既而想到宋家威势太盛自己不是敌手，便马上“敛怒为笑”，以别求良策。当虬髯豪客主动登门要为他报仇雪恨时，他因为来者素不相识而怀疑是宋家派来的侦探，一开始不肯吐露卧薪尝胆、日夜想望报仇雪恨的决心，表现了高度的警惕性。他具有强烈的反抗精神：宋御史的利诱威逼不能使他屈服；遭受迫害后，他“抱子兴词”，投诉官府；不直，便想到要于路中行刺；在被拘受审时，“屡受梏惨，卒无词”，表现得十分坚强。他之深受读者同情，不是因为他软弱，而是因为他处于无权的被压迫地位，无力反抗，又投诉无门。

冯翁同样正派善良，富于反抗性，但性格特点却与冯相如不同，小说主要突出描写他“方鲠”的一面。在宋御史的无耻与横逆面前，跟儿子始则“怒形于色”，既而“敛怒为笑”，怒火中烧却有心计而能暂时忍耐不同，他的表现是：“大怒，奔出，对其家人，指天画地，诟骂万端。”父子同时被殴而致“伤残”，性格不同，结果也不一样：冯相如是经日即“杖而能起”，而冯翁却是气愤不食，呕血而死。由此生动地表现出他刚烈暴躁的性格特征。

虬髯豪客没有姓名，上场不久即匆匆而去，但却不是过场人物。他不仅体现了与全篇主题相关的侠义精神，而且作为艺术形象，性格也极鲜明突出。入户后没有应酬客套言辞，单刀直入地质问冯相如：“君有杀父之仇，夺妻之恨，而忘报乎？”冯生因心疑而伪应之，他立即大怒，“眦欲裂”，急奔而出，说：“仆以君人也，今乃知不足齿之伧！”粗豪直爽之气扑面而来。后来他主动请求代冯生完成报仇雪恨的任务，生感激涕零，追问姓字，他回答说：“不济，不任受怨；济，亦不任受德。”简单的几句对话，简单的几个动作，人物刚直无私、嫉恶如仇的精神风貌，便栩栩如生，跃然纸上。至于他过人的勇敢，精绝的技艺，没有从正面描写，仅以“有人越重垣入，杀御史父子三人，及一媳一婢”和“一短刀铦利如霜，剁床入木者寸余，牢不可拔”两句带过，却与他豪侠的精神相映照，全在读者的想象之中。

小说的心理描写虽然不多，却很成功。冯相如出狱归家以后，在“瓮无升斗，孤影对四壁”的情景下，小说分三层描写了冯相如的心理活动，十分深刻而又真实。这三层以“念”“思”“及思”领起，显示出心理活动的发展变化：“念大仇已报，则辗然喜”，一层；“思惨酷之祸，几于灭门，则泪潸潸堕”，转喜为悲，二层；“及思半生贫彻骨，宗支不续，则于无人处大哭失声，不复能自禁”，愈转愈悲，直至痛不欲生，第三层。这段极有层次的心理描写，不仅很好地表现了人物的思想感情和悲惨处境，而且与情节的发展紧密结合，为下文红玉带领福儿回来以及一系列情节的发展，在心理气氛上预作布置。这些，都显示了《聊斋志异》在艺术上所达到的高度水平。

红玉

蒲松龄

广平冯翁有一子①，字相如。父子俱诸生。翁年近六旬，性方鲠②，而家屡空③。数年间，媪与子妇又相继逝，井臼自操之④。一夜，相如坐月下，忽见东邻女自墙上来窥。视之，美。近之，微笑。招以手，不来，亦不去。固请之，乃梯而过，遂共寝处。问其姓名，曰：“妾邻女红玉也。”生大爱悦，与订永好，女诺之。夜夜往来，约半年许。

翁夜起，闻子舍笑语，窥之，见女，怒，唤出，骂曰：“畜产所为何事！如此落寞，尚不刻苦，乃学浮荡耶？人知之，丧汝德；人不知，促汝寿！”生跪自投，泣言知悔。翁叱女曰：“女子不守闺戒，既自玷，而又以玷人。倘事一发，当不仅贻寒舍羞！”骂已，愤然归寝。

---

① 广平：明清时府名，府治在今河北省永年县。

② 方鲠：方正耿直。

③ 屡空（kòng）：常年处于贫困状况。

④ 井臼自操：自己操持家务。井，汲水；臼，舂米。

紅玉
劫妻殺父大
仇平義
士相逢爲夭
生育子
有棄誰主鴻
不期巾
幗有程嬰
紅玉

女流涕曰："亲庭罪责[1]，良足愧辱！我二人缘分尽矣。"生曰："父在不得自专，卿如有情，尚当含垢为好[2]。"女言词决绝，生乃洒涕。女止之曰："妾与君无媒妁之言，父母之命，逾墙钻隙，何能白首[3]？此处有一佳耦[4]，可聘也。"告以贫。女曰："来宵相俟，妾为君谋之。"

次夜，女果至，出白金四十两赠生，曰："去此六十里[5]，有吴村卫氏，年十八矣，高其价，故未售也[6]。君重啖之[7]，必合谐允。"言已别去。

生乘间语父，欲往相之，而隐馈金不敢告。翁自度无资，以是故止之。生又婉言："试可乃已。"翁颔之[8]。生遂假仆马，诣卫氏。卫故田舍翁，生呼出，引与间语。卫知生望族[9]，又见仪采轩豁[10]，心许之，而虑其靳于资。生听其词意吞吐，会其旨，倾囊陈几上。卫乃喜，浼邻生居间[11]，书红笺而盟焉。生入拜媪，居室逼侧[12]，女依母自幛。微睨之，虽荆布之饰，而神情光艳，心窃喜。卫借舍款婿，便言："公子无须亲迎。待少作衣妆，即合舁送去。"生与期而归。诡告翁，言卫爱清门[13]，不责资[14]。翁亦喜。

---

① 亲庭：或称庭训，指父亲对儿子的教训。《论语·季氏》载：孔子在庭，孔子之子孔鲤趋而过庭，孔子教他要学诗学礼，孔鲤退而行之。后因称父教为庭训。

② 含垢：指忍辱负重。

③ "妾与君"句：意思是男女私相结合是为人所看不起的。逾墙钻隙：越墙凿壁，指男女私相结合。《孟子·滕文公下》："不待父母之命，媒妁之言，钻穴隙相窥，逾墙相从，则父母国人皆贱之。"

④ 耦：同偶。

⑤ 去：距离。

⑥ 售：出嫁。

⑦ 重啖：给对方很重的聘礼。

⑧ 颔：点头同意。

⑨ 望族：有声望的大家族。

⑩ 轩豁：开朗有气质。

⑪ 居间：做媒。

⑫ 逼侧：狭小。

⑬ 清门：贫寒人家。

⑭ 责资：不要求有没有钱。

至日，卫果送女至。女勤俭，有顺德，琴瑟甚笃[①]。逾二年，举一男，名福儿。会清明，抱子登墓，遇邑绅宋氏。宋官御史，坐行赇免[②]，居林下[③]，大煽威虐。是日亦上墓归，见女艳之，问村人，知为生配。料冯贫士，诱以重赂，冀可摇，使家人风示之[④]。生骤闻，怒形于色，既思势不敌[⑤]，敛怒为笑，归告翁。翁大怒，奔出，对其家人，指天画地，诟骂万端，家人鼠窜而去。宋氏亦怒，竟遣数人入生家，殴翁及子，汹若沸鼎。女闻之，弃儿于床，披发号救。群篡舁之[⑥]，哄然便去。父子伤残，呻吟在地，儿呱呱啼室中。邻人共怜之，扶之榻上。经日，生杖而能起，翁忿不食，呕血寻毙[⑦]。生大哭，抱子兴词[⑧]，上至督抚[⑨]，讼几遍，卒不得直[⑩]。后闻妇不屈死，益悲，冤塞胸吭[⑪]，无路可伸。每思要路刺杀宋，而虑其扈从繁[⑫]，儿又罔托。日夜哀思，双睫为之不交。

忽一丈夫吊诸其室[⑬]，虬髯阔颔[⑭]，曾与无素[⑮]。挽坐，欲问邦族，客遽曰："君有杀父之仇，夺妻之恨，而忘报乎？"生疑为宋人之侦，姑伪应之。客怒，眦欲裂，遽出曰："仆以君人也，今乃知不足齿之伧[⑯]！"生察其异，跪而挽之曰："诚恐宋人

---

① 琴瑟甚笃：夫妻关系美满。
② 坐：获罪。行赇：行贿。免：免职。
③ 居林下：回到家里闲居。
④ 风示之：用含蓄的方法暗示对方。
⑤ 既：既而。
⑥ 篡舁：抢夺抬走。
⑦ 寻：不久。
⑧ 兴词：向官府告状。
⑨ 督抚：总督、巡抚，地方高官。
⑩ 直：这里指正义得到申张。
⑪ 吭（háng）：咽喉。
⑫ 扈从：随从，保镖。
⑬ 吊：上门对他们的不幸表示慰问。
⑭ 虬髯：蜷曲的胡须。
⑮ 无素：素不相识。
⑯ 不足齿之伧：值不得一提的孬种。伧，伧夫，庸碌无能之辈。

饪我[①]，今实布腹心：仆之卧薪尝胆者[②]，固有日矣。但怜此褓中物，恐坠宗祧[③]。君义士，能为我杵臼否[④]？”客曰：“此妇人女子之事，非所能。君所欲托诸人者，请自任之；所欲自任者，愿得而代庖焉[⑤]。”生闻，崩角在地[⑥]，客不顾而出。生追问姓字，曰：“不济[⑦]，不任受怨；济，亦不任受德。”遂去。生惧祸及，抱子亡去。

至夜，宋家一门俱寝，有人越重垣入，杀御史父子三人，及一媳一婢。宋家具状告官，官大骇。宋执谓相如[⑧]，于是遣役捕生。生遁不知所之，于是情益真。宋仆同官役诸处冥搜[⑨]，夜至南山，闻儿啼，踪得之，系缧而行。儿啼愈嗔，群夺儿抛弃之，生冤愤欲绝。见邑令，问：“何杀人？”生曰：“冤哉！某以夜死，我以昼出，且抱呱呱者，何能逾垣杀人？”令曰：“不杀人，何逃乎？”生辞穷，不能置辨，乃收诸狱。生泣曰：“我死无足惜，孤儿何罪？”令曰：“汝杀人子多矣！杀汝子，何怨？”生既褫革[⑩]，屡受梏惨，卒无词。令是夜方卧[⑪]，闻有物击床，震震有声，大惧而号。举家惊起，集而烛之，一短刀铦利如霜[⑫]，剁床入木者寸余，牢不可拔。令睹之，魂魄丧失，荷戈遍索，竟无踪迹。心窃馁，又以宋人死，无可畏惧，乃详

---

① 饪（tiǎn）：诱骗。

② 卧薪尝胆：为了报仇而刻苦自励，毫不懈怠。《史记·越王勾践世家》：越国败于吴国，越王被俘。越王勾践返国后，决心复仇，“置胆于座，坐卧即仰胆，饮食亦尝胆”，终于报仇。

③ 恐坠宗祧：担心儿子死了断了香火，即没有了后代。

④ 能为我杵臼否：意思是能否代我保存孤儿。杵臼，指公孙杵臼。据《史记·赵世家》载：春秋时，晋国权臣屠岸贾欲灭赵氏全家，杀赵朔等，继而又搜捕其孤儿赵武。赵氏门客公孙杵臼同程婴定计救出孤儿，终于为赵家延嗣报仇。实际为赵家抚养婴儿的是程婴，非公孙杵臼。

⑤ 代庖：替厨师做饭，指超越自己的本职去代替别人行事。《庄子·逍遥游》：“庖人虽不治庖，尸祝不越樽俎而代之矣。”这里指代他去复仇。

⑥ 崩角：叩响头，是一种表示深谢的很重的礼节。角，额角。

⑦ 济：济事，指任务完成。

⑧ 执谓：坚持认为，即一口咬定。

⑨ 冥搜：穷尽所有的地方去搜捕。

⑩ 褫（chǐ）革：不准再穿秀才的衣服，意即革除他的秀才资格。

⑪ 令：县令。

⑫ 铦（xiān）利：锋利。

诸宪[①]，代生解免，竟释生。

生归，瓮无升斗，孤影对四壁。幸邻人怜馈食饮，苟且自度。念大仇已报，则辴然喜[②]；思惨酷之祸，几于灭门，则泪潸潸堕；及思半生贫彻骨，宗支不续，则于无人处大哭失声，不复能自禁。如此半年，捕禁益懈，乃哀邑令，求判还卫氏之骨。既葬而归，悲怛欲死[③]，辗转空床，竟无生路。

忽有款门者，凝神寂听，闻一人在门外，哝哝与小儿语。生急起窥觇，似一女子。扉初启，便问："大冤昭雪，可幸无恙？"其声稔熟，而仓卒不能追忆，烛之，则红玉也。挽一小儿，嬉笑跨下。生不暇问，抱女呜哭，女亦惨然。既而推儿曰："汝忘而父耶[④]？"儿牵女衣，目灼灼视生，细审之，福儿也。大惊，泣问："儿那得来？"女曰："实告君，昔言邻女者，妾也。妾实狐，适宵行，见儿啼谷中，抱养于秦。闻大难既息，故携来与君团聚耳。"生挥涕拜谢。儿在女怀，如依其母，竟不复能识父矣。

天未明，女即遽起。问之，答曰："奴欲去。"生裸跪床头，涕不能仰。女笑曰："妾诳君耳。今家道新创，非夙兴夜寐不可[⑤]。"乃剪莽拥彗[⑥]，类男子操作。生忧贫乏，不自给。女曰："但请下帷读，勿问盈歉，或当不殍饿死。"遂出金治织具，租田数十亩，雇佣耕作。荷镵诛茅，牵萝补屋，日以为常。里党闻妇贤[⑦]，益乐资助之。约半年，人烟腾茂，类素封家[⑧]。生曰："灰烬之余，卿白手再造矣。然一事未就安妥，如何？"诘之，答曰："试期已迫，巾服尚未复也[⑨]。"女笑曰："妾前以四

---

① 详诸宪：宪，上司。详，用于向上级请示报告的公文形式。意思是把案情呈报到上级。

② 辴（chǎn）然：高兴的样子。

③ 悲怛（dá）：悲痛。

④ 而父：犹"尔父"。

⑤ 夙兴夜寐：起早贪黑。

⑥ 剪莽拥彗：意谓勤劳持家。莽，草；彗，扫帚。

⑦ 里党：乡邻。

⑧ 素封：没有当官而富有的人家。

⑨ 巾服尚未复：指秀才资格还没有恢复。

金寄广文[①]，已复名在案。若待君言，误之已久。”生益神之。是科遂领乡荐[②]。时年三十六，腴田连阡，夏屋渠渠矣[③]。女袅娜[④]，如随风欲飘去，而操作过农家妇，虽严冬自苦，而手腻如脂。自言二十八岁，人视之，常若二十许人。

异史氏曰：“其子贤，其父德，故其报之也侠。非特人侠，狐亦侠也。遇亦奇矣！然官宰悠悠[⑤]，竖人毛发，刀震震入木，何惜不略移床上半尺许哉？使苏子美读之，必浮白曰：‘惜乎击之不中[⑥]！’”

---

① 广文：学官的代称。

② 领乡荐：指考中了举人。

③ 夏屋渠渠：高大深广的住房。这里用的是《诗·权舆》中的成句。夏，高大。渠渠，深广。

④ 袅娜：轻盈柔美的样子。

⑤ 悠悠：荒唐糊涂。

⑥ “使苏子美”三句：苏子美，即宋代文学家苏舜钦，子美其字。宋龚明之《中吴纪闻》卷二载：“子美豪放，饮酒无算。读《汉书·张良传》，至良与客狙击秦始皇帝，误中副车，遽抚案曰：‘惜乎击之不中！’遂引一大白。”浮，原指罚酒；白，酒杯。浮白，痛饮。

从笔记体提升为小说品格

——说《林四娘》

这篇小说取材于林四娘的传说。关于小说本事的记载，据有学者考证，在清初康熙年间，现已发现的就有七八种之多。其中最著名也是最具代表性的有两种，即王渔洋《池北偶谈》中所载和林云铭的《林四娘记》（在张友鹤《聊斋志异会校会注会评本》和任笃行《聊斋志异全校会注集评本》中均有附录）。两家所记，都是闽人陈宝钥在山东青州任职期间，于官署中与林四娘鬼魂交往事，虽然人鬼关系密切程度不同，但都未涉及性爱。而对林四娘的出身和行迹，两家所记却有很大的不同。王记大致内容是：林四娘乃明末衡王朱祐楎宠幸的宫嫔，不幸早死，殡于宫中。因国破，王府荒毁。后闽人陈宝钥任青州观察，林四娘鬼魂借居延客，并与主人宴饮赋诗，述及宫中旧事时悲不自胜。临别时赠诗一卷，文中录七律一首，情词凄婉。林记却与衡王无涉，林四娘乃明末江宁府库官的女儿，其父因亏空库银而下狱，四娘与其表兄相谋营救，同住数月而不及乱。父出狱后疑其有私情，女竟投缳以自明清白。因与陈宝钥为福建同乡，有桑梓之谊，故鬼魂现身陈署中。初为厉鬼，面目狰狞，搅扰公署，陈之仆人、标兵二千及请来驱鬼的神巫均不能敌。后改异面目，变为一国色丽人，日与陈欢饮赋诗，亲狎备至，唯不及乱。鬼女还助陈处理许多公私事务。喜做诗，所著多感慨凄楚之音。林记最后还说，故事是陈宝钥亲口向他所述，并嘱他记录下来的。

或许就是这个原因，方舒岩在蒲作《林四娘》文后加了一段评语，就以林云铭所记为实。他在引用了林记关于林四娘死因的一段话后说：“（蒲作）与此迥异。聊斋岂传之非真耶？”“传之非真”的批评从反面启示我们，蒲松龄并不是单纯记录听来的奇闻异事，而是根据他对生活的体验和认识，对原始素材进行了艺术的再创造，使之从传闻故事的真实，提升为具有小说品格的艺术的真实。

作为一个小说家，蒲松龄着重的不是讲故事，而是刻画人物。他极有可能还接触过更多的林四娘的传说，但从小说的内容来看，王、林两家的传述他应该都是有所闻，而且是作为主要参考的。他虽然采用了林四娘出身衡王宫嫔之说（这一点非常重要，是小说悲凄情调的主要依据），但从作品中林四娘向陈宝钥自明，并在随后证实自己身为“处子”，又声言“一世坚贞”来看，与林记中她为了表明自己的清白而投缳的情节，似也有一定的联系。不过，蒲松龄在进行艺术提炼的时候，显然更看重林四娘工诗的特点和内心难以排解的悲情，尤其是王记中所述她在诗中所传达出的亡国破家之恨。以此为基础，蒲松龄对林四娘这个形象有一个明确的定位：一个风雅的女鬼，一个多情的女鬼，一个怀抱家国之恨的凄哀的女鬼。经过艺术的概括和集中，他把这个在当时士人中传闻很广的故事，由笔记体的散漫芜杂的叙事，写成了一篇艺术上很集中、很精致，思想上充满悲情并具有一定的历史内涵的小说。

蒲松龄根据形象塑造和思想表达的需要，大刀阔斧地删削了两家记述中诸如厉鬼搅扰公署、助理公私事务，以及借馆延客等内容，而集中到写女鬼与陈宝钥之间的恋情上，借助这一特殊的关系，深入地揭示出林四娘这个人物的思想性格和内心世界。

小说一开篇，除了介绍故事发生的地点青州和男主人公闽人陈宝钥外，单刀直入，直接描写人与鬼之间发生的恋情：“（陈公）夜独坐，有女子搴帏入。视之，不识，而艳绝，长袖宫装。笑云：‘清夜兀坐，得勿寂耶？’”“长袖宫装”，伏下文女子的出身和经历。而夜间突然来一女子，而又容色“艳绝”，在当时民间的观念中，就意味着可能为“非人”，故下文说“公意其鬼，而心好之”。此时公之所“好”，显然是因其容貌之“艳绝”。而下文写陈大胆地“捉袂挽坐，谈词风雅，大悦”。这是第一次写女鬼用到一个“雅”字，是概括地也是初步地写其内在的文化素养。而这时继“好之”之后写陈公的“大悦”，就该主要是倾慕其精神气质之风雅了。接下来写两个人的性爱，虽然写得较为直露，但因为有这样从容貌到素养都令陈公欣喜作为基础，因而虽近于俗，也还俗不伤雅。而以后的描写，不管是从男或女哪一面来讲，都发展成了真正的爱情。值得注意的是，从“缓裳”开始，整个过程都是陈公主动。女鬼虽然“意殊羞怯”，却并无反抗，而是半推半就，表现得相当从容大方。小说通过具体的描写，证实了女鬼自称为“处子”和“一世坚贞”并非虚言，说明她在人世时确实是一个清白的女子。故下文写她对陈公说“有心爱妾，但图永好可耳”，明确地提出爱情的要求，就不仅是可以理解，而且也是值得同情的。

二人相处，小说着力描写的是女鬼“风雅”的修养和悲凄的情怀。“由此夜夜必至。每与阖户雅饮”，这是第二次对女鬼用上一个“雅”字。相谈中，知道她精通音律，“能剖悉宫商”，并“工于度曲”，这是具体地描写“雅”的内容。于是“公请一领雅奏”，这是第三次用到“雅”字。这都是作者有意通过叙述语言，一再重复，对女主人公的文化修养所做的点染。接着写这个女鬼对传统技艺的掌握和理解，进一步揭示出她的精神风貌和文化素养。音乐是她“儿时之所习”，却又以“久矣不托于音，节奏强半遗忘”作为托词而婉拒陈公的请求。陈公“再强之，乃俯首击节”。这是写她的“多情”。这情是对陈公的，是第一个层面；她的多情还有更深的层面，就是歌唱中所表现出的强烈、深挚的家国之情。这一层，是写得更有深度，也是更为感人的。她“唱伊凉之调，其声哀婉。歌已，泣下。公亦为酸恻，抱而慰之曰：‘卿勿为亡国之音，使人悒悒。’”令歌者和听者都为之酸恻而泣下的，就是这“亡国之音”。这时女鬼的回答表现了她很高的艺术修养，她说：“声以宣意，哀者不能使乐，亦犹乐者不能使哀。”这是写她对音乐艺术的深刻理解和精辟议论。这里在字面上没有再用“雅”字，但却在更深的层面上写出了她的修养和眼光，亦即她的“雅识”。作者的高明之处在于，写她的风雅修养，同时也就表现了她的“多情”，而这“情”既是对陈公的，更是对故国的。这情，因她的风雅而得到了更动人的表现：风雅鬼女和多情鬼女是融合在一起的。

下文扩大到写女鬼与陈公家人的关系，由此而深化了对她身世与感情的描写。因为家人窃听，“闻其歌者，无不流涕”。但夫人“窥见其容，疑人世无此妖丽，非鬼必狐”，因而“劝公绝之”。公不听，因问其身世，这才引出对女鬼不幸遭遇的叙写。“女愀然（二字写内在悲情的外化）曰：‘妾衡府宫人也（照应前文“长袖宫装”的描写）。遭难而死，十七年矣。以君高义，托为燕婉，然实不敢祸君。倘见疑畏，即从此辞。’”这里讲到她的不幸遭遇，有两点值得注意：一是王渔洋所记是“不幸早死”，这里却改为“遭难而死”。虽然遭受何难并没有说明，但熟悉南明抗清历史的人，都了解衡王朱祐楎曾经抗清，失败归顺后以谋反罪被杀，那么林四娘的遭难也必与此相关。二是对陈公表示若遭“疑畏”立即告辞，从她的善良也见出其为深于情者也。陈公问她宫中之事。“女缅述，津津可听，谈及式微之际，则哽咽不能成语。”“式微”之痛，至于“哽咽不能成语”，小说的用语虽然含蓄隐微，但鬼女心中饱含的亡国破家之痛，还是非常明显的。而她对每夜“辄起诵《准提》《金刚》诸经咒”，乃因“思终身沦落，欲度来生”的解释，所传达出的深沉的凄哀，也正好能与此相呼应。

为了写出她临别时饱含家国之痛的赠诗，就先写她能评诗、吟诗、做诗，以为铺垫。“每与公评骘诗词，瑕辄疵之，至好句，则曼声娇吟，意绪风流，使人忘倦。”

公问她是否工诗，回答说：“生时亦偶为之。”却又以“儿女之语，乌足为高人道”为由，婉拒陈公的索赠。这些，也都是同时写她的风雅和多情两个方面。

三年后，女忽惨然来告别。告以冥王因她生前无罪，死后又不忘诵念佛经，便使她投生到王家。别时二人“置酒相与痛饮。女慷慨而歌，为哀曼之音，一字百转，每至悲处，辄便呜咽，数停数起，而后曲终。饮不能畅”。虽然临别时，两人难舍难分，一“怆然”，一“泪下”，但她所唱的这支歌，如此低回哀婉，哽咽难继，却是男女间的恋情所难有的，多半还是前面提到过的那种“使人悒悒”的“亡国之音”。在这里，她的风雅和多情又得到了进一步的深化和强调。

前面写陈公索诗而女婉拒，此次“长别”，却主动“率成一章”奉献给陈，然后“掩袖而出。公送诸门外，湮然而没”。林四娘所献的这首诗，将个人的悲惨遭遇与亡国之痛结合起来，“深宫”“故国”“殿宇”“海国”“汉家”云云，与明末清初那段特定的历史时期联系起来，所表现出的民族感情，是既深沉而又相当鲜明的。蒲松龄将林四娘的形象写得如此凄美，并给予深切的同情，应该说，其间也是寄托了作者本人的民族感情的。

林四娘

蒲松龄

青州道陈公宝钥①，闽人。夜独坐，有女子搴帏入。视之，不识，而艳绝，长袖宫装②。笑云：“清夜兀坐③，得勿寂耶？”公惊问何人，曰：“妾家不远，近在西邻。”公意其鬼，而心好之，捉袂挽坐④，谈词风雅，大悦，拥之，不甚抗拒。顾曰：“他无人耶？”公急阖户，曰：“无。”促其缓裳，意殊羞怯，公代为之殷勤。女曰：“妾年二十，犹处子也，狂将不堪。”狎亵既竟，流丹浃席。既而枕边私语，自言“林

① 青州道：道，官名，即巡道，又称道员。道是清代行政区划的一级，介于省与府之间。青州道治所在今山东省青州市。陈宝钥，字绿崖，福建晋江人，康熙二年（1663）任青州巡道。

② 宫装：宫中的装束。

③ 兀坐：独坐。

④ 袂（mèi）：衣袖。

林四孃
飄零身世感滄桑絕當
年林四娘好句似含亡國恨
更攀猜自度伊涼

四娘”。公详诘之，曰：“一世坚贞，业为君轻薄殆尽矣，有心爱妾，但图永好可耳，絮絮何为？”无何，鸡鸣，遂起而去。

由此夜夜必至。每与阖户雅饮，谈及音律，辄能剖悉宫商[①]。公遂意其工于度曲[②]。曰：“儿时之所习也。”公请一领雅奏，女曰：“久矣不托于音，节奏强半遗忘[③]，恐为知者笑耳。”再强之，乃俯首击节，唱伊凉之调[④]，其声哀婉。歌已，泣下。公亦为酸恻，抱而慰之曰：“卿勿为亡国之音，使人悒悒[⑤]。”女曰：“声以宣意，哀者不能使乐，亦犹乐者不能使哀。”

两人燕昵，过于琴瑟[⑥]。既久，家人窃听之，闻其歌者，无不流涕。夫人窥见其容，疑人世无此妖丽，非鬼必狐；惧为厌蛊[⑦]，劝公绝之。公不能听，但固诘之[⑧]。女愀然曰：“妾衡府宫人也[⑨]。遭难而死，十七年矣。以君高义，托为燕婉[⑩]，然实不敢祸君。倘见疑畏，即从此辞。”公曰：“我不为嫌，但燕好若此，不可不知其实耳。”乃问宫中事，女缅述[⑪]，津津可听，谈及式微之际[⑫]，则哽咽不能成语。

女不甚睡，每夜辄起诵《准提》《金刚》诸经咒[⑬]。公问：“九原能自忏

---

① 剖悉宫商：熟悉了解五音。古代音乐分为宫、商、角、徵、羽五个声音阶，称为“五声”或“五音”。

② 度曲：制做乐曲，或依谱歌唱。

③ 强半：大半。

④ 伊凉之调：悲凉之调。伊州和凉州，均属唐时的边郡。天宝后多以边地名乐曲，伊州曲和凉州曲，曲音哀婉，故以此代指悲凉之音。

⑤ 悒悒：心情抑郁不畅。

⑥ 琴瑟：喻夫妻关系。

⑦ 厌蛊：遭到毒害。

⑧ 固诘：这里是详细询问的意思。

⑨ 衡府：青州衡王府。衡王，即朱祐楎，明宪宗的第七子，成化二十三年（1487）封为衡王。

⑩ 燕婉：安顺，相好。

⑪ 缅述：追述。

⑫ 式微：衰败。这里指明亡后衡王及衡府的惨遭杀戮和毁坏。

⑬《准提》《金刚》诸经咒：准提，即佛经《七俱胝佛母心大准提陀罗尼经》的简称。金刚，佛经名，又名《金刚般若经》《金刚般若波罗蜜经》，为我国佛教南宗主要经典。咒，佛家语，即咒陀罗尼或陀罗尼，指菩萨的秘密真言。

耶[①]？”曰：“一也。妾思终身沦落，欲度来生耳。”又每与公评骘诗词[②]，瑕辄疵之，至好句，则曼声娇吟，意绪风流，使人忘倦。公问：“工诗乎？”曰：“生时亦偶为之。”公索其赠，笑曰：“儿女之语，乌足为高人道[③]。”

居三年，一夕，忽惨然告别。公惊问之，答云：“冥王以妾生前无罪，死犹不忘经咒，俾生王家。别在今宵，永无见期。”言已，怆然，公亦泪下。乃置酒相与痛饮。女慷慨而歌，为哀曼之音，一字百转，每至悲处，辄便呜咽，数停数起，而后终曲。饮不能畅，乃起，逡巡欲别。公固挽之，又坐少时，鸡声忽唱，乃曰：“必不可以久留矣。然君每怪妾不肯献丑，今将长别，当率成一章。”索笔构成，曰：“心悲意乱，不能推敲。乖音错节[④]，慎勿出以示人。”掩袖而出。公送诸门外，湮然没。

公怅悼良久。视其诗，字态端好，珍而藏之。诗曰：“静锁深宫十七年，谁将故国问青天？闲看殿宇封乔木，泣望君王化杜鹃[⑤]。海国波涛斜夕照，汉家箫鼓静烽烟[⑥]。红颜力弱难为厉[⑦]，蕙质心悲只问禅[⑧]。日诵菩提千百句[⑨]，闲看贝叶两三篇[⑩]。高唱梨园歌代哭[⑪]，请君独听亦潸然。”诗中重复脱节，疑传者错误。

---

① 九原：即九泉，指地下。忏：忏悔。

② 评骘（zhì）：评定。

③ 乌：何，哪里。

④ 乖音错节：指不合韵律节奏。

⑤ 君王化杜鹃：《太平寰宇记》卷七十二载，杜宇称望帝于蜀，使鳖冷凿巫山治水有功，望帝自以为德薄，乃禅位于鳖冷。自亡去，化为子规。望帝死后，蜀人闻子规啼，其声哀切，而深念之。这里是借用这个故事表现对衡王的怀念。

⑥ “海国”二句：谓近海地区的抗清斗争业已平息，被征服的臣民也已经以歌乐升平来代替曾经的烽火兵灾。海国，近海之国，暗喻南明政权。清兵攻陷北京后，明宗室相继在南京、闽中、梧州等沿海地区建立南明政权，后皆相继败亡。

⑦ 厉：厉鬼。

⑧ 问禅：学佛，探求佛理。

⑨ 菩提：梵语，佛教用来表现一种彻悟的境界，又称为正觉。这里指佛，诵菩提就是诵佛号。

⑩ 贝叶：印度贝多罗树的叶子，多用来抄写佛经，故佛经又称为贝叶经。

⑪ 梨园：唐玄宗训练乐工的地方。《新唐书·礼乐志》载：明皇知音律，选乐工、宫女数百人，教乐曲于梨园，号称为皇帝梨园弟子。林四娘为衡府宫女，故以梨园自喻。

阴曹不与人世等

——说《李伯言》

这是一篇写得短小精悍的社会政治问题小说。小说的篇幅不长，情节也比较简单，但读起来却隽永有味，发人深思。

小说有三个突出的特点。

第一个特点是，在艺术构思上，着眼于人世，却从阴曹着笔。它不是写人世如何如何不好，而是写阴曹因为有超人的力量控制，怎样做到了执法公正，是非分明。这样阴曹就成了人世的一面镜子，可以从中照出人世的不公和弊端。这面镜子的设置，作者在艺术表现上还有许多讲究。首先是李伯言这个人物，一开头就介绍他"抗直有肝胆"，也就是说他是一个刚直而有正义感，并且敢说敢为的人。按人世社会通常的情理，有这样品德的人去执法，应该不存在什么问题。但李伯言因"阴司阎罗缺"，只是去"摄任三日"，审了两起案件，就出了问题。只此一端，就可以看出人世与阴曹之间的不同。其次是他判的两件案子，一件是大案，一件是小案，大小形成鲜明的对比。大案是："江南某，稽生平所私良家女八十二人，鞫之佐证不诬"，于是按阴律判处"炮烙"之刑。审案严明，执法公正，不愧是一个"抗直有肝胆"的人物。另一件是一个小案，但案情和处理起来却比那件大案要复杂；同时审理虽然发生在阴曹，而现实生活的气息却比较浓，更多地反映了人世间的社会关系。说是比那件大案要复杂，包含了好几层意思。被讼的"同邑王某"，正好是李伯言的"姻家"，这是一层。说起来王某也不算有什么大的罪行，无非就是贪图便宜，明明知道他要购买的婢女"所来非道"，因为价廉就还是买了下来。用今天的眼光看，明知是拐骗来的妇女却用贱价去购买，其罪近于销赃。这是第二层。王某购买了婢女以后暴卒，于是这案子就归了阴曹来审理。这是第三层。为了逃脱罪责，王某竟拉他的生前友人周生为他到阴司来做伪证，证明亲眼看见他对这个婢女是"实价购之”。对这个无理要求，遭到了正派的周生的坚决拒绝，而王某竟强致其死，让他“同赴阎罗质审”。本来不是一件大事，这样一来，就该罪加一等了。这是第四层。这件本来很简单的小案子，经作者的这样几层设置，就变得复杂起来。不过话说回来，对于一个“抗直有肝胆”的审案人来说，只要秉公办事，严格按照法律审理，也非常简单。问题就出在王某是李伯言的“姻家”，按人世间讲关系的“常情”，就产生了一念之私。这样一来，阴曹这面镜子，就把人世的弊端甚至黑暗，都清清楚楚地给照出来了。

阴曹与阳世的一个很大的不同，就在于有一个超人的力量存在，我们就叫他神吧，可以无所不知，无所不能。在神的眼里心里，一切都是可以洞悉的，也就是都是透明的，哪怕是藏在内心深处的一念之私。而在人世则可以隐瞒、作弊而不为人所知，用我们今天大家很熟悉的话来说，就是可以“暗箱操作”。神的力量在于，问题无论大小，都逃不过他的眼睛，而一经发现就要给予警示或惩罚。对于这种情景，小说是这样写的：“李见王（就是他的“姻家”），隐存左袒意（“隐”就是只存于内心，别人看不出来，在人世与阴曹的对比中，此字用得颇堪玩味）。忽见殿上火生，焰烧梁栋。李大骇，侧足立（一种对神表示敬畏的姿势）。吏急进曰：‘阴曹不与人世等，一念之私不可容。急消他念，则火自熄。’李敛神寂虑，火顿灭。”但明伦在“一念之私不可容”一句下加评语云：“如此言，则人世只是私念充塞耳。”他点明的，就是蒲松龄所设置的阴曹这面镜子的作用，也即是作者艺术匠心之所在。

第二个特点是，小说突出地描写和渲染出阴曹刑罚之严厉、惨酷。要能惩治犯罪，审判公正是一个方面，以重刑加以震慑，是又一个方面。作者这样的处理，也显然是针对现实社会而发的。

第一个案犯被判炮烙之刑以后，立即实施。作者对整个过程作了具体生动的描写：“堂下有铜柱，高八九尺，围可一抱，空其中而炽炭焉，表里通赤。群鬼以铁蒺藜挞驱使登，手移足盘而上。甫至顶，则烟气飞腾，崩然一响如爆竹，人乃堕，团伏移时，始复苏。又挞之，爆堕如前。三堕，则匝地如烟而散，不复能成形矣。”虽然使用幻笔，但读来历历如在眼前，心术不正或劣迹斑斑者，读之必悚然而知畏惧。

第二个案子，在李伯言“敛神寂虑”，去掉私心，秉公执法后，判刑也相当严厉：“王以故犯论笞。笞讫，遣人俱送回生。周与王皆三日而苏。”笞刑之酷，在他回到人世后，还有后续的回映之笔：李伯言“摄任三日”，期满回到人世的第二天就“如王所，王犹惫卧”。他告知李：“已无他症，但笞疮脓溃耳。”“又二十余日始痊，臀肉腐落，瘢痕如杖者。”

罪无论大小，都得到相应的合乎法律也合乎情理的严厉惩罚。法律的严肃，执法的严肃，必然造成法治的威权性和震慑性。这是合乎现实社会政治的逻辑，也是这篇小说对我们今天建立真正的法治社会具有启发意义的地方。

第三个特点是，小说还表现出一个重要的观念，即一方面要强调法不徇情，另一方面只要不是罪大当诛，就还要给予人文关怀，从感情上感化罪犯。这在小说中具体地写了两方面的内容。一是，写“李视事毕，舆马而返。中途见阙头断足者数百辈，伏地哀鸣。停车研诘，则异乡之鬼，思践故土，恐关隘阻隔，乞求路引”。李伯言虽然已经解任，无能为力，但仍然答应众鬼的请求，代他们向将建道场的胡生嘱其协助办理。这些“阙头断足者”，显然是因犯罪遭受刑罚而致残，他们的乞求合乎情理，李也就大力协助促其实现。二是，对其姻家王某虽然秉诸公心而按法判其“故犯论笞”，但一回到人世，就马上去探视，并关切地问：“法律不能宽假。今幸无恙乎？”执法公正，再加上这样的刚柔相济，就能让受罚者口服心服。所以受刑的王某虽然仍卧床不起，见到李伯言却是“肃然起敬，申谢佑庇”。蒲松龄在“异史氏曰”中说：“阴司之刑，惨于阳世，责亦苛于阳世。然关说不行，则受残酷者不怨也。”如果联系到如今的现实，并作一点引申的话，我们可以说：真正的法治，立足于社会公平的基础之上，是实现社会稳定最可靠的保证。

小说表现的主体思想，是着重于反映阴司执法虽严，却是十分公正，以映照人世执法之不公。所以作者在“异史氏曰”中感叹说：“谁谓夜台无天日哉？第恨无火烧临民之堂廨耳！”就是说，被人视为黑暗的阴曹，其实是有天日而充满光明的，所恨的倒是现实中的官府并没有神来监督、放火，给他们以警示。在官员有私念的时候就放火，这是象征着神的眼力，也象征着神的意志和力量。但是这种眼力、意志和力量，只有在阴曹才存在，而现实社会是没有神的。

神本来是不存在的，是人们幻想的产物；阴曹也是不存在的，也是人们幻想的产物。所以只是在阴曹，神的存在和力量才得到充分的肯定。但愿在阳世，神也能真的存在，或者说得更准确一点，很希望阳世的人都能相信神是真的存在。这样，人在做事的时候就会有所敬畏，有所顾忌，不敢胡来。我们现在的问题，好像就出在大家都不信神、不信佛、不信阴司地狱，就像《红楼梦》中的王熙凤那样，什么都不信也就什么都不怕，可以无法无天、肆意妄为。读了蒲松龄的这篇小说，体会到他改良现实社会徇私枉法的良苦用心，就不禁这样想：是不是还是信神好呢？

李伯言

蒲松龄

李生伯言，沂水人①，抗直有肝胆②。忽暴病，家人进药，却之曰："吾病非药饵可疗。阴司阎罗缺，欲吾暂摄其篆耳③。死勿埋我，宜待之。"是日果死。

驺从导去④，入一宫殿，进冕服⑤，隶胥祗候甚肃⑥。案上簿书丛沓⑦。一宗：江南某，稽生平所私良家女八十二人⑧，鞫之佐证不诬⑨，按冥律，宜炮烙。堂下有铜柱，高八九尺，围可一抱⑩，空其中而炽炭焉，表里通赤。群鬼以铁蒺藜挞驱使登⑪，手移足盘而上。甫至顶⑫，则烟气飞腾，崩然一响如爆竹，人乃堕，团伏移时，始复苏。又挞之，爆堕如前。三堕，则匝地如烟而散，不复能成形矣。

又一起：为同邑王某，被婢父讼盗占生女，王即生姻家⑬。先是一人卖婢，王知其所来非道⑭，而利其直廉⑮，遂购之。至是王暴卒。越日其友周生遇于途，知为鬼，奔避斋中。王亦从入。周惧而祝，问所欲为。王曰："烦作见证于冥司耳。"惊问："何

---

① 沂水：县名，旧治在今山东省沂水县。

② 抗直：刚直无私。肝胆：犹如说肝胆照人，对人坦诚。

③ 摄篆：代掌印信，即代理职务。

④ 驺从（zōu zòng）：古代官员出行时，前后随行做引导和保卫的骑马人员。

⑤ 冕服：这里指阎罗王的冠服。冕，王冠。

⑥ "隶胥"句：隶，衙役。胥，小吏。祗（zhī）候，恭敬侍侯。甚肃，气氛非常严肃。

⑦ 丛沓：重叠纷乱貌。

⑧ 私：奸污。

⑨ 鞫（jū）：审问。佐证不诬：证据确凿。

⑩ 可：大约。

⑪ 铁蒺藜：一种铁制的带刺的刑具。

⑫ 甫：刚。

⑬ 姻家：儿女亲家。

⑭ 非道：不是从正道得来。

⑮ 直廉：同"值廉"，价钱便宜。

李伯言
抗直無阿鬼使迎
一存私念火生楹
從知陰律難寬假
不似人間可狥情

事？”曰：“余婢实价购之，今被误控，此事君亲见之，唯借季路一言[①]，无他说也。”周固拒之，王出曰：“恐不由君耳。”未几，周果死，同赴阎罗质审[②]。李见王，隐存左袒意[③]。忽见殿上火生，焰烧梁栋。李大骇，侧足立[④]。吏急进曰：“阴曹不与人世等[⑤]，一念之私不可容。急消他念，则火自熄。”李敛神寂虑[⑥]，火顿灭。已而鞫状，王与婢父反复相苦；问周，周以实对；王以故犯论笞[⑦]。笞讫，遣人俱送回生。周与王皆三日而苏。

李视事毕[⑧]，舆马而返。中途见阙头断足者数百辈，伏地哀鸣。停车研诘[⑨]，则异乡之鬼，思践故土[⑩]，恐关隘阻隔，乞求路引[⑪]。李曰：“余摄任三日已解任矣[⑫]，何能为力？”众曰：“南村胡生，将建道场[⑬]，代嘱可致。”李诺之。至家，驺从都去，李乃苏。

胡生字水心，与李善，闻李再生，便诣探省[⑭]。李遽问：“清醮何时[⑮]？”胡讶曰：“兵燹之后，妻孥瓦全[⑯]，向与室人作此愿心[⑰]，未向一人道也，何知之？”李具以告。

---

① 唯借季路一言：只是想借重你一句证言。季路，孔子的弟子仲由，字季路，一字子路。《论语·颜渊》里记述孔子曾说他“片言可以折狱”，说明他善言辞，且忠信明决，有利于断案。

② 质审：在庭审时质证。

③ 左袒：偏袒。

④ 侧足立：侧身站立，一种表示敬畏的姿势。

⑤ 等：一样。

⑥ 敛神寂虑：意思是去掉了原来的私心杂念。

⑦ 论笞：判处笞刑，即打板子。

⑧ 视事：这里是执行公务的意思。

⑨ 研诘：仔细询问。

⑩ 践：回到。

⑪ 路引：通行证。

⑫ 摄任：代行职务。

⑬ 道场：佛教或道教所进行的诵经祈祷的法事。

⑭ 诣：去到，这里有登门的意思。

⑮ 清醮（jiào）：祭祀神灵，即指道场。加一清字，是表示客气的说法。

⑯ 瓦全：苟全生命。

⑰ 室人：内人，妻子。

胡叹曰："闺房一语，遂播幽冥[①]，可惧哉！"乃敬诺而去。

次日如王所，王犹惫卧。见李，肃然起敬，申谢佑庇。李曰："法律不能宽假。今幸无恙乎？"王云："已无他症，但笞疮脓溃耳。"又二十余日始痊，臀肉腐落，瘢痕如杖者。

异史氏曰："阴司之刑，惨于阳世，责亦苛于阳世[②]。然关说不行[③]，则受残酷者不怨也。谁谓夜台无天日哉[④]？第恨无火烧临民之堂廨耳[⑤]！"

---

① 播幽冥：传播到了阴界。

② 责：责求，对责任的追究。

③ 关说不行：不能靠关系和行贿来办事。

④ 夜台：阴间。

⑤ 第：只是。临民：在民之上，即统治者。堂廨：官署。

断续即离　楚楚有致

——说《连琐》

“断续即离，楚楚有致”，这是清代《聊斋志异》评论家冯镇峦在《连琐》一篇篇末总评中所说的话，是单就小说艺术表现的特色而言的。但是艺术总离不开思想。艺术是为表现思想而存在，也是因思想得到完美的表现而呈现的。这篇小说写善、写义、写情，表现了很高的思想境界，这一境界，必须有高妙的艺术才能得到表现，也才能与之匹配。

女主人公连琐是一个女鬼，男主人公杨于畏是一个书生。小说所写的，就是关于一个风雅的女鬼与一个风雅的书生之间的风雅交谊。我这里用了“交谊”一词，是经过斟酌的。杨生虽然对连琐有示爱、求欢的明确表现，但都遭到连琐多情的婉拒。两人相处，有鱼水之欢，却无夫妻之实。到故事的最后，人鬼之间确实有了交接，但那是在特殊情况下与性爱毫无关系的另一种行为。两人之间始终保持着一种风雅之交。而这种交谊的内涵，贯穿始终的，一个是善，一个是义，还有就是在善与义基础上产生的情。这种交谊甚至扩展到两人之外，其他人物作为穿插和映衬，不仅使情节的发展跌宕起伏，而且强化了作品的思想意义。

气氛的营造是这篇小说最先呈现出来的一个艺术特色。连琐既然是一个鬼身，就必然带有一种阴气；而作为一个风雅之鬼，又同时带有一种雅气。阴与雅表面上看起来是矛盾的，但作者既不避写其阴，而又更着力于写其雅，两者相反相成，和谐地交汇在一起。我们读后的感受是，这女鬼不但不使人感到恐怖，相反却令人同情和感到亲切，进而产生敬慕，并从这个形象体验到一种独特的美感。

小说开头在简短地介绍了男主人公的名字和居处之后，就用四句话来渲染环境气氛：“斋临旷野，墙外多古墓。夜闻白杨萧萧，声如涛涌。”前两句写的是鬼景，后两句写的是鬼声，读来如见如闻，阴气满纸。接着，又以杨生的心情、感受来作进一步的渲染，既写了人物，又推进了情节："夜阑秉烛，方复凄断。"孤零零一个书生在旷野的书斋里夜读，真是寂寞凄清到了极点。就是在这种阴气袭人的气氛之中，在男主人公"凄断"的心境之下，女鬼出现了。然而女鬼的现身非同寻常。她不是让人冷不防一下子突然出现的，她是吟诗而来，我们是未见其人先闻其声："玄夜凄风却倒吹，流萤惹草复沾帏。"吟诗表现了她的风雅，而诗的内容又表现出她处境的孤寂和内心的凄哀。

这两句诗女鬼是"反复吟诵，其声哀楚"。这样就自然地引入了男主人公，并由此展开两个人物复杂关系的叙写。杨于畏虽然是一个儒雅书生，但身处鬼境，却表现得有胆而又狂放。小说巧妙地通过他对女鬼出现的反应来展开情节。在写人鬼直接见面之前，小说以女鬼吟诗为中心，集中描写了人鬼之间在精神层面上的沟通。叙写条理井然，共分作五个层次：一是，写杨生从这凄哀的吟诗声，辨识出这声音"细婉似女子"。能听出和感受到"其声哀楚"，就是有修养也有同情心的表现。二是，为了消除心中的疑惑，第二天就亲自到外面去观察："视墙外，并无人迹。"却意外地发现"有紫带一条，遗荆棘中。拾归，置诸窗上"。这一看似随意穿插的细节，却为后文写两人关系的发展，伏下一笔。三是，写这天晚上杨生又听到了吟诗之声，他没有畏惧和退缩，而是"移杌登望"。因为受到惊扰，鬼女"吟顿辍"。这时小说用两句话写杨生的内心活动："悟其为鬼，然心向慕之。"这两句描写很重要。已经断然肯定对方是一个女鬼了，却仍然是不畏惧、不退缩，反而是"心向慕之"。此时尚未谋面，他向慕什么呢？显然不是容貌，而是由吟诗听出来的这女子的风雅和才情。"向慕"之中，还流露出对这女子在诗中传达出的内心凄哀的理解与同情。这些地方写杨生，都着眼于精神层面，揭示出他除了文化素养外，还有胆；不仅有胆，而且有情。四是，写杨生在女鬼面前继续前进而不退缩。第三天晚上，竟"伏伺墙头"，要去看一个究竟。他终于看见"有女子珊珊（二字见其行动迟缓或迟疑）自草中出，手扶小树（见其身态之柔弱），低首哀吟"。这时"杨微嗽，女忽入荒草而没"。他对女鬼的现身，不是回避，而是以"微嗽"来引起对方的注意。这是继续写他的有胆和有情。五是，写杨生隔墙为女子续诗："幽情苦绪何人见？翠袖单寒月上时。"这两句续诗，内容由女鬼所吟的两句引申而出，思想感情一脉相承，是女鬼想吟而尚未，或者是不能吟出的。这仍然是既写他的有胆，也写他的风雅和多情。没有与女鬼相当的文化素养，没有对这个女鬼孤寂的处境和凄哀的心情的深切理解与同情，是不会有续诗的动念和可能的。续诗，表现了人鬼之间在精神层面上的沟通，而这又为下文写人鬼之间的直接交往打下了重要的基础。

寂然一阵之后，杨回到屋内。这时意想不到的情景出现了：“方坐，忽见丽者自外来，敛衽曰：‘君子固风雅士，妾乃多所畏避。’”称杨生为“风雅士”，足见她是由续诗所吸引，因风雅而来。小说除“丽者”二字外，对连琐的容貌未作渲染，这是写得很有分寸的。作者突出的是杨生眼中之所见：“瘦怯凝寒，若不胜衣。”这与前面写她吟诗的内容和她行动的迟缓与身态的柔弱是相互呼应的。而另一方面，只有富于同情心的人如杨生者，才能一眼看出女鬼的这一形象特征。

两人见面后的对话，没有想象中人鬼之间的隔阂与防范，自然融洽中传达出的是一种信任。杨问：“何居里，久寄此间？”女答：“妾陇西人，随父流寓。十七暴疾殂谢，今二十余年矣。九泉荒野，孤寂如鹜。所吟，乃妾自作以寄幽恨者。”第一次见面，就直率地告知对方自己是一个鬼，不担心把对方吓退、吓倒。这是从前面由于精神的沟通才能产生的一种信任：既信任他的风雅不俗，也信任他的胆识勇气，更信任他多情有义。继而又表达了她对杨生代为续诗的由衷感谢和无限欣喜。

接下来写的是杨生狂放性格的另一面：初次见面就向女子求欢。连琐的回应令人感动，她深情地对杨生说：“夜台朽骨，不比生人，如有幽欢，促人寿数。妾不忍祸君子也。”不是不愿意，而是不忍心伤害他的身体。几句话充分地表现了女鬼的善良性格。作者特意用了“蹙然”二字来形容她说这番话时的情态，表现出她对这一要求感到为难、踌躇，却终于十分果决地婉拒。杨生平静地接受了连琐的婉拒，说明他虽然有非分之想，却还是一个守规矩的书生。但他的轻浮放浪行为并未因此而终止。先是“戏以手探胸”，继而“又欲视其裙下双钩”。而连琐的反应，却是在温婉和柔情的微嗔中，表现出一种大度和宽容：“女俯首笑曰：‘狂生太罗唣矣！’”

因杨生对连琐“裙下双钩”的“把玩”，而照应到前面所写杨生在墙外所拾的那条“紫带”，使两人的关系更进一层。杨生见连琐穿的两只袜子，一只用彩线来约束，另一只却是用紫带来约束，就问她为什么不一样。连琐告诉他：“昨宵畏君而避，不知遗落何所。”杨于是告知她拾带的实情，并拿出紫带来亲自为其“去线束带”。发展到此，除了男女之间的肌肤之亲，两人的关系已经到了极亲密的程度。确如小说所说：“两人欢同鱼水，虽不至乱，而闺阁之中，诚有甚于画眉者。”

但小说所写两人交往的主要内容，还是与文化相关的风雅之事。连琐在杨生书案上发现了元稹所作的《连昌宫词》，感慨说：“妾生时最爱读此，今视之殆如梦寐！”不经意间交代了女鬼文化修养之所自来。杨生和鬼女平日相处，“与谈诗文，慧黠可爱，剪烛西窗，如得良友。自此每夜但闻微吟，少顷即至”。人与鬼在一起谈诗论文，十分相得。但连琐总是嘱咐杨生说：“君秘勿宣。妾少胆怯，恐有恶客见侵。”这几句话，表现了连琐与身世相关的性格，同时又伏下文一大段重要情节。

小说对二人的风雅生活与交谊，以铺张的笔势，作了比较具体详细的描写。其间值得注意的一点是，连琐的文化素养大大高于杨生，中国传统文化和技艺的各个方面如书法、棋艺、操琴、制曲等，她都十分精通。“女每于灯下为杨写书，字态端媚。”“使杨治棋枰，购琵琶，每夜教杨手谈。不则挑弄弦索，作《蕉窗零雨》之曲，酸人胸臆；杨不忍卒听，则为《晓苑莺声》之调，顿觉心怀畅适。挑灯作剧，乐辄忘晓。”修养之深厚，技艺之娴熟，情感之丰富，都出人意想之外。这样昏来晨去，两人每夜都相守在一起，过得非常和谐、惬意。

但是没有想到，正是这种平静而幸福的风雅生活，却暗藏着某种危机，并最终激起巨大的波澜。这是由杨生的朋友薛生的造访引起的。薛生是杨生的好友，素知书法、棋艺、制曲之类并非杨生之所善，因而看见室中有“琵琶、棋具”，又见所抄的《连昌宫词》“字迹端好”，不禁产生了疑惑。问杨，开始以各种理由来搪塞。后薛生反复检玩，见最后一叶细字一行有连琐的签名，便笑问：“此是女郎小字，何相欺之甚？”杨虽“大窘”而“不能置词”，经反复逼问，也不肯道出真情。直到最后，“薛卷挟，杨益窘”，已无退路，这才告以实情。“薛求一见，杨因述所嘱，薛仰慕殷切，杨不得已诺之。”这一“诺”，竟引起了轩然大波。这一段作者不避繁细的描写，包含了两方面的意义：一是表现了杨生为人的诚朴和老实。他在最后说出实话，不是对连琐承诺的食言，而是出于不得已。二是薛生对连琐的态度，特意用了“仰慕殷切”四字，为后文对他的进一步表现，预留地步。这时，薛生是否就是连琐所称的“恶客”，对读者来说，还是一个悬念：他可能是一个“恶客”，但从他对连琐才情的“仰慕”来看，也不排除可能同样是一个风雅君子。由于薛生之来而引出的两人生活掀起的波澜，使人鬼之间的关系由夜夜相守，变成了时断时续，若即若离。与此相应，情节的发展也跌宕起伏，并呈现出如冯镇峦所说的“楚楚有致”的艺术特色。

到了晚上，连琐如期而来。杨竟代薛生向连琐致意，连琐的反应却是出人意料的激烈，“怒曰：‘所言伊何？乃已喋喋向人！’”杨虽然以实情相告，并“百词慰解”，也不能得到连琐的谅解。最后是不欢而去，临别时说：“妾暂避之。”这是第一次写两人关系之断和离。但值得注意的是那个“暂”字，说明她去了还会再来。

接下去的一段 似写“恶客见侵”。次日薛来，要见连琐。在杨生代致不可的情况下，薛不信，并在暮时“与窗友二人来，淹留不去，故挠之，恒终夜哗”。简直是无理取闹，肆意进行骚扰了。这里有两句写杨生对这些人的态度，值得注意：“大为杨生白眼，而无如何。”说明他并没有忘记连琐的殷切嘱咐和自己的承诺，只是无能为力，无可奈何而已。因此，从感情来讲，连琐虽然离去了，但仍在杨生的心中。下面写薛生等人更有令人不能容忍的表现。当经历数夜而未见连琐，三人“浸有去志，喧嚣渐息”时，突然听到了“凄婉欲绝”的“吟声”。连琐来了，只是没有现身。可见，无论从杨生还是连琐一面来说，两人的关系都是身离而心未离，似断而实未断。但闻连琐之声而不见其人，又引来更大的横暴：“内一武生王某，掇巨石投之，大呼曰：‘作态不见客，那甚得好句，呜呜恻恻，使人闷损！’”于是“吟顿止”，连琐因此而离去。对王生的鲁莽行为，在场的几个人反应不一：

众人是因未能见到连琐而埋怨，而杨生则是“恚愤见于词色”。写杨生对王某的这种鲜明强烈的态度，就是间接地写他对连琐的态度，愤恨中包含着挚爱。他的心与连琐是相通的。这些地方，或隐或显，都是写冯镇峦所说的两人关系的“断续即离”。

直到第二天，众人才离去。这时，“杨独宿空斋，冀女复来，而殊无影迹”。可是过两天，连琐却在不意之中又突然来了。但这次不是因留恋而来，而是为质问和告别而来。她对杨生“泣曰：‘君致恶宾，几吓煞妾！’”杨表示“谢过”，却不能得到谅解。于是，“女遽出曰：‘妾固谓缘分尽也，从此别矣！’挽之已渺。”突然而来，又突然而去，渺无踪影，这正是鬼的行迹。“由是月余，更不复至。”

这是写两人关系之“断”，但仍然是断而未断，身离而心即。一方面是写杨生对连琐的深切思念，以致“形销骨立，莫可追挽”。另一方面是写连琐虽然决绝离去，但对杨生之情也时时存于心中，相信他的人品，将他视为自己生活的依靠。因此在遇到危难时，就又来找他帮助，在她心里也只有在杨生这里才能得到帮助。有一天晚上，当杨生孤独自饮时，连琐突然而至。杨喜极，以为是连琐原谅了他。但“女涕垂膺，默不一言”。无言，却是情意深长。急切追问，女“欲言复忍”，然后说：“负气去，又急而求人，难免愧恧。”在杨的再三追问下，连琐终于说出了来向他求救的缘由：“不知何处来一龌龊隶，逼充媵妾。顾念清白裔，岂屈身舆台之鬼？然一线弱质，乌能抗拒？君如齿妾在琴瑟之数，必不听自为生活。”这段话里有三点值得注意，一是连琐自称“清白裔”，“清白”二字，实贯穿全篇。她为了维护自己的清白，才向杨警示“恐有恶客见侵”；也为了维护自己的清白，对薛生等人的喧扰感到愤慨而与杨生告别。二是坚决反抗，却又因“一线弱质”而无力反抗，这才来求救于杨。三是，她对两人的关系以夫妻视之（所谓“琴瑟之数”），她也企盼和要求杨生这样来看待自己。正是基于这样的深情，他们的关系才又断而复续。杨听到连琐受到凌辱时的反应是“大怒，愤将致死”，是真情发自内心才有这样强烈的表现。“但虑人鬼殊途，不能为力”，这才引出梦中复仇的奇幻情节。两人“于是复共倾谈，坐以达曙”。这是写两人关系的断而复续。

梦中复仇的情节，写得惊心动魄。在这场紧张激烈的恶斗中，着重描写了三个人物：杨生、王生和连琐，热情地表彰他们身上的美好品格善和义，以及在此基础上产生的真情和勇敢。杨生为了应连琐的梦中之邀，特意于“午后薄饮，乘醺登榻”，以实现其“来夜早眠”之嘱。单是这一细节，就表现了杨生对连琐的深挚感情。他在梦中与连琐相携到一庙宇，遇到仇人，表现得极为勇敢：“杨启户骤出，见一人赤帽青衣，猬毛绕喙，怒咄之。隶横目相仇，言词凶谩。”杨生此时没有丝毫畏惧，“大怒，奔之。隶捉石以投，骤如急雨，中杨腕，不能握刃”，正在危急之时，“遥见一人腰矢野射。审视之，王生也”。此人即是前面对隐而未现的连琐投以巨石的那个鲁莽的武生，读到这里，才体会到前面的描写并非虚设。这时他以一个见义勇为的义士的面貌出现，大放异彩。杨生“大号乞救。王生张弓急至，射之中股，再射之，殪”。更令人感动的是，当杨生表示感谢，并告知事件的真相时，“王自喜前罪可赎”。只有正派而讲义气的人，才会有这样的表现。当大家“共入女室”时，写连琐的神态表情，极为生动传神：“女战惕羞缩，遥立不作一语。”一个得救而惊魂未定的弱女子的形象，如在眼前。

一场恶战结束之后，小说转到对一把小刀的细致描写，以此进一步揭示出人物之间的美好关系。“案上有小刀，长仅尺余，而装以金玉，出诸匣，光芒鉴影。”精巧而奇异，“王赞叹不释手”，接写：“与杨略话，见女惭惧可怜，乃出，分手去。”这几句表现了丰富的内容。一是他对小刀爱不释手，但毫无据为己有的意思；二是，从前那样急切地想见到连琐的容颜，今日得见，却只有同情而毫无恋色的表现。事实证明了他是一个正派的义士，而非“恶客”。“杨亦自归，越墙而仆，于是惊寤，听村鸡已乱鸣矣。”写梦到此结束。

梦中的情景是以现实生活的形态演进的，不说是梦，见不出奇幻的色彩。倒是回到现实以后，才回映出诸多奇幻之处来。一是杨生腕痛，皮肉赤肿，与梦中情景相合；二是王生来，其梦境中事，与杨生所历完全一样。这时小说着重描写的，是王生与连琐的关系。先是“夜间，女来称谢”，而“杨归功王生”，一有情，一有义。女听说后，说：“将伯之助，义不敢忘。然彼赳赳，妾实畏之。”活灵活现，一个受恩知报的弱女子的感情和声口。她为了报恩，就将小说在前面有意提到的那把小刀赠送给王生。而这把小刀，乃是她的爱物，来历非同寻常。这是她的父亲“出使粤中，百金购之”（顺笔点出她出身高贵，又一次揭示出她风雅修养之来源），而在她得到之后，非常珍爱，“缠以金丝，瓣以明珠”。父亲在她死后又用以“殡葬”。连琐表示：“今愿割爱相赠，见刀如见妾也。”侠士王生有义，鬼女连琐有情。之后，杨生与连琐，“往来如初”。

故事的结局是写连琐由鬼而变成人，出人意料，又在人意中。而作者的笔墨仍集中在写善、写义、写情。“积数月，忽于灯下笑而向杨，似有所语，面红而止者三。”写连琐的羞怯之态，如在眼前。之所以如此难于启口，是有原因的。因为与杨生的交往，“久蒙眷爱，妾受生人气，日食烟火，白骨顿有生意。但须生人精血，可以复活”。先前，杨生曾向连琐求欢而被拒，现在是连琐主动来求他了。但杨生须为此付出代价，连琐告诉他：“交接后，君必有念（廿）余日大病，然药之可愈。”杨生毫不犹豫地同意了。在这里，交接不是因为性爱，没有欢乐，而只是为了行义，为了让连琐可以由鬼而变成人。杨生为此需付出痛苦的代价而不辞。不仅如此，连琐还对他说：“尚须生血一点，能拚痛以相爱乎？”杨闻后果断地“取利刃刺臂出血，女卧榻上，便滴脐中”。此举，是写杨生雅士而兼义士。

连琐的最后变成人，也是由杨生的义举完成的，而作者特意为之涂上了一层美丽的浪漫主义色彩。连琐在获救后，深情地对杨生说：“妾不来矣。君记取百日之期，视妾坟前，有青鸟鸣于树头，即速发冢。”而且嘱咐时间“迟速皆不可”。杨果然经受了“腹胀欲死”的折磨，医师投药后才得痊愈。而百日之后，奇异的景象真的出现了：“日既夕，果见青鸟双鸣。”杨命“斩荆发圹”，“见棺木已朽，而女貌如生。摩之微温。”经过杨生的悉心救助和护理，终于“半夜而苏”，变成了人。连琐“每谓杨曰：‘二十余年，如一梦耳。’”至此小说戛然而止，结束全篇。两人关系的“断续即离”，也在这里作一总的收束：鬼之不再来，是彻底的“断”；而变成了人，却又是长久的“续”。

这个结尾，得到了清代评论家的一致好评。王渔洋说：“结尽而不尽，甚妙。”冯镇峦说：“此下似尚有数句，想渔洋删去之耳。《西厢》《水浒》皆以一梦结，同是此意。然再缀数语，便是俗笔。”但明伦说：“如闻钧天广乐之声，戛然而止。”这个结尾的余意不尽之处表现在，全篇所写，两人有夫妻之情而无夫妻之实，那么连琐在杨生的无私相助之下变成了人之后，会是怎样的一种关系呢？两人的生活又会是一种什么样的状态呢？作者不置一词，却为我们留下了巨大的想象空间，读者自可有自己喜爱的不同设想。

连琐

蒲松龄

杨于畏，移居泗水之滨①，斋临旷野，墙外多古墓。夜闻白杨萧萧，声如涛涌。夜阑秉烛，方复凄断②，忽墙外有人吟曰：“玄夜凄风却倒吹③，流萤惹草复沾帏。”反复吟诵，其声哀楚。听之，细婉似女子，疑之。

明日视墙外，并无人迹，唯有紫带一条，遗荆棘中。拾归，置诸窗上。向夜二更许，又吟如昨。杨移杌登望④，吟顿辍，悟其为鬼，然心向慕之。次夜，伏伺墙头。一更向尽⑤，有女子珊珊自草中出⑥，手扶小树，低首哀吟。杨微嗽，女急入荒草而没。

杨由是伺诸墙下，听其吟毕，乃隔壁而续之曰：“幽情苦绪何人见？翠袖单寒月上时。”久之，寂然。杨乃入室，方坐，忽见丽者自外来，敛衽曰：“君子固风雅士，妾乃多所畏避。”杨喜，拉坐，瘦怯凝寒，若不胜衣⑦，问：“何居里，久寄此间？”答曰：“妾陇西人⑧，随父流寓。十七暴疾殂谢⑨，今二十余年矣。九泉荒野，孤寂如

① 泗水：又名泗河，源出山东省泗水县，因四源合为一水而得名。

② 凄断：凄凉到了极点。

③ 玄夜：黑夜。

④ 杌（wù）：小凳子。

⑤ 向尽：将尽。

⑥ 珊珊：行动迟缓的样子。

⑦ 若不胜（shēng）衣：好像经受不起衣服的重量，形容身体的瘦弱。

⑧ 陇西：地名，在今甘肃省东南部一带，秦汉时曾置陇西郡。

⑨ 殂（cú）谢：死亡。

連瑣
荒艸垂楊夜色昏
吟懷悲楚
月無痕十年一覺
泉臺夢何
必真人始返魂
連瑣

鹜[①]。所吟，乃妾自作以寄幽恨者，思久不属[②]，蒙君代续，欢生泉壤。”

杨欲与欢，蹙然曰[③]：“夜台朽骨，不比生人，如有幽欢，促人寿数。妾不忍祸君子也。”杨乃止。戏以手探胸，则鸡头之肉[④]，依然处子。又欲视其裙下双钩[⑤]。女俯首笑曰：“狂生太罗唣矣！”杨把玩之，则见月色锦袜，约彩线一缕[⑥]。更视其一，则紫带系之，问：“何不俱带？”曰：“昨宵畏君而避，不知遗落何所。”杨曰：“为卿易之。”遂即窗上取以授女。女惊问何来，因以实告，女乃去线束带。

既翻案上书，忽见《连昌宫词》[⑦]，慨然曰：“妾生时最爱读此，今视之殆如梦寐！”与谈诗文，慧黠可爱，剪烛西窗[⑧]，如得良友。自此，每夜但闻微吟，少顷即至，辄嘱曰：“君秘勿宣。妾少胆怯，恐有恶客见侵。”杨诺之。两人欢同鱼水[⑨]，虽不至乱，而闺阁之中，诚有甚于画眉者[⑩]。女每于灯下为杨写书，字态端媚，又自选宫词百首[⑪]，录诵之。使杨治棋枰[⑫]，购琵琶，每夜教杨手谈[⑬]。不则挑弄弦索，作《蕉窗零雨》之曲，酸人胸臆；杨不忍卒听，则为《晓苑莺声》之调，顿觉心怀畅适。挑灯作剧[⑭]，乐辄忘晓，视窗上有曙色，则张皇遁去。

---

① 如鹜（wù）：鹜，野鸭。这里是形容孤单寂寞得像是失群的野鸭。

② 不属（zhǔ）：不连贯，这里指文思不畅。

③ 蹙（cù）然：愁眉不展的样子；这里有为难、不知所措之意。

④ 鸡头：本指芡实，这里用来比喻女子的乳头。

⑤ 双钩：指两只小脚。

⑥ 约：束，系。

⑦《连昌宫词》：唐代元稹作七言长篇叙事诗，内容为借写连昌宫的兴废盛衰，以揭露唐玄宗晚年的荒淫腐朽生活。

⑧ 剪烛西窗：窗前灯下，深夜对语。唐人李商隐《夜雨寄北》：“何当共剪西窗烛，却话巴山夜雨时。”

⑨ 鱼水：鱼水相得，比喻夫妻关系和美。典出《管子·小问》。

⑩ 甚于画眉：《汉书·张敞传》：张敞，字子高，宣帝时为京兆尹。无威仪，为妇画眉。有司奏之。召问，对曰：“臣闻闺房之内，夫妇之私，有过于画眉者。”

⑪ 宫词：以宫廷生活为题材的诗作，多为五七言绝句。中唐时王建始以《宫词》为题，创作多至百首。

⑫ 棋枰：围棋的棋盘。

⑬ 手谈：指围棋。《世说新语·巧艺》：“王中郎（坦之）以围棋为坐隐，支公（遁）以围棋为手谈。”

⑭ 作剧：作游戏。

一日，薛生造访，值杨昼寝。视其室，琵琶棋枰俱在，知非所善。又翻书得宫词，见字迹端好，益疑之。杨醒，薛问："戏具何来？"答："欲学之。"又问诗卷，托以假诸友人。薛反复检玩，见最后一页细字一行云："某月日连琐书。"笑曰："此是女郎小字，何相欺之甚？"杨大窘，不能置词。薛诘之益苦，杨不以告。薛卷挟，杨益窘，遂告之。薛求一见，杨因述所嘱，薛仰慕殷切，杨不得已诺之。

夜分女至，为致意焉。女怒曰："所言伊何①？乃已喋喋向人②！"杨以实情自白，女曰："与君缘尽矣！"杨百词慰解，终不欢，起而别去，曰："妾暂避之。"明日薛来，杨代致其不可。薛疑支托③，暮与窗友二人来④，淹留不去⑤，故挠之⑥，恒终夜哗，大为杨生白眼⑦，而无如何。众见数夜杳然，浸有去志⑧，喧嚣渐息。忽闻吟声，共听之，凄婉欲绝。薛方倾耳神注，内一武生王某，掇巨石投去，大呼曰："作态不见客，那甚得好句，呜呜恻恻，使人闷损！"吟顿止。众甚怨之。杨恚愤见于词色⑨。次日，始共引去。杨独宿空斋，冀女复来，而殊无影迹。逾二日，女忽至，泣曰："君致恶宾，几吓煞妾！"杨谢过不遑⑩。女遽出曰："妾固谓缘分尽也，从此别矣！"挽之已渺。

由是月余，更不复至。杨思之，形销骨立，莫可追挽。一夕，方独酌，忽女子搴帏入。杨喜极，曰："卿见宥耶？⑪"女涕垂膺，默不一言。亟问之，欲言复忍，曰："负气去，又急而求人，难免愧恧⑫。"杨再三研诘，乃曰："不知何处来一龌龊

---

① 所言伊何：我是怎么跟你说的？伊，助词，无义。

② 喋喋向人：在人前多嘴多舌，意思是说了些不该说的话。喋喋，多言貌。

③ 支托：谓以托词来搪塞。

④ 窗友：同学。

⑤ 淹留：久留。

⑥ 挠：骚扰。

⑦ 白眼：用白眼看人，表示不屑、厌恶。晋阮籍孤傲不群，见凡俗之士，则以白眼对之。见《世说新语·简傲》注。

⑧ 浸：渐。

⑨ 恚（huì）愤：怨恨，恼怒。

⑩ 谢过不遑：赶忙连声告罪。

⑪ 见宥：谅解。

⑫ 愧恧（nǜ）：惭愧。

隶[①]，逼充媵妾[②]。顾念清白裔，岂屈身舆台之鬼[③]？然一线弱质，乌能抗拒？君如齿妾在琴瑟之数[④]，必不听自为生活[⑤]。”杨大怒，愤将致死，但虑人鬼殊途，不能为力。女曰：“来夜早眠，妾邀君梦中耳。”于是复共倾谈，坐以达曙。女临去，嘱勿昼眠，留待夜约，杨诺之。因于午后薄饮，乘醺登榻，蒙衣偃卧。忽见女来，授以佩刀，引手去，至一院宇。方阖门语，闻有人掿石挝门，女惊曰：“仇人至矣！”杨启户骤出，见一人赤帽青衣，猬毛绕喙[⑥]，怒咄之。隶横目相仇，言词凶谩。杨大怒，奔之。隶捉石以投，骤如急雨，中杨腕，不能握刃。方危急所，遥见一人腰矢野射[⑦]，审视之，王生也，大号乞救。王生张弓急至，射之中股，再射之，殪[⑧]。杨喜，感谢。王问故，具告之。王自喜前罪可赎，遂与共入女室。

女战惕羞缩，遥立不作一语。案上有小刀，长仅尺余，而装以金玉，出诸匣，光芒鉴影。王叹赞不释手。与杨略话，见女惭惧可怜，乃出，分手去。杨亦自归，越墙而仆，于是惊寤，听村鸡已乱鸣矣。觉腕中痛甚，晓而视之，则皮肉赤肿。

亭午[⑨]，王生来，便言夜梦之奇。杨曰：“未梦射否？”王怪其先知。杨出手示之，且告以故。王忆梦中颜色，恨不真见，自幸有功于女，复请先容[⑩]。夜间，女来称谢，杨归功王生，遂达诚恳。女曰：“将伯之助[⑪]，义不敢忘。然彼赳赳，妾实畏之。”既而曰：“彼爱妾佩刀，刀实妾父出使粤中，百金购之。妾爱而有之，缠以金丝，瓣以明珠。大人怜妾夭亡，用以殉葬。今愿割爱相赠，见刀如见妾也。”次日，杨致此意。王大悦。至夜，女果携刀来，曰：“嘱伊珍重，此非中华物也。”由是往来如初。

---

① 龌龊隶：卑污丑恶的衙役。

② 媵（yìng）妾：侍妾。

③ 舆台：卑贱低下的等级。古代将人从王至台分为十等。舆为第六等，台为末等。《左传·昭公七年》：“士臣皂，皂臣舆，舆臣隶，隶臣僚，僚臣仆，仆臣台。”

④ 齿妾在琴瑟之数：齿，排列，视作。琴瑟，喻夫妻关系。意思是把我看作妻子。

⑤ 听：听任。

⑥ 猬毛绕喙：满嘴长满又粗又硬的络腮胡。

⑦ 腰矢：腰间挂着弓箭。野射：在野外打猎。

⑧ 殪（yì）：死。

⑨ 亭午：正午。

⑩ 先容：事先代为介绍。

⑪ 将（qiāng）伯之助：指得到别人的帮助。《诗·小雅·正月》：“载输尔载，将伯助予。”将，请。伯，长者，在这里是表示敬称。

积数月，忽于灯下笑而向杨，似有所语，面红而止者三。生抱问之，答曰："久蒙眷爱，妾受生人气，日食烟火，白骨顿有生意。但须生人精血，可以复活。"杨笑曰："卿自不肯，岂我故惜之？"女曰："交接后，君必有念余日大病，然药之可愈。"遂与为欢。既而着衣起，又曰："尚须生血一点，能拚痛以相爱乎？"杨取利刃刺臂出血，女卧榻上，使滴脐中。乃起曰："妾不来矣。君记取百日之期，视妾坟前，有青鸟鸣于树头，即速发冢。"杨谨受教。出门又嘱曰："慎记勿忘，迟速皆不可！"乃去。

越十余日，杨果病，腹胀欲死，医师投药，下恶物如泥，浃辰而愈①。计至百日，使家人荷锸以待②。日既夕，果见青鸟双鸣，杨喜曰："可矣！"乃斩荆发圹③，见棺木已朽，而女貌如生。摩之微温，蒙衣舁归，置暖处，气休休然细于属丝④，渐进汤馆⑤，半夜而苏，每谓杨曰："二十余年，如一梦耳。"

---

① 浃辰：十二天。浃（jiā），周匝，一个周期。古代用干支纪日，自"子"至"亥"，正好十二天。

② 锸（chā）：铁锹一类的掘土工具。

③ 圹（kuàng）：墓穴。

④ 休休：同咻咻，呼吸的声音。属（zhǔ）丝：一丝相连，比喻气息微弱。

⑤ 馆：米汤，稀粥。

超越生死的知己之爱

——说《连城》

《连城》是蒲松龄的一篇写情杰作。不仅在《聊斋志异》中，就是在整个中国古代的短篇小说中，都是少见的熠熠生辉之作。小说描写和歌颂的是男女之间超越生死的知己之爱。这种爱情不同于此前我们在古代作品中常见的那种爱情，它突破了门当户对，突破了郎才女貌（作品中虽然写到了郎才女貌，但双方并不是因才貌而相悦），小说强调的是“知己”二字。男女之间心灵的沟通，成为相爱的基础。由于完全不同于一见钟情的模式，而是从相知进而相悦，彼此引为知己，所以这种爱情可以生死以之，可以为之生，为之死，也可以为之死而复生。这已经具有了近代爱情观念的色彩，与写情的长篇巨著《红楼梦》中所写的贾宝玉和林黛玉的爱情十分近似。只是因为是短篇，没有《红楼梦》那样丰富、宏阔、深刻，也还没有达到那样的思想高度。

在艺术表现上，文情曲折是一大特色。一段爱情，经历了无数的波折，从生到死，由阳世到阴界，后来又死而复生；复生后又遇到了巨大的障碍，看似无法克服，致使双方感到绝望又愤而欲死；几至走到了绝境，最后才豁然来了企盼已久的柳暗花明。文似看山不喜平：曲折才能尽意，曲折才能出彩，曲折才能获得吸引人的艺术魅力。一场刻骨铭心的知己之爱，写得这样酣畅淋漓，感人肺腑，主要就是因为文情曲折。

小说以连城之名为题，但并不是专为连城立传。男女双方在艺术上是一半对一半，相互依存，平分秋色。开篇先介绍乔生，其中有三点值得注意。一是“少负才名”，说他是一个出众的才子；二是“年二十余，犹淹蹇”，就是科场失意，很不走运；三是“为人有肝胆”，就是乐于助人，讲求信义。这三点概括了他的身份、生活和品格，都与下文的情节发展相关。接着就以具体的事例写他如何“有肝胆”。一是他有一个好朋友顾生，不幸病逝，乔生就时时悉心照顾顾生的妻子。这一点与后文写乔生死后到阴界的情节相关，他是乔生一个有情有义的朋友，在阴界帮助乔生找到了连城。在这里预伏一笔。二是县令很看重他的文才，二人意气投合，彼此尊重。但是县令又不幸死于任上，家属滞留不能回家，乔生不惜破产，花钱亲自扶他的灵柩回家，往返二千余里。这就使他在文人圈里得到了广泛的敬重，但是家庭也因此而更加贫困了。在着重赞扬他人品的同时，也就顺便介绍了他家境的困窘，而这些都与后文写他对爱情的态度和遭遇到的挫折，有非常密切的关系。

接着介绍连城。也有三点值得注意：一是她出身于一个书香门第，父亲是一个举人；二是“工刺绣”；三是“知书”，有文化。这三点也是无一不与后文的情节相关。在蒲松龄的笔下，每一句话都有它的意义和作用，没有多余的笔墨。“父娇爱之”这个交代也不可忽视。因为“娇爱”，才有“出所刺‘倦绣图’，征少年题咏”的安排。然而这一安排主要是“意在择婿”，这四个字值得细细品味：是父亲为自己择婿，而不是女儿为自己择夫，这就意味着如果事成，便是一段无爱婚姻的开始。这在封建时代是十分普遍，司空见惯的事情。让我们没有想到的是，这原本注定是父母包办婚姻的择婿方式，竟成了两个人产生爱情的契机。当然，在这样的环境条件下产生的爱情，肯定是不自由的，它必须挣脱父母包办和门当户对这两重羁绊，才能得到生存和发展。果然，爱情刚一萌芽就遇到重重障碍。乔生献去两首诗，既显露了他的才学，也表达了他对刺绣人的爱慕。第一首，借描摹连城刺绣时的情状和心思，含蓄地传达了自己内心的情意；第二首，则是热情地赞美连城刺绣的精妙技艺。诗写得婉曲而得体，但明伦认为是“风流蕴藉，无半字轻佻”，确是如此。但对这两首诗的态度，父女两人却发生了矛盾：“女得诗喜，对父称赏。父贫之。”一个看重的是作者的才情，另一个看重的却是他的家境。父亲的态度照应到前文“择婿”二字，而他的嫌贫爱富，符合当时“门当户对”的婚姻规则。这就在连城的面前横着两道门槛，必须迈过却又很难迈过：“父母之命”和与之相关联的“门当户对”。刚刚萌生的爱情，一发芽就陷入困境。这是男女双方在爱情追求道路上的第一层波折，由这一层波折又引出后面无数的波折。

可喜的是连城的态度非常鲜明。她是一个有独立意识，有主宰自己的生活和命运的要求，而且又敢于为此而抗争的女孩子。用我们今天的眼光来看，她在当时算得上是一个觉醒的女性。为了爱情，她可以不遵父命。不仅在父亲表态后仍然“逢人辄称道”乔生的诗写得好，而且还“遣媪矫父命，赠金以助灯火”。“矫父命”就是假托父命，在封建时代，这是胆大包天的事。这时，只是在这时，乔生受到了极大的感动，“叹曰：‘连城我知己也！’”“知己”二字，是因连城的态度和行动而生，是由乔生的心有所感而生，是发自肺腑，有千斤之重的金石之音。而乔生的回应，则是与连城心心相印的真诚表白：“倾怀结想，如饥思啖。”在矛盾冲突中，爱情一开始就遇到了阻碍；但同时，也是一开始就显现出这爱的力量，闪射出绚丽的光彩。

父命到底是很难违抗的。连城很快被家长许婚给一个盐商之子王化成，情节因此而掀起了一个巨大的波澜。这使乔生感到绝望，却仍然魂牵梦绕，对连城的深情感念不忘。没有想到命运又给了乔生一次机会：连城因患肺病，病情沉重，有一个从西域来的游方和尚说他能治好连城的病，但必须用男子的胸肉一钱来做药引子。连城之父派人去找未来的女婿王化成，遭到拒绝，而且话说得非常刻薄：“痴老翁，欲我剜心头肉也！”为了挽救女儿的性命，连城之父只好宣布：“有能割肉者妻之。”“生闻而往，自出白刃，封膺授僧，血濡袍裤，僧敷药始止。合药三丸，三日服尽，疾若失。”只有真诚的爱才能产生这样的勇气，也才能有这样的担当和牺牲。按理乔生这下可以顺利地实现他和连城的爱情了，但这时却又横生波折：“史将践其言，先告王。”小说对连城之父思想性格的表现很准确，写他是一个守信用而又行事谨慎的人。为了向乔生践约，却又因惧怕而先去通知王家。结果是“王怒，欲讼官”，其无情无义与前面让他割肉时的表现一脉相承。史孝廉就采用一个变通的办法来求乔生：“史乃设筵招生，以千金列几上，曰：‘重负大德，请以相报。’”并告知他违背诺言的原因。这也是写得很准确的，他实际上是重钱而轻义，表面上通情达理，本质上与王家并无区别。与此形成鲜明的对照，乔生的态度十分强烈：“生怫然曰：‘仆所以不爱膺肉者，聊以报知己耳，岂货肉哉！’”情深义重，视金钱如粪土，字字掷地有声。为报知己而不顾皮肉之苦，甚至不惜自己的生命，其中蕴含的深情，只有连城懂得，王氏父子乃至连城之父史孝廉都是不能理解的。乔生说完此话，“拂袖而归”，其正气凛然之态，如在眼前。

连城这一面，是以情报情。她听说此事后，“意良不忍，托媪慰谕之”。并传话说：“以彼才华，当不久落。天下何患无佳人？我梦不祥，三年必死，不必与人争此泉下物也。”这是出于无力、无奈，在被迫的条件下所发出的无限深情的诀别之辞。所谓“泉下物”，又预示了下文的情节将转入另一个世界。更令人感动的是乔生的回应，他告媪曰：“‘士为知己者死’，不以色也。诚恐连城未必真知我，但得真知我，不谐何害？”在与连城的关系发展中，乔生三次提到“知己”，一次比一次情意深厚，一次比一次更有力量，直到发出“士为知己者死”的誓言。而“不以色也”，更表现出爱情追求中的高格调、高境界。在他的心中，最重要的是相知，只要心心相印，即使不能实现爱情婚姻，也是没有什么遗憾的。但明伦在此评云：“不以色三字，说得铮铮有声。”这是作者蒲松龄通过乔生这一形象的塑造所表现出的一种全新的爱情观，在他所处的那个时代，是具有前瞻性的十分进步的思想。连城在乔生的深情面前是一种什么表现呢？小说只写了四个字：媪代女郎“矢诚自剖”，没有说出具体的内容，但是乔生懂，读者也懂。乔生希望这一自剖之“诚”能得到印证，他的要求不高：“果尔，相逢时，当为我一笑，死无憾！”不久，两人就在路上邂逅相遇，生“睨之，女秋波转顾，启齿嫣然”。小说用八个字写连城之笑，不仅目光流动，妩媚动人，更重要的是知己之情的传达和交流。正因为如此，乔生在接受这一笑之后“大喜曰：‘连城真知我者！’”

然而父母之命的强大阻力，注定了这一爱情是一个悲剧。所以，“会王氏来议吉期，女前症又作，数月寻卒。”这是对前文“三年必死”预言的呼应。“前症又作”，显然是被迫而无力反抗的结果。病和死，成了一种反抗的特殊形式。小说写得十分简练，而其间的涵蕴是非常丰富的。乔生誓言为知己者死，连城其实也是为知己者而死的。连城之死使爱情的发展经受了更大的波折：“生往临吊，一痛而绝。”同生共死，是真挚爱情的表现，在小说中也成了真挚爱情实现的特殊条件。乔生践了他“士为知己者死”的誓言，而乔生之死使小说开拓了艺术表现的空间，由现实转入到阴间幻域的描写。

乔生自知已死，但并无遗憾，因为有可能在另一个世界里见到连城。不久，“入一廨署，值顾生”，与前文的伏笔遥相呼应。顾生为报前情，本来想将乔生送回阳世。但乔生不愿为人而情愿为鬼，对朋友叹息说：“心事殊未了。”心事就是指他与连城的这段割不断的情缘。顾生表示愿为他效力而报答前恩，于是带着乔生辗转了许多地方，终于见到了连城与一位白衣女郎在一起。白衣女郎的出现，为后文的情节增添了新的内容。重要的是乔生所见连城当时的情状：“泪睫惨黛，藉坐廊隅”，就是表情愁苦，处境孤寂。连城突然见到乔生时的表现，也极动人：“见生至，骤起似喜，略问所来。”“似喜”的“似”字，含义极为蕴藉，其真实的意思是：在阴界见到自己所爱的人自然是喜，但知其已死，又不免悲伤。也就是说，在这样一个阴惨惨的世界见到自己心爱的人，悲喜交集，表面上的喜难掩内在的悲。乔生视对连城的爱高于自己的生命，故曰：“卿死，仆何敢生！”连城对乔生“泣曰：

'如此负义之人，尚不吐弃之，身殉何为？然已不能许君今生，愿矢来世耳。'"在真诚的自责中，含蕴着深沉的关爱、遗憾和坚贞，真是字字含情。"愿矢来世"四字，又开启后文死而复生的情节。这时乔生对顾生说："有事君自去，仆乐死不愿生矣。"同时又托咐顾生："但烦稽连城托生何里，行与俱去耳。"连城是鬼的时候，他是乐死不乐生；一旦连城投生为人，那他就乐生而厌死了。这就是蒲松龄笔下同生共死的爱情追求。

此后小说插入了一段关于宾娘的情节，宾娘就是前面已出现的与连城在一起的白衣女郎。这段情节的设置，有得有失。所谓得，是指小说未离主线，而围绕宾娘又强化了写情。这情，除了乔生与连城之间的爱情之外，还有与爱情相关的友情；而这友情，又不仅存在于连城与宾娘之间，顾生与乔生之间，也存在于乔生与宾娘之间，还扩大到顾生与宾娘之间。这样就大大地丰富了写情的内容，情节也因此而变得更加曲折生动。失的一面可以说是因得而来，两者同生共存。无论如何，情节出现了一个不是出于必然的分枝，就会稍显枝蔓和繁冗；而更重要的是，宾娘与乔生的关系，从友情而最后发展为夫妻，而且身份还只能是小妾，这并非乔生之所愿，而只是宾娘的意向并由宾娘的父亲作出的最后安排。当然归根结底，都是出于蒲松龄的构想，但却不免落入了他本人所乐见的一夫共两美的俗套。

先是白衣女郎问生是何人，连城向她讲述了与乔生的关系，她听了之后十分感动，不禁悲从中来。同时连城又向乔生介绍，宾娘为长沙史太守之女，与她"一路同来，遂相怜爱"。乔生眼中看见的，是一个"意态怜人"的少女。在顾生的帮助下，连城将与乔生一起"返魂"，两人大喜；宾娘却因即将离开连城而"大哭"，真诚而可怜地说："姊去，我安归？乞垂怜救，妾为姊捧帨耳。"这最后的一句话，就为宾娘的结局预作布置。但宾娘要跟随连城返魂为人，却不是一件易事，是连城和乔生所难于解决的。这就又出现了一系列的波折。连城"无所为计"，就"转谋生"，生又转而哀求在阴界当差的顾生，顾生感到为难，"峻辞以为不可"。路已被封死。但出于同情，"生固强之"，顾生答应"试妄为之"。结果是"食顷而返，摇手曰：'何如！诚万分不能为力矣！'""宾娘闻之，宛转娇啼，惟依连城肘下，恐其即去。"众人看到这种情况，"惨怛无术，相对默默，而睹其愁颜戚容，使人肺腑酸柔"，充满了关爱与同情。在此情况下，顾生愤然曰："请携宾娘去，脱有愆尤，小生拚身受之！"感人的，不止是爱情，还有充满爱与同情的友情，还有舍己助人的侠义之情。这一段，文字不长，写来同样是波澜起伏，摇曳多姿，将众人对宾娘的关心、同情、帮助，写得非常充分。

返魂的过程和返魂之后，仍然充满艰难曲折。小说一方面写返魂途中，乔生对连城的百般体贴照顾。先是“连城行蹇缓，里余辄一息，凡十余息，始见里门”。在“偕归生家”的过程中，“女惕惕若不能步，生伫待之”。另一方面则着重表现连城的内在感情和思想性格，温柔中见坚韧，愁闷中显智慧。小说先后写了她的两重忧虑，以及她提出的相应的对策和采取的实际行动。这些描写，表现了深刻的思想意义。其一是，在他们“始见里门”时，她就对乔生说：“重生后，惧有反覆。”对此，她提出了一个很有见地的建议：“请索妾骸骨来，妾以君家生，当无悔也。”她认为，在乔生的家里返魂，家长是很难反悔的。其二是，待到达生家即将返魂时，又对乔生说：“妾至此，四肢摇摇，似无所主（这是写她的身体，更是写她的精神）。志恐不遂，尚宜审谋。不然，生后何能自由？”她担心复生后不能自由，爱情会再次受到阻碍，这是基于她生前的生活体验的。生前，父母之命和门当户对她不能逾越，返魂后同样不能逾越，这一点连城的认识是非常清醒的。于是，她在行动上就采取了十分大胆的一步。连城笑对乔生说：“君憎妾耶？”乔生惊问她是什么意思，连城不好意思地回答说：“恐事不谐，重负君矣。请先以鬼报也。”意思是为了不要迫于压力，再一次对不起乔生，就请在返魂之前用鬼身来先报答他。于是“生喜，极尽欢恋”，两人提前成了真正的夫妻。由于担心一旦返魂这种欢爱就会结束，二人“寄厢中者三日”。还是由于连城的识见：“戚戚于此，终非久计”，这才促使乔生回到家中实现返魂。继而又“请得连城之尸”，按连城的意志帮助她在自己的家中复活。复活后，连城坚决地对父亲表示：“儿已委身乔郎矣，更无归理。如有变动，但仍一死！”史孝廉只得默认这桩婚姻。但一波未平一波又起：“王闻，具词申理。官受赂，判归王。”乔生和连城都以死来抗争。最后，终于使得“王惧，送归史。史复异归生”，实现了两人的爱情理想。此后，又加上一段与宾娘的悲喜相见，完成了一个皆大欢喜的大团圆的结局。

关于这篇小说的思想意义，清代的《聊斋志异》评论家多有抉发，其中有两段最具启发意义。一段是王渔洋的评论：“雅是情种。不意《牡丹亭》后复有此人。”这是讲自明以来，反映在爱情婚姻问题上的强调情，并以情来反理的一种进步的社会思潮的传承。另一段是但明伦的评论：“生以肉报，女以魂报。一报于生前，一报于死后；一报于将死之际，一报于将生之前。是真可以同生，可以同死，可以生而后死，可以死而不生。只此一情，充塞天地，感深知己。作者其有美人香草之遗意乎？”这是讲随着时代的变迁，在新的历史条件下，这一社会思潮的发展与新进。

连城

蒲松龄

乔生，晋宁人[①]，少负才名。年二十余，犹淹蹇，为人有肝胆。与顾生善，顾卒，时恤其妻子。邑宰以文相契重[②]。宰终于任，家口淹滞不能归，生破产扶柩，往返二千余里。以故士林益重之[③]，而家由此益替[④]。

史孝廉有女[⑤]，字连城，工刺绣，知书。父娇爱之，出所刺“倦绣图”，征少年题咏，意在择婿。生献诗云：“慵鬟高髻绿婆娑[⑥]，早向兰窗绣碧荷。刺到鸳鸯魂欲断，暗停针线蹙双蛾。”又赞挑绣之工云：“绣线挑来似写生，幅中花鸟自天成。当年织锦非长技，幸把回文感圣明[⑦]。”女得诗喜，对父称赏。父贫之。女逢人辄称道，又遣媪矫父命[⑧]，赠金以助灯火。生叹曰：“连城我知己也！”倾怀结想，如饥思啖。

无何，女许字鹾贾之子王化成[⑨]。生始绝望，然梦魂中犹佩戴之。未几，女病瘵[⑩]，沉痼不起。有西域头陀自谓能疗[⑪]，但须男子膺肉一钱[⑫]，捣合药屑。史使人诣王家告婿。婿笑曰：“痴老翁，欲我剜心头肉也！”使返。史乃言于人曰：“有能割

---

① 晋宁：县名，唐置晋宁县，元明清置州。治所在今云南省晋宁县。

② 邑宰：县令。契重：友情深厚。

③ 士林：在读书人当中。

④ 替：衰败。

⑤ 孝廉：举人的别称。

⑥ 婆娑：纷披飘拂貌，

⑦ “当年”二句：《晋书·窦滔妻传》：晋秦州刺史窦滔，被徙流沙。其妻苏蕙，字若兰，在家织锦为回文旋图诗以寄。诗长八百四十字，可“宛转循环以读”，词甚凄惋。唐武则天为作《璇玑图诗序》，赞其“五彩相宣，莹心晖目”。

⑧ 矫父命：假托父亲之名。

⑨ 许字：许婚。鹾（cuó）贾：盐商。

⑩ 瘵（zhài）：肺病。

⑪ 头陀：梵语，指僧人。

⑫ 膺肉：胸肉。

連城
吟將新句獻妝臺博得傾
城笑靨開膺肉區、何足
惜多情還肯殉身來

肉者妻之。”生闻而往，自出白刃，刲膺授僧[①]，血濡袍裤，僧敷药始止。合药三丸，三日服尽，疾若失。史将践其言，先告王。王怒，欲讼官。史乃设筵招生，以千金列几上，曰：“重负大德，请以相报。”因具白背盟之由。生怫然曰：“仆所以不爱膺肉者，聊以报知己耳，岂货肉哉！”拂袖而归。女闻之，意良不忍，托媪慰谕之，且云：“以彼才华，当不久落[②]。天下何患无佳人？我梦不祥，三年必死，不必与人争此泉下物也[③]。”生告媪曰：“士为知己者死，不以色也。诚恐连城未必真知我，但得真知我，不谐何害？”媪代女郎矢诚自剖[④]，生曰：“果尔，相逢时，当为我一笑，死无憾！”媪既去，逾数日，生偶出，遇女自叔氏归。睨之，女秋波转顾，启齿嫣然。生大喜曰：“连城真知我者！”会王氏来议吉期，女前症又作，数月寻卒。生往临吊[⑤]，一痛而绝。史舁送其家。

生自知已死，亦无所戚。出村去，犹冀一见连城。遥望南北一道，行人连续如蚁，因亦混身杂迹其中。俄顷，入一廨署，值顾生，惊问：“君何得来？”即把手将送令归。生太息，言：“心事殊未了。”顾曰：“仆在此典牍[⑥]，颇得委任。倘可效力，不惜也。”生问连城。顾即导生，旋转多所，见连城与一白衣女郎，泪睫惨黛[⑦]，藉坐廊隅[⑧]。见生至，骤起似喜，略问所来。生曰：“卿死，仆何敢生！”连城泣曰：“如此负义之人，尚不吐弃之，身殉何为？然已不能许君今生，愿矢来世耳。”生告顾曰：“有事君自去，仆乐死不愿生矣。但烦稽连城托生何里[⑨]，行与俱去耳[⑩]。”顾诺而去。白衣女郎问生何人，连城为缅述之[⑪]。女郎闻之，若不胜悲。连城告生曰：“此妾同

---

① 刲（kuī）：割。

② 落：沦落，不走运。

③ 泉下物：鬼物，死人。

④ 矢诚自剖：发誓表白自己的真诚。

⑤ 临吊：临，为死者哭；吊，慰问死者亲属。

⑥ 典牍：掌管文书案卷。

⑦ 泪睫惨黛：愁眉泪眼，很悲伤的样子。

⑧ 藉坐：将草铺在地上，席地而坐。

⑨ 稽：查找。

⑩ 行：将。

⑪ 缅述：追述。

姓，小字宾娘，长沙史太守女[①]。一路同来，遂相怜爱。”生视之，意态怜人，方欲研问，而顾已返，向生贺曰：“我为君平章已确[②]，即教小娘子从君返魂，好否？”两人各喜，方将拜别，宾娘大哭曰：“姊去，我安归？乞垂怜救，妾为姊捧帨耳[③]。”连城凄然，无所为计，转谋生。生又哀顾，顾难之，峻辞以为不可[④]。生固强之，乃曰：“试妄为之[⑤]。”去食顷而返，摇手曰：“何如！诚万分不能为力矣！”宾娘闻之，宛转娇啼，唯依连城肘下，恐其即去。惨怛无术，相对默默，而睹其愁颜戚容，使人肺腑酸柔。顾生愤然曰：“请携宾娘去，脱有愆尤[⑥]，小生拚身受之！”宾娘乃喜，从生出。生忧其道远无侣，宾娘曰：“妾从君去，不愿归也。”生曰：“卿太痴矣，不归，何以得活也？他日至湖南，勿复走避，为幸多矣。”适有两媪摄牒赴长沙，生嘱之[⑦]，宾娘泣别而去。

途中，连城行蹇缓[⑧]，里余辄一息，凡十余息，始见里门。连城曰：“重生后，惧有反覆，请索妾骸骨来，妾以君家生，当无悔也。”生然之。偕归生家，女惕惕若不能步[⑨]，生伫待之。女曰：“妾至此，四肢摇摇，似无所主。志恐不遂[⑩]，尚宜审谋[⑪]。不然，生后何能自由？”相将入侧厢中，嘿定少时[⑫]，连城笑曰：“君憎妾耶？”生惊问其故，赧然曰[⑬]：“恐事不谐，重负君矣。请先以鬼报也。”生喜，极尽欢恋。因徘徊不敢遽出，寄厢中者三日。连城曰：“谚有之：‘丑妇终须见姑嫜[⑭]。’戚戚于

---

① 太守：知府、知州的旧称。

② 平章：商量处理。

③ 捧帨（shuì）：犹言当侍女。帨，古代妇女用以擦拭不洁的佩巾。

④ 峻词：严肃肯定的言辞。

⑤ 妄：本不能做而强做。

⑥ 脱有愆尤：假若有什么罪责、过失。

⑦ 嘱之：嘱托她们照顾宾娘。

⑧ 蹇缓：行路困难，走得很慢。

⑨ 惕惕：担忧恐惧的样子。

⑩ 志：心志，这里指两人的爱情追求。

⑪ 审谋：仔细筹划。

⑫ 嘿：同默。

⑬ 赧（nǎn）然：脸红，不好意思的样子。

⑭ 姑嫜：公婆。

此[1]，终非久计。”乃促生入。才至灵寝[2]，豁然顿苏。家人惊异，进以汤水。生乃使人要史来[3]，请得连城之尸，自言能活之。史喜，从其言。方舁入室，视之已醒。告父曰：“儿已委身乔郎矣，更无归理。如有变动，但仍一死！”

史归，遣婢往役给奉[4]。王闻，具词申理。官受赂，判归王。生愤懑欲死，亦无奈之。连城至王家，忿不饮食，唯乞速死。室无人，则带悬梁上。越日，益惫，殆将奄逝。王惧，送归史。史复舁归生。王知之，亦无如何，遂安焉。连城起，每念宾娘，欲遣信探之，以道远而艰于往。一日，家人进曰：“门有车马。”夫妇出视，则宾娘已至庭中矣。相见悲喜。太守亲诣送女，生延入。太守曰：“小女子赖君复生，誓不他适，今从其志。”生叩谢如礼。孝廉亦至，叙宗好焉[5]。生名年，字大年。

异史氏曰：“一笑之知，许之以身，世人或议其痴。彼田横五百人[6]，岂尽愚哉！此知希之贵[7]，贤豪所以感结而不能自已也。顾茫茫海内，遂使锦绣才人，仅倾心于蛾眉之一笑也，亦可慨矣！”

---

① 戚戚：同前“惕惕”，忧惧貌。

② 灵寝：停尸床。

③ 要：同邀。

④ 役给奉：做家务活，待奉生活。

⑤ 叙宗好：两家都姓史，故见面后即叙同宗之族谊。

⑥ 彼田横五百人：田横，秦末齐人。曾拒项羽，复齐地，自立为齐王。刘邦称帝后，田横率五百士逃往海岛。刘邦招抚他，愿封他作王侯，因耻于向刘邦称臣而自杀。岛上五百人效忠于他，闻讯后也全部自杀。作者引此以比喻、赞扬乔生“士为知己者死”的精神。

⑦ 知希之贵：《老子》有言：“知我者希，则我者贵。”作者化用其意，谓因知己难求而可贵。

复仇女神的颂歌

——说《商三官》

这篇小说写的是一个少女复仇的故事。全篇都是写实，没有涉幻，这在《聊斋志异》中是比较少见的。这个少女只有十六岁，但是她的思想、眼光、勇气、智慧，不仅超出于一般的须眉男子之上，而且还超出于富有生活阅历的成年人之上。作者对她的歌颂，充满热情，充满敬意，他是想要读者像他一样，将这个复仇少女当做一个神来颂扬和供奉。

小说首先写她复仇的正义性。她的复仇是出于对压迫者邑豪的反抗。她的父亲叫商士禹，是一个读书人。这也就暗示我们，这个女孩子出身在一个有文化的家庭，从小就受到比较好的教育。事情的起因是：父亲“以醉谑忤邑豪，豪嗾家奴乱捶之。舁归而毙。”只是因酒醉说几句玩笑话冒犯了这位邑豪，就被痛打而置于死地。这是一种在阶级压迫社会中常见的仗势欺人的现象，对于这种迫害，许多人都因为处于弱势而隐忍了下去，而商三官却虽处于弱势而不能隐忍。由于写出了这种压迫和被压迫、强势和弱势的关系，商三官的复仇就具有了正义的性质。

接着就写商三官在家中的地位和与这种地位不相符的思想、眼光和识见。这是通过对比的手法写出的。“禹二子，长曰臣，次曰礼。一女曰三官。三官年十六。”这是说，商三官的上面有两个哥哥，她只是一个年仅十六岁的小妹妹。按通常的情理，家中出了这样的大事，能主事和能担当的应该是两个哥哥，特别是大哥商臣。先写一句三官“出阁有期，以父故不果”，单是对这件事的态度，三官就过人一筹。“婿家遣人参母，请从权毕姻事。”对方有点不通情理，竟然在这种时候来催逼完婚。“母将许之。女进曰：‘焉有父尸未寒而行吉礼？彼独无父母乎？’”说得有情、有理、有正气，对婿方的不尽情理表示了毫不留情的斥责和气愤。仅此，一个人小而志大，很有主见的女孩子的形象，就已经开始显露在我们的面前。“两兄出讼，终岁不得结。”这一交代也很重要，说明两个哥哥是担当了，但是没有能够担当得起来。小说这样写，就是要在设置一种对比映衬面的同时，留出本来不该由三官担当的任务，让她去担当。

“无何，两兄讼不得直，负屈归。举家悲愤。”这时候，兄妹之间就出现了意见分歧。两个哥哥的意见是留下父亲的尸体，以作为再次诉讼的凭据和条件。这看起来当然也有道理，三官却发出了一篇惊人之论：“人被杀而不理，时事可知矣。天将为汝兄弟专生一阎罗包老耶？骸骨暴露，于心何忍矣！”“时事可知”四字，表现了她过人的眼光和识见。她已经将这个社会看透了，对官府能为父亲申冤不抱任何希望。这就隐含了她会依靠自己的力量，有所行动，提示了下文即将展开的重要情节。情节发展到此，在当事人中，除了仇家，所有成年人包括母亲、两个哥哥，还有未来的公婆和丈夫，已经悉数登场，并对三官父亲之被害一一表现出各自的态度。但是所有人的思想认识、胆量和勇气，都在三官之下。英雄还未行动，但是她的凛然正气和锐利锋芒，就已经透过纸面，显露出峥嵘。

果然，在父亲安葬好之后，“三官夜遁，不知所往”。这一情节，看似突然，实则在人意中。而且由于在前面的描写中隐含了种种耐人捉摸的迹象，还会激起读者的无限想象。三官失踪以后的情况，小说只用几句话来交代，写的是家中人的反应和所采取的措施：“母惭怍，唯恐婿家知，不敢告族党，但嘱二子冥冥侦察之。几半年，杳不可寻。”半年左右的时间，足可以有许多料想不到的事情发生，但是作者都不写，留给读者去揣摩和想象。

最后自然是写三官的复仇。描写的角度非常奇特，说正面不是正面，说侧面不是侧面，看起来好像是在写另一段与主线没有关系的故事。总之是闪烁其词，隐隐约约，就是不让庐山真面目一下子就显露出来。这样的写法，读者不会一下子就跟失踪的商三官联系起来，待读到最后真相大白时，就会让读者恍然大悟，收到一种独特的艺术效果。场景是在杀人邑豪的家里展开，这就不能不在一开始就让读者心生疑窦。这一切都出于作者的精心安排。就像是一场大戏的帷幕慢慢拉开，场景开始掩映在朦胧的灯光中，由暗到明，形象逐渐清晰。

出人意料又在人意中的这场大戏是这样演出的：“会豪诞辰，招优为戏。”就是那个杀人的邑豪要过生日，有一个叫孙淳的演戏老板，带着两个弟子来参加贺寿演出。小说对这两个弟子分别这样介绍：一个叫王成，“姿容平等，而音词清彻，群赞赏焉”。另一个叫李玉，“貌韶秀如好女。呼令歌，辞以不稔；强之，所度曲半杂儿女俚谣，合座为之鼓掌”。两个人的情况正好相反，一个相貌平平，却唱得很好；一个长得漂亮，却不善演唱。两个人都受到了大家的赞赏，但一个是因其艺精，另一个是因其貌美。这样的对比，颇有些耐人寻味。优人孙淳向主人解释：“此子（指李玉）从学未久，只解行觞耳。幸勿罪责。”就是说，这个李玉只适合陪酒。于是就让他陪酒。他一陪酒戏就来了。小说写他善于迎合主人的意向，很快就得到了主人的爱悦。这是写他的乖巧，也是写他的机心。主人竟因爱悦而生出非分之想，要“留与同寝”。见一个长得漂亮又言行乖巧的男童，他就要让陪他睡觉。这一段描写，在传统的小说评点中叫“一击两鸣”，就是同是这一笔，却收到了两方面的艺术效果。这一笔确系作者的巧妙安排，一方面以此揭露邑豪的恶德恶行，与前文写他随意杀人的行为相呼应，证明他罪不容诛；另一方面又为后文情节的发展预作布置，邑豪的行为正好提供了李玉贴近他的机会。这时候，读者也许已经猜测到，这个不会唱戏而长得漂亮的戏子，可能就是失踪已久的商三官吧？

“玉代豪拂榻解履，殷勤周至。醉语狎之，但有展笑。豪惑益甚，尽遣诸仆去，独留玉。”单独留下李玉是要图谋不轨，这是邑豪很自然的表现，但也是这位神秘的李玉有意促成，并且是他千方百计所努力追求的。邑豪被杀的过程，写得也极有讲究：一头一尾是直接描写，中间主要的部分是间接描写，是通过厅外仆人的所闻和所见来描写的。间接描写比直接描写更能引发人的想象，因而也更富于表现力。开头写“玉伺诸仆去，阖扉下楗焉”，他把门关得死死的，这是一个关键性的举动。据此读者会猜想到这个戏子可能是意有所为。李玉刺杀邑豪的过程，由仆人的所闻、所见来展示。先写所闻：“移时，闻厅事中格格有声。”继而写所见：“一仆往觇之，见室内冥黑，寂不闻声。行将旋踵，忽有响声甚厉，如悬重物而断其索。亟问之，并无应者。”已经身临其境了，但在黑暗中，见而实未有所见，还是只听到声音。“呼众排阖入”，之后再续写所见：“则主人身首两断；玉自经死，绳绝，堕地上。梁间颈际，残绠俨然。”众仆在“大骇”之际“传告内闼”，“移玉尸于庭”，这才由他所穿的鞋，发现原来是一个女子。众“益骇。呼孙淳诘之。淳骇极，不知所对”。“大骇”“益骇”“骇极”，连用了三个“骇”字来写众人的反应，渲染出邑豪被杀所产生的震撼力量，也就从对立面的反应，证明了这李玉完成的是一桩惊天动地的事业。

最后才揭示出李玉原来就是失踪已久、冥无信息的商三官。这个过程也写得非常曲折，含义深永。先是从孙淳之口交代李玉之所由来：“玉月前投作弟子，愿从寿主人，实不知从来。”孙淳说的应该是实话，但是这番话足以引发读者的想象，去填补作者有意留下的那段半年之久的时间空白。我们可以想象，三官在漫长的时间中，是作了怎样细致周密的谋划，并且耐心地等待并寻找时机；她孤身一个女孩子，生活该是怎样的艰难困苦；女扮男妆，要做到深藏不露又是何等的不易等等。凡此，我们又可以从中想象出并感受到她的勇敢、智慧、沉稳和坚韧。豪家“以其服凶，疑是商家刺客”，“服凶”就是穿着孝服，这两个字很重要，不仅再一次暗示她就是失踪的商三官，而且昭示我们，她是为复父仇而来。

在最后确认三官的身份之前，作者还特意加写了一段三官死后的神奇表现。她虽死如生，像神灵一样可以惩治和警示恶人，令人敬畏。豪家派两个人去逻守李玉的尸体。见“女貌如生，抚之，肢体温耎，二人窃谋淫之。一人抱尸转侧，方将缓其结束，忽脑如物击，口血暴注，顷刻已死。其一大惊，告众，众敬若神明焉”。在作者的心中和笔下，刚死的三官，就已经俨然是一个凛然不可侵犯的神了。最后经过两个哥哥的验视，证明确实是失踪很久的妹妹商三官。这时，也只有在这时，读者回顾前文，文辞闪烁之处，种种蛛丝马迹，串连在一起，顿觉豁然开朗，一个为父报仇的女英雄的形象，巍然矗立在我们的面前。

篇末的“异史氏曰”，作者写得十分动情，充满了由衷的敬意：“家有女豫让而不知，则兄之为丈夫者可知矣。然三官之为人，即萧萧易水，亦将羞而不流，况碌碌与世浮沉者耶！愿天下闺中人，买丝绣之，其功德不减于奉壮缪也。”短短几十个字，表现了丰富的内容：一是批评了三官的两个哥哥，对这个英雄妹妹缺乏认识，以此证明三官的品格在须眉男子之上；二是将其比作战国时著名的刺客和义士豫让；三是认为历史上刺秦王的荆轲，在三官的面前也会感到自愧不如；四是建议天下会做女红的闺中人，买丝线来绣出三官之像，其功德不低于供奉在民间享有极高声望的关公。这段话，与正文故事相配合，将商三官的形象，置于一个令人敬仰的至高无上的神的境界。

商三官

蒲松龄

故诸葛城[①]，有商士禹者，士人也。以醉谑忤邑豪[②]，豪嗾家奴乱捶之[③]。舁归而毙。禹二子，长曰臣，次曰礼。一女曰三官。三官年十六，出阁有期[④]，以父故不果。两兄出讼，终岁不得结。婿家遣人参母[⑤]，请从权毕姻事[⑥]。母将许之，女进曰："焉有父尸未寒而行吉礼[⑦]？彼独无父母乎？"婿家闻之，惭而止。无何，两兄讼不得直，负屈归。举家悲愤。兄弟谋留父尸，张再讼之本。三官曰："人被杀而不理，时事可知矣。天将为汝兄弟专生一阎罗包老耶[⑧]？骸骨暴露，于心何忍矣！"二兄服其言，乃葬父。葬已，三官夜遁，不知所往。母惭怍，唯恐婿家闻，不敢告族党。但嘱二子冥冥侦察之[⑨]。几半年，杳不可寻。

会豪诞辰[⑩]，招优为戏。优人孙淳携二弟子往执役。其一王成，姿容平等[⑪]，而音词清彻，群赞赏焉；其一李玉，貌韶秀如好女[⑫]。呼令歌，辞以不稔[⑬]；强之，所度曲半杂儿女俚谣，合座为之鼓掌。孙大惭，白主人："此子从学未久，只解行觞耳。幸勿罪责。"即命行酒。玉往来给奉，善觑主人意向。豪悦之，酒阑人

---

① 故诸葛城：疑指山东诸城县旧治。诸城原为春秋时鲁国诸邑，夏商时诸侯葛伯始居于此，其后裔支分，衍为复姓诸葛。

② 醉谑：因醉酒而说胡话，乱开玩笑。

③ 嗾（sǒu）：唆使，指使。

④ 出阁：出嫁。

⑤ 参母：拜见商三官之母。

⑥ 从权：俗称"应变"，就是根据特殊情况，打破常规，变通行事。旧时父丧未满三年，子女不能成婚。婿家这时提出毕婚，所以叫"从权"。

⑦ 行吉礼：办喜事。

⑧ 阎罗包老：阎罗，指阴间冥王，能为人主持正义。包老，指宋代的包拯，是历史上著名的铁面无私的清官。故民间有谚语云："关节不到，有阎罗包老。"

⑨ 冥冥：私下里，秘密地。

⑩ 会：适逢。

⑪ 平等：平常，不出众。

⑫ 韶秀：秀美。

⑬ 不稔：不熟悉。

商三官
小娥心事龐娥膽更見
三官智有餘易服報讐
沉恨雪兩兒應愧女專諸

散，留与同寝。玉代豪拂榻解履，殷勤周至，醉语狎之[①]，但有展笑。豪惑益甚，尽遣诸仆去，独留玉。

玉伺诸仆去，阖扉下楗焉[②]。诸仆就别室饮，移时，闻厅事中格格有声[③]。一仆往觇之，见室内冥黑，寂不闻声。行将旋踵[④]，忽有响声甚厉，如悬重物而断其索。亟问之，并无应者。呼众排阖入[⑤]，则主人身首两断；玉自经死，绳绝，堕地上。梁间颈际，残绠俨然[⑥]。众大骇，传告内闼[⑦]，群集莫解。

众移玉尸于庭，觉其袜履虚若无足。解之，则素舄如钩[⑧]，盖女子也。益骇，呼孙淳诘之。淳骇极，不知所对。但云："玉月前投作弟子，愿从寿主人[⑨]，实不知从来。"以其服凶，疑是商家刺客，暂以二人逻守之。女貌如生，抚之，肢体温耎[⑩]，二人窃谋淫之。一人抱尸转侧，方将缓其结束[⑪]，忽脑如物击，口血暴注，顷刻已死。其一大惊，告众，众敬若神明焉。且以告郡。郡官问臣及礼，并言："不知。但妹亡去，已半载矣。"俾往验视，果三官。官奇之，判二兄领葬，敕豪家勿仇[⑫]。

异史氏曰："家有女豫让而不知[⑬]，则兄之为丈夫者可知矣。然三官之为人，即

① 狎：猥亵侮慢的动作。

② 楗：门闩。

③ 厅事：厅堂。原指官员办公听事之所，后私家厅堂也称厅事。

④ 旋踵：走回去。

⑤ 排阖入：这里是破门而入的意思。

⑥ 绠（gěng）：绳索。

⑦ 内闼：内室，主人居住的地方。

⑧ 素舄如钩：白色的孝鞋，因为是女人的小脚所穿，看起来如钩状。

⑨ 寿主人：为主人祝寿。

⑩ 耎：同软。

⑪ 缓其结束：解开她的衣服。

⑫ 敕（chì）：告诫。

⑬ 女豫让：豫让，古代著名的刺客，这里用来喻称商三官。《史记·刺客列传》载，豫让为战国时晋人，事智伯。赵襄子灭智伯后，豫让"漆身为厉，吞炭为哑"，自毁形貌为智伯报仇，最后因行刺未果而自杀。

萧萧易水，亦将羞而不流[①]，况碌碌与世浮沉者耶[②]！愿天下闺中人，买丝绣之，其功德当不减于奉壮缪也[③]。”

① “然三官”三句：萧萧易水，指荆轲刺秦王的故事。荆轲为燕太子丹刺秦王。临行时，太子丹送行易水上，荆轲即兴作歌曰：“风萧萧兮易水寒，壮士一去兮不复还！”后击秦王不中，被杀。事见《战国策·燕策》及《史记·刺客列传》。这三句是说，即使像荆轲这样的英雄，与商三官比起来，也会感到自愧不如。

② 碌碌与世浮沉者：指碌碌无为、无所作为的平庸之辈。

③ 壮缪（móu）：指关羽，三国时蜀汉名将。死后被追封为壮缪侯。封建时代称关羽为“关圣”，各地都立祠祀奉，称为“关帝庙”。

义烈发于血诚
——说《于江》

此篇在十二卷本中置于卷三《商三官》之后。《商三官》歌颂了一个为父复仇的少女，此篇歌颂了一个为父复仇的少年。两人均年仅十六，都还只是一个孩子，但是都干出了一番超过一般成人的惊天动地的大事。两篇放在一起，可称姊妹篇。不同的是，商三官是同作恶的邑豪作斗争，有较丰富的社会内容；而于江是同吃了父亲的恶狼作斗争，涉及的只是自然界，内容比较单纯。对象不同，面临的情势有别，但所历都极为艰险，主人公在斗争中都表现出非凡的智和勇。

小说篇幅很短，仅三百余字，写得极为精练。但是人物形象却非常鲜明生动，读后其形可见，其心可鉴，其情可感。

父亲之仇，开头用三句话就交代得清清楚楚："乡民于江，父宿田间，为狼所食。"然后写他复仇的决心，也只用三句话，没有明说，意思即已隐含其中："江时年十六，得父遗履，悲恨欲死。"悲恨之情，发于父子之间的血缘天性，复仇的行为由此而生，这就极自然地引入为父报仇的杀狼故事。"夜俟母寝，潜持铁锤去，眠父所，冀报父仇。"等到母亲睡觉以后才采取行动，是很有必要的一笔。他事父孝，事母亦孝，这样危险的行为，不能让母亲为自己担心。写他是带着铁锤去的，这一交代也不可少，后面写他与狼作斗争，这铁锤就是主要的武器。

值得注意的是，前后跟三只狼作斗争，用的都是这只铁锤，但写来情景却各不相同。跟第一只狼作斗争，写得比较具体，分作三个层次。第一层，写"一狼来，逡巡嗅之。江不动"。写狼刚来时，有些徘徊迟疑，先用鼻子闻一闻。这是写狼的小心和狡猾，逼真如见。对江只是写他"不动"。只这两个字，在特定的情景之下，就写出了这个少年英雄的沉稳、镇定、勇敢。在凶险狡猾的狼面前，要是沉不住气，哪怕只是稍微有一点动静，也会招来极大的祸害。第二层，"无何，摇尾扫其额，又渐俯首舐其股，江迄不动”。这是写狼近身试探了，写得很形象，有具体的动作。它已经接触到于江的身体了，但还没有马上要吃他的意思。而对于江，仍然写得非常简括：“迄不动。”一直不动只是一种状态，但却是一种非常的状态。试想当时的情景，要做到一直不动，实在不是一件易事。因此，虽然并没有写出具体的动作和形象，但我们从他的对立面狼的动作中，却可以感受到并进而想象出于江特异的内在精神。这内在的精神，如但明伦所评：“诱敌而不为敌所动，老成持重，是谓将才。”仔细想想，这一赞扬实在并不为过。第三层，写狼在经过一番试探之后，终于发起进攻，就要立即下口了：“既而欢跃直前，将龁其领。江急以锤击狼脑，立毙。起置草中。”时机掌握得非常好，反击正当其时。这三层描写的特点，都是从狼的一面着笔，写得比较具体；而着墨很少，写得非常简括的于江，却从对立面的映射中，得到了同样充分的表现。这表现是通过读者的想象来完成的。这是很高明的艺术手法，蒲松龄运用得驾轻就熟。杀第二只狼的情形与杀第一只时相同，故只是一笔带过：“少间，又一狼来，如前状，又毙之。”

杀第三只狼的情形就大不一样了。在狼出来之前，就有好几层铺垫。首先于江根本就不知道咬杀他父亲的到底一共是几只狼，所以了解到还有第三只狼，这只狼又有什么样的特点，就经历了一个过程。写这个过程很有必要，在艺术表现上叫做蓄势，就是为下文的描写做准备、做铺垫。等到半夜还没有狼再来，就写他小睡一会儿。在梦中父亲告诉他，杀掉了两只狼，已足以泄他的心头之恨了，但首恶却是第三只狼，这第三只狼的特点是鼻子是白色的。这是第一层。第二层，是写他再等狼来，却是久等而未见：“江醒，坚卧以伺之。既明，无所复得。”既然还有首恶的一只白鼻狼，为什么还不来呢？这就构成了一个小小的悬念。第三层，是写他以为狼不会来了，就决定先回家。先是想把已经打死的两只狼拖回家去，又担心会惊动母亲，就将它们抛弃到一口枯井中才回家去。第四层，是写他坚持不舍，到夜间又回到田间去等候。但还是没有等到狼的出现，这样一直等了三四夜。有了这样的四层铺垫，这才让那第三只狼上场，可以想见战斗很不简单。

这最后一场战斗是一场恶斗，写得惊心动魄。这狼果然凶狠，与前两只不同，来后不再犹豫，直接就张口咬人：“忽一狼来，啮其足，曳之以行。”与前两次一直不动就可以对付过去不同，被狼咬住拖行，一开始就吃了很大的苦头：“行数步，棘刺肉，石伤肤。”但正因为如此，于江就表现出比“不动”更大的勇气和更坚韧的忍耐力：“江若死者。”装死可以缓冲，可以争取时间寻找机会，但也将冒更大的危险。这是他机智的表现，也是他勇敢的表现："狼乃置之地上，意将龁腹。"瞬息之间就有可能被吃掉。在这千钧一发之际，于江抓住了时机："骤起锤之，仆；又连锤之，毙。"斗杀这只恶狼，整个过程只用了十个字来表现，非常精练，也非常生动。"骤起"，表现了于江动作的急速和敏捷；"仆"和"毙"表现了恶狼被斗杀的两个不同阶段，显示了一个具有流动性的发展过程。在斗杀了恶狼之后，写于江是这样的处置和表现："细视之，真白鼻也。大喜，负之以归，始告母。母泣从去，探眢井，得二狼焉。""细"字下得准确，这时，只有在这时，才能有这样的从容。于江之喜和母亲之泣，都是经历艰苦战斗终获全胜后最真实和最生动的表现，丰富的感情内涵只概括于"喜"和"泣"两个字之中。小说篇幅之短，主要并不是由于故事内容的简单，而是由于用笔的精练。

作者在"异史氏曰"中深情地赞扬说："农家者流，乃有此英物耶？义烈发于血诚，非直勇也，智亦异焉。"称他为农家英物，也就是一个农村中的少年英雄。他的义烈之行，是出于父子之间的血缘本性；他的非凡的品格，不仅在于勇敢，而且在于智慧。这些方面，与前一篇中的商三官都是相通的。两位小英雄，一为少女，一为少年，直可比肩。

于江

蒲松龄

乡民于江，父宿田间，为狼所食。江时年十六，得父遗履，悲恨欲死。夜俟母寝，潜持铁锤去，眠父所①，冀报父仇。少间，一狼来，逡巡嗅之。江不动。无何，摇尾扫其额，又渐俯首舐其股②，江迄不动。既而欢跃直前，将龁其领③。江急以锤击狼脑，立毙。起置草中。少间，又一狼来，如前状，又毙之。以至中夜，杳无至者。忽小睡，梦父曰："杀二物，足泄我恨。然首杀我者，其鼻白，此都非是。"

江醒，坚卧以伺之。既明，无所复得。欲曳狼归，恐惊母，遂投诸眢井而归④。

---

① 父所：父亲被狼吃掉的地方。

② 舐（shì）：舔。

③ 龁（hé）：咬。

④ 眢（yuān）井：枯井。

于江
父仇何敢片時忘竟
殺山中白臭狼自有
孝心通夢語旁人休
認恭兒郎

至夜复往，亦无至者。如此三四夜。忽一狼来，啮其足[①]，曳之以行。行数步，棘刺肉，石伤肤，江若死者。狼乃置之地上，意将龁腹。江骤起锤之，仆；又连锤之，毙。细视之，真白鼻也。大喜，负之以归，始告母。母泣从去，探眢井，得二狼焉。

异史氏曰："农家者流，乃有此英物耶[②]？义烈发于血诚，非直勇也[③]，智亦异焉。"

---

① 啮（niè）：咬，啃。

② 英物：杰出人物。

③ 直：仅仅是。

堪与千古烈丈夫匹俦的女英杰
——说《庚娘》

我们在欣赏《聊斋志异》不同篇章的时候，曾经不止一次地指出过《聊斋志异》在艺术表现上极其精练这一特色。写短篇而在艺术上具有大容量，在古今中外的短篇小说中都是极为罕见的。《庚娘》又是一篇在艺术上高度浓缩的短篇小说。小说的篇幅不长，只有短短的两千多字（在《聊斋志异》中只算稍长而不算很长）。但是人物众多（有独立的形象意义，或在情节发展中起到作用的人物，就有十个以上），人物关系复杂，由此而构成的情节也极为丰富，且奇峭曲折，引人入胜。人物、情节、结构，都粗具长篇的格局，长于铺陈的现代写法完全可以敷演成一部长篇小说。小说的艺术描写，常常留给我们许多隐而未显的空间，让我们去驰骋想象，合理地补充作者没有写出却蕴含在已经写出的文字中的丰富内容。

这是一篇现实性很强，富于生活气息，却又带有某种理想色彩的小说。篇中亦有涉幻之处，但整体上故事还是以现实的形态演进。蒲松龄很会讲故事，但他不只是把故事讲得动听、吸引人，而是能通过故事塑造出一个个鲜活感人的人物形象，这显示出一个杰出小说家的艺术功力。小说一开始就毫不费力地营造出一个乱世景象。乱世出盗贼，乱世也出英杰。而这位英杰并不是一个男人，而是一个普通的家庭妇女，她就是这篇小说的女主人公庚娘。作者在篇末的“异史氏曰”中感叹说：“千古烈丈夫中，岂多匹俦哉！”但在蒲松龄的笔下，这位女中英杰，却可以位列于“千古烈丈夫”之中而毫无愧色。

蒲松龄不能脱离他的时代。由于历史的局限，他的妇女观中也有落后的成分，比如反对寡妇改嫁，正妻因为不能生育，为了传宗接代而帮助丈夫去讨一个小妾，以及赞美一夫共双美之类。但从总体看，他的妇女观是非常进步的，这突出地表现在他与传统的男尊女卑观念相背离，将妇女的智慧能力、思想品格、精神境界写得高出于男人之上。在《聊斋志异》中，众多光彩照人的花妖狐魅女性形象且不必说，单是现实人物，就塑造了不只一位两位，她们在眼光、胸怀、智慧、勇气等诸多方面都压倒了须眉男子。先前我们分析过《商三官》，现在我们又欣喜地读到《庚娘》。

小说一开始介绍男女主人公："金大用，中州旧家子也。聘尤太守女，字庚娘，丽而贤。"这里有两个要点与后文的情节发展有关。一是两人都出身于官僚家庭，不用说家境富赡；二是女主人公是"丽而贤"。这两点都是后来招致坏人侵害的重要原因。特别是对庚娘的介绍，更为后文的情节伏笔。因为"丽"，才引起坏人对她心怀叵测；因为"贤"，她才能那样从容机智地对付凶残地杀害她家人的坏人。

接着小说以极简练的文字揭示出这个故事产生的社会背景："以流寇之乱，家人离逷。金携家南窜。"这里也有值得注意的三个要点：一是故事发生在明末社会动乱之际；二是一个"逷"字表明，全家人逃难逃到了远离家乡的地方；三是"金携家"云云，说明金大用乃是一家之主，是他带领着包括父母、妻子在内的全家人出走的。这些简要的交代都有作者的用意，都和情节有关，也和人物描写有关。

在必要的也是很重要的简单交代之后，小说就立即展开故事，一点没有拖泥带水的笔墨。

上文"南窜"二字已提示我们金家逃难的行迹，是由北方的河南而远至南方。途中他们遇到了一个少年，也是带着妻子逃难的（到后面就会看出，带着妻子这一点也很重要，构思和描写一滴不漏），这人"自言广陵王十八，愿为前驱"。广陵就是今天的江苏扬州市。从王十八主动提出要为他们带路的话判断，他们相遇时应该正是在广陵境内，因而听后"金喜，行止与俱"。因为王是本地人，愿意热情地帮助他们，金大用感到高兴而不存戒心，也算合乎情理。不过，金的态度决定全家人的行止、命运，安危系之，至关重要，应该是处处都小心谨慎才是。邂逅一个陌生人，还不了解他的底细，就让全家人与他"行止与俱"，未免失之大意。但是与此相反，妻子庚娘却有不同的表现。两人在家中的地位不同，担负的责任不同，而处事的态度和办法却有高低智愚之别。这样对比起来写，对人物的刻画，就更富于表现力。"至河上，女隐告金曰：'勿与少年同舟。彼屡顾我，目动而色变，中叵测也。'"作为女眷，她能有这样高的警惕，而且有所觉察后就立即提醒丈夫，实在难能可贵。更重要的是，她的警惕并不是出于女人的过分小心，而是出于她的细心观察。她发现那个姓王的人老是盯着她，而且是贼眉贼眼色眯眯的，因而判定此人心中不怀好意。庚娘的细心和警惕，推动了情节的发展，同时又为下文伏笔。蒲松龄写小说，总是前有伏笔，后有照应，无论情节有多么曲折和出人意料，仍然让你感受到文脉的连贯和清晰流畅。注意及此，就会有不同的艺术感受。听了庚娘的话，“金诺之”。这个回答并不能让读者放心，因为随后就发现，这只是随口答应，漫不经心，行动上并没有及时作出调整和防范。单是对途中偶遇的这个王十八的态度，就已经初步地显示出夫妇二人在眼光和识见上的差别。

接着就写那个自称王十八的人一系列的行动。情况相当复杂，有令人生疑之处，也有似乎可以让人放心之处。正因为情况复杂，才更能显示出不同人物的不同认识和判断，从而见出高低。王十八对金氏一家人的帮助，表现得异常热心：“王殷勤觅巨舟，代金运装，劬劳臻至。”在一般的情况下，过分热心总是会引起人的警惕。前面一直没有交代金家在逃难时携带有很多行李，这里的“巨舟”“运装”等，都是由写王姓的安排顺笔带出的。这里写得很自然，也很含蓄，有作者的匠心。联系到前面介绍夫妇二人的家庭出身，就给了我们这样的暗示，金家逃难时必定带有不少财物；而王姓的这一热心安排，也让人怀疑他很可能有觊觎之心。对王这样的安排，金的第一反应是“不忍却”，就是不好意思拒绝。第二反应是“又念其携有少妇，应亦无他”。小说的艺术描写，有时很概括，有时又很细致。不论概括和细致，都同样写得精练。对金的这种矛盾又作了自我宽解的反应，文字不多，从表现的效果来说，却写得相当细致。这几句描写，至少具有两方面的意义。一方面，说明金在听了妻子的提醒后还是有所警惕的，对王的过分热心也是心存疑虑；但因为王带着妻子就因此而放心，又说明他并没有真正提高警惕，将妻子的提醒放到心里去。这些简单的描写，都起到了对夫妻二人不同眼光和识见的更深入一层揭示的作用。

更值得注意的是，在这里小说又从庚娘的角度，顺带插写了一句王妻的表现：“妇与庚娘同居，意度亦颇温婉。”这一笔也具有不可忽视的意义。王妇温婉的意度（“意度”二字当是指精神情感方面的表现），是庚娘在与其同处中亲身感受到的，以庚娘敏锐的观察力和高度的警觉，这感受应该真实可信。对王妇的这一句简单的点示，又开启了下文的重要情节，使这个人物在小说中占据了相当重要的地位。这简单的十二个字，是小说在艺术表现上高度浓缩的一个典型例子。从小说描写的角度和内容来看，都留给我们许多想象的空间：二人如何相处，温婉的意度又有什么样的具体表现，庚娘内心有怎样的感受等等，足可以扩展为长篇小说中的一个章节。

金氏举家随王登上“巨舟”后，有这样一段描写：“王坐舡头上，与橹人倾语，似甚熟识戚好。”他是本地人，与驾船人相熟也属常情，但“倾语”二字，细味却有弦外之音。接着有一段文字极为精彩，在写景中又穿插进一段人物的内心活动，写出了极美之景，同时也是极险之景。“日落，水程迢递，漫漫不辨南北。金四顾幽险，颇涉疑怪。”在一片茫茫水域中，夕阳西下，确是幽境，但因幽而藏险，连本来麻痹大意的金大用，也不免有些担心。“顷之，皎月初升，见弥望皆芦苇。”这段写景，令我们想起《水浒传》中写武松走上景阳冈时那轮红日慢慢西坠的景象，是美景，同时也是险景，是老虎将要跳出来时的吓人之景。这里有初升的皎洁的月光，朦胧地笼罩着无边无际的芦苇，同样是美景，但同时也是强盗即将动手的吓人之景。

船停泊下来，王与驾船人显然是早有预谋，动手的时机到了。果然，他们联手相继杀害了金氏全家三人：“既泊，王邀金父子出户一豁。”因外面有皎洁的月光，有开阔的茫茫水域，故特邀金家人出来一豁心目；而真实的目的却是到了幽险之地，正是他们下手的好地方。王“乃乘间挤金入水”杀一人。“金有老父，见之欲号，舟人以篙筑之，亦溺”，杀二人。这次是舟人下手，照应前面“倾语”二字：分别处置，显然是早就谋划好的。“生母闻声出窥，又筑溺之”，杀三人。这时“王始喊救”，以此来掩人耳目。金全家四口，已杀三人，只剩下庚娘一人。我们相信庚娘是不会被杀的，因为她是王十八猎获的目标，前面已有明确的点示，而在杀了三人之后“喊救”也证实了这一点。这时面临一个严重的局面，一个弱女子，孤身一人如何来对付这伙穷凶极恶的坏人。这就造成一个巨大的悬念，读者于爱恨惊惧中，对庚娘的智与勇，安与危，生与死，既有期待又有担心。

处此绝境，小说这才转过笔来浓墨重彩地描写庚娘。“母出时，庚娘在后，已微窥之。”这几句描写，与前面写她的警惕和对金的提醒是相呼应的。没有前面的警觉，也就不会有这时的“微窥之”。“微窥”就是偷偷地仔细观察。这是她前面表现出的高度警觉性的延续，也是她一直存有疑惧之心的必然表现。更令人惊异的是，她在全家人被害而只剩下自己孤身一人时，身处险境，危在旦夕，却有如此从容平静的表现：“既闻一家尽溺，即亦不惊。但哭曰：‘翁姑俱没，我安适归！’”处巨变而“不惊”，表现了她超乎寻常的沉稳、镇定和大智、大勇。只说“翁姑俱没”而不提丈夫，其间自有她的谋虑；紧接下来一句“我安适归”，就透露出她的机智，是深知对方心理并投其所好的一种引诱。由此，我们可以想见并进而相信，她在这孤立无援万分危急的瞬间，不惊、不慌、不乱，就迅速地作出谋划，包括如何脱险，乃至如何复仇，就都有了一个初步的盘算。她的心智、勇气和沉稳、机警，都是大大地超出于一般的须眉男子之上的。

果然，“王入劝：‘娘子勿忧，请从我至金陵。家中田庐，颇足赡给，保无虞也。’”他的罪恶目标确实是要霸占庚娘为妻。在回金陵的路上，发生了两件事情，都很重要。一件是，王迫不及待地就要占有庚娘，刚入暮就向庚娘求欢，被庚娘以正适经期婉拒。第二件却是一件大事，王十八竟然亲手杀害了自己的妻子。整个过程不采用直接描写，而是从当事人庚娘的耳闻写出，反而显得更为真切。王遭庚娘拒绝后，“乃就妇宿。初更既尽，夫妇喧竞，不知何由。但闻妇曰：‘若所为，雷霆恐碎汝颅矣！’王乃挞妇，妇呼云：‘便死休！诚不愿为杀人贼妇！’王吼怒，捽妇出。便闻骨董一声，遂哗言妇溺矣。”前面从与庚娘的相处写王妇性情之温婉，这里又通过庚娘之亲闻写她思想品格的正直和刚毅。这是她在对待不同人物时的不同表现，两方面合起来，才是她思想性格的完整体现。写她刚毅正直的这一段，同前面一样，也给我们留下了艺术想象的空间：在丈夫作恶之前和之时，她一定已经做过无数次坚决而又激烈的反对，这才会有最后不惜以生命作代价来抗争的壮烈之举。她身为贼人之妻，是非分明，爱憎强烈，能义正辞严地斥责贼人之不仁不义，并不惜以死来与之决裂，其眼光、识见、勇气，以及她做人的精神品格，都不失为女中丈夫，可以与庚娘比肩而无愧色，宜乎后文以姊妹视之。

庚娘是一个有志气的女子，她活着不只为保护自己，而主要是为了替丈夫和翁姑复仇。但又必须先保护好自己，才能有机会报仇雪恨。在恶人身边，保护自己难，复仇更难。整个过程，充分地展现了她的沉稳、机智和勇敢。先是一回到金陵王家，王即引庚娘见其母，并谎称旧妇堕水死，庚娘为续娶之新妇。“归房，又欲犯之。”一个孤苦无援的弱女子，面对杀人不眨眼的暴徒将对自己进行性侵犯，如何保护自己，并最后克敌制胜，实现复仇的愿望，这真是难以想象的事。且看庚娘是如何表现的：“庚娘笑曰：‘三十许男子，尚未经人道耶！市儿初合卺，亦须一杯薄浆酒。汝家沃饶，当即不难。清醒相对，是何体段？’”庚娘是冷静而又笑着说出这番话的，中心意思是喜庆事必须喝酒，不仅合情合理，而且是顺从对方的意愿，投合对方的心理，可以断定王十八是乐于接受的。果然，“王喜，具酒对酌”。但明伦在这里有一段评论，将庚娘此举赞誉为古代英雄中的“谈笑却雄兵者”。就她所表现出的胆识、勇气、智慧来看，这六字庚娘完全当得起。

下文接写她杀人报仇，惊心动魄，读来却不仅感到痛快淋漓，而且敬重之情油然而生。整个过程分为三个阶段来写。第一阶段是劝王饮酒，这是制胜的准备，也是最重要的一步："庚娘执爵，劝酬殷恳。王渐醉，辞不饮。庚娘引巨碗，强媚劝之，王不忍拒，又饮之。"小说用词极有讲究，"殷恳""强媚"，都是既切合庚娘的身份和所处的特定情境，又富于感情色彩并能表现人物的心理特征的。第二阶段是写她刺杀仇人："于是酣醉，裸脱促寝。庚娘撤器灭烛，托言溲溺。出房，以刀入，暗中以手索王项，王犹捉臂作昵声。"前面写在庚娘"强媚劝之"时的"不忍拒"，和这里临死而不知"犹捉臂作昵声"，都是写烂醉如泥而色迷心窍者的传神之笔。看庚娘按计划行事，一丝不乱，就知道她早有周密的谋划，做了充分的准备。但因为在黑暗中行动，加上女子手上无力，事情并非一帆风顺："庚娘力切之，不死，号而起；又挥之，始殪。"行刺中出现波折，写得极为简练，但符合特定情景，非常真实。第三阶段是写惊动了王的家人，庚娘根据情况作了不同的应急处置："媪仿佛有闻（"仿佛"二字用得准确），趋问之，女亦杀之。"而王的弟弟就不好对付了："王弟十九觉焉。庚娘知不免，急自刎。刀钝缺不可入，启户而奔。""钝缺"二字呼应上文"力切之，不死"五字，极真实。刀的钝缺，可能是临时找来一把刀，无可选择，原本如此；也可能是杀十八时用力切、挥所造成。不管是哪种情况，都符合当时的实情实景。"十九逐之，已投池中矣。"既然要复仇，早已抱定了必死的决心。小说是这样描写她死后情景的："呼告居人，救之已死，色丽如生。""色丽如生"四字，赞美之意，尽在其中。"共验王尸，见窗上一函。开视，则女备述其冤状。"这一描写，一方面是说明她在行动之前已在各方面做好了充足的准备；另一方面又说明，她杀人是为了复仇申冤，把事情的前因后果说得明明白白，杀人杀得正气凛然，光明磊落。作者为了充分表达他对庚娘的赞颂之情，又特加一段众人的反应："群以为烈，谋敛资作殡。天明，集视者数千人，见其容皆朝拜之。终日间得金百，于是葬诸南郊。好事者，为之珠冠袍服，瘗藏丰满焉。"这最后几句，是表现众人对她的同情、赞颂和抚恤，但同时又为后文写盗墓，为她的起死回生伏笔。

金生被害，庚娘为复仇而自杀，两个主人公的生命先后结束。故事如果到此为止，人物形象已经有了较为完美的表现，结构也算完整。但赏善罚恶是作者的一贯思想，他一定要让好人得到最好的赏赐，恶人得到最严厉的惩罚，以求得作品意气完足。

下面敷演出的一大段情节，内容十分丰富，且迂回曲折，引人入胜。先是回过头去补叙金生的获救。这是一次偶然的机遇，却是蒲松龄在艺术上的刻意安排。金生落水后，"浮片板上，得不死"。漂流到淮上，被一条小舟所救。而这小舟是当地的一个姓尹的富民专为营救溺水者而设置的。金生被救后得到好心的尹翁优厚善待，留下来教他的儿子读书。在此期间，他被害父母的遗体被人打捞上来，又由尹翁出资置棺安葬。接着又出现了一段令人意想不到的情节，有人打捞上来一个妇女，“自言金生其夫”。庚娘明明死后已被葬于南郊，怎么又会从河里打捞上来呢？金生往见，才发现并不是庚娘，而是被丈夫推下江中的王十八的妻子。王妇哭着哀求金生收留她做妻子。因庚娘之亡而悲伤，金予以拒绝。尹翁相劝，金亦以居丧为辞，且言将要复仇，亦恐为“细弱”（女子）所累。王妇回答得非常聪明：“如君言，脱庚娘犹在，将以报仇居丧而去之耶？”尹翁觉得她讲得很有道理，但又不便强求金生同意，于是“请暂代收养，金乃许之”。王妇明大义、识大体，既尽到夫妻之责，又不强争夫妻之名。金葬父母时，“妇缞绖哭泣，如丧翁姑。”金将赴广陵报仇，王妇劝止说：“妾唐氏，祖居金陵，与豺子同乡。前言广陵者，诈也。且江湖水寇，半伊同党，仇不能复，只取祸耳。”此时点明王妇姓唐，非常必要，因为她是除男女主人公之外的重要人物，不能让她连姓氏也没有。她之所言不仅有理，而且充满了对金生真诚的关爱。这时突然传来庚娘复仇而死的消息，使情节陡起波澜。金生听说后，既高兴（为她复仇成功），又悲痛。既而明确要辞掉王妇，否则感到负心再娶，对不起庚娘。但王妇“以业有成说，不肯中离，愿自居于媵妾”相对。两人真正的成婚，又经历了一番曲折。因为平定李自成之乱，尹翁的好友袁公任副将军，来访问尹翁，遇见金生，因相知爱而请为军中记室。后袁因平寇有功受赏，并及于金生，授以游击之职。这时，王妇与金生“夫妇始成合卺之礼”。情节至此，又作一小结束。下文却又出人意料地宕开一笔，写庚娘的死而复生。

金生与庚娘的相见，奇幻至极，细味却又合情合理。不是先写庚娘如何复生，而是先写金生与王妇相携至金陵为庚娘扫墓的途中，在江中船上与庚娘的意外相遇。相遇的过程也写得极为曲折，显得离奇而又扑朔迷离。金生与妇漾舟中流，在船中见一艇过，其中一少妇颇类庚娘。舟穿行很快，少妇也从对面的船窗中窥金，此时的神情更像庚娘。但金“惊疑不敢追问”，突然急中生智，想到用当年两人在闺中的“隐谑”来试探，结果得到了对方的回应。“金大惊，反棹近之，真庚娘。”于是，“青衣扶过舟，相抱哀哭，伤感行旅”。

金与庚娘相见，是一件大喜事，却又面临一个棘手的新问题，即金氏与庚娘的关系如何处理。但两位都不仅是世间少见的女中英杰，而且还是有识见、有智慧、胸襟开阔，处事有方的贤淑女性。所以化难为易，事情很快得到了圆满的解决。先是“唐氏以嫡礼见庚娘”，照应前文写她有“愿自居于媵妾”的诺言。当庚娘得知事情的原由后，十分谦逊，“执手曰：‘同舟一话（照应前文“妇与庚娘同居”），心常不忘，不图吴越一家矣（庚娘心中恩与仇分得清清楚楚）。蒙代葬翁姑，所当首谢，何以此礼相向？’”“乃以齿序，唐少庚娘一岁，妹之。”两人在年齿上是姊妹，在品德、胸怀、度量上也是姊妹，是双美，也是双杰。这正是蒲松龄精心构想的理想的艺术处理。

最后才补叙庚娘死而复生的过程。奇幻，却又显得真实而合乎情理，且符合作者和读者的愿望。庚娘既葬之后，不知经历了几度春秋，忽然听到一个人呼叫：“庚娘，汝夫不死，尚当重圆。”这是什么人，会在庚娘的墓穴中来向她呼叫指点呢？作者没有说明，这显然是托之于神的声音，其实也就是蒲松龄本人的声音。而庚娘的真正复活，却是得力于一群恶少盗墓才得以实现的。这就完全可能是现实生活中的真情实事。这里值得注意的，是这群盗墓恶少也是有人性、有良心的。他们在正准备搜刮墓中的陪葬物时，“见庚娘犹活，相共骇惧”。庚娘因怕遭到伤害，就哀求他们：一是感谢他们来使得自己能重见天日；二是愿将头上的簪珥全部奉送给他们；三是还可以将她出卖为尼姑，以此让他们能再换得一点钱。她还承诺不向外界泄露他们盗墓的行为。但是这群盗墓恶少听后却有出人意料的表现。他们说：“娘子贞烈，神人共钦。小人辈不过贫乏无计，作此不仁。但无漏言幸矣，何敢鬻作尼！”后来这群恶少在得到庚娘所赠的珠饰后，还将庚娘介绍给守寡的镇江耿夫人。“耿夫人，巨家，寡媪自度。见庚娘大喜，以为己出。”后庚娘讲述了他们的不幸遭遇，并偕金“登舟拜母，母款之若婿。邀至家，留数日始归。后往来不绝焉”。

小说曲曲折折写来，最后以悲尽而喜，收束全篇。

庚娘

蒲松龄

金大用，中州旧家子也[①]。聘尤太守女，字庚娘，丽而贤，逑好甚敦[②]。以流寇

---

① 中州：今河南省为古豫州地，地处九州中央，故称中州。

② 逑好甚敦：夫妻感情很好。逑，配偶。敦，深厚。

庚娘
風波忽地
起同舟狂
殺蛾眉
竟復讎想
見蒼蒼憐節烈
三星重許賦綢繆

之乱[①]，家人离逷[②]。金携家南窜，途遇少年，亦偕妻以逃者，自言广陵王十八[③]，愿为前驱[④]。金喜，行止与俱。至河上，女隐告金曰："勿与少年同舟。彼屡顾我，目动而色变，中叵测也[⑤]。"金诺之。王殷勤觅巨舟，代金运装，劬劳臻至[⑥]。金不忍却，又念其携有少妇，应亦无他。妇与庚娘同居，意度亦颇温婉。王坐舡头上，与橹人倾语，似甚熟识戚好[⑦]。

未几，日落，水程迢递[⑧]，漫漫不辨南北。金四顾幽险，颇涉疑怪。顷之，皎月初升，见弥望皆芦苇[⑨]。既泊，王邀金父子出户一豁[⑩]，乃乘间挤金入水[⑪]。金有老父，见之欲号，舟人以篙筑之，亦溺。生母闻声出窥，又筑溺之。王始喊救。母出时，庚娘在后，已微窥之。既闻一家尽溺，即亦不惊，但哭曰："翁姑俱没，我安适归[⑫]！"王入劝："娘子勿忧，请从我至金陵。家中田庐，颇足赡给，保无虞也[⑬]。"女收涕曰："得如此，愿亦足矣。"王大悦，给奉良殷。既暮，曳女求欢，女托体姅[⑭]，王乃就妇宿。初更既尽，夫妇喧竞，不知何由。但闻妇曰："若所为[⑮]，雷霆恐碎汝颅矣！"王乃挝妇[⑯]，妇呼云："便死休！诚不愿为杀人贼妇！"王吼怒，捽妇出。便闻骨董一声，遂哗言妇溺矣[⑰]。

---

① 流寇之乱：指明末李自成农民起义引起的社会动乱。
② 离逷（tì）：远离故乡。
③ 广陵：今江苏省扬州市。明清时置扬州府。
④ 前驱：向导。
⑤ 中叵（pǒ）测：谓内心阴险，不怀好意。
⑥ 劬劳臻至：不辞劳苦，照顾周到。
⑦ 戚好：亲朋好友。
⑧ 迢递：遥远。
⑨ 弥望：一眼望去。
⑩ 一豁：让心目都得到舒展、休息。豁，开朗，舒展。
⑪ 乘间：乘机。
⑫ 安适归：跟从谁，和谁一起生活。归，归属。
⑬ 虞：忧虑。
⑭ 体姅（bàn）：妇女来月经。
⑮ 若：你。
⑯ 挝（zhuā）：打。
⑰ 哗言：很多人呼叫。

未几，抵金陵。导庚娘至家，登堂见媪，媪讶非故妇。王言：“妇堕水死，新娶此耳。”归房，又欲犯之。庚娘笑曰：“三十许男子，尚未经人道耶[①]！市儿初合卺，亦须一杯薄浆酒。汝家沃饶[②]，当即不难。清醒相对，是何体段？”王喜，具酒对酌。庚娘执爵，劝酬殷恳。王渐醉，辞不饮。庚娘引巨碗，强媚劝之[③]，王不忍拒，又饮之。于是酣醉，裸脱促寝。庚娘撤器灭烛，托言溲溺。出房，以刀入，暗中以手索王项，王犹捉臂作昵声[④]。庚娘力切之，不死，号而起；又挥之，始殪。媪仿佛有闻，趋问之，女亦杀之。王弟十九觉焉。庚娘知不免[⑤]，急自刎。刀钝铁不可入，启户而奔。十九逐之，已投池中矣。呼告居人，救之已死，色丽如生。共验王尸，见窗上一函。开视，则女备述其冤状。群以为烈，谋敛资作殡。天明，集视者数千人，见其容皆朝拜之。终日间得金百，于是葬诸南郊。好事者，为之珠冠袍服，瘗藏丰满焉[⑥]。

初，金生之溺也，浮片板上，得不死。将晓，至淮上，为小舟所救。舟盖富民尹翁，专设以拯溺者。金既苏，诣翁申谢，翁优厚之，留教其子。金以不知亲耗，将往探访，故不决。俄白：“捞得死叟及媪。”金疑是父母，奔验果然。翁代营棺木。生方哀恸，又白：“拯一溺妇，自言金生其夫。”生挥涕惊出，女子已至，殊非庚娘，乃十八妇也。向金大哭，请勿相弃。金曰：“我方寸已乱，何暇谋人？”妇益悲。尹审其故，喜为天报，劝金纳妇。金以居丧为辞[⑦]，且将复仇，惧细弱作累[⑧]。妇曰：“如君言，脱庚娘犹在，将以报仇居丧去之耶？”翁以其言善，请暂代收养，金乃许之。卜葬翁媪，妇缞绖哭泣[⑨]，如丧翁姑。既葬，金怀刃托钵，将赴广陵。妇止之曰：“妾唐氏，祖居金陵，与豺子同乡。前言广陵者，诈也。且江湖水寇，半伊同党，仇不能复，只取祸耳。”金徘徊不知所谋。忽传女子诛仇事，洋溢河渠，姓名甚悉。金闻之一快，然益悲，辞妇曰：“幸不污辱。家有烈妇如此，何忍负心再娶！”妇

---

① 人道：指男女交合之事。

② 沃饶：富有。

③ 媚劝之：以娇媚的态度强逼其饮酒。

④ 作昵声：说一些亲昵的话语。

⑤ 不免：这里指不免于被发现，不免于被杀死。

⑥ 瘗藏（yì zàng）：陪葬品。

⑦ 居丧：古礼，父母丧，子女居丧三年。

⑧ 细弱：指妻儿。

⑨ 缞绖（cuī dié）：披麻戴孝，表明视死者如同自己的公婆。

以业有成说，不肯中离，愿自居于媵妾。会有副将军袁公①，与尹有旧，适将西发。过尹，见生，大相知爱，请为记室②。无何，流寇犯顺，袁有大勋；金以参机务，叙劳，授游击以归③。夫妻始成合卺之礼④，居数日，携妇诣金陵，将以展庚娘之墓⑤。暂过镇江，欲登金山，漾舟中流。欻一艇过，中有一妪及少妇，怪少妇颇类庚娘。舟疾过，妇自窗中窥金，神情益肖。惊疑不敢追问，急呼曰："看群鸭儿飞上天耶！"少妇闻之，亦呼云："馋猧儿欲吃猫子腥耶！"盖当年闺中之隐谑也⑥。金大惊，反棹近之，真庚娘。青衣扶过舟⑦，相抱哀哭，伤感行旅。唐氏以嫡礼见庚娘⑧，庚娘惊问，金始备述其由。庚娘执手曰："同舟一话，心常不忘，不图吴越一家矣⑨。蒙代葬翁姑，所当首谢，何以此礼相向？"乃以齿序⑩，唐少庚娘一岁，妹之。

先是，庚娘既葬，自不知几历春秋。忽一人呼曰："庚娘，汝夫不死，尚当重圆。"遂如梦醒。扪之，四面皆壁，始悟身死已葬，只觉闷闷，亦无所苦。有恶少年窥其葬具丰美，发冢破棺，方将搜括，见庚娘犹活，相共骇惧。庚娘恐其害己，哀之曰："幸汝辈来，使我得睹天日。头上簪珥，悉将去⑪。愿鬻我为尼，更可少得直⑫。我亦不泄也。"盗稽首曰："娘子贞烈，神人共钦。小人辈不过贫乏无计，作此不仁。但无漏言幸矣⑬，何敢鬻作尼！"庚娘曰："此我自乐之⑭。"又一盗曰："镇江耿夫人，寡而无子，若见娘子，必大喜。"庚娘谢之，自拔珠饰悉付盗。盗不敢受，固与之，

---

① 副将军：副总兵。

② 记室：官名，犹如今天的书记员或秘书。

③ 游击：官名。清代绿营兵设游击之职，位列于参将之下。

④ 合卺之礼：正式举行了婚礼。

⑤ 展墓：扫墓。展，省视。

⑥ 闺中隐谑：闺中夫妇在房中开玩笑的隐语。

⑦ 青衣：婢女。

⑧ 嫡礼：以对待正妻的礼节来和庚娘见面。

⑨ 吴越一家：仇家泯灭仇恨变成了一家人。春秋时吴越两国世代结仇交战，故后世以吴越代指世仇。

⑩ 以齿序：按年龄的大小来排列顺序。

⑪ 将：拿。

⑫ 直：同值。这里是钱的意思。

⑬ 漏言：泄漏消息，这里略近于揭发的意思。

⑭ 自乐：自己愿意。

乃共拜受。遂载去，至耿夫人家，托言舡风所迷[①]。耿夫人，巨家，寡媪自度[②]。见庚娘大喜，以为己出[③]。适母子自金山归也。庚娘缅述其故。金乃登舟拜母，母款之若婿。邀至家，留数日始归。后往来不绝焉。

异史氏曰："大变当前，淫者生之，贞者死焉。生者裂人眦[④]，死者雪人涕耳[⑤]。至如谈笑不惊，手刃仇雠，千古烈丈夫中，岂多匹俦哉[⑥]！谁谓女子，遂不可比踪彦云也[⑦]？"

---

① 舡风所迷：因乘船遇风而迷失方向。

② 自度：自己一个人过日子。

③ 以为己出：看作是自己亲生的一样。

④ 裂人眦：让人极端憎恨，以致眼眶都要因此而瞪裂了。

⑤ 雪人涕：让人感动流泪。雪，拭擦。

⑥ 匹俦（chóu）：比肩，可以相提并论。

⑦ 比踪彦云：意指女子也可以同历史上的英烈男子相比并。比踪，行事相类。彦云，指王彦云，三国时魏人，因反对司马氏专权而被杀。事见《世说新语·贤媛》。

神凡两界皆崇德

——说《雷曹》

这篇小说写的是两个施恩报恩的故事。准确地说，作者是把两个故事糅合到一起来写的，要说是一个故事也可以。因为施恩者是同一个人，所以采用合二而一的写法非常方便。而从艺术构思来看，作者有意安排施恩者是同一个人，而报恩者却是一个属于神界的雷曹，一个属于凡界的夏生，这也别具意蕴。在写法上，一分为二又合二而一，有分有合，富于变化，正好体现了神凡两界皆崇德的创作意图，处理得非常巧妙。不过，两个故事并非平分秋色，也不是平行发展，而是有主有从，有重有轻，有先有后。全篇以神界的雷曹报恩为主，正面详写；以凡界的夏生（其实他后来也变成了神，只是还没有真正脱尽凡胎）报恩为从。为从者只起到一种烘托和陪衬的作用，所以在艺术处理上只是首尾呼应，写得比较简括。虽然是两个相关联的故事，却是主体和陪衬分得非常清楚。小说重点描写并突出的是主体，题目定为《雷曹》也十分贴切。

这里所谓的施恩，是从受恩者的角度来说的，如果用通行的说法，这种行为可称为义举。就是一个人对弱者、对遭难者伸出援手，给予切切实实而不求回报的热情救助。在传统的中华文明中，热心助人是一种美德，受恩知报也是一种美德。这两种相互关联又相互依存的美德，任何时候都是值得提倡和赞颂的。

这篇小说把一个本来平淡无奇的报恩故事写得充满奇思异想，多彩多姿，引人入胜。

故事是从极普通的现实生活情景开始的。乐云鹤和夏平子两个人同乡又同学，是极要好的朋友。夏平子很聪明，丨岁时就在当地很有名声。乐云鹤很虚心地看待夏平子的才气和名声，一点也不嫉妒；而夏平子也非常热情地帮助乐云鹤，使他的文思有了很大的长进。因此两人虽然年纪不大，在当地却成了并称的有名人物。但两个人的命运都很不好，参加科举考试屡次都是失败而回。这段看起来很平实的叙事值得我们重视。一是这里边融入了蒲松龄本人真切的生活体验。他年轻时与同乡好友李希梅在一起朝夕共读，建立了深厚的友情，而又同样经历了久考不中的痛苦。这段文字写得那样亲切而富于感情，跟他的这一段生活经历和体验是分不开的。二是乐、夏二人的关系本身，就体现了一种美好的品德，因此他们的友情不仅是真挚的，而且也是美好的。这一段写二人的友情，不仅本身具有道德示范意义，更重要的是在艺术表现上，为后文写施恩报恩的主体故事作了很好的铺垫，这样就有可能在更高的层面上表现他们的美好情操。

没有想到的是夏平子不久就染病而亡。这是出人意料之笔，却是作者艺术构思中的精心安排。从此夏平子就隐去不再出现，直到小说的结尾，才写到他经由凡界而升入神界，再通过一种特殊的超乎人们想象的途径，重新由神界回到了凡界，使两个看起来不相干的故事神奇而又十分自然地融合到了一起。这是后话，到那时我们会感受到一种意外的惊喜，惊喜于夏平子的深情报恩，更惊喜于作者精巧的艺术匠心。

在夏生病亡后，小说就顺理成章地展开对乐生义举的描写，即他对亡友夏平子一家的关心和救助。凡作三层写。一是夏死后“家贫不能葬，乐锐身自任之”。不是应夏家的请求，而是主动担当起安葬朋友的义务。二是“遗襁褓子及未亡人，乐以时恤诸其家”。就是随时都去关照、帮助夏平子留下的孤儿寡母，这也是乐生出于情义的主动行为。三是“每得升斗必析而二之，夏妻子赖以活”。就是像对待自己的家人那样帮助养活夏的家人，做到了只要是自己有吃的，就一定有他们吃的。如果没有乐云鹤这样无私的救助，夏平子留下的家口就有可能活不下来。这样的义行，在当地理所当然地得到了很高的评价：“于是士大夫益贤乐。”这句话里包含了两层值得注意的意思。一是这一评价出自士大夫阶层，也就是在当地有地位、有文化、有影响的一些人物，这足以反映出当地人的普遍看法。二是特意着一个“益”字，这就意味着，原来对他的品德就有很高的评价，现在有了他对朋友的这种无私的义举，评价就更高了。

下文写乐生“去读而贾”，就是不再读书而改为经商。这是情节发展的大转折，但是写来却显得合情合理。这样有着重大意义的人生抉择，出于两个原因：一是“乐恒产无多，又代夏生忧内顾，家计日蹙”。本来家境就不富裕，还要兼顾接济朋友留下的家人，日子就过不下去了。二是由于夏生之早死而引起他对人生的感叹和感悟："文如平子，尚碌碌以殁，而况于我？"进而想到"人生富贵须及时"，读书没有出路，就要及早改弦易辙，于是便决定去做商人。他的选择是必要的，也是正确的。果然"操业半年，家资小泰"。写出这一变化很重要，因为"小泰"，才有可能再去帮助别人，这就自然地引出小说将要着力描写的主体故事。"去读而贾"这简单的四个字，在构思和结构上的意义，越读到后面就显示得越是鲜明。

夏平子这个人物，在他死后家属得到乐生很好的照顾以后，小说就暂时按下不表，转而写另一个更重要的人物雷曹。

雷曹是以现实人物的面貌登场的，一开始读者并不知道他是一个神，所以他的神情和表现都显得十分诡异。小说先从乐云鹤的眼中写雷曹的形象："见一人颀然而长，筋骨隆起，彷徨座侧，色黯淡，有戚容。"从外部形象直写到内在的情感。乐的感受是，这人身高而奇瘦，内心忧苦，愁眉不展，彷徨不安。这副形象，对于一个富于同情心的人来说，马上就会想到并去探问他有什么地方需要帮助。于是乐生问："欲得食耶？""其人亦不语"，不说需要也不说不需要，沉默以对。这就显得有些奇怪。此其一。乐云鹤不仅主动探问，而且主动出手帮助："乐推食食之。"对方仍然不说话，但不拒绝，也不客气："以手掬啖，顷刻已尽。"这同样显得很奇怪。此其二。在乐云鹤的心中，此人必定很久没有进食了，十分饥饿，于是又进一步主动给予救助："乐又益以兼人之馔，食复尽。遂命主人割豚胁，堆以蒸饼，又尽数人之餐。"这么多东西，他竟然全部都吃了下去。其食量之大令人惊异。这也显得非常奇怪。此其三。这里连续写了雷曹的三奇，与此同时也就一步比一步深入地表现了乐生的慷慨和好义。写乐生之义与写雷曹之奇同步，也分作三层写，充分地写出了乐云鹤对这个陌生的奇怪汉子的"一饭之恩"。到最后，这个怪人终于"果腹而谢曰：'三年以来未尝如此饫饱。'"这显然是发自内心的话，说得老实，也说得可怜和可爱。

而这时的乐生，并不以施舍者居高临下的态度来对待这个被他救助的人，却出人意料地这样问："君固壮士，何飘泊若此？"从其饥饿和食量之大，不是把他看成是一个低贱的穷汉，而是看出他是一个"壮士"。这不仅写出乐生具有非同凡俗的眼光，而且更表现出他对人的尊重。下面写两个人一系列的问答，更让人摸不着头脑，感到这个壮汉确实是神异不凡。他先回答乐生的"飘泊"之问，说："罪婴天谴，不可说也。"获罪是因为"天谴"，而又不能向人道出底细，显得十分诡秘，真有点天机不可泄漏的意味。再"问其里居"，回答是："陆无屋，水无舟，朝村而暮郭耳。”细味这话，其意不仅是指生活的飘泊无定，而且是包含着根本就不需要居有定所这样的意思。这一系列的表现和言语，诡异神秘，扑朔迷离，越来越让人感到此人一定来历不凡。

情节如流水一般自然顺畅。“一饭之恩”之后，便接着写受恩者的“涌泉相报”。同样写得波谲云诡，奇异不凡。首先是当乐生向他告辞的时候，他先是表现出恋恋不舍的样子，然后告诉乐生说：“君有大难，吾不忍忘一饭之德。”这让乐生和读者都感到非常奇怪。第二天他的预言果然应验：当他们在渡江的时候，突然风涛大作，所有的商船都覆于江中，乐生与这个怪人也不能幸免。风涛过后这人的表现是更加神奇。他先是从波浪中负乐生而出，将他安置在特意挽来的一只船上；接着又跃入水中，“以两臂夹货出，掷舟中”，“数入数出，列货满舟”。不仅救了人，还抢回了落水的货物（这符合乐的商人身份）。乐生过意不去，感谢说：“君生我亦良足矣，敢望珠还哉！”就是说，你能救我一命，我就感谢不尽了，哪能企望你还为我抢回落入江中的货物呢！“检视货财，并无亡失”，这不仅表现了这个怪人的尽力，还显示了他超人的神技。此时写乐生“益喜，惊为神人”。这里通过乐生之口，第一次点出这个怪人是一个“神人”。雷曹神的面目在此还是初露峥嵘，表现是含蓄的，也是非常确定的。

开初是写乐生与他辞别而他不肯，这时却是写神人要告退，而乐生却苦苦相留了。两人在不同情景下的表现有变化，写法也跟着发生变化。在检视财物没有丢失的情况下，乐生高兴地感叹说：“此一厄也，止失一金簪耳。”这话的意思，是表示这次历经大难而损失最小，是庆幸，不是遗憾。但那人听说后，立即表示要重新下水去为他寻找。乐生正要劝止时，他已经入水不见了。乐“惊愕良久，忽见含笑而出，以簪授乐曰：‘幸不辱命。’”连这样微小的东西都还要去为乐生打捞，而且还真能打捞上来，这使“江上人罔不骇异”。他的热心和他的技艺，都令人称奇叫绝。这是写他的神性的再露峥嵘。

自此以后，两人一起生活，“寝处共之”。呼应上文，又再次写到他在生活上的奇诡之处：“每十数日始一食，食则啖嚼无算。”由此也就再次暗示其非人的身份。“一日，又言别，乐固挽之。”两次挽留，终于留了下来。留下来这才引出下文非常精彩的“云中游”的奇幻文字。“适昼晦欲雨，闻雷声。乐曰：‘云间不知何状？雷又是何物？安得至天上视之，此疑乃可解。’”这段话是由天将下雨时现实的晦暗和雷声引出的，提出的问题却是异想天开，他竟然想到天上去作云中之游，以弄明白天上云、雷之类的秘密。这话看似乐生随口而出，却是出于作者的精心结撰。

雷曹的报恩，分作两大段来写。上文写救命和从水中打捞财物，是雷曹报恩行为的实际的一面，虽然也有神异之处，却大体上符合现实生活情景；而云中游则是写雷曹报恩行为飘逸虚幻的一面，充满了大胆奇丽的艺术想象。这一大段文字，写乐生在天上的所感和所见，奇幻无比，笔底生辉。看他先写腾空时的感受："少时，乐倦甚，伏榻假寐。既醒，觉身摇摇然，不似榻上；开目，则在云气中，周身如絮。惊而起，晕如舟上。踏之耎无地。仰视星斗，在眉目间。遂疑是梦。"叙写中，用"觉"字、"似"字、"如"字、"疑"字等，都是在幻笔中联系实际生活，以引起读者的近似体验，在联想中产生一种真实感和亲切感。次写在高空中观星和摘星："细视，星嵌天上，如莲实之在蓬也。大者如瓮，次如瓿，小如盎盂。以手撼之，大者坚不可动，小星动摇，似可摘而下者。遂摘其一，藏袖中。"这里是连用四个"如"字和一个"似"字，以凡俗世界中的日常生活现象作比喻，而且是以小喻大，将奇妙的天象坐实为能看见、能触摸的具体事物，化虚幻为具体，化陌生为亲切。而"遂摘其一，藏袖中"一句，看似不经意的随兴一笔，却是出于作者的精妙设计，由此而开启下文，成为将两个故事、两条线索融合而为一体的大关键处。

最奇妙的是写从空中俯视下界的情景，跟我们今天从飞机上往下看到的情景几乎一模一样："拨云下视，则银河苍茫，见城郭如豆。"蒲松龄并没有坐飞机的生活体验，却能写出如此鲜活逼真的感受，实在令人惊叹！

整个的云中游，写的都是乐生一人的所见所感，雷曹并没有在他的身边。在写了乐生的奇幻经历之后，这才来写雷曹在天上的现身，既神奇莫测又十分自然："俄见二龙夭矫，驾缦车来。尾一掉，如鸣牛鞭（又是生活化的比喻）。车上有器，围皆数丈，贮水满之（天上之物才有如此这般神奇）。有数十人，以器掬水，遍洒云间。"天上的这种景象，使人联想到雷神司雨的传说，这就自然地引出作者所要表现的两层意思。第一层意思是，由雷曹在空中的现身，明确揭示出他神的身份，并补叙他由天上下凡而又从凡间回复到天上的原由和经历："未几，谓乐曰：'我本雷曹，前误行雨，罚谪三载。今天限已满，请从此别。'"不仅罚期已满，而且两度报恩的任务也已完成，所以可以从此告别了。第二层意思是，顺便为乐生的善良品格再添上浓重的一笔。这时，"忽见乐，共怪之。乐审所与壮士在焉，语众云：'是吾友也。'"天上洒水的神人"因取一器授乐令洒。时苦旱，乐接器排云，遥望故乡，尽情倾注”。他不仅关爱照顾朋友及其家人，也不仅见有难者慷慨施救，就是对家乡人民的生产和生活，也是给予特别的热切关注。之后，雷曹还必须把乐生从天上送回地下，这一过程也写得非常奇幻：“乃以驾车之绳万丈掷前，使握端缒下。”乐生恐惧不敢，“其人笑言：‘不妨。’乐如其言，飗飗然瞬息及地”。然后“绳渐收入云中，不可见矣”。值得注意的是，乐生降落的地方，作者特意安排就在他家乡的“村外”，为他对家乡的“尽情倾注”，再加一层渲染：“时久旱，十里外雨仅盈指，独乐里沟浍皆满。”

雷曹报恩的主体故事，至此告一段落。小说这时才又回过笔来写夏生的报恩。按夏生生前的品德，他死后妻和子得到了朋友乐生那样热情悉心的照顾，以致因此而破家弃学，他必定铭感在心，跟雷曹一样也会受恩必报的。只有写出夏生的报恩，这个人物形象才会显得比较完整，也才能最后完成一分为二又合二而一的艺术构思。但是如何才能自然地引入这一线索，并且与主体故事融合为一体，是有很大难度的，处理得不好就会显得生硬而且游离。作者有着缜密的构想，并预先作了巧妙的布置。前面写云中“小星动摇，似可摘而下者。遂摘其一，藏袖中”。就已经不露痕迹地为此设下伏笔了。乐生回到现实世界后，小说就在这从天上带回的小星上细作文章。“归探袖中，摘星犹在”，只此一句，就已经在不知不觉中与主体故事搭上了线，并在情节的继续演进中，使两条线逐渐地完全融合到了一起。

乐生不仅将天上的星星摘回到家中，而且视若珍宝。“出置案上，黯黝如石；入夜，则光明焕发，映照四壁。益宝之，什袭而藏。每有佳客，出以照饮。正视之，则条条射目。”更为奇妙的还在于，这并不只是一颗普通的星星，而是一颗神星，是神人所化之星，而这神人不是别人，正是死去多年而未曾露面的夏生。这颗神星有人性，更有灵性，它含蕴着人的感情和意志，它是特意为报恩而来到凡间的。而它报恩的方式和情景，奇幻到了让人匪夷所思的境界。“一夜，妻坐对握发，忽见星光渐小如萤，流动横飞。妻方怪咤，已入口中，咯之不出，竟已下咽。愕奔告乐，乐亦奇之。”接着小说以一场梦揭露出这奇情异事背后的秘密：“既寝，梦夏平子来，曰：‘我少微星也。因先君失一德，促余寿龄。君之惠好，在中不忘。又蒙自天上携归，可云有缘。今为君嗣，以报大德。’乐三十无子，得梦甚喜。自是妻果娠，及临蓐，光耀满室，如星在几上时，因名‘星儿’。机警非常，十六岁及进士第。”表面看来，夏平子也是以一个天神下凡的身份来报恩的，报恩的形式也极为神奇特殊，但他报恩的内容，却是实实在在，仍属于世俗凡人的人生追求：让乐生中年得子（这在今天不算一回事，而在当时却是一件关系到“无后为大”的大事）。再则这孩子十六岁就进士及第，不仅继承了其父辈的才华文思，而且实现了父辈未能实现的理想，这就无异于在精神上给予父辈终生未愈的伤痛一种极大的抚慰。在作者蒲松龄的心目中，这两点都是对施恩者的最好回报，也是对好人的最高奖赏。联系到小说开头对两个饱学才子的失意描写，蒲松龄这样的艺术处理，实在是含蕴着深意，充满大爱在其中的。

在篇末的“异史氏曰”中，作者对乐子弃笔从商的感慨，是深含着他本人科场失意的痛苦体验在内的。而最值得注意的是最后几句：“至雷曹感一饭之德，少微酬良朋之知，岂神人之私报恩施哉？乃造物之公报贤豪耳。”认为报恩有“私报”和“公报”之分，只有对“贤豪”之报才是公报，是造物所施与的，与个人之间的“私报”不可同日而语。这就把小说的思想提到了一个更高的境界。

雷曹

蒲松龄

乐云鹤、夏平子二人，少同里，长同斋①，相交莫逆②。夏少慧，十岁知名。乐虚心事之，夏亦相规不倦。乐文思日进，由是名并著。而潦倒场屋③，战辄北④。无何，夏遘疫而卒⑤。家贫不能葬，乐锐身自任之⑥。遗襁褓子及未亡人⑦，乐以时恤诸其家，每得升斗必析而二之，夏妻子赖以活。于是士大夫益贤乐。乐恒产无多，又代夏生忧内顾，家计日蹙，乃叹曰：“文如平子，尚碌碌以殁⑧，而况于我？人生富贵须及

---

① 同斋：同在一个塾斋里读书，即同学。
② 莫逆：志同道合的朋友。
③ 潦倒场屋：在科举考试中都很失意。场屋，科举考试的考场。
④ 北：失败。
⑤ 遘疫：染病。
⑥ 锐身：主动勇敢担当。
⑦ 襁褓子：婴儿。未亡人：死者的妻子，即寡妇。
⑧ 碌碌：本指平庸，无所作为。这里指没有取得应该取得的成就。

踏波而出擎
雲上手攜
星斗行雨
回神龍
昔由人
事致少
微有
耀發
珠胎

时，戚戚终岁[1]，恐先狗马填沟壑[2]，负此生矣，不如早自图也。”于是去读而贾[3]。操业半年，家资小泰。

一日，客金陵，休于旅舍。见一人颀然而长[4]，筋骨隆起，彷徨座侧，色黯淡，有戚容。乐问：“欲得食耶？”其人亦不语。乐推食食之[5]，则以手掬啖，顷刻已尽；乐又益以兼人之馔[6]，食复尽。遂命主人割豚胁[7]，堆以蒸饼，又尽数人之餐。始果腹而谢曰：“三年以来未尝如此饫饱[8]。”乐曰：“君固壮士，何飘泊若此？”曰：“罪婴天谴[9]，不可说也。”问其里居，曰：“陆无屋，水无舟，朝村而暮郭耳。”乐整装欲行，其人相从，恋恋不去。乐辞之，告曰：“君有大难，吾不忍忘一饭之德。”乐异之，遂与偕行。途中曳与同餐，辞曰：“我终岁仅数餐耳。”益奇之。

次日渡江，风涛暴作，估舟尽覆[10]，乐与其人悉没江中。俄风定，其人负乐踏波出，登客舟，又破浪去。少时挽一船至，扶乐入，嘱乐卧守。复跃入江，以两臂夹货出，掷舟中，又入之。数入数出，列货满舟。乐谢曰：“君生我亦良足矣，敢望珠还哉！”捡视货财，并无亡失。益喜，惊为神人，放舟欲行。其人告退，乐苦留之，遂与共济。乐笑云：“此一厄也，止失一金簪耳。”其人欲复寻之。乐方劝止，已投水中而没。惊愕良久，忽见含笑而出，以簪授乐曰：“幸不辱命。”江上人罔不骇异。

乐与归，寝处共之。每十数日始一食，食则啖嚼无算[11]。一日，又言别，乐固挽之。适昼晦欲雨，闻雷声。乐曰：“云间不知何状？雷又是何物？安得至天上视之，此疑乃可解。”其人笑曰：“君欲作云中游耶？”少时，乐倦甚，伏榻假寐。既醒，

---

① 戚戚：忧愁貌。

② 恐先狗马填沟壑：恐怕还没有致富，就已经忧劳而死了。这里的狗马是指社会上服役于人的地位低下的人。典出《汉书·公孙弘传》。

③ 去：离开，改变。

④ 颀然：体态修长的样子。

⑤ 食（sì）之：给人东西吃。这里的“食”作动词用。

⑥ 兼人之馔：够两个人吃的食品。

⑦ 豚胁：猪排骨。

⑧ 饫（yù）饱：吃饱。饫，义同饱。

⑨ 婴：遭受。天谴：上天的惩罚。

⑩ 估舟：商船。

⑪ 无算：不计其数，言数量很多。

觉身摇摇然，不似榻上；开目，则在云气中，周身如絮。惊而起，晕如舟上，踏之耎无地[①]。仰视星斗，在眉目间。遂疑是梦。细视，星嵌天上，如莲实之在蓬也，大者如瓮，次如瓿[②]，小如盎盂[③]。以手撼之，大者坚不可动，小星动摇，似可摘而下者。遂摘其一，藏袖中。拨云下视，则银河苍茫，见城郭如豆。愕然自念：设一脱足，此身何可复问？

俄见二龙夭矫[④]，驾缦车来，尾一掉，如鸣牛鞭。车上有器，围皆数丈，贮水满之。有数十人，以器掬水，遍洒云间。忽见乐，共怪之。乐审所与壮士在焉，语众云："是吾友也。"因取一器授乐令洒。时苦旱，乐接器排云，遥望故乡，尽情倾注。未几，谓乐曰："我本雷曹，前误行雨，罚谪三载。今天限已满[⑤]，请从此别。"乃以驾车之绳万丈掷前，使握端缒下[⑥]。乐危之，其人笑言："不妨。"乐如其言，飗飗然瞬息及地。视之，则堕立村外，绳渐收入云中，不可见矣。时久旱，十里外雨仅盈指，独乐里沟浍皆满。

归探袖中，摘星仍在。出置案上，黯黝如石[⑦]；入夜，则光明焕发，映照四壁。益宝之，什袭而藏。每有佳客，出以照饮。正视之，则条条射目。一夜，妻坐对握发[⑧]，忽见星光渐小如萤，流动横飞。妻方怪咤，已入口中，咯之不出，竟已下咽。愕奔告乐，乐亦奇之。既寝，梦夏平子来，曰："我少微星也[⑨]。因先君失一德[⑩]，促余寿龄[⑪]。君之惠好，在中不忘。又蒙自上天携归，可云有缘。今为君嗣[⑫]，以报大德。"乐三十无子，得梦甚喜。自是妻果娠，及临蓐，光耀满室，如星在几上时，

---

① 耎无地：耎，同软。无地，无物，感觉不到有什么东西。

② 瓿（bù）：瓦器，较瓮为小。

③ 盎盂（àng yú）：两种瓦器，形体又比瓿为小。

④ 夭（yǎo）矫：腾跃翻滚，十分自如。

⑤ 天限：上天现罚的期限。

⑥ 缒（zhuì）：用绳系物下坠。

⑦ 黯黝（yǒu）：暗黑色。

⑧ 握发：梳理绾结头发。

⑨ 少微星：星名，又叫处士星，古人认为是象征士大夫的星宿。

⑩ 先君：对人称自己已经去世的父亲。

⑪ 促余寿龄：使得自己短寿。

⑫ 为君嗣：成为你的儿子。

因名“星儿”。机警非常，十六岁及进士第。

异史氏曰：“乐子文章名一世，忽觉苍苍之位置我者不在是①，遂弃毛锥如脱屣②，此与燕颔投笔者何以少异③？至雷曹感一饭之德，少微酬良朋之知，岂神人之私报恩施哉？乃造物之公报贤豪耳。”

---

① 苍苍：上天。位置：这里作动词用，是安排的意思。是：这里指以文章参加科考的仕进道路。

② 弃毛锥如脱屣：毛锥，笔的代称；脱屣，脱掉鞋子。这是说弃文就商，就像脱掉鞋子那样轻而易举。

③ 燕颔投笔：这里指东汉时班超投笔从戎的故事。班超家贫，为官府抄录文书养母。有感于傅介子、张骞等人在异域建功立业，有封侯之贵，于是投笔叹曰：“大丈夫……安能久事笔砚间乎？”燕颔，据传班超“燕颔虎颈”。

看浪子怎样回头

——说《翩翩》

《聊斋志异》中有不少带有训诫意义的故事，作者大多抱着一种治病救人的态度，劝人改掉恶习而向善。这一篇也不例外。如果只从思想层面上看，这篇小说只是讲了一个普通的浪子回头的故事，并没有更深的意义。精彩之处在于它的艺术描写：一是奇幻，而且是幻中有实，幻实相生；二是人物形象写得很生动，人物之间的关系表现得非常亲切、美好；三是有大量的人物对话，且用文言而又接近口语，显得非常逼真，非常生活化，表现出一种雅俗交融的独特风貌，这在古典文言小说中是很少见的。

民间俗语说“浪子回头金不换”。这话包含了两层意思，一是说要让浪子回头并不是一件容易的事；二是说这浪子一旦真的回了头，有可能比原本不是浪子的人表现还要好。无论从哪个意义上说，都是指浪子回头的难能可贵。这篇小说的艺术魅力，并不在于写出一个浪子真的回了头，而在于写的是一个特殊身份的人教他回了头，还是用了一种无比奇特又无比美妙的方法让他回了头。这个浪子回头的过程，不仅写得生动曲折，机趣横生，而且充满奇思异想，让读者读来兴味无穷。

依据我们从现实生活中得来的常识，一个人沦落为浪子，一般的情况会有三个条件：一是家庭富有，生活过得很优越；二是家长的宠爱；三是有坏人的引诱。这篇小说的男主人公罗子浮基本上也是这样。稍有不同的只是，他“父母俱蚤逝”，八九岁时就依附于他的叔父罗大业生活。可是叔父家富而无子，因此“爱子浮若己出”。这就使得他无父母却比有父母得到的宠爱还要多。一般的浪子败家都是败在吃喝嫖赌上，罗子浮只占了一条：嫖。因此小说并没有写他败家，而只是写他自己因此而遭罪。在这一点上小说处理得很有分寸，也符合生活的实际。男人贪恋女色才会去嫖妓。但就因为他的贪色，不仅变成了浪子，而且回头的过程也几经曲折，走得并不是一帆风顺。而这，正是这篇小说将一个原本平淡的故事写得引人入胜，而且富于启发意义的重要原因。

照蒲松龄的描写，罗子浮因贪色而嫖妓，因嫖妓而沉沦，几近于受骗上当。他才十四岁，以我们今天的眼光看，还是一个未成年的孩子。只是“为匪人（不良子弟）诱去，作狭邪游”。“会有金陵娼，侨寓郡中，生悦而惑之。”一个“悦”字，一个“惑”字，很重要，意思是他喜欢上一个妓女，因贪淫好色而沉迷其中。小说由此而敷演出下面一大段精彩故事。“娼返金陵，生窃从遁去。”他竟然为了一个妓女而离家出走。“居娼家半年，床头金尽，大为姊妹行齿冷。”齿冷还不算什么，后来大概是染上了性病，“广疮溃臭，沾染床席，逐而出”。因恶臭难闻而被妓赶出家门，由此而沦为乞丐，以致“市人见辄遥避”。他意识到有生命危险，却不愿意死在异地，就想挣扎着回到家乡。这一点点恋家的情感，也是与彻底堕落的败家浪子不同的地方。蒲松龄没有把罗子浮写得很坏，而是注意写他与一般浪子的不同之处，从许多方面着笔，很细致地表现出来。回家的路走得非常艰苦，“乞食西行，日三四十里，渐近邠（小说开头就介绍他是“邠人”）界。又念败絮脓秽，无颜入里门，尚趑趄近邑间”。成了这副模样，回家乡还想到要顾及面子，也可见他并没有坏到哪里去，连“破罐子破摔”的程度都还不到。蒲松龄是一位艺术高手，他对所写的人物，在有了一个定位之后，笔下就很有分寸，拿捏得十分准确。

在里门前徘徊不前，却因此而迎来峰回路转。这是蒲松龄最拿手的神来之笔：你完全猜不到情节会怎样发展，可是突然之间就在你的面前展现出一片你怎么想也想不到的新境界。初读时完全出乎意料，可是读后又觉得好像事情原本就应该是这样，而且也是你心里希望看到的。“日既暮，欲趋山寺宿。遇一女子，容貌若仙，近问：‘何适？’生以实告。”这里有两点值得注意：一是说这女子“容貌若仙”，当然是指她长得非常漂亮，但特意带出一个“仙”字，就为下文的描写预留地步；二是“实告”二字下得非常准确：罗子浮真的是一个很老实的孩子，丢丑的情事，尴尬的处境，对这个初次相识的陌生女子一概都不隐瞒。难怪又脏又臭这般模样，还会得到仙女的特别眷顾。“女曰：‘我出家人，居有山洞，可以下榻，颇不畏虎狼。’生喜，从去。”“出家人”等等一连串的意思，出于一个年轻美丽的女子之口，显得有点奇怪。如果再联系到后文的情节，就很有些值得我们玩味的地方。

于是，罗子浮就跟着这女子进入神仙洞府了："入深山中，见一洞府。入则门横溪水，石梁驾之。又数武，有石室二，光明彻照，无须灯烛。"这有点近似于我们想象中的桃花源，却又不是真的桃花源，而是充满奇异色彩的神仙境界；居住其中的也不是避世的凡人，而是一个善良多情的仙女。接着，一幕幕奇异的景象出现了。先是女子替这沉沦病弱的浪子治疮："命生解悬鹑，浴于溪流，曰'濯之，创当愈。'"其次又为他制作衣服："又开幛拂褥促寝，曰：'请即眠，当为郎作裤。'"语气是那样亲切，情感是那样温柔，安排是那样周到，还直称罗子浮为郎，其关系颇类于现实生活中一对新婚的恩爱夫妻。制衣的情景就更加奇异了："乃取大叶类芭蕉，剪缀作衣。生卧视之。制无几时，折叠床头，曰：'晓取着之。'"但这时，两人似夫妻却还并不是真夫妻："乃与对榻寝。"开初，"生浴后，觉创疡无苦"。到了第二天早晨，治疮和制衣都出现了奇效和奇景："既醒，摹之，则痂厚结矣。"而对那件蕉叶制作的衣裳，罗生心中开始还心存疑虑："诘旦，将兴，心疑蕉叶不可着。取而审视，则绿锦滑绝。""绿锦滑绝"四字，在幻笔中融入了现实生活中人人都会有的感受，触发读者的视觉和触觉，使我们对这蕉衣的颜色、质地，产生了一种不仅如亲眼所见而且像是亲手摸过一样的感觉。接着又从饮食方面描写，同样显得非常神奇："少间，具餐。女取山叶呼作饼，食之，果饼；又剪作鸡、鱼烹之，皆如真者。室隅一罂，贮佳酝，辄复取饮；少减，则以溪水灌益之。"奇幻之至，美不可言，这完全是不食人间烟火的神仙生活。

好吃好喝，身体恢复健康之后，罗子浮贪恋女色的本性就又显露了出来。"数日，疮痂尽脱，就女求宿。"在我们想来这应该是非分之想，可是让读者没有想到的是这女子的反应，两人之间竟然出现了这样的一段对话："女曰：'轻薄儿！甫能安身，便生妄想！'"这像是斥责，却带着娇意，戏谑中含着亲昵。罗子浮当然一下子就听出了这话中隐含着的真实情意。可他的回应同样出乎我们的意想之外："生云：'聊以报德。'"想要占别人的便宜，还说是为了"报德"，真是浪子心思，浪子声口，荒唐可笑，妙不可言。而更让人没有想到的是事情的结果，女子听了这话以后，竟是欣然接受，同他"遂同卧处，大相欢爱"。这下子就变成真的夫妻了。读到这里，联想到这女子初见罗子浮时所说的"我出家人"的话，让人在摸不着头脑的同时感到回味无穷。但是作者这样写，是有他的用意的，读完故事我们就能体会出来。

如果罗子浮就这样在山中与仙女过上了美满幸福的爱情生活，那浪子回头的故事就不存在了。花城娘子的出现，使情节产生了波澜，很自然地为浪子的回头和曲折过程设置了条件。“一日，有少妇笑入，曰：‘翩翩小鬼头快活死！薛姑子好梦，几时做得？’”这里写来的是一个少妇，而不是一个女子，与下文要表现的内容有关。到这时，我们也才知道罗子浮遇到的这位仙女，名字叫翩翩。下边就写两个女性的一长段对话，非常生动，读来有如目见耳闻：“女迎笑曰：‘花城娘子，贵趾久弗涉，今日西南风紧，吹送来也！小哥子抱得未？’”最后这一句，照应到上文的“少妇”一词，问她这次是不是生了一个儿子。回答是“又一小婢子”，就是说生的不是儿子，还是一个小丫头。翩翩就此同花城娘子开起了玩笑：“女笑曰：‘花娘子瓦窑哉！’”这里在对话中用了一个典故，典出《诗经》。古人称人生儿子叫“弄璋”，生女儿叫“弄瓦”，这里说花城娘子只生女儿不生儿子，不就成“瓦窑”了？在口头对话中用典是融雅入俗，而用得这样自然、贴切、生动，让你不知道是在用典；但当你了解到这个词的出典后，你又既能在完全口语化的“俗”中体会到“雅”，更能感受到因雅俗相融而带来的那种活泼与风趣。接着问她是不是把这个小丫头带来了，回答是：“方呜之，睡却矣。”这段对话，充满生活气息，表现出一种轻松活跃的气氛和人物之间亲切美好的关系。“于是坐以款饮”，就是让来客坐下来一起饮茶说话。这就给了罗子浮这个好色之徒旧性复萌的机会，小说也由此朝着预设的主题推进了情节。

事情是由花城娘子跟罗生开玩笑引起的。她对罗生说：“小郎君焚好香也！”意思是说不知你拜了多少菩萨，才有福气得到翩翩这样的美妻。这话在艺术表现上是为写罗生的旧性不改从反面作铺垫，有此一句，下文写他对花城娘子的轻薄行为，就自然地揭示出这样的含意：你已经够美满幸福了，可你还不老实，还要得陇望蜀。小说先从罗生的眼中写花城娘子：“生视之，年廿有三四，绰有余妍。心好之。”他看到的只是“绰有余妍”，确是好色之徒的心性、眼光。但“心好之”还不满足，接着就开始动手动脚了：“剥果误落案下，俯假拾果，阴捻翘凤。”有意思的是被骚扰的女方的反应：“花城他顾而笑，若不知者。”这是有意呢，还是无意呢？十分耐人寻味。而这时，神奇的景象出现了：“生方怳然神夺，顿觉袍裤无温；自顾所服，悉成秋叶。”翩翩给他制作的“绿锦滑绝”的高级衣服，因他邪念之生和不端行为，突然之间又变成蕉叶了。这时罗生的表现是：“几骇绝。危坐移时，渐变如故。”惊骇之余，情绪慢慢稳定下来，蕉叶又突然变回原来的美服了。

这显然是一次善意的警告。这里小说插写一句："窃幸二女之弗见也。"这是写罗生的浪子心理，非常逼真。虽然受惊却仍不悔悟，还心存侥幸，以为别人都没有看见。实际上他的一念一行，两位仙女都了如指掌，怎么可能"弗见"呢？正是出于这种侥幸心理，他才置警告于不顾，旧性不改："少顷，酬酢间又以指搔纤掌。花城坦然笑谑，殊不觉知。"罗生自己的心里其实是相当紧张的："突突怔忡间，衣已化叶；移时始复变。"这是第二次警告。这警告仍然是这样的宽容和温和，从中透出的只是善意和爱意。罗子浮毕竟不是沉沦到不可救药的浪子，这样一种特殊而含蓄的教育方式，就使他"由是惭颜息虑，不敢妄想"。这一点也显然与一般的败家浪子是很不相同的。

有意思的是两位仙女在罗子浮"惭颜息虑"后的反应和态度。"城笑曰：'而家小郎子，大不端好！若弗是醋葫芦娘子，恐跳迹入云霄去。'"此话证明她前面的佯装不知，是完全有意的。而翩翩"亦哂曰：'薄幸儿，便直得寒冻杀！'"说完还"相与鼓掌"。两人对罗生的轻薄行为都施以嘲弄和讥笑，但语气和感情又都是善意的，而且还是轻松愉快的。然后是两位仙女的相互调笑："花城离席曰：'小婢醒，恐啼肠断矣。'女亦起曰：'贪引他家男儿，不忆得小江城啼绝矣。'"在戏谑调笑中，花城娘子离去，浪子就此回头。读到这里我们才豁然明白，在小说的艺术构思上，蒲松龄是特意安排花城娘子来与翩翩配合对罗生施教的。罗生虽然被翩翩笑称为"薄幸儿"，但知悔悟、能回头，翩翩也并未因此而心存芥蒂，温柔体贴一如从前："花城既去，（罗生）惧贻诮责，女卒晤对如平时。"

写浪子回头的正文，到此结束。但蒲松龄必得还要加写一段才会感到尽意。罗生虽沉沦、轻薄，但稍一示警就能"惭颜息虑"，实属难能可贵。回了头的浪子"金不换"。按蒲松龄一贯的"好人得到好报"的观念，他还要让这个"金不换"与仙女共度一段幸福美满的生活。

这段美好的日子，与前面写两位仙女施教的过程一样，既充满奇幻的景象和飘逸迷蒙的仙风，同时又处处透出人间气息和世俗人情。先是写"秋老风寒，霜零木脱"时，翩翩"乃收落叶，蓄旨御冬"；同时又"持襆掇拾洞口白云，为絮复衣"，而罗生"着之，温暖如襦，且轻松常如新绵"。然后写"逾年，生一子，极惠美。日在洞中弄儿为乐"。但虽然过着神仙般的生活，罗生却仍然"每念故里"，"每以叔老为念"。继续前文，写他性格中好的一面，写他的现实情怀，同时也就为故事的最后结局作铺垫。再后是写儿子渐渐长大，就与花城娘子的女儿“订为姻好”，至十四岁为之完婚。婚礼充满欢乐和喜庆：“花城亲诣送女。女华妆至，容光照人。夫妻大悦，举家宴集。”席间，翩翩还“扣钗而歌”，歌中唱出了他们的幸福感，也唱出了一种超尘拔俗的人生态度。婚后，“新妇孝，依依膝下，宛如所生”。不管用神仙还是世俗的眼光来看，这生活都是幸福美满到了极点。

故事的最后结局是罗生又回到了现实，回到了世俗社会，回到了他所挂念的叔父身边。神仙日子过得如此美满幸福，也不能割断他的世俗情缘，可见他虽然身处仙境，却未能脱却凡胎。对罗生不断提起的对家乡的思念，特别是想回去探望叔父的愿望，翩翩是这样回应的：“子有俗骨，终非仙品。儿亦富贵中人，可携去，我不误儿生平。”“子有俗骨，终非仙品”八个字，是对罗子浮的定评。恋家就是恋俗世、恋亲情、恋人生，这在我们现实中人看来，虽云俗骨，却也并不亚于仙品。其实，就是写仙女翩翩，小说也是写她是同时具有仙凡两面的：一方面，她能摘叶制衣、掇云为絮，罗生携儿子儿媳回到现实世界时，也是由她“剪叶为驴，令三人跨之以归”；但另一方面，她也未能完全脱离世俗人生的观念和感情，如她亲自教儿读书，并相信他将来必有“台阁”之位等等。不过，翩翩毕竟是一个仙女，故事的最后结束还是结得十分飘渺的：当回到现实世界的罗生因思念翩翩而“偕儿往探之”时，则只见“黄叶满径，洞口路迷，零涕而返”。正因为踪迹不见，无可寻觅，就更引人思念，也更让人回味。

故事讲完之后，蒲松龄在“异史氏曰”中这样写道：

> 翩翩、花城，殆仙者耶？餐叶衣云，何其怪也！然帏幄诽谑，狎寝生雏，亦复何殊于人世？山中十五载，虽无“人民城郭”之异，而云迷洞口，无迹可寻，睹其景况，真刘、阮返棹时矣。

虽然用的是一种不确定的语气，表达得相当含蓄，但是仙界与人世有相通之处，这一意思还是揭示得非常明确的。是的，以幻写实，仙凡相通，这确是这篇小说非常明显的创作特征；而且这一特征，我们不只在这一篇中见到，在《聊斋志异》许多描写花妖狐魅的作品中也都曾见到。

翩翩

蒲松龄

罗子浮，邠人①，父母俱蚤世②，八九岁，依叔大业。业为国子左厢③，富有金缯而无子，爱子浮若己出。十四岁，为匪人诱去④，作狭邪游⑤。会有金陵娼，侨寓郡中，生悦而惑之。娼返金陵，生窃从遁去。居娼家半年，床头金尽，大为姊妹行齿冷⑥，然犹未遽绝之。无何，广疮溃臭，沾染床席，逐而出，丐于市。市人见辄遥避。自恐死异域，乞食西行，日三四十里。渐至邠界，又念败絮脓秽，无颜入里门，尚趑趄近邑间⑦。日既暮，欲趋山寺宿。遇一女子，容貌若仙，近问："何适？"生以实告。女曰："我出家人，居有山洞，可以下榻。颇不畏虎狼。"生喜，从去。

入深山中，见一洞府。入则门横溪水，石梁驾之，又数武⑧，有石室二，光明彻照，无须灯烛。命生解悬鹑⑨，浴于溪流，曰："濯之，创当愈。"又开幛拂褥促寝，曰："请即眠，当为郎作裤。"乃取大叶类芭蕉，剪缀作衣。生卧视之，制无几时，折叠床头，曰："晓取着之。"乃与对榻寝。生浴后，觉创疡无苦，既醒，摹之，则痂厚结矣。诘旦，将兴，心疑蕉叶不可着，取而审视，则绿锦滑绝。少间，具餐。女取山叶呼作饼，食之，果饼；又剪作鸡、鱼烹之，皆如真者。室隅一罂⑩，贮佳酝⑪，辄复取饮；少减，则以溪水灌益之⑫。数日，创痂尽脱。就女求宿，女曰："轻薄儿！甫能安身，便生妄想！"生云："聊以报德。"遂同卧处，大相欢爱。

---

① 邠（bīn）：州名，治所在今陕西省彬县。

② 蚤世：蚤同早。蚤世，即早年去世。

③ 国子左厢：明代国子祭酒的别称。当时因朱元璋常幸南京国子监，故监官不得中厅而坐，国子监的祭酒只能在东厢房治事。东厢房即左厢房，故称祭酒为左厢。

④ 匪人：行为不端的人。

⑤ 狭邪游：嫖妓。

⑥ 姊妹行（háng）：姊妹们。齿冷：嘲笑，瞧不起。

⑦ 趑趄（zī jū）近邑间：在邻近的县境内徘徊不前。

⑧ 数武：几步。

⑨ 悬鹑：破烂的衣服。

⑩ 罂：装酒的容器。

⑪ 佳酝：美酒。

⑫ 益：增加。

翩翩
瘡痍餘生克遇偉
仙人風
度信翩　他年數
梓童相
訪洞在白雲何處
邊

一日，有少妇笑入，曰："翩翩小鬼头快活死！薛姑子好梦，几时做得[①]？"女迎笑曰："花城娘子，贵趾久弗涉，今日西南风紧，吹送来也[②]！小哥子抱得未？"曰："又一小婢子。"女笑曰："花娘子瓦窑哉！那弗将来[③]？"曰："方呜之[④]，睡却矣。"于是坐以款饮[⑤]，又顾生曰："小郎君焚好香也！"生视之，年廿有三四，绰有余妍[⑥]，心好之。剥果误落案下，俯假拾果，阴捻翘凤[⑦]。花城他顾而笑，若不知者。生方怳然神夺[⑧]，顿觉袍裤无温；自顾所服，悉成秋叶，几骇绝。危坐移时，渐变如故，窃幸二女之弗见也。少顷，酬酢间又以指搔纤掌。花城坦然笑谑，殊不觉知。突突怔忡间，衣已化叶；移时始复变，由是惭颜息虑，不敢妄想。城笑曰："而家小郎子[⑨]，大不端好！若弗是醋葫芦娘子，恐跳迹入云霄去。"女亦哂曰："薄幸儿！便直得寒冻杀！"相与鼓掌。花城离席曰："小婢醒，恐啼肠断矣。"女亦起曰："贪引他家男儿，不忆得小江城啼绝矣。"花城既去，惧贻诮责[⑩]，女卒晤对如平时。

居无何，秋老风寒，霜零木脱，女乃收落叶，蓄旨御冬[⑪]。顾生肃缩[⑫]，乃持襆掇拾洞口白云，为絮复衣[⑬]。着之，温暖如襦，且轻松常如新绵。逾年，生一子，极惠美[⑭]。日在洞中弄儿为乐。然每念故里，乞与同归。女曰："妾不能从，不然，君自去。"因循二三年[⑮]，儿渐长，遂与花城订为姻好。生每以叔老为念。女曰："阿叔

---

① "薛姑子"二句：薛姑子，不详。二句大意是，什么时候做了好梦，结成了这么美满的婚姻。

② "贵趾"三句：犹如口语说，真是稀客，今天是什么风把你吹来了？

③ 将来：带来。

④ 呜：哄小孩儿睡觉发出的声音。

⑤ 款：款待。

⑥ 绰有余妍：风姿绰约，非常漂亮。

⑦ 翘凤：清时妇女裹成的小脚。

⑧ 怳然：同恍然。

⑨ 而家：同尔家，你家。

⑩ 诮责：讥讽和责备。

⑪ 蓄旨：储蓄美好的食品。

⑫ 肃缩：怕冷的样子。

⑬ 复衣：过冬的棉衣。

⑭ 惠：同慧。

⑮ 因循：拖延。

腊故大高[①]，幸复强健，无劳悬耿[②]。待保儿婚后，去住由君。”女在洞中，辄取叶写书教儿读，儿过目即了。女曰：“此儿福相，放教入尘寰[③]，无忧至台阁[④]。”

未几，儿年十四，花城亲诣送女。女华妆至，容光照人。夫妻大悦，举家宴集。翩翩扣钗而歌曰：“我有佳儿，不羡贵官。我有佳妇，不羡绮纨。今夕聚首，皆当喜欢。为君行酒，劝君加餐。”

既而花城去，与儿夫妇对室居。新妇孝，依依膝下，宛如所生。生又言归，女曰：“子有俗骨，终非仙品。儿亦富贵中人，可携去。我不误儿生平。”新妇思别其母，花城已至。儿女恋恋，涕各满眶。两母慰之曰：“暂去，可复来。”翩翩乃剪叶为驴，令三人跨之以归。

大业已老归林下，意侄已死。忽携佳孙美妇归，喜如获宝。入门，各视所衣，悉蕉叶；破之，絮蒸蒸腾去，乃并易之。后生思翩翩，偕儿往探之，则黄叶满径，洞口路迷，零涕而返。

异史氏曰：“翩翩、花城，殆仙者耶[⑤]？餐叶衣云，何其怪也！然帏幄诽谑[⑥]，狎寝生雏，亦复何殊于人世？山中十五载，虽无‘人民城廓’之异[⑦]，而云迷洞口，无迹可寻，睹其景况，真刘、阮返棹时矣[⑧]。”

---

① 腊故大高：年岁太高。

② 悬耿：心中记挂。

③ 尘寰：人世间。

④ 台阁：指高官。

⑤ 殆：也许，或者。

⑥ 诽谑：调笑，开玩笑。

⑦ “山中”二句：据《搜神后记》载，丁令威学道千年，后来化鹤飞回家乡，作歌曰：“城郭犹是人民非，何不学仙冢累累。”

⑧ 刘阮返棹：据《幽明录》载：汉代的刘晨、阮肇入天台山采药迷路，遇两仙女，邀其回家，留滞半年。后二人思家，仙女相送出山，到家子孙已历七代矣。后重入天台山寻女，则踪迹全无，不可寻觅。返棹，回船。

寓言＋杂文：相得益彰，别具一格

——说《黑兽》

《聊斋志异》不仅内容丰富多彩，而且形式写法也多种多样，不拘一格。这篇《黑兽》，无论在内容、形式和写法上，都独具特色，与他篇迥不相同。主要表现在以下三个方面：一是作品的正文非常短，只有一百多字，而文后所附的“异史氏曰”却有近二百字，远远超过正文。二是正文所讲的故事，含寓着某种道理，却不点明，类似于一篇寓言。在“异史氏曰”中，才以精练的语言点出其中所包含的道理。紧接着，为了证明这一道理，又打破了本来是以发表评论为主的“异史氏曰”的常规，以相当于正文的篇幅另外讲了一个相同类型的故事；进而根据这一故事，又针对时事发表了一番议论，揭露和抨击贪官，一针见血，类似于一篇尖锐泼辣的杂文。三是，在具体写法上，虽然有正文与“异史氏曰”的划分和明确标志，却又是前后浑然一体，不可分割。全文在整体上，是由叙事引入议论，又由议论转换为叙事，最后又由叙事归结到对时事的尖锐抨击。叙议结合，交替采用，既相间又相生，既连贯而又不断变化。行文显得生动活泼，读来既饶有兴趣，又耐人寻味。

我们先读正文故事。为了说明所叙述的故事是真实发生的事情，作者一开头就交代是“闻李太公敬一言”，有名有姓地指出故事的来源，这是蒲松龄为增加所记奇闻异事可信性的常用手法。但除此而外，这一篇的叙事还采用了一个独特的视角，就是“某公在沈阳，宴集山颠”，这是某公在当时的亲眼所见。所以特意用了“俯瞰”二字以引领下文。从山顶往下看，一切尽收眼底，却又没有被野兽伤害的危险。这也增加了叙事的真实性。就好像今天已经普遍使用的摄像头，确定了位置，有了一个特定的视角，一切都看得清清楚楚，因而写出来的景象逼真生动，历历在目。

这个小故事可以分作两段来读。前一段说，看见有一只老虎衔了一个东西来，用爪子在地上刨了一个坑，把衔来的东西放进去，掩埋好以后就走了。某公感到有点奇怪，就派人去刨开来看，原来里面埋的是一只死鹿。去的人把鹿取走，再把土坑掩上。这一段虽然也有令人不解之处，但倒也还算平常，其作用只是为后文的情节作铺垫。后一段的内容就显得十分诡异而更加令人不解了：过了一会，老虎带着一只黑兽过来。这黑兽“毛长数寸”，这是从外形写它与其他野兽的不同之处。但奇异的还在后面：老虎在前面领路，对黑兽那小心尊敬的态度，就像是迎来了一位贵宾。“既至穴，兽眈眈蹲伺。”“眈眈”是指看东西的时候露出一种威猛的眼光。有一个词叫“虎视眈眈”，说的就是只有兽中之王的老虎，看东西才会有这种带着强烈攫取欲望而射出凶光的眼神。这黑兽是何方神圣，竟敢在老虎面前如此“眈眈蹲伺”？当老虎发现它掩埋的死鹿不见时，竟然吓得“战伏不敢少动”。接下来几句，作品以极其精练生动的语言，写那黑兽突然发威制虎：“兽怒其诳，以爪击虎额，虎立毙。”这黑兽果然厉害。前面所写老虎对黑兽的畏惧之状，我们不能理解，而在这里就得到了解释。但同时却又引出来一个更大的疑问：这黑兽到底是一种什么样的动物，竟然比老虎还要凶猛呢？作者并未给出答案（当然他是有意不给出答案的），只是写：“兽亦径去。”就结束了正文。

这篇小故事，写两只野兽及其关系，栩栩如生，很有吸引力。有趣的是，虽为野兽，但他们之间强者可以压迫弱者的关系，却近似于人类。不过讲这个故事有什么寓意呢？读者不知道，就是再三捉摸也还是捉摸不透。因此，如果没有后面一大段的“异史氏曰”与之相配、相映，加以引申、发挥、阐释，尽管写得很生动，也不过是一个没有思想艺术光彩的平庸故事而已。

整段“异史氏曰”，加进了另一个精彩故事，同样写得非常生动，具有吸引人的力量。这故事是由议论引出，而落脚点也还是在于引出议论、阐释、揭露、批判。在艺术表现上，叙事部分只是为议论提供更加充分的依据。其实作者跟我们一样，对他前面所叙述的那个故事，也是很不理解的；但独特而又耐人寻味之处在于，他后面的立论，却正好是建立在这种不可理解的基础之上。所以他在“异史氏曰”的一开头就说：“兽不知何名。然问其形，殊不大于虎，而何延颈受死，惧之如此其甚哉？凡物各有所制，理不可解。”作者虽然说不出道理，却是非常明确地得出了他的结论：“凡物各有所制。”意思是：世界万物，都是一物降一物的。用今天科学的眼光来解释，也许这一结论说的就是自然界和社会生活中都普遍存在的弱肉强食的生存竞争吧？

妙的是作者由此又引出另一个生动有趣的故事。但讲这个故事的目的，同样不是为了好听、好玩，而是为下文精辟的议论作铺垫。这个“狝最畏狨”的故事，是作者当作“凡物各有所制”的典型例子来引用的，同时又是正文故事的延续和扩展。两则故事具体情景不同，而其理则一。故事说，有一群狝，远远看见有狨来了，虽然自己一方有百十之众，却全都赶快排列在一起，没有一个敢于逃跑。接下来就是令人惊心骇目的弱肉强食的一幕：那一群狝“凝睛定息，听狨至，以爪遍揣其肥瘠，肥者则以片石志颠顶。狝戴石而伏，悚若木鸡，唯恐堕落。狨揣志已，乃次第按石取食，余始哄散。”

前后两则故事，都是讲自然界之所见，可是下文一转笔，即由自然界引入社会生活，向现实中之贪官污吏掷出了匕首投枪：“余尝谓贪吏似狨，亦且揣民之肥瘠志之，而裂食之；而民之戢耳听食，莫敢喘息，蚩蚩之情，亦犹是也。可哀也夫！”这几句感叹，表现了两方面的社会情景和与此相应的作者的思想感情：一是对于贪吏对百姓的肆意掠夺和压迫，进行了无情的揭露和愤怒的谴责；二是对被压迫被掠夺而无力反抗的百姓，表达了深切的同情，心情是十分哀痛的。

总观整篇作品，虽然篇幅短小，但在思想上却颇具锋芒，艺术表现也独具特色。其写法既不同于正规的小说，也有别于记述奇闻异事的笔记小品，而是事与理兼俱。形式上很像是寓言与杂文的结合，两者互相依承，互相生发，相得益彰，意味隽永。

黑兽

蒲松龄

闻李太公敬一言[①]：“某公在沈阳[②]，宴集山颠，俯瞰山下，有虎衔物来，以爪穴地，瘗之而去。使人探所瘗，得死鹿，乃取鹿而掩其穴。少间虎导一黑兽至，毛长数寸，虎前驱，若邀尊客。既至穴，兽眈眈蹲伺[③]。虎探穴失鹿，战伏不敢少动。兽怒其诳[④]，以爪击虎额，虎立毙，兽亦径去。”

异史氏曰：“兽不知何名。然问其形，殊不大于虎，而何延颈受死，惧之如此

① 李太公敬一：李思豫，字敬一。淄川人，传见《淄川县志》六《续义厚》。

② 沈阳：即今辽宁省沈阳市。清兵入关后定为留都。

③ 蹲伺：蹲着守候。

④ 诳（kuáng）：欺骗。

黑獸
鄭人獲鹿竟成虛白額威
消〻聲餘苛政由來猛於
虎不知此獸可能除

其甚哉？凡物各有所制[1]，理不可解。如狝最畏狨[2]，遥见之则百十成群，罗而跪[3]，无敢遁者。凝睛定息，听狨至，以爪遍揣其肥瘠[4]，肥者则以片石志颠顶[5]。狝戴石而伏，悚若木鸡[6]，唯恐堕落。狨揣志已，乃次第按石取食，余始哄散。余尝谓贪吏似狨，亦且揣民之肥瘠而志之，而裂食之；而民之戢耳听食[7]，莫敢喘息，蚩蚩之情[8]，亦犹是也。可哀也夫！”

---

① 制：制约，制伏。

② 狝（xiǎn）：猕猴。狨（róng）：金丝猴。

③ 罗：排列。

④ 揣：揣摸，测定。肥瘠：肥瘦。

⑤ 志颠顶：在头顶上作出标志。

⑥ 悚若木鸡：害怕得像木鸡一样。

⑦ 戢耳：贴耳，害怕顺从的样子。

⑧ 蚩蚩之情：老百姓害怕贪官的那种感情。

性格决定命运　命运表现性格
——说《青梅》

《青梅》是《聊斋志异》中篇幅最长的作品之一。小说的人物众多，关系复杂，因此而构成的情节也离奇多变，曲折生动。这又是一篇具有长篇小说的架构，而经作者加以高度浓缩而成的一篇极其精练的短篇小说。

小说的女主人公青梅，是一个亦狐亦人的形象。但这亦狐亦人，并不像《聊斋志异》中其他的许多狐仙形象一样，是从艺术形象创造的特质来说的，就是说人物既有精怪的奇幻的一面，也有现实的普通人的一面。而青梅则主要是指她的血缘关系而言：她是人与狐交合而生的一个混血儿。小说的开头就写这个混血儿的来历。与《聊斋志异》其他篇一开头就从主人公本人落笔不同，这一篇是从青梅父母的相恋、结合写起的。这是为了要写青梅的性格，就先从她父母的性格写起，写出青梅的性格是从哪里来的。这个别具一格的开头，只是全篇故事的一个铺垫。但这个铺垫不是一个轻描淡写的简单交代，而是一个自成首尾的栩栩如生的小故事，有情节、细节、对话，重要的是由此而写出了人物的思想性格。对整篇小说的布局来说，这个开头很像是一场大戏的序幕。待我们读到篇末，知道了青梅思想性格的基因来源时，才体会到这个开头设置的精妙和在塑造青梅形象中的重要意义。

小说的开头这样介绍青梅的父亲程生："性磊落，不为畛畦。"这是说他为人胸怀坦荡，不为礼法所拘束。接着就通过生动的细节，写他的旷达不羁和勇敢无畏："一日，自外归，缓其束带，觉带端沉沉，若有物堕。视之，无所见。宛转间，有女子从衣后出，掠发微笑，丽绝。程疑其鬼。女曰：'妾非鬼，狐也。'程曰：'倘得佳人，鬼且不惧，而况于狐！'遂与狎。二年，生一女，小字青梅。"作为人的父亲的性格，加上作为狐的母亲的美丽、慧黠、直率、大方，这些都在后文的情节发展中，逐步地从青梅的思想性格中表现出来。

情节很快就出现了大的转向。狐女叫程生不要另娶，答应为他生一个男孩作为条件（狐仙也受到重男轻女世俗观念的影响），但程生不顾狐女的劝阻另娶了王氏女。此后便发生了一系列影响到青梅命运的变故：狐女怒而弃青梅出走；不久程亦病卒；王氏别嫁。序幕中的人物很快就退场，主人公青梅便走向了舞台的中心。一场情节起伏跌宕的悲喜剧的大幕，就此正式拉开。

青梅成了孤女，这是她坎坷命运的开始。她无奈寄食于堂叔家，而堂叔是一个放荡无行的人，为了赚钱，就把她卖给了一个在家中等候放官的王进士。王进士喜欢青梅的聪慧，就用重金将她买来侍候他的女儿阿喜。这里一连出现了三个人物，真正重要的是王阿喜。这个故事，就主要以她和青梅两个人为中心演绎到底。

这两个人物的关系，有两点值得注意：一是一主一婢，在身份地位上并不平等；二是虽然如此，但两个人一开始就相互喜悦，后来竟情同姊妹。这种亲近的关系，符合于今天的一个时尚用语“闺密”。“喜年十四，容华绝代”，这是写她的美，比之青梅的“貌韶秀”犹有过之。这里写阿喜的美，在后文的情节发展中是有意义的；而对两个人的关系来说，又还具有另外一层意义，就是这两个亲密的女友，不仅是品德相当，就是外貌也是相匹配的。这是写两人虽然身份地位不同，却可以成为“闺密”的条件和原因。

作为一个婢女，小说首先写青梅的“善候伺”，以七个字来作形容：“能以目听，以眉语。”是说她的灵心绣口高出常人。常人只可以眉目传情，青梅却还能通过眉目而善解人意。但明伦对“以目听，以眉语”六个字大加赞扬，说：“写‘善候’二字，神妙直到秋毫颠，觉‘灵心慧眼’等字，俱成糟粕。”这样的评价，蒲松龄当得起。从清人的注解得知，这六个字原是从古典中化出来的，但读来却浑然无迹，就像是从作者的心中笔下自然流出的一样。“由是一家俱怜爱之”，青梅“善候”是她招人喜爱的重要原因，但同时也表明，她遇到的是一家好心人。在后来的逆境中，青梅遇到的，也处处都是好心人。古今都一样，社会再黑暗，还是好人多。

接着又出场一个重要人物张生。这又是一个好人，也是这个故事里的一个中心人物。值得注意的是，这个好人是由青梅发现和认定的，由此而引出一系列的矛盾纠葛，在这些矛盾纠葛中，青梅的眼光、心地和勇气得到了十分生动的表现。这位张生有这样几个特点：“家屡贫，无恒产，税居王第。性纯孝，制行不苟，又笃于学。”贫、孝、品行端正、读书勤奋，其中又特别突出地写他的孝行。视角取得很好，都是通过青梅的眼睛来写的，着重写了两件事：一是她亲见张生自己偷偷地嗞糠喝粥，而让母亲享受肉食；二是父亲生病，生活不能自理，张生“抱父而私”（伺候他便溺），不仅不怕脏，弄脏了衣服还尽量不让父亲看见。青梅见此“大异之”。“大异”二字，见出青梅有眼光，有思想。她重德，首先是以德取人。只有自己就有孝心、孝行的人，才会敏锐地观察到并理解和高度评价这种行为。这里表面上看来是通过青梅来写张生，实际的效果却是同时又通过张生表现了青梅。下面小说围绕着张生，着重表现青梅与阿喜的关系。她们的关系是主奴，又是朋友，朋友的真挚情谊超越了主奴的界限，冲破了主奴的隔阂，但又并没有脱尽主奴关系的色彩。这一点，蒲松龄的描写是把握得非常准确的。先是青梅帮助阿喜，是主动的，勇敢的，积极的；而后是阿喜又反过来帮助青梅，虽然同样真诚，却显得比较被动、懦弱，甚至有些无可奈何。两个人的性格有着明显的区别。

青梅的不凡、不俗，更突出地表现在她从张家回来以后的所思、所为。她一回来就把所见告诉了阿喜，并且说：“吾家客，非常人也。娘子不欲得良匹则已，欲得良匹，张生其人也。”言辞语气，充满关切和信任，一点不像是婢女对主子说话，倒像是心心相印的朋友。更为难得的是，她本人也是一个未婚少女，而且身份和家境更接近于张生，要说论婚姻，她自己成功的把握更大。但她不是首先为自己谋划未来，而是为主人之女谋划未来。她先人后己，毫无私心。阿喜的反应是“女恐父厌其贫”。这六个字含义丰富，既反映出父女之间的关系，也揭示出人物的性格。从中透露出的重要信息：一是，暗示出阿喜本人是有意于这位品德高尚的书生的；二是，阿喜深知父亲的一贯思想是嫌贫爱富；三是阿喜的性格懦弱，虽然有自己的感情倾向，但对父亲是心存畏惧，只能服从。这些丰富的含义，就预示了围绕着这一婚姻事件，将产生多重复杂的矛盾冲突，由此而衍生出一系列曲折生动的情节。

青梅给阿喜出主意说：“不然，是在娘子。”意思是，一切看你的主意，父亲的嫌贫爱富不必考虑。青梅虽是一个婢女，却有眼光，有主见，有独立的人格意识。进而她又具体地替阿喜谋划：只要你本人愿意，我可以偷偷地去告诉对方，让他们找一个媒人来说合，你母亲一定会来跟你商量，只要你说同意，事情就算办成了。她乐于成人之美，而且对事情谋划、考虑得非常周到，年纪虽小，表现却非常成熟老练。而阿喜却缺少青梅那样的胆识和勇气，她内心犹豫、疑虑，惧怕父亲是一个方面，根本的原因还在于她自己。她内心真正的顾虑是：“恐终贫为天下笑。”不是嫌他现在贫，是担心他一辈子都不能脱贫致富而被人耻笑。作者对人物性格的刻画，不是流于表面，而是开掘到人物的内心深处。他将两个人物对比起来描写，一下子就显示出在眼光和识见上的高低。遇到矛盾和困难，青梅助人之心不变，她激励阿喜说："妾自谓能相天下士，必无谬误。"这话说得自信果断，掷地有声。青梅不仅有见识、有眼光，而且有勇气、有智慧，敢说敢为，勇于担当。她竟亲自到张家去联络沟通，"往告张媪（张生的母亲）"，张媪的反应却出人意料："媪大惊，谓其言不祥。"老人家考虑问题是很实在的，一个富家大室的闺秀，主动让人找上门来要下嫁到贫苦人家，在她看来，这恐怕不是一个好兆头。这一看似有悖于常情常理的反应，却完全合乎人物的特定身份和思想性格：不是拒绝，是不敢高攀。文字如此精练，写人物的思想性格，却是如此深刻、准确，蒲松龄不愧为写作短篇的高手。

接着是写青梅的善言。她劝说张媪的一番话，表现出很高的智慧："小姐闻公子而贤之也，妾故窥其意以为言。冰人往，我两人袒焉，计合允遂。纵其否也，于公子何辱乎？"这段话包含好了几层意思。第一，小姐是慕公子之贤，并不计较穷和富；第二，是我观察到她的真实意思才敢来告诉你的；第三，如果你们派媒人去说合，我和小姐两人会从旁做工作，估计成功的把握比较大；第四，退一步说，即使事情不成，也不会丢你家公子的面子。说得有情有理，合乎逻辑，各种情况都估计到了，全面细致，滴水不漏。水到渠成的结果是："媪曰：'诺'。"

卖花人侯氏代张家去说媒的过程，矛盾迭起，从中充分地展现了不同人物的不同性格。听说是贫穷的张家想要娶自家的女儿，"夫人闻之而笑；以告王，王亦大笑"。父母二人都以笑来回应，父亲还是"大笑"。这里的两个"笑"字，与前面写阿喜"恐父厌其贫"相呼应，真是知父者莫如女，这是富人贱视穷人的一种恶劣表现。他们对女儿的婚姻大事，看起来似乎也还有通达的一面，没有当时就自作主张断然拒绝，而是叫女儿来，告知此事，征求她的意见。但实际上却只是一种对女儿的试探。小说写阿喜和青梅两人对此事的态度，生动、准确、传神，人物的音容笑貌、性格心理都跃然纸上。"唤女至，述侯氏意。女未及答，青梅亟赞其贤，决其必贵"。青梅的"抢话"，表现了她热情助人的急切心情；而阿喜慢半拍未及回答，则表现了她的稳重和迟疑，其中还透露出对父亲的畏惧。母亲对女儿说："此汝百年事，如能啜糠覈也，即为汝允之。"深知父母心思和习性的阿喜，并未立即表示同意，而是表现为："俯首久之，顾壁而答"。她在慎重思考，主意是有的，但能不能说，怎样说，却颇费斟酌，所以有好一阵的迟疑。"顾壁"二字尤为传神，显示出她是明确地意识到父母亲是不会同意她的选择的，但又不能不说，因此回答时不敢正眼看着母亲。回答的内容表现了她的聪慧机敏，意思很明确，却说得非常婉转含蓄。她先是将富贵归之于天命，而且从贫与富两面来说，含蓄而又坚定地表达了她相信张生是属于“不贫者无穷期”的那一类的。最后以一句“是在父母”作结，表示一定会听从父母的决定。然而父母的“征求”意见，只是“将以博笑”。这里的一个“笑”字，与前面写两人轻蔑的“笑”相呼应，进一步表现了他们嫌贫爱富的特性。母亲“及闻女言，心不乐曰：‘汝欲适张氏耶？’”这时小说写阿喜的表现绝妙：“女不答；再问，再不答。”两问两不答，却正是她的回答，无言的回答比有言的回答，表现得更加坚决。这一态度，揭示出阿喜的内心矛盾和隐秘，同时又预伏了下文一系列的矛盾冲突。母亲的怒斥很有份量：“贱骨了不长进！欲携筐作乞人妇，宁不羞死！”话说得很重，表现了在贫富和家世利益面前，对爱女的粗暴态度。“女涨红气结，含涕引去”，对阿喜的性格刻画是非常准确的：有主见，但懦弱，不坚定，缺乏反抗精神。

青梅则表现出另一种精神气象。“见（阿喜事）不谐，欲自谋”。“自谋”就是靠自己的力量去争取自己的幸福。而且一旦下了决心就付诸行动，勇往直前，乘夜便独自到张生的住所去。对两人会见的描写，完全是性格化的。青梅是在张生夜晚读书的时候突然出现的，“生惊问所来，词涉吞吐”。“吞吐”应该是指青梅的回答，虽然勇敢，却毕竟有少女的羞怯，不能痛快直言。可以让我们想象出她当时的神态。“生正色却之”。在遭到严肃的拒绝之后，青梅是这样的表现：“泣曰：‘妾良家子，非淫奔者；徒以君贤，故愿自托。’”大胆告白，直诉所求，但情意凄切，出语诚恳。“自托”二字，在当时的社会条件下，表现出一个少女为追求自己的幸福而表现出的一种非凡的胸襟和勇气。青梅是慕张生之“贤”而生爱的，这一点对张生有所触动。但为人正派的他仍然是义正辞严，坚决地予以拒绝：“生曰：‘卿爱我，谓我贤也。昏夜之行，自好者不为，而谓贤者为之乎？夫始乱之而终成之，君子犹曰不可，况不能成，彼此何以自处？’”这一番话，表现出张生光明磊落的君子之风，既自爱，又尊重对方。这更证明了青梅对他“贤”的判断与追慕是很有眼光的。而“能成”与“不能成”之说，又在艺术表现上暗中留下了余地。聪明的青梅从“能成”的一面去理解和争取，于是回答：“万一能成，肯赐援拾否？”“援拾”就是接纳之意。

两人的关系在矛盾中实际已经进了一步。此时张生的内心也有了变化，并向青梅道出了真实的想法：“得人如卿，又何求？但有不可如何者三，故不敢轻诺耳。”意思是说，我内心是很愿意的，但有三个难题不好解决。语气和想法都有了松动和回旋的余地。在青梅的询问下，张生所谓的“不可如何者三”是指：第一，你不能自主自己的婚事（这时张生还不知道青梅的婢女身份，当是指遵从父母之命而言）；第二，即使你能自主，我也必须听从父母之命；第三，即使我的父母同意，但你一定出身富贵之家，我家贫必不相配，这更是极难解决的大难题。因而催促她赶快离开，以免瓜李之嫌。说得堂堂正正，有情有理，表现出高尚纯洁的美好品德。青梅与张生是同一流人物，因而虽然遭拒，却能理解、接受。故在临去时，嘱张生曰：“君倘有意，乞共图之。”张生以一“诺”字来回答。一个是爱贤，一个是因对方爱贤而心有所动，性格在情节发展中得到展示，而人物性格又推动着情节的发展。

此前主要是写青梅对阿喜的帮助，此后就反过来主要写阿喜对青梅的帮助了。两个人是在互相帮助中逐渐深入理解而成为真诚的朋友的。从张生处回来之后，在青梅和阿喜之间发生了一场误会和冲突，从中进一步展现出人物不同的思想性格。当青梅告知阿喜她晚上去了张生家时，“女怒其淫奔，将施扑责（露出主子面目）。梅泣白无他，因而实告”。阿喜听后感叹说：“不苟合，礼也；必告父母，孝也；不轻然诺，信也：有此三德，天必祐之，其无患贫也已。”这是她对张生品行的认识和在此基础上对他命运的判断。与青梅一样，阿喜也是以德察人，以德评人，并且以德来判断其未来前途的。这一评判证明了阿喜与青梅之间有相近的眼光，内心有息息相通的一面。更重要的是两个人的品德也同样高尚。阿喜在确认张生将来必有富贵前途的情况下，跟青梅之前一样，不是首先为自己着想，而是为做婢女的青梅着想。她问青梅：“子将若何？”青梅毫不含糊地回答：“嫁之。”其直率与痛快，则与阿喜判然有别。“女笑曰：‘痴婢能自主耶？’”这里的“自主”，并不是指父母之命，而主要是指她的身份是一个没有人身自由的婢女。称她为“痴婢”，虽然是主子语气，却显得亲切，听不出有一点贱视的意味。青梅非常坚决地表示：“不济，则以死继之！”表现出她对爱情追求的真诚和执着。阿喜也毫不含糊地表示：“我必如所愿。”也就是说，我一定会倾全力帮助你实现愿望。但是要帮助青梅实现愿望，对阿喜来说并非易事。张生家贫，而青梅又无力自赎，这桩婚姻要真正实现，是非常困难的。要让青梅不花钱就能获得自由，父母一关是通不过的；而去请求父母放弃赎金，阿喜又没有这个勇气。阿喜虽有决心，却在困难面前也不免踌躇，并发出这样的沉吟：“是非我之能为力矣。”无助的青梅“泣数行下，但求怜拯”。阿喜无法可想，便把自己的私蓄拿出来资助青梅，张母又“多方乞贷，共得如干数，藏待好音”。

机会终于到来。阿喜乘父亲迁官之机，建议母亲将青梅遣送出去。母亲本来就认为“青梅太黠，恐导女不义，每欲嫁之，而恐女不乐也，闻女言甚喜”。本来是顺水推舟，却又好事多磨。过两天有一个傭保妇来为张家说媒。“王笑曰：‘是只合耦婢子，前此何妄也！’”这一“笑”字，又与前面的两“笑”字相呼应，进一步揭露了富贵人家卑视穷人的丑恶嘴脸。更坏的是，他还想把青梅卖给人家做小妾，以此赚取比当时购买所花高出一倍的钱。在阿喜坚执而动情的劝说下，才勉强同意以原价让青梅赎身嫁给张生。

在阿喜随父赴任与青梅离别之前，写了一段青梅嫁到张家后的表现，对表现人物的性格和命运，都有十分重要的意义。张生对父母已经是十分孝顺了，而青梅孝顺翁姑犹有过之：勤劳操作家务，吃糠噈粃都不以为苦；更以刺绣为业，因技艺精巧而广受欢迎，很快就改善了穷困的家境。更重要是为了张生能专心读书，家务之外还担负起全部的经纪事务。因此而得到了全家人的爱重。

这以后两个人的命运就开始向相反的方向转化。相别之时，阿喜对青梅泣曰：“子得所矣，我固不如。”这八个字是后半部情节的概括和预示。而青梅则明确表示，自己命运的好转，是由阿喜所赐，她是受恩知报，不会负义的。这又为全文的结局伏下一笔。

情节的发展突然风起浪湧，阿喜家急速破败：半年母卒；又二年父坐罪，被罚破产，从者逃散；继而又染疾卒；不久唯一跟从她的一位老媪又卒。阿喜成了一个无依无靠的孤女。由一个生活优裕的富家女而突然跌入低谷，经受了各种生活的磨难。但蒲松龄总是让他笔下品德高尚的好人得到好报，因此在他的艺术构思中，一面写她受难，一面又同时写她总是遇到好人，得到救助。

阿喜遇到的第一个好人就是邻妪。邻妪因同情而劝她出嫁，她回答：“能为我葬双亲者，从之。”在“伶仃益苦”的情况下，她对父母仍然孝心不改。邻妪赠以斗米，并按她的要求帮助她寻找合适的对象。但是，家贫者无力为她安葬双亲，而富有者却又嫌她是败落人家的女儿，高低难成。于是为她本人的生活着想，劝她嫁给一位姓李的人家做侧室，可以解决厚葬双亲的问题。初时大哭拒绝，说：“我搢绅裔而为人妾耶！”“妪无言，遂去。”情节的发展在此作一顿挫，一则表现阿喜处境之可怜，二则继续表现她对双亲的孝心。后来竟至沦落到“日仅一餐”都无以为继，半年后完全不能支持，连自杀之心都有了。之所以苟活下来，就只是为了要收葬双亲的尸骨。最后不得已，只好从听邻妪的意见，嫁给了李姓做小妾，才将一直挂念于心的双亲安葬。

裹腹之忧解决了，但新的磨难又接踵而至。先是李姓的大老婆极为悍妒，即使丈夫谎称是购来的婢女也不能容忍，“暴怒，杖逐而出”，以致使她“披发零涕，进退无所”。这时候又遇到了第二个好人老尼。老尼将她接到庙里，她要求剃度出家。老尼同样有慧眼，善识人相，看出她不是一个长久沦落的人，劝她留在庙里劳动为生，以待时运好转。这里写老尼的预测，既与前面青梅对张生的预测前后映衬，又为下文写阿喜命运的转折预伏一笔。但其间又写她经历了多次无赖恶少的调戏骚扰，以至使她“号泣欲自死”。继而又有贵族公子过庵而欲娶为小妾，逼得她“欲乳药求死”。公子纠缠不放，后又派家奴到庙里来威胁，“女大悲，又欲自尽”。这些危难，都在善良的老尼的悉心保护下，一一化解，终于平安地活了下来。其间，小说穿插了一段阿喜夜梦父亲的情节，父亲对她除了对以前未同意她与张生的婚事表示悔愧外，就是劝她“但缓须臾勿死，夙愿尚可复酬”。加上天明后，老尼望其气色而惊曰：“睹子面，浊气尽消，横逆不足忧也。福且至，勿忘老身矣。”预示了阿喜的命运即将逆转。梦境的穿插，虽然表面看来与前后情节关联并不紧密，稍嫌突兀，但在艺术构思上，却为写全文喜剧大结局而预先作了布置。下文写与青梅的重新团聚，的确是大出人意料之笔，但有了上文的布置，也给人一种水到渠成之感。

“暴雨翻盆”之际，有人来敲庙门。众人大惊，以为又是贵公子派人来捣乱。开门一看，竟是一群女奴簇拥一个丽人来，“仆从煊赫，冠盖甚都”。来者不是别人，正是相别多年的青梅。这时张生任职司李，她已经贵为司李夫人，正好经过此地，入庙“暂避风雨”。聊斋用笔，总是变幻莫测，在山穷水尽之时，突然又见柳暗花明。阿喜被发现的过程，也写得极为曲折：先是夫人入殿中，“移榻肃坐”，而“家人妇群奔禅房，各寻休憩。入室见女，艳之，走告夫人”。在雨停将离去之前，“夫人起，请窥禅院”，这才由老尼“引入睹女”。这一见非同小可，夫人“骇绝，凝眸不瞬；女亦顾盼良久”。然后从不幸的阿喜眼中确认：“夫人非他，盖青梅也。”这一突如其来、出人意料之笔，出自蒲松龄的精心构想，层层铺垫，层层转折，最后才用重笔写出“盖青梅也”四个字。在此，冯镇峦评云：“‘青梅也’三字，天上落下。”但明伦评云：“层层疑骇，惊鬼惊神，至此列开旗门，将军突现，令人目炫神摇，笔亦跳脱欲飞。”都道出了这段描写文字飞动、笔法转折之妙。

“各失声哭，因道行踪”，用回叙的笔法，补写两人分别以后各自的遭遇，而又以青梅为主。阿喜听后，“叹曰：‘今日相看，何啻霄壤！’”两个人的境遇，此时竟有天壤之别。但这不但没有成为两人友情的障碍，反而以此为契机，作者着意将其提升到一个新的境界。青梅感念旧情，胸怀坦荡，笑曰：“幸娘子挫折无偶，天正欲我两人完聚耳。”接着就“取珠冠锦衣，催女易妆”。阿喜还对同处一室心存疑虑，觉得“其名不顺”。而青梅却十分坦然，毫无犹豫地说：“昔日自有定分，婢子敢忘大德！试思张郎，岂负义者？”不仅自己，而且还带出丈夫张生，都是受恩知报，讲求义气的人。果然，到任上会见张生家人，“母子皆喜”。因为有从前张家求婚被拒的经历，故“女拜曰：‘今无颜见母！’”张母的反应是：“笑慰之。因谋涓吉合卺（择日举办婚事）”。这里的一个“笑”字，与前面张家向王家求婚时，阿喜父母的两个“笑”字遥相映照，显示出两者之间在品德和思想境界上的巨大差异。阿喜婉拒，说：“倘念旧好，得受一庐，可容蒲团足矣。”对此，“梅笑而不言”。这一“笑”字，也用得十分精妙，含蓄中透出狡黠和爱怜，既与张母的慈祥之笑，也与前面阿喜父母的轻蔑刻薄之笑，形成进一层的映照，都在人物思想品格的表现上起到了令人深思的作用。经过精心的准备，“及期，抱艳妆来”，在鼓乐声中，为她与张生举行婚礼。阿喜虽然“左右不知所可”，但被“梅率婢媪强衣之，挽扶而出。见生朝服而拜，遂不觉盈盈而亦拜也”。青梅将阿喜扶入洞房，坦然大方地说：“虚此位待君久矣。”她将已经得到的正妻位置慷慨地让给阿喜，视此为对阿喜当初真挚的同情和热情的帮助理所当然的回报，还嘱咐张生：“今夜得报恩，可好为之”。此后，青梅一如过去“事女谨，莫敢当夕（指守礼而不敢替代正妻的位置）”。阿喜为此也感到不安。“于是母命相呼以夫人；然梅终执婢妾礼，罔敢懈。”

按蒲松龄好人必得好报的观念，小说最后的结局当然是非常美满的。张生“行取入都（升官进京）”，路过尼庵时送给老尼五百金作为寿礼，尼只受二百，也是用来建祠和为王夫人立碑。两人都表现出高尚的品德。张生后来官至侍郎，两位夫人都为他生育了子女。“张上书陈情，俱封夫人”。

小说热情地歌颂了青梅与阿喜之间的真挚情谊，而这种情谊是建立在人物美好品德之上的。立德和颂德，是贯穿全篇的一条思想红线。人物的美好品德主要表现在：真诚、善良、热情助人、孝顺父母。而对青梅，则更歌颂她的眼光、胸怀，“能识英雄于尘埃”，先人后己，以助人为乐。而与此相映衬的，是对“弃德行而求膏粱”、嫌贫爱富的思想作了善意的批评。但明伦在篇末总评中称这篇小说“是为有关世教之言”。但蒲松龄时代的世教，在今天看来是有精华也有糟粕的，青梅严守等级观念，甘于婢女的地位，得正妻之位而固求只做侧室，这已经超出了友情的范围，透露出些许封建思想的气息。

补记：

《周先慎细说聊斋》原拟继续写作二至四集的，但第一集完稿之时，不意突发心衰，第一集出版之后，身体未能得到很好的恢复，且于2016年又先后两次出现心衰，身体虚弱，于是在写出《细说〈青梅〉》一篇后，不得不中断写作。对此感到十分遗憾，只能将写出的一篇附后，算是对读者作出的一个无奈的交待。

（原载《蒲松龄研究》2016年第三期，此文未收入上海三联书店2015年版《周先慎细说聊斋》，为十卷本《周先慎文集》补录）

说《香玉》

《香玉》在《聊斋志异》中是写得最优美的篇章之一。《香玉》像是一首诗，一首歌颂爱情和友情的诗。小说写人与牡丹和耐冬花妖之间的爱情、友情，写情之真、之深、之美。

在篇末的“异史氏曰”中，蒲松龄明确而又充满热情地说：“情之至者，鬼神可通。花以鬼从，而人以魂寄，非其结于情者深耶？”这就表明，他是自觉地通过人和花妖之间的关系，来热情地肯定和歌颂一种真情，这真情不是一般的爱情和友情，而是人间之至情。这种对“情”的态度，是明中后期以来，在思想界和文学界以李贽、汤显祖为代表的用“情”来反理学和反封建的进步思潮的继承和发扬。正如在汤显祖的笔下一样，在蒲松龄的笔下，这种“至情”，不仅生死不渝，而且超越生死；不仅感天地，还能泣鬼神。这种对人间至情的肯定和歌颂，在《聊斋志异》中可以读到多篇，而《香玉》是其中最突出和最优秀的作品之一。

《香玉》的一个突出特点是写爱情而又不是单纯写爱情，同时还写到友情，将爱情和友情结合到一起来写。有些地方，写得看起来很有些纠结，实际上却是联系紧密而又界限分明。爱情主要是写黄生与香玉之间的关系；但对黄生一方来说，爱的追求也是既朦胧而又鲜明地存在于他和绛雪之间的。而友情呢，则既存在于黄生与绛雪之间，也存在于香玉与绛雪之间。小说所表现的人物关系和感情内涵，是相当丰富的。

全篇以写香玉与黄生的爱情为主，写黄生和绛雪、绛雪和香玉之间的友情为辅。在艺术表现上，两方面不可分割，相辅相成，融合成一个整体。

香玉与黄生的爱情，充满悲欢离合，经历了一段生离死别的曲折过程。黄生是一位寄住在崂山下清宫读书的书生。他无意中多次从窗口看见两个美丽的年轻女郎，因此而产生强烈的爱慕之心，甚至情不自禁地“暴起”追逐，使得两位女郎惊惧逃避。这时，读者和两位女主人公一样，怀疑他很可能是一个追香逐玉的浮浪子弟。由于爱之切，他便在树下题了一首诗，以表达自己的爱慕和相思之情：“无限相思苦，含情对短缸。恐归沙吒利，何处觅无双。”不仅题诗传情，而且“归斋冥思”，不能忘怀。这种表现感动了那位虽“素衣”却是热情奔放的女子，她就是这篇小说的女主人公香玉。令读者没有想到、同时也令黄生喜出望外的是，那位素衣女子竟出人意料地突然到他的书斋里来了。香玉为什么很快就打消疑虑、主动上门来找黄生呢？她是这样向黄生解释的：“君汹汹似强寇，令人恐怖；不知君乃骚雅士，无妨相见。”她是从那首真情流露的诗，认识到黄生乃是一位多情的风雅文士的。她的这一大胆的行动，除了显示出她善于观察思考，是一个热情勇敢地追求爱情的女子外，同时还显示了她也是一位知书明理、有思想、有教养的姑娘。接着，她向黄生介绍自己的生平和遭遇，更引起了当事人和读者对她不幸生活的同情。原来，她是一个被道士禁闭在观中的妓女，为了获得和珍惜与黄生幽会的良机，竟拒绝了黄生要解救她并为她雪耻的请求。她认为被道士“闭置山中”虽然不幸，但因此而能“与风流士，长作幽会”，也是很值得的。于是，两人“相狎”，用今天的话来说就是坠入了爱河。她的这种行为，看似有失庄重，近于轻浮；但通过作者以含蓄而简练的笔墨写出的她的遭遇、眼光、见识和修养，加上追求爱情的勇敢和热情，便自然地博得了黄生、同时也博得了读者对她的同情和喜爱。香玉回赠给黄生的诗中有两句：“愿如梁上燕，栖处自成双。”这种表达情爱的方式，也就在不经意间写出了她的文化素养。难怪黄生被感动得情不自禁地握住她的手腕说：“卿秀外惠中，令人爱而忘死。”此后二人“夙夜必偕”，过了一段甜蜜的生活。

然而幸福的爱情却突遭横来之祸。情节发展中的这一波折，引出的是三个人复杂关系的展开。有一位姓蓝的官僚游下清宫，“见白牡丹，悦之，掘移径去”。逼得香玉向黄生作惨然长别。到这里，小说才通过黄生的痛苦、感悟，向读者明确地点示出香玉原来是一位幻化成人的牡丹花妖。白牡丹移栽到蓝氏之家后，“日就萎悴”。黄生并没有因为香玉的身份是花妖就产生畏惧或后悔，相反，却为她所遭遇的摧残而“怅惋不已”，既痛且恨，作“哭花诗五十首，日日临穴涕洟”。这时，因为香玉之死，那位神思已久不得相见的“红衣人”绛雪却不期而至。她也是为挥涕凭吊香玉而来。前面小说曾通过香玉之口，交代过绛雪与她是结义姊妹，至此才实际展开两个花妖之间真挚友情的描写。绛雪本来是生性孤高，不肯与生人相见，总是躲避黄生的，这次却因为对香玉之死的共同哀悼而不再回避了。“生因把袂，相向汍澜”，并邀她入室，她竟也一反常态，欣然同意。香玉之死，以及两个花妖姊妹之间的情谊，成了黄生与绛雪关系产生的基础和契机。作者经过精心的构思，使小说情节在曲折的发展中，对爱情和友情的描写十分自然地结合到了一起。

绛雪对黄生说："泪堕九泉，或当感诚再作（使香玉死而复生）。"两个人，一个是出于爱情，一个是出于友情，对枯萎的香玉日夕怀想，涕泣凭吊，十分真挚深沉，终于感动花神而使香玉再生。但再生后的香玉，用她自己的话来说，还只是花之鬼，而非花之神。鬼神之别，在一散一凝。所以此时黄生所见的香玉，还不是原来的那个凝神之香玉，而是散而不能聚的徒具其形而无神的香玉。因而触之虚无，相见如同梦寐。在香玉的请求和授意下，经过黄生长期的精心培护和浇灌，终于使那株枯死的白牡丹花，又生意盎然地重新开放了。真是精诚所至，金石为开！两个有情人终于实现了重新团聚："二人同寝，款洽一如从前。"这是从香玉一面（即花的一面）写爱情所经历的由生而死，又由死而生，着重表现了黄生对香玉的痴情和执著。

接下去，作者换一个角度，在此基础上特意加重一笔，又从黄生一面（即人的一面），写他的由生而死，又由死而生，经过漫长曲折的过程，最后才实现了两个有情人的最终结合。在其妻死后，黄生就入山不归，相伴于茁壮成长、"已大如臂"的白牡丹之旁。但毕竟一为生人，一为花妖，爱情之美终未能达到水乳交融的境界。为了爱情，他希望自己也能化为牡丹花，成为香玉的同类。他真诚地对香玉许愿说："我他日寄魂于此，当生卿之左。"如此经历了十余年，忽病，竟坦然对着床前哀痛的儿子笑着说："此我生期，非死期也，何哀为？"对于黄生来说，确实是肉体之死，即爱情之生，是一大喜事。于是，黄生自己也化为牡丹，赤色，五叶，永远相亲相伴于香玉之旁，实现了人和花妖之间的爱情理想。

这是这篇小说的主要内容，也是情节发展的主线。但小说还有一条副线，一条同样不可忽视的副线。这就是写黄生与绛雪之间的关系。值得注意的是，就像写黄生与香玉的关系一样，在写黄生与绛雪关系的同时，小说也处处注意表现绛雪和香玉之间的关系。也就是说，在描写爱情的同时，不忘描写友情；而在写友情时，又处处照应着爱情。不同的是，黄生与绛雪之间的关系是比较复杂的，小说真实地表现了这种关系的复杂性，写得很真实，同时又处理得很有分寸。

我们分析和评价古代的文学作品，不能离开当时的时代条件。在蒲松龄生活的时代，是一夫多妻制的时代，一个已婚的男人，在外面与别的女人相恋、结婚，都是常事，并不受到法律的约束，甚至一般情况下也不受道德的谴责。作者写黄生已经娶妻，在道观中读书偶遇爱慕的女子而产生了爱情，对这个事实本身，是不以为非的。这与我们今天的法律和道德观念不同，我们不必强求于古人，当然也不可离开时代条件而去效仿古人。重要的是，我们要看到，蒲松龄看重并着意表现的，是人和花妖之间这种爱情的真挚和执着。他站在那个时代的立场，以他当时可能有的思想高度，认为真挚深沉的爱情和友情，都是人间之至情，都是值得肯定和歌颂的。

其实，作者对黄生希望消受“双美”，即同时得到香玉和绛雪两个女人的爱情，是有所批评的。这一批评的态度，最鲜明的表现就是多次写绛雪对他的冷淡和拒绝，始终不让他的这一非分之想得逞。小说一开始写他看见两个女子，一“素衣”，一“红裳”，在他心中的反应就是“艳丽双绝”。蒲松龄只用了这四个字，就将他的艳羡心理显露无遗。在与香玉如愿幽会后，他又多次请香玉邀约绛雪来，却总是遭到绛雪的拒绝。香玉对他说：“绛姐性格落落，不似妾情痴也。”只是在香玉遭难，与黄生凭吊相遇时，绛雪的态度才有了变化。因为她看到了黄生对香玉之死痛不欲生，确有真情，而不是她原来想象的那种玩弄妇女的浮浪子弟。但是对于她与黄生之间的关系，态度仍然非常明确：“妾以年少书生，什九薄幸；不知君固至情人也。然妾与君交，以情不以淫。若昼夜狎昵，则妾不能矣。”就是说，我虽然为你对香玉的真情所感，但绝不可能跟香玉一样和你发生爱情。小说后面曾不止一次写到绛雪在黄生的苦求下曾留宿黄室。两人是否曾有肌肤之亲，作者没有明白写出，但却有含蓄的透露。从后来绛雪对香玉所说的：“妹来大好！我被汝家男子纠缠死矣”，以及“日日代人作妇，今幸退而为友”这些话来看，两人是确曾有过这样的关系的。但同时小说也毫不含糊地写出，这只是黄生之所求，而非绛雪之所愿，她完全是出于对义妹的友情和关心，替香玉暂时慰黄生之寂寞才这样做的。如绛雪明确地告诉黄生的：“妾不能如香玉之热，但可少慰君寂寞耳。”黄生在狎昵之求多次遭拒之后，也无奈地接受了绛雪对他们关系的限制：“相见之欢，何必在此。”因此不无遗憾却还算坦然地对绛雪说：“香玉吾爱妻，绛雪吾良友也。”两个人之间看似暧昧、纠结而复杂的关系，在作者的思想和具体描写中，却有着这样鲜明而又准确的定位：跟香玉是爱情关系，跟绛雪只是友情关系。

小说在艺术上的高明之处在于，写绛雪与黄生的友情，同时也就是写绛雪与香玉的友情，而这一点在蒲松龄是非常自觉的；不仅如此，由于经过这一层婉曲和折射，两方面的友情都因此而表现得更深，更富于思想内涵。绛雪与黄生之间是一种特殊的友情，虽曾同居却仍然非常纯洁；绛雪与香玉之间也不是一般的友情，而是结义姊妹之间的真挚情谊，因为其中包含了绛雪非己之所愿却因姊妹之情强而为之的特殊行为，就更表现了一种为朋友而自我牺牲的可贵精神。在香玉一方，对黄生和绛雪之间的这种行为，也没有丝毫在现实生活中常见的那种嫉妒和排斥的情绪。这些都体现了蒲松龄小说的特色：写性爱而不显得低俗，相反却能表现出一种超越世俗观念而带有理想色彩的纯真，在思想和艺术上确是高人一等。

这篇小说的人物塑造上，黄生除"情痴"这一面以外，还缺乏鲜明的个性特征。而两个花妖香玉和绛雪，却各具对比意义的性格特色。香玉大胆开朗，绛雪孤高沉稳；香玉热，绛雪冷；香玉情浓，绛雪情淡。但又都以各自不同的形式，表现了多情重义的美好品格，同样令人喜爱。

在构思上，篇首双提，篇中并写，篇末总结，富于变化而又极为整饬。小说开篇这样写："劳山下清宫，耐冬高二丈，大数十围；牡丹高丈余，花时璀璨似锦。"这样的开头，在《聊斋志异》中是非常特殊的。表面上看是以写景入题，实际上却仍是意在写人。因为人物是花妖，绛雪是耐冬所化，香玉是牡丹所化，写耐冬就是暗写绛雪，写牡丹就是暗写香玉。读完全篇再回过头来看这个开头，才感觉到是别具意味的。中间"素衣""红裳"先后登场，分别或早或晚写她们与黄生的关系。但是，写香玉时不忘绛雪，写绛雪时又不忘香玉；两条线或交叉或并行发展，却又有先有后，有主有次，有分有合。最后黄生死后也化为五叶赤牡丹，与篇首的写景呼应，都成为自然界中有灵有性的鲜艳美色。

小说的结局也写得颇富内涵。后因老道士死后，其弟子不知爱惜，黄生所化的赤牡丹竟被斫憔悴而死，之后"白牡丹亦憔悴死，无何，耐冬亦死"。这个看似悲剧性的结尾，作者处理得别有深意。为情而生，又为情而死，这里写到的三个人的相继死亡，都带有殉情的色彩。因此，这样的结局并没有像通常的悲剧那样引起读者的失落感和哀痛感；相反，却因为三人共同具有的人间至情，在死亡这种特殊的形式中得到了延伸和展现，对于他们的死，读者感受到的，只是他们优美灵魂的一种升华。因而，读者从中获得的，竟是与一般面对死亡时完全不同的感受，不是恐惧，不是悲伤，而是一种欣慰，一种哀艳的美感，甚至是一种愉悦。

这是一篇诗意化的小说。小说的诗意特质，由两方面的因素构成。一方面是穿插诗歌，以诗歌来表现人物的思想感情，揭示人物之间的关系。如开始时因黄生的"暴起"追逐而引起两个女子的惊惧和奔逃，却又因为黄生题诗树下而消解了香玉的疑虑，由此看清了黄生原来是一个“骚雅士”而主动与之相见。香玉亦在与黄生欢会之后，同样吟诗酬和，表达了“愿如梁上燕，栖处自成双”的美好愿望。香玉被摧残致死，黄生又作哭花诗五十首以为悼念，表现了一个文人雅士的独特行为风貌。而黄生在与绛雪相聚而复散之后，一个人独处，“冷雨幽窗，苦怀香玉，辗转床头，泪凝枕席”，又不禁揽衣而起，踵前韵再作诗一首：“山院黄昏雨，垂帘坐小窗。相思人不见，中夜泪双双。”绛雪在窗外听到后，因心有所感而和作一首：“连袂人何处？孤灯照晚窗。空山人一个，对影自成双。”绛雪与黄生的“相见之欢”，即如绛雪之所愿，不在情爱，而在这种富于风雅情调的“宴饮唱酬”之中。这一系列的描写，就都烘染出了一种充满诗意的景象和氛围。

另一方面，更为重要的，是因为作者用诗的笔法，创造了一种诗的意境。有时只是简单的几句点染，就能营造出一种诗意来。如写两位花妖的出场，先是“素衣掩映花间”，后是“袖裙飘拂，香风洋溢”，就表现了一种既能启发人的想象又极具感染力的美感。而最为突出的，是写被摧残的白牡丹在黄生的精心培植和养护之下，死而复生时的情景：“次年四月至宫，则花一朵，含苞未放；方流连间，花摇摇欲拆；少时已开，花大如盘，俨然有小美人坐蕊中，裁三四指许；转瞬飘然欲下，则香玉也。”这样的诗的意境，奇幻至极，也优美至极，读者从中得到的，是一种余韵悠然、品味不尽的美的享受。

（此文未收入上海三联书店2015年版《周先慎细说聊斋》，为十卷本《周先慎文集》补录）

后　记

一件有意义的事情的做成，有其必然的原因，但也常常离不开偶然的因素。有时候，一个机缘的不期而至，甚至会起到决定性的作用。这本书的成书和出版，就是由于必然性和偶然性的结合而促成的一次难得的机缘。

在中国古典小说中，我最喜欢的是《聊斋志异》和《红楼梦》。这是我平日读得最多，也是读得最有兴味和最有心得的两部书。读时，每有心得体会，就在书眉或行间写上几句批语，有时也做一点笔记。但大多是一些零星琐细、不成系统的即兴式的感悟文字。这些感悟式的心得体会，如果不在理性思考的基础上作进一步的丰富、深化和提高，就像可以做成美味食品的必不可少的酵母一样，终究只是可供发酵的酵母而已。于是产生了一个心愿，就是将这些零星点滴的感悟式文字加以丰富、深化和提高，写成一篇篇独立完整的文章，即利用这些酵母做成可口（不敢说美味）的食品，与读者共同分享。但是由于身体的原因，始终未能动笔。这个心愿藏于心中，一刻不忘，终于因为一个偶然机缘的激发而成为现实。

2012 年初，《文史知识》的刘淑丽女士来信向我约稿。《文史知识》从创刊开始我就参与耕耘，作为读者也同时从中受益，算是我的一块精神园地，也是我的良师益友。因此对《文史知识》的约稿，我向来是有求必应。这次也不例外。写什么呢？最方便快捷的就是写《聊斋志异》，因为我有可提供发酵的酵母。于是就有了《说〈王六郎〉》和《说〈香玉〉》的先后发表。之所以先写这两篇，是因为看到人民教育出版社在中学语文教材中选入了这两篇，把我的体会写出来，可以为中学的老师们提供一点参考。这次约稿，又自然地引动了我一篇篇细说《聊斋志异》的这桩心愿。于是在身体条件许可的情况下，陆续写出了十多篇。

这时，又一次机缘到来。胡少卿先生来向我约写书稿，本来是提出希望将我在北大讲授《聊斋志异》研究的讲稿拿出来，他们可以帮助我整理编辑后，作为“独角兽公开课”系列之一种在中信出版社出版。但我首先想到的还是我的那桩放不下的心愿：一篇篇细说聊斋。于是，在与少卿达成口头上的协议（因为年老力衰，签订正式的文字合同会对我形成压力）后，就一方面振作起精神，一方面又照顾到身体，以细水长流的方式开始了《细说聊斋》的写作。一边写一边在《文史知识》《蒲松龄研究》等刊物上陆续发表。研究《聊斋志异》的同道读后写信告诉我，很喜欢读我的这些文章，希望我能多写，并结集出版。这对我是一种很大的鼓励和鞭策。最后就有了这本在上海三联书店出版的《周先慎细说聊斋》。

熟悉《聊斋志异》而又细心的读者会发现，书中所分析的三十多篇作品，都集中于《聊斋志异》十二卷本中的前三卷。这对全书来说，当然是很不全面的。但这里又透露出我的另一个心愿：只要身体条件许可，我将继续一篇一篇地细说下去。由于年纪和身体原因，在晚年的学术研究上，我曾为自己提出了两个原则：不接受硬任务，不设置大目标。因此，虽然不断勉励自己必须笔耕不辍，但也时时提醒自己应该细水长流。我已经年届八旬，如果天假我以年，细说《聊斋志异》将写出四集，每集三十多至四十篇，略近于《聊斋志异》全书的三分之一，而基本上囊括了《聊斋志异》中最精粹的作品。要是这一心愿能够实现，那么之后，如果真像民间俗语所说的“歪歪墙不倒”，虽然带病，也还活得“好好的”，那就开始继续写作《细说红楼》。

在这里要感谢策划方，特别是胡少卿先生，是他们促成了这本书的最终写成；同时也要感谢以重视学术传播而享誉学界的上海三联书店，为这本书提供了出版机会。

最后还要特别说明的是，好友山东大学的马瑞芳教授为我提供了经她精校的《聊斋志异》的原文文本，并对我的写作提出了很好的建议；蒲松龄纪念馆提供了清代人精美的《聊斋志异》插图（由马瑞芳教授转发），为本书增色不少。在此一并致以诚挚的谢意。

2014 年 12 月 5 日